Martina en tierra firme

Martina
en tierra
firme

ELÍSABET BENAVENT

@BetaCoqueta

SUMA
de letras

Primera edición: febrero de 2016

© 2016, Elísabet Benavent Ferri
© 2016, de la presente edición en castellano para todo el mundo:
Penguin Random House Grupo Editorial, S. A. U.
Travessera de Gràcia, 47-49. 08021 Barcelona

Printed in Spain – Impreso en España

ISBN: 978-84-8365-849-9
Depósito legal: B-25996-2015

Impreso en Rodesa, Villatuerta (Navarra)

SL58499

Penguin
Random House
Grupo Editorial

Para Sara, por vivir esta historia a mi lado. Por ser ella.

1

No sabía explicar qué era lo que me pasaba. Paradojas de la vida. Yo, tan cuadriculada, tan robotizada…, como si hubiera sufrido un jodido cortocircuito en el centro mismo de mi placa base. No sabía de dónde salía todo aquel desánimo y, por eso mismo, era incontrolable. Me repetía sin cesar que solo había sido una discusión, bueno…, una ida de olla incontrolable de una Martina irrefrenable y visceral salida de la nada. Mi primer encuentro con ella se había saldado con una… ¿ruptura? No me caía especialmente bien esa versión de mí misma gritona, llorica e irresponsable que abandonaba su puesto de trabajo porque «su novio» le había mentido. Siguiente paso: amordazar a esa Martina y solucionar el asunto. Chimpúm. ¿Y ya está? Uhmm…, no. No era tan sencillo. Y como dicen que uno debe preocuparse solamente de aquellos problemas que tienen solución y yo a aquello no se la encontraba, me convencía de que en realidad Pablo solo era un chico al que olvidaría. Había sido crónica de una muerte anunciada, una desilusión previsible que un día se iría. Pero… había algo más allí. Supongo que había cruzado una frontera de mí misma que no tenía vuelta atrás. Cuando descubres a qué sabe algo que habías mantenido lejos por miedo a que te gustase demasiado…, es imposible olvidar su sabor.

Además, algo crecía en el aire, haciéndolo más denso. Algo que me hacía no ser yo. Una Martina desconocida no nace de la nada para gritar, llorar, sollozar y golpear a Pablo porque no le ha contado que un día se casó con una chica preciosa con la que nunca terminó de romper. Algo había empujado a esa Martina a nacer. ¿Los nuevos sentimientos que despertaba Pablo? No. No habría dado un salto tan grande. ¿Estrés? No, estaba habituada a dominarlo. Era otra cosa. Algo que hacía totalmente inconcebible la idea de ir a El Mar, trabajar con normalidad y después pedirle a Pablo todas las explicaciones que necesitaba para ir rellenando los vacíos que aquel descubrimiento había dejado en nuestra historia. Joder…, cada vez que recordaba a Malena apoyada en el coche, hablándome de su relación con Pablo, me quería morir. Tan guapa. Tan segura de sí misma mientras hablaba. Con tanto vivido. Tan diferente a Martina Cara de Palo.

—Puedes creerme y no, Martina. Y no te digo que Pablo sea mala persona… pero lo arrasa todo a su paso y cuando se va, no queda nada. Y créeme…, siempre se va. Te lo dice su mujer. No eres la primera con la que cree encontrar el amor después de lo nuestro.

Fue como si alguien viniera a susurrarme al oído algo que yo siempre sospeché. A día de hoy creo que se juntaron muchas cosas: mi terror a darme a otra persona, mi pragmatismo en guerra con su romanticismo, el shock de saber que algo no funcionaba como debería en mi interior…, ese ALGO que me pesaba dentro y que se tornaba monstruoso por las noches, alimentándose de ansiedad hasta llenar el último recodo de mi ser.

A pesar de no haberlo experimentado antes, creí que lo que me pasaba era que la tristeza me vagaba por las venas; por eso me dormía a las nueve de la noche y no despertaba hasta los primeros claros de la mañana. Creí que estaba cansada de sentir, porque era algo casi nuevo que me tenía agotada. Siempre tenía sueño pero con mi recién estrenada debilidad emocional siempre soñaba con él, prefería dormir para poder creer durante un rato que había un mundo en el que no existía la decepción y en el que Martina no era tan cuadriculada ni Pablo se dejaba llevar por la pasión del momento para tomar sus decisiones. Un mundo en el que yo no me había puesto como una auténtica loca por algo que, quizá, hubiéramos podido aclarar con un diálogo civilizado. Decepción y vergüenza…, buena mezcla.

Me dolía todo, hasta el alma y la cabeza, de tanto repetirme que era una tontería encontrarme tan mal por un hombre al que casi ni conocía. Y cada mañana al despertar el cuerpo me decía, sencillamente, que no podía ni levantarse, que se resistía a ser adulto, responsable y consecuente. Yo solo quería acurrucarme y dormir. Ahora sé que lo que me pasaba era normal pero entonces pensaba que o había enloquecido o me estaba muriendo. Por el amor de Dios…, con lo práctica que fui siempre. La adolescencia se me vino encima a los treinta años.

Una mañana me levanté, desayuné, me mareé y vomité el café, la fruta y un montón de corazones a medio digerir. El amor se me indigestaba, por lo visto. Maldito Pablo. Estaba en todas partes, incluso dentro de mí misma. Y para mi más profunda decepción, aún no han comercializado nada similar a la sal de frutas emocional.

Le dije a Amaia que estaba volviéndome loca. Se lo dije sentada en la cama, tratando de explicarle por qué no podía ir a trabajar, por qué no me levantaba, por qué ni siquiera quería hablar.

—Estoy tan loca que me estoy poniendo enferma —musité.

—Martina... —susurró ella acariciándome el pelo—, a todas nos han hecho daño. No dejes que se te venga encima. Pablo no es mal chico. Deja que te lo explique. Sé que no hay ninguna buena razón para mentir, pero quizá las que te dé él sirvan de algo.

—Nos precipitamos —le dije.

—Probablemente sí, pero ¿quién dice que no podáis volver a empezar con más calma?

—Las cosas que se rompen tan rápido nunca pueden arreglarse.

—Venga, Marti..., esto no es propio de ti. ¿No será que tienes síndrome premenstrual y se suma a la bajona?

Me quedé mirándola.

—¿Cuándo te toca la regla? —le pregunté.

—Me bajó anoche.

En un piso con tres mujeres suele pasar que los ciclos se acompasan, lo cual termina sumándose al caos. Todas a la vez con el síndrome premenstrual, llorando porque se han terminado las galletas.

—Sí. Debe ser eso —añadí.

Cuando se fue me convencí de que estaría a punto de bajarme la regla. Tanto dolor y sensibilidad debían responder a algo tan primario como un proceso hormonal. Y me encontraba mal, que conste. Me dolían los pechos, no me aguantaba ni yo y sentía como si mi cuerpo estuviera incubando una gripe.

Pasaron los días y yo seguí sin tener noticia alguna de mi menstruación. Retraso, unas leves náuseas que iban y volvían pero amenazaban con quedarse, cansancio... y la seguridad de que no hice las cosas como debí haberlas hecho para poder estar tranquila. Sin Pablo. Sin mí. Con algo que no reconocía. Esa era yo ahora.

2

S entado en mi sofá. Jodido sofá, que seguía hundiéndose demasiado bajo mi peso, pero que ya no albergaba el de Martina. No había nada de ella allí más que su ausencia que, en lugar de ser un vacío, lo llenaba todo. Miré a *Elvis* que sentado sobre la mesa de centro me vigilaba. Le estaba prohibido subirse a los muebles pero, desde que Martina me mandó al infierno, se estaba haciendo fuerte en casa, aprovechándose de mi desidia. No entendía nada. Nada. La vida era, de pronto, mucho más extraña que de costumbre.

En el salón sonaba «N=1», de Miss Caffeina, a un volumen tan alto que casi era insoportable. Había perdido la cuenta de las veces que había escuchado aquella misma canción, pero no podía dejar de hacerlo porque me recordaba a nosotros, al punto en el que ahora nos encontrábamos. «Trama y solución de nuestra batalla de cabeza y corazón. Sigo peleando. Es lo que nos va a pasar. Vamos a perdernos. Vamos a desaprender todos los secretos. Vamos a esperar a que el tiempo haga su trabajo y olvidar». Intentaba concienciarme de que ella ya no estaba. Y, por más que me pesara, aquello era lo que nos pasaría. Ella se alejaría. Nos olvidaríamos. Y la vida volvería a ser una concatenación de intensidades y sensaciones sin un hilo conductor.

Como si se quejara por tener que escuchar una y otra vez la misma melodía, *Elvis* lanzó un maullido lastimero desde su posición, frente a mí. Dicen que los animales son intuitivos y empáticos con el ánimo de sus dueños. Era cuestión de tiempo que el pobre gato aprendiera a escribir poesía deprimente.

—No me mires así —le dije cuando la canción se terminó para volver a empezar tras unos segundos—. Tengo que escucharla. Si no te gusta, puedes irte a dormir al cesto de la ropa sucia. Aún estoy a tiempo de castrarte. Y verás qué risa.

Como si él tuviese la culpa de que yo fuera un gilipollas que nunca encontró el momento adecuado para confesar lo que más le pesaba. Había que ser idiota. No hay momento perfecto. Hay que tener dos cojones para ser consecuente, pero venía siendo costumbre que yo me diera cuenta de esas cosas a toro pasado.

Me decía constantemente que se iba a arreglar, que solo le había sentado mal enterarse por otra persona, pero que se le terminaría pasando. «Ha sido un malentendido. Ella entenderá que tuve miedo, que una ruptura no es siempre como a uno le gustaría». Me engañaba. Eso lo sabía hasta yo que, por si no ha quedado claro, era un gilipollas. Si algo había sacado en claro del momento en el que Martina explotó, fue que lo que más le había molestado era la incoherencia de mis palabras. Se sentía traicionada, no porque yo decidiera esconderle que a los veinticinco años me casé inconscientemente (que también), sino porque le dije que ella era la primera persona que me hacía pensar en un «para siempre». Porque tratando de romper definitivamente terminé durmiendo acurrucado junto a mi ex, mientras le daba plantón a ella y a su maldita fiesta. Porque dejé que la jodida Malena me convenciera para darle un «beso de despedida».

Cuando me acordaba, me daba cabezazos contra todo lo que podía.

Martina podía estar molesta por dos razones (en realidad podía estar cabreada hasta porque no le gustasen mis anillos, joder, me lo merecía). Una es que no me creyera, que el hecho de haber estado casado convirtiera en mentira todas mis promesas; la otra es que me considerara un auténtico descerebrado por haberme casado con una persona que no despertaba en mí la seguridad de quererla siempre. Es muy puto darse cuenta de que la opción que peor te deja es la correcta. Yo no mentí, pero sí fui un descerebrado. ¿Quién le aseguraba a ella que ya no lo era?

Malena y yo nos casamos a los veinticinco años en una ceremonia civil durante una escapada a México. Lo llevábamos todo pensado, pero no dijimos nada hasta la vuelta, cuando pasamos por casa de mis padres a que la conocieran.

—Esta es Malena, mi mujer.

Y mi madre amenazó con morirse allí mismo si no le decía que estaba de coña. Yo me eché a reír y ella, con un tic nervioso en un ojo, se disculpó con Malena y me pidió que fuera un momento a la cocina. Cuando llegamos, me dio una colleja y después otra. Y otra. Cuando conseguí alejarme lo suficiente, me llamó de todo.

—Eres un gilipollas —terminó diciendo.

—Ya lo celebraremos con vosotros, mamá. No es para tanto.

—¡Me la suda que os hayáis casado solos! Cada uno hace esto como le place y si le place. Lo que me molesta es que te conozco porque te he parido y sé que eres lo suficientemente imbécil como para hacerlo sin pensar en el futuro.

Y acertó. No dediqué ni un pensamiento maduro y profundo al futuro. Solo nos imaginaba en una casa llena de críos descalzos corriendo por todas partes, siendo felices. Y mirad si yo era gilipollas que me enteré de que Malena no quería tener hijos cuando llevábamos un año casados. Después se desdijo. Cuando todo empezó a desmoronarse, me suplicó que lo habláramos porque quizá un hijo solucionaría lo nuestro. Para aquel entonces yo ya había madurado lo suficiente como para saber ver que un bebé no arreglaría nada.

—No quiero traer niños desgraciados al mundo —le respondí cogiendo una manta del altillo para llevármela al sofá—. No quiero tener hijos con una persona a la que no entiendo y que a ratos ni conozco.

Cuatro años y medio llevábamos casados entonces. Cinco y medio juntos. Y yo no la conocía. Gracias a Dios a ninguno de los dos se le olvidó aquella conversación jamás. Ella nunca quiso atarnos por obligación mediante un crío. Y el tema se esfumó. Ella siguió tomándose la píldora puntualmente. Yo seguí usando condón de vez en cuando, cuando ella me avisaba de que estaba tomando antibiótico o cualquier otra cosa que pudiera menguar el efecto de sus pastillas. Fuimos muy responsables. Siempre. En todas las veces que lo hicimos, que eran puras reconciliaciones. Malena y yo nunca hicimos el amor porque sí. Era nuestra manera de arreglar las cosas. Follar como animales.

Me sonó un mensaje en el móvil, despertándome de tanto recuerdo agrio. Tenía el teléfono en la mano, pero ni me acordaba. El mensaje era de Fer y en él me aseguraba que Martina iría a trabajar aquella tarde. Yo no podía seguir cubriéndola en El Mar, justificando su ausencia frente al resto de la plantilla, diciendo que no se encontraba bien, recolocando más ayudantes en su partida y prometiéndole a Alfonso y Marcos que todo estaba bajo control. No había nadie que se lo creyera y Alfonso estaba molesto.

—Si tu vida personal empieza a afectar tan directamente a la cocina de este restaurante, dejaremos de tenerte respeto, Pablo. Tú decides.

Alfonso habló porque teníamos una relación personal y yo le importaba. Marcos, por ejemplo, opinaba lo mismo pero no tenía la misma confianza para plantar cara a una situación tan fuera de lo común. En cualquier otro caso, hubiera despedido sin miramientos a un cocinero que no se hubiera presentado en El Mar sin previo aviso y eso me torturaba. Intenté hacerme con Martina por todos los medios que me fue posible. Incluso conseguí el teléfono de Amaia, que aunque fue amable, me dijo que no podía ayudarme.

—No voy a convencerla de nada y si dice que no quiere hablar contigo, no lo hará. Al menos hasta que cambie de idea por sí misma. Pero te lo aseguro: no se encuentra bien. De verdad. Está hecha una mierda.

Y a pesar de conocerla solo desde hacía un mes y medio, supe que tenía razón. Pero seguí mandando mensajes a Martina, llamándola y dejando recados en su contestador, pidiéndole que me llamara porque teníamos que hablar del restaurante.

—Hablaremos de lo nuestro cuando estés preparada, pero necesito que entres en razón y entiendas que no venir a trabajar no es ninguna solución. Y si miras dentro de ti misma, te darás cuenta de que no va contigo. Esta no eres tú.

Ese fue el último mensaje que dejé antes de llamar a Fernando y explicarle la situación.

—Te lo dije —me respondió con resquemor—. Te pedí que lo hicieras bien, que se lo contaras. Tenía que haberlo hecho yo.

—No. Tenía que haberlo hecho yo, pero quise hacerlo bien y, mira por dónde, se me adelantaron —contesté molesto—. Pero no te llamo para eso. Necesito que la hagas entrar en razón y que vuelva a trabajar.

—¿No ha ido?

—No. Lleva días sin hacerlo. Y ya no sé qué hacer porque si no vuelve tendré que despedirla.

—Eso no es digno de ella —contestó con un hilo de voz.

Y no, no lo era. Me sobrevolaba la idea de que algo más debía pasarle. ¿Y si había algo que no me había contado? Porque seguía sin encontrarle sentido al descontrol con el que hizo frente a la noticia de mi matrimonio.

Pero allí estaba. Nos veríamos aquella misma tarde y lo único que me planteaba era si podría estar en la misma habitación que ella sin besarla y suplicarle que me dejara explicarme. Si no reptaría por el suelo en lugar de ponerme firme, como sabía que debía hacer, y marcar una diferencia entre nuestros «yo» personales y la vida profesional. Sabía que debía amonestarla, restar de su sueldo el equivalente de todos los días que no acudió a la cocina porque me preocupaba que tratando de ser un buen chico, se me olvidara ser un buen jefe. No con ella, que conste, sino con los demás. Aquellas diferencias minarían mi cocina si no las paraba. Me levanté del sofá, cogí las llaves del coche y acaricié a *Elvis*.

—Baja de ahí —le ordené.

Pero el gato me miró de soslayo y se acomodó encima de la mesa. Así era mi vida. No me hacía caso ni yo, ¿cómo iba a conseguir que me lo hicieran los demás?

Aquel día, entre una cosa y otra, se me olvidó hasta comer. Pasé el resto de la mañana sentado en el despacho de un abogado especializado en divorcios amigo de mi familia, que examinó al milímetro todos los papeles que me había hecho mandarle y que apuntó unas cincuenta veces que había sido un acierto casarnos con separación de bienes.

—La casa es tuya. El coche es tuyo. El negocio es tuyo.

—Yo la casa ya no la quiero —le respondí.

—Perdóname, Pablo, pero como te conozco de toda la vida voy a permitirme el lujo de hablarte con franqueza: no te dejes llevar por melancolías. Lo vuestro no funcionó, pero esas cosas pasan porque las dos partes no encajan. ¿Vas a regalarle una casa de la que sigues pagando la hipoteca? Si no la quieres, véndela o dale la opción de comprarla. Lleva más de un año viviendo allí gratis mientras tú te haces cargo de los gastos.

—Los gastos los paga ella. Yo solo me hago cargo de la hipoteca.

—¿Te parece poco?

No. No me parecía poco. Algunos pensarán que tener un restaurante como El Mar me estaba llevando a la cresta de la ola y que andaba montado a galope en el dólar, pero no es cierto. Era un negocio rentable, no voy a mentir. El susto que nos llevamos al ver que el servicio de comidas no funcionaba sirvió para devanarse lo suficiente los sesos como para darle la vuelta al concepto y convertirlo en un restaurante de éxito. Pero de ahí a que me sobrara la pasta, un mundo. Yo tenía parte del negocio y mi socio otra parte. Eso quería decir que los beneficios se repartían entre los dos..., beneficios, no ingresos, porque había que pagar al personal, los productos, los gastos derivados, seguros... y menos mal que el edificio era de Antonio, mi socio. Un socio que me dejaba manejar a mi ritmo el restaurante día a día, pero junto con el que tomaba las grandes decisiones. Lo normal, vamos.

—Ya lo veremos —sentencié—. Dame un par de días para pensar qué quiero hacer con la casa.

—Piénsalo y dímelo cuando puedas. Tenemos que tenerlo claro antes de sentarnos con tu mujer.

—Exmujer.

—No. Aún es tu mujer.

«Y tú un soplapollas», pensé. Y le miré como ese emoticono del WhatsApp que siempre me ha parecido que lanza una mirada desde las entrañas del infierno. Cuando salí me dolía la cabeza a morir y estaba nervioso. Un cúmulo de circunstancias, supongo. Pero tomé la decisión de pasar a cortarme el pelo. Así soy yo.

Todas las chicas de El Mar se dieron cuenta de que me había cortado el pelo y vinieron a hacer eso que hacen las chicas cuando te cortas el pelo: avergonzarte dulcemente delante del resto de los hombres.

—Pero ¡qué guapo!

—A mí me gustabas más con melenas.

—Aún llevo greñas —me defendí. Y todo eran manitas a mi alrededor.

—¡Qué gracioso! ¡Ahora se te riza más!

Sí, cuestión de física: si el pelo me pesaba menos, se rizaba más. Y daba más por el culo en la cara. No recordaba la razón por la que estaba atrasando el corte de pelo hasta que salí de la peluquería y una bocanada de aire me lo llevó todo a los ojos. Lo aparté por décima vez. Carol se sumó a la comitiva de «bienvenido seas, nuevo peinado de Pablo», pero lo hizo con el ceño ligeramente fruncido.

—¿Qué te pasa? —me preguntó cuando tuvo oportunidad.

—Nada. ¿Qué iba a pasar?

Arqueó una de sus bonitas cejas y esperó a que la «muchedumbre» se dispersara para decir:

—Va a venir, ¿verdad?

—Sí —asentí, incapaz de mentir.

Los dos nos sonreímos con cautela en un gesto conformado. Nos conocíamos bien, quizá más que el resto. Hacía muchos años que trabajábamos juntos. Yo sabía que durante un tiempo Carol sintió por mí algo entre la admiración profesional y la atracción física. A mí también me pasó con ella. Yo seguía casado y, aunque respetaba a Malena, nuestra relación no funcionaba y... lo admito: cada vez que Carol pasaba por mi lado se me iban los ojos. No fue una historia complicada, que conste. Ella sabía que había alguien en mi vida, aunque no supiera nada de mi estado civil. Nunca escondí mi alianza, pero supongo que me pegaba poco el concepto del matrimonio y pasaba inadvertida entre el resto de mis anillos. Una noche, tras una pelea con Malena, Carol me pilló buscando excusas para no volver a casa y me llevó a tomar unas copas. Coqueteamos. Bebimos. Bailamos. Bebimos. Reímos. Bebimos. Nos besamos. Pierdo el hilo de lo que pasó en el recuerdo de mis manos por debajo de la licra de su vestido. Por la mañana los dos teníamos una resaca horrible y la habitación estaba llena de condones rotos. No se me da muy bien ponerme una gomita en la polla cuando estoy etílico perdido, al parecer. El susto fue monumental. Me incorporé, estábamos desnudos y me quise morir. Pero no llegamos a follar, me dijo. Después de aquello nuestra relación no empeoró, pero sí se enfrió. Mis ojos dejaron de pasearse detrás de ella en busca de que se le marcara la ropa interior en sus faldilas y ella impuso una mínima distancia. Carol empezó a salir con otro, yo me centré en mi desastrosa situación sentimental y solo me metí en su vida privada aquella noche que pillé a su novio zarandeándola en la puerta del restaurante…, por poco no lo maté; eso y la charla que le di después sobre el respeto que todos merecemos estando solos o en pareja. Ella tampoco andaba preguntándome sobre mi intimidad, pero supongo que en aquel momento se dio cuenta de que estaba enamorado. Y esta vez…, de verdad. Dios…, habían sido unos días horribles.

La puerta se abrió de nuevo y me giré hacia allí justo para ver a Martina entrar en la cocina barriendo el suelo con los ojos. Levantó un segundo la mirada hacia sus compañeros, murmuró un escueto «hola» y se metió en el vestuario. Me agarré al banco de trabajo detrás de mi espalda para no ir detrás de ella. Pero… ¡qué coño!

—Ahora vuelvo —le dije a Carol.

Todos me siguieron con la mirada hasta allí y al entrar cerré con pestillo a pesar de que aún quedaba gente por llegar y tratarían de entrar para cambiarse. Pero era inconcebible conseguir arrastrar a Martina a mi despacho. Se giró despacio, como si supiera ya que yo iba a entrar detrás de ella.

—Lo siento —le dije—, Martina…

Se abrochó la chaquetilla sin mirarme y después rebuscó en su bolso hasta sacar un parte.

—Siento no haberme puesto en contacto contigo ni con Alfonso para comunicároslo, pero he pasado algunos días... enferma.

Me pasó el papel y yo lo sostuve sin saber qué decir.

—Martina, no tienes por qué...

—Cuando uno se enferma trae el parte para justificar su ausencia, ¿no? Pues aquí lo tienes.

—¿En serio quieres hacer las cosas así? —pregunté sorprendido.

—No sé de qué otra forma podría hacerlas.

Me apoyé en la puerta y eché un vistazo al parte. Era un parte de baja y uno de alta. Vómitos. Vértigos. Malestar general. ¿Yo le había hecho todo aquello? Doblé el papel hasta hacerlo caber en el bolsillo trasero de mis vaqueros. Martina me miró y yo a ella. Estaba... rara. Ojerosa. Pálida. Su pelo seguía, no obstante, bien recogido en una coleta. Añoré deshacerle el peinado, guardar su goma de pelo alrededor de mi muñeca, mesar sus mechones y acompañarla hasta mi boca. Llevaba unos vaqueros que llegaban justo a la altura de sus tobillos y unas Converse color crema bajitas. Estaba como siempre pero no lo estaba. Desmejorada y a la vez radiante. No sé explicarlo.

—¿Puedo salir? —me preguntó deteniendo mi escaneo.

—Dame un segundo, Martina, tengo la obligación de hablar contigo sobre esta ausencia. Entiendo..., y juro que lo entiendo, que un problema personal pueda afectarte lo suficiente como para no poder enfrentarte al hecho de tener que ir a trabajar. Lo entiendo, pero tengo que avisarte de que si vuelves a hacerlo me veré en la obligación de despedirte porque no hacerlo sería un agravio comparativo para con tus compañeros. Agradezco el parte de baja; me va a ser mucho más fácil justificarte de cara al resto de la plantilla, pero la próxima vez llama. Si no es a mí, que sea a Alfonso. ¿Vale?

—Vale. No tenía el número de Alfonso.

—Podrías haberme mandado un mensaje, hubiera bastado. —Crucé los brazos sobre el pecho.

—Lo siento. No… me encontraba bien. ¿Puedo salir ya?

—Sí —asentí—. Pero tengo que pedirte que me des cinco minutos cuando termine el servicio para hablar de temas personales.

—No tengo cinco minutos. Lo siento, Pablo.

Me esquivó y salió por la puerta del vestuario. Tan cerca y tan lejos. ¿Dónde había quedado la esperanza por tenerla de nuevo en la cocina? ¿Dónde había ido toda la ilusión que creí ver un día detrás de sus ojos? Pero entonces… ¿por qué brillaba de aquella manera?

3

No. No es típico de mí faltar al trabajo por una desilusión sentimental pero ¿y si digo que un maremoto había echado abajo todo lo que creía saber de mí? Qué peliculera, ¿no? Pues no. Esto es lo típico que cuando nos lo cuenta una amiga pensamos que es una exageración pero que nos echa abajo al completo si lo vivimos en nuestras carnes. Había muchas cosas allí, implicándonos, aparte de una desilusión sentimental. Yo… no me encontraba bien. Había algo que no iba bien en mí pero toda la fuerza y la decisión que había demostrado en mi vida se había largado con su cuento a otra parte y yo me sentía incapaz de dar el paso para darle nombre a ese malestar…, nombre oficial. Había sido suficiente mentirle al médico de cabecera, decirle que sí a algunas cosas que eran que no y punto pelota. Alargamiento de la agonía, puede ser. Pero para mí era algo así como conseguir cinco míseros minutos más de paz antes de tener que enfrentarme a ello. Las cosas de una en una, por favor.

Pablo intentó hablar conmigo después del servicio, pero le dije que no podía quedarme.

—Te llevaré a casa después —mendigó—. Solo... dame cinco minutos para que te dé mi versión.

Le sonreí con tristeza.

—No hay versiones, Pablo. Esto es la vida. Y hay cosas que se entienden por sí solas. No necesitan traductor.

No había versiones posibles porque tenía pánico a la verdad: me creería cualquier cosa si insistía. Yo no quería necesitar a nadie y menos aún a alguien como Pablo. Alejarlo no significó distanciarme del problema, que conste. Me acompañó en mi cabeza cada minuto y kilómetro que el autobús recorrió, deslizándose por el asfalto. Pablo, con sus ojos color turquesa, sin los hoyuelos que aparecían en sus mejillas cuando sonreía. Él y sus rizos. Se había cortado el pelo y, como bien predije, echaba de menos sus mechones más largos, recordando cómo se deslizaban entre mis dedos cuando los mesaba en la cama, pero estaba... perfecto. A pesar de que se le cayera todo el pelo en la cara. A pesar de que siguiera llevando greñas. A pesar de que se rizara más. A pesar de sus marcadas ojeras. Pablo, el hombre casado, estaba guapo y desmejorado. Como siempre, una contradicción en sí mismo.

Llegué a casa muerta de hambre y de sueño. Toda la casa dormía. Amaia con su soledad, alejada por voluntad propia de Javi, y Sandra en su cama, soñando con una relación que no existía y cuya fachada ella seguía queriendo mantener en pie. Pero es que mantenía en pie a una Sandra que nunca fue real.

La luz de la nevera me iluminó cuando saqué un par de cosas con las que prepararme un sándwich. Sonreí al recordar a Pablo preguntándome si quería algo de picar antes de dormir y cómo insistía para que, al final, no terminara comiéndome parte de su comida. ¿Era posible añorar tanto a alguien incoherente? Un mentiroso que había ocultado un hecho que convertía nuestra relación en algo depravado y maligno. Un mentiroso que acababa de llegar a mi vida y que había jurado que yo era la primera persona con la que se planteaba sentar la cabeza. Un mentiroso que se casó y prometió a otra todo lo que yo ya no tenía.

Me comí el sándwich sentada en la semipenumbra de la cocina que, como daba a un patio de luces, nunca estaba a oscuras al completo. Era curioso…, la comida había dejado de saber tan bien. Me negaba a pensar que el mal de amores afectara a mis papilas gustativas. ¿Qué opinaría él? Él. Pablo. Pablo Ruiz Problemas. El que se casó a los veinticinco años, loco de amor. Lo imaginaba metiéndola en casa en brazos, traspasando el umbral con ella enroscada a su cuerpo y besándola. Su mujer tan rubia, tan esbelta, tan femenina, rebosando estilo, la muy puta. Y al otro lado del ring yo: sosa, no muy alta, con flacidez en ciertas zonas de mis muslos y abdomen, con los brazos más torneados que lo que la moda dictaba como «ejemplar» y mi estilo «pan sin sal». *Nocaut* en el primer *round,* claro. Malena tenía un cuerpo envidiable, de largas piernas y curvas sinuosas, pero sus valles eran planos y tersos. Los míos no lo eran. Y lo serían aún menos en un tiempo si no tomaba una decisión. Pero es que… no podía ser. Aunque, si Martina había sido capaz de volverse loca de celos y de rabia después de conocer a Malena, ¿qué no era posible?

Me desperté a las siete y media de la mañana conteniendo la respiración, porque un ruido en el exterior de mi dormitorio me había asustado. Amaia estaba diciéndole a gritos a Sandra que no pasaba nada si fregaba la taza de café sucia. ¿Por qué yo?

—¡¡Esto no es el Hostal Royal Manzanares, guapa!!

—¡¡Es una puta taza, joder!!

—¡¡Eso mismo digo!! ¡No somos tus putas chachas! ¡Ponlo en el lavavajillas por lo menos!

Me levanté de la cama dispuesta a poner paz, pero sentí un vahído en la cabeza y me apoyé en la pared. Miré al techo y conté. «Uno, dos, tres... al llegar al seis se me habrá pasado. Cuatro, cinco, seis. No. Al llegar a diez. Cuando cuente diez el suelo dejará de ser un barco y yo no tendré el bocadillo de anoche en la puta garganta. Siete, ocho, nueve...».

—¡Te he dicho que...!

No llegué al cuarto de baño. Vomité justo en el quicio de la puerta en una violenta arcada que casi me dobló en dos, a la que le siguieron dos más, secas, duras, vacías. Amaia entró en la habitación al trote.

—Tía..., ¿aún estás así?

—Martina... —musitó Sandra.

Me aparté el pelo de la cara, pegado por culpa del sudor frío y la bilis. Amaia me pasó una toalla húmeda y yo apoyé la mano sobre la superficie del suelo, deseando poder tumbarme allí, sola, para sentir el frescor de las baldosas y recuperar el aliento. Me limpié, me senté con las piernas desmadejadas y sentí otra náusea... pero una mucho menos física. Me tapé la cara antes de estallar en llantos delante de sus sorprendidas miradas.

—Marti... —susurró Amaia.

Amaia me hizo un té (Sandra no sabía cómo hacerlo sin una tetera, lo que provocó una discusión acalorada con violencia incluida que zanjó un cojinazo en la cara de Amaia) y aunque se sentaron junto a mí en la cama con la intención de calmarme y hacerme sentir arropada, no abrí la boca. Dios. Estaba embarazada. ¿Podía estarlo? Pablo gimió en mi memoria, agarrado a las sábanas, encima de mí, esparciendo su semen dentro y fuera de mi sexo, con un nudo en la garganta y un rugido. ¿Y si lo estaba? No, no podía ser. ¿Qué más me iba a pasar? ¿Me caería encima un piano la próxima vez que saliera a la calle?

Debí contárselo a mis amigas, pero me sentí débil e incapaz de compartir con ellas una sensación tan subjetiva. ¿Qué iba a decirles? «Fui una irresponsable no una sino muchas veces. Sentí comunión con Pablo cuando se corrió en mi interior. Pensé que nunca podría pasar esto. Y ahora creo que estoy embarazada. Tengo una prueba en el bolso desde hace tres días, pero no quiero hacérmela porque entonces sería real y porque si no estoy equivocada tendré que decírselo y será el peor momento de mi vida». Y entonces yo tendría que aceptar que ellas me arrastraran al frenopático más cercano con boleto solo de ida.

Era el colmo. ¿Embarazada yo? Como un bofetón que me había devuelto a una realidad en la que yo no me enamoraba tan alegremente y sin pagar consecuencias. Siempre creí que había algo estropeado dentro de mí que no me permitía vivir las emociones como a los demás. Y ahora que lo había conseguido solo deseaba dejar de sentir. Dolía horrores.

Finalmente ellas se fueron a trabajar y yo me quedé sentada en el borde de mi cama sosteniendo el maldito cacharro, pensando que debía dejarme de tonterías y hacerme la prueba ya. No lo necesitaba a mi lado para ello. No. Sí. Vale, pero no debía llamarle.

Pero ¿qué pasaría si estaba embarazada? ¿Qué iba a hacer? No tenerlo, eso estaba claro. Miré de nuevo la prueba de embarazo y la hice girar entre mis manos. «Venga, Martina, sé adulta».

¿Qué pintaba un niño en mi vida? Un niño de Pablo, con el que ni siquiera tenía ya una relación. Y aunque la tuviera, joder. Nos conocíamos desde hacía cinco putos minutos. Lo mejor sería deshacerse de aquello lo antes posible, sin que nadie se enterara. Nadie tendría por qué saber lo loca que me volví por ese hombre. Ni siquiera él se enteraría de nada. Yo lo solucionaría, como había hecho con el resto de mi vida, sin necesitar a nadie mediando. Pero... «es que esto es diferente, Martina», me dije. Y acto seguido me eché a llorar de nuevo al imaginarme haciendo y sobrellevando todo aquello sola. Nunca me había pasado nada igual. Jamás había sido lo suficientemente irresponsable como para preocuparme por esas cosas.

Solo con Pablo, que me daba alas y me volvía loca. Lo que yo no sabía es que las alas eran de cera y volar cerca del sol había terminado por derretirlas.

Sonó el timbre de casa sobresaltándome. Me limpié las lágrimas con la parte de arriba del pijama y miré el reloj. Eran las nueve de la mañana. Me acerqué descalza a la puerta y eché un vistazo a través de la mirilla para apartarme asustada enseguida. Allí estaba; hecho polvo, con el pelo revuelto, apoyado en la pared a la espera de que abriera. Me sujeté el corazón para que no se me saliera por la boca y apoyé la frente en la puerta.

—Martina —dijo en voz baja—. Ábreme, por favor.

Respiré despacito, esperando que mi presencia pasara desapercibida.

—Pequeña… —insistió—. Déjame pasar. Por favor. Sé que estás ahí.

Noté cómo su cuerpo se apoyaba en la madera de la puerta.

—Solo quiero comprobar que estás bien. Me ha llamado Amaia.

¿Amaia? Pero… ¿por qué cojones…?

—Martina. Estoy preocupado. Dice que estás mal. Dice que…

Ah no. De eso nada. Nada de hacerse el héroe, de venir a salvarme de mí misma. No lo necesitaba. Hice de tripas corazón, me erguí y abrí con toda la dignidad que pude.

—Has venido por nada. Estoy bien.

—No me lo creo. —Sus ojos estaban puestos en el suelo, se revolvía el pelo y mordía nervioso su labio inferior—. Sinceramente, te vi ayer. Estás de todo menos bien.

—En lo que a ti concierne, estoy fenomenal. Ahora vete.

Pablo levantó los ojos hasta mí y pareció quedarse entre cortado y confuso. Estudió mi cara con detenimiento para después preguntar con el ceño fruncido:

—¿Estás llorando?

—No. Es una gripe —me excusé—. Ya te dije que había estado enferma.

Parpadeó un par de veces. Sí, querido, los *cyborgs* también lloramos.

—Necesito hablar contigo —insistió.

—Yo contigo no.

«Díselo, Martina, por eso has abierto la puerta. Díselo, no jodas más». Intenté cerrar la puerta, pero la sostuvo.

—Si no quisieras hablar conmigo no habrías abierto la puta puerta —apuntó muy inteligentemente.

Me agarré el pelo y resoplé. «Díselo. Díselo. Díselo».

—Ya hablaremos en otra ocasión. En serio. No es buen momento.

—Sé que me he portado como un crío ocultándote que seguía casado, pero sabes de sobra que no es algo que no me puedas perdonar. Sabemos muchas cosas pero es lo que no sé lo que más me preocupa. Hay algo que va mal.

Joder. El puto Pablo Ruiz. Ese es el problema de darle a alguien la llave de lo que llevas dentro, que puede abrir siempre que quiera para echar un vistazo. Le di la espalda.

—No voy a entrar por la fuerza —musitó sin traspasar el umbral—. ¿Puedo entrar?

—Te diría que no, pero conociéndote te va a dar igual —respondí.

—Conociéndote eso es un sí.

Escuché cómo cerraba la puerta. Le miré de reojo. Pitillos oscuros, camiseta gris de algodón con un par de botoncitos en el cuello. Pelo alborotado pero apartado de la cara. Estaba guapo. El pelo más corto le quitaba años. Más aún. Él tan joven y yo tan vieja por dentro.

—Tú dirás —le dije.

—Eres tú la que tiene cosas que decir. Tú eres quien debe pedirme explicaciones y yo darlas.

—No quiero ninguna explicación, Pablo, en serio.

—Pues entonces te las daré a ciegas. No lo escondí para engañarte. Me avergüenza haber sido un gilipollas irresponsable. Pero ese matrimonio estaba muerto ya antes de conocerte.

—Vale.

—No cambia nada, nada de lo que sentimos, lo que dijimos... Ella te contó las cosas como quiso para hacer daño. Soy un imbécil, pero no un mentiroso. No supe gestionarlo, es verdad, pero porque pensaba que lo solucionaría solo, sin necesidad de que te afectara. Yo no quería que mi vida anterior te afectara.

—Bien.

—Me siento ridículo, Martina, tienes que ayudarme un poco a encauzar esta discusión. Y tienes que ayudarme a entender por qué has faltado a tu trabajo. No me lo quito de la cabeza. Esta reacción es demasiado desmedida para alguien como tú. —Pablo caminó hasta colocarse delante de mí y buscó mi mirada—. Aquí hay algo raro, Martina. Que yo sea un gilipollas no hace que alguien como tú llore, se descontrole y falte a su trabajo. Tú no estás llorando por mí.

—No, no estoy llorando por ti.

—No, ya lo sé, pero tengo algo que ver.

Resoplé de nuevo. Claro que tenía que ver. Todo era una jodida rueda que empezaba en el mismo punto en el que terminaba: Pablo. Lo loca que me volvió, nuestra historia, su puta habitación a oscuras y él corriéndose dentro de mí, las hormonas disparadas que convierten una discusión en un drama, el descubrimiento de que algo no va bien y no lo va porque Pablo me hizo perder la cabeza.

—En dos días se nos habrá pasado.

—Joder, Martina. Pónmelo un poco más fácil. Tenemos que aclarar las cosas.

—Las cosas están más que claras.

—No. No lo están. Aquí —nos señaló— hay algo que siento pero que no veo.

—¿Ahora eres médium? —respondí odiosa.

—No, Martina, no soy médium. Soy un tío que no entiende qué está pasando con su puta vida. —Su tono fue entonces tenso y duro—. ¿Crees que estás siendo madura? Dímelo, de verdad. ¿Es esta la manera adecuada de gestionar lo que nos ha pasado? Porque yo creo que no.

—¿Crees que estás en situación de dar clases de madurez? —apunté.

—Sí. Claro que sí —asintió, irguiéndose—. Y a las pruebas me remito, Martina. Entraste en mi cocina y me montaste una escena delante del resto del equipo, faltaste al trabajo sin comunicarlo previamente y ahora ni siquiera quieres hablar de ello. ¿Quién está comportándose como un crío aquí? Sé honesta contigo misma y conmigo también: ¿eres así? ¿Esta eres tú?

Cogí aire y después lo solté despacio de entre mis labios cuando no supe qué contestar.

—No. No lo eres —respondió él por mí—. Pero quiero entender qué te ha pasado. Por eso he venido, Martina, porque esperaba que tú y yo pudiéramos hablar. Ahora dime…, ¿podemos?

Pablo arqueó las cejas y extendió la mano hacia mí, pero yo me abracé a mí misma con las mías. Necesitaba un gesto de confort que compensase la tormenta de reproches que se sucedía dentro de mí. Con lo fácil que habría sido llamarle y pedirle disculpas por las formas con las que reaccioné. Pedir las explicaciones que necesitaba. Tender la mano hacia él como él estaba haciéndolo en aquel preciso instante. Cerré los ojos. No ir al trabajo había sido la falta de responsabilidad más grande de mi vida y no podía perdonármelo pero… es que sencillamente no podía. No podía. De haber tenido entonces la sospecha de estar embarazada me lo hubiera explicado, pero esa incertidumbre vino después. Al principio solo pensaba que estaba volviéndome loca. Joder. Pablo tenía razón. Me estaba comportando como una cría por primera vez en mi vida.

—Hay una cosa que tengo que decirte —musité decidida—. Pero no sé cómo.

Un pequeño paso para la humanidad. Un gran paso para Martina.

Lo conduje hacia mi dormitorio con timidez y la cabeza gacha. Cuando no sabes cómo decir algo, tiendes a pensar que ese dicho de que «una imagen vale más que mil palabras» puede ser la respuesta. Aun así me paré en el quicio de la puerta y me giré a mirarlo.

—Siento no saber decírtelo mejor.

—¿Qué pasa? —Y pareció verdaderamente preocupado al preguntarlo.

Me aparté mientras me rodeaba a mí misma con los brazos y señalé a la cama, donde descansaba la cajita con la prueba de embarazo.

—¿Qué es eso? —preguntó tenso. Me miró y volvió a centrar los ojos sobre esta—. Martina. ¿Qué es…?

La cogió, me miró con el ceño fruncido y abrió la boca para decir algo, pero no le salió nada más que una exhalación.

—Puedes irte cuando quieras —logré decir con la voz temblorosa.

Estaba tan avergonzada, tan dolida, tan asustada y tan sensible que no me reconocía. Y allí estaba Pablo, frente a mí, con una prueba de embarazo en la mano, sin saber qué decir, mientras yo me abrazaba a mí misma con los brazos alrededor del cuerpo. Boqueó. Se apartó el pelo de la cara. Se sentó.

—Joder.

Miró la caja de nuevo y después me miró a mí.

—Pero ¿cómo no me…? Esto…, joder. Martina.

Resopló y dejó caer la caja sobre la cama al levantarse. Dio un par de vueltas sin rumbo para terminar acercándose. Extendió la mano hacia mí.

—Pequeña. Tranquila, ¿vale? Tranquila.

Negué con la cabeza porque no quería que se comportara como en el fondo quería que lo hiciera. ¡Que se fuera! ¡Que se marchara para seguir siendo un gilipollas, un mal tío de los que hacen daño! Que me dijera que no quería saber nada de todo aquello para poder pasar página. Yo no quería que Pablo fuera uno de esos chicos que se equivocan pero que te quieren. Eso me convertiría en algo que no quería ser…, una chica enamorada por encima de sus posibilidades de quien no debía y ni siquiera conocía de verdad.

—Martina —susurró.

—Cállate —le pedí—. No digas nada.

—Estoy aquí.

Dio un paso hacia atrás y me miró.

—Cuéntamelo.

—No te quiero. Quédate con eso —mentí.

—No es lo que te estoy preguntando.

Me dejé caer en la cama donde me llamé niñata doscientas veces, como si yo no tuviera derecho a sollozar cuantas veces quisiera, como si Martina no pudiera romperse.

—Vale. —Suspiró hondo y se agachó entre mis piernas. Cogió mis manos y las apretó en un gesto tan reconfortante…—. Cuéntamelo.

—¿No es evidente?

—¿Por qué no me lo dijiste?

Me encogí de hombros. Pablo se sentó a mi lado y se quedó mirándome, muy serio.

—Debiste decírmelo antes. Esto es tanto responsabilidad tuya como mía.

—¿Y quién te dice que eres el responsable? —respondí.

—Me he pasado el último mes metido en la cama contigo y creo que en total he usado dos condones. Creo que está bastante claro.

Se frotó las manos tratando de disimular el hecho de que le temblaban un poco.

—Joder. Es la primera vez que me pasa esto.

—Y a mí.

Asintió y miró al techo.

—Deberíamos hacer esa prueba.

—Sabes que no te necesito para solucionarlo, ¿verdad?

—No estamos hablando de necesidad, Martina. Sé que eres adulta y que te vales por ti misma pero comprende que, como adulto, tengo que responsabilizarme de mis actos y asumir las consecuencias. ¿De cuánto es la falta?

—De poco. —Jugueteé con mis dedos—. Una semana, diez días…, no sé bien.

—¿Pero…?

Me encogí de hombros.

—Ni siquiera me conoces. —Me reí con tristeza—. ¿Por qué va a importarte?

—Uno nunca sabe por qué le importan las cosas que le importan. —Se miró las manos—. Solo sé que esto quiero hacerlo bien.

Me levanté y cogí la cajita.

Cuando salí del baño encontré a Pablo apoyado en mi escritorio, donde dejé la prueba de embarazo.

—¿Cuánto tarda? —preguntó echándole un vistazo.

—En la caja dice que tres minutos.

—Bien. —Y apretó la mandíbula apartando la mirada. Resopló y se tapó los ojos para dejar caer las manos después—. Tengo tres minutos.

—¿Para qué?

—Para conseguir que hablemos. De esto. De lo nuestro.

—Estamos esperando el resultado de una prueba de embarazo. ¿Crees que me apetece hablar de nosotros? —dije a la vez que me sentaba en el borde de la cama.

—No. A mí tampoco. Preferiría que Malena se hubiera callado, hubiera aceptado que ya no la quiero y hubiera firmado los putos papeles hace un jodido año, o que los hubiera firmado la última vez que se lo pedí hace un puto mes. Pero no he tenido elección.

—Elegiste casarte con ella.

—Hace seis años. ¿Tengo que pagar contigo los errores que cometí cuando era un crío?

—¿Y los que cometiste hace unas semanas, qué, Pablo? Porque Malena no hablaba de hace años. Hablaba del mes pasado.

—¡¡Por el amor de Dios, Martina!! —Levantó la voz, nervioso—. ¿Vas a darle crédito a dos verdades a medias en boca de una desequilibrada?

—No hables así de tu mujer. Es asqueroso.

Pablo se frotó la cara y respiró hondo.

—Tienes razón. Lo siento.

Miré al suelo. Él insistió.

—Dime, ¿qué hubiera cambiado si te lo hubiera contado? Dime la verdad.

—Todo.

—Claro. Ni siquiera te hubieras acercado a mí. Huyes de las complicaciones.

—Pues mira dónde estoy, querido Pablo Problemas —respondí con sarcasmo.

—Aquí estamos los dos. Deja de hacerte la víctima, Martina.

Hostia puta…, cómo me dolió. Supongo que porque era verdad.

—¿Sabes? Entre tú y yo no queda nada porque la jodiste. Puedes irte cuando quieras.

—Y no eres de las que dan segundas oportunidades, ¿verdad?

—Verdad.

—Debes de ser jodidamente perfecta para poder permitirte ese lujo —dijo con tono envenenado—. Nunca te equivocas. Nunca tienes miedo ni te asusta perder a nadie, ¿no? Espero de todo corazón que los demás no se porten contigo como tú estás haciéndolo conmigo.

—¡¡Yo no te escondí que estaba casada!!

—Me has escondido que estás em-ba-ra-za-da. —Y la última palabra la dijo despacio, sílaba por sílaba.

—Ni siquiera sé si lo estoy.

—¿En serio? —Levantó las cejas.

—¡En serio! ¡¡Claro que en serio!! —le grité.

Cogió el cacharro y me lo tiró al regazo.

—Apareció nada más colocarlo encima de la mesa, Martina. Lo intuía hasta yo, ¿cómo no ibas a saberlo tú?

Miré la prueba. «Embarazada. 2-3».

—Joder —balbuceé.

—Ahora vamos a hablar.

—No quiero hablar contigo. —Me tapé la cara.

—Pues vas a tener que hacerlo porque estás embarazada y es mío.

—Me has jodido la vida.

—Martina...

Aparté las manos de mi cara y me quedé mirándolo.

—Vete.

—No me voy a ir.

—¡¡Que te vayas!! —grité.

—Tienes que tranquilizarte.

—¿Que me tranquilice? ¡¡Me has jodido la vida!! ¡¡Solo sirves para complicar la vida a los demás!! ¡¡Eres un puto problema con piernas, Pablo!! ¿A cuántas tías más vas a destrozar antes de darte por enterado? ¿¡¡A cuántas!!?

A mi estallido de rabia le siguió un ominoso silencio. Uno de esos que reptan agonizando, esquivando tus pies como si la cosa no fuera contigo. Me arrepentí de muchas cosas durante esos pocos segundos. Me arrepentí de haber sido una irresponsable y que dentro de mi cuerpo creciera una vida que yo no había programado traer al mundo. Me arrepentí de no haber escuchado la voz que me decía a todas horas que Pablo me complicaría la existencia. Me arrepentí de haber aprendido a sentir con la intensidad que me permitía poder gritar y vomitar toda mi frustración con las palabras más dolientes y afiladas de mi repertorio. Me arrepentí de haber dicho, sobre todo, mi última frase.

Tocado y hundido. No había duda. Esa pregunta, lanzada al aire como si esperase una respuesta, había acertado en el mismo centro de una herida mucho más antigua que yo. Ahora sé, porque el tiempo siempre nos permite aprender, que Pablo nació enamorado del amor y que con sus emociones desbordadas jamás quiso hacer daño. Todo lo contrario. Él quería amar y ser amado como en las novelas y en el cine. Él, que era un artista sin serlo, que no pintaba pero que hacía suspirar con sus manos, creía en el amor; la lástima es que aprendió demasiado tarde a discernir entre lo que palpitaba de lujuria y lo que estremecía porque era de verdad. Así que Pablo, con una herida abierta y sangrando pena, se pasó la mano por la boca y la barbilla y después salió de la habitación sin mirarme. El portazo, cuando se fue de mi piso, hizo temblar todas las paredes de la casa.

4

Javi estaba inclinado hacia una paciente, dispuesto a hacer los *pricks,* como llaman ellos a las pruebas de alergia. Llevaba el pijama azul marino, el pelo sobre la frente y un ojo y unas Converse del mismo color que el uniforme. Ya ni siquiera se ponía las zapatillas que le regaló ella, pensó Amaia al entrar. Se quedó, sin embargo, parada junto a la puerta, desde donde él no la veía. Se le enquistó un suspiro en el pecho y como venía siendo costumbre, sintió ganas de llorar. De llorar pegada a su pecho, oliendo a él, a ella, a quererse a escondidas en su dormitorio.

—Te va a picar un poco, ¿vale? Pero no te asustes. —Le sonrió él a la paciente adolescente que no le quitaba los ojos de encima.

Cogió un paquete y sacó una lanceta, que la chica miró con horror.

—¿Te has hecho alguna vez un piercing? —le preguntó.

—Sí, tengo uno en el ombligo —le dijo con una sonrisita coqueta.

—¡Ah! Entonces eres una valiente. Te aseguro que eso es mucho peor que esto. ¿Confías en mí?

La chica asintió y él, con las manos enfundadas en unos guantes, le fue pinchando. Y Amaia sonrió. La niña estaba tan alucinada con lo guapo que estaba Javi que no sentiría ni que la empalaran.

—Ya estás. Ahora pasa unos minutitos a la sala de espera. Te llamamos en nada, ¿vale?

Ella se levantó sin dejar de mirarlo y Amaia atisbó a ver cómo le guiñaba el ojo. Pobre niña… iba a morir de un subidón hormonal.

Javi se giró un poco hacia la puerta mientras se quitaba los guantes, aún sentado en el taburete. Miró a Amaia y se volvió hacia la mesa de nuevo.

—Hola. ¿Necesitas algo? —le preguntó con una nota de frialdad y distancia en su voz, como venía siendo costumbre en las últimas dos semanas.

—Venía a preguntarte si puedo echarte una mano.

—No. Voy bien.

—Javi…

—¿Qué?

No se giró de nuevo para mirarla cuando volvió a preguntar. Ella no lo vio, pero cerraba los ojos y se mordía los labios, porque solo su cercanía le dolía por dentro. Soñaba con que algún día, al preguntarle si necesitaba algo, ella contestara que a él. Pero Amaia solo lo vio de espaldas, preparándose para el siguiente paciente. Pensó que todo se había esfumado. Pensó que se estaba agarrando a los jirones de algo que ella misma rompió. O que ni siquiera existió en realidad.

—Nada —respondió—. Que vaya bien.

—Gracias.

El silencio los acompañó a los dos, por dentro y por fuera, el resto del día.

Sandra salió de trabajar a las cinco y se encontró con Íñigo, que la esperaba apoyado en su coche a la puerta del edificio.

—Hola. —Le sonrió.

—Hola. Gracias por recogerme.

—Dame un beso en lugar de las gracias.

Y cuando le dio el beso sintió… nada. No sintió nada.

—¿Vamos a tomar algo?

—Vale.

Íñigo le abrió la puerta del coche y la vio acomodarse dentro. Sintió que fallaban muchas cosas. Sandra pensó, mientras se ponía el cinturón, que estaba más muerta por dentro que los clientes de la funeraria.

Entré en El Mar con la cara desencajada de tanto llorar. Creí que me quedaría sin lágrimas, pero maravillosamente aún quedaban dentro de mí un puñado más, esperando para empujar detrás de mis ojos en el momento menos indicado. Dios, no me aguantaba ni yo…, asco de hormonas.

No vi a Pablo hasta que no salí del vestuario. Lo encontré apoyado en una mesa de trabajo, con los ojos fijos en el suelo y una expresión que no le conocía. Ni rastro de su sonrisa ni de su ceño fruncido. Ni ilusión, ni optimismo, ni rabia. Nada. Un vacío enorme que nos devoraba.

Lo achaqué al shock de saber que estaba embarazada y a la discusión que habíamos tenido aquella mañana. Sin embargo, cuando pasaron las horas, no me pasó inadvertido el hecho de que Pablo no parecía insensible o displicente, sino anestesiado. Iba y venía, torpe, silencioso, adormilado, de su despacho a la cocina, no tuvo que acercarse a mí para saber que estaba borracho. Bueno…, borracho estaría un par de horas antes, en aquel momento estaba al borde del desmayo. A las nueve, en mitad de la parte más agitada del servicio, dos compañeros tuvieron que alcanzarlo para que no cayera al suelo, porque ni siquiera se tenía en pie.

—Pablo. —Escuchamos que le decía Alfonso en un susurro mientras lo apartaba de la cocina—. Vete a casa.

—No. No —respondió en un balbuceo—. Estoy bien. ¡¡Estoy bien, hostia!!

—Coge un taxi y vete a casa. Ya has bebido suficiente.

Fueron Carlos y Alfonso los que lo acompañaron discretamente hasta un taxi destino a su casa. Carolina no me quitó los ojos de encima ni un segundo, pero agradecí que no preguntara nada. Ya teníamos suficiente con la lucha de gigantes que albergábamos en nuestro interior, entre el sentimiento y la obligación;, la responsabilidad y la necesidad de echarse en el suelo, hacerse un ovillo y, solamente, esperar.

5

Vomité por tercera vez. Recuerdo haber pasado minutos enteros obligándome a fijar la vista en un punto concreto, tratando de espabilarme. Eran las once y media de la noche cuando creí que me iba a morir, que me había matado a mí mismo a lo Amy Winehouse. Sentado con las piernas encogidas sobre el suelo del baño, pensé en lo puta que es a veces la ironía de la vida: una tía cuyo apellido contiene la palabra vino termina matándose a sí misma por culpa del alcohol. Y Pablo Ruiz ha dejado embarazada a una chica.

Cada vez que me acordaba me daba golpes en la cabeza. Supongo que eso ayudó a espabilarme un poco. Al menos se me pasó la sensación de estar diluyéndome dentro de mí mismo, como si me fuera hundiendo en lo más profundo de mi ser y fuera viéndome alejado de las ventanas que suponían mis ojos. Todo oscuridad. Todo borroso. Dios, era como una pesadilla. El peor pedo que me he pillado en la vida, sin duda alguna.

Sobre las doce y media mi móvil empezó a sonar histérico dentro del bolsillo de mis pantalones vaqueros. Lo dejé canturrear «Viento de cara» un buen rato, apoyado en la pared, balbuceando la letra de esa canción. Estaba más consciente pero seamos sinceros: llevaba encima un melocotón de los antológicos. El móvil no dejó de sonar en un buen rato y, aunque pensaba no contestar, la peregrina idea de que fuera Martina la que llamaba me hizo cambiar de parecer. Contesté sin mirar la pantalla.

—Pequeña…

—Pablo. —Era una voz femenina que sonaba preocupada, pero no me pareció la de Martina—. Pablo, ¿estás bien?

—¿Quién eres? —pregunté. Joder…, cada erre era un suplicio para mi lengua.

—Soy Carol. Dios, estás como una jodida cuba. Voy hacia tu casa.

—No, no, no —supliqué como un crío—. Quiero estar solo.

Dejé que la última palabra se arrastrara por mi paladar. Solo. Qué curioso era el sonido de las eses. Qué redonda la resonancia de una o. Qué… pesados eran mis párpados.

Me desperté con el timbre de casa. ¿Quién sería? Alguien me había dicho que venía de camino a casa. ¿Sería Martina? La besaría. Me iba a dar igual todo. Iba a besarla. Después le gritaría, pero primero besarla…

Abrí sin preguntar y me quedé apoyado en la pared, sosteniéndome para no caerme. Joder. Qué mareado estaba. ¿Iba a vomitar otra vez? Posiblemente. Abrí el pesado postigo de la puerta del apartamento y me metí hacia el baño de nuevo. Cuando los pasos de alguien se internaron en mi piso, yo ya estaba vomitando.

—Joder, Pablo… —Había una mezcla de muchas cosas en aquellas dos palabras: reproche, preocupación…, ¿amor?

—Estoy bien. Estoy bien. —Me apoyé en el váter y me levanté.

—¿Has comido algo?

—No.

Me giré y vi a Carolina, con su pelo verde sirena, una camiseta negra y una faldita con vuelo con el dibujo de... ¿qué era? ¿Pájaros? ¿Flamencos? ¿Notas musicales? Tanto da.

—Voy a prepararte algo. Pero ven..., vamos a lavarte la cara antes.

Intenté apartarla torpemente, pero ella abrió el grifo, me apartó el pelo y me mojó la frente y las mejillas. Cogió una toalla, la humedeció de nuevo y me pasó su esponjoso tejido por los ojos, la barbilla, el cuello..., ronroneé de placer cuando pasó por detrás de mis orejas.

—Así está mejor. ¿Me acompañas?

—El gato —le dije—. Dejé la puerta abierta. Suele salir.

—Está dormido encima de tu cama.

Salimos al dormitorio, que estaba a oscuras. Lo iluminaba la luz del cuarto de baño, cálida y suave, dibujando sus contornos como a carboncillo, difuminándolos después con nuestros dedos. O eso me pareció en medio de mi jodida melopea. Carol abrió un par de cajones y aunque me pregunté qué narices estaba haciendo, no dije nada. Se acercó de nuevo con una camiseta de algodón y unos pantalones cortos, de los que usaba de pijama y lo dejó todo sobre la cama, al lado del gato, que levantó la mirada y nos miró fatal. Carol tiró del dobladillo de mi camiseta y yo presioné los brazos para que no pudiera quitármela, pero ella insistió.

—Pablo, está hecha un asco. Déjame cambiarte.

—Martina se reía —le dije, notando cómo se dibujaba una sonrisa en mi cara—. Cuando la desvestí aquí, la primera noche, cuando iba borracha. Se reía.

—¿Quieres darte una ducha?

—¿Por qué? —le pregunté—. ¿Quieres venir?

Ella sonrió también y me quitó la camiseta. Después desabrochó el cinturón y los botones de mi vaquero. Me acordé del modo en que lo hacía Martina, tirando brutalmente de ellos y... se me puso gorda.

—Quítate las botas, Pablo.

—Son botines chelsea —aclaré.

—Fenomenal. Quítatelos.

Lo hice a patadas y después me bajé el pantalón, que tiré en un rincón. Yo estaba borracho y ella quiso disimular, pero ni siquiera así Carolina pudo hacer que me pasara desapercibida su mirada. Joder. Yo le gustaba. ¿Y si me la follaba? Eso le daría una patada en el hígado a la jodida y perfecta Martina.

—Puta —dije entre dientes.

—Espero que no me lo estés diciendo a mí.

Se acercó con la camiseta en la mano pero yo la acerqué a mí y hundí la nariz en su cuello. Mi mano fue directa al bajo de su falda.

—Para —me pidió con un hilo de voz.

Pero ronroneó cuando mi boca tocó la piel de su cuello. Si seguía hacia abajo con mi lengua, si mi mano recorría el espacio entre su nalga y su sexo..., en menos de nada Carolina estaría desnuda en mi cama, restregándose como una gata húmeda contra mi polla. Cerré los ojos. ¿De dónde cojones venía ese recuerdo? Me aparté.

—Lo siento. Estoy enfadado.

—Lo sé. No pasa nada.

Salió al pasillo y fue hasta la cocina. Allí la escuché trastear en la nevera.

El café me vino bien. El agua fría también. El sándwich bajó a mi estómago como mandado por los ángeles. Yo guardé silencio, no obstante, porque la lucidez me estaba trayendo mucha vergüenza, mucha rabia y mucha ira contra mí mismo. Mi garganta era un embudo en el que se acumulaban partículas de odio del que me hacía estallar en gritos y puñetazos, pero yo había cambiado. Respiré hondo y miré a Carol, que estaba acurrucada frente a mí en un sillón, descalza. Los deditos de sus pies se movían sin parar enfundados en sus medias negras.

—Lo siento —le dije. Dejé la cabeza colgando hacia delante y después me mesé el pelo entre los dedos—. Lo siento mucho.

—¿Qué sientes?

—Todo. Ahora mismo siento incluso haberla conocido.

Abrazó las piernas contra su pecho y miró al suelo.

—Siento haberte... tocado —confesé—. Estoy como una puta cabra.

—Estás borracho, olvídalo.

—¿Por qué estás aquí? —La miré, decidido.

—Porque una noche viste a mi ex zarandeándome y te encaraste con él, me trajiste aquí y me hiciste un té.

—¿También vas a encararte con Martina?

—No me veo empujándola contra una pared y amenazándola con abrirla en canal.

Fruncí el ceño.

—¿Le dije eso a tu ex?

—Oh, sí. Que lo abrirías como el animal que era.

Me reí, encogí las piernas sobre el sofá y apoyé la cabeza y los brazos en las rodillas.

—No debí hacer eso. Tendría que haberlo denunciado y ya está.

—Martina no me cae mal —dijo de pronto—. No podría culparla por meterse en una historia complicada contigo.

—¿Te ha contado algo?

—¿A mí? —Se rio—. No. Qué va. No es de esas chicas. Pero no estoy ciega. Y déjame decirte que fuiste a por ella desde el primer día.

Levanté la cabeza y estudié su expresión. Sonaba a que aquello no le hacía demasiada gracia.

—¿Tú crees?

—A muerte. ¿Y sabes algo más? —Masticó la rabia y admitió—: Te hacía mejor. No como tu ex.

Chasqueé la lengua contra el paladar y miré al techo.

—Es complicado.

—Contigo siempre lo es.

—Lo peor es que tienes razón.

—Seguro que puedes arreglarlo. Eres Pablo Ruiz. Pablo Ruiz siempre encuentra la forma de ser encantador.

—No. Esta vez no. La cagamos. No hay vuelta atrás. No quiero seguir haciendo daño a nadie. Y siempre termino haciéndolo.

—Aún debes tener una tonelada cúbica de whisky dentro. Deja de pensar. Ya lo harás mañana. Me voy.

Se levantó y se colocó con un gesto extraordinariamente femenino los horrorosos zapatones que se llevaban en aquella época entre las chicas como ella. Me reí.

—Por Dios santo, Carol, ¿qué andamios llevas puestos? Son como cuñas de cojo.

—Cállate.

Se acercó y se inclinó para dejar un beso en mi frente. Después me miró con una sonrisa atada en la comisura de sus labios.

—Deja de castigarte, Pablo. A veces es desbordarnos lo que nos hace sentir vivos.

Ya se marchaba cuando la llamé. No la miré, pero sé que se paró a escuchar mi pregunta con esa expresión con la que siempre escuchaba, con los labios entreabiertos y húmedos y las pestañas inquietas. Carolina había crecido sabiendo que era guapa y ni siquiera se daba cuenta de todo lo que hacía por parecerlo más.

—Nena… —susurré—. ¿Te hice daño alguna vez?

—Claro. Como todos los grandes amores.

Eso me hizo pensar. Mucho. No sobre ella y yo. Carol y yo no éramos Carol y yo en ningún plano. En lo que estuve pensando fue en si era verdad que los grandes amores de uno siempre dejan una herida de las que no se curan. Me miré hacia dentro y estudié mis cicatrices. Encontré la verdad cuando me di cuenta de que la única relación que me había dejado en carne viva fue mi matrimonio. No. Los grandes amores no hieren. Solo lo hacen los insanos. Y yo no quería hacerlo más.

6

*A*maia acababa de atender al tío más gilipollas del mes. Deberían tener medallitas para ponérselas al soplapollas que les diera más por el culo. El muy idiota había pedido que lo atendiera otra persona que supiera lo que estaba haciendo, como si Amaia no pudiera hacer su trabajo con los ojos cerrados si quería. Aquello le fastidió y la puso de muy mal humor.

Mario fue a buscarla para preguntarle si estaba bien, porque una compañera le había comentado que se había tenido que enfrentar a un paciente. Se tomaron un café juntos y a ella le hizo gracia pensar que ahora que ya no quería estar con él, que ya sabía la verdad que había entre ellos, el doctor Nieto parecía dispuesto a suplantar la identidad de un Javi desaparecido en combate en cuanto a lo de mejor amigo.

—Ese tío era un subnormal —le dijo con el ceño fruncido—. La próxima vez me avisas y lo atiendo yo, previo codazo en la boca.

Ella sonrió y se acordó de que Javi le había atizado una ultra hostia a un borracho por haberla llamado gorda.

—No quiero príncipes azules cabalgando sobre un corcel —le contestó—. Deberías saber que yo misma soy arma blanca.

—Oh, sí. Una fuerza de la naturaleza.

—Huracán Amaia. Dime, ¿qué tal los preparativos de la boda?

—Bien, con calma. Aún falta mucho. Pero… déjame que te pregunte una cosa, ¿Javi y tú no lo habéis arreglado aún?

—No. —Negó con la cabeza—. No creo que lo hagamos, la verdad.

—Sí que tuvo que ser gorda la bronca. Se os veía tan bien…

—Bueno. Al parecer todas las parejas tienen un talón de Aquiles.

—No quiero hacerte daño pero como te prometí que a partir de ahora sería tan sincero contigo como pudiera, tengo que preguntártelo… ¿no es posible que el talón de Aquiles seas tú?

Ella lo miró con su cara de «estar oliendo una mierda».

—Gracias, hombre. Con amigos como tú…

—No. Joder, no me he explicado. Quiero decir que muchas veces nuestros propios problemas, los que tenemos con nosotros mismos, son los que minan una pareja.

—Di lo que tengas que decirme y deja de mariposear a mi alrededor —le gruñó.

—Amaia…, si no te quieres tú, ¿cómo vas a creer que él te quiere?

Iba pensando en ello de camino a la sala de descanso. Quería recoger sus cosas y marcharse a casa donde se bebería una tónica de trago, seguida de un chupito de sal de frutas. Con lo que ella había sido. Puto ardor. Pero no iba a quejarse porque, sin darse cuenta, había perdido ya cinco kilos, que se dicen pronto. Iba a cruzar la puerta cuando escuchó a Javi hablando por teléfono. Estaba de espaldas y sonaba tan… meloso.

—Claro que sí. Lo que tú quieras. Te recojo a las cinco. —Hizo una pausa en la que se rio de aquella manera tan adorable—. Pues no. Dile que la única princesa en mi vida eres tú. Y la más guapa. Y a la única que quiero comerme a besos.

Hijo de la gran puta, pensó. Dos semanas. Dos semanas le había costado superar «el amor más grande jamás contado». No lo empujó al pasar a su lado porque la Amaia cuerda la sujetó por dentro, pero estuvo deseándole almorranas durante todo el tiempo que duró el trayecto hasta casa.

Nos encontramos en la cocina. Yo estaba apoyada en la bancada con los ojos cerrados, respirando hondo porque las náuseas no me dejaban apenas ni calentar la comida. Comida…, qué puta jodienda que casi toda mi vida estuviera tan íntimamente ligada a una cosa que ahora me creaba tanto rechazo. Todo me daba asco pero tampoco iba a quejarme porque preocuparme por mi malestar físico desviaba la atención de lo mal que me sentía por dentro.

—Puto bicho —murmuré para mí en voz baja.

Y sí. Me refería a lo que me crecía dentro.

—¿Qué bicho? —preguntó Amaia al entrar.

—Déjalo.

—He tenido el día más infernal de los últimos diez años.

—Igual estás exagerando.

—¿Exagerando? Un gilipollas me ha dado la mañana y luego escucho a Javi poniéndose moñas con alguna putilla por teléfono.

—Bueno…, si tú no le quieres tiene derecho a seguir haciendo su vida, ¿no?

Se plantó en jarras y me miró con desdén.

—¿De parte de quién estás? ¿No me vas a perdonar nunca que llamara a Pablo?

—Eres una entrometida, pero no es eso de lo que estábamos hablando.

—Déjame decirte que tienes una pinta de mierda. ¿Qué te pasa?

—Nada. La primavera —gruñí.

—Coño, la primavera. Denúnciala. Estás que das asco.

—Gracias. —Suspiré buscando paciencia.

—Los tíos dan asco, Martina. Mucho asco. Voy a hacerme lesbiana. Voy a salir solo con tías que me adoren como si fuese la puta Venus de Willendorf.

—Me fascina la memoria que tienes para recordar este tipo de datos. ¿La venus de qué?

—Ay, joder, cuánta incultura. Una estatuilla así como rechoncha con unas tetas como carretas…, ¿no? Da igual. El caso es que…

—Que los tíos dan asco. Ya.

—Y me hablaba de amor el muy memo. Qué poquito le ha durado. Ale, ahí, hincándose a otra a las dos semanas. Que si «princesa», que si «quiero comerte a besos». ¡¡Cómete una mierda!! Eso es lo que deberías hacer, memo asqueroso.

Tragué bilis y miré al techo. Quería contestarle, aunque no me apetecía lo más mínimo, que Javi no parecía de esos chicos que hoy te jura amor y mañana te olvida envuelto por el calor de otro coño, pero sentí una arcada abrirse paso por mi organismo. Como la náusea no se iba, pasé de largo a su lado y me encerré en mi baño a vomitar… y a maldecir, pero ella no se enteró. Suficiente tenía gestionándose.

Si me lo hubiera preguntado, le hubiera dicho que estuviera quieta y que se tranquilizara, pero no dijo nada. Amaia no pide opinión cuando sabe que se le va a contradecir. Ella es así, muy echada para adelante y no quiere que nadie la haga cambiar de parecer cuando está *on fire*. Dice de sí misma que es un caballo salvaje que nadie puede cabalgar. Yo digo que es una loca del coño que a ratos necesita medicación.

Después de darle vueltas durante dos horas, así, a fuego lento, cogió el bolso y se marchó. Como yo estaba de camino hacia El Mar y Sandra aún no había llegado de trabajar, nadie pudo pararla. Por eso y porque a veces el sentido común es el menos común de los sentidos, sobre todo cuando se cruza con el corazón y ni siquiera ella misma se puso en duda. El portero del edificio donde vivía Javi la saludó con una sonrisa.

—¡Hombre, Amaia! ¡Cuánto tiempo sin verte!

Sí, desde que huyó de allí con los orgasmos de Javi empapándole la ropa interior, pensó. Y se cabreó más. Cuando llamó al timbre casi le salía humo de la nariz…, vapor a alta temperatura avivado por el hecho de que dentro del piso se escuchara a Ed Sheeran. Música para follar, se dijo. Javi abrió la puerta jadeando. ¡Hijo de la gran puta! Abrió los ojos sorprendido al ver a Amaia roja como un pimiento morrón.

—¡Eres un sinvergüenza! —le gritó—. Un maldito cabrón asqueroso. ¿Me oyes?

—Sí —asintió—. Yo y la mayor parte de mis vecinos. Baja la voz.

—¡¡No me da la gana!! ¿Qué pasa? ¿No quieres que me oiga la tonta a la que has engañado ahora para poder meter la chorra en caliente? ¡¡Pues que sepa que hace dos semanas me jurabas amor a mí!! ¿Cómo le decías? —Puso tono repipi y siguió hablando—. «Eres mi princesa». ¿Tu princesa? ¡¡Tú eres más hijo puta que el que lo inventó!!

Ante su atónita sorpresa Javi se apoyó en el marco de la puerta con chulería y sonrió.

—¿Y encima te ríes? ¿¿Qué se supone que te hace tanta gracia??

—Tú —contestó con placer.

—¿Yo?

Amaia sintió que le quitaban el suelo bajo los pies. Claro. ¿Cómo podía no haberlo visto antes? ¿Cómo había sido tan tonta de creer que Javi quería algo más con ella de verdad? Seguro que se había echado unas buenas risas con sus amigos a su costa. Casi los oía carcajearse y comentar que las gorditas son las mejores en la cama porque son más complacientes.

—Eres lo peor que me ha pasado en la vida —le dijo con un hilo de voz.

—Y tú una ridícula —respondió él.

Acto seguido abrió la puerta de par en par y Amaia alcanzó a ver correr por el salón a María, la sobrina pequeña de Javi cuyas risas y voces amortiguaban la música. Cogió aire y fue a darse la vuelta para huir, pero él la agarró del brazo y la metió dentro del piso.

—¿Por qué te es siempre más fácil montar estos numeritos que hablar las cosas con normalidad? —le preguntó él con el ceño fruncido.

—Dijiste que…, que te la querías comer a besos.

Él levantó las cejas y dejó caer las manos en un gesto de exasperación.

—¡Es mi sobrina, Amaia!

—¿Amaia? —preguntó una vocecita.

La niña corrió hasta pegarse a sus piernas y abrazarla. Su cabecita llena de lazos le apretó el vientre y ella se sintió ridícula y culpable. Melancólica también…, aún recordaba que las pasadas Navidades los dos llevaron a los enanos de paseo por Madrid para ver las luces y tomar chocolate.

—¡Hola, mi niña! Pero ¡qué mayor estás!

—¡¡Se me han caído dos dientes!! ¡¡Ven a hacerme trenzas!! ¿Me pintas las uñas?

La niña comenzó a parlotear sin control y Javi y ella se miraron.

—María, ve a jugar un poco con tu hermano. Ahora vamos nosotros, ¿vale? Vamos a hacer la merienda.

Javi volvió a cerrar con llave y se guardó el manojo en el bolsillo.

—¿Para que no salgan los niños o para que no me escape yo?

Él le respondió con una mirada que a Amaia le acarició con morbo todo el cuerpo. Se metieron en la cocina y Javi fue hacia la nevera, de donde sacó la leche. Se puso a preparar la merienda, de espaldas a Amaia, que no podía evitar mirarle el culo.

—Tú dirás —le dijo ella.

—Aún estoy esperando que te disculpes.

—¿Que me disculpe yo? ¿Y se puede saber por qué iba a hacerlo?

—Por presentarte en mi casa acusándome de ser un hijo de puta, por ejemplo.

—Ah. Por eso.

—Sí, por eso.

—¿Me das un vaso de leche a mí también? —le preguntó ella con un hilo de voz.

—No.

—Lo siento, ¿vale?

—Vale. ¿Lo quieres con Cola Cao?

—Sí.

Le pasó un vaso de leche chocolateada y una cuchara y ella dio las gracias sin mirarle. Él, sin embargo, se apoyó el banco de la cocina, cruzó los brazos sobre el pecho y la observó mientras se lo bebía. Cuando terminó le señaló el labio superior y ella se quitó la mancha de leche.

—Vale. Pues ya me he disculpado y nos hemos tomado el Cola Cao de la paz. ¿Puedo irme ya?

Él levantó las cejas sorprendido.

—Pues mira, no.

—Eso es secuestro.

—Eres una ridícula, Amaia.

—¡Deja de faltarme al respeto!

—¡¡Deja de faltártelo tú sola!! Te dejas en evidencia. ¿A qué coño viene lo de aparecer en la puerta de mi casa para gritarme?

—Ya te he pedido perdón por eso.

—Aunque hubiera estado follando con otra no hubieras podido decir ni «esta boca es mía».

—Deja de decir tacos. Tus sobrinos tienen memoria fotográfica para esas mierdas.

—Amaia..., ¿te acuerdas de por qué no estamos juntos? ¿O es que tu cabeza ha variado la historia hasta hacerme a mí responsable de eso también?

—Yo no te hago responsable de nada.

—Si yo decidiera que no tiene sentido esperar que recobres la puta cordura y me dedicara a acostarme con quien me apeteciera, ¿tendrías tú derecho a venir a echármelo en cara?

—No —dijo ella. Pero pensó lo que pensó y decidió ser sincera—. Pues mira, sí. Sí que tendría derecho. Mucho amor del bueno, del que no nos podemos permitir siendo amigos, pero luego se te olvida entre las piernas de cualquiera.

—Ah, vale, que tengo que guardarte duelo —repuso él con retranca.

—¿Por qué cojones tienes que ser tan odioso?

Él puso los ojos en blanco.

—Ya te lo dije, Amaia. No voy a conformarme con menos, pero tampoco voy a tolerar que me marees. Si no quieres, no quieres. Yo soy sincero y te confieso que ya no puedo ser solamente tu amigo. Puede resultarte egoísta, pero prefiero ser honesto. Pero ¿qué pasa? Que ni conmigo ni sin mí, ¿no? Tú no me quieres una mierda, pero que no se atreva otra a acercárseme.

—Estás siendo bastante injusto —respondió ella.

—¿Estabas celosa?

—No. Estaba asqueada; creí que había perdido a mi mejor amigo por algo que no era sincero. Porque, perdóname, pero si después de alejarte de mí, aduciendo que no puedes estar a mi lado como amigo sin que te duela, te dedicas a follar como un demente con otras, a la que haces daño es a mí. ¿Te he perdido para nada?

—Eso no son más que excusas detrás de las que te escondes.

—Yo no me escondo.

—¿Sabes lo que te pasa, Amaia?

—A ver, doctor amor. —Cruzó los brazos sobre el pecho.

—Que aún no te has confesado a ti misma la verdad de lo que sientes por mí. Y sí, por eso me has perdido. Y yo a ti. Esto es una calle de doble sentido y aquí jodidos estamos los dos.

—¡Tío! ¡¡Hambre!! —gritaron los niños sacándolos de su discusión.

—Voy —respondió hacia donde se encontraban.

—Ya se lo llevo yo.

Cogió los dos vasos de leche y los llevó al salón, donde María jugaba con su hermano.

—¿A qué jugáis?

—A las cartas de Frozen —contestó María pizpireta.

—Ah, qué bien.

—¿Juegas?

—No puedo, corazón. Me tengo que ir. Pero voy a decirle a tu tío que venga.

Se encaminó hacia la puerta a decirle a Javi que no quería discutir y que se iba, cuando escuchó cómo el pequeño le preguntaba a su hermana:

—¿Son novios?

Javi le esperaba en el pasillo, mirándola con esos ojos del color del caramelo líquido.

—Claro que no —respondió la niña en un murmullo—. Tío Javi tiene que enamorarse de una princesa.

Amaia levantó las cejas con tristeza.

—Y esto, amigo, es lo que tú aún no has entendido —le respondió.

Él frunció el ceño. Trató de agarrar sus manos, pero ella las apartó.

—María… —llamó Javi a su sobrina, mientras retenía a Amaia para que no se marchara.

—¡¡Dime tío!!

Apoyó a Amaia en el marco de la puerta, rodeó su cintura con su brazo y se inclinó para besarla. Un beso apto para menores, claro, pero en la boca. Un beso que les supo a nada pero que tuvieron que interrumpir por las exclamaciones de sorpresa y las risas de los niños.

—Yo ya tengo dos princesas. Tú y tu tía Amaia.

7

C uando llegué a El Mar todo parecía en calma por allí. El vestuario lleno de compañeros que hablaban sobre los resultados del derbi que se había jugado la noche anterior. Chaquetillas blancas. Cajones de comida paseando por la cocina. Música sonando. Nadie comentaba nada sobre que al chef se lo habían tenido que llevar la noche anterior medio inconsciente. Todo normalidad. Y Martina que caminaba, hablaba y se comportaba como una persona, aunque fuera solo una sombra. Pero no sería yo la que volviera a decepcionarse a sí misma huyendo en dirección contraria a Pablo para terminar llorando en mi habitación abrazada a un cojín como una púber. A lo mejor debía empezar a buscar trabajo en otro sitio. Salía de cambiarme, concentrada en enrollar las mangas en mis antebrazos cuando Alfonso me llamó.

—Martina, Pablo me ha pedido que salgas un segundo a la terraza.

—¿No me lo puede decir él, o qué? —respondí.

El comentario llamó la atención de varios compañeros, incluyendo Alfonso, que metió las manos en los bolsillos de sus vaqueros muy serio.

—No pongo en duda las cosas que me pide. Es el chef. Tú tampoco deberías. Oído, cocina, y marchando. ¿Vale?

—Vale —asentí—. Perdóname. No tengo un buen día.

—¿Quién lo tiene?

Martina, no te pases de chulita.

Empujé la puerta y me sorprendió encontrar tanto trajín de camareros por allí y, además, tan pronto. Estaban montando la terraza ahora que se acercaba el buen tiempo. Se abría, oficialmente, la temporada de primavera-verano. Y yo tan fría por dentro. Pablo estaba apoyado en el murete de piedra con las gafas de sol puestas y un pitillo en los labios, al que daba caladas largas.

—No juntéis tanto las mesas, por favor —les pidió con un gesto—. Van a escucharse hasta los pensamientos.

—Me ha dicho Alfonso que querías hablar conmigo —solté sin saludarle.

Pablo, que no debía haberme visto salir, se sobresaltó y apagó apresuradamente el cigarrillo.

—Por mí no lo hagas —le dije.

—Claro que lo hago por ti. Estás embarazada, ¿te acuerdas?

Miré alrededor, horrorizada por la idea de que alguien pudiera escucharlo.

—¿Qué quieres? —espeté—. Si vas a disculparte por el espectáculo de anoche, mejor ahórratelo.

—No voy a disculparme por nada. Me emborraché porque me salió de las putas pelotas y no tengo por qué darte explicaciones. Al parecer es lo único que sé hacer bien. Eso y joderte la vida, ¿no, Martina?

—No tengo necesidad de aguantar estas cosas.

Me agarró del codo cuando ya me marchaba.

—No quiero ningún numerito más en la cocina. Lo único que quiero decirte es que te quedes esta noche para que podamos hablar sobre lo que vamos a hacer.

—Te ahorro el trance. Quedas relegado de tus funciones. De esto ya me ocupo yo.

—Me parece que no me has entendido. —Se quitó las gafas de sol y se las colgó al cuello de la camiseta. Aún tenía una pequeña sombra en el pómulo, recuerdo de aquella noche en la que se vio metido en una pelea por el honor de mi amiga Amaia, cuando aún éramos inconscientemente felices. Además, lucía unas profundas ojeras y el blanco de sus ojos estaba enrojecido. Mala noche, me imagino—. No te estoy preguntando qué tal te parece que me implique en esto. Yo me corrí dentro y yo me responsabilizo de ello. Punto.

Me soltó y yo volví dentro tratando de olvidar cualquier cosa personal que tuviera que ver con Pablo Ruiz. Difícil, ya lo sé, estaba embarazada de él, pero mi mente pragmática tenía que empezar a ponerse en funcionamiento. Lo peor es que el muy hijo de puta había hecho justo lo que la otra Martina deseaba que hiciera y por eso le odiaba.

Cajones de pescado repartiéndose en las mesas de trabajo para la limpieza y el preparado. Carne cruda en otras mesas, cortándose y despiezándose. Y yo conteniendo el aliento, respirando por la boca para no vomitar sobre mí misma cada cinco minutos. No sé cómo no me puse morada por falta de oxígeno. Y lo peor no era la sensación de náusea continua ni el sueño, ni la decepción…, era lo indignada que estaba conmigo misma y el poco margen que me daba, como en un castigo autoimpuesto. En mi cabeza era lógico pensar que debía joderme con las consecuencias de follar sin condón y flagelarme por haber elegido además a alguien como Pablo para estrenarme en el mundo de las emociones. Así soy yo.

—¿Estás bien? —me preguntó Carol.

—Sí, sí —asentí.

—Tienes mala cara.

—Migraña. Nada importante.

—¿Migraña o resaca? —quiso bromear.

—Te aseguro que no es resaca. Resaca es lo que tiene otro.

Carolina fue a responder, pero Carlos apareció entre nosotras para dejar delante de mí unos huevos batidos que aunque en condiciones normales no me olían a nada, me dieron ganas de morirme. Contuve el aliento y tragué mirando al techo.

—¿En serio que no te pasa nada? —insistió Carol.

—No.

Una mano me apartó de mi banco para sustituirme.

—Ve a ayudar con los postres —me ordenó con voz firme Pablo a la vez que se colocaba un mandil—. Si no estás mejor vas a tener que irte a casa.

—No. Estoy bien.

—¿Me has oído preguntar?

—Oído, chef.

Pablo se arremangó y se puso a trabajar en mi puesto, pero no sin seguirme con la mirada por toda la cocina. A mí y a mi vientre. Embarazada. ¿De tres semanas? Ni siquiera recordaba cuándo se corrió Pablo en mi interior con ese jadeo contenido, ronco, agarrado a las sábanas mientras murmuraba palabras de amor. No recordaba el cuándo, pero sí el cómo, dónde, quién y hasta el porqué.

La verdad es que creí que Pablo se empeñaría en acompañarme a casa cuando termináramos el servicio, pero lo que hizo cuando volvió del salón de saludar a los clientes fue llamarme con un gesto y señalar su despacho. Había estado muy preocupada por mí y por mi estado como para preguntarme qué tal le habrían sentado mis palabras al recordarlas después de su borrachera. «Me has jodido la vida». «¿A cuántas chicas más vas a tener que destrozar para darte cuenta?». Supongo que hay que ser muy duro (o un gilipollas) para que un comentario así no te afecte. Y me lo estaba demostrando. Entró al cuartito justo después que yo y cerró la puerta.

—¿Tienes seguro privado?

El hecho de que Pablo fuera tan al grano me pellizcó el corazón y se comió parte. ¿Dónde estaba su «pequeña»? Al parecer junto a mi crueldad.

—Sí —contesté—. Tengo seguro privado.

—Bien. Tienes que pedir cita con tu ginecólogo mañana mismo. Cuanto antes pueda verte mejor.

—Ya tengo cita. Llamé esta mañana.

—¿Cuándo es?

—¿Y eso te importa por...?

Pablo se mordió el labio inferior y cerró los ojos mientras respiraba hondo.

—Porque voy a acompañarte.

—No, no vas a hacerlo. No quiero que lo hagas. Solo voy a constatar lo que salió en la prueba. Las decisiones ya las tengo tomadas.

—¿Tengo algo que decir ahí?

—¿Qué ibas a decir?

—Nada. Solo te estoy preguntando si puedo opinar.

—No.

—Qué bien. Tienes que estar orgullosa de la madurez con la que lo estás llevando —dijo con inquina.

—¿Puedes aclararme cuál es tu problema exactamente?

—Mi problema es que estás mezclando tres cosas y las tres me tienen a mí en el centro. Una es el trabajo. Otra lo nuestro. La última un embarazo, que me parece una cosa lo suficientemente seria como para apartar lo mucho que me odias por cometer el error de tener miedo a ser sincero con mi pasado.

—Estás mosqueado por lo del otro día en mi casa, ¿no?

—No. No estoy mosqueado por nada, Martina. Estoy tremendamente decepcionado. Nunca pensé que pudiéramos hacer las cosas tan mal llegados a este punto.

—Es que nadie imaginó que íbamos a llegar a este punto.

—En eso tienes razón.

Nos quedamos callados y yo me dejé caer en una silla.

—Nos precipitamos —le dije.

—Sí, pero, como tú dices, eso ya da igual.

—No queda más por hacer. —Suspiré ante su respuesta—. La cita es pasado mañana. A las diez y media.

—Pasaré a recogerte a las nueve y media. Después puedes olvidarme si quieres. Parece que tienes muchas ganas.

8

PRINCESA

La hermana mayor de Javi abrió la puerta de su casa y recibió a los dos pequeños con alegría, pero ellos entraron al galope sin pararse a darle ni un beso.

—Pero ¡bueno!

—Me quieren más a mí —bromeó Javi.

—Pues te los regalo, que no sabes lo que comen y ensucian.

—Una idea sí que me hago.

—¡Hola, Amaia! ¿Qué tal? —le saludó la hermana de Javi—. Hacía tiempo que no te veíamos por aquí.

—Sí, un montón. Me he quedado loca con lo grandes que están ya.

—Crecen por días. Ellos van para arriba y nosotros para abajo.

—Toma las llaves del coche —le dijo su hermano.

—¿Y cómo volvéis vosotros ahora?

—En metro. O paseando. A lo mejor hasta la engaño para salir a cenar.

—¡¡El tío Javi y Amaia son novios y se han dado besos en la boca!! —gritó María desde el salón.

Amaia quedó muy atenta a la reacción de la hermana de Javi que, como ella ya había previsto, no pudo ocultar la sorpresa. Ese tipo de sorpresa que no es demasiado halagadora.

—Ay, esta niña… —respondió al ver que ninguno de los dos añadía nada—. ¡Tiene más fantasía!

—No. En este caso es verdad.

Y la barbilla de la «cuñada» de Amaia por poco no llegó al suelo al escuchar a su hermano.

Javi tuvo que apretar el paso al salir del portal para alcanzar a Amaia, que caminaba a grandes zancadas de sus piernecitas.

—Oye…, pero ¿por qué corres?

Amaia se giró y se le encaró en cuanto llegó hasta ella.

—¿Has visto la cara que puso, Javi? ¡La has visto! ¡Ha flipado! Si es que se le han escuchado hasta los pensamientos: «¿Mi hermano con esta gorda?».

—Claro. Y después te ha lanzado una maldición gitana. ¡Amaia, haz el favor!

Ella se puso a andar de nuevo y él la paró.

—¿Es ese el problema? ¿Es que no quieres estar conmigo por si a algún gilipollas le da por opinar que no hacemos buena pareja?

—No es eso. Es que…, ¡mírate!

—Ya me veo. ¿Qué?

—¡¡Que estás bueno!!

Javi puso los ojos en blanco. Ella siguió.

—La gente nos verá y pensará que estamos de coña.

—Eso no lo pensaste cuando tuve que fingir ser tu novio, ¿no? Eso lo piensas ahora que me he enamorado de ti.

Fue como un golpe en el pecho que la dejó momentánea-
mente sin palabras. Abrió la boca pero él se le acercó hasta que
sintió su respiración en los labios.

—Mírate en mis ojos y no en los tuyos. Está claro que no
vemos lo mismo.

—No, si al final esto va a ser como la película esa en la
que ella es una gorda inmunda y él la ve «talla 36».

Los dedos de Javi agarraron su barbilla y le obligaron a
mirarle.

—Esto va a ser que te quiero. No vuelvas a decir la palabra «inmunda» por Dios te lo pido. Es horrible te refieras a lo
que te refieras.

—El amor no es ciego, Javi. Lo que te pasa es otra cosa.

—Claro que el amor no es ciego. No fue el amor lo que me
la puso dura tres veces en la misma mañana. ¿O crees que a mí
se me levanta por piedad?

—Eres un gilipollas —rugió ella.

—No soy ningún gilipollas. Soy un tío y si me gustas, me
excito y si me excito, se me llena de sangre y se hincha. Es bio-
logía pura.

—Te estás burlando de mí.

—Un poco, sí. Pero porque…

—No, Javi. No me convenzas. Me siento ridícula discutiendo esto. Tú y yo nos estamos equivocando. Somos dos amigos que se conocen tan bien que pueden confundir sus sentimientos, pero de ahí no pasa.

—Entonces ¿por qué te mata de celos la idea de que yo
me acueste con otra? —le preguntó arqueando una ceja.

—¿Por qué te caía a ti tan mal Mario?

—Porque estoy enamorado de ti.

—No entras en razón. No quiero hablar contigo hasta
que no…

—Dame un beso —le interrumpió él.

—¿Qué?

—Que me des un beso.

—No voy a darte un beso en mitad de una discusión —renegó ella—. Esto es abs...

Absurdo, quiso decir, pero no pudo terminar la palabra porque los labios de Javi se la estaban comiendo con avidez y alivio. Ella no lo sabía, claro, pero por dentro él estaba tan nervioso, eufórico y completo que casi no podía respirar. Y lo que sintieron la primera vez que se besaron volvió a envolverlos hasta que todo lo demás desapareció en un borrón. La calle se esfumó para dejar solo un telón negro. El sonido del tráfico, la conversación de los transeúntes y la noche madrileña al completo se fundieron en un vacío en el que lo único que importaba era el deslizar de sus lenguas. Fue un beso, pero como siempre con Javi, fue mucho más que eso. Amaia debía ser sincera consigo misma. Javi se separó de ella a regañadientes y pegando los labios a su frente cogió una de sus manos y la colocó sobre su pecho.

—Vamos a mi casa.

—Pero...

—No hay peros, Amaia. El amor no es ciego y yo te quiero tanto que necesito desnudarte. Si eso no te sirve ya no sé qué más podré hacer o decir para convencerte.

Amaia no quería palabras. Sabía cuánto daño podían hacer. Solo quería un beso... uno más. Y lo pidió en silencio con los ojos puestos en la boca de Javi. Cuando él volvió a besarla, ella perdió la noción del espacio, el tiempo y la materia. Ni siquiera sabría explicar cómo llegaron al piso de Javi, donde siguieron besándose de pie junto al sofá. Él le quitó la camiseta y se hundió en su piel a respirar sobre ella mientras Amaia susurraba con amargura algo que deseaba que no fuera real: «es imposible».

—No hay nada menos imposible en el mundo que tú y yo —añadió Javi desabrochando los vaqueros de Amaia.

Se separó de ella y se desnudó sin desviar los ojos de ella. La piel la llamaba; no había excusa o miedo que negara aquel hecho. Sus dedos, con vida propia, se deslizaron por el pecho de Javi dibujando un camino sobre la piel caliente. Los labios de él recorrieron su cuello y la hicieron arquearse de placer. Sus bocas volvieron a buscarse para caer después enredados en el sofá; cada beso era parte de esa verdad a la que Amaia ya no tenía fuerzas para darle la espalda y las pocas piezas de ropa que quedaban entre los dos cubrieron el suelo.

—Javi...

—Shh... —Él le pidió silencio—. Dilo cuando te corras.

—No puedes hacer que me corra. —Y lo que quiso decir hubiera sido más entendible si en lugar de «puedes» hubiera dicho «debes».

—¿No? Vamos a comprobarlo.

Javi la puso de pie delante de él, la sentó a horcajadas en sus rodillas y maniobró para poder penetrarla. Se movieron al unísono y ella cerró los ojos con los labios de Javi pegados a su garganta. Otro empellón de sus caderas.

—Oh, Dios... —gimió ella. Se echó hacia atrás y él embistió desde abajo rítmicamente, despacio, contundente, firme.

—Sí podemos, Amaia. Sí podemos hacerlo.

Amaia no sabía si podían, debían o hacían, porque nunca se había sentido así con un chico. Complacida, completa, en confianza, cómoda y... totalmente aterrada. Había sentido miedo por sí misma en otras ocasiones, cuando estando con un tío preveía que saldría herida, pero no era el punto en el que se encontraba en aquel momento. Ahora temía por los dos, porque no supieran hacerlo bien, por no ser suficientemente buena para él, porque terminaran dolidos. Era mejor tenerlo como amigo para siempre que arriesgarse y perderlo, ¿no? No. En realidad, no. Son las cosas que nos ponen a prueba las que realmente valen la pena. El inmovilismo y conformarse solo sirve para hacernos débiles.

Amaia sintió que su cuerpo se aferraba a las penetraciones de Javi y que él gemía con más fuerza. La envolvió con sus brazos y acercando la boca a su cuello le susurró palabras entrecortadas que nunca le habían dicho.

—Me muero en tu piel, Amaia. Me muero dentro de ti y tú no lo entiendes. No quiero parar de hacer esto nunca.

—No pares, Javi. Fóllame.

—Fóllame tú. Yo siempre te haré el amor.

Se corrió dos veces antes de que él se dejara llevar hasta el final con un gruñido, enterrándose dentro de ella, tendidos en el sofá. Y si se corrió dos veces fue porque el primer orgasmo la sorprendió y el segundo vino a darle la razón a Javi. No era buen sexo. Era amor.

9

*A*maia le dio un beso en el pecho a Javi. Llevaba apoyada allí más de una hora, después de que comieran algo y volvieran a hacerlo despacio en la habitación durante lo que le pareció la eternidad más placentera del mundo. Seguían jugueteando con sus dedos, entrelazándolos y deslizándolos junto a los del otro.

—Tengo que irme. —Y volvió a dejar un beso en el pecho de él.

—¿Ahora? Es muy tarde. ¿Por qué no te quedas a dormir?

—Mañana trabajamos.

—Pues vamos juntos a trabajar y ya está.

—No tengo ropa limpia. Llámame poco previsora pero cuando salí de casa cabreada contigo no pensé que terminaríamos así.

—¿Así cómo? ¿Enamorados?

Amaia se escondió en el hueco entre su brazo y su pecho y se rio avergonzada.

—No, gilipollas. Follando.

—Uhmmm…

Él se giró con los dientes clavados en su labio inferior y le metió mano, pero ella tiró de la sábana y salió de la cama tapada.

—Dios, no tienes límite. En serio, tengo que irme.

—Es tarde.

—Cogeré un taxi.

Javi apoyó la cabeza en una mano y la miró hacer malabarismos para vestirse sin que se cayera la sábana y la dejara desnuda.

—No te tapes —le pidió—. No me gusta que te tapes de esa manera delante de mí, como si te avergonzaras.

—A nadie le gusta que otros le vean desnudo. A no ser que seas actor porno.

Él levantó las cejas sonriendo y se señaló a sí mismo, tumbado en pelotas.

—Ah, no es lo mismo. Todo el mundo sabe que te sacas un sobresueldo con el porno gay.

—Oh, sí. Me encantan los osos.

Ella le lanzó la sábana cuando ya llevaba puesta la ropa interior y se estaba colocando la camiseta y él la alcanzó hasta sentarla de nuevo en el colchón.

—La noche de la cena, cuando te quedaste en ropa interior delante de mí, por poco no me volví loco. Me jode que no sepas lo sexi que eres.

—Oh, sí. Portada de FHM.

—Quédate y te lo demuestro.

—¿Cuántos polvos puedes echar en un mismo día antes de que se te caiga? —se burló ella levantándose de la cama.

—¿Te quedas y lo comprobamos?

Se puso los pantalones y le enseñó el dedo corazón erguido.

—Supongo que al principio todas las parejas son así. Se pasan el día enganchados, como conejos. Ya se nos pasará —aseguró Javi toqueteándose el pelo.

—¿Las parejas?

—Sí. Como tú y yo. Dame un beso antes de irte.

Unas mariposillas le recorrieron el cuerpo al escucharlo.

—Javi, en serio… —Se frotó la cara para quitarse de encima el aturdimiento—. Nos queremos demasiado. Que el hecho de que funcionemos en la cama por una extraña razón no nos confunda más.

—Es verdad. Nos queremos demasiado para ser amigos, me he corrido dentro de ti mientras te agarrabas a mis sábanas como si fueras a morirte, pero… es imposible. Para ser pareja tendríamos que…, uhm…, a ver, Amaia…, recuérdamelo, ¿qué tendríamos que hacer también? —Javi se acomodó debajo de la sábana que ella le había arrojado.

—Cállate.

Se inclinó en la cama y lo besó. Sí. Lo besó. Pero se prometió que sería el último beso en la boca que le daría. Cuando salió de la habitación, vio que él sonreía.

—Coge un taxi a casa —le pidió.

Cuando cerró la puerta sintió añoranza, necesidad, una explosión en el estómago, amor. Y supo que no iba a cumplir su promesa.

Esa noche todas dimos algo por sentado. Sandra asumió que yo estaba bien en mi silencio y que no necesitaba hablar sobre «mi ruptura», por lo que se acostó antes de que yo llegara de trabajar. Eso o tuvo demasiado sueño como para esperarme despierta. Yo, por mi parte, deduje al llegar que todos los mochuelos estaban en su olivo y que podía permitirme el lujo de sentarme a oscuras en el sofá para mirar a través de las ventanas. Lo que más me gustó de aquel piso siempre fueron las vistas a los jardines del Palacio Real; de noche, con todo apagado, parecía una estampa de cine y pensé que me calmaría. No lo hizo, claro, pero una vez sentada frente a la ventana no pude moverme; solo agarrar mis rodillas y desear no tener que pasar por el trago que estaba a punto de vivir.

Amaia dio por sentado que, llegando tan tarde a casa después de los revolcones con Javi, podía permitirse el lujo de no tener espectadores en su particular «paseo de la vergüenza», pero cuando cerró la puerta de casa y ya se dirigía a su dormitorio, un cosquilleo le llevó a mirar hacia el salón, donde vio una figura sentada en la oscuridad. Encendió la luz asustada para descubrirme allí.

—¡Por el amor de Dios, Martina! ¿Quieres matarme de un jodido infarto?

—Shhh... —le pedí—. No grites. ¿Qué haces entrando a hurtadillas a estas horas?

—Eh... ¿y qué haces tú aquí sentada a oscuras? Siempre has sido un poco rara pero... hostias, Marti, que casi me da un jari. Que pensaba que se nos había colado el fantasma de las bragas rotas o algo por el estilo.

Suspiré y apoyé la frente en mis dedos. Estaba demasiado cansada y demasiado preocupada para reírme.

—¿Qué pasa? —susurró sentándose en el brazo del sillón que yo había acercado a la ventana—. ¿Es por Pablo?

—Me siento tan ridícula y tan pequeña. —Suspiré sin mirarla.

—Las rupturas nunca son fáciles. Pero, Marti, si estás tan destrozada, ¿por qué no dejas que se explique? Estoy segura de que no te lo escondió, que pensaba decírtelo pero que no encontró el momento.

—No es eso.

—¿Entonces?

Me quedé mirándola bajo la luz tenue de la lamparita del rincón. Me miraba tan preocupada... y yo necesitaba un hombro en el que apoyarme y ser un poco pequeña. Martina la fuerte tiraba de mí para que me callara, pero la jodida hija de perra que había nacido entre las sábanas de Pablo me suplicaba que compartiera aquello con alguien. Alguien como Amaia.

—Tengo que contarte una cosa —dije con un hilo de voz—. Pero no quiero que grites ni que montes una escena. Es un secreto y me lo tienes que guardar por primera vez en tu vida.

—Yo te guardo todos los secretos —respondió ofendida.

—Sí, como cuando te dije que había perdido la virginidad y se enteró hasta la madre de Sandra.

No, Amaia nunca se callaba algo delante de Sandra y yo no necesitaba los consejos de «Miss consejos vendo que para mí no tengo».

—Bueno, vale. Soy un poco bocas, pero te prometo que esta vez me callo.

Asentí pero no encontraba las palabras para decirle a mi mejor amiga que me había quedado embarazada de un tío que me volvía completamente loca, con el que me había precipitado en todo y que ahora, además, había dejado entender que tiraba la toalla conmigo. A pesar de que era lo que quería, alejarlo para volver a tomar las riendas, me dolía a morir. Amaia creyó que seguía debatiéndome entre contárselo o no, de modo que hizo lo único que pensó justo: un intercambio de información.

—Vale, yo empiezo. He vuelto a acostarme con Javi. Y creo que me estoy enamorando de él.

Levanté las cejas sorprendida y sonreí.

—Amaia…, eso es genial. Javi es el hombre de tu vida.

Le tocó el turno a ella de mostrarse sorprendida.

—Joder, Marti, tú nunca dices esas moñadas. Me estás acojonando. Además… no es tan fácil.

—¿Por qué?

—Porque… tengo miedo —confesó.

—¿Te hace feliz?

—Sí. Me la mete y, joder, Martina…, el mundo al completo desaparece.

Bueno, era la confesión más tierna y sincera que podría arrancarle a Amaia, que habla como un camionero.

—No dejes que sea él el único valiente. Con el tiempo te arrepentirás; te conozco.

—Ya, bueno. —Se quedó mirando a través de la ventana y sus largas pestañas aletearon con cada pestañeo—. Ahora tú.

—Estoy embarazada. De Pablo, claro.

Creí que se le paraba el corazón. Se giró hacia mí con la cara desencajada.

—¿Qué?

—Todo ese rollo del sexo responsable y tal…, pues mira. —Me encogí de hombros—. Me quedé embarazada antes de que me lo soltaras.

—Pero si tú… —Frunció el ceño—. ¿Estás segura?

—Tú misma me dijiste cuando te conté el diagnóstico que no era imposible tener hijos. Solo difícil.

—¿Qué querías que te dijera? Joder, era difícil de la hostia. No pintaba bien. Y desde luego no pintaba el típico caso que te quedas a la primera de cambio.

—Los astros se alinearon en mi contra. —Quise hacerme la graciosa.

—¿Lo sabe Pablo?

—Sí. Hicimos la prueba ayer —suspiré.

—¿Y?

—Pues fui cruel con él y se vino abajo por la noche. Hoy solo quiso que lo habláramos para implicarse en la solución, pero estoy segura de que es el último paso que daremos juntos.

Amaia asintió pero pareció callarse algo. Me abrazó así como es ella, bastante a lo bruto, estampando mi cabeza contra su generoso pecho. Olía al suavizante que usábamos en casa, a Tommy Girl, su colonia preferida y a algo más…, algo como sexo suave y delicioso con Javi.

—No quiero agobiarte con mierdas esta noche —me dijo.

—No creo que pueda dormir.

—¿No tienes sueño? Todas las preñadas tienen sueño.

—Sí que tengo, pero hoy eres libre de agobiarme con las mierdas que quieras.

—Yo..., buf, a ver..., entiendo que vas a abortar.

—Claro —dije como si fuera una obviedad.

—Vale. Te lo digo desde el punto de vista médico solamente. Después lo hablaremos como amigas y yo te entenderé sea cual sea tu postura. Pero... tienes que saber que seguirá siendo complicado que te vuelvas a quedar embarazada en un futuro. No por el aborto, sino porque ya lo tenías difícil antes. Soy de esas personas que no confía en tener dos golpes de suerte en la misma partida.

No era nada que yo no hubiera pensado, pero estaba demasiado decidida. Yo no me veía como una madre. Yo no sabía nada de instintos ni de nada que no fuera querer cumplir con mis metas y ninguna de ellas se llamaba «bebé». Y mucho menos «bebé con un hombre con el que lo único que me une es una complicada y superficial relación de dos meses». No iba a ser madre en esas circunstancias y, pidiéndole perdón a la parte de mí misma que quería sentarse a pensarlo, deseché la posibilidad al momento.

Amaia tragó saliva y se acomodó a mi lado.

—Vale. Ahora cuéntamelo..., desconecto el modo enfermera y te escucho como amiga. Como amiga de verdad..., que no va a juzgarte y que sabe que no es buen momento para charlas morales. Solo... cuéntamelo.

Y aquella noche me acerqué un paso más a las emociones humanas.

10

D estrozado. No puedo mentir. Fue como si me hubiera apuñalado y algo dentro de mí se hubiera abierto sin remedio, vertiendo en mi interior, despacio, gota a gota, un millón de decepciones conmigo mismo. Mi madre me lo había dicho demasiadas veces.

—Les haces daño, Pablo, y esas heridas se quedan tan dentro que a veces no se curan.

Yo siempre pensé que exageraba. Pero Malena, Martina…, quizá las demás, de quienes los años me habían distanciado hasta en el recuerdo, también se quedaron rotas. Era cierto.

Es momento de ser justo y aclarar que Malena no era una loca. Una mujer despechada, sí. Algo desmedida, como yo, también. Éramos un hombre y una mujer cortados casi con patrones exactos. No voy a culpar al cosmos por nuestro fracaso como matrimonio; fuimos nosotros quienes lo malogramos. Ni siquiera teníamos que habernos casado. Éramos un error que duró seis años. Y ella, agarrada al amor que compartimos en un primer momento, adolescente, apasionado e inconsciente, hacía lo que podía. Si yo hubiera estado en su lugar, probablemente habría cometido los mismos errores. Y además, no voy a quitarme culpa: le hice daño tratando de parar la descomposición de nuestra relación. Pensé que contra el fuego de aquella pasión lo mejor era el frío, pero no. Había terminado por rompernos, como un cristal expuesto a temperaturas extremas constantemente.

Y Martina…, joder. En ese momento en la vida en el que ya había entendido dónde habían estado todos mis errores…, volví a cometer el mismo. Aunque no quiero meterla en el saco del resto de mis equivocaciones anteriores, había vuelto a precipitarme por alguna razón que no lograba comprender. Cuando debí sentarme con ella y decirle que, a la vista de las cosas que comenzábamos a sentir, lo mejor era que supiera que yo había estado casado y que aunque aún lo estaba legalmente iba a arreglarlo, lo que hice fue prometerle la luna. Y un hombre no puede bajarla a pulso.

La historia de mi vida. Estropeaba más cada relación que emprendía. A cada una de ellas le hice más daño que a la anterior hasta llegar al límite de casarme con una sabiendo que lo nuestro podía no durar más de un par de años, prometiéndole amor eterno por el camino. Nimiedades al lado de volverme tan loco por alguien como para dejarme llevar, correrme en su interior y someter a su cuerpo a un embarazo que no deseaba. Algo mío implantado en el centro mismo de su ser, creciendo, alimentándose de su sangre. Joder, Pablo, esta vez te has lucido.

Desde que sabía que Martina estaba embarazada, todo lo que veía por la calle eran jodidos niños. Corriendo junto a sus madres, cogidos de sus manos, dormidos en carros, abrazados a sus pechos. Y yo me decía: tienes un hijo dentro de ella. Y me quería morir, porque yo aún me sentía demasiado hijo de mi madre como para plantearme la idea de ser padre. Sin embargo, tenía un pensamiento parásito comiéndose mi masa cerebral, aguijoneándome con más remordimientos de la cuenta. «Ella creía que no podría tener hijos». A veces me contestaba, enfadado como estaba, que seguro que había sido una mentira, una treta. Luego me daban ganas de abofetearme por pensarlo siquiera. ¿Qué ganaba ella quedándose embarazada? Sobre todo cuando tenía la firme necesidad de someterse a una interrupción para solucionarlo. Joder..., ella, que había creído y asumido no ser madre jamás, teniendo que pasar por aquello sin saber si podría volver a vivirlo.

El enésimo niño en un carrito pasó por la puerta de casa de Martina y yo resoplé fuerte y volví a llamar al telefonillo.

—¿Sí? —preguntó contestando por fin.

—Soy yo. ¿Bajas?

—No estoy lista.

Un silencio.

—¿Puedo subir?

Abrió sin más. Me odiaba y la comprendía, porque yo me odiaba un poco y porque yo también la odiaba a ella. Con moderación y sin sentido, sí, pero debemos admitir nuestras bajezas para poder solventarlas, ¿no? Me abrió la puerta de su piso con la cara desencajada, los ojos llorosos y la piel muy pálida.

—¿Estás bien? —le pregunté.

—Llevo vomitando una hora.

Entré y cerré la puerta.

—¿Quieres que te prepare un té o algo? —le ofrecí.

—No. Quiero acabar con esto de una vez. Quiero olvidarme de este puto bicho.

—No hables así. Es culpa nuestra, no suya.

Lo dije con un tono ostensiblemente rancio a pesar de que mencionar nuestro error me recordó la sensación de vaciarme entre sus pliegues y dentro de su sexo caliente mientras su interior se agarraba a mí en los últimos estertores del orgasmo. Y se me puso casi dura, porque soy imbécil, básicamente.

—Bien. Tus charlas morales me vienen genial. Igual la próxima vez vale la pena que te lo digas antes de correrte en el coño de alguien.

—Recuérdatelo tú también cuando el siguiente te ponga cachonda. O tienes un condón a mano o mejor mantén las piernas cerradas.

Me miró durante unos segundos como si estuviera a punto de cruzarme la cara, pero dio la vuelta de camino a su dormitorio. Y me hubiera merecido la hostia, lo admito. Me senté en el sofá esperando a que se preparara.

Yo nunca me había corrido dentro de una chica hasta Malena. Ella fue la primera. Una noche me acarició el pelo y con voz suave y sensual me susurró: «Sigue hasta el final. Lléname. Tomo la píldora». Le dije que su interior sería siempre mío. Jodido gilipollas. Como si pudiéramos ser dueños de alguien o de un pedazo de su vida. Lo único que vale la pena en la vida es intentar que otra persona nos permita acompañarla y no tiene nada que ver con las posesiones.

Pero una mañana me corrí dentro de Martina. Dentro, fuera, me dio igual, porque le estaba haciendo el amor. Me dije que no pasaba nada. Lo olvidé. Los dos estábamos sanos. Era lo único que importaba. Y ahora había algo más importando entre los dos.

Martina se asomó al salón y me dijo que ya estaba lista. Estaba muy bonita, con un pantalón blanco y una sudadera muy sencilla de color azul. Me miró, como si también le gustara mi camisa blanca con un estampado discreto y mis vaqueros oscuros. Suspiramos a la vez y cerré los ojos.

—Lo siento —le dije.

—¿Qué sientes exactamente?

—Muchas cosas. Desde el principio. —Me aparté el pelo de la cara y resoplé—. Siento haberte dicho cosas que importaban menos que ser sincero con mi pasado. Y siento que estés teniendo que pasar por esto, pero si no lo digo reviento, Martina: tú también me has hecho daño.

—Bien. Pues ya estamos empatados —contestó fría.

Me agarré al marco de la puerta con ganas de sacarla de sus bisagras y tirarla por la ventana gritando barbaridades.

—Vale. Vamos a volver a empezar. No quiero tener esta actitud de mierda contigo. Lo he hecho otras veces y la experiencia me dice que no arregla nada. Y no quiero sentir esto nunca más. Así que empecemos de nuevo, Martina, porque estás embarazada y quiero hacer las cosas bien.

—No puedo no echarte la culpa. Si estamos siendo sinceros lo mejor es que lo diga en voz alta, ¿no?

Bien, bravo.

El doctor Martínez pasaba consulta en uno de los hospitales privados más pijos de Madrid, pero tenía fama de ser muy bueno, dijo Martina. Ella tenía seguro privado y le cubría aquel centro, así que era su médico desde hacía un tiempo. Cuando nos llamaron y lo vi me dije a mí mismo que llevaría tratándola desde que se licenció porque aquel tío tendría, como mucho, mi edad. Y buena planta, todo sea dicho. Casi le gruñí al imaginarle poniendo las manos donde yo ya no tenía permitido el acceso. Puaj. Qué asco me di a mí mismo por pensar aquello. El doctor nos saludó con cortesía pero sin familiaridades. Supuse que por eso le caía bien a mi pequeña Martina. Mal. Ya no era mi pequeña nada. Era Martina, a secas.

—Veo por aquí que viniste hace poco a tu revisión —dijo mirando la pantalla de su ordenador—. ¿Has notado alguna molestia o...?

—No. No es eso. Es que..., bueno...

El tío me miró como si yo fuera responsable de la falta de palabras de Martina. Yo le devolví la mirada mientras me acomodaba en la silla, más chulo que un ocho.

—Él es…, bueno… —Suspiró—. El caso es que estoy embarazada.

Arqueó las cejas y volvió a mirar su pantalla donde imagino que tenía el historial de Martina.

—¿Te hiciste un test en casa?

—Sí.

—¿Desde cuándo tienes la falta?

—Desde hace muy poco. En la prueba ponía que estaba de dos o tres semanas.

—Me imagino que él es tu pareja.

Nos miramos. Estaba avergonzada y no quise que lo pasara peor viéndose en la obligación de dar explicaciones a un desconocido que, por mucho que estuviera familiarizado con ciertas partes de su cuerpo, no tenía derecho a juzgarla.

—Sí. Disculpe. Soy Pablo. Su… pareja. —Le di la mano de nuevo al doctor y me sonrió con educación.

—Encantado. Bueno, en una situación normal te citaría para dentro de…, no sé, cinco semanas, pero analizando tu historia clínica, creo que podemos echarle un vistazo y quedarnos más tranquilos, ¿vale?

—Vale.

—¿Quieres que te acompañe? —le pregunté.

—Sí —musitó con vergüenza, aunque mentía. Hubiera deseado estar sola pero respondió lo que imaginó que sería socialmente más normal.

La pantalla del ecógrafo mostraba un fondo negro plagado de manchas blancas, como una televisión mal sintonizada. A su lado, yo alternaba la mirada entre este punto y ella, tentado a cogerle la mano. Era un gesto que casi salía solo estando en aquellas circunstancias. Pero no lo hice, porque temía que me rechazara o me hiciera tragar el puto ecógrafo y, además, ni yo mismo sabía si me apetecía. Me avergüenza decirlo, pero deseé y hasta recé para que aquel puñetero test se hubiera equivocado y todo quedara en un susto.

—Aquí está. Efectivamente. —Nos miró. Bofetada verbal—. Enhorabuena, Martina. ¿Ves? No hay que perder la fe.

Y me quise morir.

—Está aquí. ¿Lo veis?

—No —dijo con honestidad.

Sonreí. Mi pequeña Martina…, que ya no era mía ni pequeña.

—Este puntito de aquí. Estás aún de muy poquito.

—Bien —respondió.

El doctor suspiró y no supe si es que algo no iba bien o si estaba decepcionado por nuestras reacciones, pero ninguna de las dos cosas me gustó, sorprendentemente.

—Vístete y hablamos.

¿Lo peor? Ponerme en el lugar de Martina y saber lo frustrada que le hacía sentir el hecho de tener que decirle que no quería seguir con un embarazo que había perdido la fe en poder vivir algún día. Cuando volvimos a sentarnos en la consulta, él empezó a recabar información sobre la última menstruación, los hábitos de vida de Martina y posibles enfermedades padecidas en la familia. Ella contestaba concisamente y yo miraba el suelo con demasiado interés hasta que él carraspeó.

—Me siento en la obligación de pediros que mantengáis abierta la posibilidad de que este embarazo no llegue a término. Como ya sabes, la malformación de tu útero pone las cosas bastante difíciles y aumenta las posibilidades de aborto, que de por sí en un embarazo cualquiera rondan entre el 10 y el 15 por ciento. Vas a tener que cuidarte.

—En realidad…, quiero interrumpirlo.

El doctor Martínez arqueó las cejas sorprendido.

—¿Por si…?

—No. No quiero ser madre.

—Ya. Pues…, bueno…, yo no hago ese tipo de intervenciones.

Martina me miró de reojo, esperando que yo no notase sus nervios.

—Pero… ¿entonces…?

—A título personal puedo ponerte en contacto con una clínica para la interrupción.

—Eso sería genial. Yo no sabía si tenía que venir primero a verle a usted o si…

—Tutéame, por favor.

Los dos nos miramos y quise ver una sonrisa fugaz en sus labios. Ella también se había acordado de aquella primera conversación en la terraza de El Mar. Si fuera niña sería un buen nombre: Mar. Aunaba todo lo que nos había llevado a concebirla. Pero… ¿qué coño estaba pensando?

—Disculpa —les corté. No me di cuenta de que ellos seguían hablando—. ¿Puedo hacerte una pregunta?

—Claro —respondió él.

—¿Cuántas posibilidades hay de que ella pueda volver a quedarse embarazada después del aborto? En un futuro, me refiero.

—No puedo decir con seguridad un tanto por ciento de probabilidad pero… ella sabe que es complicado. No por esto en concreto. En la mayor parte de los casos, con su historia clínica…, el problema no es la concepción, es que es más difícil que un óvulo fecundado pueda asentarse en el útero de Martina que en el de otra mujer porque…

Perdí el hilo. Es complicado, dijo. Y ella se había hundido un poco en su silla. Joder.

Cuando salimos de allí casi me faltaba hasta el aire; ella no parecía encontrarse mucho mejor.

—¿Quieres tomar algo? —le pregunté.

—No —musitó.

Seguimos andando hacia donde había dejado aparcado el coche; cada uno mirando sus propios pasos, en silencio. Ni siquiera puse música cuando nos metimos dentro porque me pareció que cualquier canción estaría fuera de lugar dado el caso. No sabía qué decir ni qué hacer, ni siquiera si valía la pena aguantar la respiración hasta desmayarme con tal de no vivir aquel rato. No estaba cómodo y ella tampoco. Y no podía dejar de decirme a mí mismo que era un mal tío por no haber vivido aquella experiencia junto a ella de diferente manera. Creo que la palabra que más se acerca a cómo me sentía es paralizado. Como a punto de ser arrollado.

Cuando Martina bajó de mi coche me quedé con la sensación de querer decirle algo. Algo que no recordaba porque ahora sé que aún no me lo había planteado. Me harían falta un par de noches en vela. Me harían falta muchos cigarrillos y alguna que otra copa. Aquel día solo la vi marchar de nuevo hacia su piso y no pude alcanzarla.

11

Cuando llamé a la clínica que el doctor Martínez me había referenciado fueron muy amables y hasta cariñosos. Me dio la sensación de que comprendían lo que yo sentía al hacer aquella llamada, aunque no supieran nada de mí. Ni quién era ni cómo había sucedido ni por qué tomaba la decisión de pararlo. Ellos no sabían que un día, a los diecinueve años, me dijeron que tendría problemas reproductivos en el futuro. Tampoco tenían por qué estar al tanto de las veces que lloré, años después, asumiendo mi idea de que estaba defectuosa y que no iba a poder darle a Fer algo que él encontraba necesario entre nosotros. ¿Defectuosa? Lo que estaba es gilipollas, pero bueno. Así somos las mujeres; incapaces de aceptar que la perfección no existe (y que si lo hiciera sería soberanamente aburrida) cogemos aquello que consideramos nuestras faltas y lo convertimos en una herida que, de tanto rascar, no dejamos cicatrizar jamás. Sufrimos y disfrutamos de culparnos por no ser lo suficientemente delgadas, sociables, guapas, altas, bajas, listas, ricas, cariñosas, por tener un pelo de mierda, no tener tobillos... o no poder tener hijos. Y lo que en realidad desconocemos es que ninguna de esas cosas sería capaz de darnos la felicidad absoluta porque la felicidad absoluta no existe. Siempre tuve la teoría de que la felicidad, entendida como un estado permanente o semipermanente, es una falacia. Existen momentos que despuntan y que, al colocarse en una balanza, dan como resultado una buena o una mala sensación. Pero bueno, esa es la conclusión a la que he llegado tras muchas experiencias vitales..., algunas llenan una parte de la balanza y otras, la contraria: como es de esperar.

Pensé mucho. En mis errores. En mi vida. En las sensaciones. Puede que pensar acerca de las sensaciones no sea lo más indicado. Hay que sentirlas, no pensarlas. Pero os voy a poner un ejemplo tonto para explicarme: nunca entendí tener un color preferido. No era como los sabores o la música, que siempre me parecieron estímulos mucho más directos. No había que lidiar demasiado con los colores, al fin y al cabo. Estaban ahí, punto. Pero un día, junto al templo de Debod, vi el atardecer junto a alguien que había sentido sus colores con una intensidad especial y que apreciaba todos los recuerdos, las emociones, el brillo, los matices y todo lo que evocaba a su paso el color que envolvía aquella escena. Su niñez estaba teñida de naranja y morado, al igual que sus primeros platos. Para él la pasión no se dibujaba con rojos y negros, sino con los colores del azafrán y las lilas. Y en mi ser, donde antes había un interrogante, se realizaban las conexiones neuronales necesarias para decir: Ah..., a eso se referían. Tras haber tropezado con Pablo podía afirmar con rotundidad que mi color preferido era el turquesa, porque era limpio, centelleante, porque evocaba al mar de aquellas vacaciones que pasé junto a Sandra y Amaia en la playa, porque me recordaba la emoción que me superó la primera vez que pisé el salón de El Mar, por-

que... era el color de los ojos de Pablo que, sí, suena sensible-
ro, pero que habían sido algo así como el catalizador del despertar de todos mis sentidos. Así que sentí pensando y pensé
lo sentido y en un momento dado entendí que tratar mal a Pablo, castigarle con un desdén que en realidad iba dirigido hacia
mi propia responsabilidad, no arreglaría nada ni me haría sentir mejor. Me sentiría infinitamente mejor apoyada en su estómago, acariciando con mis dedos su pecho mientras escuchaba
las historias que le hicieron ser quien era. Pero eso estaba lejos
de mi alcance porque alcanzarlo me haría daño. Instinto de
supervivencia emocional.

Así que, cuando salí de casa para ir a trabajar y me encontré con Pablo apoyado en mi portal, sonreí a pesar de todo. Con
educación y comedimiento, pero sonreí.

—Hola —le dije.

—Ha sido una mierda dejarte aquí y después irme sin decir
nada —soltó, como si llevara aguantando las palabras muchas
horas—. No sentarnos a hablar sobre lo que está pasando es una
mierda. Tú y yo podíamos hablarlo todo. ¿Qué ha pasado?

—Que se nos pasó la tontuna, supongo. —Me encogí de
hombros.

—Eso no era tontuna, Martina. —Frunció el ceño y apoyó la palma de su mano en la piedra brillante que revestía el
portal—. No creas esas mentiras porque las inventó alguien que
no sintió nada especial jamás.

Abrí la boca para contestar, pero lo que quería contestarle se condensó en una risa sorda y seca que escapó de mis labios.

—Pablo, no es momento para teorizar sobre estas cosas.

—Yo no quiero hacerte daño —dijo decidido—. No quise
y no querré.

—Ya lo sé, es solo que...

—¿Qué?

—Que no me convienes.

Abrió los ojos sorprendido y pareció perder el hilo de lo que estaba a punto de decirme.

—No sé por qué he venido. Me puse a andar y he terminado aquí —musitó mientras pateaba nada con la punta de su bota.

—Bueno…, supongo que lo de esta mañana ha sido fuerte para los dos.

—Mucho —asintió—. Es como si le estuviera pasando a otra persona.

—Pronto lo arreglaremos y no estará.

—¿Así? ¿Tan sencillo?

Me quedé mirándole sorprendida.

—No te entiendo.

—Desaparecerá el embarazo, pero nada de lo que vino con él lo hará. Ni lo bueno ni lo malo. ¿Eres consciente?

—Claro que soy consciente —respondí molesta—. ¿Por qué clase de niña irresponsable me tomas? Te recuerdo que ninguno de los dos, ninguno, se acordaba del jodido condón llegado el momento.

—¡Ya lo sé, Martina, joder! —Miró hacia el cielo y se revolvió el pelo—. Ya estamos discutiendo otra vez. No sé cómo lo hago.

Bueno. Seré justa. Él no estaba muy atinado y yo andaba con ganas de gresca. Hambre y ganas de comer.

—¿Puedo empezar de nuevo?

—Como me des la mano y te presentes, Pablo… —cerré los ojos—, te juro que te doy un puñetazo.

Cuando le miré después de respirar profundamente, él me estudiaba con ojos curiosos y un brillo de diversión en ellos. Conocía esa mirada. La encontraba cada vez que descolocaba a Pablo con mi forma de ver las cosas.

—¿Puedo acompañarte al restaurante? Me refería a eso.

—Ahm. Pues sí. Supongo —asentí.

Echamos a andar uno al lado del otro, en silencio. Nos adelantó una madre empujando un carrito y los dos tragamos saliva. Desde que sabía con seguridad que estaba embarazada, todo lo que veía por la calle eran familias. Padres metiendo a niños en los coches, madres sonrientes, bebés sonrosados. Me miré a mí misma, pero aún era muy pronto para notar ningún cambio físico. Cuando levanté la vista al frente para comprobar si el semáforo de peatones se había puesto ya en verde, me di cuenta de que Pablo me miraba.

—Igual voy a decir una tontería pero… ¿no te da la sensación de que ha habido un jodido *baby boom* en los últimos tres días?

—Sí. —Le sonreí—. Nos fijamos más, debe de ser.

—Sí. Eso debe de ser. ¿Cómo estás?

—Bien. Las náuseas van y vienen y tengo sueño pero por lo demás estoy bien.

Cruzamos el paso de peatones uno al lado del otro. Dos adolescentes vestidas de uniforme corrían cargadas con sus mochilas y me sorprendió que Pablo me apartara suavemente de su trayectoria para que no pudieran chocar conmigo. Y lo hizo colocando una mano en el final de mi espalda y otra por delante de mi vientre.

—Perdón. Acto reflejo.

Fue mi turno de mirarlo como si fuera marciano. «Pablo, querido, no tengo ninguna intención de darte un hijo…, olvida esos actos reflejos. No hay nada tuyo que proteger aquí». Cuando alcanzamos la otra parte del paso de peatones ya me había dado tiempo a percibir lo amargo de mi pensamiento. Seguimos andando hacia la parada de metro de Príncipe Pío. El Paseo Virgen del Puerto es una calle recta que andando puede parecer eterna. Y con aquella conversación más aún.

—He llamado a la clínica —le dije.

—¿Ah, sí? Y... ¿cuándo?

—En poco más de dos semanas.

—Qué bien. No tendrás que esperar mucho —comentó sin demasiado convencimiento ni entusiasmo.

—Sí. Así no le doy vueltas a la cabeza.

—¿Estás dándole muchas?

—No. Es un decir —mentí.

Pablo asintió.

—¿Puedo acompañarte? A la clínica, me refiero.

—Vendrá Amaia conmigo —le respondí.

—¿Lo sabe?

—Sí. Solo ella.

—Aun así me gustaría acompañarte.

—No hace falta.

Se frotó las cejas y dejó caer la mano de nuevo en paralelo a su cuerpo.

—No quiero hacerte esta pregunta porque sé que puede sentarte fatal pero si no la hago seré un cretino, así que allá va. Quiero hacerme cargo del coste..., ¿cuánto...? ¿Prefieres que lo ingrese en algún lado o...?

—No —respondí—. Te lo agradezco, que conste, pero yo lo pagaré.

—Quizá podríamos hacerlo entre los dos.

—No hace falta.

—Ya..., esto..., he pensado que necesitarás unos cuantos días de reposo después. Si me dices el día exacto puedo cuadrarlo con Alfonso y Marcos para reorganizar tu partida.

—No, lo haré un lunes. El martes ya puedo estar trabajando.

—Pero...

—De verdad, no hace falta.

Como si sus botines se hubieran quedado clavados en los adoquines del paseo, Pablo se paró en seco.

—Deja de decir que no hace falta, por favor. —Y sonaba como una tetera que empieza a liberar vapor poco a poco para no estallar.

—Es que no hace falta.

—¿¡Por qué mierdas crees que te digo estas cosas!? ¿¡Por obligación!? —gritó de pronto.

Me quedé mirándole sorprendida; Pablo también se sentía bajo presión a pesar de que siempre, desde el principio, me esforcé por hacerle ver que no tenía por qué implicarse.

—Es que no tienes obligación —repetí.

—¡¡Joder, Martina!! ¡No sé cómo esperabas que me comportara pero me frustra mucho tratar de hacer las cosas bien y no recibir por tu parte más que ese tipo de respuestas!

—¿Qué quieres que haga? ¿Pido que te den la medalla al valor?

—Martina —rezongó—, estos no somos nosotros.

—Es que no hay nosotros porque ¡no nos conocemos! No puedes juzgar a una persona por una historia de un mes o dos.

—¿Por qué no? —respondió—. Dime, de verdad, ¿por qué no?

—Porque hay mil cosas de mí que no sabes. Porque no has compartido conmigo tanto como para poder conocerme. Míranos…, a la primera de cambio nos rompimos, Pablo.

—¿Y por qué te echo tanto de menos?

Joder. Un nudo me apretó la garganta convirtiendo la tarea de contestar en algo imposible. Él aprovechó este silencio para seguir hablando.

—Necesito que me escuches decir algunas cosas, Martina. Necesito decirte que sé que me precipité contigo y que lo hice mal otra vez. Y también quiero contarte lo que pasó con Malena. Quiero que sepas que te echo de menos y que…, y que no estoy seguro de querer hacer esto de esta manera.

Fruncí el ceño.

—¿Hacer qué?

—Yo..., no sé, Martina. No quiero seguir equivocándome en la vida. —Se frotó la cara, desesperado—. ¿Y si no puedes volver a ser madre? ¿Y si...?

—Pero ¿qué me estás contando? —me quejé.

—Contéstame. ¿Y si no puedes volver a quedarte embarazada? Vas a pasarte la vida diciéndote a ti misma que tomaste la decisión equivocada.

—No es tu problema; es el mío.

—¿No es mi problema, dices? ¿¡Te preñó el Espíritu Santo!?

—¿Y qué propones?

—No propongo nada más que pensar las cosas bien antes de actuar.

—Lo tendré en cuenta.

Eché a andar pero Pablo me sostuvo por el brazo con un gruñido de frustración.

—¿Lo tendrás en cuenta? ¡Joder, Martina! Deja de querer parecer invencible. ¡¡Estás embarazada!! Y es mío. Nosotros nos estábamos enamorando. Mi mujer te contó que seguimos casados pero no te dijo el porrón de mierda que hay detrás y que me hace parecer menos gilipollas. ¡¡Estoy harto!! No voy a callarme y a dejarlo pasar, joder. ¡Estábamos bien! No, no estábamos bien. ¡¡Estábamos de la hostia!! Y de pronto todo el puto mundo se desmorona y ya no sé ni quién cojones soy, pero creo que deberíamos sentarnos a hablar sobre por qué no seguimos adelante con esto y que sea la naturaleza la que decida si termina o no. Porque quizá debamos aceptar que sencillamente... llegó.

Nos crían con cuentos de princesas. Cuentos en los que son ellos, unos príncipes azules engalanados de virtudes, los que nos salvan de nuestras miserias. Un beso de amor verdadero puede salvarnos, nos dicen. Y como los besos ahora parecen ser una moneda cuyo valor se ha devaluado, nosotras dotamos a las palabras de una magia que no tienen, porque son solo eso, palabras, que si no se acompañan de actos no son más que la fachada de un decorado de cine. Preciosas, sí, pero vacías.

Había sido una de esas reacciones de Pablo Ruiz: pasión desmedida, pensamientos encerrados que brotan porque la caja de Pandora de su interior ha abierto sus puertas. Y cualquier chica en mi situación se hubiera sentido tentada a ceder a lo más fácil, que era decirse a una misma: «Déjate llevar». Pero no era de amor romántico de lo que hablábamos entonces. Hablábamos de encadenar el resto de nuestra vida a una decisión que no tenía que ver con relaciones sentimentales. Un hijo. Creí que me moría cuando lo escuché decir esas cosas. Y yo, dentro de mi mente lógica, ligué conceptos y entendí que Pablo Ruiz era un inmaduro que creía que un bebé que nadie buscó podría arreglar los problemas de su vida. Me dieron ganas de emprenderla a golpes contra él, de llamarle niñato de los cojones y maldecirlo por enésima vez por haberse cruzado en mi camino. Pero solo respiré hondo, aparté la mirada y me dije que contra los problemas no sirven las quejas, sino las soluciones. Buscar soluciones pasa por tomar decisiones y él estaba aplazando la mía. Mente pragmática en funcionamiento: alejarse del foco de problemas. Rápido.

—Estás loco. No hay otra explicación. —Eché a andar de nuevo y sin girarme le dije—: No me sigas; quiero estar sola.

12

Amaia llevaba media hora con la mente en blanco. Bueno, miento. Blanco era el telón de fondo sobre el que se desarrollaba una escena que hasta el director más explícito de porno habría tenido que censurar. Ella y Javi retozando como dos auténticos animales, follando a lo loco, con jadeos, gruñidos, mordiscos, tirones de pelo...

Le había dicho que necesitaba una tarde para estar con sus amigas y aclararse un poco, pero lo cierto es que llevaba hora y media con Sandra en casa y las dos parecían absortas. Se habían preparado unas cervecitas y algo de picar pero nada de charla animada, de hablar de penes o de criticar el modelito de la vecina de abajo. Las dos mirando a lo lejos, más allá de lo que se veía a través de las ventanas. Le hubiera valido la pena aceptar la proposición de Javi..., comer con él en Loft 39 y después pasar la tarde y la noche metidos en la cama. Vale, él había sido un poco más claro. Había dicho: «Pasar la tarde comiéndonos en la cama, manos, lenguas, mi polla y tu...».

Ella huyó antes de que una subida de tensión le provocara un desmayo o una apoplejía o algo por el estilo. Era una cerda cachondona que no podía dejar de pensar en follarse a su mejor amigo y estaba mal, a pesar de que en su pecho desnudo hubiera descubierto una nueva zona de confort. Pero estaba mal, leches. Peor que mal. Llevaba toda la tarde dándole vueltas a eso de las lenguas y, siendo sincera consigo misma tenía que confesar que le apetecía muy mucho meterse en la boca su polla dura y verlo descontrolarse.

Parpadeó y se obligó a empezar una conversación con Sandra. Pero humana, nada de ultrasonidos a lo delfín.

—Entonces ¿ya te gusta un poco más tu curro?

—¿Eh? —preguntó esta con cara de lerda—. ¿Mi curro? Ah, bueno. Sí. Ya sabes lo que pasa. Cuando te acostumbras a algo y aprendes a hacerlo es agradable.

—Claro, como tú antes. Sabías tocarte el papo tan bien que era agradable.

Sandra puso los ojos en blanco y se inclinó a la mesita de centro a coger un cigarrillo, que se encendió llenando la estancia de humo. Amaia frunció el ceño.

—San…, trata de no fumar cuando esté Martina, ¿vale?

—¿Por?

—Eh…, he descubierto que tiene asma —mintió.

—Lo que le faltaba ya.

Las dos dieron un trago a su tercio de cerveza y respiraron hondo.

—Y con Íñigo ¿qué tal?

—Ah, pues bien. —Sandra se puso tiesa, en esa postura tan Sissi Emperatriz—. Avanzando.

—¿Os planteáis vivir juntos?

—Es muy pronto. Acabamos de volver. —Trató de sonreír—. Vamos despacito. No queremos precipitarnos.

Amaia arqueó una ceja.

—Claro. Después de casi quince años…, ya se sabe. Cuidado, no derrapéis.

—No es eso, Amaia. Es que rompimos por algo, ¿no? Una relación tan larga no se deshace sin motivos. Ahora queremos hacerlo bien.

—¿Y cuál es el problema?

—¿Qué problema?

—Algo hay.

—¿Y tú con Mario, qué tal?

—¿Y ese cambio de tema? —Levantó sorprendida las cejas—. Te he pillado. ¿Qué pasa?

—No pasa nada, Amaia. No seas pesada. Cosas de pareja.

—«Cosas de pareja» contigo nunca significa lo mismo que con el resto. Acláramelo. Porque supongo que no te refieres a problemas sexuales y esas cosas tan normales. Conociéndote debe de ser algún tipo de conflicto de protocolo que ni me planteo.

Sandra hizo una mueca.

—No es nada.

—¡¡Es el sexo!! —Y Amaia se descojonó.

—Mira que eres tocapelotas —gruñó Sandra justo antes de darle una calada a su cigarrillo.

—Pero, chocho, si tú ya sabías lo que había. ¿Qué sorpresa te has llevado a estas alturas?

—No es ninguna sorpresa. El sexo sigue siendo… bueno. Con Íñigo es… bueno.

—¿Entonces?

Se mordió el labio con desazón.

—Te lo cuento, pero no te rías, ¿vale?

—Sabes que me voy a reír.

—Ya lo sé, pero me da confort que me digas que no te vas a reír.

—Vale, no me voy a reír. ¿Se tiró un pedo mientras se la comías? ¿Es eso?

—No. Guarra. No es eso. Es que… —Miró alrededor, como si alguien pudiera escucharla—. No dejo de pensar en Javi.

A Amaia se le quitaron las ganas de reírse.

—¿Cómo? ¿Rollo enamorada de él?

—No. Qué va. Ya lo vi claro. Por ese lado Javi y yo pintamos juntos lo mismo que tú con él. Nada de nada.

—Ya…

—Pero…, joder, Amaia, sé que no te va a gustar saberlo, pero… ¡¡tú no sabes cómo folla!! ¿Y la lengua? Joder. Es que de vez en cuando aún sueño que me lo come y hasta me corro.

—Sí, ¿eh? —Se mordió el carrillo tratando de aplacar las ansias asesinas.

—Es una auténtica máquina sexual. Un día… hizo que me corriera cuatro veces. Una con las manos, otra con la lengua…, la tercera fue mientras me follaba a cuatro patas en su sofá…

—No quiero saber la cuarta —gruñó.

—No, no quieras. Es… perverso. —Y se rio muy orgullosa de aquella pasada aventura sexual—. Tú… ¿qué es lo más cerdo que has hecho?

—Comerme un helado mientras cagaba.

—¡Amaia! No te mosquees —le pidió apretándole la rodilla con sus deditos de manicura perfecta—. Sé que es tu mejor amigo y que no te hacen gracia estos datos, pero tú preguntaste.

El móvil de Amaia sonó antes de que ella pudiera asentir y confesar que la curiosidad había matado al gato. Miró la pantalla y Sandra lo hizo al mismo tiempo: Javi.

—Voy a cogérselo en la habitación, no vaya a ser que me robes el móvil y lamas la pantalla, salida.

—Sí, sí. Muy salida, pero…

Cerró la puerta antes de poder escuchar otra andanza sexual de Javi. Contestó con un gruñido.

—¿Qué tal la tarde de chicas? —le preguntó él.

—Las he tenido más agradables.

—Claro. Lo sería mucho más si me hubieras hecho caso y estuvieras aquí. ¿Sabes por qué?

—¿Por qué? ¿Porque me follarías a cuatro patas como hiciste con Sandra? ¡¡La tengo en el sofá contándome lo fenomenal que se te da mover la lengua!! ¡¡Es que no sé por qué cojones me meto yo en estas movidas!!

—Amaia..., ¿puedes calmarte?

—Claro que no. Claro que no puedo calmarme. Tú me dices «bla bla bla, qué bonito es estar loco de amor como nosotros» y yo llego a casa y una de mis mejores amigas me cuenta que eres el amo del calabozo del cunnilingus, cosa que, por cierto, no tengo ni idea de si es verdad.

—¿Estás celosa? —se burló Javi.

—¡¡Pues claro que sí!!

—Nena, voy ahora mismo.

—¡No quiero que vengas! ¡Y no me llames nena!

—Amaia, voy y se lo decimos. No pasa nada. Se le explica que tú y yo nos hemos enamorado y punto y pelota. Tiene que entenderlo por obligación. Y si no lo entiende...

—Siempre puedes convencerla con tu maravillosa lengua —respondió ella con veneno—. ¡Que no! No se lo vamos a decir, Javi. Aún no.

—¿Por qué?

—Porque ni siquiera sé si hay algo que decir. Porque no tengo ni idea de qué es esto.

—Esto es amor, es tan sencillo como eso.

—Aplaudo que lo tengas tan claro pero, como tú comprenderás, necesito vislumbrarlo yo sola. Con creerte no me vale. Podría ser que tú sintieras eso y yo no.

—Podría ser —susurró él—. ¿Puedo verte?

—Por más que lo discutamos...

—Por favor.

Suspiró. ¿De qué servía negarse?

—Ven si quieres, Javi, pero esto…

Él ya había colgado.

Debió de coger un taxi (y pillar todos los semáforos en verde) porque de otro modo no se puede explicar que se presentara allí quince minutos después. Amaia iba dispuesta a decirle cuatro cosas bien dichas, sobre todo, aunque quiera negárselo, porque estaba rabiosa porque Sandra supiera lo bien que se le daban ciertas cosas a Javi y… ella no. Pero ¿qué estaba pasando? Pero ¡si se moría de vergüenza solo de imaginarlo con la cabeza hundida entre sus muslos! Cuando abrió la puerta y lo vio…, se le olvidó un poco el enfado. Iba despeinado y brillaba la piel de su garganta perlada de sudor.

—¿Has venido corriendo, o qué?

—Volando —le dijo él con media sonrisa.

Entró sin pedir permiso, se asomó, saludó a Sandra con educación y después enfiló directo al interior de la habitación de Amaia. Y ella allí mirándolo, con el pomo de la puerta en la mano.

—¿Vienes? —le dijo cómodamente apoyado en la estantería que hacía las veces de tocador.

Amaia cerró la boca, sorprendida. Mandaba cojones.

—Oye, tú —le contestó mientras cerraba su dormitorio un poco más fuerte de lo necesario—. Tienes más cara que espalda. ¿Qué te crees que haces?

—Tú pides. Yo cumplo.

En un abrir y cerrar de ojos le cogió las muñecas y se las sostuvo por encima de la cabeza, pegados a la puerta de la habitación. La miró desde muy cerca y pegó su cadera a ella.

—Dime…, ¿qué quieres, Amaia?

—Que te vayas —se quejó ella sin convicción.

—¿Sí? Porque yo creo que lo que quieres es que meta las manos por debajo del vestido, te saque las bragas y me arrodille frente a ti para meter la lengua en la hendidura que separa tus labios...

—¡Calla!

Los labios de Javi se posaron en su mandíbula y fueron bajando hacia su cuello, donde dejó un rastro de besos húmedos.

—Eres lo único que quiero llevarme a la boca, Amaia. Y no he podido dejar de pensar en esto desde esta mañana. Dame el placer...

Las braguitas de Amaia, de algodón negro deslavado y algo dadas de sí después de los años, aparecieron de súbito en sus tobillos. Javi había sido tan suave que ella creyó que hasta se le habrían caído solas de las ganas. Cerró los ojos y apoyó la cabeza en la puerta.

—Estaríamos mejor en la cama —gimió cuando los labios de él recorrieron el interior de sus muslos.

—¿No decías que querías que me fuera?

—Cuando termines.

A Javi le entró la risa y apoyó la frente en sus piernas.

—Joder, Amaia, me vas a volver loco.

Se levantó, la cargó en brazos y la llevó a la cama, donde la sentó para después arrodillarse frente a ella. Cogió primero un tobillo y lo apoyó en el colchón, sin dejar de mirarla a la cara pero abriéndola para él. Después hizo lo mismo con el otro pie y se humedeció el labio inferior.

—Quiero que me veas hacerlo —le dijo.

Acercó la boca a su sexo y ella sintió la necesidad de encogerse sobre sí misma. Solo le habían hecho sexo oral una vez y aunque le gustó, él fue tan gilipollas después que no hizo más que acrecentar la inseguridad de Amaia en la cama.

—No, no lo hagas, por favor.

Javi le sujetó las rodillas, que luchaban por cerrarse y la besó... ahí. Un beso cariñoso y lento que fue profundizando más húmedamente con los segundos. Amaia le agarró el pelo y gimió.

—Shhh... —susurró él con sus labios pegados a ella.

—Joder, Javi...

Y Sandra no mentía. No, señor. Amaia no entendía cómo podía sentir tanto placer, como si la lengua estuviera en todas partes. Un gemido contenido en la garganta de Javi la hizo enloquecer y, agarrado del pelo como lo tenía, lo presionó más contra su carne. Las manos de Javi envolvieron sus caderas y se acomodó para seguir lamiéndola rápido, despacio, contundentemente, suave, con dedos, sin ellos, soplando, mordiendo..., joder. Sabía hacerlo todo bien. Amaia notó que estaba llegando tan pronto al orgasmo que le dio vergüenza decirlo, pero él lo supo por el ritmo de su respiración y aceleró el movimiento.

—Dios, Javi... —gimió retorciéndose—. Ya llego.

Un dedo la penetró. Después otro. Los movió. La lengua se revolvió, lamió, golpeó su clítoris. Amaia agarró el cojín, se lo colocó sobre la cara y ahogó un grito de placer en su relleno.

—¡Por el amor de Dios! —gruñó mordiendo la funda de la almohada mientras su interior se contraía y se expandía con placer.

La mano izquierda de Javi le sobó un pecho y rugió de morbo en el momento en el que ella estalló en sus labios. Tiró el cojín. Se retorció. Jadeó. Y cuando no pudo aguantar más lo apartó de ella con la boca abierta. Javi dejó un beso en su monte de venus, en sus muslos y se puso en pie. En sus vaqueros se notaba, cargando a la izquierda, un buen bulto. Se pasó el dorso de la mano por la boca y después se relamió.

—Y ahora..., ¿quieres que me vaya?

Ella se incorporó y le desabrochó el cinturón mientras lanzaba miradas hacia su cara de vez en cuando. Bajó un poco el vaquero y la ropa interior y lo agarró con fuerza hasta acercarlo a sus labios, pero él se apartó un poco, jugueteando. Amaia se la metió en la boca y succionó. Javi maldijo, frunciendo el ceño.

—Joder. Hazlo otra vez.

Ella succionó de nuevo y después lamió la punta.

—¿Quieres que me corra en tu cara? —Sonrió él.

—Si te corres en mi cara te la muerdo y no nos separan ni los de emergencias.

Javi lanzó una carcajada que se cortó cuando ella volvió a engullirla. Empujó un poco con las caderas y miró sorprendido al comprobar que no le daban arcadas.

—Me cago en la puta, Amaia. Eres la mejor.

Embistió de nuevo y ella aceptó la invasión de buen grado, con una especie de gemido de satisfacción.

—Quiero ser tuyo, nena —gimió—. Quiero que esto solo puedas hacérmelo tú. Que seas la única en hacerme sentir así.

—¿Cómo? —se burló ella antes de rozar la punta húmeda sobre sus labios.

—Desesperado.

La obligó a recostarse y sin quitarse los pantalones, con ellos a la altura de los muslos, se colocó entre sus muslos y empujó. El interior de Amaia lo recibió húmedo y cálido, prieto. Gruñó y bombeó dentro y fuera con un movimiento tan sexi que ella tuvo que clavarle las uñas en el trasero para controlar el alarido de placer que empujaba por salir.

—Eso es, nena. Déjame entrar. —Empujó más hondo—. Eres mi casa.

Lamió su garganta y después la besó. Cuando se separaron y sus ojos se encontraron, el ritmo de las penetraciones bajó ostensiblemente.

—Amaia… —susurró. Y a ella le pareció que jamás la habían mirado de aquella manera.

—Me completas —se le escapó.

Javi hundió su nariz en su cuello y empujó de nuevo con intensidad. Mucha. Amaia le agarró con fuerza de las nalgas y él rotó sus caderas de una manera deliciosa que la acercó un paso más al orgasmo.

—Más.

—Soy tuyo —gimió él—. Estoy listo.

Ella se desmadejó y abrió todo su ser a las sensaciones que le recorrieron de cabeza a pies. Un hormigueo y una certeza. Nunca antes había hecho el amor hasta que llegó Javi. Él se apretó contra ella y gimió. Se quedó muy dentro cuando se vació y tembló antes de derrumbarse sobre su pecho.

—Mi amor —susurró.

—Joder, Javi —se quejó ella con un hilo de voz—. Te quiero.

Él levantó la cabeza y la miró con una sonrisa.

—Y yo.

—Qué movida.

Javi soltó otra carcajada y ella se echó a reír también. Qué movida. El amor de sus vidas.

13

L lamarle loco me salió del alma, de la misma manera que no pude quitarme aquella idea de la cabeza. Aquella proposición tan demente me desquiciaba y torturaba. Una posibilidad parásito que había anidado en mí de una forma sonora y molesta. Pero fingí que no. Así, sencillamente, como acostumbraba a hacer con el resto de las emociones que despertaban cuando alguien o algo me agitaba: fingía que no pasaba nada y de tanto fingirlo, llegué a creerme que, efectivamente, dentro de mí no sucedía nada. Hasta Pablo. Pero yo seguiría fingiendo, «por mi bien».

Aquel día, cuando Pablo entró en la cocina ya estábamos todos allí, ocupando nuestros puestos. Lo hizo con el teléfono pegado a la oreja, el ceño ligeramente fruncido y asintiendo mientras mordía sus labios. Pensé, dentro de mi paranoia, que estaba fingiendo estar muy ocupado para no tener ni siquiera que saludarme tras nuestro «intercambio de opiniones». Lo cierto es que se metió en su despacho y tardó bastante en salir;

cuando lo hizo fue solo para asomarse, silbar hacia Alfonso y Marcos y llamarlos adentro.

—… trabajo —dijo alguien cerca de mí.

Di un saltito, sobresaltada, y Carol sonrió sin mirarme, con los ojos fijos en lo que estaba haciendo.

—¿Qué?

—Digo que algo se está gestando ahí dentro. Algo emocionante de trabajo.

—¿Tú crees?

—Seguro.

Alfonso, Pablo y Marcos salieron del despacho poco después. Todos miramos disimuladamente, algunos testeando el humor del que se había levantado el chef…, yo preguntándome por qué las cosas no podrían ser más fáciles.

—Grumetes —nos llamó a todos—, necesito vuestra atención durante unos minutos. No os robaré mucho tiempo. —Un silencio tenso recorrió la cocina y él sonrió al repasar con su mirada los rostros cautos—. ¡Venga, acercaros, que no como!

Fui la última en hacerlo solo por fastidiar y, más que me pese, por llamar un poco su atención. Cuando nos tuvo a todos rodeando la mesa donde estaba apoyado, sonrió y se frotó los ojos en un gesto que me encogió el estómago. Vamos, Martina, es solo un tío con greñas y un gusto deplorable con las camisas, no puede gustarte tanto.

—A ver. Como ya sabéis, hace años trabajé como chef principal en un hotel de Ámsterdam. Durante aquel tiempo conocí a mucha gente tanto del mundo de la cocina como del negocio hostelero. Bien, no quiero extenderme. Uno de ellos, Noach Groen, acaba de llamarme por teléfono para solicitar mi ayuda en un proyecto de consultoría. En este caso en concreto significa que hay un hotel cuya cocina no funciona como debería. No hablamos de un restaurante dentro de un hotel… es la cocina del hotel. El chef se ha marchado y aprovechan la oportunidad para darle una vuelta a su planteamiento: ahí es donde entro yo. Estaré fuera durante una semana aproximadamente.

«¡No!», pensé.

—Pero ¿por qué os cuento esto? Porque no me voy solo. En un primer momento mi idea era que Alfonso o Marcos me acompañaran pero, como bien han apuntado ellos mismos, es importante que los dos jefes de cocina se queden en El Mar en mi ausencia. Resultado: necesito un voluntario.

Un mar de manos se levantó en la cocina y él sonrió.

—Quietos, fieras…, escuchad primero. —Se apoyó en la mesa y cruzó los brazos en el pecho—. Este viaje tendrá las dietas y traslados pagados y un plus económico de dos mil euros. Pueden presentarse como voluntarios los que cumplan los siguientes requisitos. Como el hotel está lejos…

—¿Dónde? —preguntó Carol.

—Ah, nena, eso es sorpresa.

Todos se echaron a reír, menos yo. ¿Nena? Pero ¿qué cojones…? Él siguió hablando:

—Como el hotel está… lejos, todos los voluntarios tienen que tener el pasaporte en regla. —Hubo un murmullo de agitación entre el personal—. Y cuando hablo de voluntarios hablo de cocineros o jefes de partida. Ayudantes y becarios quedan fuera de convocatoria, lo siento.

Un «ohhh» llenó la estancia. No quedábamos tantos. ¿Yo tenía el pasaporte en regla? Sí, lo tenía. Hacía menos de año y medio que lo había renovado para una escapada con Fer que nunca llegamos a hacer.

—El último requisito es que la persona que me acompañe DEBE —remarcó— tener nociones de repostería. Preparación específica demostrable. No me vale que hagáis las tartas de cumpleaños en vuestra familia. Dicho esto… que levanten la mano los voluntarios.

Miré a mi alrededor: cinco manos levantadas..., contándonos a Carolina y a mí. Y no sé por qué coño levanté la mano, narices. Quizá porque la idea de que Pablo y Carol se marcharan a saber dónde, solos, no me hizo ninguna gracia. No me pasó desapercibida la mirada de incomprensión que me lanzó Pablo cuando me vio levantar la mano. Vale, chato, yo tampoco me entiendo, pero esto es culpa tuya y lo sabes. Aún no sé por qué es culpa tuya, pero déjame un rato para pensarlo y verás cómo encuentro la razón.

—Vale, lo haremos por sorteo —murmuró.

Partimos unos papeles en pequeños trozos y escribimos nuestros nombres mientras todas aquellas personas que habían quedado fuera del «concurso» se agitaban de emoción; la cara de ensoñación de las becarias enamoradas del chef rozaba lo cómico. Pobres... ellas que se imaginaban en la otra parte del mundo junto a su ídolo...

Yo, para ser sincera, me sentía ridícula. Si participé de aquella jodida estupidez fue porque no me daba la gana que se fuera con Carol y sabía que si me presentaba voluntaria habría una posibilidad menos de que ellos se marcharan juntos. No sé. No pensaba con claridad. Estaba pasando todo demasiado rápido.

Metimos los papeles con nuestros nombres en un gorro de cocinero y Pablo se dispuso a elegir uno al azar. Cruzamos la mirada. Mi nombre. Iba a salir mi nombre. Sacó el pequeño papel. Lo único que escuchaba en aquel momento era el latido desbocado de mi corazón. ¿Por qué? Porque vi claro que mi nombre estaba entre sus dedos pero que él podía decidir en el último momento pronunciar otro. El de Carolina, por ejemplo. Y eso sería peor que no haber participado. ¿Por qué hostias estaba yo participando? En dos semanas iba a someterme a la interrupción de mi embarazo. ¿Y me iba de parranda antes? Bueno, era trabajo. El trabajo siempre fue la primera prioridad en mi vida. «Claro, Martina, segurísimo que lo haces por eso...».

Los labios de Pablo se abrieron para pronunciar el nombre de la persona que le acompañaría. Es mi nombre, pensé, pero va a decir Carolina. Los imaginé riéndose, caminando uno junto al otro en el enmoquetado pasillo de un hotel elegante, parándose frente a la puerta de una habitación, mirándose los labios mientras se despedían con torpeza, deseando que el otro diera el paso para terminar con el espacio que quedaba entre ellos...

—Estoy pensando que quizá esto debería hacerlo una mano inocente —dijo Pablo. Carraspeó y llamó a Alfonso—. Procede.

Pablo hizo amago de tirar el papel que tenía en su mano como por descuido, pero Alfonso lo cogió y lo volvió a meter dentro del gorro. Nadie se había dado cuenta pero la de ese papel era yo. Estaba segura. Era yo. Y volvería a salir porque era nuestro jodido destino irnos juntos adonde quisiera que fuera. No con Carolina.

Alfonso lo hizo sin ceremonias.

—Martina. Te vas de viaje.

Pablo intercedió.

—Martina no puede venir. Saca otro papel.

Sé que es imposible porque el silencio es sordo, pero lo escuché a gritos en mis oídos. El silencio ominoso de un montón de gente que piensa para sí que algo está ocurriendo. Por si no era evidente ya.

—Pero... —dijo Alfonso.

—Sí puedo —me escuché decir.

—No puedes, Martina. Tus condiciones médicas no son las indicadas.

Joder. Qué patada en los cojones... y eso que no tengo. Rebobinemos..., ¿me dejas embarazada y me marginas en el trabajo, todo junto? No, cariño, de eso nada.

—No sé a qué te refieres, Pablo. Estoy completamente recuperada y no hay nada que me impida coger un avión. Si puedo estar ahora mismo trabajando..., ¿por qué no fuera de las instalaciones de El Mar? Si eres tú quien tiene problemas con la idea de que sea yo quien...

—No digas tonterías —espetó muy serio—. Esto no es un juego de provocación. No puedes volar.

—Sí puedo volar. Tengo el pasaporte en regla, soy jefa de partida y terminé con mención de honor mis estudios de repostería en Le Cordon Bleu.

El resto de la cocina nos miraba anonadado. Pablo se frotó la cara y dulcificó el gesto.

—Vale. Esto... ¿podemos hablar en privado?

Pablo arqueó las cejas significativamente, suplicándome con un gesto que aceptara su invitación y después me indicó la puerta de su despacho. La gente nos miró decepcionada por perderse el espectáculo cuando cerramos detrás de nosotros.

—Vamos a ver... —empezó a decir. Su voz llegaba amortiguada por sus manos, con las que estaba frotándose la cara sin parar.

—Si no quieres ir conmigo dímelo claramente. Dime: Martina, no quiero que vengas.

—No es eso.

—Entonces ¿qué es?

Dejó caer los brazos y se acercó.

—Que estás embarazada —susurró—. Embarazada de mí.

—No entiendo por qué supone eso un impedimento para mi trabajo.

—¿Puedes desconectar un momento el modo robot, por favor?

—No me hables así —le pedí.

—¿No es un impedimento? ¿No te parece un condicionante lo suficientemente importante?

—Sigo estando embarazada de ti aquí. ¿Qué cambia si tú te marchas y yo me quedo?

—Cambia que no discutiremos en la otra jodida punta del mundo por temas personales. Cambia que nuestra vida personal no empañará un proyecto importante de nuestra vida profesional.

—¿Me estás diciendo que no me crees lo suficientemente profesional como para hacer esto bien?

—No tenemos buenas experiencias en lo referente a cuando tu intimidad y la mía se cruzan con este restaurante, la verdad.

—Pues vale. Dile entonces a Carol que te acompañe. Parece que lo prefieres desesperadamente.

Pablo cruzó los brazos sobre el pecho y me miró alucinado.

—¿Es esto un ataque de celos? ¡Es por ti, joder! ¿Y si hay alguna complicación, qué?

—¿Vamos a ir al desierto del Gobi? No, ¿verdad? Seguro que habrá atención médica allá donde vayamos.

Frunció el ceño.

—Dime una cosa, Martina, y dímela por favor con la honestidad que nos prometimos un día: ¿quieres venir por llevarme la contraria o porque crees que esto es importante para tu vida profesional?

—¿Le preguntarías a Carolina si quiere ir por la experiencia profesional que supone o por pasar tiempo contigo?

—No sé de dónde te estás sacando todo esto de Carolina —dijo muy serio—. Pero ya veo que ni honestidad nos queda para con nosotros mismos. Tú ganas.

Caminó con decisión hacia la puerta y salió. Todos nos miraron.

—Grumetes. Martina y yo saldremos de viaje pasado mañana y estaremos fuera hasta el viernes que viene. Alfonso y Marcos se quedarán al mando. Carol, escoge a los ayudantes que te hagan falta para tu partida.

—Y… ¿dónde os vais?

—A Moofushi, un atolón a veinticinco minutos en hidroavión de Male, en las islas Maldivas.

14

L legué a casa relativamente pronto aquel día. Sandra y Amaia seguían delante de la televisión viendo un programa de cocina que se había hecho muy famoso en los últimos años. Al verme aparecer Sandra apagó el cigarrillo, lo que me sorprendió mucho. Pensé que se habría ido de la lengua la Amaia de los cojones. La miré y ella negó con la cabeza efusivamente.

—Sandra…, yo… iba a decírtelo.

—Pues sí, me tenías que haber dicho que eres asmática. He ido fumigándote la cara cada dos por tres —masculló antes de darle una cucharada a una natilla.

Respiré hondo y me dejé caer en el sillón orejero. Ya me preocuparía de aquello más adelante.

—No importa. Es muy tarde. ¿Qué veis?

—*MasterChef*.

—A ver si aprendéis algo y un día hacéis vosotras la comida.

—Bah, los experimentos con gaseosa. Para eso ya estás tú. Por cierto, a Pablo le pega mil ir de juez y decir cosas como: «Esto sabe a culo, amigo. Y esta camisa es vintage» —respondió Amaia.

La miré de reojo de soslayo.

—¿Estás cansada? —preguntó Sandra sin mirarme.

—Estoy, que no es poco.

—¿Qué tal con Pablo?

Amaia y yo nos miramos.

—Bien. —Me aclaré la garganta—. Pasado mañana salgo de viaje de trabajo con él. Me ha tocado en un sorteo.

—¿Ese sorteo ha sido ante notario? Porque suena a tongo —se burló Amaia.

—Os aseguro que a él no le apetecía demasiado que yo fuera la elegida, pero estaba condenada a irme con él hasta sin presentarme voluntaria. —Suspiré, tragándome todas las palabras sobre Carolina y mis celos repentinos—. En fin.

—¿Y adónde os vais?

—Ahm. Pues… a una isla… de las Maldivas.

Las dos se pusieron en posición «perrito de la pradera», todas tiesas, como si otearan el horizonte en busca de depredadores.

—¿Cómooooorrr? —preguntó Amaia.

—Consultoría gastronómica. Vamos a buscar soluciones para un hotel cuya cocina no funciona muy bien. Yo tengo que encargarme de los postres.

—¿Y de su banana te vas a encargar?

—Amaia, por Dios —resoplé. Pero esta mujer… ¿se acordaba de mi situación?

—¿Habéis vuelto? —preguntó Sandra.

—No. Estamos bastante lejos de eso, la verdad.

—Ya lo estoy viendo…, en el hotel hay *overbooking* y solo queda libre una pequeña cabaña, romántica pero muy íntima, donde los dos tendréis que compartir un minúsculo camastro… y de fondo, el mar.

Me quedé mirando a Amaia fijamente, rezando porque mi gen *cyborg* generara un rayo destructor que saliera de mis ojos de una vez por todas.

—Perdón —dijo con la boquita pequeña al ver mi expresión.

—Me voy a acostar. Estoy cansada —repuse.

—Yo también me acuesto —dijo Amaia.

—¿No te quedas para saber a quién expulsan?

—Ya me lo contarás mañana cuando nos peleemos porque no has fregado la taza del café.

Amaia y yo nos dirigimos hacia el pasillo pero, en lugar de meterse en su dormitorio, me empujó silenciosamente hacia el mío y cerró después la puerta.

—¿Qué tal con Pablo? —preguntó en susurros.

—Mal. Cuando salió mi nombre en el papel casi le dio una embolia.

—Podía haberse negado a que tú le acompañaras...

—Casi lo ha hecho. Créeme. —Me senté en el borde de la cama y rebufé—. Me pregunto cómo he terminado teniendo una vida completamente surrealista.

—Te suministro drogas. Es todo una alucinación.

—Ojalá.

Amaia me miró con ojitos tiernos y palmeó mi rodilla, sentándose a mi lado.

—Volveréis.

—No lo creo, Amaia. Y si te digo la verdad no sé si quiero. No quiero vivir la vida con esa intensidad. Duele mucho. Y me da miedo. Pablo me da un miedo atroz.

Se miró las uñitas pintadas de rojo y susurró que me comprendía.

—A veces el amor da un miedo que te cagas, pero... más miedo da pasarse la vida pensando que dejaste escapar la oportunidad de vivir algo realmente especial.

—¿Te has rendido ya a la evidencia? —Le sonreí.

—Sí. Supongo que sí. Pero es Javi y da miedo.

—Es Javi y por eso mismo no debería darte miedo.

—Sandra se puso a divagar en voz alta sobre lo mucho que seguía fantaseando con él porque comía muy bien el potorro. Casi me dio un infarto.

—El mismo que está a punto de darme a mí. ¡Amaia, por Dios, que luego no le puedo mirar a la cara!

—¡Céntrate en lo importante, leches! —se quejó—. Era Sandra hablando de mi..., de mi... lo que sea.

—Tendrás que decirle algún día que habla de tu novio.

—Aún no. Espero que se le pase.

—Insisto..., se le pasará cuando sepa que es tu novio.

—Ni siquiera sé si es mi novio. Esta tarde le monté un pollo por teléfono porque me puse celosa. Imaginarlo bajándole las bragas a Sandra... —Puso los ojos en blanco—. Joder, qué horror. Tú le has visto el culo a Sandra, tía. Es de acero. Y luego llego yo con mi celulitis, estrías, flacidez...

—Eso es una tontería. A la que quiere es a ti.

—Eso me dijo. Y... ¿sabes una cosa? Sandra no exageraba. Lo come tan bien que no sabía si estaba corriéndome o viendo a Dios.

Me tapé la cara y me reí.

—Joder, qué horror. ¡Que no quiero saber esas cosas!

—¿Pablo lo come bien?

—¡Amaia! —Me reí.

—Bueno, ya me imagino que sí. —Se carcajeó malignamente—. Tiene unos labios así como de buen comedor de chirlas.

—Entonces le montaste un pollo a Javi y él se presentó aquí y te dio canelita en rama. —Cambié de tema—. A ese chico lo tienes loco.

—Eso dice él. Pero, Marti..., ¿cuánto tardaré en volverlo loco de verdad? Ya sabes cómo soy. No sé si sabré ser la chica que él espera.

La miré de reojo y sonreí acariciándole el pelo rubio.

—Él no espera nada. Él ya sabe quién eres y justo eso es lo que quiere. A ti.

—Ya me lo dirás cuando me tire el primer pedo delante de él.

Se alejó hacia la puerta y cuando estaba a punto de salir me dijo:

—¿Sabes lo que es realmente el amor?

—¿Qué?

—La confianza necesaria para hacer esto.

Dicho lo cual levantó una pierna, se tiró uno de los pedos más ruidosos que he escuchado en mi vida y cerró la puerta, dejándome sola y alucinada. La madre que la parió. Solo ella sabe cómo destensar el ambiente y hacerlo a la vez casi irrespirable.

15

P ablo y yo quedamos en la T4 el viernes a las doce de la mañana frente a los mostradores de Emirates, la aerolínea con la que volaríamos hasta Dubái, donde tras una escala de unas dos horas y media, cogeríamos otro vuelo destino Male, capital de Maldivas. Ninguno de los dos tenía que facturar la maleta, pero fuimos pronto para hacer el *check in*.

Yo llegué a las doce menos cinco y él a las doce en punto. No es que me apeteciera mucho la perspectiva de pasar siete horas y quince minutos sentada a su lado en un sitio donde no tenía escapatoria pero, que me perdone, después de ver su camisa, me apeteció un poco menos. Hijo del mal. Estaba segura de que habría escogido la maldita camisa más fea de su armario a propósito. Y era fea de cojones. El fondo era de un color... salmón subido. Pero no contento con eso, la muy puta estaba cubierta de un estampado de pequeñas flores verdes, granates y malvas. Muerte estética... pero no, ahí no termina. La llevaba completamente abierta sobre una camiseta blanca de los Rolling

Stones tan lavada que parecía que a la mítica lengua de la banda le faltaban papilas gustativas. Abajo, como no, unos vaqueros pitillos tan estrechos que ya lo imaginaba rompiéndolos con unas tijeras para poder quitárselos. A los pies, unos botines marrones de ante y colgando de su hombro una bolsa de mano de piel del mismo color que su calzado. Se quitó las gafas de sol cuando estaba a dos pasos de mí y me miró de arriba abajo. Converse negras bajas, pantalón pitillo tobillero negro, jersey gris de punto fino y una bandolera negra no muy grande. A mi lado una maleta de mano negra metalizada.

—Hola —dijo conciso.

—¿Crees que te quedará creatividad suficiente para el menú después del derroche que has hecho esta mañana delante del armario?

Pablo cambió el peso de su cuerpo de un pie a otro y esbozó una pequeña, muy pequeña, sonrisa malévola..., de esas que dibujas cuando en realidad quieres arrancarle la cabeza a alguien.

—Tú, sin embargo, siempre vas correcta. Es lo que tiene el aburrimiento, que viene bien en cualquier ocasión. —Abrí la boca para responder, pero él me cortó antes de que pudiera hacerlo—. Has empezado tú.

—Vamos a centrarnos en el trabajo.

Él llevaba toda la documentación de los vuelos así que, después de dejarle mi pasaporte para las gestiones, me tocó esperar apoyada en el mostrador, aburrida como mi ropa.

—Señor Ruiz, ¿tienen usted o su acompañante alguna intolerancia alimenticia?

Pablo respondió que no después de mirarme buscando mi aprobación. Quizá debería añadir el perfume de la chica que nos atendía a mi lista de intolerancias. Dios..., era dulzón e intenso. Me giré de espaldas. Muy intenso. Se cogía a tus fosas nasales, pegándose por todas partes, llegando a la garganta.

—¿Estás bien? —susurró Pablo en mi hombro.

—Sí. Su perfume es…, buff —le respondí en un murmullo.

—Toma.

Abrió su equipaje de mano y sacó una de esas pequeñas bolsas de plástico que sirven para congelar alimentos. Dentro había dos manzanas cortadas en gajos. Le miré frunciendo el ceño, confusa, y él volvió a pedirme que lo cogiera.

—Las náuseas del primer trimestre se alivian comiendo algo. Come un poco de manzana. Te vendrá bien.

Puto. Y tuvo razón.

Los billetes, de los que se había hecho cargo la cadena hotelera para la que íbamos a trabajar, eran de primera clase, así que nos dirigimos a la sala VIP a esperar a que saliera el vuelo. Nos sentamos en dos sofás con un café y la documentación que habíamos recabado sobre la cocina del hotel: productos con los que se podía contar fácilmente, platos realizados con frecuencia, rutinas de organización y turnos, personal, presupuesto mensual, recetas… Él se puso a repasar la parte de los menús que llevaba preparada y yo me centré en la repostería.

El hotel tenía tres restaurantes: un buffet (el principal) que servía desayunos, comidas y cenas en un horario cerrado. Otro en la playa, que ofrecía unos pocos platos y dulces desde la hora de cierre del buffet a mediodía hasta las once de la noche, además de bebidas. El tercero era el único restaurante a la carta del hotel (o debería decir de la isla, porque en el atolón no había nada más que aquel resort) y había sido Pablo quien había seleccionado tres de los postres que llevaba mi recetario para su menú. Mi trabajo era elaborar un glosario de recetas de repostería que cubriera postres de comidas y cenas del buffet, sin repetición, para diez días, con tres tartas y tres dulces más para cada uno de los turnos. En total sesenta tartas y sesenta dulces. Telita. Había tirado tanto de clásicos como de recetas más innovadoras. Una vez llegáramos allí, tendría que elaborar cada una de las recetas junto al personal de la partida de postres, para que observaran la técnica. Después, esperar las indicaciones del chef…, o sea, de Pablo. Tenía una mezcla de emoción, miedo y desgana…

El tiempo de espera se pasó entre comentarios profesionales y el esfuerzo de disimular que mis ojos repasaban constantemente la forma en la que su pelo caía, derramándose en mechones agradecidos por todas partes ahora que lo había cortado. Lo apartaba de su cara con su mano derecha, casi sin darse cuenta y yo me preguntaba si aún se sentiría tan sedoso entre los dedos ahora que parecía tan espeso.

Embarcamos unos cuarenta minutos antes de la hora prevista para el despegue. La primera clase era espaciosa y muy cómoda. Las mantas parecían más suaves y los asientos más anchos y más reclinables. Pero mientras Pablo rebuscaba Dios sabe qué en el bolsillo que había frente a su asiento, yo me recosté en el mío y cerré los ojos. Un calor desagradable y seco subía por mi esófago sin parar, como en una amenaza silenciosa.

—¿Estás bien? —me preguntó Pablo.

—Sí, ¿por qué?

—No tienes buena cara.

—Vuelvo a tener un poco de náuseas. Pero tranquilo. En menos de dos minutos estaré dormida. Efectos secundarios de —tenerte dentro de mí, endureciéndote, palpitando, corriéndote en mi interior— mi estado.

Pablo se giró hacia el pasillo y le escuché llamar en inglés a una de las azafatas, que se acercó todo amabilidad.

—Disculpe, ¿podría traerme un par de bolsas para vomitar? He buscado en el bolsillo del asiento, pero no las he encontrado.

Abrí los ojos y me lo quedé mirando. Su inglés era áspero, como su voz y tenía un atildado acento británico. Aspirado, como una concatenación de jadeos secos vertidos en tu oído.

Un gato que se mueve sinuoso en las alturas, sorteando obstáculos con elegancia, sin dejar que las ramas del árbol en el que pasea le rocen al pasar. Su voz pronunciando cada palabra en un idioma que nada tenía que ver con el que un día inventamos para entendernos era un ente orgánico con cuerpo propio. Líquido, compacto, perfecto…, como su manera de hacer el amor. Como su manera de agarrarse a las sábanas cuando explotó dentro de mí. Él también era así: áspero cuando la piel encallecida de sus manos recorría el interior de mis muslos para separarlos y hacerse espacio; atildado, dentro de su caos, impecable, minucioso. Aspirando un globo de aire que llenara sus pulmones, con los labios húmedos entreabiertos y los ojos cerrados. Un gato de movimientos elegantes y concisos, milimétricos, estudiados, estampando sus caderas contra las mías siguiendo el ritmo de su diapasón interno. Porque el ritmo de su corazón, el torrente sanguíneo que le permitía estar duro dentro de mi sexo era música. Y su semen, líquido, compacto…, creó un momento perfecto, de comunión, de intimidad.

Cuando me di cuenta de que estaba comparando su forma de hablar inglés con su modo de hacer el amor, me sonrojé. Estaba loca. Puto greñas, me había empujado a la demencia. Y sonreí sin darme cuenta. Al girarse de nuevo se topó con mi gesto.

—¿Qué? —preguntó.

—Tu inglés. Es como de ir a tomar el té con la reina.

—Lo aprendí en Londres, ¿qué esperabas?

—Con ese pelo no esperaba un inglés tan fino.

Se humedeció los labios con una sonrisa.

—Me corté el pelo. Ya no llevo esas greñas que tanto odiabas, pequeña.

Pequeña. Suspiré y miré por la ventanilla cómo unos operarios se movían frenéticamente por la pista, poniéndolo todo a punto.

—Señor —susurró la voz de la dedicada azafata—, aquí tiene. Si necesitara más no tiene más que pedírmelo.

—Gracias.

—¿Puedo ofrecerle quizá un vaso de agua?

—Pequeña. —Se giró hacia mí de nuevo—. ¿Quieres agua?

—Con hielo, por favor —le pedí yo misma.

Pablo se quedó apoyado en su asiento, mirándome. Pronto abrió la boca para hablar pero dudó, carraspeó y colocó las bolsas en el bolsillo de mi asiento.

—¿Cómo sabías que comer ayuda con las náuseas? —le pregunté.

—Ah —se sorprendió, pero intentó disimularlo acomodándose—. Pues lo leí.

—¿Lo leíste?

—Sí. —Una pausa larga y húmeda en su boca—. Dime una cosa...

—Tú dirás.

—¿Qué puedo hacer para que estemos cómodos el uno con el otro?

Fruncí el ceño. ¿Se refería a los días de trabajo que teníamos por delante? ¿Tenía miedo a que todo lo que parecía quedar por decir afectara a la única faceta de mi vida que quería que siguiera teniendo que ver con él?

—Seré profesional, Pablo, no tienes que preocuparte. —Me miré las manos que, paradojas de la vida, descansaban sobre mi vientre.

—No me has entendido.

Fue como si un pensamiento se le escapase en susurros. Levanté los ojos hacia él.

—¿Entonces?

—No me preocupa este viaje, Martina. Me preocupa la vida. La que nos perdemos.

—Su agua. —Y la interrupción de la azafata me permitió poder apagar el proyector que emitía sin parar imágenes de esa vida que nos perderíamos...

Me dormí. Benditos «efectos secundarios» de estar embarazada. Nunca creí que me alegraría de estarlo, sentada en un avión a diez mil metros, junto al hombre responsable de la situación. Bueno, vale: responsables de la situación éramos los dos.

Sé que mi asiento se reclinó y que alguien me tapó con la manta: Pablo, que musitó a media voz que estaría más cómoda. Gimoteé cuando me acomodó la cabeza sobre la almohada, porque no me gustaba que fuera tan atento. Aunque atento no era la palabra. Lo que no quería era que se implicase. Conmigo, con mi embarazo no deseado, con nuestra situación, con lo truncado. No quería plantearme nada más allá de las decisiones que ya tenía tomadas. ¿Cómo sería el Pablo que se siente responsable de una vida? ¿Cómo sería el Pablo padre? ¿Sería un buen compañero? ¿Qué pasaría con el miedo si él estuviera a mi lado? ¿Cómo lo gestionaríamos? Aquellas eran preguntas que estaban de sobra...

Me despertó cuando sirvieron la cena. O comida. Vete tú a saber a qué correspondería aquella pasta pasada y recalentada.

—Tienes que comer —susurró—. Son muchas horas hasta que aterricemos.

Comí (o cené, o desayuné, o merendé, quién sabe) en silencio, preguntándome de dónde cojones nacía la rabia de verle comportarse como un hombre implicado. No mediamos palabra. Cuando terminé, él recogió las cosas de mi bandeja, las ordenó junto a las de la suya y yo me acurruqué para seguir durmiendo. Soñé con cosas que me venían grandes, porque lo último que vi antes de cerrar los ojos fue a Pablo leyendo un manoseado ejemplar de *El viejo y el mar,* de Ernest Hemingway. Y no fue ninguna de las frases bordadas en las servilletas de El Mar la que se me vino a la cabeza, sino esta: «Era demasiado bueno para durar. Ahora pienso que ojalá hubiera sido un sueño…». Lo entendía muy bien.

No sé si él durmió. Me desperté asustada cuando intentó devolver mi asiento a la posición original.

—Perdona. Estamos empezando a descender. Tienes que…

—Ah, sí. Lo siento. —Me froté los ojos.

Sonrió. Yo quise decirle que odiaba la sensación de vacío que provocaban esos pequeños saltos entre corrientes de aire, cuando el avión baja de golpe. Y él me cogería de la mano y con una sonrisa me contaría alguna historia vieja que consiguiera que me olvidara hasta de mi propio cuerpo.

Bajamos a pista, donde tuvimos que coger un autobús que nos llevó hasta la terminal. La sensación térmica en el exterior, a pesar de ser de noche, era asfixiante. Cuando entramos de nuevo en el aeropuerto, una bofetada de frío nos golpeó la cara. Me arrebujé en mi jersey y Pablo me miró de reojo, sopesando la posibilidad de ofrecerme algo de abrigo. Yo le diría que no y me erguiría, porque era pecado mortal mostrar debilidad, claro, así que no lo hizo.

Pasamos los controles y seguimos las indicaciones hacia la zona que enlazaba con la puerta de embarque de nuestro vuelo de conexión hasta Male. Cuando nos sentamos frente a esta, nos quedaba por delante una hora y cuarenta minutos para el embarque. Pablo se acomodó en su silla y sacó de nuevo el libro, después de unos minutos de tensión en los que ninguno habló. Yo cogí el bolso y le dije que me iba a comprarle un imán a Amaia, que estaba obsesionada con tener un mapamundi de experiencias en la puerta de la nevera. Pablo me preguntó si quería que me acompañase, pero le dije que no. Lo cierto es que me estaba quedando congelada, pero no quería admitir que se me había olvidado llevar a mano una chaqueta o un pañuelo con el que abrigarme un poco y tampoco me apetecía abrir mi maleta allí en medio y rebuscar entre los vestiditos que Amaia había elegido por mí (bajo mi supervisión).

Paseé alucinada con la cantidad de gente que se movía por allí, como si los potentes focos artificiales correspondieran con la luz del sol. Yo aún no lo sabía y pasarían años hasta que pudiera verlo con mis ojos, pero en Dubái la luz diurna siempre está empañada por un matiz gris, quizá mezcla de la condensación de calor y arena; nada parecido al aeropuerto.

Cuando volví Pablo seguía leyendo, con los pies colocados sobre la abultada bolsa de piel de su equipaje. Y a su lado, sobre mi maleta, un jersey fino de color gris, ese que cuando se ponía dejaba entrever las golondrinas coloridas de su pecho.

—¿Qué tal el ambiente? —me preguntó, como si hubiera decidido que se había hartado del silencio.

—Bullicioso. ¿Y esto?

Apoyó el codo en el respaldo de mi asiento y sonrió.

—Tienes frío. Y yo ropa que prestarte en la maleta.

—Ahm. Gracias pero…

—Aceptar un jersey para abrigarte no va a hacer que te olvides de todo lo que no quieres olvidar que hice. No significará nada. Un jersey no son palabras, Martina. Ni segundas oportunidades.

Segundas oportunidades. Pero ¿existía esa posibilidad?

La tensión del silencio nos sobrevoló el resto del tiempo de espera. Entre dos personas que supieron contarse secretos que no importaban, no es cómodo. Es como si te olvidaras del nombre de alguien a quien debes dirigirte. O si se te borrara el significado de las palabras. No era agradable. Pero el olor de su jersey envolviéndome sí lo era.

El vuelo hasta Male fue duro. Era tarde. Estábamos cansados. Dormir en un avión, por muy cómodos que sean sus asientos, no es dormir. Es un estado de vigilia que desconecta el cuerpo por un rato, pero que no carga la batería realmente. Cuatro horas de cabecear y de párpados que pesan. Pablo parecía haber asumido que no iba a conciliar el sueño allí. O quizá era verdad aquello que me dijo una vez, que dormía poco. Cuando le pregunté si no iba a echar una cabezada, él me respondió que no.

—No podría aunque quisiera —suspiró acomodando sus largas piernas—. Soy un poco especial para eso. No puedo dormir en cualquier sitio.

—¿Necesitas una cama?

—Necesito…, uhm…, mi cama.

Sonreí.

—¿Como un niño al que se llevan de campamento y no puede conciliar el sueño porque no reconoce su cama?

—No. —Esbozó una sonrisa y se arremangó el jersey—. Puedo dormir en otras camas.

—¿Entonces?

—Tengo que sentir…, es difícil de explicar.

—Haré un esfuerzo por entenderte.

—Necesito sentir legitimidad. Que pertenezco a ese espacio durante el tiempo que lo ocupo.

—Es como… territorial.

—Puede. En algunas cosas soy un poco gato.

Un gato sinuoso que anda en las alturas, cuidándose de que nada lo toque.

Me dormí mientras me hablaba de un libro, *El maestro y Margarita*, de Mijail Bulgákov, donde el diablo aparecía en las calles de la Unión Soviética. Un libro que hablaba del bien y del mal y donde Pablo opinaba que se ridiculizaba el rechazo moralino a la sexualidad. No recuerdo si soñé o no, pero me desperté con la mejilla apoyada en su hombro, mientras él leía.

Y durante un rato fingí seguir dormida, oliendo a él, viendo sus dedos llenos de anillos pasar las páginas rugosas de la sencilla edición de *El viejo y el mar,* que parecía tan leída… Lo terminó minutos antes de que el comandante anunciara que iniciábamos el descenso.

En Male eran tres horas más que en España y, aunque era aún temprano, ya se sufría un calor húmedo que te dejaba la piel brillante. Nos recogió en el aeropuerto un hombre menudo y sonriente que sostenía un cartel con el nombre de Pablo. Se hicieron con mi maleta y con su bolsa de mano, no sin que él sacara algunas cosas y me pidiera por favor que las guardara en mi bolso. Otro libro, el teléfono móvil y la cartera. Colocó en el bolsillo trasero de sus vaqueros el manoseado paquete de tabaco y un zippo negro.

Nos llevaron en un autobús que había conocido tiempos mejores hasta el aeródromo, donde en poco más de una hora podríamos coger el hidroavión hasta Moofushi. Esperamos en la sala VIP del hotel; nos recibieron con un té frío de mango que Pablo rechazó con una sonrisa y la excusa de necesitar un cigarrillo, pero yo sabía que odiaba el sabor del mango. Mientras él fumaba en la terraza, trasteando con su teléfono móvil, yo serví dos cafés. Por inercia lo preparé como a él le gustaba por las mañanas: solo y doble; después esperé a que volviera con una revista en el regazo e intenté rechazar la agradable sensación de preparar café para dos. Para nosotros dos.

El piloto y el copiloto del hidroavión iban descalzos y su uniforme constaba de una camisa de manga corta blanca y un pantalón azul marino… corto. CORTO. No fui la única a la que le hizo gracia. Pablo se pasó un buen rato riéndose entre dientes, mientras farfullaba cosas sobre uniformes escolares coreanos. Me ayudó a abrocharme el cinturón, que no era exactamente igual al del resto de aviones que había cogido en mi vida y no me pasó inadvertido el hecho de que lo ajustara poco a mi vientre. Estoy segura de que Pablo se moría de ganas de pasar una tarde con su oído pegado a mi tripa estudiando la posible actividad, por si pudiera llegar a atisbar el misterio de la vida. Era como ese tipo de niños que recogen insectos y lagartijas y pasan las tardes mirándolos con interés.

No sé si fue la impresión de despegar desde el agua o el bamboleo en el aire. Quizá fue el movimiento de las olas del mar bajo nosotros a través de las ventanas o el ruido ensordecedor de las hélices. El hecho es que la primera arcada vino ya más fuerte que de costumbre. Pablo se quedó mirándome paralizado. Supongo que nunca me había visto antes sufriendo de verdad las odiosas y famosas náuseas matutinas. Cuando a la primera arcada le siguieron una segunda y una tercera, supe que iba todo para fuera y me apresuré a buscar la bolsa para vomitar. Él la encontró antes y la abrió frente a mí justo en el momento en el que mi estómago decidió darse la vuelta por completo y rechazar todo su contenido. Hicieron falta dos bolsas. Y tres *kleenex*. Y diez minutos con los ojos cerrados, abanicándome la nuca. Cuando abrí los ojos, Pablo se las había ingeniado para alejar de nosotros las bolsas y encontrar en mi bolso las toallitas húmedas.

—¿Es siempre así? —me preguntó con una pequeña uve dibujada entre sus cejas.

—Sí —le dije—. Casi siempre.

Al principio pensé que su gesto era de disgusto por haber tenido que ser auxiliar de vómito en un hidroavión. Quizá era de estómago flojo, aunque nadie lo diría cuando con precisión quirúrgica despiezaba atunes o casquería armado de un cuchillo bien afilado. No le pegaba demasiado ponerse remilgado por algo tan natural como que una embarazada vomitase. Claro. He ahí. No era el vómito. Era mi estado. Y que lo que crecía agarrándose a mis paredes fuera suyo. El sentido de la responsabilidad, golpeándole el estómago como mis náuseas a mí. Quizá sería un buen padre... en el futuro. Con otra chica que pudiera darle hijos y una casa con mucha alegría.

El resort que ocupaba Moofushi Island parecía parte natural del atolón desde el cielo, como si las villas sobre el agua que penetraban en las zonas poco profundas de alrededor fueran tentáculos naturales de la tierra. En el centro reinaban varias edificaciones con el techo cubierto de hojas de palmera secas, como el resto del complejo. Y conforme fuimos acercándonos, más claro era el mar que lo bañaba todo. Nunca había visto un agua con aquel color y brillo, como si hubieran sacado los ojos de Pablo de allí mismo.

Aterrizamos junto a un muelle que daba la bienvenida al complejo. Allí, de pie, nos esperaban tres personas sonrientes; una se hizo cargo de nuestro equipaje, otro nos ofreció unas toallas húmedas y frías con las que refrescarnos y la última tendió la mano hacia Pablo, presentándose como la gerente del hotel.

—Bienvenidos. Es un honor para nuestro hotel poder contar con ustedes durante estos días. Si me acompañan a recepción, podemos hacer el *check in* y estaré encantada de enseñarles el complejo.

—Muchas gracias. El honor es nuestro. —Se me quedó mirando con gesto preocupado—. Es muy amable, pero me temo que mi compañera no se encuentra muy bien. ¿Podrían acompañarla a su habitación? Yo me encargo del *check in*.

—No hace falta, Pablo —le pedí.

—¿Quiere que avisemos al médico?

—No, no —dije yo, levantando la palma de la mano.

—Solo necesita descansar. Ha sido un viaje muy largo. —Su mano se posó en mi espalda y me quitó la bandolera de entre las manos—. No hemos dormido y...

—Claro, mañana será otro día. Hoy solo descansen, háganse con el horario..., les mandaremos algo de comer a sus habitaciones.

—Se lo agradecemos. Yo la acompaño para el papeleo. —Me sonrió—. Espérame en tu habitación, vale. En un ratito pasaré a verte.

«Ya lo estoy viendo…, en el hotel hay *overbooking* y solo queda libre una pequeña cabaña, romántica pero muy íntima, donde los dos tendréis que compartir un minúsculo camastro… y de fondo, el mar». La puta de Amaia había hecho anidar en mi cabeza aquella imagen. Quisiera o no, había almacenado recuerdos falsos sobre esa realidad paralela en la que debíamos compartir cama sin posibilidad de opción.

El paraíso. Todo lo que imaginamos del lugar más bonito sobre la faz de la tierra rodeándome. Nunca pensé que fuera a visitar las Maldivas, así que supongo que no me preparé para tanta belleza. Y puede quedar ñoño, pero la inmensidad del mar que rodea por completo todo lo que ves es sobrecogedora.

Seguí al encargado por una pasarela de madera construida sobre el mar, de camino a mi habitación, la jodida villa sobre el agua más perfecta del mundo.

Bien. Estupendo. El viaje de mis sueños… pero de los malos. Porque nosotros, como él decía, no éramos nosotros. Porque habíamos olvidado nuestro idioma. Porque estaba embarazada. Porque no estábamos juntos. Porque él dormiría en una habitación y yo en otra.

16

EL MAR

Las islas Maldivas son, sinceramente, uno de los lugares más impresionantes del mundo. No puedo poner en palabras la intensidad del color del mar, que casi te ciega si lo miras fijamente. Pero no encontré su encanto en la arena blanca ni en un resort de lujo. Me abrumó el silencio, la tranquilidad y la apabullante vastedad del mar. Una masa de agua que engullía el paisaje hasta dejar una única franja en el horizonte, dividiendo cielo y mar.

Me acompañaron hasta mi habitación a través de una pasarela de madera sin barandillas y me sorprendí pensando que Martina tendría que tener especial cuidado cuando pasara por allí. Había una buena distancia hasta el agua y si se caía, podrían hacerse daño. ¿PODRÍAN?

Dejé mi bolsa sobre la cama de mi villa y miré a mi alrededor. Fuera, más allá de la terraza, el mar de un color turquesa tan claro que dolía. La villa en la que dormiría Martina era justo la de al lado, pero ni siquiera compartíamos paredes, pues cada una era una edificación independiente. Qué lástima de espacio perdido, de dinero malgastado. Me daba igual lo bonita que fuera la habitación; hubiera dado cualquier cosa por una habitación modesta en la que compartir sábanas con ella.

Ni siquiera deshice el equipaje. Cogí la llave de mi habitación y salí a buscar a Martina. Podía decirme a mí mismo misa pero si no quería que fuera ella la que viniera a aquel viaje fue porque sabía lo vulnerable que era a su presencia. Hoy sé que Martina me convertía en una persona completamente diferente que quería cosas más grandes, de las que si se te escapan de las manos pueden hacerte un desgraciado. Martina me hacía codiciar cosas que no entendía y que ni siquiera sabía. Martina tenía en su vientre a mi hijo. Una vida que se creó después de hacer el amor. Una vida que no sería vida en realidad, porque no llegaría a respirar. Lo tenía claro pero… me revolvía el estómago.

Los tablones de madera de la pasarela desde la que se accedía a cada villa se sentían ásperos bajo los pies descalzos mientras yo caminaba despacio, pensando acerca de la paternidad. Cuando lo de Malena empezó a desmoronarse, me convencí de que nunca tendría hijos. Era demasiado complicado, creía. Si me costaba mantener una relación sana con una mujer, ¿cómo podría hacerlo para criar una nueva vida? Imposible. Me dije a mí mismo que el condón era mi mejor amigo. Inseparable amigo de látex que me ahorraría disgustos. Y debo confesar una cosa…, follar a pelo es la puta gloria, pero hay algo terriblemente erótico en ponerse un condón. Es morbo puro. La contención de la pasión. La barrera de la razón para algo tan animal como joder. Y ya he hablado sobre esto…, joder es completamente animal, sea con amor o no. Por eso yo siempre hacía el amor, follaba, jodía, copulaba, yacía y me amancebaba… a la vez. Porque todo es lo mismo.

Y ahora Martina estaba embarazada. En el fondo estaba agradecido de que me hubiera pasado con ella. Con Malena solo tonteé con el sexo sin protección una vez, para enterarme de que ella tomaba la píldora. Fue cuando me acarició el pelo y me pidió gimiendo que siguiera hasta el final. Pero con Martina se me fue la olla. Era especial. Sentía un vínculo, una conexión con ella cuando nos acostábamos. En el orgasmo Martina y yo nos encontrábamos. Y sucedió con ella, que tenía las ideas claras, la vida organizada y una metodología aplicable a cualquier cosa. Todo era para ella un proceso vulnerable de ser llevado a cabo mediante un protocolo. Embarazo no deseado significaba, evidentemente, aborto asistido. Y punto.

Llamé a la puerta. Escuché sus pasos sobre la madera del suelo; no se había quitado las Converse. Abrió y sonrió, pero controló el gesto, recordándose a sí misma que estaba enfadada conmigo por ser un gilipollas.

—¿Cómo estás?

—Mejor. En realidad no es nada. No tienes que preocuparte.

—Me jode que te pongas a morir todas las mañanas porque a mí me pudiera la emoción del momento, ¿qué quieres que te diga?

—Bueno. Yo tampoco… hice nada por remediarlo. —Suspiró y miró hacia otra parte—. ¿Quieres pasar?

—Claro.

—La habitación es muy bonita.

Cerré la puerta. Me imaginé lanzándome hacia su boca y estrenando como Dios manda la jodida cama de aquel hotel. Qué desperdicio, estar en el mejor lugar del planeta con la tía con la mejor te has sentido en tu vida y no poder averiguar cómo es hacerla sentir bien con tu cuerpo en cada centímetro de aquella habitación. Metí las manos en los bolsillos del vaquero para disimular el bulto que estaba creciendo pegado a la bragueta. Demasiados días sin sexo.

—Oye, Martina…, ¿podemos hablar?

—Estamos haciéndolo —respondió confusa.

Pequeña…, qué marciana era.

—Me refiero a si podemos hablar sobre lo que… nos pasó.

—No.

—Sobre Malena. Me gustaría poder aclarar lo que te contó.

—Es que no quiero hablar sobre ello.

—Vale —suspiré—. ¿Me voy?

Frunció el ceño.

—No. Quiero decir que… no, si no quieres. Podemos salir a la terraza.

Unos nudillos llamaron a la puerta y yo mismo abrí. Un chico uniformado me sonrió y me informó de que desde la cocina nos enviaban algo para comer. Preguntó con mucho protocolo si podía pasar a dejarlo donde prefiriéramos.

—¿En la terraza? —le consulté a Martina. Ella asintió tímida y yo le indiqué al empleado del hotel dónde dejarlo.

—¿Quiere que sirva su comida aquí también o lo hago en su habitación?

—Aquí.

No di opción.

Cuando se fue, Martina se sentó a averiguar qué había en cada plato, muerta de hambre, y yo rebusqué en el minibar. Saqué una cerveza para mí y un Sprite para ella. Eran poco más de las doce y media de la mañana, pero nuestro horario interno se había vuelto loco.

Estaba nervioso, como cuando quedé con ella en la cocina de El Mar para aclarar todo lo concerniente a nuestra primera discusión. No había dejado de cagarla desde que la había conocido. Pero allí estábamos y si jugaba bien mis cartas podría explicarme, lo sabía. No estaba seguro de qué quería decirle exactamente, pero había muchas cosas sobre mí que ella debía saber.

—Yo también quiero una cerveza —dijo cuando me vio salir.

—Eh… —Hice una mueca—. No puedes.

—¿Qué más da?

Sí, ¿qué más daba? ¿Cómo le explicaba que no me sentía cómodo viéndola beber sabiendo que estaba embarazada? Ni fumando delante de ella. Ni... no pudiendo alargar la mano, ponerla sobre su vientre y preguntarle qué sentía. Pero mi silencio se extendió y ella aceptó con un chasquido de lengua su Sprite. Tenía hambre y ningunas ganas de discutir por una cerveza, me pareció. Fui a sentarme a su lado, pero con un bufido se levantó, dijo que hacía mucho calor y que iba a cambiarse.

—Deberías hacer lo mismo o tendrán que extirparte los vaqueros quirúrgicamente. —Se burló.

El dormitorio era una estancia cuadrada cuyo centro era una cama de matrimonio amplia, sin mesitas de noche, apoyada en una pared que dividía la habitación, separando el espacio de la cama del cuarto de baño, que quedaba justo detrás de esta. Estaba organizada como un concepto abierto, excepto la ducha y el váter, que estaban en pequeñas habitaciones separadas. Había dos armarios junto a cada una de estas puertas. Y allí, frente a uno de ellos, me encontré con Martina, desabrochándose los pantalones vaqueros, con un sujetador negro de encaje y unos calcetines negros que dejaban su tobillo al aire.

—Perdón —le dije cogiendo el pomo de la puerta y desviando la mirada.

—No te preocupes. Coge una de las tarjetas de la habitación. Así no tienes que llamar cuando vuelvas.

Ojalá todo fuera tan sencillo.

Me cambié lo más rápido que pude y volví, descalzo, con una camiseta negra y un pantalón negro corto. Ella estaba sentada en la terraza, mirando hacia el mar, con un vestido de tirantes también negro, escotado. Joder, qué tetas. Dios, Pablo, céntrate. Ya te harás una paja antes de dormir.

Comimos hablando de trabajo. Ella no me dejó mucho margen. Al fin y al cabo, estábamos probando la comida que había ido a mejorar. Y había mucho que mejorar. No estaba mal, pero era un poco rancho. Para ir tirando. Cumplió su cometido sin estridencias, ni para bien ni para todo lo contrario. Y yo me levanté con el cenicero en la mano para fumar lejos de ella.

—Ay, madre… —dijo nerviosa—. Me he olvidado de avisar a Amaia y Sandra de que ya he llegado.

Tiré el humo hacia arriba.

—Yo avisé a Amaia.

Me miró con el ceño fruncido y me pareció que me estudiaba de arriba abajo.

—¿Y eso?

—Te encontrabas mal e imaginé que se te olvidaría. Tengo su número…, no me costaba nada.

—¿Y qué te ha contestado?

—¿De verdad quieres saberlo? —Me reí.

—Sí —asintió con los ojos muy abiertos.

—Espera —dejé el pitillo entre mis labios y busqué mi móvil en los bolsillos del pantalón. Localicé el mensaje y se lo leí—: «Estupendo, mamarracho, ya se lo digo a Sandra. Ahora cuídamela. Y no te cortes, total… ya no puedes dejarla embarazada, imbécil. Te lo digo con amor, que conste. Nos vemos a la vuelta. Espero verte aparecer vestido de marino, con ella en brazos, a lo *Oficial y caballero* en versión moderno de mierda».

—Oh, Dios. —Se tapó la cara.

—Debió de ser divertido crecer con ellas.

—Lo fue a ratos. Como todas las adolescencias también tuvo sus dramas.

—Tragicomedias. —Le sonreí guardando el móvil.

—Sí.

—Cuéntame alguna.

—Amaia suspendió gimnasia y matemáticas en cuarto de ESO y sus padres la castigaron sin ir al concierto de un grupo que nos gustaba.

—Concreta: ¿qué grupo?

—Los Backstreet Boys —confesó avergonzada—. Aquello fue un drama. Tuvieron que atenderla los del Samur. Le dio un ataque de ansiedad.

—¿Fue al concierto?

—Sí —asintió—. Pero es una larga historia...

—Tengo tiempo.

—Es que..., bueno. —Se rio acomodándose en la hamaca en la que estaba sentada—. No sé si te lo he contado alguna vez, pero a Amaia la han atropellado tres veces. La primera fue por aquel entonces.

—¿La atropellaron? ¿Y para animarla en la recuperación sus padres le levantaron el castigo?

—No exactamente. —Martina se aguantó la risa—. Es que la atropelló su padre sin querer, dando marcha atrás. Amaia le hizo chantaje emocional hasta que le compró la entrada. A día de hoy sigue estando muy orgullosa de haber conseguido que una de sus bragas terminara colgando del micrófono de Nick Carter.

Me reí y me senté a su lado, en la hamaca contigua. Crucé los tobillos y la miré, con los ojos puestos en el mar que se extendía más allá de la barandilla. La poca brisa que corría movía los cabellos cortos que se escapaban de su recogido en la nuca. ¿Me quieres? Bésame. Hagamos el amor. Déjame sentirte de nuevo. Vamos a hablar de lo que nos ha pasado. Vamos a hablar del futuro. Ya no somos tan jóvenes, sabemos el significado de para siempre. No dije nada.

—Me estoy durmiendo —susurró.

—Deberíamos aguantar. Si no, nos despertaremos a la hora española y aquí serán las cinco de la mañana.

—Cuéntame cosas.

—Cuéntamelas tú, que eres la que se está durmiendo.

—¿Y qué te cuento?

Si me quieres. Si quieres besarme. Si tu cuerpo te está pidiendo hacer el amor conmigo. Si te apetece sentirme de nuevo. Cuéntame qué nos ha pasado y qué nos espera en el futuro.

—¿Podemos ir dentro? —me preguntó—. Hace mucho calor.

—¿Por qué no nos damos un baño? —le propuse—. Nos espabilará un poco. Ganaremos tiempo.

—¿Llevas bañador?

—No, pero puedo ir a ponérmelo.

—Vale. Te espero.

Otra vez. Salí de la habitación viendo cómo Martina subía su vestido por sus muslos con la intención de quitárselo. Y yo imaginé que se lo quitaba yo, que me hundía entre sus pechos, que mis dedos se aventuraban por debajo de su ropa interior y la acariciaba, buscando la hendidura que me llevaría hasta su entrada. Ella se humedecería mientras la frotaba, con los labios pegados a los míos, de puntillas, suplicando por más…

No sé ni cómo acerté a ponerme lo que debía ponerme y no aparecí con los vaqueros de nuevo. Tenía la cabeza en Babia y la polla de cemento armado. El amor me la pone muy dura.

Cuando volví a entrar, ella estaba en el borde de la escalera de la terraza que llevaba directamente al mar, mirándolo con recelo. Martina no era una chica perfecta. Su piel no era completamente lisa en muchos rincones de su cuerpo. Tenía todas esas cosas de las que las chicas se avergüenzan pero eso la hacía real. Era como un recordatorio de que era humana, alcanzable. Así que estaba perfecta, con su carne, con su piel, con sus valles y sus altos, desbordándose a veces por encima del tejido de su traje de baño. Con su jodido pelo suelto, que le llegaba a media espalda. Le sonreí cuando me pilló con los ojos puestos en ella.

—¿Qué pasa?

—Ahí hay peces —me informó.

Me dio la risa.

—Pequeña, es el mar. ¿Cómo no va a haber peces?

—Ya, sí. Me refiero a peces grandes.

—¿Te dan miedo?

—Hombre, gracia no me hacen. Ha pasado uno que no tenía nada que envidiar a un atún del Cantábrico.

Bajé unos peldaños más que ella y le tendí mi mano. Ella la miró con desconfianza, como siempre. Moví mis dedos, como aquella noche en El Mar, cuando la emborraché.

—No me gusta no ver qué se está moviendo a mi alrededor —expuso.

—El agua es cristalina, Martina. Ves perfectamente todo lo que hay. Solo tenemos que tener cuidado con los corales.

Me metí en el agua y la llamé para que me acompañara, pero negó con la cabeza, abrazándose a sí misma a la altura del vientre. Aún no se le notaba, pensé. No llegaría a notársele.

—Venga, Martina. No te tenía por alguien cobarde.

Picó. Bajó las escaleras y metió un pie en el agua con miedo. Me acerqué, sorteando los corales y volví a tenderle la mano. Esta vez sí la cogió y tiré de ella hasta tenerla casi sobre mí. Seguí arrastrándola hacia un claro donde esperaba seguir haciendo pie. Ella se agarró a mí aterrorizada y de pronto gritó.

—¡Algo me ha tocado!

—Martina. —Me descojoné—. ¡Soy yo!

—¡Que no! ¡Que algo me ha tocado la pierna!

—Habrá sido un pececito.

Volvió a gritar. No pude evitar reírme. Le pegaba tan poco entrar en pánico… pero iba mucho con ella que fuera porque unos pequeños peces le rozaran las piernas. Odiaba todo aquello que no podía controlar. La cargué sobre mí y por inercia sus piernas me rodearon. Mierda. No quería pensar mucho en la parte de su cuerpo que tenía encajada en mi cadera porque con toda seguridad era su sexo. La miré. Unas gotas le resbalaban por el cuello en dirección al balcón de su pecho y mi lengua me pidió permiso para lamerlas. No, quieta.

—¿Qué es eso? —preguntó cuando un pez pasó por nuestro lado.

—Un pez.

—Quiero salir —respondió, como si se diera cuenta de repente que estaba allí agarrada a mí.

—¿Por qué?

—Porque me da miedo.

—Estás conmigo.

Me miró con el ceño fruncido.

—Eso no soluciona las cosas. Los peces siguen ahí. Y mi miedo también.

—Pero podemos compartirlo. Y así pesará tan poco que se nos olvidará que está. Y nos daremos cuenta de que estar aquí juntos es… perfecto.

—Hasta que nos muerda un pez y nos recuerde por qué teníamos miedo.

Puta vida. No creo que estuviéramos hablando de peces, de mares o de tiburones.

—También puede ser que ningún pez nos muerda. —Levanté las cejas, significativamente—. Puede que aprendamos a nadar entre ellos y que no nos den miedo.

Abrió la boca para responder y no pude despegar los ojos de sus labios. Sentí el roce de uno de sus largos dedos en mi nuca. Venga, Martina…, cede a la realidad. Es electricidad. Es mágico.

—Quiero salir —repitió.

Quince minutos después de salir del agua, tras darse una ducha, se puso un pijama, quizá invitándome a que me fuera. No iba a hacerlo a menos que ella me lo pidiera abiertamente. No quería estar tumbado encima de mi cama, pensando en no haberme ido. Me preguntó si quería repasar lo que haríamos el día siguiente y los dos desperdigamos papeles e ideas sobre su cama. Yo me senté en el suelo, porque mi bañador estaba aún mojado y no quería que, al verme cambiarme, se lo pensara mejor y me echara de allí. Y poco a poco, sus párpados empezaron a pesar demasiado para poder seguir.

La dejé dormirse, alargando mis silencios, pidiéndole menos respuestas, ayudándola a hundirse en lo mucho que atraía el sueño. Y una vez se durmió…, recogí los papeles, me cambié, puse el despertador en mi móvil y me acosté a su lado. ¿Es pecado ser débil? En mi mundo no.

17

Cuando abrí los ojos, lo primero que vi fue que a través de la puerta corredera que daba a la terraza se adivinaban los primeros claros del alba, pero aún era de noche. Me moví, tapada con la sábana. No recordaba haberme metido en la cama. Estaba repasando con Pablo y de pronto... todo negro. El ventilador del techo agitaba sus aspas, el ambiente era agradable y pegado a mí, a mi espalda, había un cuerpo cálido. No sabía qué hora era ni si llegaríamos tarde, pero en la soledad de aquella habitación quise ser un poco débil y fingir que seguía dormida. El brazo de Pablo me rodeó la cintura y yo me acomodé en la misma postura que él, encogida. Quise girarme y aprovechar que seguía dormido para hundirme en su cuello y olerle, pero me quedé quieta por miedo a despertarle. Cuando estuviera despierto tendría que volver a fingir que no me sentía de nuevo unida a él.

Un suspiro suyo calentó mi nuca y la piel se me puso de gallina. Los dedos de su mano clavaron las yemas en mi carne. Casi gemí ante la reacción de mi cuerpo, que necesitaba encogerse para absorber las sensaciones de volver a tenerlo pegado a mi piel. Me arqueé y él lo hizo conmigo. ¿Respuesta automática o estaba despierto?

—Pablo… —susurré.

—¿Mmm?

—¿Has dormido aquí?

—Sí.

—¿Por qué?

—En mi mundo ser débil no es un pecado, pequeña —respondió con la voz ronca.

Tendría los ojillos hinchados, el pelo revuelto y los labios húmedos, pero no me atreví a girarme, porque si lo hacía querría besarle. A ratos ya no me acordaba de por qué tenía que seguir estando enfadada con él. Creo que porque lo estaba conmigo misma y mi yo interno no creía justo que él se librara del castigo. Su nariz, buscó mi piel y me olió.

—Algún día tendrás que aceptarlo, pequeña —susurró.

—¿Qué?

—Se llama destino.

Me giré por fin y lo miré. Sus ojos estaban hinchados, como bien predije y sonrió mientras repasaba con su mirada cada uno de mis gestos. Los nudillos de sus dedos acariciaron mis mejillas y dibujaron el perfil de mi barbilla. Quise besarlo. ¿Qué pasaría si lo hiciera? Nada. El mundo no dejaría de girar. Pero me di la vuelta de nuevo.

La frente de Pablo se apoyó en mi nuca y sus dedos dibujaron espirales en la piel que el pijama dejaba al descubierto. Besó mi columna; yo cerré los ojos para imaginar que esos labios estaban en realidad recorriéndome el pecho, clavando los dientes sobre mis pezones. Si él podía permitirse ser débil un rato, ¿por qué no yo?

—Estás imaginándote mi boca en otra parte de tu cuerpo… —musitó.

—No.

—Sí. Aprietas los muslos el uno contra el otro porque cuando lo haces te da una descarga que alivia un poco..., ¿no? Mierda. La atmósfera se volvió más densa. Allí estaba..., el deseo sexual. Su polla dura se clavó en mi cadera y gruñó. Fue un acto tan animal, tan demandante, reclamando la supremacía de los sentidos que la razón dejaba de lado..., que me dejé. Había algo felino en la manera en la que Pablo centraba la atención en su sexualidad. Como las imágenes de los leones follando. Primitivo, desprovisto de dobleces, natural..., sencillamente la llamada del apetito carnal que, con Pablo, siempre iba unido a algo mucho más profundo. Joder..., su polla estaba enamorada del amor.

Besó con labios y lengua mi cuello para después morder con decisión mi piel. Gemí, no pude evitarlo. Desde que estaba embarazada se habían agudizado algunos de mis sentidos. El sexo me palpitó y él respondió a su llamada sorda deslizando su mano izquierda por mi vientre, en dirección descendente, para cubrir mi entrepierna por entero. Su otro brazo encontró el modo de pasar por debajo de mí y conseguir acceso a mi pecho, que apretó entre sus dedos con otro gruñido. Sin poder evitarlo, me balanceé para que su mano me frotase entre las piernas.

—Así..., abandónate.

Mis caderas fueron adelante y atrás y su otra mano localizó mi pezón endurecido para juguetear con él. Solo él sabía despertar mi cuerpo de esa manera. Apretando, mordiendo, gruñendo, hostigando y estrangulando mis nervios para lanzar una descarga de placer que no pudiera ser ignorada. Solo él sabía hacerme el daño suficiente para ponerme tan cachonda.

—Vamos... —jadeó áspero—, tócame.

Me retorcí cuando sus dedos se aventuraron por debajo del pantalón del pijama y la ropa interior. Su dedo corazón fue directo a mi interior, sin trámites. Gemí fuerte, encogiéndome entre sus brazos.

—Tócame —demandó en mi oído—. Ahora.

Con lo mucho que me gustaba normalmente llevar la batuta y que su exigencia me pusiera como una perra... Busqué el camino hacia su polla y la agarré con fuerza por encima de su ropa interior. Lanzó una suerte de grito con los dientes apretados y metí la mano dentro. Me penetró de nuevo con su dedo y yo agité el puño. Metió otro dedo que se coló sin dificultad dentro de mí y arqueó los dos, masturbándome. Mi mano se quedó laxa sosteniendo su erección, porque no podía concentrarme en nada que no fuera mi placer. Desde la última vez que estuve con él, no había vuelto a tener un orgasmo. Ni siquiera conmigo misma, quiero decir. Mi cuerpo estaba demostrando que llevaba mucho tiempo preparado para esas atenciones, aferrándose a sus dedos, tan húmedo que me daba vergüenza. Y estaba a punto. Mecí las caderas adelante y atrás, cerré los ojos y apreté su polla, concentrando mi atención en el punto rojo que gritaba en mi interior, en la parte baja de mi vientre. Como una fusión nuclear. Como una explosión. Como fuego. Me arqueé de nuevo, terminando casi sobre su pecho, gimiendo como una jodida gata cachonda, meneando las caderas necesitada de alargar aquella sensación, sujetando con mi mano la suya para que no se moviera de donde estaba. Loca. Demente. Lujuriosa. Lasciva. En una escalada brutal hasta que... NO. Me apagué de golpe, como si la palabra «NO» hubiera impactado contra mi cabeza y me hubiera dejado hasta sin aire. Joder. Otra vez no. No. No. Joder. Me levanté de la cama a toda prisa.

Pablo me miró con los ojos abiertos de par en par, la mano con la que me había estado tocando levantada y húmeda y el bulto de su polla dura en la ropa interior.

—¿Dónde vas? —me preguntó.

Y yo me largué a la ducha sin darle más explicación.

Después de diez minutos bajo el agua templada, mi sexo seguía apretándose sobre sí mismo cada unos cuantos segundos. Seguía teniendo los pezones duros y a duras penas me quitaba de encima la sensación de vergüenza. Vergüenza por ceder a una pasión tan baja como la de la necesidad sexual sin atender a más razones que mi apetito. Vergüenza por haber estado a punto de correrme como una actriz erótica en busca del premio a la mejor actuación. Vergüenza por habernos dejado tan a punto.

Escuché la alarma de su móvil sonar segundos después de cerrar la puerta de la ducha tras de mí y cuando salí, él ya no estaba allí. Era fácil adivinar que Pablo no iba a estar de muy buen humor aquel día. Eran las seis y media de la mañana y no habíamos empezado con buen pie.

Encontré a Pablo sentado en la pasarela de madera, con las piernas colgando hacia el mar y un cigarrillo en la mano. Llevaba un pañuelo color verde oscuro en la cabeza, enrollado a modo de cinta, para apartarse el pelo húmedo de la cara y a pesar de lo que pueda parecer por esta descripción…, estaba muy guapo. Se levantó con un movimiento ágil en cuanto me vio aparecer, apagó el cigarrillo en una tinaja llena de agua que había junto a él y se guardó la colilla en el plástico de la cajetilla, dentro del bolsillo. Camiseta negra deslavada y algo dada de sí y unos vaqueros pitillo negros estrechos cuya rodilla derecha era inexistente. Tenía las zapatillas a un lado e iba descalzo. Todo muy idílico si no fuera porque lucía un ceño de lo más fruncido.

—Pablo… —empecé a decir en tono de disculpa. Había pensado decirle que había sido una equivocación y que lo olvidáramos, pero él lo atajó con bastante vehemencia.

—Ahora no. Vamos a concentrarnos en hacer lo que hemos venido a hacer.

—Pero…

—Pero hoy hablamos, Martina, ya me estás tocando los cojones.

Echó a andar por delante de mí, pero no le seguí. Estaba un poco alucinada por su reacción. Él torció la cabeza hacia atrás y cuando me vio allí clavada, paró.

—Esta vez no hay discusión. No voy a darte opción. Esto no es un diálogo. Me he hartado de que darte la posibilidad de elegir me deje sin derecho a hacerlo yo. ¿Entendido?

Dicho esto…, siguió andando. Y yo no supe qué hacer, más que seguirle y cumplir mi obligación laboral.

Fue un día duro. Hablar en un idioma que no es el tuyo con un montón de gente que acabas de conocer no es uno de mis platos preferidos. Por no hablar del hecho de que Pablo me presentara al equipo de la partida de postres y se pirara dejándome tirada. Vale, él tenía otro curro que hacer pero… ¿y yo? Pues resulta que Martina era mucho más pequeña de lo que presumía ser.

Ejecuté. Soy una máquina humana programada para hacerlo contra viento y marea, de modo que puse el automático, dejando de lado el temor de ver la cara b de Pablo Ruiz de frente, a solas y esta vez, con toda la razón del mundo. No creo que fuera un calentón lo que le había frustrado. Supongo que estaba harto de mi actitud de mierda, que no era ni madura ni nada que se le pareciera. Era una pataleta adolescente, una especie de anacronismo emocional, como encontrar un maldito enchufe dentro de una pirámide mesopotámica.

Comimos algo para desayunar sobre la marcha. Dos cafés con leche más malos que el demonio y un dulce. Pablo indicó con tono firme que parara si me encontraba mal. Sí, es verdad, sigo estando embarazada, aunque mi vida sentimental esté reclamando atención.

Cheesecake, Genovesa de fresas, calor asfixiante y la camiseta pegándose a mi espalda húmeda. Fabiola de moka, brownie, tarta de zanahoria, de café, de chocolate, de nueces. Parada para comer. Pablo apareciendo por allí, descalzo, con cara de entierro y una conversación tensa y profesional. Nos sentamos a una mesa de la terraza del buffet con dos platos. Él me instaba a probar tal o cual cosa y a que le diera mi opinión. Quizá más especiado. Reciclar el pollo de la parrilla que no se había consumido para hacer alguna receta típica de zonas vecinas como Sri Lanka. Esto está soso. Tendría que haber menos opción y de más calidad. Vuelta al trabajo. Él hacia una parte y yo a otra, a ejecutar mientras pensaba en cómo enfrentarme a la conversación que había estado posponiendo. Podía no estar preparada, pero íbamos a tenerla sí o sí. Lo que más me preocupaba era no tener un argumento sólido sobre el que apoyar mi distancia, desdén y enfado. Joder, estaba tan cabreada conmigo misma por haber dejado que todo sucediera que sencillamente me parecía natural estarlo también con él que, además, me había escondido algo tan importante como su matrimonio. Había dormido con la que aún era su mujer cuando conmigo ya había algo. Por no olvidar el hecho de que la besó como despedida. Probablemente me comí sus babas. Una segundona que no está a la altura de las circunstancias, esa era yo. Una segundona que, además, se había quedado embarazada en el proceso. Cada vez que me planteaba que faltaba menos para la interrupción, me saltaba el estómago y se me ponía de bandera porque yo lo tendría muy claro, pero me apetecía una mierda. Puto recordatorio asqueroso de mi lamentable fuerza de voluntad con lo concerniente a Pablo. Y aunque no pudiera confesarlo, el hecho de verlo tan responsable y preocupado por mi estado me hacía ver que él estaba más preparado para un cataclismo como aquel. Estaba demostrando ser mucho más maduro que yo y eso me quitaba la razón en cualquier argumento que yo quisiera esgrimir en una discusión.

El calor que no cesaba y nosotros haciendo malabarismos para que nuestra presencia no entorpeciera el funcionamiento normal de la cocina, porque doscientos huéspedes tenían que comer y cenar durante nuestra estancia. Tarta de tres chocolates, de limón, mousse, tartaletas de masa quebrada, coulant, tarta Sacher, Fontana, tarta de galleta, milhojas, dulce de leche, merengues, pionono de crema... Pablo secándose el sudor de la frente con la camiseta y pidiendo disculpas al equipo que le observaba trabajar, junto al jefe de cocina y el nuevo chef recién llegado. Parte del equipo de la partida de dulces, preguntando desesperado si dejaría las recetas por escrito. Tranquilos, traigo copias en inglés.

Llevé a cabo tantas recetas del listado como me dio tiempo antes de las cinco y media de la tarde, momento en el que, tras comprobar la consistencia del merengue de fresa que había hecho uno de los cocineros, Pablo se quitó el mandil y silbó en mi dirección.

—Suficiente por hoy. Tienen que prepararlo todo para las cenas.

Ya había llegado el momento.

—¿Mañana volveremos aquí o iremos al otro restaurante?

—Aquí. Pasado al de la playa —respondió seco.

No hablamos más. Nos despedimos de la gente de la cocina y él dijo que nos pasaríamos a cenar algo después. Me preguntó si había cogido algo para comer mientras tanto.

—No.

—Pilla fruta o algo. Si tienes el estómago vacío volverán las náuseas.

Puto.

Era una isla pequeña. Me había dicho el jefe de la partida de dulces que se recorría entera en poco más de diez minutos, pero porque andar por la arena de la playa ralentizaba el paso, no por su superficie. Si fuera asfalto, serían cinco minutos. De modo que el camino de vuelta a la habitación no fue largo, pero sí horriblemente tenso. Pablo andaba alternando la mirada entre los tablones de madera de la pasarela y el horizonte y yo le miraba con disimulo, digna pero aterrorizada por quedarme en bragas en una discusión que se avecinaba agitada. Pablo había tenido todo el día para cocer a fuego lento la frustración que yo le generaba. Y yo no tenía demasiada justificación, más que admitir un miedo atroz a volver a ser humana, cosa que no iba a hacer ni loca.

Pablo sacó una tarjeta del bolsillo trasero de su pantalón vaquero y se encaminó decidido hacia mi habitación. Debía haberse quedado la llave que le pedí que llevara consigo la tarde anterior, porque abrió, mantuvo la puerta abierta y me señaló con un gesto adusto el interior. Encendió el aire acondicionado, tiró el mando sobre el escritorio que había a un lado y se paseó mirando al suelo con las manos en las caderas.

—Tú dirás —le dije y admito que el tono no fue muy conciliador.

—No te pongas chulita —me pidió—. A estas alturas ya debes de tener claro que no cuentas con muchos argumentos a tu favor.

—¿Ah, no? Pues ilumíname.

Paró y se me quedó mirando con gesto severo.

—¿Estás de coña, verdad? —no contesté—. Debes estar tomándome el pelo pero, ¿sabes?, no me sorprende. Creo que llevas haciéndolo tres meses.

—¿Tomándote el pelo? Tú estás mal de la cabeza.

—Llevo tres meses haciendo lo que tú quieres que haga. Ve despacio, ve rápido, fóllame, no me folles, ignórame en la cocina, conoce a mis amigas, ábrete del todo, no me exijas lo mismo a mí…, ¿qué hay de ti, Martina?

Abrí los ojos ofendida.

—¡Ahora resultará que te he estado manipulando! ¡Tócate los cojones!

—Tócamelos tú que tienes experiencia. ¡¡No he dicho eso!! ¡Digo que yo voy con pies de plomo y tú entras en mi vida como una puta máquina de derribo!

—¿Y tú en la mía no? ¿Con pies de plomo? ¡Si te lo has llevado todo a tu paso! —grité—. ¡Mírame! ¿Tú crees que yo soy así? ¿Crees que pierdo los nervios?

—No. Porque eres perfecta en tu contención y en tu vida gris en la que no pasa nada.

—¡No me insultes!

—¡¡No lo estoy haciendo!! ¡Estoy cabreado! —vociferó también—. Porque no esperaba una reacción tan melodramática y adolescente por tu parte. No haces más que darme palos y cuando abro la boca para explicarme, me dejas con la palabra en los labios porque, ¿sabes qué?, no te interesa nada más que tus propias conclusiones. ¡Eres una egocéntrica! ¿Tú lo pasaste fatal porque me callé que tenía una exmujer? ¡¡Dios mío, Martina!! ¿Es que no entiendes que hay cosas que duelen demasiado para explicarlas a la ligera? Hola, nena, me gustas mucho, vamos a tomarnos una copa y te cuento lo de mi matrimonio fallido.

—Tuviste mil oportunidades para ser sincero, Pablo.

—Y a juzgar por tu comportamiento eres tú la que dicta cuáles son los momentos idóneos para hacerlo, ¿no? Porque llevo semanas intentando hacerlo y no me has dado la mínima oportunidad.

—¡¡Es que ya es tarde!!

—¡¡Y una puta mierda!! —gritó desesperado—. ¿Tarde dices? Pero... ¿tú te acuerdas de que estás embarazada? ¡Que ese niño es mío, Martina, a ver si te enteras! ¿En qué mundo eres tú la que hace y deshace y yo tengo que mirar con cara de cordero degollado sin poder implicarme? Toma la decisión que te parezca, pero ¿no quieres escuchar mi opinión?

—¡¡No!! No quiero. No quiero la opinión de un mentiroso manipulador.

Levantó las cejas.

—Manipulador, dices. Claro, porque es sabido por todos que Pablo Ruiz sabe como nadie jugar al póquer. Pero ¿tú me conoces un mínimo? ¿Tú te has preocupado por saber con quién estabas empezando a compartir tu vida? Porque, acéptalo, es lo que estabas haciendo. Tú y yo no follábamos, Martina. Tú y yo estábamos poniendo las bases para el futuro que nos merecemos. Ahora mírate el ombligo, siéntete traicionada pero no me des opción a explicarme y jódenos a los dos la vida.

La mención al futuro que nos merecíamos me dolió. Experimenté un sentimiento parecido a la pérdida. Al abandono. Me abracé instintivamente el vientre y él me observó hacerlo para después respirar hondo, frotarse los ojos y mesarse el pelo hacia atrás. Éramos padres. Él y yo. Quizá no lo seguiríamos siendo una semana después, pero ahora lo éramos. El futuro que nos merecíamos, ¿cabía en mi vientre? ¿Se lo había planteado de verdad en algún momento? Un latigazo de impotencia escupió por mí las siguientes palabras.

—¿Sabes lo que te pasa, Pablo? Que tienes un calentón de cojones. Esperabas venir aquí a trabajar y a follar, a follar y trabajar y te encuentras con que no estoy dispuesta. Bingo. No soy un coño con piernas.

—Pero ¿tú te estás oyendo? —me preguntó indignado.

—Visto lo visto debes estar ya más que arrepentido de no haberte traído a Carolina.

Echó la cabeza hacia atrás como si le acabara de propinar una sonora bofetada. Parpadeó.

—¡¡No voy a lidiar con un ataque de putos celos adolescentes cuando estoy hablando contigo de esto, joder!!

—No haces más que…

—¿Que qué? —me retó acercándose—. ¿Eh? ¿Qué no dejo de hacer?

—Negar la evidencia.

—Oh, sí, Martina. Me hubiera encantado traer a Carolina. Es en lo único que pienso. En ella, no en ti. Porque me muero de ganas de follármela. A pelo, además, como a ti pero mejor, ¿no? Controlando no correrme de gusto en su coño. ¿Es a lo que te refieres? —Se acercó otro paso—. Traerla aquí, invitarla a una copa de vino, coquetear, besarle detrás de las orejas donde sé que le encanta…

Era donde me gustaba que me besara a mí. Golpe bajo.

—Y después ir quitándole la ropa, para tenderla con las piernas abiertas y comérmela entera. ¿Es lo que quieres decir? ¡¡Sí, meterle los dedos, arquearlos hasta que se corra en mi mano y en mi camiseta y después gima como una loca cuando me la folle a cuatro patas y me corra en su espalda!!

¡Plas! No lo pensé. La rabia de darme cuenta de lo estúpido que sonaba mi argumento, los celos de imaginarlos haciendo lo que un día él y yo hicimos en su sofá, tener que lidiar con un embarazo que perdí la ilusión de vivir. Todo y nada fue lo que me empujó a darle un bofetón que lo cortó de raíz. Se quedó con el ceño fruncido, mirando al suelo. Un silencio se instaló en la habitación y quise llorar.

—Bien. Pégame. Es lo que nos faltaba. —Cogió aire—. Lo que te pasa, Martina, es que tienes rabia. Rabia de no estar siendo lo suficientemente madura, de no aceptar que me quieres, rabia de no dejarte ir y vivir las cosas como se merecen. Rabia al fin y al cabo…

Ay, rabia, vieja amiga, que había ido sepultando bajo una capa de indiferencia. Años de rabia, a decir verdad. Rabia por no sentir como las demás, de no ser una niña cualquiera; rabia de no saber pedir los besos que me apetecía recibir, de no poder darlos cuando a mí me nacía. Rabia de tener que hacer frente a la noticia de que mi vientre no podría albergar una vida cuando aún no tenía edad de preocuparme por ello y de haber sido adulta antes de lo que debía. Rabia de haber vivido deprisa, sin disfrutar del camino. Rabia de sentirme lejos de todo el mundo, de los sentimientos, de las pasiones, de las carcajadas y las fiestas, de la comodidad de ser una misma, de todo cuanto quería y de él. Dios…, de ÉL. Que lo amaba todo como yo no sabía hacerlo, que daba los besos que le apetecía dar, que vivía con poesía y que tenía toda la pasión sin la que yo nací. Joder, Pablo, qué sabio era detrás de aquella fachada despreocupada. Él lo sabía todo. Él sabía cosas de nosotros que nosotros aún no sabíamos.

Iba a marcharse cuando cogí su muñeca y tiré de él. La tatuada, además. La ola del mar más perfecta, inconsciente y romántica de la vida. Le miré a los ojos, que se veían frustrados, locos, débiles.

—¿De cuánta de esa rabia tienes culpa tú, Pablo?

—No lo sé. No me dejas averiguarlo.

—De mucha.

—Me lo creo. Debe de ser muy frustrante chocarte con alguien que siente justo como querrías hacerlo tú.

Mierda, Pablo. Solo tú sabes tocarme la tecla.

—Vete a la mierda —le dije.

—Vete tú, que estás más acostumbrada a vivir en ella.

—Eres unególatra arrogante, ¿sabes?

—Y tú una insulsa aburrida de la vida. —Dio un paso más hacia mí.

Su perfume invadió mis fosas nasales y fue como si mi hipotálamo lanzara un torrente de oxitocina en mi organismo. Se me agitó aún más la respiración, el sexo me palpitó y experimenté una sensación parecida a la que te invade cuando te sobreviene el orgasmo.

—Menos mal que me crucé contigo —respondí sarcástica—. Al menos ahora sé lo que es follar, ¿no?

—Eres tú la que está hablando de follar, pero ahora que lo mencionas no creo que nadie te haya jodido como yo.

—Claro. Porque eres el Dios del sexo.

—Del tuyo sí.

—¿Y qué más?

—No lo sé, pregúntatelo a ti, que eres la que se pone mojada y cachonda cuando la toco.

—Porque tú no sientes nada, ¿no? Estando conmigo. No se te pone dura. No piensas en correrte encima de mí. En morderme mientras me montas como un animal.

El pecho de Pablo subía y bajaba rápido delante de mí. Su camiseta olía a él, a cocina y a colonia. Estaba tan cerca que, si nos hubiéramos callado, habría escuchado el latido de su corazón. Se humedeció los labios.

—La diferencia es que yo no lo niego —dijo firme.

—Yo tampoco niego que entre tú y yo hay una pulsión sexual.

—Es mucho más que una pulsión sexual.

—Es sexo. Sucio. Placentero. —Los dedos de Pablo me agarraron del vestido a la altura de la cintura, arrugándolo entre sus dedos—. Nada más.

—No, ¿eh? —Se inclinó jadeando a mi cuello—. No te hago volar. No te estremeces si te toco. No te encanta mancharme los dedos cuando te humedeces. No te gusta besarme después de que te lama.

Joder.

—Eso no tiene que ver con volar. Es follar.

—Yo te quiero y lo sabes.

—Tú no quieres a nadie.

—A lo mejor la que no sabe dejarse querer eres tú. ¿No lo has pensado?

—No necesito que me quieras.

—Solo que te monte.

—Sí.

Silencio. Su labio inferior deslizándose entre sus dientes, que lo apretaban hasta dejar rastros blanquecinos en la suave piel. Los humedeció antes de decir con firmeza:

—Quítate las bragas.

Sorpresa: me las quité.

Me agarré a su camiseta con una mano y con la otra levanté el vestido y me bajé la ropa interior. Si alguna vez en mi vida he sentido lo que es perder el control por completo, fue entonces, cuando Pablo me levantó hasta llevarme a su boca y dejó un espacio milimétrico entre los dos para volverme loca de ganas. Fui yo quien, agarrándolo del pelo con fuerza lo atraje hasta mí. El beso que vino entonces fue metadona pura, calmando mi organismo, como un trago de leche después de morder algo picante. Como un húmedo y placentero intercambio de saliva que te salva de pensar demasiado. Su nariz pegada a la mía y su lengua desbordada, que me lamía y me llenaba. Placer. Calma. Por fin.

Sus dientes jugaron a provocarme con pequeños mordiscos en mi labio, mi barbilla y mi cuello. La sensación brutal de estar loca de ganas y de aceptar que hay hombres capaces de alejarte por completo de la cordura. Eso fue aquel beso.

No pude aguantar durante mucho tiempo sin tratar de desnudarle. Necesitaba el tacto de su piel contra la mía, siempre caliente. Su pecho delgado y firme aplastado contra mis pechos y su roce provocando mis pezones. Lo anhelaba. Forcejeé con el bajo de su camiseta para quitársela, pero Pablo me tiró sobre la cama para desnudarse; yo hice lo mismo, quitándome el vestido entre jadeos. Estaba mareada. No pensaba en nada más que en él. Hambrienta y con la boca hecha agua, dispuesta a devorarlo hasta que no quedara nada. Quemar la rabia y la decepción como si fuese gasolina y volar con la energía que se creara. No pude sino abrir las piernas cuando lo vi desnudo delante de mí, pero no me quité ni el sujetador. Él no se quitó el pañuelo del pelo. Me la metió con rabia, con la misma que tenía yo dentro. Gruñó y volvió a empujar. Todo mi interior acogió su invasión con placer y grité, echando la cabeza hacia atrás.

—¡Joder! —gruñó.

Tironeó de mi sujetador para quitármelo hasta que pudo desabrocharlo con una mano, pero solo lo apartó lo suficiente para dejar que mis pechos se bambolearan con libertad con sus arremetidas. Los sentía bailando arriba y abajo, al ritmo de los empellones brutales de su cadera.

Pablo jadeaba tan pegado a mis labios que llenaba de aire ya respirado nuestras bocas, entre besos de necesidad enfermiza, pero en un momento dado se dio la vuelta y me colocó encima. Miraba mi vientre cuando me incorporé, como preocupado por haber podido hacerme daño con su peso pero ¿qué más daba absolutamente todo en aquel momento? Yo solo quería moverme sobre él como una culebra sudada y resbaladiza. Y mientras lo hacía, Pablo entraba y salía de mi cuerpo con la misma desnudez con la que habíamos concebido un hijo.

Lo admito, le follé fuerte y con rabia, arrancándole quejidos de placer a su boca, que casi se lamentaba del placer. No era solo deseo sexual. Era necesidad, ira, desarraigo y hambre lo que nos empujaba a abrirnos, mordernos y follarnos de aquella manera.

—Tan dentro que no puedas sacarme nunca —gimió con los ojos clavados en los míos.

¿Más? Pero si lo tenía hasta creciéndome dentro. Busqué sus labios para callarlo, pero sujetó mi cara y mi pelo, manteniéndome a una distancia mínima de su boca, para sacar la lengua y deslizarla despacio por encima de mis labios. Dios…, un beso tan sucio y sincero que vi nuestro futuro.

Volvió a hacerlo, mirándome, retándome mientras su polla lo llenaba todo y constreñía los vasos sanguíneos necesarios, estimulando mis nervios, llevándome hacia el límite. Y volvió a lamerme los labios, como si lo hiciera con mi sexo y cuando mi lengua salió a su encuentro fue más sexo oral que beso.

—Fóllame. Hasta que no te quede nada dentro —me dijo.

Nada dentro. Ni rabia ni inmadurez ni nada.

Nos desatamos del todo en movimientos bruscos, cambiando de postura. Un caos de empellones, de gruñidos y tirones de pelo que terminaron conmigo de rodillas en la cama, con él detrás, agarrándome de las caderas para que no pudiera escapar, penetrándome hasta el fondo, sin dejar ni un resquicio sin su presencia. Sus manos inquietas me sujetaban de cintura, hombros, brazos, como si no supiera qué hacer con ellas hasta que alcanzó mis pechos.

—Más, más rápido —supliqué.

—Voy a llenarte —gruñó.

—Hazlo. No pares hasta correrte.

La habitación se llenó de sus gemidos; expresiones abiertas de placer. Sus OH, DIOS. Sus AH, JODER. Sus NO PARES. Sus SIÉNTELA DENTRO, SIÉNTELA. Mis MÁS FUERTE. Mis MMM. Mis ronroneos.

Me monté sobre él, agarrando su erección, frotándola contra mi clítoris y subiendo encima de ella para hacerla desaparecer en mi interior. Mis caderas se mecían con rapidez y ya estaba a punto, cuando me pidió que le mirara. Los párpados parecían pesarle más a cada segundo porque el placer se lo llevaba y con él la rabia, la inmadurez y la nada.

El punto de luz rojo que despertó aquella mañana en la parte baja de mi vientre brillaba tanto que casi me cegó y yo seguí moviéndome enajenada, porque necesitaba liberar aquel nudo. Algo estalló en mi sexo y lanzó una llamarada de sensaciones por mi espalda, hasta erguirme y generar en mi garganta un grito de alivio. Sus caderas empujaron, una, dos, tres veces. Paró dentro de mí, volvió a empujar y se incorporó como un resorte para mirarme cuando lo sentí irse.

—Ah, joder..., ah... —gimió—. Esta vez sí, pequeña. Dentro. Dentro de ti. Todo.

Descargó en lo más hondo y volvió a descargar. Salió de mí. Volvió a entrar. Otro latigazo de placer en su espalda. Más de su semen recorriendo mi sexo, donde ya todo era calma. Un gruñido y... el fin.

18

Tardamos bastantes minutos en movernos. Los dos jadeábamos exhaustos y empapados en nuestro propio sudor y el del otro. En silencio. Buscando las palabras adecuadas o quizá paladeando un silencio oportuno y conveniente. Se mordió el labio hinchado por el ejercicio físico, cuando levantó la mirada hacia mi cara, serio pero ya no enfadado. Yo, sentada a horcajadas en sus muslos, apoyaba la espalda en sus piernas flexionadas.

—Eso no ha estado bien —musitó apenado.

—¿En qué sentido?

—Es obvio. —Sonrió tímido—. En el físico ha estado bien. Muy bien. Pero… no quiero hacer el amor contigo nunca de esta manera. No quiero follar para solucionar problemas.

—No se solucionan.

—No. No lo hacen. Pero quizá ahora podamos hablarlo más tranquilos.

Jugueteé con el pañuelo que llevaba bien atado a su pelo.

Me hizo sonreír pensar que tenía más maña para arreglarse los rizos que yo.

—Me casé con...

—No, calla —le pedí.

—Escúchame, Martina. Me casé con Malena porque la quería. Nunca he estado con nadie por quien no sintiera algo. Algo de verdad. No soy esa clase de tíos que folla por deporte y que, en un momento dado, se cansa y busca un nido. Yo la quería, pero la quería mal. Y ella a mí. Y mi error fue casarme con ella sin creer en un para siempre, lo sé, pero a esa edad pensaba que todo era relativo. Lo hice por inmadurez y precipitación, porque pensaba que si no lo hacía, lo que sentíamos se iría perdiendo y tenía miedo de no volverlo a sentir. Puedes no compartirlo pero... ¿lo comprendes?

Miré hacia abajo nuestra desnudez. Asentí.

—No es un error que pase desapercibido —siguió—. Ni uno que quiera volver a cometer. Y contigo hice las cosas bien. Como quiero seguir haciéndolas. Sin que medie el sexo ni la rabia. Solo tú y yo, solucionando lo que dejamos pendiente y volviendo a empezar.

—Nuestra situación actual es complicada.

—Ya lo sé. Paso a paso. Dime qué es lo que no me perdonas.

—No lo sé. Ella me dijo que...

—Sé lo que te dijo —aseguró muy serio.

—¿Y...?

—Dormí con ella y la besé. Es verdad, pero probablemente en todas las cosas que no te dijo radica la diferencia con lo que debes estar imaginando. Son los coletazos de terminar una relación autodestructiva. No tenía nada que ver con..., no sé cómo explicártelo. Mira... —Se acomodó conmigo encima—. Hay una canción de Rayden, «En mi cabeza»..., ¿la conoces?

—Claro. —Sonreí—. Tú ni siquiera sabías quién era antes de conocerme.

—¿Recuerdas la letra?

«En mi cabeza tantas despedidas en cadena, el hombre que ahora soy con el que era, rompiendo fotos de un pasado a ciegas. En mi cabeza el ruido de quinientas despedidas, palabras de mis padres y la noche en que al rozarte me cambió la vida. Guardo tu sudor en la memoria y aunque no lo reconozca, me desvelo al pensar si seguirás durmiendo sola. Para qué seguirle dando otra vuelta a nuestra historia, si esta historia es como un tapón que se pasó de rosca».

Esa era la letra que recordaba.

—¿Te importa si sigue durmiendo sola?

—Tú. Me importa si tú duermes sola. Ella es el resto. Lo pasado. Y según dice la canción «ayer no es múltiplo de ahora». ¿No?

—Eso parece.

—¿Entonces?

—No lo sé.

—¿Qué no puedes perdonarme?

—¿Y si..., y si no puedo perdonarme a mí?

Levantó las cejas sorprendido y apoyó su espalda en el almohadón.

—¿Por qué no ibas a perdonarte? Fui yo quien se equivocó, ¿no? ¿O es que tú...?

—No. No lo sé. No me hagas caso.

—Ah. —La cara le cambió y dibujó una pequeña sonrisa burlona—. Ya. La humanidad. La debilidad. El error. ¿No?

—Las cosas no son tan fáciles como tú haces ver.

—¿Por qué?

—Porque no. Porque las personas somos complicadas, Pablo.

—¿Y qué? Si tú no puedes perdonarte por ser humana, yo lo haré por ti.

Sus dedos juguetearon con los míos. Le miré.

—Joder, Pablo, estoy embarazada.

—Sí —asintió—. Lo estamos. Y estás enfadada.

—Mucho.

—¿Sabes por qué?

—Porque se me fue la olla.

—No. No es por eso. Es por la desilusión, pequeña. Es porque no podías estarlo y lo asumiste. Y ahora... no te viene bien aceptar que esto está aquí y que quieres solucionarlo.

Me mordí el labio inferior, preparando una buena respuesta para aquella verdad tan grande, que de grande y brillante, me cegaba, pero él se acercó de nuevo a mi boca para besarme.

—Piénsalo. Piénsalo bien, ¿vale? Porque yo estaré al otro lado de tu decisión sea cual sea.

Cerré los ojos, resoplé y apoyé mi frente en sus labios, que me besaron. Me envolvió con sus brazos.

—No nos preocupemos de nada más ahora, ¿vale? Vayamos poco a poco. Los problemas no desaparecerán de un día para el otro, pero aprenderemos a no tenerles miedo.

—Antes dijiste que no..., que no te dejo opinar. ¿Y cuál es tu opinión?

—Que no estoy preparado y tú tampoco, pero así son las cosas. Decisiones. Algunas harán nuestra vida más fácil y a nosotros más cobardes. Otras..., ya sabes a lo que me refiero. En otra situación te diría que no es el momento y punto. Esta vez hay matices que espero que estés viendo con claridad. —Apoyé la sien en su hombro y él acarició mi espalda—. Ya no somos tan jóvenes, pequeña. Ya sabemos el peso que tiene un te quiero. Tenemos que ser responsables con lo que sentimos. Y con nosotros. Y con lo que nos espera.

19

Si la jornada anterior había sido dura…, mejor no hablo de aquella. Me encanta mi trabajo y, aunque parezco una persona que ejecuta como una máquina sin plantearse nada más (vaya, que lo parezco porque lo soy), siempre disfruto de mis tareas. Sobre todo de la repostería. Me parece una labor minuciosa, fina, en la que uno debe poner todos sus sentidos. Mi olfato está allí, maravillándose del perfumado matiz del azúcar vainillado. Mi ojos, concentrados en buscar las mejores fresas, las más bonitas, para coronar la tarta. El oído, al tanto de los pitidos de los hornos y demás alarmas. Y el tacto…, me lo enseñó Pablo. Mancharse las manos, amasar sin guantes para sentir la densidad de lo que otra persona se llevará a la boca. El sentido del gusto casi lo vives a través de la gente que se comerá lo que te está ocupando.

Mierda…, ¿me lo parecía o Pablo había cambiado mi jodida forma de ver la vida?

Pero fue un coñazo, joder, que me lío y en menos de nada me tenéis bizca, hablando sobre la intensidad del color del *red velvet* y de la sonora sensualidad de su nombre.

Y a ver... si yo disfruto de mi trabajo, en el que además soy buena; si me encantaba aquella sensación de salir de mi zona de confort profesional para probarme; si todo estaba saliendo sobre ruedas..., ¿por qué era un coñazo? Pues porque por las mañanas seguía encontrándome mal y lo que quería era que se hiciera la hora de marchar de nuevo a la habitación y olvidarme del mundo encima de Pablo. O debajo.

Rey de la provocación. De la palabra sucia que me encendía. De mi satisfacción. De la contraseña que abría mi boca. Rey de todas las cosas que siempre quise para mí y que nunca creí que ni siquiera existieran. Ese era Pablo. Lo fue, lo es, lo será, aunque la vida no siempre nos premie con aquello que queremos.

—Esto no arregla nada. —Me sentí en la obligación de decir cuando, en la breve pausa de la comida, jugueteó con su lengua en mi cuello, con la excusa de que le había parecido que olía a canela.

—¿«Esto» qué es en concreto?

—El sexo. Lo de anoche.

—Lo de anoche..., ¿qué parte? —Se irguió en esa pose tan «Pablo Ruiz, por encima de todas las mierdas de este mundo desde 1983».

—Ninguna. Tú y yo seguimos teniendo problemas.

—Encontraremos las soluciones.

—¿Sabes cuándo las encontraremos? Cuando entienda por qué tu ex..., tu mujer, dice que la besaste. Y cuando deje de estar esperando un hijo tuyo.

Suspiró y me miró de soslayo con una sonrisa.

—Martina: deja de pensar. Siente por una vez. Siéntelo todo, no solo lo nuestro. La arena que tenemos bajo los pies. El mar rompiendo contra el espigón del muelle. —Miró a lo lejos, al mar que se extendía más allá de donde alcanzaba la vista y después se colocó de cuclillas a mi lado—. Siente la vida. Los olores de la comida especiada. A mí. Estar embarazada. —Posó la mano en mi vientre y contuve la respiración—. La vida es demasiado puta como para no disfrutarla cuando se puede. Nunca sabemos si volveremos a sentir lo que hoy tenemos al alcance de la mano.

Estar embarazada…, ¿eso se sentía? Bueno…, las náuseas. La somnolencia. No había aún más signos, más evidencias. Para las positivas, para todas aquellas que hacían que una madre primeriza se emocionase, habría que esperar algunos meses aún…, meses que yo no estaba dispuesta a esperar. Besó mi hombro, mi cuello y después mi boca.

—Siente, Martina.

Siente, Martina, el aviso más repetido en mi vida. Una voz desconocida que formaba parte de mí, que siempre apuntaba a la evidencia de que me tenía amordazada por las razones equivocadas. El silencio puede llegar a hacernos tan esclavos como las palabras. Quizá Pablo tenía razón: la vida era demasiado puta. Siempre pensando, eligiendo. Cada cosa que hacemos es el triunfo de una opción sobre otra y no nos damos cuenta de que desde que tenemos uso de razón, todo son puertas cerradas que tenemos que elegir traspasar sin saber qué encontraremos detrás. A veces no son más que habitaciones vacías. Y yo siempre tuve miedo a no vivir bien, como si el día a día fuera un examen que yo debía aprobar. En mis estudios fui siempre una alumna de matrícula de honor, aplicada y responsable, pero en la vida la cobardía de mostrar lo que sentía me hacía ir sí o sí a por el aprobado raspado.

Por la tarde, mientras hacíamos helado casero y mousse de frambuesa, no dejaba de pensar en ello. En lo que tenemos al alcance de la mano y que, quizá, el tiempo hará pasar de largo. Las cosas que vienen a nosotras sin esperarlo y que nos pillan siendo demasiado egoístas, infantiles, cobardes… Él. El gran amor con el que toda chica sueña: un compañero, la pasión, una sonrisa mientras te da placer, un consejo sabio, un olor que te enciende y la seguridad de que nadie podría hacer contigo y por ti lo que la vida supone con él. Pablo, con el que debía aclarar todo lo que quisiera sin jugar a castigarle con mi indiferencia, porque no tenía sentido ir ahora de que nada había cambiado. La situación había vuelto a dar una vuelta de baile completo. Y ya no era Pablo Problemas. Éramos Martina y Pablo aprendiendo a vivir una vida que tendría tropiezos, pero sin temerlos. Puto. Él dejaba allí una semilla, el germen de una idea que crecería hasta hacer todo lo demás relativo. Como mi embarazo. Como nuestra relación. Me di cuenta de que el hecho de que hubiera besado a su mujer me repateaba pero sería anecdótico en nuestra vida si seguíamos adelante con todo. Y si yo quería saber más, ¿por qué no preguntaba?

Le vi quitarse el mandil a las cinco y media mientras bromeaba con el equipo y me preparé para marcharme con él sin saber si la nueva Martina preferiría saber o lamerle el pecho. ¿Cómo podía la gente preferir esa clase de vida? Odiaba la impulsividad porque siempre he creído que detrás de ella hay un caos enorme. Para mi tranquilidad, al parecer, la nueva Martina debía haberse quedado muda por culpa de la ternura de la palma de la mano de Pablo en mi vientre.

Paseamos despacio por la arena hasta la pasarela de madera que llevaba a nuestras villas. Me preguntó si quería darme un baño y le respondí, más allá que acá, que los peces seguían dándome miedo. Me rodeó la espalda con su brazo y mi cabeza reposó en su hombro.

—Gracias —musitó.

Cuando llegamos a mi villa, Pablo anduvo muy decidido junto a mí. Me quedé mirándolo un poco confusa cuando cogió una de las tarjetas que reposaba sobre el escritorio donde la noche anterior habíamos hecho el amor y se marchó. Pensé que sería una de las suyas que había dejado olvidada allí, pero a los dos minutos volvió a aparecer cargado de su bolsa de viaje.

—¿Qué haces?

—Me traslado. —Sonrió como un bendito.

—¿Y lo haces por qué...?

—Porque no pienso volver a dormir sin ti ni un día de mi vida.

Abrí la boca y me interrumpió.

—No siempre tenemos la suerte de tener segundas oportunidades; deberíamos aprovechar esta para no pasar el resto de nuestros días sabiendo que nos equivocamos.

—¿Cómo puedes tenerlo tan claro?

—Porque lo siento.

Se inclinó un poco hacia mí, como pidiéndome permiso para besarme. Yo levanté la cara hacia él. Sus besos siempre eran como un bálsamo, pero aquel día casi lo fueron más. Necesitaba sentirme tangible en todo aquel mar de cosas que palpitan pero no se ven. Pablo sonrió.

—Nuestra luna —dijo crípticamente—. Sin miel, pero también sin hiel. Solo nosotros.

Y su mano volvió a mi vientre. Mierda.

Aquella tarde, antes de la hora de cenar, nadamos entre peces de colores. Había conseguido unas gafas de bucear con las que yo podía ver qué rozaba nuestras piernas al pasar. No dejé de tener miedo y no me pudo convencer para estar más de un ratito, pero fue un avance. Y después, cuando me sacó en volandas para que no pisara los corales, nos besamos bajo el reflejo anaranjado del sol poniéndose al otro lado de la isla. Le comprendí un poco más entonces, porque pasó de ser un momento perfecto a tener sabor en décimas de segundo. La inspiración. La pasión. El artista.

Anocheció, sin más luces que las que llegaban desde la recepción y, venga, voy a decir una obviedad manoseada y cursi..., y las estrellas. Había tantas que casi parecía otro cielo.

Y mientras me indicaba dónde podía verse la constelación de Sagitario, mi signo del zodiaco, me enamoré un poco más de él, de sus recuerdos, de la fuerza que tenían las palabras en su boca. Me enamoré de la persona que podría ser si la vida no dejaba de retarle. Me enamoré de la idea de que la paternidad no le quedaría grande. Casi lloré cuando la Martina recién nacida me abrazó por dentro para asegurarme que un día, en el futuro, podríamos volver a ser padres. Nos daría otra oportunidad, me convencí.

Pablo y yo hicimos el amor en la cama, conmigo encima, sus manos envolviendo mi cintura y sus pulgares en mi vientre. Y cuando se derramó por entero dentro de mí, sus labios esbozaron algo que ya no era una promesa, sino una realidad. Acéptalo, Martina: has encontrado al amor de tu vida y da mucho miedo.

20

No puedo describir lo que significó para nosotros aquel viaje. En el fondo sabíamos que nos cambiaría la vida, pero no estábamos preparados para asumirlo de verdad. Martina y yo éramos humanos y teníamos miedo, pero hay cosas en el mundo bastante más fuertes que el miedo, gracias a Dios.

Fueron días increíbles. Es posible que fueran los mejores de nuestros días como pareja: dos personas que se enamoraron casi en un pestañeo, sin tener en cuenta los relojes, que se vieron esa cara que a nadie le gusta mostrar, que comprobaron cómo era estar sin el otro y se dieron una oportunidad más para darle sentido a esto que llamamos vida. Una pareja que había concebido una vida y que aún no sabía cómo enfrentarse a ello.

Trabajamos mucho y muy a gusto, pero también tuvimos tiempo de hablar. De nada y de todo. Así, como hacen los enamorados. Y aprendí mucho de ella y de mí y de cómo iba a ser intentar compaginar lo uno con lo otro. Yo perdí la virginidad en mi cama, en casa de mis padres. El póster de un disco de Nirvana nos miraba desde detrás de la puerta mientras nosotros, con dieciséis años, rezábamos con los ojos cerrados porque nadie entrara, yo atinara y fuera especial. Me corrí a los dos minutos y ella lloró porque me quería mucho. Y yo a ella también, pero no lloré. Pablo Ruiz no lloraba porque hasta las lágrimas las sentía demasiado.

Martina, sin embargo, perdió la virginidad en la cama de matrimonio de casa de su novio. No le había dicho que era virgen, así que cuando manchó las sábanas, Fer paró sobresaltado. Ella le dijo que no le diera importancia, que alguna vez debe ser la primera y que le enseñara a disfrutar. ¿Jugamos a encontrar las diecisiete mil diferencias?

Pero la adoraba, joder. Me volví loco por ella en una calma que me tenía inquieto. Paradójico, ¿verdad? No siempre entendemos las cosas que sentimos, ni falta que hace. Lo importante es que Martina era mi faro entre la niebla, mi viento de cara, mi matemática de la carne…, el futuro. Y de pronto el pasado, con todas las despedidas, las decepciones, la frustración, no me importaba.

Pero no solo nos vino bien como pareja poder pasar las noches jodiendo como animales enamorados escuchando el mar. Yo me encontré. Joder. Fue una sensación extraña. Una tarde, tratando de convencer a Martina para nadar un poco más lejos de nuestra villa, me dejé a merced del vaivén de las pocas olas que mecen el Índico en aquella zona. Sentí el sabor de la sal en el paladar y el perfume natural de Martina, que se había soltado el pelo y que, en el último escalón de la escalera que accedía al mar directamente desde la habitación, esperaba encontrar ánimo para lanzarse. Tan bonita…, tan, tan, tan bonita. Paranoia mía o no, se había redondeado un poco más. La zona de sus caderas, el vientre, los hombros, sus muslos…, todo eran superficies suaves, curvas que iban y venían, llevando mis ojos por el camino de la amargura. Y pensé en la suavidad, en la sal, en el olor a flores, en los peces que nos rodeaban.

—Martina —la llamé. Me miró con una sonrisa y uno de sus pequeños pies dentro del mar. Yo seguí—. Pez mantequilla, escamas de sal, pan aromatizado con flores…, aún no lo tengo claro, pero vas a ser un plato de El Mar.

Sí. «Martina con vistas al mar» se llamó ya en mi cabeza. Una declaración de principios. Un bocado de mis recuerdos. El amor de mi vida compartido en el paladar de cada persona que decidiera probar mis sabores. Nuestros compañeros no lo entenderían y quizá seríamos el tema de conversación durante, ¿cuánto? ¿Dos meses? Me la sudaba. Yo la quería toda la vida a mi lado. La agarré de la cintura, la levanté y la llevé conmigo hasta la zona que más cubría. Martina pataleaba y se reía, diciendo cosas sobre peces con muchos dientes.

—Te quiero —le dije. Ella se calló—. Joder, Martina, no te quiero. Yo te amo. Joder, se queda pequeño. Van a tener que inventar una palabra para nosotros, pequeña.

—Pablo…

—Solo tienes que sentirlo. Martina. No voy a pedirte nada más.

Sus dedos se introdujeron entre los mechones de mi pelo y me rodeó con las piernas.

—¿Y si no sé?

—Yo te enseñaré.

Se quedó mirándome pensativa, como si pudiera controlar la corriente eléctrica que desataba por completo lo que había entre nosotros. Una carga brutal que crecía cada día. Finalmente contestó.

—No hay nada más grande que te quiero. O te amo. No lo hay. No somos tan especiales.

—El mar —le dije convencido, mirándola a los ojos que hasta de día estaban llenos de estrellas—. El mar es más grande y más hondo y más jodidamente de todo. El mar, Martina. Tú y yo y el mar.

Una pequeña mueca parecida a una sonrisa prendió en sus labios y yo sonreí esperanzado.

—Dime que me quieres más que al mar —le pedí.

—Joder…, qué loca me vuelves…

—Dilo.

—Es pronto. —Cerró los ojos.

—Dímelo, Martina. —Besé la comisura de sus labios—. Llénate la boca.

—¿De qué?

—De mar. Y de amor. Y de mí.

Dijimos más cosas entonces. Muchas. Pero como ya se puede imaginar, ninguna contenía letras ni tenía forma de palabra. Las lenguas hablan un idioma sordo, húmedo, mucho más vehemente que la lógica porque, si lo piensas, querer a alguien más que al mar no tiene ningún sentido y va en contra de toda razón.

Seríamos padres, le dije aquella noche. Quizá no en aquel momento, pero algún día. Con ella sí, qué coño, pero de verdad, sin imágenes idiotas de niños descalzos que corren por un jardín como en el anuncio de un seguro de vida. No, joder. Un niño, de los que berrea por la noche, de los que te vomitan leche agria por encima. De esos que no te deja dormir ni follar, ni ser persona. Un niño escupe papillas, gritón, de los que se te mean en la cara cuando les quitas el pañal, que crecen muy rápido y que la primera palabra que dicen es «caca» en lugar de «papá». El niño más tocapelotas del mundo, le dije, pero al que querríamos, que lo haría todo relativo y que sería feliz. Lo intentaríamos hasta desfallecer, mierda, yo quería dárselo. Y si no lo conseguíamos nunca, «te querré tanto que la vida tendrá sentido por sí misma».

Nos imaginé. Demasiado. Estaba embarazada. Porque me había corrido dentro de ella. Dentro, fuera, por todas partes. Y seguía haciéndolo cuando nos acostábamos, porque ya daba igual. Todo desaparecería después de unos días y ya no habría más sexo sin preservativo, ni más amor loco y desquiciado. Solo los dos, en una de esas anodinas relaciones que pueden no parecer especiales a los demás, pero que lo son todo para quienes las viven. Pero… la duda. LA DUDA. Impertinente, gritona, molesta, parasitaria, manipuladora. La duda se hacía preguntas, me las hacía a mí y como no sabía qué contestarle, amenazaba con no marcharse jamás.

—Tengo que preguntarte una cosa —le dije viéndola hacer la maleta, la última noche allí.

Se sentó en la cama, dejando en su regazo la pieza de ropa que estaba doblando y me animó a hablar con un gesto.

—Hace días que lo pienso y…, bueno…, si queremos ser padres algún día, si nos queremos, si no sabemos si esto volverá a suceder…, ¿por qué vamos a interrumpirlo ahora?

Martina frunció el ceño, como si no me entendiera.

—Porque…, bueno. —Recogió un mechón de su pelo detrás de la oreja—. Porque es demasiado pronto para nosotros.

—¿Quién lo dice? Quiero decir…, ¿por qué? ¿No estamos haciendo las cosas complicadas?

—Yo creo que las estamos simplificando.

—¿Y no nos hace eso cobardes?

Negó con la cabeza y dobló su camiseta para meterla después en la pequeña maleta negra, milimétricamente organizada.

—Supongo que a veces tenemos que ser cobardes para conservar lo que tenemos.

Una vez, en el colegio, leímos un cuento. No como los que nos leía mi madre antes de dormir, que igual eran obras de Chéjov que de Cortázar. Noches toledanas nos hizo pasar esa mujer… Bueno, el cuento se llamaba *Juan sin miedo* y trataba sobre un niño, en un reino muy lejano, que no temía a nada. Daba igual si la cosa iba de enfrentarse a un león a manos desnudas o de pasar la noche en un castillo encantado, Juan nunca tenía miedo. Un día una niña le deslizó un pececito naranja por la espalda y ese pequeño gesto, el movimiento de algo desconocido sobre su piel, le hizo estremecer y, por fin, supo lo que era el miedo y hacerlo le hizo mejor, más fuerte, más valiente y más humano. ¿Por qué esto ahora? Bueno, dejadme que os cuente un cuento. Su protagonista se llama Pablo y no teme a nada. Ni a enamorarse con todo el jodido corazón ni a emprender un negocio que implica mucho dinero y esfuerzo. No tiene miedo a casarse como un imbécil en una playa de México ni a viajar con una mochila a cuestas por el mundo. Pablo no teme porque no le ve sentido a hacerlo. Pero…, PERO un día aparece Martina, que desbarata su mundo, que pone luz en la sombra y sopla para ser viento de cara y brilla para convertirse en faro entre la niebla. Ay, mierda. Y se queda embarazada. Y entonces todo es fantástico, especial y enorme, pero Pablo teme. Teme a cosas que no sabía que le daban miedo. Un niño. La soledad. La vida adulta. No lo sabe. Es un miedo sin forma porque es desconocido. ¿Qué pasaría si aquello que siempre fue su talón de Aquiles aparece para reclamar un sitio? Que el concepto del valor cobra un nuevo sentido.

Qué claras se tienen las cosas cuando se tienen claras.

La mañana que nos marchamos, sentados en el hidroavión, hicimos las últimas fotos. Martina no se encontraba demasiado bien y yo me sentía una mierda, porque me quería quedar con ella allí siempre, donde nadie pudiera ni sugerir que lo nuestro iba a estropearse, donde el sexo era dulce, lento y espeso, donde los dos habíamos visto lo mucho que nos queríamos.

—Despídete de nuestra villa, pequeña —le dije queriendo sonar casual, nada melancólico.

Ella se asomó por la ventanilla, miró y se apoyó en mi hombro. Al momento sentí la camiseta húmeda y caliente y descubrí a Martina llorando con disimulo.

—Pero, ¡pequeña! ¿Qué te pasa? —Le cogí la cara con las manos y le sonreí—. Esto no se acaba porque volvamos, ¿recuerdas? Eso está superado.

—No es eso. No me hagas caso. —Hipó, tan tierna que la odié por quererla tanto—. Deben de ser las hormonas.

Le sonreí y la besé, manchándome de lágrimas saladas los labios.

—Si las hormonas quieren que llores, llora. No pasa nada.

—Buff. —Sus labios hinchados vibraron—. No me aguanto ni yo.

—Anda…, dale una tregua.

No. No se lo dije a ella. Se lo dije a su vientre, donde había posado la mano. Ella miró mis dedos sobre la tela de su camiseta y sollozó con fuerza. Después su mano se posó sobre la mía. Y nos condenamos.

21

No creo que pueda olvidar nunca aquella imagen. Pablo y yo de pie en la orilla de una desierta playa en un pequeño atolón en las Maldivas. Los huéspedes del hotel habían ido marchándose en goteo hacia sus habitaciones para darse una ducha después de tanto sol y tanta agua salada. Pero nosotros habíamos pasado el día trabajando en la cocina y lo único que nos apetecía era estar allí, parados, con las manos cogidas, intentando encontrarle el final al horizonte, como si fuera posible. Pablo me miró de reojo y sonrió; sus dedos apretaron el nudo que habían hecho con los míos. Pablo pestañeaba siempre despacio, creo que nunca me había parado a pensarlo antes de entonces. Eran aleteos perezosos, como si en el fondo no le apeteciera ni cerrar los ojos ni dejar de hacerlo. Sus pestañas claras, como su pelo cuando el sol le daba directamente, volaban a la velocidad inversa a la de todo lo demás. Porque Pablo pensaba rápido, se enfadaba rápido, se arrepentía rápido, sentía rápido, te hacía llegar al clímax rápido y en la mayor parte de las ocasiones, hablaba rápido. Menos a mí, que siempre me habló en otro idioma, mucho más denso.

—¿Dónde estás? —me preguntó sin soltar mi mano.

—¿Cómo?

—No vayas a contestarme que estás aquí, porque ya te veo. Quiero saber dónde tienes la cabeza, porque no está conmigo.

Sonreí. Se le daban bien las personas; yo no iba a ser una excepción.

—Bueno. Estoy pensando en todas las cosas que nos esperan a la vuelta.

—¿Y cuáles son esas cosas?

—Ehm..., Amaia. Es a tener en cuenta.

—Ajá. ¿Qué más?

—El trabajo, la interrupción, tengo que llamar a Fer, tengo que arreglar la tabla del somier que rompiste y llamar al casero para preguntarle si...

—Shh. —Se rio parándome—. Frena. ¿En serio?

—¿Qué?

—Estás aquí y piensas en un somier y tu casero. No. De eso nada. Ven.

Tiró de mí y dimos un par de pasos y metimos los pies desnudos en el mar, dejando que se nos hundieran levemente en la arena suave.

—¿Lo hueles? —me preguntó—. La sal de la mar. Me gusta pensar que es mujer, ¿sabes? Quizá sea por el vaivén de las olas o porque si miras el horizonte siempre se curva. Una mujer a veces muy joven, que quiere llamar la atención sobre sus formas, que ha descubierto el poder de ser mujer. Otras veces madura, serena. El universo empieza y termina en vosotras. Entre vuestras piernas, en vuestro pecho, en el vientre, en la verdad que conocéis y que sois en vosotras mismas.

Lo miré con interés. Miraba hacia el punto donde el mar rompía contra el cielo en colores cada vez más cálidos.

—Crecemos en vuestro vientre, nacemos de entre vuestros muslos y nos alimentamos de vuestro pecho. Sabemos lo que sabemos porque vosotras nos enseñasteis. Joder, Martina. El mar tiene que ser mujer y si hay Dios, también lo es.

Sonreí cuando buscó mi cara con los ojos verdes brillantes.

—Siéntate conmigo. Aquí delante.

—Estamos vestidos.

—¿Y a quién le importa?

Como no supe qué contestar, me senté. No tenía nada que perder, más que un poco de tiempo, que invertiría en escucharle decir locuras de genio. Me acomodé entre sus piernas y me recosté sobre su pecho.

—¿Sientes la arena?

—Claro que la siento. Soy ortopédica emocional, no estoy en coma.

Sentí la brisa en la que se convertía la risa sorda de Pablo detrás de mí.

—A ver. Esto no se trata de registrar estímulos, sino de convertirlos en algo de valor. ¿Vale? La arena se puede sentir de muchas maneras, ¿no? Suave cuando la pisas por primera vez, dura y rugosa cuando haces el amor en la playa y la piel se frota contra la piel…

—¿Alguna vez lo has hecho en la playa?

—Sí. —Me besó la sien—. Mira los colores del mar ahora, Martina.

—Es bonito —y lo dije porque supuse que es lo que se esperaba de mí en aquel momento.

—Son más que eso. Tienen sonido, sabor…, tienen un tacto especial y…

—Me estás rayando —repuse.

Besó mi cuello de esa manera que solo él sabe hacer.

—Solo quiero que sepas que tú sientes, Martina, como todos los demás. Tú sabes encontrar a este recuerdo un sabor, porque has nacido para hacerlo.

Aquella noche, después de dar un bocado, Pablo desvió nuestros pasos hacia la misma playa en la que había divagado sobre la mar, los sabores y los colores. Y allí, sin importarle que alguien pudiera descubrirnos o que mi vestido terminara perdido de arena, se desnudó, me desnudó y me hizo el amor hasta que le clavé las uñas en la espalda y él se derramó con un gruñido.

Era un buen recuerdo a rescatar cuando llegamos a Madrid, el viernes a las ocho y algo de la tarde. No nos apetecía nada más que dormir en una cama, en silencio y oscuridad, después de un vuelo infernal lleno de niños pequeños que lloraron desesperados durante horas. Pero si cerrábamos los ojos y nos esforzábamos, podíamos volver a la playa, a buscar a qué sabía la maldita puesta de sol. Qué rabia haber descubierto que sabía a algo tan simple y horriblemente bueno como un huevo frito bien frito, con su puntilla, con su sal por encima de la yema, que explota cremosa cuando la presionas con un trozo de pan caliente. Jodido Pablo.

—¿Prefieres ir a mi casa o a la tuya? —me preguntó acercándose a la salida.

—¿Cómo? —no le entendí en parte porque estaba intentando quedarme un ratito más en mi recuerdo.

—Si vamos a mi casa o a la tuya.

—Ahm..., pues..., había pensado ir a la mía, poner lavadoras, cenar con las chicas…

—Vale. ¿Voy luego?

—No hace falta. —Sonreí cortada.

Pareció decepcionado y yo temí haber sido muy rancia.

—Bueno…, puedes venir si quieres…

—No. No te preocupes.

Lo cogí de la mano y le obligué a inclinarse hasta que su cara y la mía estuvieron a la misma altura.

—¿Qué pasa?

—Nada. —Sonrió—. Es una tontería.

—Pues si es una tontería, dímela.

—Yo… quería cumplir mi promesa. Quería que no volviéramos a pasar ni una noche más separados.

Me reí y hundí la cara en su camiseta.

—¿Ves? Era una tontería —dijo.

—No me lo parece. Pero quizá deberíamos ser laxos con esta norma. No siempre podremos cumplirla.

No obstante, cuando el taxi nos dejó en la puerta de mi casa y él bajó a despedirse…, quise que siempre se cumpliera. Quise deshacer todas las maletas de mi vida junto a él. Y despertarme pegada a su pecho. Y… ser tan moñas que tuviera ganas de ahogarme a mí misma en corazones y nubes de algodón.

Nos despedimos en la puerta, mientras el taxista canturreaba alguna canción de Radio Olé. Un beso. Un «descansa». Un «no hace falta que vayas mañana a trabajar». Y «buenas noches, pequeña» que me dejó con ganas de tantas cosas más como agua tiene el mar.

Amaia estaba sentada en el sofá, con las piernas encogidas, hablando por teléfono en voz queda. Al verme se asustó y el móvil se le escurrió de las manos.

—¡Puta! —se quejó poniéndose una mano en el pecho. Agarró el aparato y se lo volvió a llevar a la oreja—. Nada…, es Martina, que acaba de llegar y me ha dado un jodido infarto. Te dejo, voy a ver si sigue siendo una extraterrestre con forma humanoide.

—Gracias por tan calurosa bienvenida.

Me dejé caer a su lado y me acurruqué hasta que mi cabeza quedó en su regazo. Ella dejó el móvil en la mesita de centro y me rascó el pelo como si fuese un perrete.

—¿Qué tal las cosas por aquí? —pregunté.

—Como siempre. Ya te lo dije en mi mensaje: todo en orden.

—Sí, fue un mensaje tan emocionante y repleto de información que tuve que leerlo un par de veces —me burlé mirando hacia arriba.

—No quería quitarle tiempo a tu historia de amor. ¿Qué? ¿Qué ha pasado?

—¿Y Sandra? —Quise darme tiempo para ordenar mis ideas antes de abrir la boca y contárselo.

—Quedó con alguien.

—¿Viene a cenar?

—No creo. Podemos pedir algo. Chino a lo mejor. —Me acarició el pelo—. Pero luego. Ahora cuéntamelo.

La miré con ojos tristes.

—Me he enamorado. Mucho.

—Eso no es ninguna desgracia, ¿te das cuenta?

—Pero otras cosas no son tan fáciles.

Y cuando me di cuenta, yo también tenía la mano en mi vientre.

Pedimos comida china a domicilio y mientras llegaba, yo me di una ducha, me puse el pijama y Amaia me ayudó a poner una lavadora. Nos bebimos unos refrescos y nos pusimos al día. Ella sobre su historia con Javi, que avanzaba a trancas y barrancas aunque ella a ratos se intentara convencer de que era un error que les haría daño a los dos. Yo mis días en el sitio más bonito del mundo, nadando entre peces de colores en los brazos de Pablo, besando sus labios salados, acariciando sus mechones rebeldes mojados, buscando la respuesta a si un beso es dulce o salado. Éramos dos tontas enamoradas que habían aparcado por una noche la sensación de la piel del otro para contárnoslo.

Dormimos juntas. Creo que Amaia me entendía mucho mejor que yo. Quizá por eso conectó tan bien con Pablo: los dos parecían saber más de mí que yo misma. Con esto quiero decir que si se metió en la cama conmigo y me abrazó a su cuerpecito pechugón fue porque supo que yo no estaba al cien por cien. Quién lo diría. Tenía la certeza de haber encontrado al amor de mi vida, que además era correspondido; había conseguido alcanzar mi sueño profesional y formar parte de la cocina de El Mar. Era independiente, adulta, estaba sana... ¿Cuál era el problema? Bueno, tener la certeza de que algunas decisiones que se toman son demasiado racionales no es cómodo, sobre todo cuando sabes que el resultado te cambiará la vida. Sobre todo entonces, cuando la persona que compartía responsabilidad conmigo estaba sobradamente capacitada para hacerle frente con más valentía que yo.

El sábado Amaia, Sandra y yo desayunamos en la cocina disfrutando de vivir juntas como pocas veces podíamos hacerlo por nuestros horarios. Ninguna habló de las cosas que le llevaban de calle, pero nos sobrevolaban. Mi embarazo, mi historia con Pablo, la relación de Amaia y Javi, la soledad de Sandra, Íñigo y un noviazgo por inercia... Quiso ser un desayuno divertido, despreocupado, como esas citas de chicas que siempre salen en las series americanas, en las que nadie come de verdad pero se bebe mucho café y se diseccionan emociones entre risas. El resultado fue bastante sombrío, no obstante. Por supuesto después fui a trabajar y me pregunté de camino a El Mar si Sandra sería capaz de imaginar que su amiga Martina estaba embarazada y que pensaba interrumpirlo; me di cuenta de que probablemente yo no podría imaginar muchas de las cosas que la azotaban en aquel momento a ella. Siempre fue muy hermética para aquello que la hacía sentirse inferior. Yo era hermética por naturaleza. No me hizo feliz sentirme lejos de ella, pero los problemas hay que atenderlos de uno en uno.

A pesar de que creí que Pablo estaría recuperándose del *jet lag* en casa, lo encontré en la cocina, con una camisa tan indescriptible que me entró la risa. A él también. Cuando pasé por su lado y le dije que iba a sufrir un ataque de epilepsia si seguía mirando su ropa, me contestó que la culpa era mía por no haberme ido a dormir con él.

—Tengo ganas de que el tiempo pase —me dijo en un susurro, mirando cómo a nuestro alrededor los compañeros salían del vestuario ataviados con sus chaquetillas—. Tengo ganas de que besarte o llamarte «cariño» no le llame la atención a nadie. No es que a mí me moleste, ya lo sabes. A mí me da igual. Pero no quiero que tú te sientas incómoda en esta cocina. Yo solo quiero que seamos nosotros y ya está.

—Todo llega.

Sonrió de lado y asintió.

—¡Hombre! ¡Mucho colorcito traéis para haber estado trabajando, ¿no?! —bromeó Alfonso al vernos juntos.

—Nos pusimos autobronceador para daros envidia. En realidad ha sido una mierda —contesté.

—Una mierda infinita —aseguró también Pablo antes de morder su labio inferior y la sonrisa que estaba dibujando—. Como el mar.

—Enorme —susurré antes de desaparecer.

Enorme. Como todo lo desconocido que sentía. Como lo grande que era en realidad Pablo Ruiz, que no tenía nada que ver con lo que yo imaginé cuando solo lo admiraba. Enorme. Como el tamaño de lo que había que arreglar entre nosotros. Como las dudas. Las preguntas por hacer. Como la seguridad de que, si lo hacíamos bien, todo se aclararía y podríamos seguir hacia delante sin mochilas adicionales cargadas con recuerdos amargos.

Cuando me pidió pasar la noche conmigo, supe que hasta la noche ya no significaba lo mismo que antes. No era la caída del sol, el momento de descansar. No era tiempo de brujas. No era compartir colchón con alguien. En realidad no lo sabemos, pero la noche no tiene nada que ver con nada más. Está en blanco y cada uno imprime en ella la huella que debe, quiere o puede. Seguro que para Pablo, la noche también es mujer.

El lunes teníamos algo importante que hacer... y yo necesitaba pensar sobre ello. Distanciarme de todo menos de mí misma. Casi estuve tentada a decirle que necesitaba estar sola pero me di cuenta de que él era el único cable capaz de darme una descarga lo suficientemente intensa como para mandar al mundo a mamarla y verme solo a mí. Joder, si tuviera una hija sería el mejor consejo que podría darle: comparte tu vida con quien te haga ser consciente de la rotundidad de ser tú; vete con quien venere tu amor propio y entienda que el amor es elegir SIEMPRE, nunca acatar deseos ajenos.

Entramos a hurtadillas en mi casa y nos guarecimos en mi dormitorio deprisa, temerosos de que Amaia se despertara y decidiera que era un momento como cualquier otro para ponerse al día con Pablo.

—Mañana podríamos salir a comer o ir a algún sitio bonito —me dijo con el antebrazo tapándole los ojos, tirado en ropa interior a mi lado.

—Mmm...

—Tanto entusiasmo no, que me desvelaré —se burló.

Me erguí sobre mis codos y le miré fijamente hasta que prestó atención a mi silencio y se giró hacia mí.

—El lunes va a ser un día raro para el que necesito prepararme. Sola. Te prometo muchos domingos, pero regálame el de mañana.

—Tu tiempo es tuyo, pequeña. —Sonrió—. ¿Quién soy yo para regalarte nada que ya te pertenece?

Supe que me entendía mejor que yo misma cuando el sol entró amarillo y potente en la habitación y yo desperté sola. Había dejado una nota en mi escritorio en la que ponía: «Silba si me necesitas, pequeña. Yo te estaré esperando».

Me quedé en la cama pensando sobre mi recuerdo preferido de nuestro viaje. Pensando en cosas que me había hecho pensar. Pensando en no pensar demasiado. Lo hice hasta que no pude más y tuve que levantarme porque…, porque una siempre tiene que levantarse de la cama.

22

C uando estás a dieta parece que las fuerzas del mal se dedican a cambiar las tiendas por las noches para que cuando pases por delante de ellas todas sean de comida. Y comida suculenta además. Cuando te cortas el pelo y te arrepientes, las chicas con las que te cruzas por la calle lucen unas melenas largas, sanas y preciosas que hasta parecen rozarte al pasar. Cuando acabas de vivir una ruptura amorosa, los cafés, restaurantes y parques se llenan hasta los topes de parejas que se dan la mano, que se besan y que te recuerdan que no hay nadie a tu lado para emularlos. Fue así, del mismo modo, equilibrándose a esas fuerzas del caos, que las calles se llenaron de niños risueños y carritos de bebé.

El domingo me dio el punto tonto. Ese punto peliculero que nos empuja a hacer cosas tan absurdas como buscar la soledad en un parque. Sí, en domingo y con buen tiempo, porque es sobradamente conocido que los padres se quedan en casa con sus hijos en esas ocasiones. Pero necesitaba salir de allí. ¿No os ha pasado nunca que deseáis llegar a un sitio en el que luego todo os agobia? Pues eso. Adoro a Amaia, pero iba detrás de mí como una extensión de mi propio cuerpo y yo tenía ganas de prohibirle la entrada a mi espacio aéreo. Sandra no entendía por qué Amaia no me dejaba en paz y nos preguntaba sin parar qué pasaba. Íñigo venía a recogerla para ir a comer y Amaia me decía entre susurros que me necesitaba para poder resistirse a los cantos de sirena que la empujaban a coger el bus para entregarse al fornicio con el que definía con la boquita pequeña como «ese mejor amigo que hace que te corras». Amenazaba con atarse al sillón del salón si no me quedaba a su lado todo el día, entreteniéndola. Dos pájaros de un tiro: yo la retenía y ella me tenía bajo el ojo, vigilando que lo que iba a hacer el día siguiente no me tenía preocupada en exceso. En fin. Que necesitaba huir de aquella especie de camarote de los hermanos Marx.

Al lado de mi casa había una gran zona ajardinada donde la gente solía salir a jugar con los perros. Siempre me han gustado los animalitos porque siento que son emocionalmente igual de complicados que yo. Acción-reacción. Me calma verlos correr con las lenguas fuera, recogiendo una y otra vez un palo y volviendo adonde sus padres de adopción les esperan sonrientes. Así que me senté en un banco, con un libro en la mano simulando leer al sol, pero no pude más que mirar a todas las personas que se cruzaban por delante de mí. Y ese día tuve menos suerte, claro, porque había perros correteando y ladrando, pero también muchas madres. Un montón de madres jóvenes corriendo detrás de sus hijos. Muchos niños que pretenden comer césped. Otros tantos que intentan jugar con perros mucho más grandes que ellos. Bebés que piden mimos abriendo y cerrando los puñitos. Madres que se ríen a carcajadas con los gritos de júbilo de sus hijos. Y Martina, la que el día siguiente iba a interrumpir su embarazo, mirando como una gilipollas y preguntándose cosas.

Me vibró el bolsillo y al sacar el móvil encontré un mensaje de Pablo.

«¿Cómo estás, pequeña? No dejo de repetirme que he hecho bien en marcharme esta mañana para que no te vieras en la obligación de pasar el día conmigo, pero... no termino de creerme cuando me lo digo. Estoy en casa pensando en ti. Ignórame si este mensaje está de más, por favor, pero llámame si me necesitas».

Cogí el teléfono y marqué sin pensármelo mucho. A ratos no me explicaba cómo había pasado de estar enfadada con Pablo por seguir casado con alguien a quien no quería, a loca de amor. Supongo que tenía ese efecto. O quizá es lo que nos tocaba. A lo mejor nos cansamos de excusas que maquillaran el hecho de que querer de verdad a alguien nuevo da un miedo que te cagas. ¿Recordaría un día de súbito que Pablo estaba tan loco por querer que se tiraba a la piscina con los ojos vendados, arrastrando a la otra persona a vivir en su propio caos emocional? Nunca había pensado en un para siempre, me dijo, pero se había casado. ¿Cómo cojones te casas con alguien con quien no te ves compartiendo la vida entera? Si pensando que todo saldrá bien y envejeceréis juntos uno debe rendirse a la evidencia de que a veces la suerte no lo acompaña..., ¿cómo aspiraba Pablo a que su matrimonio funcionara algún día? Era un irresponsable emocional. ¿O lo había sido?

—Hola, pequeña —contestó. Y yo me sobresalté porque ni siquiera me acordaba de estar llamándolo.

—Todo está lleno de críos, ¿te has dado cuenta?

—Sí. Ya te lo dije el otro día. —Y sonó como cuando sonreía—. Todo son críos por todas partes. Hasta en los anuncios de televisión. ¿Cómo estás?

—Bien. No sé por qué te he llamado.

—¿Qué haces? —Cambió de tema, como queriendo que todo sonara más despreocupado.

—Estoy sentada en un parque. Leyendo.

—En un parque un domingo por la mañana, ¿eh? Eres masoquista. ¿Estás bien?

—Sí. Supongo que sí.

—Vale. Oye, me apetece ver el mundo exterior. ¿Puedo acompañarte?

Miré a mi lado el banco de madera vacío y me lo imaginé allí sentado, con las gafas de sol puestas y los pies descalzos al sol para sentir la hierba húmeda. Sonreí.

—No tengo muchas ganas de hablar —le avisé.

—Está bien. No tienes por qué hacerlo.

—Trae algo de comer.

Tardó bastante, o eso me pareció. Se presentó andando por la avenida y supe que había venido en metro. Desde su casa había línea directa a Príncipe Pío, así que había dejado el coche aparcado. Como me había imaginado, llevaba puestas las gafas de sol y las manos dentro de los bolsillos de su pantalón vaquero. Se había apartado el pelo de la cara con uno de esos pañuelos que enrollaba a modo de cinta y parecía un chiquillo. Un estudiante de la facultad que ha dejado los apuntes tirados en la biblioteca para tener una cita.

Se dejó caer a mi lado en el banco y me sonrió. Camiseta blanca de manga corta algo arremangada, como en los años cincuenta y pantalones vaqueros. Había aparcado los botines y llevaba unas Converse de color negro.

—Parece que tienes veinte años —me burlé.

—Algún día te hablaré de aquella vez que me bañé desnudo en la fuente de la eterna juventud. ¿Qué tal?

—Bien. ¿No has traído nada de comer?

Señaló una mochila.

—¿Son los deberes? —le pinché.

—No sé si dejarme llevar por el optimismo de tus bromas, pequeña, porque todo apunta a que es un arma de distracción.

—Se quitó las gafas de sol y se las colocó en el cuello de la camiseta. Los ojos le brillaron cristalinos—. ¿Cómo estás?

—Bien.

—Contéstame otra cosa. Bien es lo que dices cuando no quieres que te pregunten más. ¿Estás...?

—No sé. Es raro. No creo que pueda explicarlo lo suficientemente bien como para que me entiendas.

—Podemos intentarlo.

Cruzó la pierna por la altura del tobillo y desanudó su zapatilla. Daba el sol en aquel rincón del parque y, cómo no, Pablo se descalzó. Puñetero *hippy*.

—No hay cambios en mi cuerpo. Nada —le dije—. No hay nada que me empuje a creer de verdad que estoy embarazada. Pero es como si mi cabeza lo tuviera muy claro.

—Es que lo estás.

—Sí, pero...

—Ya. Es como una prueba de fe, ¿no? Es difícil creer en algo cuando no hay nada tangible que demuestre que existe.

—Sí.

—¿Pero? —interpuso.

—Pero me encuentro rara.

—¿Con la decisión de interrumpirlo?

—No. Eso lo tengo claro.

Asintió y jugueteó con el césped bajo sus pies. Después abrió la mochila y me pasó una botellita de agua fría y un sándwich envuelto.

—Gracias, mamá.

—Papá —me corrigió. Un latigazo interno nos alcanzó a los dos—. Joder. Qué don de palabra tenemos.

Hice una mueca y seguí mirando al frente. Pablo parecía el típico hombre que acumula conquistas sexuales, que no busca el amor y, allí estaba, todo lo contrario, un enamorado del amor que acumulaba intentos de encontrar quien le llenara para siempre. ¿Cómo era que no tenía niños? Lo lógico habría sido que se lanzara a por una familia a la menor oportunidad.

—Oye, Pablo..., ¿alguna vez quisisteis ser padres? Malena y tú, me refiero.

Lanzó una mirada cautelosa en mi dirección, supongo que tanteando el terreno. Con algunos asuntos aún nos movíamos en tierras movedizas; quería ser cauto.

—Aclárame una cosa antes. ¿Es una conversación sin dobleces o tengo que...?

—Solo quiero saber.

—Vale. Genial..., a ver. Yo sí que quise. —Suspiró y apartó las cosas a un lado para estirar los brazos en el respaldo del banco—. Muy al principio. Ya sabes..., era imbécil, así que pensaba que tendríamos la casa llena de críos y seríamos superfelices. Después me di cuenta de que podríamos tener niños, pero la felicidad no depende de eso. Tiene que ser algo muy sólido para que cuando lleguen pueda sostenerse.

—Entonces...

—Ella no quería. Al menos los primeros años. Después, cuando se nos vino la realidad encima, me dijo que podíamos hablarlo y que quizá un bebé nos arreglaría.

—Y tú no quisiste.

—Ni loco. Yo ya era consciente de los errores que habíamos cometido. —Suspiró y siguió hablando sin mirarme—. Yo quiero que entiendas una cosa, ¿vale? Sé que no quieres hablar de esto pero necesito que entiendas que yo la quise a mi manera cuando aún no estaba preparado para hacerlo bien. Se acabó porque no teníamos futuro, pero nos quisimos. Y, bueno, he entendido que lo que te molestó no fue el hecho de que me casara con ella y que aún no tenga el jodido divorcio, sino el hecho de que te dijera que nunca antes me había planteado algo para siempre. Pero tienes que entender que es necesario alcanzar cierta madurez para saber lo que significa un para siempre. Al menos en voluntad.

—No quería…, no te lo preguntaba por eso. No quiero disculpas. —Hice un gesto de desdén con la mano—. Es solo que… pareces preparado, ¿sabes?

—¿Yo? —Se señaló el pecho sorprendido y después lanzó una carcajada—. Ah, pero, ¿lo estás diciendo en serio? Qué va. Soy el típico que se dejaría a su hijo olvidado en el capó del coche y arrancaría.

—No. —Me reí—. Claro que no.

—Me gustan los críos. Algún día, pequeña.

Me rodeó la espalda y me dio un par de palmaditas cariñosas.

—¿Estás de acuerdo con lo que voy a hacer mañana?

—Sí —asintió—. Pero tendría que estar de acuerdo también si no quisieras hacerlo. Solo quiero asumir las consecuencias de mis actos de la manera más madura posible, sin hacer daño a nadie.

Pablo besó mi sien y dejó los labios allí, cerca de mi piel, antes de preguntarme:

—¿Te da miedo no poder volver a vivir esto?

—Me da miedo estar pasando por esto a los treinta. Si tuviera veinte tendría menos dudas.

Sonrió.

—No es cuestión de edad.

—Pero sí de oportunidad.

—No somos unos críos. A ver… —Se frotó la cara—. Yo no soy un dechado de virtudes y sé que no estoy preparado para ser padre, pero me prepararía de darse el caso. Es mucho más cómodo para mí decirte que tienes razón, que un niño no pinta nada en nuestras vidas porque, es verdad, no pinta nada y eso pero…

Pablo se encogió de hombros.

—Lo que quieres decir es que…

—Lo que quiero decir, Martina, es que yo te quiero. —Me miró—. Y te respeto como mujer y como persona. Enormemente. Como el mar. Sea cual sea la decisión que tomes, yo la respaldaré. Ya sabes que a mí también me ha pillado de improviso, que me aterra, pero comprendo que hay muchas variables a tener en cuenta. Tú tienes un problema que convierte esto en casi un milagro y… ¿quién sería yo para quitártelo?

23

Pasamos un buen rato el domingo, no puedo negarlo. Después de tomar un helado en el Burger King de debajo de mi casa (¿se os ocurre un sitio menos glamuroso para llevar a uno de los mejores chefs de España?), me acompañó a la puerta y me rondó como un novio adolescente que sabe que tus padres no están en casa.

—¿No quieres que me quede? Podemos ver una película —se ofreció.

No me pude resistir. Cuando entré en casa el sonido de dos seres ingiriendo mis platos previamente preparados y congelados, nos recibió desde el salón.

—Hostia puta, Martina, las tortitas de ajo están de orgasmo gustativo —gritó Amaia.

—¡Lo secundo!

Pablo se asomó y saludó.

—Hola, chicas.

—Ohm, melenas. —Amaia masticó y se levantó para darle un abrazo. Llevaba otra vez ese horrible esquijama de cuerpo entero.

—Por Dios santo, ¿no te cueces con eso?

—No te preocupes por mí. Yo duermo desnuda, con dos gotitas de Chanel Nº 5.

—Y litro y medio de baba colgándote por la barbilla —apuntó un poco seca Sandra—. ¿Qué tal, Pablo?

—Bien.

Yo carraspeé para introducirme en la conversación.

—Chicas, nosotros vamos a comer algo y a ver una peli en la habitación

—¿Cuál vais a ver? A lo mejor me apunto.

—Pues estoy entre *Cómo tener una cita con Martina sin que Amaia se una* o *¿Dónde cojones has comprado ese pijama?* —respondió rápido Pablo.

—Ah, pues te recomiendo *Cómete una mierda* y *Donde tú compras tus camisas, sinvergüenza.*

Pablo se echó a reír a carcajadas mientras yo iba hacia la habitación a ponerme cómoda. Les escuché hacerse un par de bromas más, pero la voz de Sandra no participó.

Mientras me ponía unas mallas de yoga y una camiseta, deparé en que había sido un buen día. No me refiero solo a Pablo y a mí. Yo no había tenido náuseas ni vahídos, ni nada por el estilo. Si mi embarazo hubiera sido algo programado, aquel domingo habría sido un día ideal para acariciarse el vientre y hacer planes…, hacer nido, que le llaman. Pero no era el caso. Me sorprendió darme cuenta de que echaría de menos la sensación de no estar sola. Era extraño. Yo no quería ser madre, pero desde que había programado la interrupción, había asumido que durante un tiempo compartiría mi cuerpo con otro ser. Y… no lo conocía. No sabía si sería niño o niña o si de mayor querría ser ingeniero o chef como sus padres. Pero había algo…, un vínculo. El hilo de la vida, supongo.

Pablo hizo tomates verdes fritos con miel y virutas de parmesano y me enamoré un poco más cuando dejó la cocina reluciente a su espalda para llevar el plato a mi habitación. No hubo nada extremadamente romántico o digno de mención de una noche en la que una muy reciente protopareja come algo delante del ordenador viendo una película, pero... ¿sabéis esa cotidianidad que te hace sentir en casa? Sí, cuando ver al chico que te gusta pellizcando un trozo de pan caliente y masticando no te da vergüencita y nervios, sino calma. Cuando descubres que no hay citas perfectas y que él te gusta hasta cuando se le queda algo entre los dientes. Ese tipo de noche fue.

Vimos *(500) días juntos* y mientras yo suspiraba por Joseph Gordon-Levitt (aunque sé que probablemente soy más alta y más ancha que él y hasta parecería su madre si alguien me colocara a su lado), Pablo fruncía el ceño y me decía que el personaje de Zooey Deschanel era una cabrona.

Cuando la película se terminó, los dos nos metimos debajo de la colcha y nos acomodamos con los miembros amontonados y enredados, dispuestos a no pensar. Al día siguiente a aquellas horas todo estaría hecho y podríamos ser una pareja más. Sin un futuro tan inminente como el de un bebé en camino. No pensamos, o quizá no quisimos hacerlo, lo que sí sé es que los dos nos mantuvimos en silencio hasta que nos pesaron demasiado los párpados.

Quizá hubiera sido buena idea que se marchara aquella noche a su casa. No creo que ninguno de los dos estuviera muy seguro de lo que estaba haciendo, así que cualquier respuesta hubiera sido buena. Lo que quiero decir es que gracias a que él no se fue, pensé poco y mejor. Al final lo importante no es la cantidad de las cosas, sino su calidad, ¿no? Pues lo mismo pasa con el hilo de pensamiento, las ideas, las emociones... Quizá si se hubiera ido, yo le hubiera dado vueltas a lo más prosaico, porque esa era la manera en la que yo funcionaba. Pero con él era diferente, aunque no dijera nada. La manera en la que su mano se ceñía a mi cintura para abrazarme o el mero calor que desprendía su cuerpo entre mis sábanas... dejaba una impronta. Sin su presencia yo no hubiera sentido lo que pensaba, esa es la verdad. Puede parecer evidente, pero no era el problema moral que suscita el estar a favor o en contra de la interrupción de un embarazo lo que me preocupaba. Ya lo he dicho muchas veces: yo era una persona sumamente cuadriculada. Había trazado un plan de vida que, con sus más y con sus menos, con sus demoras a veces, estaba cumpliendo. Un embarazo en aquel momento, después de mentalizarme de que probablemente ser madre iba a ser algo inalcanzable para mí, después de desechar la idea y supeditarla a otras aspiraciones..., no me venía bien. Así era yo. Pero ahí estaba, toc, toc, soy Pablo, y solo quiero decirte que pienses bien lo que vas a hacer, porque puedes pasar el resto de tu vida amargada por la decisión que tomarás mañana.

Tuve un sueño muy apropiado aquella noche. Pablo, en medio de la cocina de El Mar, sostenía con orgullo un bebé al que no pude llegar a verle la cara en ningún momento. Presumía de su hijo y yo no sabía si era nuestro o lo había tenido con otra persona. Todo el mundo le rodeaba queriendo hacer un arrumaco al crío y yo nunca alcanzaba a acercarme lo suficiente hasta que me daba cuenta de que, en mis brazos, sostenía una calabaza blanda y bastante perjudicada, ennegrecida, que pesaba tanto que no me permitía moverme de donde estaba. Abrí los ojos agitada para encontrar que no eran más que las cinco y poco de la mañana, pero no volví a dormirme. Tuve más de dos horas por delante de comer techo y pensar. Pensar mucho y muy rápido. Pero a su lado.

Amaia apareció en mi habitación antes de irse a trabajar. Quería asegurarse de que no había cambiado de parecer sobre si quería o no que ella me acompañara. Pablo estaba descalzo, sentado en el borde de la cama, frotándose los ojos y vistiéndose a la velocidad de un caracol. Íbamos a pasar por su casa para que se cambiara antes de ir a la clínica.

—Buenos días —saludó Amaia mucho más formal de lo normal—. ¿Qué tal, chicos?

—Bien.

—Oye…, si queréis que os acompañe no hay ningún problema —susurró. Sandra se movía en el cuarto de baño que había en el pasillo—. Llamo al hospital y digo que tengo una almorrana que no me deja vivir y marchando.

—No hace falta. Voy con Pablo. No estaré sola.

—¿Has podido dormir algo? —me preguntó como si él no estuviera allí.

—Sí. Hasta que soñé con calabazas.

—Arg, vaya tía rara estás hecha —se burló antes de darnos un beso a cada uno y marcharse.

Fuimos en metro a casa de Pablo. Él se agarró de la barra y yo lo hice de él, al principio buscando un agarre para no caer y más tarde, el calor de su pecho para tranquilizarme. Creo que no mediamos palabra, pero nos dimos muchos besos.

El paso por su casa fue rápido. Yo me quedé sentada en el sofá ojeando unos apuntes que había dejado encima con el esbozo de nuevas recetas mientras acariciaba a *Elvis* y él se dio una ducha rápida, se vistió y vino a buscarme al salón con el pelo aún húmedo y una nube de su perfume en el aire.

—¿Le has echado un vistazo a eso? —me preguntó abrochándose la camisa, sin mirarme.

—¿A las recetas? Sí.

—¿Y qué tal?

—Pinta bien. Si me dejas decírtelo…, empezaba a hacer falta meter alguna variación al menú.

—Después de verano estrenamos uno nuevo. —Sonrió como un bendito—. Nada como viajar para que vuelva la puta musa.

Cualquiera diría que íbamos a hacer lo que íbamos a hacer. Allí estábamos, hablando de trabajo..., ¿intentando fingir normalidad? Muy posiblemente.

En la clínica todo era muy blanco y muy aséptico, pero olía como huelen todos los hospitales: a «no quiero estar aquí». Fue evidente para los dos que el otro empezaba a ponerse nervioso; nos soltamos las manos porque nos sudaban demasiado como para pasarlo por alto. Pablo frunció el ceño y le preguntó a la chica de recepción con la que hicimos «el ingreso» si podía acompañarme en el proceso.

—Puede usted estar con ella mientras esperan. Después ya no. No deja de ser una intervención quirúrgica.

Él me miró de reojo, como queriendo asegurarse de que me parecía bien. Asentí en silencio y nos indicaron dónde podíamos esperar.

—Es de fiar, ¿verdad?

—¿La clínica? Sí, me la recomendó el ginecólogo. ¿No te acuerdas?

—¿Y te lo van a hacer sin pruebas ni nada?

—Vine la semana pasada, antes de salir de viaje —confesé.

—Ahm. Vale.

Apoyó los codos en sus rodillas y miró al suelo con un suspiro. A ese gesto le siguieron bastantes minutos de silencio, en los que yo no dejaba de preguntarme cómo sería y cómo me sentiría al salir.

—¿Estás bien? —me preguntó.

—Sí.

—¿Qué puedo hacer por ti?

—Nada. —Sonreí—. Está todo bien, de verdad.

—Me siento mal —carraspeó.

—No te sientas mal. Esto no es culpa tuya. A los dos se nos fue la cabeza, ¿te acuerdas? —Sí. —Resopló—. Y tanto que me acuerdo. Pienso en pocas cosas aparte de ello últimamente.

—Estaré bien.

—Estaremos bien. —Me cogió la mano y la estrechó, colocándola sobre el tejido de sus vaqueros.

—¿Martina Mendieta? ¿Me acompañas? —me pidió una enfermera joven ataviada de blanco.

—Sí. —Me puse en pie y dejé en el regazo de Pablo mi bolso y mi cazadora—. Ahora te veo.

Pablo estiró la mano y cogió mi muñeca antes de que me alejara. Se quedó callado, mirándome, como si no alcanzara a dar forma a lo que quería decir.

—¿Qué pasa? —le pregunté.

—Si no estás segura no pasa nada. Lo asumiremos, ¿vale? Podemos irnos. Aún estamos a tiempo. Aún puedes pensártelo unos días más.

—Ya lo sé pero… dentro de unos días la situación sería la misma.

—Pero quizá nosotros no. Piénsalo, pequeña, piénsalo.

«No me hagas esto» fue lo que pensé en realidad. Pero era una mujer adulta que había tomado una decisión, ¿no? Pues a ello. No quedaba más que hablar.

Pablo me soltó y no me quitó los ojos de encima hasta que desaparecí por la puerta.

24

Desaparecíó por el pasillo tan pálida y asustada como la encontré cuando me desperté. Me maldije unas doscientas cincuenta mil veces por no haberme puesto el puto condón cuando tocaba. Yo no quería ser padre, eso estaba claro, pero tampoco quería tener que pasar por aquello. Ni que lo pasara ella.

La clínica olía como huelen los hospitales: a «no quiero pasar ni un puto minuto más aquí dentro», pero no iba a irme. ¿Y si se arrepentía y salía a buscarme? ¿Y si terminaba antes de lo que creía y se sentía abandonada por no tenerme allí? Sería desagradable pero era mi responsabilidad. Mi penitencia.

Por lo que sabía, la conducirían a una sala donde podría cambiarse y después, vestida solo con la bata, la llevarían al quirófano, donde le suministrarían algún calmante para atontarla. Ella no quería que la durmieran entera, pero tampoco enterarse. Había decidido hacerlo con un legrado porque le habían dicho que con la píldora abortiva a veces terminas teniendo que someterte a la intervención de todas formas.

Pasaron quince minutos eternos. ¿Por qué cojones siempre se me había ido tanto la puta olla con Martina? Yo era muy responsable en cuanto al sexo; quizá era lo único en lo que yo era mínimamente responsable. Siempre tenía sexo seguro con mis parejas hasta que, cuando teníamos confianza y una relación afianzada, dábamos el paso a otro tipo de métodos anticonceptivos. Vale, estoy hablando en plural cuando solo debería hablar de Malena.

Pobre Martina. Ella que había pensado que no sería madre o que lo sería después de un gran esfuerzo..., teniendo que vérselas con aquello. Pobre Pablo. Él que se había prometido no volver a cometer errores que implicaran la vida de otra persona.

Pasaron veinte minutos y vi a una enfermera salir en dirección a la recepción.

—¿Podrías llamar al doctor Nuñez? —le dijo—. Es para la paciente de la sala seis.

¿Sería Martina la paciente de la sala seis? ¿Estaría bien? Me revolví nervioso en mi silla. ¿En qué estaría especializado el doctor Nuñez? Me levanté y me apoyé en el marco de la puerta haciendo un esfuerzo titánico para no entrar como Hulk en la sala seis y averiguar qué estaba pasando. Un señor calvo con gafas pasó frente a mí; una plaquita en el bolsillo de su bata indicaba que se llamaba doctor Nuñez y que era experto en Psiquiatría. Martina, ¿no te habrás vuelto loca ahí dentro, verdad?

Pasaron diez minutos más en los que imaginé de todo. Hacía media hora que Martina se había marchado así que me dio tiempo a pensar en muerte por desangramiento, locura transitoria, suicidio, agresión al cuadro médico, complicaciones con la anestesia... Y en todas las posibilidades yo terminaba partiendo a patadas el puñetero mostrador.

Escuché unos pasos en el pasillo, más allá de donde el codo del mismo daba un giro a la derecha. «Una enfermera. No, un médico, para decirme que Martina está mal. No, no es eso.

Cállate, demente. Será una enfermera. Qué coño, Pablo. Tú ya sabes de quién son esos pasos».

Martina apareció con expresión serena en la cara pero rastros de haber llorado. Traía los ojos rojos e hinchados y el pelo mal recogido en un moño flojo. Se frotó la nariz con el dorso de la mano y miró al suelo sin parar de caminar hacia mí, viendo cómo la suela de goma de sus Converse color blanco rechinaba sobre las baldosas. Levantó la mirada hasta mi cara con el mismo gesto digno y abrió la boca para hablar, pero no la dejé. Solo la abracé. Me daba igual lo que fuera a decirme, solo quería que no sostuviera sola el peso de las palabras. No lo sé. Es difícil de explicar. Tan pequeña allí en medio de todo aquello...

Me pareció que se reía y traté de separarla de mi pecho para preguntarle qué le hacía gracia, pero ella me cogió con más fuerza. No, no se reía. Lloraba. Y lloraba con muchas ganas.

—Martina... —le susurré—. Pequeña...

—No puedo. Perdóname, pero no puedo.

Me costó un par de horas hacerme a la idea de lo que significaban aquellas seis palabras. Miento. En realidad harían falta años para que los dos comprendiéramos el alcance de aquello. «No puedo. Perdóname, pero no puedo» parecía solamente la expresión de algo que la superaba, pero no quedaba ahí. Quería decir que Martina había terminado por sucumbir a su lado humano. Quería decir que había dialogado, conversado y discutido consigo misma, pero había perdido. Quería decir que yo, Pablo Ruiz, iba a ser padre. Y ella madre.

Estuvimos bastante rato sin dirigirnos la palabra, asimilando lo que había pasado. Fuimos a una cafetería que había en la calle de al lado; ella pidió un vaso de leche con Cola Cao y yo un café americano, a ver si me devolvía la sangre a las venas. Martina no me miraba. Tenía los ojos clavados en el ventanal de la cafetería y en la gente que pasaba por allí y yo la miraba a ella, pero con la cabeza a doscientos por hora. «Vas a tener que madurar». «Toda tu vida va a cambiar». «No vas a volver a ser el mismo». «¿Por qué la animaste tanto a tomar esta decisión?». «Se te acabó la juventud, tío». «Ahora la vida va a empezar a ir en serio». «No puedes reprocharte nada, es lo correcto». «¿Cómo cojones voy a ser padre yo de nadie si aún soy demasiado hijo de mi madre?». «¿Dónde hostias me metí cuando puse los ojos sobre esta chica?».

Carraspeé y ella me miró por fin.

—Vale —le dije tratando de ordenar mis ideas—. ¿Estás segura?

Me miró como si fuera marciano y me brotara una fuente de la cabeza.

—No. Claro que no lo estoy. ¿Lo estás tú?

—No. —Negué con la cabeza.

—De todas formas… —Martina fijó los ojos en mi cara—. Quizá esto no salga adelante.

—No creo que sea esa la idea que tengamos que tener en la cabeza para enfrentarnos a esto.

—Esto —repitió agobiada y se tocó el vientre—. Pablo…, de verdad, comprendería que no quisieras saber nada del asunto.

—Vamos a ser padres, Martina. No vengas ahora con esas, por favor. —Me froté las sienes.

—No es eso. —Miró su tazón de leche—. Solo digo que…

—Da igual. Iremos viéndolo.

Sacó el móvil de su bolsillo y trasteó con él, moviendo ágilmente los deditos sobre el teclado digital.

—Es Amaia —susurró—. Está flipando.

—Ya. Yo también.

Levantó la mirada y traté de sonreírle pero ella rechazó el gesto volviendo sus ojos al aparato.

—Estoy contigo en esto, ¿vale?

—Ya —respondió.

—¿Sabes? La mayor parte de las dudas de este mundo son dudas razonables, pero hay una cosa implacable que siempre termina despejándolas: el tiempo. Si ahora no lo ves claro, no me importa, porque irás viéndolo.

Martina me miró entre sorprendida y asustada, pero lejos de cerrarse como solía hacer, estiró la mano sobre la mesa y apretó mis dedos. Ese fue el primer paso para el resto de nuestra vida. Yo aún no tenía ni idea de lo que uno es capaz de hacer y sufrir por amor.

Íbamos a tener un hijo.

25

Amaia estaba mirando a Javi reírse con una señora de unos sesenta años a la que le acababa de hacer unas pruebas, refrenando la necesidad de ir, agarrarlo y gritar: «Es míooooo» al más puro estilo Gollum. ¿Qué le pasaba? Se había acordado mucho de toda la estirpe de Javi cuando se cruzó por el pasillo con esa doctora joven, guapa y morena con la que se contaba que él había tenido un encuentro sexual bastante sonoro en los baños de una discoteca. Joder. No la veía desde hacía siglos y justo ahora se la cruzaba. Y claro, le llamaron la atención muchas cosas: era delgada, guapa, tenía estilo y una melena castaña oscura preciosa. Como Sandra, que también era guapa, tenía un cuerpazo y un pelo precioso. Y se podía poner un vestido con toda la licra del mundo sin parecer una morcilla engalanada. ¿Qué coño hacía Javi con ella?

—¿Cómo es esa frase de las películas? Un penique por tus pensamientos —bromeó Javi parado a su lado.

—Ni salgo tan barata ni te gustaría saber lo que estoy pensando —le gruñó como respuesta.

Javi apretó los labios y frunció el ceño.

—Ya estamos otra vez. —Resopló—. ¿Y ahora qué pasa?

—Javi…, ¿cómo es tu tipo de chica?

—Pues vas a tener que ser un poco más concreta. ¿Te refieres a las chicas con las que me acostaba antes de estar contigo o a la única persona de la que me he enamorado?

Eso consiguió reblandecer un poco a Amaia… pero solo un poco.

—Sandra dice que…

—Amaia, no me apetece hablar de Sandra. Pero ¿sabes qué? Que esta tarde voy a pasarme por allí para que se lo contemos. Creo que no vas a ver las cosas claras hasta que lo hagamos.

—¿Estás loco? ¿Quieres que me degüelle por la noche y luego se suicide.

—Pues no entiendo por qué. Tu amiga Sandra y yo follamos un par de veces. Si no recuerdo mal…, fueron tres noches.

—Pues te dan bastante de sí las noches… —rugió.

—Si no lo sabes aún…, creo que deberías venir a casa.

Amaia sonrió un poco por la broma y él le dio un beso en los labios.

—Tú mandas, pero algún día habrá que decírselo. Aunque siempre puede enterarse el día que bauticemos a nuestro primer hijo.

La cara de horror de Amaia fue de poema, pero una vibración en el pantalón de su uniforme le dio la excusa para no demostrarle a Javi que el hecho de que hiciera mención a un primogénito que no tenía intención de engendrar le acojonaba.

—Hostias… —exclamó al leer el mensaje.

—¿Qué pasa?

Miró a Javi con las cejas levantadas.

—Es Martina.

—¿Le ha pasado algo?

—Pues le pasó hace cosa de un mes...

—¿Qué...?

—Está embarazada. Hoy iba a abortar, pero me dice que no han podido.

—¿Pablo y Martina van a tener un hijo?

Y Amaia no contestó porque ya estaba planteándose cómo explicarle a Sandra tantas cosas...

Sandra había vuelto a soñar con Javi. Concretamente con que Javi se la follaba contra la puerta de su dormitorio. Aquella vez fue la primera que se corrió haciéndolo con alguien que no era Íñigo y ahora debía confesar que muy a menudo, incluso estando en la cama con Íñigo..., se corría con tíos que no eran él. Fantaseaba con muchos, a decir verdad. Con el que les traía las flores en la funeraria, con un compañero de universidad con el que una vez, pedo, se había dado un par de besos (sí, estando con Íñigo, pero la culpa había sido del tequila con Redbull) y hasta con tíos que así de primeras no le ponían nada, pero que puesta en el acto... sí le hacían cosquillitas. Sin embargo, con el que más fantaseaba con diferencia, era con Javi. Y no, ya sabía que no era amor. Amor para ella era otra cosa. Que la cogieran de la mano y sentir mariposillas imbéciles en el estómago, por ejemplo. Aunque diré que por aquel entonces Sandra estaba aún lejos de saber lo que es el amor en realidad.

Sexo. Eso llenaba su cabeza. Estaba un poco aburrida. Todo era conocido y cómodo, pero probar el sexo con otra persona (Javi en este caso) había abierto una ventana que ella pensaba que tenía tapiada y... menudas vistas se había perdido. No se lo planteó en el momento pero, la verdad es que Íñigo también andaba bastante desmotivado. No..., el sexo entre los dos no era para echar cohetes.

A menudo fantaseaba con la idea de proponerle a Javi un asalto meramente sexual. Quitarse la ropa interior, metérsela en el bolsillo y después dejarle hacer con ella lo que quisiera. Gozar. Gozar mucho, sin tapujos. El pasado fin de semana le había dicho a Íñigo en un momento de exaltación sexual que le hiciera lo que más le apeteciera.

—Hazme de todo —gimió.

Y él la colocó en la postura del perrito. Guau. Eres un malote, Íñigo. Pero ¿a quién quería engañar? ¿Y lo calentita que estaba metida en aquella relación? Tenía un novio, alguien fiable a su lado y eso es lo que más tenía que importarle: la estabilidad. No quería quedarse compuesta y sola por los siglos de los siglos. Ya había probado la libertad y estaba muy bien para follarse a quien se le antojara, pero ¿y la soledad? De eso nadie le había hablado. O sí, porque nosotras nos habíamos hartado de darle discursos sobre quererse primero lo suficiente a ella misma, estar cómoda sola con la Sandra que mantenía callada con otras personas. Después ya vendría el amor y todas esas cosas, pero sin amor propio…, mal. La caridad bien entendida empieza por uno mismo y con el amor creo que sucede lo mismo. La pasión ya es otra cosa…

26

Cuando salí de la clínica sin poder enfrentarme al aborto pensé que lo hacía solamente porque en el fondo sabía que aquel embarazo no llegaría hasta el final por causas naturales. Pensé que era una tontería cargarme con el remordimiento de futuros intentos frustrados si lo más probable era que mi útero no pudiera retener el óvulo fecundado. Cuando los dos estuvimos un poco más tranquilos y se lo dije a Pablo, él arqueó la ceja izquierda.

—Yo no partiría de ese razonamiento, Martina —contestó—. Yo me haría a la idea de que vamos a ser padres. Con lo que suceda después ya veremos.

Acordamos, eso sí, no contárselo a nadie por el momento. Pactamos esperar hasta las catorce semanas..., un poquito más de los tres meses de rigor. En aquel momento empezaría a ser evidente, aunque éramos conscientes de que dado mi problema, el riesgo de aborto no bajaba hasta el cuarto o quinto mes.

Pablo pareció asumirlo pronto. Bueno, asumirlo…, resignarse se acerca más. Fue cariñoso pero muy pragmático. Y ver a Pablo Ruiz hablar de cuestiones prácticas, de calendarios y citas médicas, me perturbó un poco. Yo estaba demasiado segura de que no tendríamos que enfrentarnos a nada que no fuera un: «Ohhhh, no pudo ser». Quizá era mi manera de asumirlo, de reaccionar a todo lo que estaba pasándome. Fue como si nuestra naciente relación se quedara en *stand by* mientras asimilábamos lo que estaba a punto de pasarnos.

Volvimos a ir al ginecólogo para decirle que habíamos decidido seguir con el embarazo y que fuera lo que la naturaleza quisiera. Me hicieron pruebas de sangre, de orina, me midieron la tripa, me palparon los pechos…, una revisión en toda regla. Mi ginecólogo opinó que, aunque no parecía haber problemas, nos enfrentábamos a un embarazo con cierto riesgo y por ello tendría que cuidarme mucho. Me dio pastillas de ácido fólico, yodo y no sé cuántas vitaminas y me recomendó una «actividad física moderada».

—¿En qué trabajas?

—Es cocinera —se apresuró a decir Pablo—. Pasa muchas horas de pie. ¿Es un problema?

—Ahora mismo no, aunque —contestó este mirándome a mí— deberías sentarte un rato de vez en cuando. No soy muy amigo de aconsejar reposo, pero tienes que tomarte la vida con mucha calma. Y evita situaciones que te provoquen estrés. En cuanto vaya avanzando iremos viendo cómo te encuentras. Tienes que escuchar mucho a tu cuerpo porque te irá diciendo. A la mínima duda, susto, sangrado…, ven al hospital, ¿vale?

Los dos asentimos. Pablo tomó notas en una aplicación de su móvil. «No dejar que corra por la cocina», adiviné que escribía. Quise sonreír, pero estaba demasiado asustada como para hacerlo.

—Por lo demás, ¿vida normal? —preguntó Pablo.

—Bueno, todo parece ir bien, así que sí.

—Y en cuanto a… —empezó a decir algo cortado—, a nuestra vida… íntima.

—Ah, pues…, en principio no hay problema. Si hubiera algún sangrado después de una relación sexual plena, ya habría que verlo.

—¿Se refiere a penetración? —respondió Pablo resuelto.

Miré a Pablo de reojo y fruncí el ceño.

—Vaginal, exactamente.

—Creo que no habrá problema. Somos una pareja con recursos —respondió con una sonrisa dándole la mano.

—Eres imbécil —respondí cuando ya estábamos en el pasillo.

A él pareció hacerle mucha gracia.

Estuvo bastante intenso en el trabajo. Cada dos por tres me pedía que parara y que entrara en el despacho. Se había preocupado de decirle a todo el mundo que iba a ayudarle con algunas cuestiones de papeleo que tenía pendientes, pero cantaba por soleares que ahí pasaba algo raro. Mis compañeros cada día me miraban con más curiosidad. Y agradezco que fuera con curiosidad, porque lo más normal hubiera sido el recelo. Enfrentarme a un embarazo que no busqué y además hostilidad en el ambiente laboral… hubiera sido demasiado.

Pablo empezó a demostrar que había entendido antes que yo la situación por la que pasábamos. Yo, en cuyo cuerpo crecía la cuestión, estaba como si nada. Desde que había aprendido que si comía algo mantenía a raya las náuseas y los mareos, no notaba absolutamente nada y yo seguía con mi vida normal no sin fantasear con la idea de que éramos una pareja normal que en unos meses NO iba a verse en la obligación de adecuarlo todo a la rotunda realidad de ser padres. No, no era una de esas madres que se acarician el vientre con ilusión. No estaba preparada ni para tenerlo ni para no tenerlo. Yo aún no lo sabía pero nunca, en toda mi vida, he estado más perdida que entonces. Y cuando digo entonces me refiero al año que me quedaba por delante. Me daba rabia verlo a él, a Pablo, tan... centrado.

Una noche, después de trabajar, me pidió con mucho protocolo que me quedara y cuando salí del vestuario y todos mis compañeros se hubieron ido, me hizo pasar al salón, donde me sirvió un plato humeante con algo de cenar en una de las mesas del rincón.

—¿Tanta ceremonia para que cenemos? Me habías asustado. —Le sonreí.

—No puedes estar tantas horas sin comer —dijo con una sonrisa amable—. Si baja el azúcar es más fácil que vuelvan las náuseas y el malestar. Es atún rojo a la plancha y verduras salteadas. El atún está un poco más hecho de lo normal por si acaso. Pero estaba congelado.

Le miré como si fuera un loco muy divertido.

—Tranquilo. —Sonreí—. ¿Tú no cenas?

—Comí algo mientras te lo preparaba. Espera, voy a por algo de beber.

—¿Puedes traerme una Coca Cola?

—No debes, pequeña. Agua.

Volvió al rato con dos botellas de agua..., una fría y otra a temperatura ambiente. Mezcló el agua de una y de otra en mi vaso.

—¿Vas a probar la temperatura en tu mano antes de que la beba, por si acaso? Tienes que relajarte —le pedí.

—Y tú. ¿Qué tal en casa?

—Bien. Pensando en cómo decírselo a Sandra.

—¿No lo sabe aún?

—No —negué—. Me da vergüenza.

—¿Vergüenza por qué? —se interesó mientras se rascaba el cuello en un gesto taaaannn sexi que me subieron hasta los colores.

Qué tonto que la visión de tu pareja te haga sonrojar, ¿no?

—Eh, pues…, bueno.

—Creo que no tienes que explicarle ya de dónde vienen los bebés. Sabrá entenderlo sin que entres en detalles.

Detalles. Él encima de mí, empujando su polla hacia mi interior con movimientos secos y violentos de su cadera. Los dos arqueados. Sudados. Gimiendo. ¿Esos detalles? Uhm. Poco sexo desde que habíamos decidido seguir adelante con aquello. Poco por no decir nulo.

—No es eso. Es que siempre he sido la responsable, ¿sabes? Me sacará el tema del condón de los cojones.

—No, en los cojones no se pone. —Le miré intentando parecer seria pero sonreí en el último momento—. Venga, cena.

—Gracias. En realidad estaba muerta de hambre.

—Y te pones de un humor pésimo cuando tienes hambre.

—Sí. Es verdad. —Sonreí partiendo el pescado, que olía de maravilla.

—No puedes comer demasiado atún porque tiene mucho mercurio —añadió con gesto concentrado—. ¿Te gusta el hígado? Es bueno. Podría preparártelo mañana con…

—¿Hígado? Dios…, relájate —le pedí de nuevo.

—¿Cómo te notas?

—Bien. Ningún cambio.

—¿No te ha… —señaló su vientre— crecido?

—Supongo que es muy pronto para notar nada.

—He pensado que…, no sé, podríamos hacer unas fotos. Una a la semana. Veríamos cómo va creciendo. Sé que va a sonarte a chino pero… tengo la intuición de que será niño.

—No, será niña y la llamaremos Rose Mary —me burlé.

—Niño o niña da igual, pero le pondremos un nombre que tenga que ver con el mar.

Levanté la mirada del plato y me quedé mirándolo. Me miraba con expresión taciturna.

—Martina…, sé que no quieres hacerte ilusiones. Sé que ni siquiera sabes si te ilusiona o no, pero tienes que valorar la posibilidad de que en enero puedes ser madre. O antes, porque es posible que se adelante.

—Lo sé. Y lo tengo en cuenta, de verdad.

—Quiero decírselo a mis padres —soltó a bote pronto.

—Dijimos que no lo diríamos a nadie antes de las catorce semanas.

—Estás de seis semanas ahora mismo y yo necesito hablarlo con alguien antes de volverme loco.

Bueno…, era justo. Yo tenía a Amaia y, me pesase lo que me pesase, se lo tenía que contar a Sandra, a la que también tendría a mi lado. Joder. ¿Dónde estaba mi vida? Hacía unas semanas me emborrachaba con tequila mexicano sentada en el muro de piedra del jardín, pensando que Pablo era demasiado guapo para llevar esas greñas y en aquel momento estaba sentada con él en El Mar, hablando de nuestro futuro hijo. Y él ya no llevaba tantas greñas, pero seguía siendo demasiado guapo sin serlo. Semanas. Mi vida parecía ordenarse por semanas. Y todo lo que me pasara en adelante, serían semanas, semanas y semanas.

—Díselo —le concedí—. Pero hazlo con tacto. Les va a dar un infarto.

—Querrán conocerte.

—No antes de las catorce semanas.

—Ya veremos. —Sonrió.

Nos mantuvimos en silencio. Él me miraba comer dando tragos lentos de vez en cuando a su vaso de agua y yo engullía sin pensar. O intentando no hacerlo.

—Quiero decirte una cosa más —susurró—. Pero no quiero ponerte nerviosa ni generarte estrés.

—Si me despides te denuncio —bromeé.

—Me siento con Malena en un par de días para firmar los papeles del divorcio. Creí justo que lo supieras y... me gustaría saber cómo te sientes sobre este tema.

—Uhm. Vaya. —Tragué. Malena de los cojones, tan rubia, tan guapa, tan...—. Me alegra que vayas cerrando temas.

—Yo ya lo cerré hace tiempo. Solo me falta su firma.

—Bien.

—Martina...

Aparté el plato y me limpié con una servilleta. La miré y algo dentro se me revolvió, contrayéndose y expandiéndose: la sensación que me generaba Pablo en el estómago. Era una de esas servilletas de El Mar, bordadas con una frase sencillamente perfecta que definía a Pablo Ruiz como el hombre de mis sueños. Pero una debe de andarse con cuidado con lo que sueña, no vaya a hacerse realidad. «Y se dio cuenta de que nadie jamás está solo en el mar». Suspiré.

—¿Qué estás buscando que te diga, Pablo?

—Cómo te sientes. La razón por la que nos peleamos sigue ahí, por más que volvamos a estar juntos. No creas que se me olvida. Siento que te quedan explicaciones por pedir.

—Olvidemos el asunto —rogué.

—No quiero olvidarlo. La besé y te duele.

—Sí —asentí—. Por eso cállate antes de que vuelva a cabrearme.

—Quise concederle un final más digno —confesó jugueteando con una de las botellas de agua—. Fui idiota y un crío. Pero pensé que...

—Da igual. Por más que lo intentes explicar, seguiré sin entenderlo.

—No es verdad.

—Como tu matrimonio. —Levanté la mirada—. Es así. No lo entiendo.

—Yo ya cumplí mi condena por eso. Viví seis años intentando remontar una relación que no se sostenía.

—Tú nunca habías pensado en un para siempre, ¿no, Pablo? —dije con un deje amargo.

—Joder, Martina. ¿Ves? Lo tienes ahí clavado.

—Vamos a dejarlo estar.

—No. Te lo voy a volver a explicar: no creía en un para siempre de la manera que debía porque pensaba que las sensaciones eran caducas y que uno debía vivir muy rápido para cazarlas mientras pudiera. Tú me enseñaste que eso no es así, que la vida se paladea, no se traga. Eso fue siempre lo que quise decirte.

—No era a eso a lo que sonaba.

—Martina —y pronunció mi nombre con una seguridad aplastante—. Yo me he enamorado de ti y nada tiene que ver que te lo diga con el hecho de que estés embarazada. Cuando te conocí siempre estaba queriendo cambiar cosas de aquí para allá. Siempre a punto para dar el siguiente salto. Pero contigo solo quería quedarme donde estaba, quieto, para que ni el tiempo se enterara de nada y nos dejase en paz.

No me gustan las cursilerías. Los te quiero empalagosos me dan alergia. Creo que debo «agradecerle» lo recio de mi carácter romántico a Fer, con el que compartí diez años de mi vida y que fomentó ese sentido práctico del que yo hacía gala. Pero…, joder…, no era inmune a Pablo. Y podía haberme dicho con palabras de telenovela que me amaba más que a su madre y a su vida y yo habría vuelto a sentir que algo se me encogía y expandía por dentro. El muy puto…, además habían sido palabras perfectas. Un maremágnum de sentimientos raros e intensos empezó a revolverse en mi estómago. No estoy acostumbrada a lidiar con algo como «Dios, cómo le quiero, me arrancaría algo por él». A él el amor le excita y a mí me viene grande.

Me apoyé en la mesa y suspiré pasándome las manos por el pelo peinado en una coleta. Después le miré.

—Vamos a hablar de otra cosa.

—No. Ya no puedo vivir sin tu pelo suelto entre mis dedos —dijo—. Yo soy para ti y tú para mí, porque eres mi mar en calma. Y yo tu viento de cara.

Me levanté de la mesa, dejando el plato, los cubiertos, el vaso con agua…, todo. Cuando llegué a la cocina y agarré mi bolso, me di cuenta de que llevaba apretada en el puño de mi mano derecha la servilleta de El Mar. Pablo me alcanzó a la salida.

—¿Qué pasa? —dijo sujetándome con suavidad del brazo.

Abrí la boca para intentar decir algo, pero me quedé boqueando como un pez.

—Martina, tú también puedes decirme que me quieres. No vas a dejar de ser quien eres por…

—No es eso. Es que son demasiadas cosas.

—Soy el padre de tu hijo. —Puso las dos manos en mi vientre, rodeándolo. Imaginé cómo sería la sensación de calidez de sus manos ásperas sobre mi piel cuando esta estuviera tirante. Eso me rompió un poco más y no pude hablar—. Pero quiero ser más que eso. Quiero ser lo que tú eres para mí.

—¿Y qué soy?

—El mar en el que nunca me encuentro solo.

Apoyé la frente en su pecho.

—Vas a tener que tener paciencia, Pablo. No sé expresar cómo me siento como tú.

—Solo dime que…

—Ya lo sabes. —Miré hacia arriba—. Yo también lo siento por ti, pero no sé decir las cosas que tú…

—No me hace falta.

—Esto es enorme —confesé.

—Mucho. No te pierdas en ello.

Aquella noche, de camino a casa, pensé mucho en esa conversación. Una más en una relación, ¿no? Eso pudo parecer. Una mujer que no está habituada a lidiar con sentimientos y un hombre que está hecho de emociones. Una mujer que se desborda y un hombre que comprendiéndolo la contiene. Sabiendo ya lo que nos esperaba en meses posteriores, creo que aquella charla fue la punta de un iceberg contra el que chocaríamos. Un símbolo de lo que nos esperaba a la vuelta de la esquina. Yo quería saber decirle que para mí también éramos canciones, caricias y besos. Que necesitaba olerle, reírme pegada a su pecho, despertar con él y cumplir la promesa de no volver a pasar una noche separados. Confesarle que me sorprendía la seguridad con la que sentía, que quería que fuera el único hombre del resto de mi vida y decirle avergonzada que quería envejecer con él, emprender un camino no solo personal junto a él. Aprender del hombre, del profesional, del chef, de la pasión que llevaba dentro y del padre que iba a ser. Aprender del chico de pelo revuelto al que se la comía un mundo lo que otros pensaran de él y que había convencido a duras penas para que no pusiera mi nombre a uno de los platos que formarían parte del nuevo menú. Pablo era para mí la sensación de estar llena de vida y de sensaciones. Pero eran demasiadas palabras para alguien que no está habituado a sentir, así que no dije nada.

«Y se dio cuenta de que nadie jamás está solo en el mar». En eso Hemingway estaba en lo cierto. Junto a Pablo, en El Mar, jamás estaría sola.

Cuando me metí en la cama y me tocó el vientre, sonreí.

—Solo espero que no quieras llamarle «Simbad el marino».

—Yo no descartaría la posibilidad.

27

Mi piso: ese rincón del cosmos donde la concentración de caos en oxígeno no permitía el desarrollo de vida inteligente. De ahí que nosotras tres pudiéramos vivir allí, claro.

Ahora lo pienso y creo que disfrutamos poco de nuestro piso y de vivir las tres juntas pero por aquel entonces todas estábamos enfrascadas en nuestras mierdas y por eso íbamos y veníamos casi sin interactuar. Amaia y yo hablábamos más por WhatsApp que en persona, a pesar de que nuestros dormitorios solo tuvieran en medio los cuartos de baño. Me preguntaba todos los días cómo estaba y si tenía ganas de hablar, pero yo la animaba a pasar tiempo con Javi para que se le fueran olvidando todas esas monsergas que le producían inseguridad y que le hacían agarrarse con uñas y dientes al «en realidad no somos novios». No, claro, y yo estaba embarazada porque me había bañado en una piscina pública.

Cuando yo llegaba después de El Mar, metiendo a hurtadillas a Pablo en casa, ella solía estar dormida, destrozada de tanto darle matraca a Javi, que debo suponer que estaba entre agotado y encantado. Y conociendo a Amaia, que no hace las cosas por hacer (menos cuando es por joder, que entonces tiene un don), el hecho de que dedicara de pronto las tardes a tirarse a Javi hasta boca abajo, se debía a la creencia de que: 1) Si estaba sexualmente cansado no miraría a otras chicas. 2) Si estaba sexualmente satisfecho obviaría cosas como la talla de los pantalones de Amaia. 3) Bla bla bla bla, mierdas varias.

Cuando yo estaba en casa, ninguna de ellas estaba. Y Sandra…, no sé qué hacía Sandra con sus tardes cuando Amaia no estaba en casa, pero supongo que chingarse a su novio imaginando que se lo montaba con todos los One Direction a la vez o algo similar.

En realidad, lo que hacía Sandra era pasar tiempo con su novio, fingir ser una entregada pareja y fantasear muy mucho con lo de meterle las bragas en el bolsillo a Javi. Y maldita sea la suerte que… tuvo oportunidad.

Amaia rezongó todo lo que se podía rezongar a una madre por teléfono, pero la señora Encarna, versada en el arte de hacer chantaje a sus rorros, le dijo que era una mala hija, que su padre tenía gota y que como no fuera a verlos la borraban del testamento. Cuando se lo dijo, Javi se encogió de hombros, le dio un beso en la frente (celebrando mentalmente el triunfo de que Amaia, su Amaia, le comentara sus planes como una novia normal y corriente) y le dijo que aprovecharía para hacer la compra.

—En la nevera tengo un montón de eco.

Total, que el cosmos entero maquinó en contra suya. Porque en aquel mismo momento, una Sandra aburrida de que Íñigo le contara cosas del curro (que si la secretaria se jubilaba e iban a tener a la sobrina de no sé quién una semana de prueba), del pádel (que si Juan sacaba el higadillo por la boca porque no dejaba de fumar), de la casa (quizá era buen momento para comprar un lavavajillas) y de sus padres (que se hacían mayores), se dijo a sí misma que se merecía dar una vuelta por los escaparates del barrio de Salamanca aunque no pudiera comprarse nada.

Javi saliendo del supermercado y yendo a su casa. Sandra embobada delante del escaparate de Jimmy Choo. Javi guardando la compra, pensando que puede invitar a Amaia a cenar para quitarle la depresión posvisita a los padres... pero no ha comprado vino. Sandra que decide cruzar a la otra acera para ver Chanel desde fuera. Javi que baja de nuevo y decide que mejor va a la bodega que regenta ese señor mayor tan simpático...

Javi y Sandra, que giran la misma esquina en diferentes direcciones y se encuentran de morros.

—¡Hola! —saludó efusiva Sandra.

—Eh, hola —respondió él.

Se quedaron parados en la calle, mirándose, sin decir nada. Javi pensaba que si Amaia los viera pensaría cosas raras y Sandra fantaseaba con hacer lo de las bragas.

—¿Dónde vas? —preguntó ella haciéndose la simpática.

A ver, aclaración. Digo haciéndose la simpática porque si tuviera que definir a Sandra «simpática» no entraría en las palabras usadas. Es agradable cuando quiere, pero su encanto radica en que es un pelín borde y bruta. Una chica guapa que no tenía ninguna intención de ser dócil, y eso... molaba. Volvamos al tema.

—Pues... iba a comprar una cosa. ¿Y tú? —respondió Javi.

—A ningún sitio. Estaba dando una vuelta pero... ¡te acompaño!

—Ah, no. No hace falta. —Sonrió y se revolvió el pelo nervioso—. Seguro que tienes algo que hacer.

—No, no, de verdad que no. Y hace tan buena tarde..., ¿por qué no te acompaño y después nos tomamos algo en alguna terraza?

—Ehhh… —Javi horrorizado y maldiciendo su necesidad de meter la chorra en caliente en el pasado en tres, dos, uno…—. Bueno.

Y sin saber qué hacer empezó a andar y ella le siguió. La bodega tenía la cortina echada y en la puerta habían colgado un cartel en el que se leía: «Cerrado por muerte de un familiar». Vaya por Dios.

—Joder —bufó.

—¿Era urgente?

—No. Solo quería…, bueno. —Miró a Sandra. ¿Se lo decía? Podía dejar caer algo como «Solo quería una botella de vino para cenar esta noche con Amaia». Ella imaginaría el resto y… Amaia lo mataría con sus propias manos. No, mejor escurrir el bulto—. Una botella para tener en casa. No hay prisa.

—Mira, ahí hay una terraza. ¿Te hace una cerveza?

¿Y qué iba a contestar? Se sentaron uno frente al otro y él esperó a que ella sacara conversación, pero como no lo hizo, llamó al camarero, le pidió dos cañas y se preparó para hablar, pero ella le rectificó que mejor fueran dobles. Bien. Tendría que beber más rápido.

—Bueno… ¿y qué hacías por aquí? —le preguntó él. Luego temió haber sonado muy brusco e hizo una mueca—. Quiero decir…

—De tiendas. Bueno, de escaparates. Me encanta tu barrio pero aquí solo puedo mirar.

—Bueno, tampoco creas que lo siento mucho «mi barrio».

—¿Y eso?

—Viví cuando era pequeño en la que es ahora mi casa, pero nos mudamos a Pozuelo cuando yo tenía catorce o así. A los dieciocho me fui a vivir con un par de amigos a Lavapiés. —Se encogió de hombros—. Luego pasó toda la movida de «no quieres ser médico por fastidiar así que repartimos ya los bienes, te quedas con el piso del centro y nos olvidas».

Sandra lo miró horrorizada. Amaia le había contado algo, pero siempre pensó que se estaba pasando de dramática. Era muy de Amaia eso de contar cualquier cosa y convertirla en el cuento de la pobre cerillera que moría de frío. Pero decidió cambiar de tema.

—Mis padres viven en Las Rozas. Bueno, vivían. Yo me crie en Chamberí.

—Como Amaia.

—Sí, éramos vecinas. Ella vivía en el segundo y yo en el sexto.

El camarero dejó dos dobles encima de la mesa y un plato con patatas. Javi tuvo ganas de beberse la cerveza de un trago y luego huir como una rata, galopando por la acera a cuatro patas.

—Oye, Javi... —Y Sandra se tocó el pelo. Por lo poco que la conocía, aquel gesto parecía el inicio del coqueteo.

—Dime.

—Sobre aquello..., lo que pasó entre nosotros..., yo no estoy enfadada. Ni nada. Lo entiendo, ¿sabes? Acababa de salir de una relación de muchos años y estaba en «modo novia».

—Bueno, por lo visto has vuelto a esa relación de tantos años, ¿no? —Quiso pararle los pies Javi.

—Sí. Sí. Bueno..., las relaciones largas son muy complicadas. A veces son un ir y volver. Lo que quería decir es que entendí lo que querías decirme. En el fondo yo estaba satisfecha con lo que había..., no quería más.

—¿Con lo que había? —Javi cogió la cerveza y se la acercó a los labios sin poder evitar que las cejas se le curvaran.

—Sí. Sexo. Sexo sin remordimientos ni explicaciones. —Javi asintió mientras daba un trago más largo—. Ya sabes: tú arrancándome las bragas por debajo del vestido, abriendo el condón con los dientes y follándome a lo bestia contra la puerta de mi cuarto.

Javi se atragantó y empezó a toser. Sandra por dentro se dio un par de palmaditas en la espalda y se llamó campeona. Y digo yo…, qué divertido hubiera sido poner una cámara oculta y a Amaia viéndolo todo.

—Sabes a lo que me refiero, ¿no? —insistió Sandra.

—Ajá —carraspeó—. Dos adultos pasando el rato. Sí. Dos adultos SIN ataduras a los que les apeteció en ESE momento.

—Claro.

—No como ahora…, tú tienes a tu novio y…

—Vamos a dejar todo este rollo y a hablar claro —añadió Sandra apoyándose en la mesa y dejando sus tetas al asomo—. Tú y yo en tu casa ahora mismo para el polvo de despedida. Y digo más…, hasta mañana dejo que me la metas hasta en el bolsillo.

No sé qué hubiera hecho otro tío y ni siquiera sé qué hubiera hecho Javi de no ser Amaia la que «le esperaba», pero supongo que hay que ser muy frío para que ese ofrecimiento no haga que se te ponga un poco morcillona. Sea como fuere, Javi se quedó mirándola anonadado. No le había pasado en toda su jodida vida. Él era consciente de que si sonreía con mimo a la chica mona de la pandilla, si le dedicaba un rato, podía tenerla en la cama, pero de ahí a que Sandra, Sandrita, que no es por infravalorarnos a las demás pero era la guapa de la pandilla, le ofreciera un «tómalo, tuyo es, mío no»… iba un mundo. Abrió la boca para responder, pero no se le ocurrió nada. Sandra creyó que pronto dejaría un billete sobre la mesa y la conduciría a toda prisa a su piso, pero al ver que no hacía nada más que boquear, se animó, dejó la bailarina en el suelo y su pie tanteó la entrepierna de Javi. Él se levantó de un salto arrancando un chirrido a la silla cutre de aluminio y sacó la cartera.

—Joder, Sandra —maldijo.

—¿A tu casa? —preguntó esta muy emocionada.

—Yo a mi casa. Tú a la tuya.

—Javi, si es por lo de mi novio…

—No es por eso. Yo... estoy con alguien. Y ya está.
Dio media vuelta y se largó.

—¡O se lo dices tú o se lo digo yo! —Y no fue consciente de
haber levantado tanto la voz hasta que no vio la cara de estupefacción de Amaia—. Perdón. No quiero gritarte, Amaia. Es
que estoy nervioso.

Javi se apoyó en la bancada de su cocina y se frotó la frente, apartándose el espeso pelo de la cara y dejándoselo adora-
blemente plantado.

—Bueno, relájate, ¿vale? —Amaia se acercó y le peinó
con los dedos—. Cualquiera diría que han intentado violarte
una pandilla de mamuts. Que una tía buena te haya metido mano en el paquete después de ofrecérsete no suena tan mal.

—Era Sandra, tu mejor amiga.

—Una de mis mejores amigas. Si hubiera sido Martina
estaría más preocupada, pero es Sandra. —Se encogió de hombros—. No es que no me den ganas de arrancarle una a una las
jodidas pestañas por haber tocado a Xena, la princesa guerrera,
pero si no lo sabe, no lo sabe. No tiene por qué respetar nada
más que a su novio y por elección propia. Para ella no eres más
que mi mejor amigo.

Javi cerró los ojos.

—Amaia..., ¿acabas de llamar a mi rabo «Xena, la princesa guerrera»?

—Sí. Ella y yo nos entendemos.

—No es «ella».

—Claro que sí. Tu polla.

—A ver, joder, que me lías. Que se lo digas. Punto y pelota.

—Ya le has dicho que estás con alguien, ¿no? Sandra es
Sandra, no volverá a insistir. Probablemente ahora mismo está
en casa flagelándose con los apio-nabos. O follándoselos.

Javi puso los ojos en blanco pero aceptó. Bueno…, al fin y al cabo, no esperaba que Sandra fuera insinuándosele más después de la demostración de desinterés de aquella tarde.

—¿Qué tal con tu madre? —preguntó al fin, dando la vuelta y dedicándole atención a las verduras que estaba rehogando en una sartén.

—Deja a mi madre. Otra ha retado a Xena y yo quiero beneficiarme de la provocación.

La mano de Amaia fue directamente al paquete de Javi y él cerró los ojos con placer.

—No me gusta que la llames así. —Pero gimió ronco cuando la mano de Amaia se coló por dentro de la bragueta y lo acarició.

—¿Y cómo quieres que la llame?

—¿Es necesario llamarla de alguna forma?

—Me gusta saber a quién me dirijo cuando intimo.

Javi sonrió y se dejó mover por las manos de Amaia hasta que estuvo de frente a ella, arrodillada.

—Y ahora voy a chupártela.

Tuvo la precaución de apartar la sartén del fuego antes de que Amaia se la metiera en la boca. Entera.

28

Sentí que estaba detrás de mí antes de que hablara. No, no tengo poderes extrasensoriales. Ojalá estar embarazada tuviera efectos secundarios tan molones, pero por lo que sabía los poderes que te da son más bien «superpedos» y «superganas de hacer pis». Nada merecedor de ser considerada parte de los X Men. El hecho es que olí su colonia. Pablo usaba uno de los perfumes de Issey Miyake…, uno fresco y supermasculino a la vez, y un jabón de manos de Sabon para hombres. Todo en uno creaba un aroma que era capaz de ponerme perra de dos mil formas diferentes, porque estaba sobre su piel y no sobre la de cualquier otro tío.

—¿Estás bien? —susurró poniendo una mano en mi cadera desde atrás.

—Sí. Aparte de que estás susurrando demasiado cerca de mi oreja y me estás haciendo cosquillas, todo bien.

Sentí su risa seca y sonreí sin girarme a mirarlo.

—Estás haciendo muecas. Si te encuentras mal, solo tienes que decirlo.

—Hago muecas porque me he tocado un ojo y tenía en las manos polvo de wasabi.

—¿Te has lavado el ojo?

—Claro —asentí, sin dejar de trabajar—. Pero aléjate un poco.

—¿Te estás poniendo tontita? —se burló.

—Si echo el pie hacia atrás te acierto en los colgantes seguro.

Pablo dio la vuelta y se colocó frente a mí, apoyado en la mesa de trabajo.

—Estás cansada.

—Tengo sueño, pero es normal.

—Claro que es normal. Tu cuerpo está funcionando para proteger y cuidar el desarrollo del bebé. La placenta, que es el órgano que lo alimenta hasta el momento del nacimiento, acaba de empezar a formarse y tu cuerpo está generando más sangre y tu corazón está latiendo más rápido.

Levanté la mirada hacia él y después vigilé que nadie pudiera oírnos.

—Eres un jodido friki. —Sonreí.

—No soy un friki; voy a ser padre. Me intereso por el proceso interno que no voy a vivir pero tú sí. ¿Y sabes otra cosa curiosa?

—A ver, ilumíname.

—Sonríes mucho más. En concreto, ME sonríes mucho más. Y eso es genial.

Bajé los ojos hacia el emplatado y parpadeé temiendo no poder contener la sonrisa. Pero qué tonta estaba. ¿Se me olvidaba lo que significaba Pablo Ruiz? Problemas. No, no se me olvidaba, pero aun así...

—Carol —la llamé—. ¿Puedes repasar el borde de los platos?

—Claro —respondió dejando lo que estaba haciendo y acercándose a nosotros.

—Si estás cansada, para. ¿Quieres que te prepare brécol y un filete?

—Prefiero cenar en casa.

—Vale, pequeña.

Sandra estaba cabreada, pero no podía decir por qué. ¿Cómo iba ella a confesar que le había puesto en bandeja a Javi una tarde de sexo descontrolado sin límites y él había huido despavorido? Tenía novio, por Dios. Y no es que tuviera remordimientos. Es que… tenía que ser discreta. Si tuviera que definir en una sola palabra su estado diría que… aburrida. ¿Había perdido la emoción o es que no la había tenido nunca? No es que echara de menos las emociones de estar soltera y a la caza (que son términos que no tienen por qué ir unidos pero en ella sí lo iban), pero ¿por qué no poder echarle un poco de pimienta a la rutina? La funeraria, una casa vacía, porque nosotras siempre estábamos por ahí, y una relación que había envejecido más que ellos.

Sandra miró a Íñigo durmiendo con la boca abierta en el sofá. Le tocó la rodilla.

—Ey…

—Mmmm.

—¿Hacemos algo? —le propuso.

—Tengo sueño. Mañana.

¿Mañana? Mañana ella habría muerto de aburrimiento. La pantalla del móvil de Íñigo se encendió y ella echó un vistazo. No conocía el nombre de la chica que le escribía y no había nada allí fuera de lo normal, pero algo no le gustó. «Gracias por acompañarme a casa. Sin paraguas hubiera acabado calada. Eres un encanto. Buenas noches».

Miró a Íñigo otra vez con ojo clínico. ¿Lo notaba diferente? ¿Estaría tonteando con otra? Chasqueó la lengua contra el paladar. Lo que le faltaba. Preocuparse por si al pazguato de Íñigo se le antojaba tontear con otra.

—Chato…, me voy a casa. Esto es un coñazo.

No sabía si la había escuchado, pero sinceramente, le daba igual. Íñigo se despertaría el día siguiente con la marca del cojín del sofá en la mejilla y una conocida y amarga sensación de decepción.

Amaia se reía malignamente. Tenían la casa para ellos solos, así que había invitado a Javi a quedarse. Estaba harta de ir de arriba abajo con una muda en el bolso. Quería estar en su casa, tener todas sus cosas a mano. Y quería atar a Javi al cabezal de hierro forjado blanco de la cama. Era lo que estaba haciendo en aquel mismo momento, con el cinturón que llevaba él puesto cuando llegó.

—Amaia… —le advirtió él—. No te pases.

—A ver. Estás desnudo en la cama y una amazona rubia como la miel te está atando a su cama. No estás en posición de quejarte.

—No es mi intención. Lo único…, es una atadura para un juego sexual, no un torniquete.

—Ah, perdón.

Aflojó la presa alrededor de las muñecas de Javi y se alejó para contemplar su «obra maestra». Javi estaba para comérselo. Le agarró del pelo y tiró un poco de él; notó cómo la polla le daba una sacudida.

—Tienes que cortarte el pelo.

—Y tú dejar de abusar de mí. Se me va a caer.

—Y dejarte un poco de barba.

—Lo que usted mande. —Arqueó las caderas y se rozó contra ella.

Amaia llevaba el pelo suelto y ondulado y un camisón negro de tirantes que pensó que nunca luciría en compañía.

Pero allí estaba, sin llevar bragas debajo. Y poniéndose muy tontorrona.

—Voy a poner música. Y tú te callarás si no quieres que te amordace.

—¿Y después?

—No sé si chupártela un poco o sentarme en tu cara.

Encendió la minicadena y empezó a sonar «Lean On», de Major Lazer y Dj Snake. Miró a Javi y le preguntó:

—¿Preparado?

—Siempre.

Pablo me pasó mi bolso como una hora antes de la hora normal de salida. Ni siquiera me había quitado la chaquetilla. Ni él.

—¿Qué pasa?

—Que nos vamos a casa.

—¿Por qué?

—Porque estás blanca como la cal, no has comido nada en mucho rato y te niegas a meterte en mi despacho y descansar. —Se encogió de hombros con una mueca de resignación—. Si no te cuidas tú, te tendré que cuidar yo.

—Estoy bien.

—No tienes buena cara. Nos vamos a casa.

Cerré el envase donde estaba organizando las sobras y tiré de su chaquetilla hacia un rincón.

—La gente va a empezar a cuchichear, ¿sabes, Pablo? Y la que saldrá malparada seré yo —susurré.

—La gente lo entenderá cuando, dentro de unas semanas, les contemos que estás embarazada y que es un embarazo peliagudo. —Levantó las cejas.

—¿Y si lo pierdo antes?

—La gente lo entenderá cuando les contemos que estabas embarazada y lo has perdido —respondió cansinamente—. ¿Por qué tienes que agobiarte ahora por esas cosas? Estás estresada; te saco de aquí.

—¡¡Me estresas tú!!

—Shhh…, calma.

No pude evitarlo…, sonreí.

—Eres lo puto peor —gruñí.

—Chicos —anunció—, Martina se va a casa antes de que nos vomite a todos encima. ¿Votos a favor?

Todas las manos se levantaron sin ni siquiera girarse…, todas excepto la de Alfonso. Yo lo señalé en un gesto discreto para que Pablo se diese cuenta de que no todo el mundo de su cocina estaba tan de acuerdo, pero él pasó de todo. Cuando nos dirigíamos hacia la puerta, Alfonso nos siguió y cerró tras él. Nos quedamos mirándolo confusos; Pablo arqueaba una ceja en ese gesto del chef que pide explicaciones ante la actitud subversiva de un miembro de la cocina. Alfonso hizo caso omiso, se encendió un pitillo y nos señaló.

—¿Aquí qué pasa?

Pablo se recolocó, irguiéndose. Qué alto era, leches.

—Nada —dijimos los dos.

—A ver…, tú eres el chef y yo el jefe de cocina, así que no soy nadie para decir nada pero como amigo…, ¿esto de qué va? ¿Os habéis arreglado y os marcháis a hurtadillas para meteros en la cama? Esto no es serio.

—Te lo dije —farfullé de mal humor.

—No es eso, Alfonso. Es otra cosa que te contaremos cuando llegue el momento.

—¿Tú te crees que soy tonto del culo? Esta no es forma de llevar una cocina con seriedad. Pablo, eres joven, pero no tienes edad de hacer estas tonterías. Que me parece fenomenal que os conocierais y os salieran corazones por los ojos, pero ya basta de que tu vida privada afecte al funcionamiento de este restaurante. Estás dejando la partida de postres sin el apoyo de Martina.

—Alfonso... —Pablo se apoyó en la pared y me apartó del humo del cigarrillo de su segundo de a bordo—. No es eso. Martina no se encuentra bien.

—Pues hasta que tú fuiste a buscarla con su bolso en la mano estaba trabajando tan tranquilamente.

—Vas a tener que perdonarme, pero voy a poner la barrera aquí y a decirte que se trata de un tema que no te incumbe en absoluto. Y como estamos hablando de trabajo, me dirás «entendido, chef» y marchando.

Uy, uy, uy.

—Deja de comportarte como un niñato.

—Alfonso, en serio..., cállate.

—Pues no pienso callarme. Formo parte de El Mar desde que nació y no quiero ver cómo una mala gestión...

—¿Mala gestión? Mucha moralina para llevar el tema de los albaranes como lo llevas, ¿no? Así, hablando un poco de todo.

—¡No me jodas, tío! ¿En serio?

—Eso mismo te pregunto yo. Si te digo que Martina se tiene que ir, se tiene que ir. Asientes, oído, cocina y callando, que ni eres mi padre ni eres el dueño. ¿Entendido?

—Pero ¿qué cojones te pasa? ¡Pues que se vaya ella solita, que tiene piernas! ¿No vas a salir a saludar?

—Que yo sepa no tengo ninguna obligación de hacerlo y, además, si lo hago es porque me sale de los cojones, no porque mi jefe de cocina me lo diga.

—Pablo... —medié.

—Pero ¿tú quién te has creído...?

—Eso mismo te digo yo, Alfonso.

—Estoy embarazada —solté de pronto.

—Discreción, sí, señor. —Y Pablo miró al cielo cruzando los brazos sobre su pecho.

—¿Cómo?

—Que estoy embarazada. Casi de dos meses. Ni que decir tiene que esto tiene que quedar entre nosotros y que nadie más puede enterarse, más que nada porque es un embarazo con algunas complicaciones y no sabemos qué puede pasar mañana. Por eso Pablo está tan cansino. —Y a la palabra cansino le puse más intensidad de la esperada.

—Pero...

—Aparta el cigarro, joder, tío —se quejó Pablo—. ¿No la has oído? Está embarazada. Siete semanas exactamente. Y sí, por eso soy un CANSINO —pronunció exageradamente mirándome.

—Joder..., yo... lo siento. —Alfonso tiró el pitillo al suelo y lo pisó.

—Ya hablaremos mañana. Recoge la colilla cuando entres.

Pablo me cogió del brazo y se despidió con un sencillo gesto.

—Bocazas.

Y no sé si se lo decía a él o a mí.

Sandra estaba entrando en el portal cuando la llamé para que no cerrase. Se giró y levantó las cejas con algo de desidia al verme acompañada de Pablo.

—Oh —exclamó.

—Hola, Sandra. —Se inclinó para darle un beso en la mejilla, que ella recibió con cierta sequedad—. Uhm..., qué maja.

Sandra sostuvo la puerta con el pie y se estiró para encender la luz del portal, movimiento que aproveché para recriminarle la actitud a Pablo que sonrió como un bendito.

—¿Subís?

—Sí.

Pablo me dio un empujoncito y los dos la seguimos hasta el ascensor. Ella se rio.

—Es bastante evidente que lo habéis arreglado. Tranquilos, no voy a preguntar.

—Uy, si te lías a preguntar no terminas hasta mañana.

A Pablo la respiración y las ganas de hacer chascarrillos con el hecho de que no supiera nada sobre mi embarazo se le cortaron cuando le clavé el codo en las costillas. Salimos del ascensor justo en el momento en el que la vecina abría la puerta. Casi me provocó una angina de pecho, allí, a oscuras, toda quieta y en camisón.

—Martina —me llamó cruzándose la bata en el pecho al ver a Pablo.

—Joder, qué susto.

—¿Podéis pedirle a Amaia que baje un poco la música? No puedo dormir.

—Sí, claro. Perdona.

—No pasa nada. Llamé un par de veces pero no contestó.

—No te preocupes. Ahora se lo digo.

—Buenas noches.

—¿Está de rave ahí dentro? —se burló Pablo cuando abrimos la puerta y el musicón nos recibió.

—Esta Amaia…, es capaz de haberse dormido con eso a todo trapo —se quejó Sandra yendo directa a la puerta de su habitación a llamar insistentemente con el puño—. Cerda, te escuchan rocanrolear desde el primero. ¿Puedes bajar la voz? ¿¡Me oyes!?

—¡Qué te va a oír!

Llamé yo también.

—Amaia. ¿Amaia?

—A ver si le ha pasado algo. ¿No sufría apneas?

—Eso se lo inventó para hacerse la importante.

Pablo se metió en la cocina como Pedro por su casa y lo escuché trastear en la nevera.

—Tía. ¡Amaia!

En la milésima de segundo que Sandra tardó en dar la vuelta al pomo de la puerta, Pablo y yo parecimos llegar a la misma conclusión. Él salió de la cocina haciendo aspavientos detrás de Sandra y yo tiré para mantener la puerta cerrada, pero no llegué.

La tabla de madera se abrió de par en par dejándonos una preciosa panorámica de Amaia, con un camisón negro, sentada a horcajadas encima de Javi. Sentada a horcajadas no es una definición demasiado fiel; estaba pegándole la cabalgada de su vida. Él, además, empujaba con las caderas hacia arriba de manera lenta pero contundente y los dos gemían. Debían llevar un buen rato, porque estaban sudados y toda la habitación olía a una mezcla bastante atrayente entre sexo y perfumes. A todo esto…, Javi seguía atado al cabezal de la cama con un cinturón. Lo admito…, hasta me puse un poco tonta.

Estaban en ese momento del sexo en el que todo se precipita y se acelera para alcanzar el orgasmo. Durante unos segundos eternos, siguieron a su rollo sin percatarse de que tenían espectadores… hasta que Sandra lanzó un exabrupto. Amaia se giró, nos vio y cogió aire exageradamente muerta del susto. Normal. Estás follando como una descosida con tu novio (al que tienes atado, que no se nos olvide) y de pronto te salen de la nada tres espectadores…, como para no asustarse.

—Ah, joder, Amaia… —gimió Javi, que tenía los ojos cerrados.

Al no encontrar respuesta, los abrió, se quedó mirándola a ella entre jadeos y cuando acertó a vernos, era tarde para contenerlo todo.

—Estamos haciendo yoga —se excusó Amaia por encima de la música tapándose con un cojín a pesar de que estaba más o menos vestida.

—Prffrfrr.

Eso último fue Pablo descojonándose de risa y haciendo un mutis por el foro hacia la cocina de nuevo.

—Me-quie-ro-mo-rir —escuché balbucear a Sandra.

—Sandra, no es lo que parece. Estamos... haciendo..., uhm..., crossfit. —Amaia se movió, claramente sacando a Javi de dentro de ella—. Joder, Javi, ¿te has corrido?

Las carcajadas de Pablo resonaron en toda la casa y quise asfixiarlo. Sandra los miró alucinada, como si no pudiera apartar los ojos de la escena. Yo tuve que apartarlos cuando Amaia se levantó y él quedó desnudito y expuesto con el temario aún en funcionamiento.

—Sandra, tiene una explicación, de verdad.

—Amaia, ¿podrías desatarme, por favor?

—Escúchame, Sandri. —Ella lo ignoró. Estuve a punto de acercarme yo a desatarlo, pero hubiera sido demasiado raro—. Es..., es..., ha sido una..., una ida de olla. Hemos bebido. Vamos to'pedo.

Sandra parpadeó, apartó la mirada y se alejó de Amaia.

—Ni me hables. Pero qué vergüenza. Pero qué vergüenza, joder. Qué vergüenza.

A Pablo se le pasó la risa cuando el portazo de la habitación de Sandra resonó en toda la casa.

—Se lo tenías que haber dicho —musité apenada.

—¿Yo? Ah, sí —respondió nerviosa—. Soy la única que le esconde cosas. Doña perfecta al rescate.

—Amaia, desata a Javi —le pedí seria.

—¡Es que estoy flipando!

—Flipando está ella —apunté.

—Y tú embarazada y aquí nadie dice nada.

Cuando nos giramos, Sandra había vuelto a abrir la puerta de su habitación y nos miraba alucinada.

—¿Embara qué?

29

Sandra tenía la cabeza entre las manos y los codos apoyados en las rodillas. No quería saber nada de nadie, pero allí estábamos nosotras. Amaia no dejaba de decirle que podía explicárselo y yo me preguntaba por qué tenía ella que justificarse. Javi era su mejor amigo desde hacía al menos tres años y lo suyo no era un calentón: era amor. Por el contrario, que Sandra hubiera echado unos cuantos polvos con Javi, cuando los dos estaban solteros, era un hecho casi anecdótico. Si lo pones en una balanza, lo que pesa no es el sexo, es lo que llena a una persona.

—Por última vez, Amaia: no quiero hablar contigo. Sal de mi habitación.

—Sandra, sé razonable. No tienes por qué ponerte así —me atreví a decir.

—En esta casa todo pasa a mis espaldas. Todo. Da igual si es tirarse al tío con el que yo follaba o estar embarazada del gilipollas de turno. Me entero de todo por casualidad. ¿Sabéis por qué? Porque sois unas amigas de mierda.

Pablo entró en la habitación trayendo con él una banqueta baja que normalmente estaba junto a la bañera del baño que usaban Amaia y Sandra.

—Siéntate ahí —me dijo en un susurro—. Así vas a hacerte daño.

—El que faltaba —rebufó Sandra.

—Sandrita, te vendría bien una tila. ¿Te la preparo? —respondió él con sorna.

—Sal. Vete —le pedí.

—Subnormal —gruñó ella.

Pablo salió como había entrado: tan tranquilo. El que no estaba tan tranquilo era Javi, que llevaba quince minutos en la habitación de Amaia respirando hondo y diciéndose a sí mismo que no debía entrar y participar de la conversación para no darle más alas a Sandra, también conocida como «la dramática».

—Tienes que escucharme —volvió a intentar explicarse Amaia—. Esto no es algo que haya podido evitar, San…, yo no puedo…, no puedo obviarlo. Te lo tenía que haber dicho, ya lo sé, pero no sabía cómo…

—Con todos los tíos que hay en el mundo…, con todos los que hay, tuviste que elegir para salir de la vida monacal al único que me había tirado yo. Qué ojo.

—Eso no es exactamente así.

—¡¡Sal de mi cuarto, joder!! ¡¡Eres una amiga de mierda!! ¿Me oyes? ¡¡Me has dejado hacer el ridículo!!

Por la puerta aparecieron Javi y Pablo, como la extraña pareja. Javi venía directo, resoplando, y Pablo lo cogía de los hombros, intentando sacarlo y llevarlo al salón.

—No, déjame. Tengo algo que decir aquí. Ya me he cansado de escuchar barbaridades. ¡¡Eres una niñata!! ¿Me oyes, Sandra? Esto no va de Sandra y su mundo. Ni de Sandra y su ombligo. ¡¡Tú y yo nos hemos acostado un par de veces!! ¿Sabes lo que es eso? Es follar y antes que contigo lo he hecho con un montón de tías que me importan lo mismo que tú: cero. ¿Sabes de cuántas me he enamorado? De una. Así que cállate ya y deja de hacer el ridículo tú sola, porque esto va de dos personas que se quieren. Si quisieras a alguien te harías a la idea.

Amaia se levantó con un suspiro y se lo quedó mirando con gesto apenado.

—Vete a casa, Javi. Mañana te veo.

—Pero...

—De verdad..., vete a casa.

—¡¡Iros todos de mi cuarto!! —volvió a vociferar Sandra—. Esta es una casa de locos. Estáis todos jodidamente locos. ¿Ahora es amor? Porque hace dos días ella estaba colada por otro y tú preferías follarte a otras antes que a ella. Y a mano la tenías, chato. Por algo será.

Javi salió de la habitación resoplando.

—Te estás pasando —le advertí en voz baja.

—¿Yo me estoy pasando? ¡Anda y que te den por el culo! ¡¡Vuelve con el gilipollas este que, además de preñarte y desgraciarte la vida volverá a cagarla en cuanto se te olvide lo de su mujer!! Pero ¿le has visto las pintas? Tú te has debido volver loca, joder. Muy loca.

Me levanté sin mediar palabra y recogí la banqueta, que Pablo me quitó de las manos en cuanto hube salido de la habitación. Amaia salió detrás de mí. Creo que estaba a punto de echarse a llorar.

—Tranquila —le dije frotándole el brazo.

—Eso, tranquila, cómete unos donuts.

El gruñido de Javi fue muy elocuente sobre lo que pensaba en aquel momento de Sandra.

—Ni caso. Está enfadada sin razón —traté de calmar los ánimos.

—¡Cerrad la puerta!

Pablo se acercó a cerrar, pero antes de hacerlo le soltó:

—Quien es cruel con los que le rodean cree que es un acto de fuerza y superioridad, pero es justo lo contrario. Es demostrar que eres tan débil que lo único que puedes hacer por sentirte mejor es que los demás se sientan peor. Piensa en el tipo de persona en la que eso te convierte y… elige.

Dicho esto cerró con suavidad.

Javi y Amaia salieron al rellano a despedirse. Bonito eufemismo. Salieron para reprocharse entre susurros todo lo que no encajaba en la pareja que ya eran de lo sucedido aquella noche. No quise escucharles, pero se les escapó un poco más alto de lo normal que «aquello no estaba bien». Me invadieron unas tremendas ganas de entrar en la habitación de Sandra, zarandearla y decirle que entendía que le molestase enterarse de rebote de las cosas, pero que abriera los ojos al flaco favor que estaba haciéndole a su amiga Amaia alimentando sus inseguridades. A veces podemos ser unas perras asquerosas e implacables.

Podíamos haber pasado la noche intentando que Sandra nos dirigiera la palabra, pero no sé si fue cansancio o síndrome de «estoy preñada, paso de todo»…, preferí recomendarle a Amaia que se fuera a la cama y cenar. A mamarla.

Pablo preparó una tortilla de verduras y un filete de pollo aderezado con limón y hierbas provenzales. Sencillo pero tan rico…, tenía hambre, es verdad, pero es que todo lo que él cocinaba tenía ese pellizco de sabor que solo tienen las cosas que uno mima. Como el guiso de una madre o las lentejas que preparas en tu primer piso como persona independiente. Me dejó beber unos buchitos de Coca Cola Zero y peló una pera ante mi atenta y divertida mirada.

—Gracias, papi —le dije sonriente y burlona cuando me la tendió.

—De nada, mami.

No. Pablo ni era un gilipollas ni era un inconsciente. Pablo vivía la pasión de un modo que yo no lograba ni lograría comprender jamás. Tenía defectos que, seguro, esperaban agazapados a que fuera descubriéndolos poco a poco, como pequeñas minas anti-idealización, pero era el tipo del que me había enamorado. Era amor, del que duele, arrastra, quema y te convierte en otra persona. Y al final, lo único que debe importar del amor es si esa persona en la que te convierte, te gusta o no. ¿Podríamos ser mejor junto al otro?

—¿En qué piensas? —preguntó retirando los platos.

—En que son las dos de la mañana, tú has aparcado bien el coche y no veo que tengas demasiadas ganas de marcharte.

Lo dejó todo en la pila y abrió el grifo para darle un agua antes de meterlo en el lavaplatos. Me miró de reojo y sonrió.

—Hemos hecho una promesa, ¿no?

Me levanté y me desperecé.

—Estoy cansado. —Hizo un mohín—. Deberías darme un masaje o algo en compensación por prepararte la cena.

—O un mordisco en las pelotas.

—No suena mal del todo.

—Puedes ponerte todo lo tonto que quieras; tengo las piernas blindadas a prueba de ti y ya no se abren automáticamente.

—Tarde. —Me guiñó un ojo, secándose las manos con un paño.

—¿Por qué lo dices? —Y saqué tripa para acariciármela después.

Sonrió de lado y me siguió cuando le indiqué mi dormitorio con un movimiento de cabeza. Cerró la puerta con cuidado y mientras se paseaba toqueteándolo todo a su paso, saqué mi pijama de debajo de la almohada y me quité la camiseta. Pablo me miró de reojo.

—Nada nuevo. —Me pasé la mano por el vientre.

—No. Aún no. Pero crecerá. Deberías ir pensando en decírselo a tu familia.

—¿Se lo dijiste ya a tus padres?

—No. Mañana. ¿Y Fer?

—¿Qué pasa con Fer? —pregunté confusa.

—Tendrá que saberlo, ¿no?

Me senté en la cama de golpe. Madre mía…, Fer. ¿Con qué cara le decía yo a mi expareja y casi mejor amigo que me había quedado embarazada de un chico con el que llevaba tan poco tiempo que ni se podía contar y que, al contrario de lo que siempre me planteé con él, iba a tenerlo?

—Joder, Fer.

—No creo que tengas que preocuparte por él.

—Va a flipar.

—¿No estamos nosotros flipando aún? —Me sonrió. Después su expresión se volvió un poco más seria—. Oye, Martina…, ¿has pensado cómo lo haremos cuando nazca?

—¿A qué te refieres?

—Bueno…, tú compartes piso. Y los niños lloran por las noches. —Levantó las cejas—. No creo que a tía Amaia y tía Sandra les guste mucho despertarse cada tres horas. Sobre todo a tía Sandra, que es un cielo de persona.

—Hay bebés que duermen toda la noche —ignoré el comentario sobre Sandra.

—Sí. Y hay gente a la que le toca el sueldo de por vida de Nescafé.

Me reí y me levanté para seguir poniéndome el pijama.

—Ya veremos.

—Muchas incógnitas para el futuro.

—No tantas.

—Sí, muchas. ¿Será niño? ¿Será niña? ¿Habrás pasado la toxoplasmosis? ¿Serás de las que hacen colecho? ¿Viviremos juntos? ¿Le darás el pecho?

No quise contestar a ninguna de las preguntas porque… ¿qué sabía yo? Me metí en el cuarto de baño, donde me siguió andando, como siempre, con las manos a su espalda.

—Toma. —Le pasé un cepillo de dientes desechable.

—Gracias.

Lo dejó sobre la bancada y salió al dormitorio, donde lo vi quitarse la camiseta gris y desabrocharse los vaqueros. Cuando volvió al baño para lavarse los dientes, yo salí.

Me senté en la cama con las piernas cruzadas y miré el espacio que dejaba a mi lado. Ese lado ya era suyo. ¿Sería así siempre? ¿Sería la promesa de no volver a dormir ni una noche separados de esas que se cumplen hasta que dejas de hacerlo? Me toqué la barriga y quise que aquel bebé no fuera lo único que nos uniera en la vida. Hacía diez días pensaba que habíamos terminado para siempre y ahora íbamos a ser padres y hablábamos de vivir juntos.

Pero ¿no suele ser lo que pasa cuando te obligas a tomar medidas con una parte de tu vida que no controlas? Se desbocan. Cuando decides tú sola por todas las personas que forman parte de ti, con sus propias pasiones y necesidades, con sus flaquezas y grandezas. Puede que todas esas voces terminen resignándose y callándose o que se pongan de acuerdo y griten más fuerte a una cada vez que el aire huela a él.

Con el tiempo he ido aprendiendo muchas cosas sobre mí, como todo el mundo. Pablo tenía razón cuando decía que el tiempo es implacable con las dudas y que termina sacándonos de todas. Los días, los años, las décadas… ponen luz en algunas sombras de dentro de nosotros mismos, siempre y cuando estés dispuesto a mirar hacia dentro. Y una de las cosas que he aprendido de mí es que la necesidad de controlar mi vida, de supeditar mis emociones a otras facetas de mi vida más «importantes», respondía a un miedo terrible a no estar a la altura.

Pero ¿no lo estábamos intentando a nuestra manera? Íbamos a tener un hijo. Joder…, qué miedo daba.

—Otra vez vuelve el recuerdo como el viento que se fue…

Pablo canturreando entre dientes me sacó de mi ensimismamiento y sonreí.

—¿Ahora cantas?

—Tan bien como bailo, me temo. —Salió del baño, apagó la luz y se rascó el pecho—. Esa canción me recuerda a lo nuestro. No sé.

Me entró la risa. Allí, en el centro de mi dormitorio, estaba Pablo en ropa interior, tan cómodo como lo hubiera estado solo en su casa. Ser él tenía que ser fascinantemente reconfortante. Era tan consciente de sus límites, de los perfiles y trazos que construían la persona que era… y lo mejor, no le interesaba ser nadie más. Solo aspiraba a una versión mejorada de sí mismo. Durante un tiempo lo tomé por un loco, pero los años me darían la pista de que era, con diferencia, el hombre más sano emocionalmente consigo mismo que había conocido. Él se respetaba sin flagelarse ni adorarse. Era. Sin más. Es. Y será.

Parpadeé, me había quedado atontada, pensando, con los ojos puestos en su pecho tatuado y en las dos bolitas del piercing que atravesaban su pezón. Por inercia me miré el tatuaje de la muñeca y lo acaricié con las yemas de los dedos. Pablo se acercó, se sentó frente a mí y me acomodó encima de su regazo.

—¿Te arrepientes? —me preguntó.

—¿De qué?

—Del tatuaje, de haberme conocido, de haber dejado que cambiara tanto nuestra vida…

Le sonreí y seguí con un dedo las líneas de sus cejas.

—No. Las cosas suceden siempre por algo.

—Menos estar sin ti. No quiero que vuelva a pasar. Te eché mucho de menos.

Y lo obsceno entonces, lo horriblemente indecente, pornográfico, lascivo y sicalíptico, fue la necesidad de proximidad. El grito de la yema de mis dedos. El estallido de las terminaciones nerviosas de la parte sensible de mi ser. La exigencia urgente de mi boca por saborear sus labios y calmarse. Sentí su aliento cerca de mi piel y su boca se apoyó en mi barbilla y frotó la nariz en mi mejilla. Mis dedos se enredaron entre su pelo y sus manos fueron hacia mi cara y mi recogido, que soltaron hábiles. Un montón de ondas oscuras cayeron sobre mis hombros y mi cara.

—Pequeña… —musitó deslizando su nariz en mi mejilla, con los ojos cerrados—. Mi pequeña. Perdóname.

—¿Así de ciego estás? —Sonreí.

—¿Por qué?

—Porque todo eso ya no importa. Vamos a ser padres. Tú y yo.

¿Qué pasaría en mi vida si le daba el beneficio de la duda, admitía que todo el mundo se equivoca y me dejaba llevar por lo familiar de su olor, lo calmante de sus brazos, lo cálido de su aliento en mi cuello y la tranquilidad de saber que él le daría a mi vida la pasión de la que esta carecía? ¿Estaría conformándome? ¿O cediendo a lo que realmente quería?

—Me haces sentir débil —le dije pegada a su piel.

—Yo quiero hacerte sentir justo lo contrario.

Sus manos se abrieron en mi cintura y me separó de su cuerpo para tumbarme en la cama y, a continuación, hacerse un hueco entre mis piernas, con la mejilla pegada a mi vientre.

—Buenas noches, mi vida.

Y no sé si se lo dijo a su hijo o a mí.

30

ORDENAR

M e desperté acurrucado en una cama que no era mía, abrazando una cintura femenina. Un espeso cabello oscuro y ondulado descansaba en la almohada, entre los dos. Mi mano estaba hundida entre su cuerpo y el colchón y no me sentía los dedos, pero el calor que emanaba de toda ella era tan reconfortante... Mi pequeña. Mi Martina.

Recuperé mi mano y me giré a mirar la hora en el reloj que había dejado sobre la mesita de noche antes de dormir. Las nueve y media. No habíamos dormido demasiado, pero era un día agitado y yo tenía que empezar a despertar. En más de un sentido.

Dejé a Martina acurrucada y me metí en el cuarto de baño. Sonreí frente al espejo al recordar que la primera vez que nos tuvimos fue allí. Nada de camas. Nosotros nos follamos como locos en la ducha. Mi polla dio una sacudida, contenta como estaba de ver amanecer un día más, y yo la calmé recordándole que no tenía planes de sacarla a pasear. Puso carita triste y volvió a bombear sangre al resto del cuerpo.

Pensaba irme corriendo a casa a darme una ducha, pero preferí lavarme la cara y desayunar con Martina antes de irme. Salí a la cocina, puse en marcha la cafetera, calenté un poco de leche en un cazo (odio los microondas, así de tolai soy) y preparé tostadas francesas y fruta. Después recordé que ella no podía tomar café y exprimí un par de naranjas.

—Pequeña... —susurré junto a su oído.

—Mmm.

—Levántate. He preparado el desayuno.

—¿Café?

—No puedes tomar café. Pero te hice zumo. ¿Lo traigo a la cama?

—Mmm..., no. Voy.

Volví a la cocina, me serví café y me fui con un cigarrillo encendido entre los dientes hasta el salón, donde fumé y bebí mirando el tráfico de coches que cruzaba a toda velocidad el Paseo de la Virgen del Puerto.

—¿Pablo?

—Estoy en el salón.

Se asomó. Llevaba un pantalón corto de un color ofensivamente brillante a la luz del día y una camiseta blanca que resbalaba por su hombro. Se había vuelto a recoger el pelo en un moño y estaba ojerosa, pero ¿quién se iba a fijar en ello con sus pezones transparentándose en la camiseta? Estaba cachondo perdido. Y ella embarazada. Quieto parado, Pablo.

—Tendría que haberte dejado dormir más. —Apagué el cigarrillo en el cenicero que había en la mesa y me acerqué para darle un beso en la frente tratando de olvidar las dos aureolas de sus pechos allí a la vista.

—No. Está bien.

—Buenos días.

Sonrió y yo me agaché para besarle el vientre.

De camino a la reunión que tenía, con la misma ropa que el día anterior y sin haber podido darme una ducha, iba pensando en ella. En ella y en todo lo que teníamos a nuestro alrededor. Un niño y billones de partículas de terror invadiendo el oxígeno. Ella tenía miedo y yo también; la diferencia entre los dos estaría en cómo nos enfrentáramos a él.

Lo había pensado mucho y no quería volver a estar a merced de mis terrores. Quería poder mirar hacia atrás y estar orgulloso de mí. Masticaría el miedo y lo tragaría como lo hice cuando me marché a Londres. Y a ella le daría la mejor versión de mí mismo. Porque la quería y quererla a ella significaba ser menos egoísta y pensar que yo podría no estar preparado para ser padre, pero a la realidad uno debe enfrentársele con los ojos abiertos y la mente clara. No sirve de nada quejarse.

Delante de la pequeña casa con parcela había aparcados dos coches muy señoriales, oscuros, grandes y brillantes. Los abogados, estaba claro; llegaba el último. Yo dejé el mío al girar la calle y después de buscar un poco de ánimo y darme un par de palmaditas mentales en la espalda, me dirigí directamente a la puerta, que por inercia volví a intentar abrir con mi juego de llaves, sin recordar que ella había cambiado las cerraduras. Llamé haciendo acopio de toda la paciencia de mi ser y alguien me abrió sin mediar palabra. Felipe, mi abogado, esperaba de pie junto a la puerta de la casa fumando.

—No te deja fumar dentro, ¿no? —Le sonreí.

—Te has cortado el pelo por fin, don greñas —se burló—. Y no, no me deja fumar.

—No me extraña con esa puta mierda que fumas. —Le guiñé un ojo y vi que estaba a punto de apagarlo—. ¿Con qué pie se ha levantado hoy?

—Pues... —Le dio una calada a su cigarrillo y arrugué la nariz cuando el humo de su tabaco negro llegó hasta mí—. Quería avisarte..., está disgustada.

—Me lo imaginaba.

—Quizá hubiera sido mejor hacer la reunión en mi despacho.

—No.

Entré en el recibidor y la vi de reojo sentada en un taburete alto junto a la mesa de la cocina. Llevaba una coleta alta, una camiseta negra y unos vaqueros. Estaba desmejorada, muy delgada. No llevaba sujetador, a juzgar por lo presentes que estaban sus pezones en la superficie de algodón, pero sus tetas ya no llamaban a gritos a mis ojos. Se giró hacia mí en cuanto atisbó movimiento y la saludé con un movimiento de cejas. A su lado, un hombre flaco y ojeroso…, su abogado.

—Vamos —pedí mirando hacia Felipe.

La paciencia de la que había hecho acopio me hizo falta. Ella no habló, solo apoyó los codos sobre la mesa, juntó los puños y se quedó allí, mirando hacia el infinito mientras dos personas que nada tenían que ver con nuestros seis años juntos, se ponían de acuerdo en qué era para cada uno.

—No entiendo a santo de qué tendría que quedarse la casa —dijo Felipe con su voz de ultratumba.

Y ella pareció despertar.

—Es mi casa.

—No —medié yo—. Nos casamos por separación de bienes. Es mía. Y ya no voy a esperar más porque la necesito.

Felipe me miró con sus espesas cejas canosas arqueadas. Supongo que esperaba que el Pablo *hippy* hiciera acto de presencia y, tirando margaritas por el aire, le cediera la propiedad de la casa. Pero no. Ya no.

—Mira, Malena, hablando claro, a mí tampoco me apetece vivir en una casa que has disfrutado más tú que yo, pero mi vida ha cambiado y tengo que ser responsable. Y serlo pasa por acotar y defender lo que es mío. La necesito vacía en un mes…, y ya te estoy dando mucho tiempo.

Ella desvió la mirada hacia la ventana, sin querer mirarme.

—Quizá podríamos llegar a un acuerdo —dijo su aboga-do—. Para que mi cliente comprara...

—No —le corté—. Un mes.

—¿¡Y ahora a qué cojones viene esta perra con la casa, Pablo!? —escupió ella—. ¿Qué es esto? ¿Tu venganza por contarle a tu novia que estás casado?

—No. Las venganzas no le dejan a uno pasar página, Malena, y yo ya no te quiero lo suficiente como para odiarte. Lo que pasa es que voy a ser padre. Y necesito un hogar y tiempo para borrarte de esta casa. Eso es todo.

Lo vi en sus ojos. Pena, una pena muy grande, porque su marido acababa de decirle que iba a ser padre con otra mujer. Pena porque en cuanto saliera de esa casa ya no me podría considerar ni siquiera su marido por más tiempo. Un hombre que pasó por su vida, con el que se besó, peleó, rio, folló, soñó, planeó... y que se iba a vivirla con otra persona. Me cegó durante un instante el rencor y quise que se enterara de lo bien que estaba haciendo las cosas, de lo mucho que amaba a la mujer que llevaba a mi hijo dentro y de todos los planes que tenía para nosotros..., planes sanos. Calidad de vida. Orgasmo emocional. Luego, cuando se tapó la boca para contener un sollozo, se me pasó. Solo tuve pena. Mucha. Porque mi exmujer estaba sufriendo y yo no se lo deseaba. Firmamos. Ella siguió llorando. Y yo me sentí un hijo de puta que hizo las cosas mal pero que empezaba a ser un hombre.

Mi padre estaba podando con bastante poca gracia los setos que delimitaban la casa, con un gorrito puesto. Gorrito que, segurísimo, había sido idea de mi madre.

—Hola, hijo —me saludó sonriente.

—Hola, papá.

Entré por la puerta de la cocina y me encontré a mi madre concentrada, con las gafas en la punta de la nariz, coloreando un libro con dibujos de intrincados mandalas.

—Hola, mamá.

Al escuchar mi tono se puso rígida, como si se hubiera tragado una escoba muy larga.

—Por el amor del cosmos, Pablo, ¿qué has hecho?

—Voy a preparar té. Dile a papá que entre, por favor.

Creo que temió que hubiera matado a alguien. Es más, creo que estudió minuciosamente mi ropa en busca de manchas de sangre o rastros de lucha. Ella es así. Ha leído muchos libros y… decían que Don Quijote enloqueció por culpa de las novelas de caballerías.

Una tetera, tres tazas. Un cenicero. Yo dándole caladas lentas a mi pitillo, esperando encontrar las palabras perfectas.

—Si sigues dándole vueltas, vas a tener que contármelo en la UVI —resopló mamá.

—No es fácil. No sé por dónde empezar.

—Por el principio, Pablo, por Dios, ¿por dónde vas a empezar?

—Vale. A ver. Acabo de firmar los papeles del divorcio.

—Se ha quedado con la casa. —Dio una palmada, como si acabara de acertar el panel de la ruleta de la suerte y le tocara premio.

—No. La casa… la necesito.

—Pues sí, claro que la necesitas. Tanto como yo alquilar de una puñetera vez el piso en el que vives ahora. —Puse los ojos en blanco. Ella misma se había negado a que yo le pagara un alquiler—. ¿Esa cara de muerto en vida por esto?

—No. Claro que no.

Puse las manos sobre la mesa y acaricié la madera. Mis anillos hicieron ruido al deslizarse sobre esta.

—Como no hables ya, te doy una torta y no lo cuentas, Pablo… —me amenazó mi madre.

Mi padre, callado, me miraba con el ceño fruncido.

—Vale. Hace años…

—¿Hace años? ¡Pablo, que te doy de verdad!

—Hace años —insistí— a Martina le diagnosticaron una malformación en el útero que, aunque no imposibilitaba la fecundación, hacía muy complicado un embarazo porque era harto difícil que…, bueno, ya sabes.

Mi madre se tapó la cara con las manos. Yo seguí.

—Fue una mezcla de todo. Creímos que no pasaría, nos relajamos y… no fuimos responsables. El hecho es que Martina está embarazada de siete semanas. Al principio la idea era interrumpirlo pero no pudimos. Es un jodido milagro y hay un millón de posibilidades de que no llegue a nacer, pero no puedo robarle esta oportunidad. Y algo me dice que tampoco puedo negármela a mí.

La colleja resonó con fuerza en la cocina y yo cerré los ojos. Escocía. Mi madre tiró a atizarme otra vez, pero mi padre le paró la mano.

—No es un crío, Ángela.

—No, por eso que no lo es. ¡¡Joder, Pablo!! Me pasé media adolescencia hablándote de esto y ¡se te olvida casi a los treinta y dos años! Eres la puta polla. La puta polla, Pablo. La guinda del pastel. Eso es lo que es. ¡¡Si es que llevo años esperándolo!! ¿A ti te sorprende? ¿Te sorprende de verdad? Porque a mí me parece que llevabas la puta carta de «padre irresponsable» en el bolsillo pero aún no le habías echado mano.

Suspiré y me aparté el pelo de la cara a manotazos.

—No estoy buscando que lo apruebes. Ni que me compadezcas.

—¿Compadecerte? ¿Cómo voy a compadecerte si eres un inconsciente? ¿Tanto costaba ponerse un puto condón, Pablo?

Mi padre miró a otra parte, avergonzado no sé si por el estallido de ira de mi madre o por sus palabras.

—Yo la quiero, mamá. ¿Puedes entender eso?

—¿Y ahora qué? ¿Os mudaréis al país de la piruleta, donde el niño se criará libre y desnudo bailando con la madre tierra?

Me quedé mirándola molesto.

—¡No! Ahora esperaremos a que la naturaleza decida si nace o no. Y si nace, tendrá una madre, un padre y un hogar. Lo que no sé es si tendrá abuela.

Me miró enrabietada a través de los ojos entreabiertos. La entiendo, que conste. Yo no había sido lo que se dice un hijo modelo.

—¿Tienes un plan, Pablo? Porque un niño necesita un plan.

—Ángela, por favor... —le pidió mi padre, que parecía igualmente agobiado.

—Sí. Malena tiene un mes para dejar la casa totalmente vacía de sus cosas. Para entonces ya estará más avanzado y podremos empezar a hacer planes.

—Esto es de locos —dijo mientras se frotaba la cara.

—Es ley de vida. Algún día tenía que ser padre.

—Tú no estás preparado para ser padre.

—Pues tendré que estarlo.

—¿Y ella? —preguntó—. ¿Quién es? ¿Otra con pinta de bailarina de *striptease*?

—Me estás tocando los cojones, mamá —rebufé—. ¿Podemos tener una conversación real? No me apetece una mierda lidiar con tu hostilidad.

—Tienes que traerla, Pablo —musitó mi padre con serenidad—. Queremos conocerla.

—La traeré para que la conozcáis, pero tengo que darle tiempo. Está muy asustada.

—¿Y tú no? —me retó mamá.

—Yo nunca he estado más acojonado en toda mi puta vida, pero así son las cosas.

Un silencio nos sobrevoló a todos y yo me froté la cara. Joder, claro que estaba asustado. Estaba demasiado acostumbrado a preocuparme solo de mí mismo y de mis pocas responsabilidades. Cuando mi madre llegó con *Elvis* a casa casi le pedí que se lo llevara de vuelta porque no me veía capaz de cuidar de un animal y asegurarle calidad de vida. Creí que se me olvidaría alimentarlo o yo qué sé. ¿Cómo no me iba a acojonar la idea de ser padre? Pero como pasa con todas las grandes responsabilidades de la vida, esperaba que fuera el catalizador que me permitiera, por fin, ser quien siempre quise ser. A veces para hacer un gran esfuerzo uno necesita una gran motivación.

Mis padres se miraban sin decir nada porque supongo que el silencio ya era lo suficientemente elocuente. Encendí otro cigarrillo y llené la mesa de humo.

—Vas a tener que dejar de fumar —terció mi madre—. Y de salir. Adiós a las resacas y las risas.

—Ah, sí, ser padre es como ir a un entierro —respondí pulverizando bajo mis dedos una pequeña voluta de ceniza que había caído fuera del cenicero.

—El Mar va a dejar de ser lo más importante. No podrás vivir en una casa llena de trastos y tu vida va a tener que ajustarse a una rutina.

—Te diré, mamá, que sueles tener razón cuando me vapuleas para que me mire en un reflejo que no me gusta, pero hoy solo buscaba que me dijeras que soy capaz de hacerlo. Yo sé que lo soy, pero solo necesitaba que alguien más confíe en mí. Me he cansado de pelearme con la vida.

Apagué el cigarrillo después de dos caladas y me levanté. Escuché a mi padre pedirme que me quedara y a mi madre responderle que necesitaba estar solo. No. No necesitaba estar solo. Necesitaba acurrucarme junto a Martina y que ella me dijera: «Confío en ti».

31

Es que no lo entiendo, Martina. —Sandra negó con la cabeza—. No entiendo nada.

No hice aspavientos..., había conseguido hablar con ella por una alineación de los astros y me daba miedo que cualquier movimiento la ahuyentara. Quizá el comentario de Pablo sobre ser cruel había cuajado dentro de ella por la noche. Quizá estuviera cansada de estar enfadada con el mundo.

—Sé que debí habértelo dicho antes, pero... entiéndeme. Necesitaba un tiempo para hacerme a la idea.

—Amaia ya lo sabía.

—Sí. Porque me pilló una noche débil. Si no, no lo sabría.

—Y vas a tener un niño. —Me miró y sus palabras sonaron como si le estuviera diciendo a un olmo que iba a dar peras—. ¿Lo has pensado bien?

Buena pregunta. Me encogí de hombros.

—Quizá no nazca, Sandra. No lo sé. —Me froté los ojos—. Ponte en mi lugar... ¿Y si después quiero quedarme embarazada y no vuelve a ocurrir?

—Pero... con Pablo. Eso no es como tener una relación. Esto es de por vida.

Sonreí.

—Ya lo sé. Y sé que parece un loco, pero es un chico muy cabal. Al menos a veces.

—Tú lo has dicho..., un chico. No es un hombre. No lo veo siendo padre, la verdad. Él y sus camisas estrambóticas y sus pelos... —Bufó—. ¿De verdad te lo has pensado bien?

—¿Y tú me ves a mí siendo madre?

—No. Pero eres mujer. Va en tu código genético.

—Eso es mentira, Sandra. Las mujeres no nacemos para ser madres. Es una opción biológica, no un sino.

—Esas ideas *hippies* que te ha contagiado tu novio acabarán con la humanidad.

—Confío más en su gen de la paternidad que en el mío. Ahora dime, ¿qué es lo que peor te ha sentado, de verdad, de que Amaia y Javi estén juntos?

—Es complicado de explicar. Es como si se estuviera comiendo mis sobras de la basura. Es raro.

—No son tus sobras —aclaré—. Y están muy enamorados.

—Sí, ya. Hasta que se les pase el calentón absurdo que les ha entrado. Es que no me lo explico, joder.

—¿Qué no te explicas?

—Pues que... —Me miró con escepticismo, dando por sentado que no iba a entenderla—. A Javi no le gustan las chicas como Amaia.

—¿Inteligentes, divertidas, ocurrentes, bonitas...?

—Martina, no me hagas sonar como la mala de la película. Sabes a lo que me refiero.

—¿Te refieres a que Amaia pesa más que tú?

—Más que yo, tú y el sofá orejero.

—Estás siendo cruel —le avisé—. Y eso ya no mola nada. Es tu amiga.

—Es mi amiga, sí, pero no sé en qué nivel de amistad estoy. Probablemente solo soy una compañera de piso que conocéis de toda la vida, porque no confiáis en mí como lo hacéis entre vosotras.

—Deja de darle vueltas. ¿Cómo vamos a ir a calentarte la cabeza estando como estás?

—Yo estoy estupendamente —se defendió.

—Estás perdida. Como todas.

Me aguantó la mirada, probablemente planteándose discutirme esa afirmación, pero finalmente relajó su expresión y resopló. Apreté su mano y ella me devolvió el apretón.

—Javi y Amaia están enamorados —insistí—. Y no sabes hasta qué punto lo de anoche va a pasarles factura como pareja. Amaia está muy insegura.

—¿Por qué?

—Por eso mismo que apuntabas tú. Porque Javi siempre ha estado con chicas que Amaia considera mejores que ella. No se siente suficiente. Le has dado la excusa perfecta para guarecerse del miedo y decidir no hacerle frente.

Sandra suspiró con desdén.

—Desde que estás embarazada hablas como si fueras la voz en *off* de una película melodramática.

Abrí la boca para contestar pero el soniquete de mi teléfono nos interrumpió. Y sabía quién era. Llamadme masoquista, pero cuando Pablo me llamaba sonaba «Viento de cara». Alargué la mano, agarré el teléfono y deslicé el dedo en la pantalla para contestar.

—Dime.

—¿Estás en casa? —Parecía un poco alterado. Me había comentado que tenía cosas que hacer y yo entendí que se tra-

taba de su cita con Malena para cerrar el tema del divorcio y la
visita a sus padres para contarles que... iban a ser abuelos.

—Sí.

—¿Puedo subir?

—Claro. —Colgué el teléfono y me dirigí a Sandra—.
Perdona. Es Pablo.

Sonó el timbre del portal y abrí. Me miré en el espejo del
recibidor y me peiné con los dedos tratando de pegar a mi cabeza los pelillos que se escapaban del moño, aún a sabiendas de
que Pablo querría desmontarlo y ahogarse entre los mechones.
Abrí justo antes de que llamara a la puerta de casa porque sus
pasos me habían puesto sobre aviso. Estaba mordiéndose con
desazón el labio inferior.

—Hola. ¿Puedo pasar?

—Preguntó él después de preñarla —se escuchó decir a
Sandra desde el salón.

—¡Hombre, Sandrita! Un placer saber que sigues estando
tan mal follada como anoche.

Abrí los ojos como platos y lo insté a encaminarse hacia
mi dormitorio.

—¡¡¿Qué has dicho?!!

Cuando Sandra salió al pasillo, él ya estaba dentro de mi
habitación.

—Tiene un mal día. Déjalo estar. Y no juegues a tocarle
los cojones tú tampoco. Luego hablamos.

La dejé con la palabra en la boca y cerré la puerta detrás
de mí.

—¿Puedes poner música? —me preguntó Pablo de espaldas,
mirando a través de los ventanales que daban al pequeño balcón.

—Claro.

—Algo... bonito.

Hice una mueca sin que me viera. De entre todos mis discos había una buena colección de canciones de hip hop, rap

y reagge, pero no sé si ninguna de ellas encajaría en su «bonitas», por mucho que me encantaran. Rebusqué entre mis cd hasta dar con uno de música italiana de los años cincuenta. Cuando pulsé *play* sonó «Non son degno di te», de Gianni Morandi. Pablo sonrió.

—Me encanta Gianni Morandi.

—¿Lo conoces?

—Sí. Mi madre lo ponía mucho en casa.

Me senté a su lado.

—Llevas la misma ropa que cuando te fuiste.

—Y huelo mal. —Me miró con el morro torcido en una especie de mueca de asco y sonrisa.

—No es verdad. —Sonreí.

—No estoy tan seguro.

—Entonces, ¿por qué no estás en casa dándote una ducha?

La media sonrisa con la que se había disfrazado se cayó hecha jirones y Pablo sacó de sus pulmones todo el aire contenido para, después, dejarse caer de lado con la cabeza en mi regazo. Sonreí y le mesé el pelo entre mis dedos.

—Seré capaz, pequeña. Lo sabes, ¿verdad?

—Sí. Lo harás.

Pablo cerró los ojos con alivio.

—Por eso lo sé, Martina. Porque no hace falta que te cuente lo de hoy. Por eso lo sé.

—¿Qué sabes?

—Que eres tú. Que no habrá más.

Estamos acostumbradas a que la industria cinematográfica y hasta la literatura romántica nos hagan creer en un hombre todopoderoso que solo cae de rodillas por nuestro amor. Un hombre que si se asusta nunca lo deja ver. Un titán que solo nos mostrará su vulnerabilidad deshaciéndose en palabras de amor tras un orgasmo. Sí, ese hombre que defenderá tus intereses como si necesitaras a alguien que lo hiciera por ti. ¿Y qué pasa con el niño que vive dentro de cada uno de esos hombres? Ese niño que necesita que lo arrullen como cuando era pequeño. Ese niño que tiene miedo y que se siente regañado cuando nadie lo entiende. Ese niño que a veces no comprende un mundo que no es justo. Un niño que apoya su cabeza en el regazo de la mujer que tiene al lado y le dice que quiere quererla y que lo hace por voluntad, porque es la opción adecuada y por destino, porque es ella.

Yo nunca quise caballeros. Ni gladiadores. Yo no quería que nadie sostuviese el cielo para que yo pudiera pasear debajo. Yo quería un compañero. Fer lo fue durante diez años, descubriéndome que un compañero enseña y aprende y que siempre se muestra como es, con sus debilidades y fortalezas. Y allí estaba Pablo, asustado, encogido, buscando el calor de mi regazo con los ojos cerrados, diciéndome abiertamente que ese era el niño que tenía dentro. Entendí una cosa entonces…, Pablo se había equivocado muchas veces, pero siempre fue honesto. En las parejas a veces damos nuestra mejor cara para gustar al otro. Durante un tiempo esta fachada se sostiene y hasta creemos que estamos cerca de alcanzar la imagen idealizada de nosotros mismos. Pero siempre pasa que la realidad impone su orden y el holograma se hace jirones para mostrar que bajo el príncipe o la princesa hay solo un humano. Y Pablo, para bien o para mal, era quien era. Y no lo escondía. Era honesto. Era sincero. Era raro, excéntrico, impulsivo, emocionalmente exaltado, dramático, tenía un carácter explosivo, creía en la poesía de la vida… pero era especial. Si ya nos habíamos visto sin la careta, si ya habíamos peleado con las diferencias entre su humanidad y la mía…, ¿qué más nos podría pasar? No aguardarían monstruos debajo de ninguna cama que compartiéramos nosotros. Todos paseaban libremente por la habitación y un monstruo conocido no da tanto miedo como el que no da la cara, porque no es que te habitúes a él, es que aprendes a vencerlo.

Suspiró y yo seguí mesando su pelo entre mis dedos.

—No me toques el pelo. Está sucio.

Me reí. ¿Veis? Allí estaba. Un hombre, sin milagros. Uno que temía no oler todo lo bien que debería y que sufría porque no se había lavado el pelo.

—Ve a casa a darte una ducha.

—Pero dame un beso antes.

Pablo se incorporó y sus labios se apretaron a los míos. Un beso casi robado, como ese que un día en el patio del colegio te dio un niño. Pero sin que te dé asco. Un beso especial. Infantil. Soberbio. Sencillo. Explosivo. Como un chasquido. Un beso que es una llave, porque abre puertas. Un beso que es una firma, la del tratado de paz, la de verdad. Un beso que dura segundos pero que será inmortal. Un beso que no tiene nada que no tengan otros besos más que la certeza de que, como dijo el Principito, rosas hay muchas, pero la única importante es la tuya. Y diré más. Como dijo el zorro: «He aquí mi secreto. Es muy simple: no se ve bien sino con el corazón. Lo esencial es invisible a los ojos».

No sé en qué momento cedimos a la evidencia, pero aquel día pusimos la primera piedra para ser una pareja real con un beso. Pablo tenía alma de artista y, como artista, rozaba la poesía en muchas cosas, como advertir que no es el tiempo el que forja una pareja, sino la intensidad con la que esta lo deforma a su antojo.

32

Fer me abrió la puerta de su casa muy sonriente. Hacía ya unas semanas que no nos veíamos y cuando le llamé para quedar se mostró muy efusivo. La última vez que hablamos por teléfono fue cuando me advirtió, con su tono de profesor, que era una vergüenza que un desengaño personal me hiciera faltar al trabajo. Cuando dijo: «Me estás decepcionando y esto no me lo esperaba», saqué fuerzas de flaqueza para presentarme en El Mar, aunque no quisiera, no pudiera o no bla bla bla. Ahora lo pienso y creo que no soy una mujer a la que el baile de hormonas le siente especialmente bien.

—¡Ratón! —Me abrazó y me dio un beso en la sien—. ¡Qué guapa estás!

—Gracias —contesté tímida—. Tú también.

¡Arriba las habilidades sociales de Martina!

—¿Una copa de vino?

—Mejor un refresco si tienes.

—No tengo. —Se encogió de hombros—. Hoy no curras. Tómate un vino.

—Ponme un zumo. Ahora te cuento.

El suelo de madera brillaba, como siempre. Su casa olía a hogar. En la cocina aún se podía intuir el aroma de algo cocinado un par de horas antes. Y yo estaba tan nerviosa que casi temblaba.

—Siéntate. ¿Qué te cuentas?

Sacó una cerveza y un zumo de naranja. Dios…, con el ardor que tenía.

—¿Tienes zumo de piña?

—Ehm…, no.

—Pues ponme un vaso de agua con hielo.

Se volvió del todo hacia mí y me miró con el ceño fruncido.

—¿Qué cojones te pasa?

—Nada —mentí—. Bueno…, ahora te lo cuento.

Hizo una mueca de incomprensión y sirvió el agua con hielo; al fin y al cabo estaba bastante acostumbrado a mis rarezas.

Nos sentamos uno frente al otro en la barra alta de la cocina. No sabía por dónde empezar. No estaba habituada a tener que contar cosas que salieran de un patrón de conducta controlado, que hablaran de pasión, de amor, de ganas y hogar. Me di cuenta de que, como cuando me planteaba contarle ló de mi embarazo a Sandra, estaba muerta de vergüenza.

—Habéis vuelto —atajó él. Supongo que creía que aquello era lo que tanto me estaba costando decir.

—Sí.

—Me lo imaginaba.

—¿Y qué opinas? —consulté con cautela.

—Se os veía muy bien. Muy… colgados el uno del otro. La verdad es que me sorprendió que te cogieras tan a la tremenda lo de su matrimonio. En realidad es como si llevara mucho tiempo divorciado. —Le miré de soslayo. El hombre sin dramas—. No me mires así, ratón. Tú y yo somos amigos y te has enamorado del tío más estrafalario de España. Está todo bien.

—Oye…, tú… ¿conociste a su mujer?

—Sí. La trajo a una convención.

—¿Y? ¿Qué te pareció?

—Tú molas más —se burló.

—¿Es imposible hablar contigo en serio? —le recriminé con una sonrisa.

Fer suspiró y se revolvió el pelo.

—Era guapa, rubia, despampanante…, era una de esas chicas habituadas a llamar siempre la atención. Cuando no lo conseguía, se aburría y se iba a la barra a beber algo sola y él seguía a lo suyo sin que le importara cuántos babearan en el regazo de su mujer. Llegué a pensar que tenían un matrimonio abierto.

—¿Él también coqueteaba con otras? —pregunté alarmada. ¿Matrimonios abiertos? ¿Cómorrr?

—No —negó con una sonrisa—. Yo al menos nunca lo vi hacerlo. Y si quieres mi opinión, ella lo hacía para llamar su atención. Estaba muy loca por él y él muy loco por la cocina. Cuando me llamó por lo de tu puesto y le pregunté qué tal su mujer, ya me dijo que estaban separados, que no vivían en la misma casa y que hacer efectivo el divorcio se estaba convirtiendo en un infierno.

Asentí y le di un trago a mi agua. Yo sabía que Fer apreciaba a Pablo, pero daba la sensación de que además se alegraba de que estuviera con él. Quizá fuera mucho más evidente de lo que creía ese equilibrio que se alcanzaba al sumar la pasión de Pablo con mi control.

—Yo me alegro por ti, ratón. —Sonrió—. Pareces hasta mucho más joven con él. Y hasta estás más buena.

Me reí y me froté la cara. Estaba más buena… ¿o tenía más tetas? No podía retrasarlo más. Tenía que decírselo.

—Fer…, te tengo que contar una cosa.

—¿Qué pasa?

Me toqué el vientre. Ojalá los tíos fueran como nosotras. Si yo le hubiera negado una copa de vino a Amaia, lo primero que me hubiera soltado hubiera sido un «¿no estarás preñada?». Pero ahí estaba yo. Y daba igual si me frotaba la tripa en busca del genio de la lámpara. Si no lo decía, Fer no se lo iba ni a imaginar.

—Pablo y yo, bueno…, hemos vuelto y en parte supongo que hay algo que…, buff…, qué difícil es esto.

—Me estás asustando.

—No es eso. Pero dame un segundo…, no es fácil decirte esto.

—Martina… —Sonrió—. Soy yo. Sé de sobra que careces de habilidades sociales.

A la una, a las dos y a las…

—Estoy embarazada.

Fer levantó las cejas y me miró fijamente.

—¿De mí?

Pero… vamos a ver…

—¡¿Cómo va a ser de ti!? ¿¡Por ciencia infusa!? ¿¿Eyaculas con la mirada??

—Perdón es…, bueno…, reacción automática. Pero…, ehm… —Se mordió con fuerza el labio inferior—. ¿Me estás diciendo que… Pablo y tú…?

Follamos. Me la mete. Tenemos una relación carnal. Premio para el caballero.

—Sí —asentí—. Y vamos a tenerlo.

Se echó hacia atrás como si le hubiera dado un bofetón.

—¿Perdona? —Y el tono de la pregunta no fue muy amable.

—Fue un accidente. Ninguno de los dos lo buscó e incluso estuvimos a punto de interrumpirlo pero lo cierto es que en mi situación, ya sabes…

—Hostia, Martina.

Apoyó los codos en la barra y escondió la cara entre sus manos. Ojalá fuera un poco más diestra con las emociones. Ojalá supiera, como lo sabía siempre Pablo, lo que estaban sintiendo los demás para poder amortiguarlo.

—¿Qué es lo que te parece peor, que me quedara embarazada o que vaya a tenerlo?

—Dios. Dame un segundo. Estoy muy cabreado.

Me callé. No soy muy buena con las emociones pero para compensar Fer siempre fue muy claro con las suyas. El hecho de que admitiera que estaba enfadado me dio ventaja pero seguía sin entenderlo. No tenía verdaderas razones para estarlo. Ya no estábamos juntos. No habíamos dejado una puerta abierta para volver. Él ya sabía que yo había iniciado otra relación. ¿Dónde estaba su problema?

—¿Por qué? —pregunté tras el silencio.

—No lo sé. —Me miró por fin—. Pero me cabrea. Siempre pensé que el tema de la maternidad fue una de las causas por las que rompimos. Y ahora estás embarazada de Pablo Ruiz al que conoces... ¿desde abril?

—Finales de marzo.

—¡Me da igual! —contestó un poco más alto de lo habitual.

—Por favor..., no grites.

—No voy a gritarte. —Se volvió a frotar la cara—. Joder, Martina, ese tío te vuelve loca.

—Ya lo sé.

—Y vais a tenerlo.

—Sí.

Se revolvió el pelo y asintió.

—Bien.

—¿Sigues enfadado?

—No tengo razón para estarlo.

—Pero ¿lo estás?

—Sí. No lo sé. —Tamborileó la barra con los dedos—. ¿De cuánto estás?

—De casi dos meses.

—Y... ¿qué vais a hacer?

—Querernos.

Me sentí confusa por aquella confesión tan emocional por mi parte y él también me miró con expresión perpleja.

—No te reconozco —musitó.

—Lo dices como si fuera algo malo.

—¿Dónde estás, Martina?

—Aquí. Viviendo mi vida.

—¿Conmigo no la vivías?

—¿Cuándo se ha convertido esto en una discusión sobre nosotros? Hace un año que rompimos. No nos queríamos.

—Joder.

Se frotó la cara y yo me levanté y cogí mis cosas.

—Voy a irme. Creo que necesitas tiempo para...

—Espero de todo corazón que esto os salga bien. Vais a arriesgar mucho más que un poco de amor.

—Gracias por la información.

Cuando salí del portal de la que había sido mi casa lo hice con la seguridad de que se le terminaría pasando. También supe que en algo tenía razón: yo ya no era la misma.

Sandra y Amaia estaban sentadas la una frente a la otra, con cara de circunstancias. Amaia jugueteaba con la taza de café con leche que tenía entre las manos y Sandra lanzaba suspiros dramáticos cada equis segundos, pero sin decir nada.

—Esto está siendo difícil para mí, Sandra —confesó Amaia—. Yo no quiero hacerte daño.

—Ya.

—Quiero que...

—Da igual. Déjalo.

—No quiero dejarlo. No quiero que un tío se interponga entre nosotras.

—Ha sido tu elección.

—No. No lo ha sido. Ojalá.

—¿Qué fue entonces? ¿Tus hormonas decidieron por ti? ¿Los astros? ¿Lo vaticinó Sandro Rey y vosotros solo obedecisteis?

—Sandra..., estoy enamorada. —Le dio un vuelco el estómago cuando se escuchó a sí misma decirlo en voz alta, pero siguió hablando—. Y no sé qué hacer porque..., porque me siento débil e insegura y ahora tú te enfadas y...

—No me eches la culpa de las cosas que no funcionan en vuestra «relación». —Y dibujó unas sarcásticas comillas en el aire.

—Lo único que no funciona en nuestra relación soy yo, porque tengo miedo y ahora una de mis mejores amigas me da la espalda. ¿Qué habrías hecho tú si yo me hubiera colgado de Íñigo cuando teníamos quince años? ¿Hubieras dejado de intentarlo?

—Pues sí.

—Claro. Porque éramos adolescentes —asintió—. Me estás dando la razón. Sé madura. Esto es amor.

—Y lo mío con Íñigo.

Amaia resopló y se frotó la cara.

—No puedo hacer nada. No me entiendes porque no te da la gana.

—Eso mismo pienso de ti. Vamos a dejarlo estar...

Sandra se levantó airada y ya estaba a punto de salir del salón cuando escuchó a Amaia sollozar. La miró de reojo. Amaia no es una chica llorona. Es dura; incluso más que nosotras. Eso la contuvo y se quedó parada en el vano de la puerta.

—Amaia...

—Yo no quiero hacerte daño. Ni pasarlo mal. —Se limpió las lágrimas—. Javi dice que…, da igual.

—No. ¿Qué dice Javi?

—Que se te pasará. Y que se me pasará el miedo.

—¿De qué tienes miedo?

—De todo.

Sandra anduvo despacio los pasos que las separaban y le puso la mano en el hombro. Estaba enfadada pero… ¿tanto? ¿Por qué lo estaba realmente? La respuesta le dio miedo y decidió concentrarse en Amaia por el momento.

—Se me pasará.

—¿Y si se le pasa a él también?

Entendió algo entonces…, algo que le repateó y que la hizo sentir demasiado invisible en la vida de los demás, pero algo sabio al fin y al cabo: lo que estaba pasando en la vida de Amaia y Javi iba más allá de su persona.

—Si se le pasa es idiota.

Y no pudo hacer más que sentarse a su lado y abrazarla. Era oficial: todas teníamos miedo.

33

Hay muchas cosas que le pasan a tu cuerpo entre la semana siete y la once. A mí, por ejemplo, los pechos empezaron a crecerme. Empecé a sentirme hinchada y algo incómoda, por no hablar de las digestiones y el ardor. Ardor de estómago a todas horas. Y lo más gracioso es que a pesar de esto, tenía hambre. Y…, hola, qué tal…, meo cada cinco putos minutos. Así que, resumiendo: había ganado peso y era una meona.

Durante este tiempo sentí a Pablo observando sonriente cada pequeño cambio. Fue el primero en decirme:

—Te han crecido las tetas. Mogollón.

Y me lo dijo casi bizco, con los ojos puestos en el escote que una camiseta blanca dejaba a la vista. Siempre he tenido un pecho coherente con el resto de mi cuerpo, pero no es que fuera realmente exuberante. Hasta ese momento, claro.

Fueron semanas raras. Pablo y yo seguíamos con nuestras pequeñas rutinas, como dormir cada día juntos, cenar en mi cocina, a veces sentados en la misma silla o besarnos entre las sábanas… pero de hacer el amor poco. ¿Qué les pasa a los tíos? ¿Se creen que su pene puede llegarte hasta el útero? No lo entiendo… El caso es que seguíamos con nuestras rutinas, pero aún no habíamos hablado de las que tendríamos que adoptar en unos meses. Él tenía razón: los niños lloran. Íbamos a ser padres y eso implicaba, estando juntos, una familia, ¿no? ¿Qué íbamos a hacer, llevar al niño de una casa a otra? Había que tomar una decisión pero… aún no me apetecía, por mucho que eso de atrasar elecciones importantes no vaya conmigo. Una cosa detrás de otra; yo aún estaba asumiendo que iba a ser madre.

Además, durante estas semanas había más riesgo que nunca de aborto. No quisimos hacer un mundo de esa amenaza y seguimos con nuestra vida «normal». Él insistía en que yo comiera bien, descansara y no me preocupara por nada, pero no me trataba como a una enferma y yo lo agradecí mucho. Excepto por lo del miedo sobrehumano que tenía a que su pene me causara daños internos, algo que le perdono porque es él.

En la semana ocho, con el vientre aún con aspecto de ser el mío después de un atracón de bebidas con gas, accedí a la historia de las puñeteras fotos que Pablo quería hacer para seguir el crecimiento de mi barriga. Las hicimos en su casa, aprovechando que nos confirmaron que yo ya había pasado la toxoplasmosis y podía acercarme a *Elvis* con normalidad. No sé cómo lo notarán los animales, pero se hinchó a restregarse mimoso por mi barriga, ronroneando como un poseso mientras Pablo le reñía aduciendo que me estaba llenando de pelos y que era un pesado. En realidad tenía celos, porque él también quería pasar el día con la mejilla pegada en mi vientre.

Fue una cosa que siempre me sorprendió mucho. Pablo estaba asustado; eso no hay nadie que pueda negarlo, ni siquiera él. A pesar de ello, una vez asumido mi embarazo, lo vivió con una ilusión inusual para un hombre. Se compró varios libros sobre embarazos y leía sobre los cambios que yo sentiría en mi cuerpo, sobre la formación del bebé… y aunque era cauto, estaba emocionado. La primera foto de mi barriga reinó en la nevera de su casa hasta que hubo demasiadas y tuvo que enmarcarlas. Eran bonitas, aunque todas esas cosas cuquis no me vayan mucho. Yo, de perfil al lado de una pizarra en la que Pablo había dibujado con tizas de colores «8 semanas». De fondo, una de las paredes de ladrillos a la vista de su piso. Era difícil no dejarse llevar por cierta ilusión.

En la semana nueve Pablo se presentó un día en mi casa muy agitado, con un libro bajo el brazo y cuando entró lo puso frente a mi cara y dijo con aire solemne:

—Durante esta semana nuestro hijo mide dos centímetros y medio y parece un malo de las pelis de James Bond.

Amaia salió de la cocina a aplaudirle. No fue para menos.

Y empecé a no poder negarme a mí misma por más tiempo la evidencia: tenía tripa. Al principio, como no estaba muy en sintonía con mi instinto maternal, pensé que se me habían multiplicado las lorzas como en el milagro de los paces y los penes. Perdón: de los panes y los peces. Pero no era eso. Era el milagro de la concepción humana: en mi tripa tenía un ser. Cuando me lo planteé así, corrí a la habitación de Amaia sin importarme que acababa de salir de una guardia y le lloré en el hombro durante un buen rato hasta que me di cuenta de que se había vuelto a dormir dándome palmaditas en la espalda.

Llamé a Pablo después, sin pensar ni siquiera por qué, y le dije que tenía un alien dentro. Se presentó en menos de veinte minutos con una tarrina de helado de vainilla y un bote de pepinillos, que nadie me pregunte por qué. Ah, sí. Dio su explicación.

—Es lo típico que piden las embarazadas en mitad de la noche. Creí que tenías un antojo. No había anchoas. Las anchoas también son un clásico.

Ese día le besé mucho. Estaba dormido en el sofá, desmadejado, con la boca abierta y el pelo como las locas, todo por la cara. Se había quedado traspuesto viendo una película conmigo y yo le aparté las greñas y le di un beso, otro, otro, otro. El crimen perfecto hasta que abrió con pesadez los párpados y sonriendo me llamó «violadora». Si no podía negar por más tiempo que tenía tripa, tampoco podía hacer oídos sordos a la seguridad de lo que sentía por él... y era algo muy bonito y muy vivo.

Tripa. Y vaya tripa. Me daba la sensación de que crecía por días. Era pronto para tener problemas para abrochar mis vaqueros pero..., jodo..., los tenía. Pablo me arrastró a comprar un par de prendas más amplias porque decía que no quería que su proyecto de hijo fuera embutido y oprimido por culpa de un botón. Empezaría a ser evidente para todo el mundo en muy poco tiempo y yo no estaba preparada.

—Hay que decírselo a la gente de El Mar —afirmó muy serio mientras yo me ponía la chaquetilla.

—Acordamos que lo diríamos a las catorce semanas.

—Si quieres esperamos a que se te caiga de entre las piernas. Mientras tanto podemos decir que estás deprimida y te ha dado por beber cerveza. ¿Te parece mejor?

Fruncí el ceño.

—Dímelo ya. Estoy gorda.

—No estás gorda. Tienes tripa porque estás embarazada.

—No seas cobarde. Dime: Martina, estás como una foca.

—A ver. —Me cogió la cara y me la levantó hasta que nuestras miradas se cruzaron—. Martina, estás preñada. Y tienes dos tetas entre las que bucearía de mil amores con la boca abierta, a ver si me ahogo en ellas.

Otra cosa que comentan pocas embarazadas..., cuando te acercas al segundo trimestre de embarazo estás cachonda como una perra. Y yo lo estaba. Y si Pablo me decía que quería comerse mis tetas, que era más o menos lo que significaba su comentario, yo hervía entera por dentro teniendo que controlarme para no arrancarme la chaquetilla, meterle una dentro de la boca y cabalgarle encima hasta que se me desmontaran las piernas.

—No juegues —le respondí.

Pablo suspiró con los ojos puestos en los dos bultos de mis pechos bajo la ropa de trabajo.

—Te viene a reventar —anunció.

—¿Puedes dejar de llamarme gorda?

—No estás gorda, tonta del culo —rebufó—. Mira, yo voy a salir ahí y a decir que…

Uno de nuestros compañeros entró en el vestuario y nos saludó.

—¿Qué tal, pareja?

—Fenomenal. —Pablo carraspeó—. Pues eso, que lo voy a decir. Y agradecería que vinieras conmigo, cobarde de la pradera.

Nuestro compañero nos miró con el ceño fruncido y cara de sospecha, a lo que Pablo contestó dándose la vuelta y saliendo de allí.

Ya estaba en mi mesa de trabajo cuando llamó la atención de todo el mundo dando golpes a una olla con un cucharón. Así, con sutilidad.

—A ver, grumetes. Necesito que me escuchéis un momento. Alfonso, tú también. A ver…, ¿estamos todos?

—Falta Rose.

—¡¡Rose!! —vociferó—. Deja de mirarte en el espejo, sigues llevando la raya del ojo igual que cuando saliste de casa.

Rose salió del baño enseñándole el dedo corazón.

—Estaba meando, gilipuertas.

—Vale. Que alguien apague la música que esto es serio. —El soniquete de una canción menstruapop cesó al momento—. Gracias. Quiero compartir con vosotros algo muy importante para mí. Es una información, además, que sé que necesitáis para encajar ciertos comportamientos que probablemente no habéis entendido. Doy gracias porque, a pesar de todo, habéis seguido trabajando sin alimentar dimes y diretes o rumores.

—¿Vendes El Mar? —preguntó Carlos asustado.

—No. —Sonrió Pablo—. Ahora lo necesito más que nunca. Martina, ¿puedes venir?

—No —respondí.

—Martina… —pidió alargando la mano hacia mí.

Todo el mundo contuvo el aliento. Ahí iba, pensaron, la confirmación de que estábamos juntos. Dejé el paño sobre el banco de trabajo y me acerqué a él, que cogió mi mano y la besó antes de entrelazar sus dedos con los míos.

—Martina y yo tenemos que contaros algo que llevamos tiempo tratando de ocultar por diversas razones. La primera es que lo nuestro ha sido complicado. Y la segunda es que no sabemos si esto terminará… como esperamos.

—¡Que vivan los novios! —gritó un iluminado por el fondo.

—Sí y que Dios te guarde la intuición porque lo tuyo es tremendo —se burló Pablo—. No nos casamos.

—No —dije horrorizada.

—¡Oye! —Se quejó mirándome—. A ver, que me descentráis. El tema es que va a empezar a ser evidente y queremos ser los primeros en deciros que…, bueno, estamos a expensas de que la naturaleza siga su curso y no sabemos qué va a pasar porque hay complicaciones pero… la familia de El Mar crece. Vamos a ser padres.

Dos segundos de silencio después de decir algo así, creedme, se hacen eternos. Gracias al cosmos, alguien empezó a aplaudir, se le sumó otro silbando y en menos de nada la cocina era una algarabía total. Todo el mundo vino a darnos la enhorabuena, a preguntarnos si sabíamos el sexo y cuándo nacería. Y yo miraba a Pablo de reojo pensando que él estaba más preparado que yo para ser padre. Y que Carolina no parecía muy contenta, por cierto.

Amaia y Javi volvían de Ikea en el coche de la madre de Amaia. Ella se había emperrado en que quería un perchero de pie y «otras cosas» que es el equivalente a: velas en cantidades ingentes. Javi, que la quiere mucho, accedió a acompañarla porque no pudo encalomarle el marrón a Mario, el nuevo «mejor amigo» de Amaia, que justamente ese día tenía que «hacer cosas». Y todo el mundo lo sabe: si no discutes en Ikea con tu pareja es que eres de otro planeta.

Habían discutido porque Amaia se repantingó en un sofá en la zona de exposición y le dijo a Javi que se sentara a su lado un rato, que tenía los pies como dos botijos por el calor.

—Amaia, odio estos sitios. Vamos a darnos prisa.

Fue el inicio del caos. Que si no quieres pasar tiempo conmigo. Que si ya te has cansado de mí. Que si vas a pedir el traslado a otro hospital para no verme la cara. Que si te has debido cruzar con otro culo que te guste más que el mío. Que si ya tenía razón Sandra.

Y eso a Javi le puso como una moto. Terminaron la discusión en el parking, después de pasearla por la sección de cocina, armarios, sillas de oficina, menaje y textil. Ah, y en el almacén. Él le recriminaba sacar a Sandra (él decía «Sandra de los cojones») cada vez que pasaba cualquier cosa, como si tuviera la clave de lo que más por culo le daba. Él, claro, se sentía culpable por haber mantenido relaciones sexuales consensuadas con la puta compañera de piso de su chica antes de que fuera su chica y, como es un tío normal, sabía que era estúpido tener remordimientos por algo así. Y se cabreaba.

Cuando cerraron el maletero, él cedió y agarrando a Amaia de la cintura le dijo que solo la quería a ella.

—Y no quiero enfadarme, Amaia, pero tienes que dejar de pensar que Sandra tiene razón o que yo estoy con otra porque estoy con quien quiero estar.

—Es que no sé qué te veo en la cara que... no te creo. Eres demasiado guapo para ser fiel y mío.

—Es que no soy tuyo —le respondió—. Comparto la vida contigo, que no es lo mismo.

—Tecnicismos.

Cuando se subieron al coche y ella lo puso en marcha, volvió a sonar en la radio la música latina que más le gustaba en el mundo. Lo tenía todo: salsa, reggeaton, bachata, electrolatino. Y a ella no había nada que le gustara más en el mundo que (y la cito a ella) «la buena mierda». Sonaba entonces «Te robaré», de Prince Joyce, y Amaia canturreaba:

—«Tus padres no me assseptan en casaaaaa y yo no aguanto el deseo de tenerrrrte otra vessss. Tus carisiiias y tu cuerrrpo me llaaaman... ¡Ay! No, no, no lo pensaré, por tu ventaaana yo entraaaré».

—Por el amor de Dios —musitó Javi.

—¡¡Ves cómo no me aguantas!! ¡No puedo ni cantar!

—Amaia, me quejo de la canción, no de ti.

—¿Y se puede saber qué le pasa a la canción?

Javi hizo un gesto de desesperación y señaló el altavoz del que salía la música.

—Amor —dijo ella muy decidida—, no se puede ser tan rotundo. Que Platero estará genial, pero Prince Joyce es el príncipe de la bachata y lo sabe todo el mundo.

—Lo que me gusta es Placebo, no Platero. Y no he entendido ni una palabra de lo que has dicho después.

—Mira..., el rey de la bachata es Romeo Santos, eso lo sabe todo el mundo. Pero Prince Joyce le pisa los talones. Es el príncipe. Pero ¡mira, qué letra más bonita, por Dios, amor! «Tú eres quien a mí me hassse soñar, tú eres quien a mí me hassse palpitar…, tú eres quien a mí me tiene looocoooo».

—Pues a mí me suena a que lo que quiere es triscársela.

—Bueno, ¿es que eso no es parte del juego? —Él la miró de reojo y se encogió de hombros—. Lo que no puedes discutirme es que el reggeaton, el electrolatino, la bachata…, todas estas canciones, son las que de verdad hablan del amor tal y como es. Porque cuando tú estás de verdad loco por alguien lo que quieres es…, mira, como dice Prince, «en tu cama yo te lo haré». Te arde la patata morena de ganas. Y es amor también. ¿O tú no me querías esta mañana?

—Sí —respondió Javi mirando por la ventanilla y disimulando media sonrisita.

—Pues esta mañana, colega, me has dado pollazos hasta en el carnet de identidad.

—Amaia… —Se rio—. Por Dios.

—No hay nada en el mundo como la bachata para hablar con sinceridad de sentimientos, Javi. Si me contaras las cosas que sientes por mí como lo hacen en estas canciones, seguro que te creería.

—No me creerías ni tatuándome tu cara en la espalda —bromeó él.

—Eso no es verdad.

—Amaia, tú no te crees que te voy a querer siempre y punto.

—Es que nadie sabe si me vas a querer siempre, Javi.

—Yo. Porque te quiero tanto que hasta si un día no te quiero, te querré.

Ella chasqueó la lengua contra el paladar y adelantó a un coche.

—Esas mierdas no te van.

—Pues déjame que lo intente a lo James Joyce —se burló Javi.

—Es Prince Joyce. James es el escritor, gilipollas.

—Amaia, quiero ponerte a cuatro patas con amor y metértela por el culo hasta que seamos viejos y no se me levante.

Le atizó en el brazo despegando los ojos de la carretera un segundo.

—¡¡Serás imbécil!! ¿Por el culo? ¡¡Ni el bigote de una gamba!! Y no utilices el nombre de la bachata en vano.

—Acéptalo, Amaia. Podría traerte al rey, al príncipe y la corte real de la bachata a cantar bajo tu ventana y seguirías pensando que me voy a ir con la primera que se me restriegue.

Ella consideró la idea y entonces abrió la boca y, sencillamente, habló. Fue Amaia con toda naturalidad.

—Podríamos casarnos.

Javi giró la cabeza hacia ella despacio…, despacio…, despacio.

—¿Perdona?

—Que podríamos casarnos.

—¿Qué? —Una nota de histeria e incomprensión tiñó la voz de Javi.

—Así seguro que me lo creía.

—No puedes estar hablando en serio. —Se tapó la cara con las manos.

—Uy, chico. Tú preguntas y yo respondo.

—¡¡No puedes estar hablando en serio, Amaia, joder!! Ella lo miró sorprendida por el estallido.

—¿¡Ves!? Lo que gritan son tus cojones, que están intentando salir por la boca.

—¿Qué cojones ni qué niño muerto? ¡¡Amaia!! ¡No puedes hacer eso!

—¿Hacer qué? ¿Pedirte matrimonio? —Se descojonó.

—No. Y no me hace ninguna gracia.

—Pero ¡¡¿qué te pasa, joder?!! ¡Es una broma!

—¿Sabes qué me pasa? Que siempre haces estas cosas…, sueltas eso, así, «de broma», y diga lo que diga, soy yo el hijo de perra que queda mal. Si te digo que no, ya tienes material para demonizarme y huir en dirección contraria que, admítelo, es de lo que tienes ganas.

—¿Qué dices?

—Digo que eres una cobarde, Amaia. ¿Y si digo que sí? «Oh, sí, mi amor, vamos a casarnos después de esta larga relación de… ¿dos, tres meses?». ¿Sabes qué pasaría? ¡¡¡Que el loco sería yo!!!

—El loco eres tú de todas las maneras. Mira cómo te has puesto por una broma, joder.

Javi tragó saliva y palabras que no quería decir y se puso a mirar por la ventanilla.

—¿No vas a hablarme?

—No. Déjame por donde puedas.

—No seas crío.

—Te pediría lo mismo pero no sé si te estaría pidiendo ir contra natura.

—¡¡Joder, Javi, perdón!! ¡¡No sabía que la idea de casarte conmigo te iba a poner así!!

—Vale. Para el coche.

—No voy a parar.

Cruzaban la zona de Conde de Casal y el semáforo se puso en rojo. Amaia maldijo entre dientes y aunque intentó saltárselo, el coche de delante frenó. Javi cogió sus cosas del asiento de detrás y abrió la puerta.

—Javi…, Javi…, ¡¡puedes hacer el favor de quedarte!!

—No quiero gritarte, Amaia. Y estoy enfadado.

—Pero ¡¡¿por qué?!!

—Porque no te tomas en serio esta relación. Yo lo estoy dando todo y no me parece justo.

Salió del coche, cerró con un portazo y cruzó por delante del coche hacia la parada de metro. Ella le siguió con los ojos y notó que le pesaba algo en el pecho. En el fondo, estaba segura de que no habría nada en el mundo que le hiciera sentir que lo de Javi y ella era para siempre. Se había preparado concienzudamente para estar alerta y que una ruptura no la pillara enamorada y con la guardia baja. Enamorada ya estaba, pero podía evitar ser una tonta.

La bocina del coche de atrás le avisó de que el semáforo ya se había puesto en verde.

Sandra se había prometido a sí misma que «sábado, sabadete..., a Íñigo le obligo a que me eche un polvete». El sexo con él nunca había sido como se supone que debe ser. O más bien como sale en las películas románticas, en plan éxtasis teresiano. Le daba gusto y eso pero... nada mágico. Y si no podía tener magia, al menos tendría mucho sexo. Se compró un conjunto de putilla, invitó a Íñigo a cenar algo por ahí, le sirvió más vino que de costumbre y después se lo llevó a rastras a casa donde, haciendo de tripas corazón, tomó la iniciativa sexual en busca de que él perdiera los papeles o, al menos, algunos tabús.

Pablo bostezó con ganas en el autobús.

—¿Estás cansado?

—Buff. Reventado. —Se frotó los ojos y dejó la frente apoyada en el asiento de delante—. Me levanté antes de que se pusieran las calles.

—¿Y eso?

—Ah, nada. Cosas que hacer. Mañana te cuento.

Le lancé una mirada de desconfianza que él contestó con una sonrisa de reojo. Me levanté cuando anunciaron la parada de mi casa y Pablo cogió su mochila y me siguió. Hacía un calor bastante agobiante a pesar de no haber llegado todavía el mes de julio.

—Pablo, ¿El Mar está cerrado del 1 de agosto al 31, no?

—Sí. Abrimos el 1 de septiembre, que es martes.

—¿Tienes planes para ese mes?

—Bueno, he pensado que podríamos... pasarlo en casa. En la mía, quiero decir. Los dos.

Bajó del autobús y me dio la mano para ayudarme. Sonreí y no solté su mano mientras andábamos; era una sensación placentera.

—Me refería a si saldrías de viaje. Yo no..., bueno, que...

—Martina, mis únicos planes son contigo. Con vosotros. Ays..., el amor.

Al salir del ascensor nos sorprendió un sonido estridente; Pablo arqueó una ceja y me pidió las llaves de casa. Se escuchaba mucho movimiento dentro.

—¿Iban a hacer fiesta o algo?

—No. Que yo sepa las dos tenían plan fuera.

Abrió cauto y se asomó. Todo estaba a oscuras. Pusimos la oreja.

—Ah..., ah..., más. Joder. Más fuerte.

Pablo se giró hacia mí sorprendido.

—¿Amaia?

—No. Esa es Sandra.

Los dos nos echamos a reír y cerramos la puerta con cuidado. Él fue a la cocina a dejar algunas cosas que nos habíamos traído de El Mar para el resto del fin de semana y yo me aventuré a la habitación de Amaia. Al abrir me la encontré con los cascos puestos, tumbada en la cama y con un pie en la ventana. Le hice un gesto y se quitó uno de los auriculares.

—¿Has oído eso?

—¿Que si lo he oído? Lleva desde que he llegado. Paran y vuelven a empezar. Lo tiene que tener como el culo de un mandril.

—Joder con Íñigo.

—Ya sabes. Las reconciliaciones.

Me reí y le di un beso de buenas noches.

—Adiós, gordi. —Acarició mi tripa.

Cerré la puerta de su cuarto y antes de poder dar ni un paso, otra explosión procedente de la habitación de Sandra me pilló.

—Por favor…, fóllame más fuerte. Por donde quieras, joder.

Pablo se asomó desde la cocina con los ojos de par en par y las aletas de la nariz hinchadas.

—*Excuse me?* ¿Acaba de decir, «Por donde quieras»?

—¿Qué pasa? ¿Quieres entrar y apuntarte?

—Ohm…, no. Soy más de duetos que de coros.

—Voy a ponerme el pijama.

No necesitaba más estímulo exterior, gracias. Era como decidir ponerte una película porno para pasar el rato cuando tienes un calentón.

Estaba lavándome los dientes cuando Pablo entró en la habitación.

—Y yo que pensaba que Sandra era de las que lo hacen siempre en postura del misionero y con la luz apagada.

—Ha despertado a la vida. Es como una adolescente de treinta años. —Me reí y escupí la espuma. Él entró y me enseñó su cepillo de dientes—. Conque esas cosas son las que escondes en tu misteriosa mochila…

—Y ropa limpia. —Sonrió como un bendito—. He pensado que mañana podríamos acercarnos a ver a tus padres.

Arrugué el labio.

—¿En serio?

Era un tema que ya habíamos hablado, pero nunca encontraba el momento perfecto.

—Martina…, ya se te nota. Les va a sentar fatal que se lo escondas más —dicho esto empezó a frotarse los dientes con el cepillo con vehemencia.

—Joder…, vale. Pero tú callado. Asientes y ya está.

Dijo que sí con la cabeza y la boca llena de espuma.

—¡¡Me corro!! ¡¡Me corro!! No pares. Más fuerte. Méteme… el… dedo…

Pablo se descojonó, manchándolo todo de pasta de dientes.

—¡Joder con Sandrita! ¡¡Méteme el dedo!! —Se partió de risa—. Ya le diré yo que no esperaba que le gustasen los tactos rectales.

—No te hagas ahora el sorprendido, que a ti también te gustan. —Le guiñé un ojo y cogí la crema hidratante para untarme la tripa.

—Hacerlos no recibirlos, que conste. —Se enjuagó—. Pero que baje los decibelios, ¿no? Que no se come delante de los pobres.

—¿Es una queja?

—Quizá. —Me guiñó un ojo y me quitó la crema de las manos—. ¿Puedo ponértela yo?

—¿Y eso? —Fruncí el ceño.

—Parece relajante.

Ja. Relajante parece que te hagan un masaje o la visión de un spa, pero ponerse crema en la tripa para evitar las estrías…, no sé yo. ¿A alguien más le parece que quería una excusa para tocarme? A ver…, veo muchas manos levantadas, bien. Estamos de acuerdo. Y ahora que estamos entre chicas…, yo lo agradecí, porque me apetecía. Me apetecía follar como locos, como antes del embarazo. Sin miedo a darle pollazos en la frente al bebé. En fin.

Terminó de lavarse los dientes y se dejó caer en el borde de la cama conmigo entre sus piernas abiertas. Echó una pequeña cantidad en la palma de su mano y me miró interrogante.

—Un poco más.

—¿Así?

—Sí.

Dejó la crema a su lado en la cama.

—Ahhh. Ahhh. Ahhh… —gritó Sandra.

—¿Estamos seguros de que no la está matando? —se burló.

Me levanté la camiseta y dejé mi vientre a la vista. Él lo acarició esparciendo la crema sobre la piel. Sandra se calló. La casa volvió a su estado natural nocturno…, un delicioso silencio.

—Quizá podríamos aprovechar mañana para acercarnos a casa de mis padres también —susurró concentrado en lo que hacía.

—Matar dos pájaros de un tiro.

—Sí. Algo así. ¿Estás bien? —Levantó la mirada hasta mi cara.

—Sí.

—¿Aprieto mucho?

—No.

Le miré desde allí arriba y sonreí. Tenía el ceño fruncido, concentrado. Me devolvió la mirada; sus ojos verdes brillaban muy oscuros bajo la luz tenue de las mesitas de noche. Él sonrió conformado, besó la parte baja de mi vientre, por donde empezaba a redondearse y me sentó en una de sus rodillas, como si fuese papá Noel y yo fuera a pedirle regalitos. Pero no más, por fi, ya llevaba uno dentro. Su mano siguió moviéndose en círculos por debajo de la tela de mi camiseta de pijama. La crema estaba fresquita, su mano caliente y mi piel… ardía. De ganas, sobre todo. Nos miramos y sonreímos. Pablo miró mis labios.

—Estás preciosa. Brillas.

—Dicen que las embarazadas tenemos una piel más luminosa —me burlé.

—Dicen muchas cosas de las embarazadas.

El tono de su voz ya no era el mismo con el que antes hablaba de ir a ver a sus padres. Había bajado unas octavas, era oscuro, contenido.

—¿Cómo qué? —pregunté—. ¿Se nos corta la mayonesa también?

—Eso no lo recogen los libros. —Sonrió y sujetó la tela de mi camiseta para que se mantuviera subida.

—¿Entonces?

—Dicen que tenéis las digestiones muy pesadas. —No me miraba mientras hablaba, tenía los ojos clavados en mi tripa brillante—. Y que a veces dormís muy mal, sobre todo durante el último trimestre. Pasan cosas increíbles dentro de vuestro cuerpo.

Sus labios se apoyaron en mi hombro y lo besó. Un cosquilleo muy adolescente acompañó el gesto llevando la sensación a una parte mucho más íntima. Reprimí un gemidito y él levantó la mirada hacia mi cara.

—Y durante el segundo trimestre se produce una congestión vascular que hace que llegue más cantidad de sangre a los vasos sanguíneos pélvicos, por lo que hay una mayor sensibilidad y... mayor excitación sexual.

—¿Eso dicen?

Asintió. Bajó la mirada hacia mi tripa y volvió a mirar mis labios después, mientras se mordía el suyo.

—Pero la actividad sexual está desaconsejada en caso de embarazos de riesgo. —Se encogió de hombros—. Al parecer el... —carraspeó tratando de sonar serio y profesional—, el semen, tiene un componente que puede reblandecer el cuello del útero y provocar el parto prematuro...

—Cuánto sabes... —susurré.

—Leo mucho sobre el tema.

—¿Y qué más dicen? —Le provoqué.

—Uhm..., que recomiendan otras prácticas sexuales..., el sexo oral o anal..., la masturbación. En caso de embarazos avanzados hay que tener cuidado porque el orgasmo puede provocar contracciones y...

Me acerqué a su boca y paré el movimiento de su mano sobre mi vientre.

—Ya no queda crema que extender.

—Joder. —Cerró los ojos—. Estoy fatal. Hasta eso me ha sonado sucio.

Me levanté de su rodilla para dejar la crema en el cuarto de baño, pero él volvió a sentarme en la misma posición.

—Martina…, contéstame a una pregunta. ¿Por qué no quieres que hablemos lo de vivir juntos?

Solo me salió contestar un estúpido:

—Eh…

Pablo me apartó un mechón que escapaba de mi pelo recogido y aclaró:

—Te he estado dando tiempo; sé que lo necesitamos, pero...

—¿Tú qué quieres? —le pregunté.

—Yo a ti —respondió con sencillez—. Pero sobre todo que seas feliz. El cómo ayudar a que lo seas a veces se me escapa.

Y lo que más me gustó no fue que me dijera que me quería a mí, sino la diferencia que marcó con el resto de los hombres al decir «ayudar a que lo seas». Pablo sabía que no había más responsable de mi felicidad que yo misma, pero se hacía cargo de que querer andar a mi lado era compartir el empeño por ser feliz. Sonreí. Creo que nunca he sonreído a nadie como lo hice desde el primer día con él. Pablo era especial. Siempre destacó entre todos lo demás porque, no me cansaré de decirlo: Pablo tenía un alma de artista que brillaba.

Al ver mi sonrisa se contagió de ella y se acercó un poco a mis labios, como pidiendo permiso. Yo misma me acerqué para besarle. Me recibió su boca entreabierta y el tacto de sus dedos en mi espalda y en mi mejilla. Un beso dulce y algo húmedo que me dejó con ganas de más. Abrí mi boca y dejé que la lengua le saboreara. Emitió un gruñido contenido antes de que su lengua siguiera a la mía, pero cuando las venas empezaron a palpitar, él se apartó. Le acaricié la cara y él hizo lo mismo con mi espalda y mi muslo. En nuestro silencio entraron los sonidos de cualquier noche. Abajo, en La Riviera, un montón de gente joven bebía en corrillos, haciendo botellón. Se escuchaban algunas risotadas y el rumor de un millón de conversaciones. El tráfico de la calle también. El zumbido de una de las farolas, el crujir de la casa y hasta la respiración sosegada de Pablo. Un suspiro hondo al otro lado del pasillo.

—Creo que Sandra se está preparando para la siguiente secuencia —me burlé.

—Pues si empieza otra vez vas a tener que atarme.

—¿Por qué?

—¿Cómo que por qué? —Se rio—. ¿Voy a tener que explicártelo?

—Sí —respondí tajante.

—A ver… —Y su sonrisa volvía a ser burlona, segura de sí misma, viva…, como la del Pablo que me obligaba a beber a morro de una botella de tequila—. Yo no estoy bombeando más sangre hacia los vasos pélvicos, pero empiezo a notar…, uhm, ¿cómo decirlo? Bombeo de vasos sanguíneos en otra parte.

Me reí y él hizo lo mismo.

—Te confieso una cosa si no te ríes.

—Me voy a reír —dije con honestidad.

—No. No te rías. En serio… —Hizo un mohín—. Cuando lo…, ¿lo dejamos? No sé cómo catalogar aquello. Bueno, cuando te marchaste, te echaba tanto de menos que…, bueno, la imaginación empezó a quedárseme un poco pequeña y eché mano del porno. Y… —Se rio y se frotó los ojos—. Dios, no sé por qué estoy a punto de contarte esto.

—¿Y qué?

—Encontré un vídeo con una chica morena que… digamos que te tenía un aire.

—¿Y?

—Lo tengo en favoritos en el ordenador.

Lancé una carcajada y él me llamó bruja. Se movió incómodo y yo miré hacia su regazo, donde se marcaba una erección.

—Uhm.

—¿Uhm, qué?

—Que la tienes dura —respondí.

—Sí. —Se mordió el labio—. Pero ignórala.

—¿Por qué iba a hacerlo?

Me miró con el ceño fruncido y expresión de no terminar de entenderme hasta que le acaricié por encima del pantalón sin demasiado protocolo. Cerró los ojos.

—Pequeña…, esta noche me conformo con dormir a tu lado, de verdad. No quiero que mi…, eh…, mi apetito… mande. Estás, bueno, estás embarazada y debes estar cansada.

—Entonces mañana tendrías que dejarme en casa pronto para ir a encontrarte con la morena de tu ordenador.

—Sí —asintió con los ojos aún cerrados.

—¿Qué sentido tiene si estoy aquí?

Abrió los ojos con gesto avergonzado.

—No quiero emocionarme y haceros daño. No es momento de pensar con…

—La polla.

—Exacto. —Me quitó la mano de su bragueta, hizo una mueca y me instó a levantarme—. Tengo que ponerme el pijama.

El chocar de la hebilla de su cinturón recorrió la habitación rebotando en las paredes cuando se quitó los calcetines sin deshacerse del pantalón. No podía dejar de mirarlo. Su espalda tersa. Los músculos moviéndose bajo su piel. Sus brazos firmes. Ese gesto con el que se quitaba el vaquero.

—Hace calor. ¿En serio te vas a poner pijama?

—Bueno, lo diré de otra manera: voy a poner barreras textiles entre nosotros —dijo girándose con una sonrisa espectacular.

Me acerqué y besé la piel de su espalda. Olía a él, a su ropa, a la cocina de El Mar…

—Pablo… —Mi mano se deslizó por su estómago desnudo en dirección descendente, pero él la paró—. Yo también quiero.

—No me has entendido. No quiero correrme y aliviar la tensión. Yo quiero hacer el amor con mi pequeña. Pero son semanas complicadas. Esperemos un poco a que se asiente. Me da miedo.

Fue a esquivarme de camino a la cama, pero agarré su muñeca. En el dorso lucía, negra y minimalista, la ola que nos habíamos tatuado meses atrás. Me hizo gracia pensar que entonces no teníamos ni idea de lo que nos esperaba a la vuelta de la esquina, todo lo que estallaría en el horizonte con nuestras manos como detonante. Y ahora me hace gracia pensar lo poco que sabía entonces de él y de mí misma.

—Pablo, te voy a enseñar cosas que no sabes del amor.

Sonrió y abrió la boca para contestar, pero yo tiré de mi camiseta hacia arriba.

—El amor puede hacerse con los ojos —le dije.

Pablo dejó escapar un poco de aire de entre sus labios húmedos. Después repasó mi piel con la mirada, barriendo cada rincón hasta hacerme cosquillas. Me quité los pantaloncitos con seguridad y me puse de puntillas para besarle. Era la mejor bailarina del mundo porque todos los besos se los daba de puntillas. Lo hice en la comisura de su boca y su instinto le empujó a encajar sus labios a los míos. Primero presionamos con suavidad y después nuestras bocas fueron abriéndose despacio. Su lengua fue la primera en aventurarse a jugar. Gemimos cuando el sabor de la saliva del otro invadió nuestros paladares; lancé los brazos alrededor de su cuello y me levantó de un impulso hasta rodearle con las piernas.

—Cuidado —dijo.

Se dejó caer sobre el colchón despacio y después se tumbó conmigo, mientras nos besábamos. Dios, Pablo..., jodida fuerza de la naturaleza. Mis dedos se internaron en su pelo y tiré un poco de él.

—Para —me pidió sin poder separarse de mi boca—. Si se puede hacer con los ojos, déjame mirarte.

—El amor puede hacerse con las manos.

Cogí su mano derecha y la metí dentro del elástico de mis braguitas. Jadeó cuando me notó húmeda. Su sola cercanía me preparaba. Eso o el maldito bombeo de sangre hacia mis vasos pélvicos. Metí mi mano dentro de su ropa interior y agarré su erección para agitarla con suavidad. Era una postura incómoda, pero temía quitarme de encima de él por si le cedía el mando y él estimaba que era mejor parar. Yo no quería que parara. Ni siquiera quería salir de aquella habitación ni que pasara el tiempo. Sin embargo Pablo se incorporó y me obligó a tumbarme a su lado; cuando creí que ahí venía el discurso con todas las razones por las que era mejor parar, besó mi cuello, mis clavículas y se hundió entre mis pechos con cuidado de no apoyar parte de su peso en mi vientre.

—¿Así mejor?

Asentí. Metió la mano dentro de mis braguitas de nuevo y yo lo hice adentrándome en su ropa interior. Los dos gemimos y sonreímos. Su mano se aceleró, frotándome con el dedo corazón.

—Aún no sé cómo te gusta más —dijo avergonzado.

—Me gustas más dentro.

—En realidad ya lo estoy.

Levantó la cara y nos besamos. Nos besamos como debíamos hacerlo. Con la confianza del que quiere formar parte del otro. Con la ilusión del proyecto que éramos. Fue un beso que nos llenaba las bocas, que se escapaba por las comisuras de nuestros labios, como los jadeos extasiados. Agarré su polla con más firmeza y la agité con fuerza.

—Si vuelves a hacerlo, me corro —murmuró.

—Shhh…, espera. Porque el amor también puede hacerse con las bocas.

Me puse de rodillas en la cama, tiré de su bóxer hacia los tobillos y lo lancé volando sin importar dónde caía. Después la agarré y la acerqué a mis labios. La besé. La engullí. Y él gimió tan alto como antes lo había hecho Sandra. Pero nos dio igual. Sus puños agarraron la sábana y la arrugaron con fuerza; sus caderas se movían solas en busca de mi garganta y un sabor salado y sexual colonizaba el paladar. Sabor a sexo.

No iba a durar mucho, llevábamos un par de semanas bastante flojos con el sexo. Agarró la goma con la que sujetaba mi moño, tiró de ella y lo desmontó para después apartar con sus manos mi pelo. Gimió.

—Me corro, pequeña. Déjame que lo haga encima de ti. —Negué con la cabeza—. Por favor.

Pablo cerró los ojos y empezó a abandonarse a las sensaciones, pero cuando noté que palpitaba lo dejé salir de mi boca y me tumbé frente a él. No se hizo de rogar y se colocó de rodillas entre mis piernas a la vez que se agarraba con firmeza y se acariciaba de nuevo. Antes de que una lluvia de gotas perladas y densas me cayera encima, lo empujé con mis talones hasta que cedió y se tumbó sosteniendo su peso con los brazos. Yo misma introduje su erección húmeda y dura dentro de mí. Gruñimos. Entró y salió. Paró, como pidiéndose calma y sangre fría, pero bombeó de nuevo. Tiró de mí y me levantó de la cama.

—Ponte encima.

—Te quiero encima a ti —gemí.

Y a él esa Martina desbordada, cachonda y gimiente le gustaba. Mucho. Así que me arqueó, acatando mi petición y me penetró de nuevo, dejando escapar uno de sus gruñidos. Mi interior volvió a acogerlo suave y húmedo y en menos de cinco empujones, se aferró a él y convulsioné.

—Me corro. Me corro, cariño —gemí—. No pares. No pares.

Se recostó sobre mí dejando que mis dedos se enredaran entre los mechones agradecidos de su pelo y mis pies se apoyaron en sus muslos. Me apreté tanto a él que se corrió poco después sobre mi piel.

No descansó. Solo pasó la mano sobre mi vientre repartiendo su orgasmo por mi piel y se hundió entre mis piernas, buscando con sus labios, su lengua y sus dientes, todo aquel pedazo de piel que me produjera placer. Y para cuando me corrí de nuevo, a los dos nos había quedado claro que el amor puede hacerse con los ojos, las manos, los labios y el sexo.

34

Pablo se metió en el coche y se puso el cinturón, pero no arrancó. Por el contrario, se giró y me miró con el ceño fruncido.

—Esto sí que no me lo esperaba.

Acabábamos de salir de casa de mis padres y todo había sido tan raro como me imaginaba. Yo conozco a mis padres y a mis hermanos; me he criado con ellos. Y por algo soy como soy, ¿no? Dicen por ahí que hijos de gatos, mininos.

Nos recibieron con extrañeza. Les dije que no podíamos quedarnos a comer, pero mi madre preparó un aperitivo. Pablo se había puesto una camiseta de algodón de rayas azul marino y blancas y unos vaqueros ligeramente menos ceñidos. Parecía uno de esos chicos «normales» sin estilo definido…, vamos, que no parecía EL HIPSTER que en realidad era. Eso hubiera inquietado a mis padres, no por nada, sino porque probablemente no sabrían encasillarlo y catalogarlo tras su análisis.

Al principio fue normal, supongo. Mi padre me preguntó por el trabajo y por décima vez si había terminado ya el curso de repostería. Mi madre, por su parte, quería saber si llevábamos mucho tiempo saliendo juntos.

—No soy muy amiga de que me presenten a todos sus novios. —Hizo una mueca.

¿Comprendéis ya por qué soy como soy?

—Espero no ser «uno de sus novios» —contestó hábil Pablo.

Retrasé cuanto pude el tema a tratar; él estaba totalmente alucinado de que nadie hubiera notado mis cambios físicos. Y que nadie se extrañara de que llevara sin visitarles tanto tiempo. Tenía permanentemente la ceja izquierda arqueada, como en una eterna pregunta. Pero es que en mi familia somos así: extrañamente despistados e independientes.

Lo solté con todo el protocolo que pude. Conté, sin dar detalles ni hablar de sentimientos, que lo nuestro siempre había sido muy intenso y que quizá por eso habíamos corrido más de la cuenta. O nos habíamos corrido más de la cuenta, apuntaría Amaia de haber estado allí. Mis padres nos miraban cerveza en mano como si estuviéramos locos, mi hermana miraba a Pablo sin saber si lo que veía le gustaba o no y mi hermano pasaba de todo.

—Estamos esperando un bebé.

Y cuando Pablo ya esperaba los gritos o algún guantazo, se escuchó un simple «oh» compartido, seguido de mucho silencio. En respuesta, él me cogió la mano y apretó sus dedos entre los míos, como si en realidad estuviera asustado.

—Perdona —dijo mi madre con mucho protocolo—. No nos lo esperábamos.

—Nosotros tampoco —confesó Pablo.

—¿Estás feliz? —preguntó mi hermana confusa.

—Supongo que ahora ya sí.

—Nunca creímos que llegaras a ser madre.

—Aún no lo soy.

Y todos me comprendieron con gesto circunspecto. Pablo miraba alrededor sin dar crédito.

—¿Y cómo fue lo vuestro? —preguntó mi hermana—. Todo muy rápido, ¿no?

Me quedé mirando a Pablo. Era mejor que fuera él quien contestara aquella pregunta. A mí esas cosas no se me daban bien y seguramente diría algo poco apropiado como «no me acuerdo, fue un mes de beber mucho tequila». Él asumió que mi silencio y mi mirada le pasaban el testigo y tras coger aire dijo:

—La vi. Poco más que contar.

Dos palabras: la vi. Como si todas las palabras de amor del mundo pudieran caber dentro de dos y rendirles pleitesía de por vida. Como si entendiese los miedos y las faltas de mi alma. Como si yo nunca más tuviera que sentir que este mundo no estaba hecho a medida de mi torpeza. Como si Martina no fuera de otra raza que no tiene iguales. Él me vio. Y yo lo vi a él.

Es curioso que todo lo que esperamos escuchar en boca del amor de nuestras vidas se resuma en dos palabras que no sean «te quiero». Te quiero al final no es más que algo que nos enseñan que hay que decir. Es la forma verbal de un convencionalismo social. Los sentimientos se resisten a caber en palabras. Son como niños a los que se les obliga a ponerse zapatos. Al final las palabras se caen y se pierden. Envejecen. Nosotros crecemos y ellas se quedan ancladas en el tiempo y, aunque muchos crean que los años no les afectan y se agarren a su recuerdo, las palabras viven solamente lo que se tarda en pronunciarlas. Y como pasa con las imágenes, lo que queda es el fantasma impregnado en el recuerdo de un sentido.

—¿Qué no te esperabas? —le pregunté con una sonrisa, poniéndome yo también el cinturón.

—Que lo aceptaran y ya está. Que entendieran que tienes una vida adulta que no depende de ellos. Que no te echaran en cara no ir más a verles ni mencionaran el hecho de que…, hola, te quedaste embarazada después de «un largo mes» de noviazgo. ¿Sabes lo que me ha dicho tu padre cuando le he pedido disculpas por si «había acaparado demasiado tu tiempo»? Que eres como un conejito asustadizo que se acerca cuando cree conveniente y que ellos no quieren atosigar. Que eres libre.

—¿Y qué es lo que te extraña? Tengo treinta años.

—Pero no dejas de ser su hija por más años que cumplas. Tus padres, Martina, mi amor…, son unos *hippies*.

Y yo me reí a carcajadas, porque eran un poco *cyborgs*, pero nunca me había planteado que fueran unos *hippies*.

Sus padres vivían bastante lejos, por eso habíamos ido a por su coche de buena mañana. Una mañana que pasamos devolviéndonos sonrisitas tímidas y coquetas, recordando que nos habíamos despertado desnudos y abrazados y que mis sábanas volvían a estar listas para un viaje al mundo del agua y el detergente. Y estábamos a más de mitad de camino cuando Amaia me llamó.

—Hola, gordi.

Me extrañó que no preguntase dónde estaba, con quién, cuándo pensaba volver, si Pablo y yo habíamos sido los que gemíamos después del festival del amor de Sandra, si me encontraba bien o si quería que matara a alguien inyectándole aire en pro de mi honor.

—¿Qué ha pasado?

Pablo movió la cabeza divertido.

—Lo que no pase en tu casa…

—Tengo a Javi de morros.

—¿Y eso?

—Le pedí matrimonio ayer a ritmo de bachata y no sé por qué le sentó fatal.

—¿Por qué no me lo contaste anoche? —pregunté sorprendida.

—Era tarde y estaba escuchando bachata.

Me tapé los ojos. En el reparto, Dios, que tiene un sentido del humor muy ácido, consideró que mi falta de pasión por las pequeñas cosas de la vida debía ser compensada con dos mejores amigas recién salidas del frenopático.

—Uhm…, esto…, ¿podemos hablar esta tarde? Tengo cosas que hacer.

—¿Qué cosas que hacer? No te hagas la interesante.

—Cosas de preñada —me quejé.

—Bueno, vuelve pronto. Quiero preguntarle a Sandra a qué santo venía el despliegue sexual de anoche y te quiero de testigo.

Cuando colgué, Pablo desvió los ojos de la carretera para preguntarme si todo iba bien. Con esa camiseta y las malditas gafas de sol…, joder. Estaba tan guapo… y supongo que en el fondo no lo estaba. Pablo es un chico con una belleza poco común. Ojos muy verdes, casi demasiado. Nariz algo ancha en la punta. Una boca de formas suaves. Las cejas desordenadas. La forma angulosa de su cara. Su piel casi imberbe. Supongo que o te encanta o lo aborreces. Y a mí me encantaba.

—Todo bien —le respondí.

Aparcamos en la puerta de una casita con una valla de ladrillo rojizo y setos verdes muy mal podados. La puerta estaba abierta y entramos, él con paso decidido y yo siguiéndole no tan segura. Nos encontramos con una mujer fumando un cigarrillo en la cocina, pero lo apagó inmediatamente cuando lo vio entrar.

—Hola, Pablo.

—Hola, mamá. Martina, ella es Ángela, mi madre. ¿Y papá?

Ángela era una mujer pequeña, con cara de saber demasiado para ser la madre de tu pareja. Tenía la piel surcada de arrugas de las que cuentan historias y unos ojos verde claro que recordaban a los de su hijo, aunque apagados por la edad. El pelo, plagado de hebras plateadas, era prácticamente gris y lo tenía apartado de la cara con una diadema sencilla de color granate. Colgando de su cuello, unas gafas de vista que no le estaban haciendo falta para estudiarme. No sabía dónde meterme.

Un hombre de unos sesenta y muchos entró en la cocina con una sonrisa, rompiendo el silencio tenso.

—Hola, hijo —saludó.

Se dieron un beso en la mejilla. Su padre era grande, alto y fornido (por no decir fondón). El poco pelo que le quedaba era blanco y tenía unos ojillos pequeños y risueños. No se le parecía en nada… hasta que sonrió y en sus mejillas aparecieron dos hoyuelos.

—Mamá, ¿puedes darme una bayeta y un cubo de agua?

—¿Para qué?

—Martina vomitó un poco llegando. —Dibujó una sonrisa de lado dirigida a mí—. Nada que no solucione en cinco minutos.

—Deja que lo haga yo —le pedí.

—Toma, hijo. —Su padre se puso a rebuscar en el armario que quedaba bajo el fregadero.

—Mamá, ¿podrías decirle a Martina dónde está el baño? Querrá lavarse la cara.

Entrada triunfal, sí señor.

No voy a negarlo: la señora que me indicó el aseo me pareció sumamente seca. Hasta un pelín desagradable. No hizo ni dijo nada fuera de tono, pero su manera de mirarme me dejaba muy claro que no le hacía ninguna ilusión estar a punto de conocer a la mujer que iba a hacerla abuela. Y yo que me esperaba al equivalente español de la esposa de Papá Noel…

Me tomé mi tiempo dentro del aseo y me lavé la cara, me enjuagué la boca como pude y me refresqué la nuca. Después me senté sobre la tapa del retrete y pensé que conocer a los padres de Fernando tampoco fue fácil. Yo tenía veinte años y él treinta y dos; creyeron que yo era una niñata aprovechada y yo que ellos serían unos suegros insufribles, pero no fue así en ninguno de los dos casos. Tenía que aprender de los años y de la experiencia. Yo ya no era una niña de veinte años enamorada de su profesor; era una mujer de treinta que iba a conocer a los padres del hombre con el que iba a ser madre. Ninguno de nosotros estábamos en nuestra zona de confort, pero para eso pasan los años, para que sepamos desenvolvernos tanto dentro como fuera de esta. Además, una mujer que leía a sus hijos cuentos de Chéjov cuando eran pequeños, una mujer que había criado a un hombre que respetaba a las mujeres como lo hacía Pablo, no podía ser tan mala.

Salí del baño y me encaminé por el pasillo de vuelta a la cocina por donde habíamos entrado, pero me llamaron la atención, dentro del luminoso espacio, los dibujos que había colgados por todas partes. Me acerqué a uno. Abajo, en una cartela discreta dentro del mismo marco rezaba: «Jaime, 4 años». Jaime debía de ser el hermano de Pablo. Había de todo: casitas en medio del campo, animales con dos mil patas, soles, lunas, estrellas, nombres… y todo iba haciéndose un poco más laborioso en cada nuevo dibujo que descubría, a medida que crecía la edad de los niños que los dibujaron. En casi todos los de Pablo, como una vez me contó, predominaban los malvas, naranjas y negros, como dominaban estos en el recuerdo que tenía del atardecer más impresionante que recordaba.

También había entradas de conciertos, billetes de avión, fotografías y cartas. «Pablo, 22 años»: «A veces me siento un fraude. A veces creo que todo lo bueno que he conseguido hacer con mis manos ha sido por casualidad. A veces no sé si el Pablo que la gente cree conocer, existe».

Mi Pablo.

Sonreí sin darme cuenta delante de una fotografía en blanco y negro de él sosteniendo una cámara de fotos a la altura de su cara. Solo se adivinaba uno de sus ojos, sus inconfundibles greñas y sus manos, que entonces aún no llevaban anillos. Debió de hacérsela frente a un espejo.

—A los quince le dio por la fotografía —dijo una voz suavemente a mis espaldas—. Me explicó que lo de pintar era de críos o viejas y que quería una cámara Leika. Le dije que se la comprara él con su dinero y... se la sacó a su padre con malas artes. Hasta los diecisiete hizo muchos «autorretratos» pero porque creo que no se encontraba. Me pregunto si lo habrá hecho ya.

Me giré y le sonreí.

—¿Te encuentras mejor?

—Mucho mejor —respondí—. Es raro. Llevaba semanas controlando las náuseas.

—Van y vuelven, hija. Ven, ¿te apetece una Coca Cola?

Pablo llegó a tiempo para señalar que no debía beber nada con cafeína. Nos hizo limonada, picando hielo con un aparato que emitía un sonido tan atronador que nos salvó de mantener conversación durante el rato que le costó llenar una jarra.

—¿De cuánto estás? —preguntó Ángela sin demasiado protocolo.

—De casi once semanas. —Pablo dejó delante de mí un vaso empañado y un beso en mi sien—. Pero en realidad..., bueno, no sé si os ha contado que...

—Cielo, conociendo a quien lo puso ahí dentro, ese bebé nace por sus santos cojones. —Sonrió—. Yo ya me he hecho a la idea de ser abuela. Y vosotros deberíais hacer lo mismo.

Asentí con timidez y jugueteé con el vaso.

—¿Sabéis ya dónde viviréis y todo eso? —preguntó a cascoporro.

—Eh..., bueno, son cosas de las que tenemos que hablar.

—Adelante —nos animó con un gesto.

—Claro, mamá, delante de ti, que es lo más natural del mundo. —Pablo puso los ojos en blanco y se dejó caer en una banqueta a mi lado—. Son cosas de las que tenemos que hablar como pareja y sin prisa. Las decisiones importantes jamás deben tomarse mirando el reloj.

—¿Quién eres y qué has hecho con mi hijo?

—Mamá..., ¿podrías ser un poco más suave? Martina no te conoce; no sabe que estás completamente loca.

—Loco estás tú, pero del coño. —Se giró a mirarme con gesto amable—. Estoy un poco nerviosa, perdóname. —Me palmeó la mano—. Y tampoco estoy muy contenta.

Nos quedamos en silencio. Pablo miraba alrededor, buscando romper la tensión. Su padre parecía cómodo y sonriente en su silencio. Su madre y yo no sabíamos muy bien dónde poner los ojos.

—Qué horror de tensión —se quejó ella.

—Puede que estés siendo más rara que de costumbre —apuntó Pablo con una sonrisa entre avergonzada y divertida.

—No, no es eso. Es que no sé muy bien qué deciros. Vais a..., bueno..., ahí hay un bebé. —Me señaló la tripa—. Y es de mi familia pero no conozco a su madre.

Me tapé la cara y me reí. Dios. Qué marciano era todo. Empezaba a explicarme por qué Pablo no era lo que se conoce como convencional.

—¡Ah! Ya sé. Ven conmigo, Marina.

—Martina.

—Eso.

Ángela consideró que ella y yo, por muy desconocidas que fuéramos, teníamos algo importante en común, que era su hijo. Eso y un proyecto de familia que también la incumbía a ella. El ambiente era tenso y extraño, así que optó por un clásico: las fotos.

Nos sentamos en una pequeña salita cuya decoración recordaba a un salón de té inglés. El sofá estampado con flores era mullido y amplio y allí nos sentamos las dos, con una caja de metal grande entre nosotras, de la que sacó un montón de fotografías.

—Mira. Esta es la primera foto que le hicimos. Ya parecía sonreír, el muy canalla.

Cogí la instantánea y miré al bebé. No se parecía en nada al Pablo de ahora: sus ojos eran de un color gris turbio, era redondito y pelón. ¿Sería así nuestro hijo? ¿Qué tendría suyo y qué mío? Por primera vez aquella idea no me pareció monstruosa y no me dio tanto miedo. Sonreí y le miré. Nos había seguido hasta allí y estaba apoyado en la ventana abierta, fumando y sacando el humo fuera de la habitación.

—Eras calvo —apunté.

—¿Has visto a mi padre? Tengo bastante aceptado mi destino.

—De eso nada, que has salido a mi familia y todos tenemos un pelazo. ¿Tú cómo eras de niña?

—Un poco taciturna. Mi madre dice que «pulcra».

—Si saca un poco de los dos, va a ser el hijo perfecto. —Me sonrió—. Pablo era muy artista desde pequeño.

—Por lo que me ha contado siempre le estimularon para ello.

—Pablo se cansaba de todo pasado un tiempo. —Se encogió de hombros.

—Sé tocar la guitarra y el ukelele —se defendió él.

—Mira tú qué bien, el niño orquesta.

Ángela fue pasándome fotos, contándome la historia que había detrás de cada una. La primera papilla de plátano, los barrotes de la cuna, la risa de Pablo cuando se despertaba antes que nadie, la bicicleta, las notas, los cumpleaños.

—Era un niño muy risueño. —Lo miró y fingió desdén—. No sé qué le habrá pasado.

—Sigo siendo risueño. ¿Has visto mis hoyuelos?

—Son trampas satánicas para que nos fiemos de ti.

Me eché a reír ante la respuesta de su madre, que pronto le guiñó un ojo.

—Mira, esta te va a gustar: Pablo adolescente.

Maldita sea. Mi adolescencia fue estéticamente terrible. Tenía granos, no encontraba mi estilo, dejaba que mi madre me cortara el pelo, eran los noventa… y allí estaba Pablo, ya con greñas, sentado en el bordillo de una calle, sonriendo, con los ojos de un verde tan claro que parecía aguamarina, sin un grano, sin pelusilla en el bigote…, sin nada que fuera ridículo y que me permitiera reírme un poco de él y sentirme menos imperfecta.

—Hasta entonces estabas guapo —le dije.

—Ah, espera a ver cuando se puso pendientes en la oreja. ¿Tú te pusiste rebelde?

—No mucho. La adolescencia la viví los dos meses siguientes a conocer a Pablo, me temo.

Eso le hizo mucha gracia y se echó a reír. Pablo levantó las cejas y aclaró que no entendía de qué nos reíamos. Ay, Pablo Ruiz Problemas…, esa era la realidad. Todas aquellas cosas que no salieron durante mis quince años habían hecho acto de presencia entonces, a los treinta: la intensidad con la que lo viví todo, la irresponsabilidad, descubrir el deseo por otra persona de una manera arrolladora, concentrar mis miedos e ilusiones en otro…, errores de novata que otras cometieron cuando tocaba y que a mí, combinados con el sentido del humor del azar, me tenían sentada en el sofá de casa de los padres de Pablo estando embarazada.

Su madre se quedó mirando una de las fotos con aire taciturno mientras yo ojeaba algunas otras. Había una de un Pablo muy joven vistiendo su primera chaquetilla de cocinero. La sostuve a su altura y sonreí al ver las pocas diferencias físicas entre esta y la realidad.

—Al final va a ser verdad que te bañaste en la fuente de la eterna juventud.

—Tendrás hijos inmortales, pequeña —se burló él.

—Pablo, ¿puedes dejarnos un segundo solas?

Los dos nos volvimos hacia su madre que seguía mirando una foto vieja. El ambiente se había distendido y yo había entendido que quería conocerme hablando relajadamente con la excusa de las fotos de Pablo. Pero... ahora quería estar a solas.

Él me miró buscando aprobación y yo le sonreí. No, no era una de esas suegras convencionales que te sonríen y que, les caigas bien o mal, tratan de hacer que todo fluya con normalidad. Ángela era como su hijo y entendía las relaciones personales a su manera.

—Voy a preparar algo de comer. Nosotros aún tenemos que hacer más cosas hoy, así que nos iremos después del café. Mmm..., os llamo cuando esté listo.

El sonido de las zapatillas de Pablo sobre las alfombras que cubrían buena parte del suelo se fue alejando con él. Y su madre no perdió el tiempo.

—No eres como imaginaba —me dijo.

—No sé si preguntar si eso es bueno o malo.

—¿Conociste a Malena?

—Sí —asentí—. Muy guapa.

—Sí, guapísima, pero mantener una conversación con ella era harto difícil. No digo que tú no seas bonita, que conste. Pero tienes otra belleza..., algo en lo que Pablo nunca había hecho gala de fijarse. Tienes una mirada inteligente.

—Gracias.

—¿Estáis juntos ahora, verdad?

—Sí.

Suspiró.

—Habéis ligado vuestra vida a algo más grande que vuestra relación, ¿lo sabes? —Me froté la frente y asentí. Era la charla que quizá debí tener con mi madre pero viniendo de una desconocida todo era un poco más violento—. Los hijos lo cambian todo… hasta a uno mismo.

—No lo buscamos. Yo…, fuimos irresponsables y la situación nos superó.

—¿Te molesta saber que ya estuvo casado?

—Yo no quiero casarme —le aclaré—. Supongo que me lo pregunta por mi reacción cuando me enteré.

—Sí. Dime, ¿te molesta o no?

Joder. ¿No me podía haber tocado una suegra amablemente falsa?

—Todos iniciamos relaciones con el mejor de nuestros deseos, pero no siempre llegan a buen término. Pablo es… —Suspiré—. Pablo es un romántico, pero de los de verdad. Entendí que aquel matrimonio no funcionara, lo que no entendí fue su manera de querer. De quererla a ella y de quererme a mí. No estoy habituada a lidiar con emociones de este tipo. Nunca antes había conocido a alguien como él.

—¿Y ahora ya lo entiendes?

—Entiendo la honestidad con la que siente.

—¿Crees que será suficiente?

Nos quedamos calladas, sosteniendo fotografías envejecidas de Pablo. Yo no sabía qué decir. Yo no había buscado aquello. Yo no quería ser madre y, por más que me duela, no quería serlo con él. Después todo se nos vino encima y nosotros buscamos un lugar de encuentro y nos esforzamos por volver a cogernos de la mano. Amor, miedo, compromiso con algo más grande que nosotros mismos. No sé qué fue. Pero había sido.

—¿No dices nada? —me preguntó.

—Estoy asustada —le confesé—. Y no sé qué decir.

Ángela dejó todo lo que había entre nosotras en la mesa de centro y me sonrió.

—El miedo nos hace cautos, pero también cobardes.

—Es que… no quiero ilusionarme y, siendo sincera, ni siquiera sé si mi forma de ser dejará que lo haga como los demás lo esperan. No sé si sabré ser una madre cariñosa y no sé si Pablo y yo somos lo suficientemente sólidos como para aguantar esto. Pero la vida no pasa dos veces y tenemos que intentar hacer las cosas lo mejor posible a la primera.

Resopló y se acomodó en su asiento. Meneó la cabeza, como si compartiera mis dudas y estuviera viendo un futuro muy turbio para nosotros, pero después simplemente me palmeó la rodilla y dijo:

—Ojalá ese niño lleve su pasión y tu sensatez. Ojalá.

Ángela se levantó y fue sin mediar palabra hacia la cocina, donde la seguí por inercia con el corazón en un puño y unas ganas tremendas de ver a Pablo y pedirle que no volviera a dejarme a solas en esa casa jamás. Me recibió con una sonrisa y un beso en la sien.

—Patatas a lo pobre y huevos fritos con trufa. ¿Te parece?

Y Martina por fin respiró tranquila.

35

No le había dicho nada a Martina porque de algún modo quería sorprenderla. Y más después de un domingo como aquel. Visitar a sus padres y después a los míos e ir compartiendo la noticia de nuestra futura paternidad. Al menos ahora todo parecía mejor; estábamos juntos y podríamos enfrentarnos a cada parte del proceso sin que nuestros sentimientos nos desconcentraran. Estaríamos remando hacia la misma dirección: amarnos. Y sí, amar suena quizá un poco melodramático, pero hay historias que se tornan complicadas justo en ese punto en el que todo el mundo suele poner el «y comieron perdices para siempre».

Odio esa parte en la que una pareja tiene que vestirse, abandonar su cama y poner la mejor de sus caras para la familia del otro. Una pareja está hecha para quererse, joder. Y para joder, claro. Y Martina y yo hubiéramos sido la hostia de felices pasando el día metidos en su cama oliéndonos, acariciando con los labios rincones que estaban ya olvidados, tocándonos. Pero la obligación era la obligación. Lo cierto fue que volver a tenerla había sido genial, rozando lo mágico. Martina desnudándose delante de mí, diciéndome que el amor podía hacerse con los ojos, con las manos y con la boca. Y yo deshaciéndome encima de su piel, amando cada una de sus curvas. Joder. Ahora sé que empecé a enamorarme de ella en el mismo momento en el que supe que era diferente y que ese proceso duró meses…, años. Fue enamorándome poco a poco de aquello que la hacía especial para hundirme después en sus flaquezas. Pero no quiero adelantarme. Con Martina, igual que con la cocina, el amor fue cociéndose a fuego lento…, conmigo, habituado a moverme entre técnicas un poco más vanguardistas.

Mi madre no es que diera palmas de alegría con la idea de que fuéramos a ser padres, pero al menos creo que se quedó un poco más tranquila al comprobar que Martina no era Malena y que no volvería a repetir mis errores. Me equivocaría mil veces en lo que me quedaba de vida, pero no sería tropezándome con la misma piedra. No otra vez.

Después del café nos marchamos. Martina me pidió que la dejara en casa, pero le dije que antes quería enseñarle algo.

—No nos llevará mucho tiempo, te lo prometo.

Unos cuarenta kilómetros más tarde, recorríamos las calles de Carabanchel con mi coche. Ella miraba a través de la ventanilla con el ceño fruncido y no dejaba de preguntarme qué hacíamos allí, pero yo sonreía enigmático y le lanzaba miraditas misteriosas. Aparqué en la calle Eugenia de Montijo y le pedí que diera una vuelta conmigo.

—Te quiero enseñar una cosa.

Y lo cierto es que sabía que la idea no sería acogida con el entusiasmo que esperas de tu chica. Era Martina, parte de su encanto radicaba en no saber nunca por dónde cojones iba a salir, aunque ella se creyera muy previsible. La cogí de la mano, entrelacé sus dedos con los míos y la llevé hasta la entrada. Ella lo miró todo con extrañeza.

—¿Conocías esta zona? —le pregunté.

—No.

—Se llama Colonia de la Prensa. Es de principios del siglo xx y una de las pocas muestras de modernismo arquitectónico en Madrid.

—Muy bonito —dijo admirando el portalón que da acceso a la zona.

—Ahora es una especie de urbanización dentro de Carabanchel, pero cuando lo construyeron era algo así como un conjunto de hotelitos para que periodistas y escritores pasaran sus vacaciones. Esto aún no era Madrid.

Me miró de reojo dejando claro que sabía que aquel paseo escondía algo. Yo tiré de su mano y la animé a aventurarse dentro.

—En la Guerra Civil algunas casas que había aquí fueron destruidas y otras muchas se vieron muy afectadas. En los ochenta a alguien se le ocurrió la «maravillosa» idea de empezar a construir bloques de viviendas al uso y le quitó mucho encanto, pero después se fueron rehabilitando muchas de las casas y...

—Pablo... —me advirtió.

—En 2010 compré una casa aquí.

Se quedó parada y frunció el ceño.

—Pero tú vives en Alonso Martínez.

—No. Bueno, sí, pero esa casa es de mis padres, no mía. Yo me crié en parte en ese piso. Digo en parte porque en origen tenía anexionado el piso de al lado. Era de tres habitaciones.

—Entonces tu casa...

—Es esa.

Señalé la casita y ella me soltó la mano. Le sudaba.

—Estás de coña, ¿no?

—No. Te lo aseguro. No me quedó una hipoteca de esas que hace que te olvides. —Me reí—. Cuando la compré estaba hecha una mierda. Empecé arreglando algunas cosas por mi cuenta, pero fui consciente de que me venía grande e hice unas reformas.

—¿Y por qué no vives aquí? —me preguntó.

—Porque hasta hace un mes es donde vivía Malena. —Metí las manos en los bolsillos—. Cuando rompimos yo me fui al piso de mis padres como medida eventual y…, bueno, pues eso. Estas cosas se alargan y ella disfrutó de la casa mucho más que yo. Yo no viví aquí más de un año.

Anduvo un poco más y se acercó a la verja. Escrutó lo que pudo a través de esta y después me miró confusa.

—Es más pequeña de lo que parece. Tres habitaciones, dos baños, la buhardilla…

—¿Tienes un puto palacete modernista en pleno Madrid? —exclamó.

Me descojoné.

—Reina, esto dista mucho de ser un palacio. Ven, vamos.

—Pero…

—En términos económicos aún es casi más del banco que mío.

—Pero… —volvió a repetir.

Saqué las llaves y abrí la verja. Bendito cerrajero. La dejé pasar y Martina se plantó en mitad del jardín con la boca abierta. Es pequeño, pero resulta muy llamativo poder tener esa parcela de verde en pleno Madrid. El porche estaba, como la última vez que fui, completamente vacío. Le dije a Malena que se llevara lo que quisiera y me hizo mucho caso…, absolutamente todos los muebles, excepto aquellos que nunca terminaron de gustarle. Incluso cosas que eran mías, como un porrón de vinilos que ya le había reclamado a través del abogado.

—¿Tienes piscina? —me preguntó.

—No. Qué va. Con piscina valían trescientos mil euros más. —Le guiñé un ojo y subí al porche para abrir la puerta de casa.

Nos recibió el pequeño zaguán vacío; olía a pintura y a fuerza de ventilar, vaciar y pintar, la casa había perdido ese aroma suave que siempre acompañaba a Malena. No quería nada de ella allí. Ni recuerdos. Y no era por mí, que conste; como ya le dije a ella, no la quería lo suficiente ni para odiarla, pero Martina..., la pequeña Martina. ¿Embarazada y teniendo que lidiar con todos los trastos de la ex de su chico? Mejor no.

Tuve que tirar de Martina para meterla en casa; ella seguía mirando las flores que planté hacía casi dos años junto a la balaustrada. Nada más entrar, a mano derecha, estaba la escalera y de frente el salón y la cocina. Como esperaba, Martina fue directa a la cocina con la boca abierta.

Miró los fogones, el horno. Incluso metió la cabeza dentro. Jodida loca de mi vida. Después estudió la campana extractora, el banco, la mesa de apoyo, los electrodomésticos...

—Ya decía yo —murmuró.

—¿Qué decías?

—Que un chef no podía tener en casa la cocina que tú tienes en Alonso Martínez.

—Es utilitaria. No suelo llevarme trabajo a casa. —Me encogí de hombros.

—Pues perdóname, pero yo llevo varios meses queriendo probar la famosa espuma de foie de Pablo Ruiz y dudo que puedas cocinarla en tu otro piso.

Era cierto que en la cocina de casa no podía emprender algo como aquello y hacía un par de años que había retirado el plato del menú de El Mar en un intento por modernizarlo. Intento que soy consciente de que se quedó a medio camino y que pedía que alguien lo retomara. Ese alguien me temo que era yo, pero me sentía... hastiado. El furor de la creatividad había quedado atrás y a veces sentía que los pies me pesaban demasiado como para ir dos pasos por delante de la cocina de mercado. Mi viaje con Martina a las Maldivas había avivado un poco el fuego, pero estaba como entumecido y temeroso de no volver a hacer nada a la altura de mi trabajo anterior.

—El suelo es el original, igual que la barandilla de la escalera y el pasamanos. —Cambié de tema. Se asomó y asintió—. ¿Quieres subir a ver las habitaciones?

—No —respondió.

Ahí estaba: la reacción Martina. Nada que no esperase.

—No hay nada de Malena aquí dentro. Ni siquiera hay nada que fuera de los dos. Ni muebles ni cuadros ni lámparas. Está completamente vacía y recién pintada. La pinté la semana pasada.

—Es que...

—Martina. —La cogí de las manos y busqué su mirada—. Es nuestra casa.

Dio un paso hacia atrás.

—Esta no es mi casa. Aunque viniera a vivir aquí por el bebé, no sería mi casa. Nunca. Es tuya. La has pagado tú. Y yo siempre sentiría que...

—Vale. —Respiré hondo—. Ven.

La llevé hasta el primer escalón y tiré de ella cuando se negó. Me senté y palmeé el espacio a mi lado para que me imitara. Al hacerlo, por primera vez desde que supe que estaba embarazada, la vi coger su vientre. Fue un gesto maternal, protector y tierno que no le pegaba nada. Sonreí y subí un escalón más para que pudiera acomodarse entre mis piernas y yo pudiera abrazar su barriga.

—Pequeña. El bebé nacerá en enero...

—O no. ¿Qué pasa si no..., si no nace?

—Bueno..., pongamos que sí. Nacerá en enero y tú vives en un piso compartido. Los niños lloran por las noches y los primeros meses son duros. Yo quiero participar de esos meses y para ello tenemos que estar juntos. El bebé no puede ir de un piso al otro. Y nosotros tampoco.

—Pues nos quedamos en tu piso mientras decidamos qué hacer.

—El piso no es mío, Martina, es de mis padres y quieren alquilarlo. Ahora que la casa está vacía debería mudarme lo antes posible.

—Genial. Nos vamos al piso de tus padres y lo pago yo.

Puse los ojos en blanco. Por el amor de Dios. No estaba hablando de propiedades, sino de hogar. Y al fin y al cabo, aquella sería la casa de nuestro hijo, ¿no? Ella miró alrededor y después se giró hacia mí. Hacía calor y los cabellos que escapaban de su coleta se pegaban en su piel húmeda; tenía los pómulos sonrosados y los labios más gruesos. Empezaban a notarse en ella algunos cambios. La besé y me reconfortó el gesto con el que ella cerró los ojos y sonrió. Era paz.

—¿Es porque ella vivió aquí? —le pregunté.

—No. O sí. No lo sé. Va todo muy rápido.

—Ya. —Sonreí—. Es que una mañana se nos fue la olla, follamos como descosidos y te hice un bombo. Todo lo demás está marchando al mismo ritmo para compensar.

Se pasó una mano por encima del cabello peinado y suspiró sin hacer amago de reír mi broma.

—No lo sé, Pablo. Es como si todo fuera de segunda mano.

La entendía. Yo ya había estado casado. Yo ya había iniciado mi propio proceso para construir una familia. Yo compré una casa soñando con llenarla de recuerdos felices al lado de otra persona. Y ahora que esa otra mujer y yo habíamos dado por zanjado lo nuestro, ella venía a heredar y ocupar espacios y sensaciones.

—A ver, Martina. Nada es como sería si hubiéramos podido planearlo. Yo me hubiera mudado aquí con calma o quizá hubiera llegado a un acuerdo con Malena para que ella me comprara la casa, pero...

—Véndele la casa —dijo animada por la perspectiva de olvidarse de todo aquello.

—No tiene dinero como para hacerse cargo de lo que cuesta. Y yo no voy a malvenderla. Esa casa me gusta. La compré porque me enamoré de ella, como de ti. No me hagas tomar esa decisión por razones equivocadas.

Asintió y acarició la superficie de madera del escalón.

—Es que no estoy segura de que debamos ir tan deprisa.

—Y la casa te da miedo —Bromeé.

Levantó la cabeza para mirarme y sonrió.

—Un poco.

—Tenemos seis meses para hacerlo con calma. —La tranquilicé—. Es medio año.

—¿Y si no nace? ¿Y si algo va mal y…?

Se tocó el vientre instintivamente y yo besé su sien. Dios. ¿De verdad íbamos a ser padres? Aquello era como una historia sacada de una vieja película de terror. Padres primerizos poco preparados que se mudan a una vieja casa del siglo pasado. No me jodas, si hasta teníamos fantasmas. Malena no estaba muerta ni vagaba por la casa en busca de venganza, pero el recuerdo de una relación vivida y sufrida en aquellas cuatro paredes, podría llegar a acosarnos.

La giré hacia mí y le sonreí.

—Voy a ser políticamente incorrecto. ¿Puedo?

—¿Desde cuándo pides permiso para serlo? —Y miró mis ojos con una mueca divertida.

—Sé que es molesto pensar que en esta casa viví con otra mujer y que hice el amor con ella en el mismo dormitorio donde nosotros lo haremos algún día, pero es estúpido celar de algo que ya no existe. Es como si yo sintiera que soy menos hombre en tu vida por el hecho de que hubo otros antes que yo. Estuviste diez años con Fer y cuando lo veo le doy la mano y aparto el pensamiento de que con esa misma mano te tocó algún día. No tiene sentido, mi amor. Hoy en día es difícil que una pareja se conozca estando en blanco, sin historias anteriores.

Martina me lanzó una miradita de soslayo.

—En mi coche también lo he hecho con otras —añadí. Me dio un golpe en la pierna y yo me reí a la vez que me levantaba—. Vamos a ver las habitaciones. Quiero ver la cara de pánico que pones cuando veas la buhardilla.

Cuando salimos de la casa un rato más tarde, Martina seguía sin estar convencida y eso, al contrario de lo que nadie pueda pensar, me daba tranquilidad. ¿Alguien se cree que yo estaba seguro y que miraba al futuro con ilusión? Por el amor de Dios, era una postura. Cuando Pablo el valiente y yo llegábamos a casa, nos sentábamos en el sofá azul y nos hundíamos en su relleno, el peso de todas las responsabilidades se nos venía encima. Y nos ahogábamos. Y nos faltaba el aire. E incluso maldecíamos. *Elvis* nos huía. Y nosotros casi no dormíamos, convenciéndonos de que si Martina estuviera en la cama de una casa NUESTRA, revolviendo las sábanas entre sus piernas, no nos sentiríamos así. No fue solamente la obligación de hacerme cargo de las consecuencias de mis actos como una persona adulta y coherente; desde el primer momento había tirado de mí la seguridad de que ciertos pasos en la vida necesitan un gran catalizador. Estaba seguro de que alcanzar a ser el Pablo que podía ser pasaba obligatoriamente por ser el mejor padre que pudiera. Y la mejor pareja. Era una sensación extraña, a la vez agobiante y motivadora.

Me despedí de Martina dentro del coche, besándole en los labios. No quería irme, pero ella tenía cosas que solucionar en su casa de locos. Y yo tenía que esforzarme por seguir siendo independiente. No obstante, pensaba volver a la hora de dormir, eso no nos lo iba a quitar nadie.

—¿Qué vas a hacer con la bachatera? —le pregunté con sorna.

—Exorcizarla.

Dejé salir el aire y la risa por la nariz y me froté la frente.

—Estáis jodidamente locas. —Martina salió del coche sonriendo—. Dame otro beso, bandida.

Se inclinó hacia el interior del coche de nuevo, apoyando
una rodilla en el asiento del copiloto. Joder, la polla me dio una
sacudida dentro de los vaqueros. Qué posturita más sexi, ¿no?
Céntrate, Pablo. Tiene un bebé dentro que le metiste tú a golpe
de rabo. Suspiré y miré su boquita apretada acercándose a mí.

—Joder, pequeña. —La abracé por la cintura y maniobré
hasta sentarla en mis rodillas con las piernas extendidas hacia
el otro asiento.

—¡Eh! —se quejó.

Le cogí la cara con las manos y la acerqué a mi boca despacio. Escuché el sonido húmedo de sus labios separándose y
me terminé de poner tonto. Mi boca se abrió para comérmela
entera y, sorpresa…, ella respondió con el mismo furor. Su lengua
entró dentro de mí lamiendo despacio y gemí. Sus dedos se internaron en mi pelo crispándose entre los mechones y torció la
cabeza para poder profundizar aún más en aquel beso. Martina
sabe a mar; no me jodas, destino, has jugado conmigo.

La abracé olvidando por un momento ser cuidadoso con
su cuerpo y jadeé en su boca cuando jugueteó con sus dientes
y mi labio inferior. Y después mi barbilla. Y mi cuello. Y llegó a
ese rincón, justo detrás del lóbulo de mi oreja, que era solo suyo.

—Pequeña… —le pedí débilmente.

—Es culpa tuya —me acusó sin dejar de lamer la piel de
mi cuello.

—¿Por ser tan deseable? —Y enmascarada en la broma,
la mano se me escapó hasta su culo y lo amasó.

—No. Por provocar a una mujer embarazada y con las hormonas desbaratadas.

—¿Hubieras hecho lo mismo con cualquiera que te hubiera pedido un besito?

Me mordió el hombro y gemí entre risas.

—Sí —respondió incorporándose y mirándome.

—Y yo que creía que era especial.

—Voy a arreglar bien rápido lo de Amaia.

—¿Por qué? —contesté con un tono de voz chillón, pensando que estaba loca por el cambio radical de tema.

Martina se rio como una cría y se acercó a mi oreja para susurrar con voz caliente la guarrada más grande jamás contada. Ella, yo, cosas muy húmedas y mi polla palpitando muy dentro de ella.

—Joder —me quejé con los ojos cerrados.

—Ve. Hay una morena en tu ordenador que podrá hacer más por ti que yo. Por el momento.

—Que te follen —le respondí de broma.

—Ojalá.

Antes de que saliera del coche conseguí besarle la tripa. Adiós. A los dos.

No es que lo de la morena no fuera tentador (y más a juzgar por la presión que ejercía cierto apéndice mío contra la bragueta de los vaqueros), pero no me apetecía estar solo. Volver a hundirme en ese sofá, mirar a mi gato, que se había hecho definitivamente fuerte en la casa y se sentaba donde le daba la gana y reencontrarme con el Pablo asustado que me esperaba allí mordiéndose las uñas. Así que cuando Martina entró en el portal, cogí el teléfono móvil y busqué un número. Marqué y esperé.

—Hola —dijo la voz, abiertamente sorprendida por mi llamada.

—Hola. Igual esto te suena muy marciano pero tengo la nevera llena de cervezas y ningunas ganas de estar solo.

Hubo un silencio e hice una mueca. Igual debería esperar a tener confianza suficiente con alguien para plantear las situaciones con aquella sinceridad tan desnuda. Mi interlocutor cogió aire.

—Dame la dirección.

—Están locas —dijo Javi mirando a través de la ventana del salón de mi casa—. De remate.

Habíamos movido el sillón que franqueaba uno de los lados del sofá y una especie de reposapiés gigante hasta colocarlos de frente al pequeño balcón y cada uno estaba sentado en uno, mirando hacia la calle. En el suelo se amontonaban los botellines vacíos de cerveza. En nuestra mano, el enésimo.

—Confiésalo. Tú también lo crees —insistió.

—¿Estamos nosotros muy cuerdos acaso? —Le miré divertido.

Me quité la goma del pelo que llevaba alrededor de la muñeca, recuerdo de una noche memorable con Martina, y me hice un moño. Javi me miró arqueando una ceja.

—Joder, tío, ¿llevas un moño?

—No has visto nada. Tengo una camisa con motos estampadas.

Se echó a reír y yo me encendí un cigarrillo.

—«Deberíamos casarnos». ¿Cómo cojones se supone que tengo que reaccionar? —Negó suavemente con la cabeza.

—No conozco mucho a Amaia, pero me da que viene siendo normal que haga estas cosas, ¿no?

—Lo hace para provocar. No sé qué quiere provocar, pero lo hace por eso.

—Y visto lo visto se le da fenomenal.

Di una calada más a mi cigarro y Javi me enseñó su dedo corazón bien erguido. Me reí.

—Deberías haber escuchado su disertación sobre lo honestas que son con el amor las letras de los temas de reggaetón. Mátame, en serio. Mátame porque a pesar de eso la quiero.

Dios mío. Amaia era de otro jodido planeta.

—Síguele el juego —apunté, y di un trago a la cerveza—. Juega a lo mismo que ella.

—Perdería. —Me lanzó una mirada de desánimo—. No juega limpio, está loca, ¿recuerdas?

—La cordura está sobrevalorada.

—Que te lo digan a ti.

—¿Por qué? —Le fruncí el ceño, divertido.

—Eres un señor con un moño que tiene una camisa estampada con motos.

—No desvíes la atención. Coge el toro por los cuernos, compadre —me burlé—. ¿O es que te da miedito?

—Sí —admitió—. El mismo miedo que te da a ti Martina. Amén.

36

Amaia jugueteaba con su vaso lleno de Coca Cola y hielo y yo me mordisqueaba los labios. Sandra se miraba las uñas.

—A ver... —empezó a decir por fin Sandra—. ¿Cuál es el problema?

—La vida, teta —contestó Amaia, fingiendo que tenía mucho *swang*.

—Vaya pandilla de taradas —recé entre dientes—. A ver..., ¿se puede saber a qué vino el espectáculo sonoro sexual de anoche? ¡No te pega nada!

—Pues bien que lo aprovechaste —se burló Amaia.

—¿No puedo tener sexo con mi novio? —se quejó.

—No te estoy juzgando, petarda. Solo quiero que me lo cuentes. Esto no surge así como así. Esto es un calentón llevado al extremo.

Sandra puso los ojos en blanco y suspiró. Me dieron ganas de apuntar que a Sandra parecía habérsele olvidado con facilidad la ofensa de que Amaia estuviera con Javi. Pero ¿quién era yo para ir metiendo cizaña?

—De vez en cuando está bien buscar emociones en la pareja.

—¿Las encontraste?

Sandra torció el morro y emitió un sonidito de afirmación que pareció más «mñe».

—Es que… —siguió diciendo Sandra—. No sé qué me pasa. Necesito como… movimiento. Más. Y a veces me da la sensación de que él está tan aburrido…

—¿Como tú? —apuntó malignamente Amaia.

—Oye, San… —musité—, quizá…, solo quizá, con Íñigo las cosas no sean ya como antes. A veces darse otra oportunidad es más melancolía que realidad. ¿Lo has pensado?

—Yo estoy muy a gusto con él —mintió—. Tenerle a mi lado es… reconfortante. Seguro que me entendéis. Las dos tenéis pareja.

Después de decirlo se quedó mirando a Amaia con cara de estreñimiento y soltó un bufido.

—¿Qué? —se quejó esta.

—No me hago a la idea de que estéis saliendo. Es como… incesto. Ibais como Pili y Mili a todas partes, como hermanos siameses, y ahora… folláis.

—Si te sirve de consuelo, lo tengo de morros. No sé si mañana en el hospital no me dará la patada definitiva en cuanto me vea. —Se encogió de hombros, tratando de fingir que aquella idea no la aterraba.

—¿Qué le has hecho?

—Le dije que si tan seguro estaba de quererme siempre, deberíamos casarnos.

A Sandrita la cara le cambió por completo.

—Amaia…, dime que eso no es verdad.

—¿Crees que no es capaz? —le pregunté divertida mientras me acomodaba en el sofá y estiraba las piernas.

—Dime que no es verdad —repitió.

—Ay, San, los tíos no son de porcelana, ¿sabes? Hay que ser directas con ellos.

—Y tú le has pedido a tu novio de hace cinco minutos que os caséis por eso mismo, ¿no?

—¡Yo no quiero casarme! —exclamó—. Fue…, no sé. Ya sabéis cómo soy. Digo las cosas sin pensar. Me salen de la boca por su cuenta. Es solo que me estaba tocando el higo con sus «no comprendo por qué no crees que te querré siempre» y le solté lo primero que se me ocurrió.

—Amaia, mi vida. —Me reí—. Ese chico está loco por ti. Le has puesto en un compromiso.

—Bah. —Hizo un ademán con la mano—. No desviéis la conversación. Vamos a hablar de la cerda esta que se pasó follando seis horas.

—No fueron seis horas.

—Por curiosidad —dije—. ¿Cuántos polvos cayeron?

—Esa pregunta es tan poco típica en ti que me acojona.

—Ay, joder, dejadme en paz. Pero ¿tú qué crees, que yo me reproduzco por esporas? ¿Que tenga un bombo no te da ninguna pista? Tengo las hormonas como Las Grecas. Tú cuéntamelo y hazme feliz.

—Cinco —respondió mordisqueándose las uñitas pintadas—. Pero… mñe.

—Deja de decir «mñe». ¿Estás o no estás bien con Íñigo?

—Estoy.

—San…, no tienes por qué seguir con Íñigo por estar con alguien. Estar sola…, pero sola de verdad —apunté—, tiene sus ventajas. Consigues perspectiva para verte con sinceridad.

Cacé una mirada de Amaia que era más bien un interrogante. Uno muy grande que decía que dudaba mucho que Sandra tuviera ganas de ponerse las gafas y mirar con atención dentro de ella.

—¿Qué tal se tomaron la noticia tus padres? —Cambió de tema, señalándome.

—Ah. Bien. —Me encogí de hombros.

—Tía…, qué marcianos sois. A mi madre le hubiera dado un infarto si llego a casa con un Pablo agarrado del brazo y un bombo.

—Pablo también se quedó extrañado. —Me reí—. A mí me parece de lo más normal. No esperaba ni estallidos de ira ni aplausos. Me fui a vivir con mi novio, doce años mayor que yo, cuando tenía veinte años. Eso ya dice mucho de la relación que tengo con mis padres, ¿no?

—Y de por qué eres tan extraña —añadió Amaia con sorna—. Yo le digo a mi madre que Javi me ha dejado embarazada y monta una fiesta con piñata incluida. Creo que sigue pensando que soy virgen.

Sonreí. Era normal que pensasen de esa manera. Cualquier reacción por parte de mi familia hubiera sido aceptable: júbilo, preocupación, extrañeza… pero el caso es que, bueno, a la familia no se la elige, ¿no? Cuando era adolescente y veía a las madres de mis amigas ponerles hora de regreso, castigarlas sin un concierto, ponerles límites…, echaba de menos que mis padres no fueran así. No es que los míos nos criaran asilvestrados; es que siempre consideraron que los límites nos los pondríamos nosotros mismos, creciendo y madurando pegados a la realidad. Bueno, era una opción que yo no repetiría, por cierto. Hacía ya días que me preguntaba qué clase de madre sería y… creo que no sería de esas que deja a sus hijos regularse solos. Quizá Pablo tenía razón y mis padres eran un poco *hippies*. O a lo mejor simplemente es que en mi casa no sabíamos expresar nuestras emociones de una manera convencional.

Me toqué el vientre y cuando levanté la mirada Amaia y Sandra me miraban.

—Joder —dijo Sandra—. La vida va muy deprisa.

—Ya —respondí.

—Aún no me puedo creer que vayas a tener un bebé.

—Ni yo.

—Ni que tú estés con Javi. —Miró a Amaia.

Bueno, al menos parecía que Sandra había aceptado la relación entre su amiga y su «exrollo», pero aún le costaba entenderla. Lo único que le hacía falta comprender es que no había nada que entender. El amor es así. ¿De qué otra manera podíamos habernos enamorado Pablo y yo? Una obsesa del control con un amante del caos. No, peor. Una obsesa del control que se rebela contra su propia opresión y un amante del caos que, en el fondo, respetaba el orden. Contradicción tras contradicción.

—Pablo quiere que nos mudemos. Que nos vayamos a vivir juntos. Su exmujer ha vaciado su casa —dije—. Pero yo no me quiero ir a vivir a ese sitio.

—Martina, por mucho que respete a Iker Jiménez, no creo que las personas dejemos impregnadas de nuestra energía los lugares que habitamos —respondió Amaia.

—Tampoco quiero irme de aquí. —Y soné tan infantil que me odié.

—¿Irte? —contestó Sandra poniéndose nerviosa—. ¿Cómo te vas a ir? ¿Y qué hacemos nosotras?

Así, pensando siempre en el prójimo, Sandrita.

—Tiene razón en una cosa: si esto va adelante... —Me palpé la tripa—. Los niños lloran por las noches y como padres necesitaremos gestionar nuestra pareja y los primeros meses del bebé estando juntos.

—Esto me lo llegan a decir hace tres meses y creo que me han metido psicotrópicos en la copa —rumió Amaia.

—Pues que se venga él a vivir aquí.

—No, Sandra —me negué—. Eso sería más raro aún.

—Es pronto para vivir juntos, ¿no? —terció Amaia.

—Y para tener un hijo.

Mi respuesta las dejó a las dos sin nada que contestar. Claro que era pronto para compartir el día a día. Ni siquiera nos conocíamos del todo. No sabíamos nada del otro en cuanto a todas esas rutinas y manías que llenan nuestra vida. Irnos a vivir juntos sería zambullirnos en una piscina de agua muy fría, esperando que fuéramos habituándonos a la temperatura poco a poco.

—No quiero vivir en esa casa —repetí—. No es nada mío.

—¿Dónde está la casa?

—En Carabanchel.

Sandra puso otra vez su cara de estreñimiento.

—Joder, qué horror. Normal que no quieras ir.

—Mis padres vivían en Carabanchel antes de mudarse a Chamberí, so mema —le respondió Amaia.

—Así has salido tú.

—¿Así cómo?

—Pues... —La señaló—. Así.

—No me está haciendo gracia.

—Dejadlo ya. Va —tercié.

—No, no. A ver, Sandra, explícate. ¿Qué tiene de malo vivir en Carabanchel?

—Nada. Pero no me gusta el barrio.

—Y a mí no me gustas tú —respondió.

—No te pongas tan a la defensiva. Yo solo digo que prefiero una casa en Las Rozas que una en Carabanchel. Los barrios... son barrios.

—Ah, sí, ¿eh? Explícame una cosa entonces. ¿Cuál es tu excusa para ser una jodida egoísta inmadura?

La que dibujó expresión de alucine entonces fui yo. Menuda explosión.

—Oye, tía, si tienes algún problema conmigo me lo dices claramente.

—¿Yo? Yo el único problema que tengo es que mi chico —y puso énfasis en «mi chico» de manera cruel— cree que me quiero casar con él. La que tiene problemas, chatunga, eres tú. Contigo misma.

Así era aquella casa de locos. Podíamos estar hablando tan tranquilas y, en décimas de segundo, alguien invadía la Polonia de otra. Respiré hondo.

—Me encanta lo escuchada y comprendida que me siento.

Las dos me miraron.

—Joder. Perdón —dijo Amaia.

—Haré como si me lo hubieras dicho a mí —respondió Sandra.

—A ti no te pido perdón ni aunque amenace con violarme el senescal de Gondor.

No pude evitar reírme, lo siento. Las dos me miraron y sonrieron.

—¿Qué le pasa a la casa? ¿Es por lo que dice la imbécil esta? ¿Por Carabanchel?

—¿Qué? ¡No! Claro que no. Pero a ver…, vivió allí con su exmujer. Es raro, no me jodáis.

—Hay algo más.

—Tiene una torreta. Es escalofriante.

Arquearon sus cejas.

—¿Cómo que una torreta?

—Es una de esas casitas de la Colonia de la Prensa. No es muy grande, vaya, pero joder…

—¡¡La Colonia de la Prensa!! ¡¡Tía, eso es genial!! ¡Es *supercool!* —gritó Sandra entusiasmada.

Las dos la miramos de reojo.

—¿Ahora Carabanchel es *cool*?

—Como eres una inculta no lo sabes, pero la Colonia de la Prensa es una de las pocas representaciones del modernismo madrileño. Y sí, es *cool*.

—Da miedo.

—Es caro.

—Da miedo —repetí—. Toda vacía. Tanta escalera…

—Tendrá sus cosas buenas —dijo Amaia.

—Jardín —dije—. El jardín es mono. Y tiene una cocina alucinante.

—Ya me imagino a Pablo haciendo deconstrucción de potito allí.

Miré a Amaia y me reí.

—Mira, Martina, no tengo ningunas ganas de que te vayas a vivir con Pablo, no por nada, sino porque egoístamente no quiero dejar de vivir contigo y, sobre todo, quedarme con esta petarda aquí sola. Pero te lo tengo que decir: Pablo tiene razón. Los niños necesitan un orden y vosotros necesitáis intimidad. Lo que vais a hacer no es fácil. Afianzar una relación que acaba de comenzar con un bebé de por medio… necesita un espacio que aquí no puedes tener.

Respiré hondo y asentí.

—Ya veremos. Es una decisión que no voy a tomar hoy. Voy a hacer unos batidos. ¿Os apetecen?

La respuesta fue, por supuesto, afirmativa.

—Oye, Martina —dijo Amaia cuando ya salía en dirección a la cocina.

—Dime.

—Pablo y tú…, ¿bien?

—Sí. Bien.

—Ah. —Sonrió picarona—. Y…, así, por curiosidad. ¿Cómo es follar estando embarazada?

—¿Quién te ha dicho que follamos? —pregunté haciéndome la interesante.

—Vuestros gruñidos de anoche. El final fue muy apoteósico para ti pero a él no le escuché. Eso me da que pensar.

—Pensar, ¿en qué?

—En que Pablo Ruiz, además de cocinar, también sabe comer muy bien.

Me fui riéndome. Pues sí, pequeña Amaia. Hay muchas cosas que el señor Pablo Ruiz sabe hacer muy bien.

37

Para cuando cumplí las dieciséis semanas estábamos a dos días de cerrar El Mar por vacaciones. Pablo había estado ocupado con la mudanza. Mudanza por fascículos, la llamé yo. Más a mi favor para cogerle tirria a esa casa. Yo no podía ayudar, porque Pablo apenas me dejaba cargar ni con mi bolso y la puta mudanza de las narices se llevó con ella mucho tiempo que no pude compartir con él. Y estaba ñoña. A decir verdad, creo que Pablo quiso poner un poco de tierra de por medio porque el ambiente estaba caldeado. Y con ello quiero decir que nosotros estábamos demasiado bien como para olvidarnos de un detallito de nada: éramos dos adultos sanos con vidas sexuales sanas y apetitos sexuales sanos que…, de pronto, se follaban poco. Muy poco. Atraerle a Pablo aun sintiéndome hinchada, ñoña, irascible, meona y durmiendo fatal… me enamoraba más. Pero él seguía con miedo a que una vida sexual ajetreada pudiera causar algún problema o aumentara el riesgo de aborto. La frase que más escuchaba de su boca cuando me lanzaba a darle un beso era:

—Para, para, pequeña.

Y luego se acurrucaba para dormir porque tenía que levantarse pronto para hacer cosas en la casa. O comprar. O podar en el jardín. O recurrir al puñetero vídeo de la morena que se me parecía y evitarme a mí, cojones. Al final tuvo que admitirlo:

—Si seguimos con los besitos voy a empezar a mojar la cama… y no por mearme.

Así, con romanticismo.

Pero el caso es que…, bueno, un día tuvimos un susto. La última vez que Pablo había terminado entre mis muslos la tripa se me puso durísima. Fue una sensación muy rara que nos tuvo a los dos despiertos buena parte de la noche. Preocupados, claro. Pablo se tocaba el pelo con las dos manos y decía sin parar: «La culpa es mía por ser un cachondo depravado». Al final no pasó nada, pero… respeté que impusiera un mínimo espacio entre los dos, aunque a regañadientes. Cuando le confesé a Amaia que, así, sin paños calientes, estaba más salida que el pico de una plancha, me preguntó por qué no lo hacíamos. Y cuando saqué a pasear el miedo, me llamó imbécil.

—Una cosa es que te monte como un babuino enloquecido y otra que no pueda darte un orgasmo. La lengua, tía. La lengua es un músculo muy útil.

Rebufé y pasé de contarle rollos de tripas duras y Pablos arrepentidos.

Así que, a dos días de las vacaciones, Pablo estaba prácticamente mudado. Y *Elvis* estaba habituándose a su nuevo hábitat: ya no se meaba en cualquier rincón y superficie y había dejado de maullar a todas horas y escupir bolas de pelo. Pablo lo acariciaba con el ceño fruncido y le decía con voz melosa: «Se te pasará… solo es estrés». Daliniano.

Pablo dormía conmigo, pero el resto del tiempo lo dedicaba a creerse Pepe Gotera y mangonear arriba y abajo «preparando las cosas para que tú estés cómoda». Al menos ya tenía el dormitorio completo, la terraza amueblada, la biblioteca organizada en la segunda planta (con un porrón de esos trastos que amontonaban y daban luz a su casa de Alonso Martínez, como el puñetero ukelele que se empeñaba en demostrar que sabía tocar) y había sofá en el salón. Tele no, porque…, ¿adivináis?, Pablo Ruiz no creía en tener tele en el salón. Ni en el dormitorio.

—El salón es para estar y la habitación para dormir y hacer el amor. ¿Qué pinta una televisión?

Pues nada. En el fondo no le discutí porque le daba la razón. Jo. Hacer el amor. Ganitas.

Habíamos llegado al acuerdo de que parte de las vacaciones las pasaríamos en su casa, para que me fuera habituando. Al final hasta tenía ganas y no por el acto de ir en sí, claro, sino por recuperar parte de esas cosas que nos hicieron especiales en el inicio de nuestra relación. Escuchar música tirados en el sofá. Ver una película antigua en el ordenador. Cenar a las tantas con velas en lugar de luces. Despertar hechos un nudo entre sus sábanas estrambóticas y revueltas. Y por tener más de él; no solo más de lo que se le ponía tenso cuando le daba un beso. Más del Pablo que me hacía consciente de estar inmersa en el proceso de ser madre. Sin él era como si mi embarazo perdiera perspectiva. Él le ponía luz. Ilusión. Lo hacía real. Aunque nunca fue más real que aquel día.

Como decía, cumplí dieciséis semanas el 30 de julio; faltaban solo dos días para las vacaciones. Mi tripa se había redondeado bastante y Pablo decía que el bebé tenía el tamaño de un aguacate. No solo lo decía: había colgado una pizarra en un rincón de la cocina donde tenía colgada una copia de las primeras ecografías y contaba a nuestros compañeros algunas de las cosas que estaban pasando dentro de mi vientre. No en plan: «Martina tiene gases», porque ni siquiera tenía aún mucha confianza con él como para admitirlo. Eran trazos que me acercaban más al hombre del que me había enamorado y que era mucho más que el padre de mi futuro bebé. Pablo era como esa luz que dicen que ilumina las ciudades más especiales. Era cálido, fiable. Y allí, en aquella pizarra, dibujaba una fruta, según el tamaño del bebé, y ponía algunos datos. Aquella semana había dibujado un aguacate y podía leerse en la letra intrincada y casi femenina de Pablo: «Durante estas semanas, nuestro hijo empezará a chuparse el pulgar y dominará el maravilloso arte de mover los dedos de los pies. Ya tiene pestañas, con las que, por cierto, os seducirá a todos hasta dominar el mundo, sea niño o niña. ¡Ah! Y se le están formando las huellas dactilares. Además, ha empezado a desarrollar el sentido del oído, por lo que cuidado con la mierda de música que le ponéis».

—Pablo… —le llamé desde mi banco de trabajo—. Haz una foto de la pizarra antes de que nos vayamos.

Sí, hacíamos ese tipo de álbum de recuerdos. ¿Dónde había quedado la discreción y la cautela? Creo que a veces se nos olvidaba lo endeble que era la seguridad sobre la que se apoyaba ese embarazo.

—Luego la hago, pequeña —me contestó.

—Aún alucino cuando le oigo llamarte pequeña —murmuró Carolina, no sé si sorprendida o de mala gana.

Iba a contestarle que yo también seguía alucinando con los *looks* de Pablo, pero sentí un pinchazo en el bajo vientre. Venía siendo costumbre. Llevaba un par de días molesta, pero pensé que, como decía Pablo (al que deberían convalidarle la especialidad de ginecología y obstetricia después de leerse tantos libros de embarazos), era normal notar ciertos dolores. Pero aquella vez fue diferente. Más intenso, quizá.

—¿Estás bien? —me preguntó Carolina.

—Sí. Es… el pinchazo. Ha vuelto.

Pablo me miró con el ceño fruncido desde la mesa de los postres y me preguntó si iba a más, mientras se acercaba muy serio.

—Un poco.

Se mordió el labio, preocupado. Sé que controlaba mucho lo que demostraba de su miedo, pero a veces se asomaba a sus ojos y no había nada que hacer por disimularlo.

—Estoy bien, de verdad. —Pero me froté la zona.

—¿Cómo es el dolor?

—No sé explicártelo, Pablo. Tú no tienes lo mismo que yo, ¿recuerdas?

—Algo recuerdo de cuando te veía desnuda y eso —bromeó para quitarle fuego—. ¿Es pinchazo o…?

—Es como un pinchazo o una rampa. No sé. Muy parecido al dolor menstrual.

—Arg. Qué asco de dolor —musitó Carolina mientras molía unos frutos secos.

Pablo miró el reloj que llevaba en la muñeca y que me encantaba…, uno muy viejo con una correa negra algo maltratada.

—Avísame cuando te vuelva.

—Pablo, no exageres. Me asustas —me quejé.

—Tú avísame.

Me olvidé del tema. Él siguió con su rutina y yo con la mía… durante diez minutos tras los que me cogí a la mesa y gruñí. Un latigazo me cruzó el vientre redondeado y me dejó sin respiración. Carolina llamó a Pablo por mí. Él miró el reloj.

—Estoy bien —me quejé con un jadeo.

Pablo me devolvió una mirada severa, pero le ignoré.

—Martina, yo no es por tocarte los cojones, pero es que pueden ser contracciones. Y si son contracciones, hay que ir al hospital.

—No son contracciones.

—Está de cuatro meses, ¿no? —preguntó asustada Carolina, dejando lo que estaba haciendo.

—Sí, pero tiene peligro de parto prematuro. Si te duele, te duele, Martina. No podemos hacer más.

Resoplé. Pablo se revolvió el pelo, dejándoselo de lado. Le sonreí. Qué guapo…, pensé. Y entonces noté algo…, fruncí el ceño.

—¿Una patadita? —preguntó Carol al verme tocarme el vientre—. ¿No será una patadita?

El protocolo se me olvidó cuando me pasé la palma de la mano entre las piernas. Estaba limpia pero…

—Quítate la chaquetilla —ordenó Pablo corriendo hasta el despacho para coger sus cosas.

Llegamos al hospital en poco más de veinte minutos, que pasamos callados en un taxi. Eran las nueve de la noche y aún era de día en la capital, pero la luz que entraba a través de las ventanillas del coche era azulada y preciosa. Los ojos de Pablo, que me miraban preocupados, parecían más claros que nunca.

Nos atendieron rápido, pero fue tedioso y, lo confieso, angustioso. ¿Cómo no iba a serlo? Me había dejado llevar. No dejaba de repetírmelo, allí tumbada. Me había dejado llevar y se me había olvidado que mi cuerpo no estaba preparado, que estaba defectuosa. Jodida autoexigencia cuadriculada que me hizo difícil la vida. Pero en aquel momento yo no pensaba en nada de eso, solo que era una tonta que se había creído un cuento y los cuentos no existen.

Pablo me cogió la mano con fuerza cuando el ecógrafo se preparó para pasar por encima del gel que brillaba en mi vientre. El médico frunció el ceño. Yo contuve la respiración. Pablo cerró los ojos.

Apareció en la pantalla. Ya empezaba a ser visible hasta para ojos inexpertos como los nuestros. Siempre me maravillaba pensar que estaba dentro de mí, con sus manos, con sus pies, con sus ojos y su nariz. Allí, encogido, como su padre cuando dormía. ¿Estaría dormido? Ya pensaba diferente. Como una madre, ¿no? ¿Estaría preparándome? ¿Iba a tener que olvidarme?

El sonido del galope de un caballo nos sorprendió y el médico sonrió y después nos miró levantando las cejas.

—Es su corazón.

—Joder. —Pablo soltó mi mano y se acercó a un rincón, donde se desmoronó en una silla y se tapó la cara—. Creía que me daba un puto infarto.

El médico se rio.

—Primerizos, ¿verdad?

—¿Está todo bien?

—Sí —asintió—. Pero habéis hecho bien en venir. Con embarazos de este tipo es mejor prevenir que curar. El sangrado es normal y el dolor es lo que llamamos «dolor de ligamento redondo».

Pablo se levantó de nuevo y vino a darme un beso en la frente. Arg. Éramos de esas parejas que se quieren en público.

—¡Uy! ¿Queréis saber el sexo? —nos preguntó el médico de urgencias.

—Es niño —le respondí con una sonrisa y toda la seguridad del mundo.

Nos recomendaron reposo, yo creo que a los dos. Pablo estaba insoportablemente nervioso; primero por el susto, segundo por la emoción de saber que lo que esperábamos era un niño. Un niño que parecía haberse asentado milagrosamente en mi interior y tener muy claro que iba a nacer.

—Doctor… —preguntó Pablo con el ceño fruncido—. Una preguntita que quería hacerle yo…, el tema del sexo…, no el del niño, el de sus padres más bien…

—Mejor que no —respondió el médico antes incluso de que lo dijera—. Yo para eso esperaría a las veinticuatro o veinticinco semanas. Diviértanse de otra forma. Compren una televisión más grande, por ejemplo.

Pablo lo fulminó con la mirada.

Llamamos primero a El Mar para avisar de que había sido solo un susto de dos primerizos histéricos, pero que nos íbamos a casa a descansar. Con el altavoz puesto todos nos ovacionaron cuando Pablo dijo:

—Ah, y no será una sirena, grumetes. Subimos a bordo a un pirata.

—¡¡Machote!! ¡¡Picha brava!! —gritó alguien por el fondo.

—¡Eyaculador precoz! —añadió alguien haciendo estallar a todos en carcajadas.

—Carlos, sé que has sido tú.

Y nosotros, sosteniendo el teléfono entre los dos, nos miramos con una ilusión muy física asentada en el pecho.

Después llamamos a Amaia y a Javi, desde el taxi, y les gritamos como dos adolescentes emocionados que íbamos a ser padres de un niño.

—¿Tiene la picha tan grande que ya te la notas, o qué? —preguntó ella.

Nos llamó de todo cuando le confesamos que volvíamos de urgencias, pero sé que se alegraba de que hubiéramos ido. Me hizo un millón de preguntas sobre el estado del cuello de mi útero. Como si yo supiera contestarle algo más que «todo va bien». Después, cuando colgué, le mandé un mensaje a Sandra y me olvidé del mundo para mirar embelesada el bulto de mi barriga. ¿Cómo podía ser? Iba a ser madre.

Pablo me acompañó a la cama y me dejó sentada en mi lado.

—¿Te traigo algo? ¿Quieres que prepare algo de cenar?

—Después —le dije—. Aún tengo un ardor aquí…, debe ser del susto.

Pablo se arrodilló entre mis piernas y me abrazó el vientre.

—Hostias, Martina —susurró—. Vamos a ser padres.

Me entró la risa y le acaricié el pelo. Me miró sonriente.

—¿Ahora te das cuenta?

—No, pero hemos oído su corazón. Y estaba allí, enco-gido. Es un niño…, cada día es más tangible.

Se incorporó y me sonrió.

—¿Tienes miedo? —le pregunté al ver su expresión.

—Sí. No tenerlo sería una inconsciencia. ¿Y tú?

—Cada día un poco más.

—Pues no lo tengas. —Sonrió—. Deja que te lo sosten-ga yo.

Le acaricié la cara. Nunca pensé que me enamoraría de alguien como él, pero tampoco imaginé que lo haría viviendo un embarazo. Se supone que dos personas tienen un bebé cuan-do ya saben que lo suyo es sincero y fiable, ¿no? Y allí estába-mos nosotros, más perdidos que nadie, descubriendo a peque-ños pasos lo mucho que empezábamos a significar para otra persona. Pablo me miró con una sonrisa muy dulce. Allí, con sus ojos aguamarina oscurecidos por el grosor de su pupila, con sus labios entreabiertos, con sus mechones rebeldes que volvían a necesitar un buen corte.

—Pequeña, ¿tú sabes cuánto te quiero?

—No —respondí.

—Pues más que a la vida.

Pablo había nacido entre bocanadas de aire y gritos; me lo contó su madre. Venía con tres vueltas de cordón y aun así salió gallardo y altanero, como decía una canción de la Piquer. A los dos meses ya se reía a carcajadas y a los tres años le dijo a su madre que «los besos eran cosas muy bonitas». Cuando cumplió seis, anunció que se había enamorado de su profesora, que era rubia, joven y muy cariñosa. A los doce pasó un mes en el hospital por una pulmonía y al salir, miró atrás y dijo de soslayo que no volvería a pisar un sitio como aquel. A los quin-ce le dijo a su madre que la vida estaba en todas partes, hasta donde no estaba. A los veinte creó, mezcla de la puta casualidad y el genio que era, el que siempre me parecerá el plato más genuino, espectacular e innovador de la cocina de vanguardia española. A los veinticinco se casó con su novia rubia y pechugona y a los veintiocho hizo de tripas corazón, aceptó que se había equivocado, pero luchó por cambiarlo. A los treinta se fue de casa porque no quería que vivir le doliera. Y a los treinta y dos sería padre de un niño al que quería poner un nombre que nos recordara por siempre al mar. El artista torturado, el niño dulce, el adolescente sabio, el joven inmaduro, el adulto ilusionado..., todos esos Pablos, tan enamorados de la vida..., me querían más que a esta misma.

—Santiago —le dije.

Me miró confuso.

—¿Santiago?

—Es el nombre del protagonista de *El viejo y el mar*.

Sonrió.

—Santiago entonces.

Cuando besó mi vientre no pude remediar ceder un metro más a mi humanidad.

—Yo también te quiero, lo sabes, ¿verdad?

—Sí. —Frotó la mejilla contra mi camiseta—. Lo sé mucho antes de que tú te dieras cuenta.

Y el mundo demostró que podía ser de todos, pero sobre todo de nosotros dos. Suyo. Mío. Nuestro.

38

Hola, Fer…, soy yo…, Martina. No sé si no has escuchado la llamada o aún no quieres hablar conmigo. Solo quería contarte que… es un niño. Y…, bueno, pues eso…, no te molesto más. Uhm… espero que estés bien.

Colgué el teléfono y miré a Pablo con cara de circunstancias. Él chasqueó la lengua contra el paladar y me dio un beso.

—Ya se le pasará.

—Necesitamos unas vacaciones.

Esa fue la escueta respuesta que Javi le dio a Amaia después de volver a discutir por la maldita petición de mano bachatera. Así llevaban semanas; bien pero tensos, porque Javi finalmente dijo que sería mejor olvidarlo, pero ninguno de los dos lo hizo. Estaba claro: necesitaban unas vacaciones.

Javi había intentado ponerse en la piel de Amaia para poder responder así en consonancia a los actos de su chica, pero era imposible. Hay que ser Amaia para estar tan loco como Amaia. Así que él desestimó la idea de tratar de ponerla en una situación similar y de hacerla sentir en esa cuerda floja en la que él había creído moverse cuando ella lanzó al aire despreocupadamente su «podríamos casarnos».

Las ideas son como parásitos que pueden anidar en silencio dentro de nosotros mismos. Van creciendo, alimentándose de ilusiones, miedos y otras emociones hasta que un día se han convertido en nuestro objetivo en la vida. No sé si fue lo que le pasó a Javi pero me aventuraría a asegurar que sí.

Seguía sin estar a favor de la forma en la que Amaia intentaba hacerse un hueco en aquella relación, pero Javi es un chico sensible, le guste o no. ¿Qué quiere decir esto? Pues que tiene una gran capacidad para empatizar con los demás, sobre todo con su chica. Él se había sentido incómodo e inseguro cuando ella planteó tan a la ligera la idea de casarse solo un par de meses después de iniciar una relación que era de todo menos típica pero… ¿no era tal y cómo se sentía ella por culpa de su inseguridad?

Javi no entendía muy bien por qué Amaia no se sentía bonita. Se decía constantemente que las chicas siempre se quejan de sus cuerpos y que nunca están satisfechas de sí mismas pero lo cierto es que, no es que tuviera una carrera amorosa de lo más extensa y exitosa, las chicas con las que había salido antes (relaciones que él consideraba superficiales) nunca habían hecho gala de ese nivel de inseguridad. Él tenía ojos en la cara, no era un idiota, y sabía lo que diferenciaba a Amaia de las otras chicas a las que se comparaba; lo que le costaba comprender era por qué el peso era tan importante. Amaia tenía un pelo precioso, unos ojos algo rasgados, claros y vivos, la nariz más mona y respingona del mundo y esos labios…, joder. Lo de los labios de Amaia era de otro mundo. Además, tenía un cuerpo carnoso pero compensado. Pechos grandes, brazos torneados, cintura, caderas redondeadas…, ¿eran todas esas cosas que había descubierto que tanto le gustaban en realidad lo que justamente hacían sentir incertidumbre a su chica?

«Me dejarás por una flaca en cuanto te aburras», le solía decir. Y él pensaba frustrado que no había nada en el mundo que pudiera hacer para quitarle aquella puta idea de la cabeza.

No nos damos cuenta del daño que nos hacen los latigazos propios hasta que no destrozamos con ellos el futuro de algo que nos importa. Y Javi no quería que aquello les pasara a ellos. Estaba demasiado seguro de que Amaia no había llegado a su lado por casualidad y que lo que sentían era amor de verdad. Javi es un romántico que ni siquiera sabía que lo era. Antes de ella, todas las chicas eran piernas bonitas enroscadas en su cintura, embistes contra una puerta, un preservativo a toda prisa y gemidos al final. Las chicas le hacían sonreír, pero nadie conseguía la devastadora sensación que le arrollaba con ella.

Me contó Pablo que, una tarde que habían quedado para arreglar algunas cosas del jardín (o más bien fingir que lo intentaban, tomarse una cerveza con aire preocupado y decidir que había que llamar a un profesional), Javi le preguntó si creía que Amaia y él estaban locos por intentar que lo suyo funcionara a pesar de todo.

—A pesar... ¿de qué? —le preguntó Pablo confuso.

—A pesar de que ella no crea en esto.

—Ese no es el problema. El problema es que Amaia... esconde muchos problemas para aceptar que es digna de tu amor, de que la quieras.

—Debo estar loco por querer meterme en este berenjenal. —Se frotó la cara.

—Decía Edgar Allan Poe que la ciencia aún no nos ha aclarado si la locura es o no lo más sublime de la inteligencia.

Javi se le quedó mirando con una sonrisa burlona.

—Claro, hablar contigo sobre locuras es como hacerlo de religión con el Papa.

—Pues te diré más…, las locuras que más se lamentan en la vida de un hombre son aquellas que no se cometieron cuando se tuvo oportunidad. No es mío, que conste, es de una periodista americana que no recuerdo cómo se llama.

El nombre de la periodista le importaba bien poco a Javi, pero esas palabras le hicieron pensar mucho.

Javi llevaba un tatuaje en la cara interna de uno de sus brazos. No le gustaba nada y había pensado en eliminarlo mediante láser. Era una estrella de cinco puntas que no recordaba por qué se había hecho. Lo único que le retenía para tomar la decisión de borrarlo definitivamente era el recuerdo de la sensación que lo embargó cuando se lo hizo. Cuando se acostó en la camilla y colocó las dos manos bajo la cabeza supo que en algún momento de su vida desearía no haberlo hecho, pero siguió, ¿por qué? Porque se sintió libre de cometer aquella locura y vivir después con el recordatorio de haberse atrevido a ser un loco durante un rato.

Cuando llamamos a Amaia y a Javi para contarles que salíamos del hospital y que ya sabíamos que nuestro bebé era un niño, estaban en casa haciendo la maleta de Amaia. Él ya había dejado una bolsa de viaje con unas cuantas mudas junto a la cómoda de la habitación, pero Amaia estaba dándole muchas vueltas al tema «modelitos». Por la mañana saldrían temprano hacia Santiago de Compostela. Amaia se había negado en rotundo a ir a algún típico destino de playa, sol y bikini y cuando Javi trató de increparla ella le dijo:

—Sé que tú ya me has visto desnuda y que ya conoces los horrores al otro lado de la laguna Estigia, pero…

—Amaia, estoy hablando en serio —trató de mediar él.

—¡Yo también! Es que no quiero que nos vean juntos y nos miren como siempre.

—¿Cómo nos miran?

—Como preguntándose qué pintamos juntos… pero en bañador. Paso.

Esa conversación alimentó la idea que había anidado dentro de él.

Así que, Santiago de Compostela. Habían encontrado un hotel perfecto para una escapada. A Amaia le pareció de cuento y sonreía de tal manera viendo las fotos en la pantalla de su ordenador que Javi tuvo que decirse eso de «el dinero y los cojones para las ocasiones». Reservaron para cuatro días sin pensar mucho más. Querían tomárselo con calma, pasear por el casco viejo, visitar la catedral, ir de vinos por la zona del Mercado de Abastos y recorrer cada centímetro del gran jardín que se extendía en la parte trasera del hotel. Javi, además, pasó casi una noche entera frente al ordenador, mirando fotos y preguntándose cosas.

Las temperaturas durante aquellos días serían suaves, por lo que la maleta de Amaia al final se llenó con un vestido largo de flores con manga francesa y un cárdigan también largo, unos vaqueros sencillos, varias camisetas y blusas, unas sandalias de tacón muy cómodas, ropa interior bonita y… un bañador. El hotel tenía spa y a Javi le pareció que Amaia necesitaba relajarse. Yo hubiera empezado por medicación intravenosa, pero bueno…

Cogieron el avión a las seis y veinticinco de la mañana. Amaia estaba de mal humor porque había dormido poco y rezongó durante todo el camino, medio dormida, con la cabeza dando tumbos de aquí allá. Javi la miraba entre divertido, enternecido y preocupado. Esa relación le daba mucho que pensar y, aunque cuando estaban juntos todo era perfecto, en cuanto un centímetro cúbico de aire los separaba, Amaia tendía a volverse loca y a planear todas aquellas cosas que podría hacer para superar su supuesta ruptura.

El cielo de Santiago los recibió lloviendo. Una suerte para Javi, al que le encantaba ese tipo de días grises cuando no tenía nada mejor que hacer que quedarse en su habitación abrazando a Amaia. Bueno, es que realmente dudaba que hubiera algo mejor que hacer en la vida.

Un taxi los llevó hasta la puerta de A Quinta da Auga mientras sus ventanillas iban humedeciéndose con la fina llovizna que volvía aún más verde el paisaje.

Mientras Javi se registraba en el hotel, Amaia daba vueltas por la recepción fijándose en cada detalle. Las fotos que había en una mesa en el centro, algunas que decoraban las paredes, el salón contiguo con su olor a madera quemada y sus paredes de piedra. Estaba tan emocionada.

—Amaia, dame tu DNI, por favor —le pidió él, sintiéndose culpable de tener que tirar de ella hacia la realidad.

Parecía una niña que se había perdido en el castillo de Eurodisney. Y él sintió más apretado el nudo de su garganta. El miedo a equivocarse es el precio a pagar por sentirse libre.

La habitación era, sencillamente, de cuento. Paredes de piedra, suelo de parqué, papel pintado, una ventana con vistas al jardín trasero que, además, les devolvía el sonido de un riachuelo que pasaba por debajo del propio hotel y una cama perfecta, mullida, vestida con sábanas de aire romántico. A Javi le gustaban los espacios minimalistas de líneas sencillas, con mucho blanco y gris, limpios de estampados y colores, pero tenía que admitir que todo era muy bonito…, sobre todo después de verlo reflejado en los ojos de Amaia.

Ese día reservaron cita en el spa y hora para un masaje el último día y después marcharon al centro de Santiago sin importarles la lluvia, que fue escampando en cuanto entró el mediodía. Comieron en un sitio llamado A Tulla, un restaurante muy tradicional, de comida casera, metido en un callejón estrecho que casi pasaba desapercibido y después pasearon un buen rato por el casco viejo y se tomaron más vasos de licor de café de los que su sobriedad soportaba. ¿Qué hicieron después? Pues eso que a veces hacemos los adultos cuando nos encebollamos: follar como animales.

Amaia me mandó un mensaje la tarde del segundo día para contarme que aquello era precioso; adjuntó algunas fotos que le enseñé a Pablo con envidia. También me contaba que todo iba bien, pero que notaba a Javi algo raro. Como su chico había pasado bastante tiempo con Pablo en las últimas semanas, le pregunté a este si sabía algo. Pablo sonrió.

—Sé que le está dando vueltas a que ella ponga tantos problemas por su inseguridad. No lo termina de entender.

Acto seguido le respondí al mensaje diciéndole que Javi la quería con locura y que se dejara mimar.

Fue el tercer día. Durante buena parte de la tarde y la noche anterior había llovido con ganas, dejando el césped del jardín verde y húmedo. Javi seguía meditabundo, más callado de lo normal. Estaba un poco aturullado por la tormenta de ideas que se le cruzaba por la cabeza cada dos por tres, apareciendo como flashes para desvanecerse después dejándole con una sensación de vacío en el estómago. Ella lo miraba con preocupación, claro, porque a pesar de que cada vez que hacían el amor él le decía que la quería y todo era como siempre, tenerle tan callado y tan metido en su mundo la hacía pensar que empezaba a ver claro que aquella relación era un holograma que no tardaría en evaporarse. Y cada día que pasaba le costaba más convencerse de que podría seguir adelante sin él.

Aquella tarde Javi le propuso ir a dar una vuelta por el jardín trasero y averiguar por dónde discurría ese río que se escuchaba desde la habitación. El ambiente era un poco húmedo y fresco sin llegar a molestar y empezaba a hacerse de noche; habían encendido unos cuantos farolillos y brillaban aquí y allá lucecitas blancas salpicando el verde. Era un buen momento para pasear.

Javi la cogió de la mano con firmeza y acarició los nudillos con su dedo pulgar. La miró, con sus vaqueros y su camiseta de encaje granate por debajo del codo. Su pelo suelto se mantenía liso y se movía con ella en cada paso. Javi se sintió morir un poco. No estaba seguro de nada. Supuso que es el precio a pagar por la libertad.

—Amaia... —susurró.

Ella se paró en mitad del jardín.

—Dios, Javi, a ti te pasa algo.

—No. —Le sonrió—. Es a ti a la que le pasa.

—No es verdad. Estás muy raro desde que llegamos.

—Es que le he estado dando vueltas a una cosa. Pero ven, no te pares. Hay un sitio precioso un poco más abajo.

Amaia no se preguntó cómo es que Javi sabía que había un sitio precioso más abajo cuando era la primera vez que estaba allí. Solo le siguió. Javi estaba muy guapo; hacía días que no se afeitaba y su piel rascaba un poco al besarle. La noche anterior cuando se hundió en el arco de su cuello, mientras embestía entre sus piernas, ella sintió la dureza de su barba en la piel y se deshizo de deseo con ella. Lo miró y él le respondió con una sonrisa tranquilizadora. Llevaba el pelo apartado de la cara hacia un lado y una camisa de cuadros.

—Ven por aquí. Venga..., ¿de qué tienes miedo?

—Estoy habituada a ser la rara. Llámame caprichosa, pero prefiero nuestro *statu quo*.

Los ojos de ella se iluminaron de ilusión cuando la metió en el interior de una especie de bosque de bambú iluminado débilmente por unas luces blancas procedentes de otra parte del jardín.

—Hostias..., es lo más bonito que he visto en toda mi puta vida.

—¿Y tú me lo preguntas? Poesía eres tú —le respondió él con sorna.

—Las mujeres de mi familia hablamos así. —Ella le miró con desdén y él la acercó para besarle la frente—. Javi, creo que deberías hacerte mirar esos cambios de humor.

—Amaia, ¿tú te acuerdas de aquella vez que discutimos en tu coche? —le preguntó pero no le dio tiempo a responder—. Cuando me dijiste que la bachata tenía la verdad absoluta sobre el amor.

—Sí. Prince Joyce y Romeo Santos —asintió segura de su hipótesis musical.

—Ya. Pues…, ¿sabes?, siempre me ha frustrado darme cuenta de que a veces no nos entendemos. Yo digo las cosas a mi manera y tú tienes tu propia forma de entenderlas y al final uno por otro, lo nuestro termina siempre sin barrer. Yo… me esfuerzo mucho porque tú estés tranquila, porque confíes en que no quiero engañarte ni hacerte daño y que… tú me conoces desde hace años y sabes que no soy de esos. Nunca te haría creer que…

—Amor. —Ella sonrió—. Da igual.

—No, no da igual. Mírate…, he estado un poco más callado de lo habitual y tú ya…

—Javi, yo…, entiéndeme.

—Eso quiero hacer. Y juro que me voy a pasar la noche escuchándote pero ahora tienes que callarte un ratito. —Sonrió él—. Déjame terminar aunque esta sea la única vez que lo hagas de aquí a que nos hagamos viejos.

Amaia le animó a seguir hablando con un ademán y los ojos en blanco.

—Quiero decirte que nunca se me había ocurrido que quizá debía sucumbir a eso que yo consideraba parte de tus rarezas para poder solucionarlo. Pensaba que tenía que hacerme entender; no se me ocurrió aprender a hablar tu idioma para conseguirlo. Así que…, bueno…, digamos que voy a escoger las palabras de alguien que se hace entender mejor que yo.

—Adelante —le dijo ella divertida.

Javi se colocó delante de ella y agarró sus manos, jugueteó con sus dedos y respiró hondo. Amaia pensó que si le recitaba a Bécquer se descojonaría sin remedio. Sacó su móvil del bolsillo del vaquero y desenvolvió unos auriculares. Después le pasó uno a ella y se colocó el otro.

—Iba a decirlo yo, pero en mi boca seguro que te da risa, explotas a carcajadas, hieres mi orgullo y me llenas de babas, así que, bueno, esto lo leí en un libro.

Buscó una canción y después levantó la mirada y la centró en sus ojos.

—Hablemos tu idioma, princesa.

Había muchas canciones en el mundo para decirle a Amaia cosas bonitas del amor. Cosas como que no todos los hombres son iguales. Como que él la veía como realmente era y no le importaba la opinión de nadie, ni siquiera la de ella misma, porque lamentaba decirle que estaba equivocada en quererse tan poco. Pero… sabía que Amaia desestimaría cada estrofa, cada palabra, aunque fuera el poeta Serrat quien la cantara.

Javi había pasado semanas buscando entre muchas canciones de las que le daban ganas de tirarse de un tren en marcha, esperando encontrar las palabras perfectas… o las más cercanas a lo que ellos sentían. Y un día, a punto de tirar ya la toalla…, dio con ella.

Una música y un tarareo les llegó a los oídos. Amaia reconoció al instante la voz de Ken-Y cantando «Princesa». Javi y Amaia se sonrieron siguiendo la letra en silencio. No tenían ni idea de cómo pasó. Un día eran amigos, sin preguntarse nada más, y al otro se necesitaban tanto que parecía que la piel se les abriría y los haría sangrar si el otro se alejaba.

A Amaia una vez la llamaron «princesa», pero fue alguien lo suficientemente cobarde y mediocre como para hacerle creer que era ella la que no se merecía más. Es la ley del débil…, hacer creer a quien tiene al lado que vale menos de lo que en realidad vale él mismo. Comercian con cariño a cambio de humillación porque es la única manera que conocen de sentirse más tranquilos consigo mismos.

Pero bueno, no eran las palabras lo que importaba, porque hubiera dado igual que le hubiese recitado la letra de «Puta», de Extremoduro, que por cierto era una de las canciones preferidas de Javi, porque eran los ojos del hombre que tenía delante los que hablaban por sí mismos.

Ella, que había vuelto loco a Javi desde el día que se conocieron. Él fue a darle dos besos, ella le dio la mano. Él fue a cogérsela y ella le dio un abrazo. Después se miraron con una sonrisa avergonzada y se echaron a reír. Ella, que lo descubrió un día arrojando el teléfono móvil contra una pared, a la que le había llorado una única vez en el regazo, el día que se sintió una decepción para la única mujer a la que hasta el momento había querido hacer sentir orgullosa. Ella, a la que besó una noche después de haberse muerto por dentro al imaginar que otro la hiciera sufrir. Ella…, que le insufló vida a una parte de él que no sabía ni que existía. La única por la que se declararía con una jodida canción de reggaetón.

Javi miró al cielo mordiéndose el labio avergonzado y se echó a reír. Ella hizo lo mismo. Javi era la única persona en el mundo que la haría reír hasta muerta. El único que era capaz de darle sentido a la necesidad. Él, que le había hecho el amor después de decirle que la quería más de lo que se podía permitir.

—Ay, Javi. —Se rio ella.

—Como te rías, me tiro al río.

Tiró del cuello de su camisa y lo besó. Los dos cerraron los ojos.

—Yo pensaba que los hombres erais malos, ¿sabes? —le dijo ella sentada en el césped húmedo, acurrucada entre las piernas de Javi. Les rodeaba la noche cerrada—. ¿Cómo fue tu primera vez?

—Desastrosa. —Se rio él—. Ella lloró y yo no atinaba. Se la metí en el culo y no me di ni cuenta.

Bravo, Javi. B-r-a-v-o.

—La mía fue en un coche. Duró un par de minutos. Después él me dijo que si se lo contaba a alguien lo negaría todo y me llamaría gorda delante de todo el mundo.

—¿Crees que podríamos conseguir su dirección? Me gustaría mucho visitarle con una jeringuilla llena de aire.

Amaia se rio y se arrulló con él.

—Es que estas cosas no pasan de verdad, Javi. Los chicos como tú salen con chicas guapas que, si acaso, ya se pondrán gordas después de parir un par de hijos. Y las chicas como yo terminan casadas con un montón de gatos.

—Oye… —la obligó a girarse hacia él—. No quiero que hables así. Las chicas como tú eligen lo que quieren de la vida. Y los chicos como yo nos sentimos afortunados si nos escogéis. Así es la vida, Amaia.

—Eres demasiado optimista con la raza humana —bromeó ella.

—No. Es que, cariño, estás obsesionada con algo que no importa ni de lejos tanto como tú crees. Yo te veo, Amaia…, ¿crees que el día que me enamoré de ti un rayo me cegó? Cuando me acuesto contigo veo la piel que estoy besando. Y me gusta. Odiaría que quisieras cambiar por mí.

—Pero yo podría intentarlo si tú…, porque la vida está llena de chicas bonitas que te mirarán y tú llegarás a casa y allí estaré yo, que no me parezco en nada a ellas.

Javi resopló.

—Amaia, ¿ni con reggaetón, en serio?

—Lo siento.

Giró y se hundió en su cuello deseando ser mejor consigo misma, deseando merecer la esperanza que él le estaba dando.

—Bueno, mentiría si dijese que esperaba que bastaría con una canción.

—Al menos lo intentaste.

—Al menos me escuchaste. Ahora, supongo, que solo queda que respondas.

Amaia frunció el ceño. Que respondiera, ¿a qué? Levantó la mirada y Javi sonrió. Uno de los brazos de Javi la envolvía y el otro..., ¿dónde estaba la otra mano, la que hacía nada estaba navegando entre los mechones de su pelo?

El anillo brilló entre el dedo índice y pulgar de Javi, al que el corazón le cabalgaba en el pecho de una manera enfermiza. Un sencillo aro de oro blanco con una pequeña piedra redonda brillante en el centro. Si su madre lo hubiera visto, hubiera dicho que era ridículamente minúsculo; él pensó que era perfecto. Y Amaia soltó un taco.

—Joder —balbuceó Amaia.

—Cásate conmigo. Aquí. Tan pronto que los demás crean que nos hemos vuelto locos.

—¿Y si nos hemos vuelto locos de verdad?

—Habrá que demostrarlo con una buena fiesta.

39

No fueron los remordimientos; fue la falta de ellos. No fue el aburrimiento, fue la resignación. No fue Sandra, fueron sus ganas. Lo poco que quedaba de la Sandra sensata capaz de discernir entre la pasión, el amor y la desidia, sabía que su relación con Íñigo no era más que una pantomima mal montada que ni siquiera se creían los actores. Pero...

Pasó por algunas fases diferentes; la que más tiempo le duró fue la de cabreo. Se enfadó y mucho con ella misma, pero no sabía bien por qué. Con el tiempo se daría cuenta de que había decepcionado a la parte más independiente de sí misma cuando había vuelto con Íñigo sin plantearse nada sobre el amor. Se enfadó también con Íñigo, sin sentido, supongo. Segundas partes nunca fueron menos buenas.

Mentiría si dijese que se planteó de verdad romper con él. Estuvo pensando mucho en todo aquello, claro, pero solo hasta llegar a la conclusión de que no le daba la gana estar sola. Discurso de autoconvencimiento que hizo su trabajo y la persuadió para callar. La sinceridad estaba sobrevalorada, pensó. Y en lugar de ir a casa de su chico para romper con una relación que no significaba nada, me llamó y aceptó por fin la invitación para pasarse por casa de Pablo. Mi chico no le hacía gracia, pero iba a tener un hijo con él y ni siquiera me había llamado para responder el mensaje en el que le conté que iba a tener un sobrino machote bien armado.

La casa le gustó, sobre todo, porque olía a hogar. Aún quedaba en el aire un leve rastro del aroma de la pintura con la que Pablo había hecho un lavado de cara al interior. Había pocos muebles, pero todos con historia. Un buró que perteneció a su abuelo, una librería atestada de libros manoseados en ediciones preciosas, un sillón orejero de segunda mano mandado a tapizar de nuevo y una mesa de centro conseguida en el Rastro de los domingos en La Latina. Todo coherente entre sí, con él, con la casa, respetando el aire que se respiraba: un hogar donde lo que primaba era sentirse cómodo, pero con ese estilo que Pablo imprimía en las cosas. Sandra lo miraba todo con el eco de la rabia mal disimulada en la voz cuando hacía comentarios ácidos sobre lo que se le ocurría.

—¿Lo de las alfombras es porque le gustan los ácaros o porque...?

—Porque me gusta follar en el suelo —respondió Pablo saliendo de la nada, limpiándose las manos llenas de tierra en el pantalón de deporte—. ¿Qué tal, Sandra? ¿Quieres una cerveza?

—No, gracias.

—¿Te ha contado ya que va a ser un niño? —le preguntó acercándose al frigorífico para sacar un botellín frío para él.

—Sí.

—Ah, como no llamaste.

Le recriminé la actitud con la mirada, en silencio, a pesar de que yo también estaba un poco dolida con el comportamiento de Sandra.

—Se me pasó —respondió ella con un hilo de voz.

Nos acomodamos las dos solas en una mesita de hierro forjado con sillas a conjunto que había en la parte trasera, frente al destartalado cenador. Pablo nos sirvió limonada y un platito con unos macarons salados que habíamos estado cocinando como posible receta para el nuevo menú. Supongo que se sentía mal por haber sido tan borde. Y es que tiene una autopista directa entre su corazón y la boca por donde viajan todas aquellas palabras que tienen que ver con lo que le importa y, como sabemos todos los que le conocemos bien, no paga peaje en la razón.

—Pruébalos a ver qué opinas —le ofreció tratando de ser amable. Después me besó sobre el pelo—. Estoy dentro leyendo.

—Gracias, cariño.

Sandra miró seria el mimo que Pablo me dedicó en el vientre abultado antes de marcharse adentro. Yo llevaba un vestidito de verano de tirantes con el que se notaba bastante la evolución de mi embarazo.

—Qué rápido va todo —dijo con los ojos perdidos.

—Sí. ¿Qué tal te va? Hace días que no hablamos.

—Bien. —Sonrió forzada—. ¿Ya habéis pensado nombre?

—Sí. Santiago.

Arqueó las cejas y su expresión volvió a parecerse a la de mi amiga Sandra, alejándose de la Sandra perdida y desconocida.

—¿Santiago, tía? ¿Se lo has dicho a Amaia?

—Aún no. Cuando vuelva. ¿Por?

—Me sorprende que no hayas caído tú sola.

—Santiago…

Se puso el dedo sobre el labio imitando un bigote y yo me acordé del profesor más desagradable que tuve en mi vida. Además de ser un mal docente, era asqueroso. Nos hizo pasar dos años odiando el dibujo técnico porque nos cogió una manía terrible. Y no, no es verdad que los profesores no tomen manía a sus alumnos, son humanos. La diferencia entre unos y otros es si se les olvida o no antes de poner las calificaciones y a este no se le olvidaba nunca que Amaia, Sandra y yo éramos gente non grata en su clase.

—Joder. No le puedo poner Santiago —rezongué—. Tienes razón.

—Encontraréis otro nombre bonito, ya verás.

Asentí y le di un sorbito a la limonada.

—Oye, San…, ¿con Íñigo todo bien?

—Sí —aseguró poniendo morritos de pato—. Como siempre.

Y hasta yo supe que era un poco mentira.

Se fue pronto. Le hacía sentir avergonzada e incómoda el ambiente que se respiraba en aquella casa. Intimidad, supongo. La actitud de Pablo para con ella tampoco le hacía sentirse muy bien y no la culpo. Para disculparlo diré que es un hombre muy visceral y la poca relación que había tenido con Sandra hasta el momento no le hacía sentir demasiada simpatía por ella. Le recriminé sus comentarios cuando Sandra se marchó y él, dejando a un lado el libro que estaba leyendo, hizo una mueca y se revolvió el pelo.

—Lo siento, pequeña. Me salió solo. Me molesta su falta de… empatía. En ese aspecto tu amiga Sandra es un poco psicópata. —Le miré con una mueca—. Vale. Perdóname. Soy un poco troglodita.

—Ah, y no podemos llamar al niño Santiago.

—¿¡Por qué!? —Frunció el ceño.

—Era el nombre del profesor más desagradable que he tenido. Me acordaré toda la vida.

—Pensaremos más.

Después me senté en sus rodillas y me besó con su mano llena de anillos sobre mi vientre.

Sandra no se dio cuenta de que su decisión de no dejar a Íñigo provenía, lo más probable, de su miedo a estar sola cuando el bebé naciera, yo me mudara a una nueva casa y Amaia y Javi tomaran la decisión de vivir juntos también. Ella no quería quedarse descolgada; es un sentimiento muy humano. Al fin y al cabo pensaba que Íñigo y ella se entendían, se conocían y tenían por el otro un cariño enorme. ¿Qué era la pasión? Nada más que un ratito de sudor y sexo que tal y como venía se esfumaba después del orgasmo. No le hizo feliz pensar que nosotras, sus amigas, lo teníamos todo en una, pero una vocecita dentro de su cabeza apuntó con seguridad que en unos años nuestras relaciones pecarían de la misma falta de lujuria que la suya. O eso esperaba.

Es natural sentir ese tipo de emociones, nunca diré lo contrario. Pero es poco sano. Y si no se cortan de raíz, si no se ponen en entredicho, si no nos alejamos un poco de ese noble arte de compadecernos a nosotros mismos, solemos caer en la tentación de tomar decisiones cómodas que nos hacen cobardes e infelices. Que nos convierten, al final, en personas que no deseamos ser.

Después de aquella tarde Sandra se afanó en ser una novia modelo pero, para su sorpresa, encontró una respuesta más bien fría por parte de Íñigo, que parecía haberse habituado a su situación. En aquel momento no entendió que cuando no funciona el plan establecido, hay que reinventarse desde lo más hondo.

Todo habría seguido como estaba, sin más. Con una Sandra insatisfecha y un Íñigo conformista, de no haberse dado una situación algo excepcional en la empresa en la que trabajaba él. La secretaria, Lourdes, había cumplido los sesenta y cinco y tenía muchas ganas de dedicar el día a leer todos esos libros que tenía en su lista de pendientes, aprender a bailar salsa y pasar más tiempo con sus nietos. Así que decidió jubilarse. Antes de marcharse, recomendó a una sobrina suya para su puesto: Noelia. Tenía veinticuatro años y había estudiado Administración y Dirección de Empresas, pero seguía sin conseguir trabajo. Quería independizarse y vivir sola. Era una joven risueña, feliz, que siempre lucía una sonrisa en los labios y que encandiló a toda la empresa en su semana de prueba.

Íñigo le había contado a Sandra todo aquello mientras cenaban, un par de meses atrás, pero como venía siendo costumbre, ella no le atendió. Se sentía solo y que por más que había intentado esforzarse por hacer lo contrario, había vuelto con Sandra para instalarse en el mismo punto en el que lo habían dejado. Sandra trabajaba y había salido por fin de casa de sus padres, pero seguía siendo la misma persona que no estaba contenta con su vida pero que no hacía nada por cambiarla.

Noelia y él comieron un día juntos. Se cayeron muy bien. Días después coincidieron en la calle y ella le invitó a unas cañas. Hablaron de tonterías sin importancia pero se sintió extrañamente cómodo. Se dieron el móvil. La llevó una tarde a casa, porque llovía. Y en todos aquellos silencios, en las ausencias y en el desinterés de Sandra, la relación entre los dos se fue estrechando. Y él no era de esos chicos que pasan por alto algo así. Y seamos sinceras…, hay muchos hombres que no se dan cuenta de que la relación que mantienen no funciona hasta que llega otra con la que funcionaría mejor.

Tomó la decisión correcta.

—Sandra…, he conocido a otra persona.

Sencillo. Sin dobleces. Seis palabras para echar abajo algo que ya cojeaba. Ella le miró durante unos segundos sin llegar a entenderle. ¿Cómo?

—Me he enamorado de otra chica.

Da igual lo poco que cuides la relación que tienes en ese momento: eso duele. Y mucho. Supongo que Sandra se sintió abandonada, decepcionada, traicionada…, es como yo me hubiera sentido si, al final de nuestra relación, Fer hubiera confesado que nuestro problema no era nuestro, sino suyo, porque ya amaba a otra. No soy muy buena con los sentimientos y me cuesta ponerme en la piel de los demás, pero puedo entender hasta por qué no nos lo contó en el momento. Hubiéramos estado a su lado si hubiera compartido con nosotras todo aquello. Hubiéramos dejado de lado nuestras vidas para hacer terapia conjunta, pero ella prefirió callar. Y calló durante un par de semanas. No negaré que me sentí extraña cuando me enteré de que hacía más de quince días que había roto con Íñigo. Me sentí decepcionada con la amistad que creía tener con ella, porque yo tampoco entendí que cuando alguien no encaja en su propia vida, los demás importan mucho menos. Además… ¿no había hecho yo algo parecido cuando decidí retrasar la conversación pendiente con ella sobre mi embarazo?

Sandra estaba secretamente preocupada por muchas cosas, aunque las vistió todas de una falsa euforia de sentirse libre. Le preocupaba que nadie llegara a quererla como ella quería que la quisieran. Le inquietaba no llegar a saber ella misma lo que era enamorarse de un hombre hasta enloquecer. No entendía qué pasaría con ella cuando las relaciones que la rodeaban crecieran. ¿Con quién viviría? ¿Con quién compartiría lo que le quedaba? Pero… ¿qué le quedaba? Por el momento solo sentirse dolida y dejar que la rabia y la frustración por no ser feliz se centrara en el hombre que la había abandonado. Y esta vez de verdad.

40

E h..., hola, ratón. ¿Qué tal? Espero que todo siga bien. Yo... me voy de vacaciones. Estaré fuera dos semanas. Quizá..., cuando vuelva..., podríamos vernos. Supongo que ya se te notará... —Suspiró—. Dios..., la vida se ha vuelto muy rara. Dale un abrazo a Pablo.

Miré a Martina que, de pie frente a mí, tenía los ojos clavados en mi cara, como si tuviera que recoger cada pequeño gesto en un diario de reacciones para entenderme.

—Bueno. Es Fernando. Se le pasará. —Puse una mano llena de anillos encima de su vientre y le sonreí—. Tú no te preocupes por él.

Colocó una mano sobre la mía y suspiró de soslayo.

—Nunca entenderé a los hombres.

—Ni a la especie humana en general —remarqué.

Mi pequeña marciana...

Pasaron muchas cosas aquellas semanas. Muchas y, por primera vez en mucho tiempo, no todas a nosotros dos. De pronto el mundo volvió a expandirse más allá de las fronteras de lo que significábamos Martina, nuestro bebé y yo. Amaia y Javi se prometieron, Sandra y su novio rompieron, el nuevo menú de El Mar empezó a coger forma, decidimos el nombre del bebé, Malena tuvo una rabieta, noté la primera patada de mi hijo y Martina empezó a hacer de mi casa un hogar. Pero por partes...

Cuando Amaia y Javi volvieron de las vacaciones, nos llamaron y nos invitaron a cenar en casa de Javi. Les ofrecí la terraza trasera de nuestra casa (sí, nuestra casa, para mí el sentido de la propiedad no importaba cuando se trataba de ella) porque aquellas noches de agosto estaban siendo agradables y estaríamos más a gusto. Invitamos también a Sandra porque yo era un borde desalmado con ella y quería suavizarlo. Bueno, igual no desalmado, pero un borde sí (se lo merecía por estúpida y egoísta, pero eso es algo que callaré por ahora).

Javi y Sandra no habían hablado desde el encontronazo que tuvieron cuando ella descubrió que salía con Amaia y me imaginaba que las cosas estarían algo tensas entre ellos, pero seguro que podría arreglarse con unas botellas de vino y algo rico. Martina opinó como yo y llamó a Sandra para ofrecerse a ir a recogerla. A mí no me hacía gracia que cogiera el coche porque no teníamos instalado el cinturón especial para embarazadas y me daba miedo que pudiera pasarles algo, pero cerré el pico. Sandra, no obstante, dijo que no hacía falta, que Amaia iba a coger el coche y que irían los tres juntos. Me pareció un buen detalle por su parte. Al final no iba a ser mala chica..., solo una malfollada.

Llegaron sonrientes, sobre todo Amaia y Javi. Se les veía descansados y contentos. Javi pidió permiso a Martina para tocarle el vientre y Amaia contestó una sandez de las suyas. Me fui a la cocina a por cervezas, orgulloso de lo que tenía. Yo tenía una familia..., ¿no era de locos? Una familia y nuevos amigos que me hacían sentir... comprendido. Era una sensación extraña, como si mi vida hubiera estado esperando piezas que no tenía para poder estar completa. No quiero menospreciar a mis otros amigos, que conste, pero pasa a veces que los caminos nos separan y terminas bebiendo cervezas con desconocidos a los que conociste un día, con los que no tienes nada en común más que la melancolía. Recuerdas batallas, historias y risas, pero todo es reciclado. No se generan nuevas batallas ni historias ni risas: son prestadas, del pasado. Son una cinta de súper 8 contigo riéndote a carcajadas, desdentado, corriendo con tu hermano alrededor de la mesa del salón. Sonríes y crees rozar con los dedos la sensación de estar allí y disfrutas de prestado, en diferido, en un momento en el que no estás disfrutando.

Quizá esté medio loco, pero sé lo que me digo en cuanto a las relaciones sociales. Y quiero a fuego a los bastardos de mis amigos pero, en nuestras vidas actuales, somos unos desconocidos. Nos perdimos la pista cuando todo se volvió más serio y era mucho mejor recordar tiempos en los que seis latas de cerveza y una *Interviú* nos hacían la tarde. Ellos se reían porque a mí me daban un poco de repelús las tías desnudas en una revista. Y yo me reía de ellos, porque me llamaban «maricón» pero yo era el único que sabía cómo era el tacto suave y delicioso de los pezones endurecidos de una chica en las palmas de mis manos. Esos delincuentes inofensivos que empezaron sus carreras pensando en las barras libres, en las rubias que viajaban a Madrid de Erasmus y en follar como locos y que terminaron siendo jóvenes interventores de una sucursal bancaria, dentistas, mecánicos o informáticos. Casados. Solteros. Emparejados. Había de todo. Y todos pertenecíamos a la misma generación, una casi perdida, que había alcanzado lo que deseaba dentro de las posibilidades que tuvo. Hipotecados, alquilados, pagando a plazos un coche o preguntándonos si nos quedaríamos pronto calvos. Pero ¿íbamos a hablar de aquello? ¿Del Ford Mondeo de Manu, de la hernia de Luis o las dos hijas que ya tenía Fran? ¿O era más divertido (y cómodo) recordar un pasado mejor?

Con Javi, Amaia y Martina, por ejemplo, no pasaba aquello. Cuando nos reíamos, lo hacíamos en presente. Los tiempos verbales cambiaban. Las sensaciones eran más vívidas. Más reales. Más maduras. Más profundas. Daba igual cuántas veces mencionara Amaia su higo. Eran amigos adultos. Un regalo que me había brindado mi pequeña Martina.

Preparé una sopa fría de tomate y fresones con crujientes de parmesano, merluza al horno con una salsa muy fina y de postre sushi dulce en el que nada era lo que parecía: el alga nori chocolate, el arroz bizcocho y el relleno fruta fresca. Tuve a Martina de pinche, ayudando a cortar, besándome la espalda, susurrando cosas que uno nunca espera escuchar de una chica como ella. Y yo cerraba los ojos, gemía cuando mordía el lóbulo de mi oreja e imaginaba que podía cogerla, subirla al banco y follarla como le apetecía que lo hiciera. Pero tenía miedo. Desde el susto. Desde que sabíamos que sería niño. Desde que su vientre se había curvado. Todo lo hacía más real y yo tenía miedo de que en aquel momento en el, que ya era parte de nuestra realidad se evaporara. Estaba seguro de que era mi jodido destino. Ser padre de aquel niño. Estaba escrito. Y Martina estaría a mi lado hasta que me muriera. Era todo lo que quería de la vida.

No recuerdo cómo nos lo dijeron. Solo sé que de pronto la mesa era una algarabía total. Sandra, Amaia y Martina lanzaban grititos (hasta mi chica, a la que nunca habría imaginado aplaudiendo y lanzando gorjeos al ver un anillo de compromiso) y Javi y yo nos dábamos uno de esos abrazos con golpes en la espalda con los que creemos que hacemos un poco más masculino algo tan íntimo como un abrazo.

Se casaban.

—¿Cuándo? —preguntó Sandra emocionada. Y me pareció que esa chica era la verdadera Sandra y la que yo había visto en otras ocasiones solo una versión maltrecha y apagada de sí misma.

—Pues... en marzo.

Los tres nos quedamos parados, mirándolos.

—En marzo..., ¿marzo? Quieres decir... ¿en medio año?

—Sí. —Los dos se miraron con una sonrisa boba—. Es la primera fecha que pudieron darnos. El sábado 12 de marzo a las cinco de la tarde en los jardines del hotel Quinta Da Auga, en Santiago.

—¿De Compostela? —grité yo, alucinado.

—Sí. —Se descojonaron—. Buena putada, ¿eh?

—¡Tenemos que empezar a organizarlo todo! —exclamó Sandra—. Vestidos, reserva de vuelos y hotel, despedida de soltera...

—Despedida de soltero... —añadí yo levantando repetidamente las cejas.

—No quiero de eso, tío —contestó rápido Javi.

—¿No? —Arrugué la nariz—. Venga, hombre. Yo te la organizo. Sin tías en pelotas, palabrita.

A las doce y media se fueron. Martina tenía cara de cansada y no quisieron que se alargara demasiado la velada, que había sido feliz y divertida. Hasta Sandra parecía estar más contenta cuando se marcharon. A la una nosotros estábamos metiéndonos en la cama del que confiaba que sería nuestro dormitorio. Ella llevaba una camiseta de tirantes holgada y larga que se ajustaba a su naciente tripa y dejaba sus piernas a la vista. Con el pelo suelto y las mejillas sonrojadas por el sol que la había bañado aquella mañana mientras leíamos libros para futuros padres. Nunca había visto a una mujer más bonita. Sonrió cuando me pilló mirándola.

—Aquí te hace falta una cómoda. —Señaló un rincón vacío de la habitación.

—Nos hacen falta muchas más cosas. Deberíamos empezar a pensar en la habitación del niño.

—Es pronto. —Se tocó la tripa—. Me da miedo que pase algo y nos quedemos con todo...

—Esperaremos —le dije.

—Pablo... —Se colocó un mechón de pelo detrás de la oreja y se sentó sobre sus talones frente a mí, en la cama. Me incorporé para mirarla—. ¿Tú tuviste despedida de soltero?

—No. —Sonreí—. Mis amigos se enteraron de mi boda cuando llevaba un mes casado.

—¿Alguna vez haces algo como los demás esperan que lo hagas? —preguntó con una sonrisa burlona—. Te casaste a lo loco a espaldas de todo el mundo y ahora vas a tener un hijo con una chica a la que no conoces de más de... ¿cinco meses?

—Tengo toda la vida por delante para aprender cuál es tu película preferida o si te gusta que llueva.

—Quizá haya cosas importantes que aún no sabemos del otro.

—¿Quieres casarte algún día? —le pregunté a bocajarro—. ¿Quieres un anillo de pedida, que me arrodille, una boda bonita?

—No. —Negó con la cabeza—. No es algo con lo que haya soñado. Ser el centro de atención... —Fingió un escalofrío—. Solo quiero una vida tranquila dentro de lo posible cuando una se lo plantea con Pablo Ruiz.

La cogí y la senté a horcajadas encima de mí. No podía ser más feliz.

—Te amo —le dije.

—¿Cómo puedes estar tan... preparado?

—Porque es real. Y perfecto. Y porque he entendido que si no hubiera sido de esta manera, jamás me habría planteado ser padre. Tú me has hecho este regalo.

El mejor regalo que un hombre puede recibir. Un regalo que implica dejar los miedos a un lado y sobreponerse de la sorpresa con capacidad de reacción.

—Diego —le dije.

—¿Diego qué?

—He estado buscándolo y Diego viene de Santiago. Es un nombre bonito para el niño.

—Ah. —Sonrió—. Diego...

—Diego Ruiz Mendieta.

—Suena bien.

—Te quiero más que al mar. —Y miré sus ojos atontado.

—Tú, yo y el mar —respondió con una sonrisa.

—Y el bebé. —La tumbé a mi lado y me encogí hasta poner mi boca a la altura de su vientre—. Buenas noches, Diego. Apaga la luz. Mamá y yo tenemos que hablar de cosas de mayores.

Y aparqué el miedo a hacerle daño a un lado aquella noche, porque necesitaba celebrar con nuestros cuerpos todo lo que nos estaba pasando. Martina se corrió en mis labios y después yo lo hice sobre su muslo derecho, como homenaje al primer orgasmo que tuve con ella.

Lo demás no tardó en venírsenos encima. Sandra confesó al día siguiente que Íñigo y ella ya no estaban juntos. Se lo contó a las chicas en un mensaje en su grupo de WhatsApp a media mañana, añadiendo que pensaba decírselo a las dos en persona pero que no quiso empañar la noticia de la boda de Amaia, de la que se alegraba de corazón. Pobre Sandra. Quizá no se encontraba y yo sabía bien lo horrible que era aquella sensación.

Martina se disgustó un poco. Me contó sentada en mis rodillas, en el sofá, que esperaba más de la relación que tenían. Le dije que el tiempo lo arreglaría y que no se preocupara.

Era lo mismo que pensaba de Malena..., que el tiempo arreglaría el corazón que yo ayudé a romper y que un día podríamos saludarnos por la calle con naturalidad, pero creo que en este caso estaba equivocado. Como si estuviera sincronizada con el resto de nuestra vida y las cosas que nos pasaban, Malena me hizo llegar a casa un paquete con las jodidas fotos de nuestra boda y luna de miel. Tócate los cojones. «Mira a ver qué haces con esto. Yo ya no las quiero para nada». Eso ponía en su nota. Pensé que Martina me gritaría horrorizada que sacara aquello de casa y lo quemara o... incluso que lloraría. Esperaba casi cualquier cosa menos que se acercara, me las quitara de las manos y se pusiera a estudiarlas.

—Pequeña..., dámelas, voy a tirarlas.

—¿Por qué? —preguntó sin despegar los ojos de ellas.

—Porque son fotos de algo que ya no existe.

—Más a favor de guardarlas. —Me miró y sonrió—. Estás mucho más guapo ahora.

—Gracias —musité inquieto por su calma.

—No esperaba que te casaras con traje, pero tampoco llevando esta camisa.

Acarició la superficie de la foto y yo me senté a su lado.

—Hacía un calor de mil demonios en Acapulco. Ponerse un traje habría sido suicidio.

—Es preciosa —dijo con los ojos clavados en Malena.

—Ella es guapa. Preciosa eres tú.

—No hace falta que me digas esas cosas. —Me miró—. No es que no me haga sentir un poco insegura su apariencia pero...

—A todos nos impone la apariencia de los ex de nuestra pareja.

—¿A ti te impone Fer? —Levantó las cejas divertida.

—¿Tú has visto esa barba? Frondosa, espesa, varonil... Ahora mira la mía. —Me señalé el mentón.

Martina dejó las fotos sobre la mesa y se encaramó para morderme suavemente la barbilla.

—Me encanta esa barba tuya que no se ve pero se siente —susurró en mi oído—. Aunque apenas te salga en las mejillas y te la afeites cada dos días para disimularlo. Cumple su cometido.

—¿Y cuál es su cometido, pequeña pervertida? —pregunté encantado de la vida.

—Arañar mis muslos cuando me comes.

Se rio con una carcajada infantil y volvió a sentarse, esta vez entre mis piernas, en el suelo, a ojear las fotografías de mi boda con otra chica. Le acaricié el pelo y, sin poder bloquearlo, imaginé cómo sería casarme con Martina. Lo haríamos en un jardín, probablemente en el de El Mar. Como mucho quince invitados. Yo me pondría una camisa discreta y ella un vestido bonito. Nos cogeríamos las manos y nos miraríamos a la cara, prometiéndonos la letra de una canción de Rayden, o algo así.

—Me gusta su vestido. Es raro, pero le quedaba muy bien.

Suspiré y me concentré en el presente. No podía repetir errores…

—Se lo cosió ella.

—¿Qué excusa tienes tú? ¿Pintaste tú mismo el estampado de tu camisa?

—Era de Fendi, bruja. Me encantaba esa camisa.

—¿Y qué pasó con ella?

—Ehm. —Malena me la arrancó aquella noche antes de follar como dos locos contra el ventanal de nuestra habitación de hotel—. Se estropeó.

El recuerdo de aquello ni siquiera cosquilleó en mi vientre. Y seré sincero, Malena me daba por saco a base de bien pero, antes de lo de Martina, recordar el sexo que tenía con ella me solía dar para un par de pajas. Éramos unos animales que se follaban con tanta rabia que hasta se hacían daño. Me tuvo poniéndome camisas de manga larga un verano entero para poder tapar las marcas de los arañazos que me dejaba en la piel. Y ahora, lo único que cosquilleaba en mi interior eran las palabras de Martina, su pelo, la yema de sus dedos y su cara cuando se ponía cachonda. Adiós, Malena, ya no eres ni siquiera un fantasma.

Me avergüenza confesarlo, pero uno de los postres del nuevo menú de El Mar estaba basado en los pezones de Martina.

Así, fácil y sencillo. El recuerdo de esas dos frambuesas duras contra mis labios, coronando la suavidad de dos pechos llenos que vibraban cuando se frotaba contra mi paquete, fue suficiente para crear una panacota suave, vibrante, cremosa, que se deshacía entre la lengua y el paladar. Llamé al postre «medusas de frambuesa» porque «pezones de Martina» me parecía fuera de lugar. Los dos le dimos el ok y lo sumamos al resto de platos que habían ido pasando el filtro y que a finales de mes enseñaría a los jefes de partida para el nuevo «curso». Sé que la inspiración no fue solamente cosa de ella; sé que aquel viaje que habíamos hecho juntos había terminado por derribar ciertos bloqueos mentales que no me dejaban crear. Quizá ser capaz de crear vida dentro de una persona me hizo ver que lo más difícil ya estaba hecho. Imaginar platos era mi trabajo y no podía estar hastiado o renegar de ello. Todo lo demás vino rodado. Al final, ser feliz es un gran catalizador para el éxito.

Entre plato y plato, Martina fue dándole vida a cada rincón de la casa hasta construirla de nuevo desde sus cimientos. No se dio cuenta tampoco de aquello, pero cuando se apoyaba en el marco de la puerta del dormitorio que ocuparía el bebé y me decía que el color verde estaría bien para las paredes, cuando dormía la siesta en el sofá con *Elvis* acurrucado al lado, cocinaba unas tortillas de tomate para desayunar o bajaba descalza las escaleras, imprimía su huella en las paredes y pilares maestros de una casa mucho más antigua que nosotros dos. Sus pasitos rápidos sobre el parqué le ponían banda sonora a cuatro paredes que nunca antes albergaron vida como entonces. Su sonrisa enigmática de Monalisa, cuando extendía crema en su vientre cada noche, abría las ventanas y hacía ondear las cortinas. Los gemidos suaves con los que respondía a mi lengua enterrada entre los pliegues de su sexo alguna madrugada dotaban de historia nuestro colchón. Me enamoré aún más de Martina en la cotidianidad de un mes que pasamos juntos sin hacer nada en una casa de Madrid. Nos demostramos que no hacía falta viajar para que el amor nos pareciera más nuestro.

Y sin darnos apenas cuenta, el mes de agosto llegó a su cénit y entre enseñar las nuevas recetas a los jefes de cocina y partida en El Mar y una renovada brisa, nosotros sentimos la necesidad de hacer nido, de prepararnos para la llegada de nuestro hijo. Nos encontramos sosteniendo ropa de recién nacido, preguntándonos si el algodón sería ecológico, si la talla cero era la adecuada o si tendríamos que ir pensando ya en comprar la cuna. Toda mi vida había cambiado radicalmente y yo ni siquiera me había parado a asimilarlo: lo había hecho de manera natural. Mi cuerpo no estaba transformándose como el suyo, yo no tenía a Diego creciendo dentro, pero lo entendí. Mi papel, mi responsabilidad, mi deber y mi devoción. A ella la preparó la naturaleza ensanchando sus caderas, haciendo que su piel se estirara, creando un refugio en su vientre que cuidara de nuestro hijo hasta el momento en el que diera su primera bocanada de aire. A mí me había ido preparando el pasado, dejándome claras todas aquellas cosas que ya no me llenaban. No. Yo estaba listo. La vida me había puesto en la casilla de salida, nada más.

Volvimos a casa más cargados de lo que planteamos cuando salimos a por algunas cosas. Nos habíamos emocionado, como no podía ser de otra manera. Habíamos comprado la cuna, el cambiador, una mecedora, ropa, sábanas…, todo a una escala casi diminuta. No la dejé descargar el coche a pesar de que muchas de las cosas que habíamos escogido llegarían en un camión de reparto el día siguiente.

Aquella noche, cuando me dejé caer en mi lado de la cama, cansado, con un moño, mala cara y unos pantalones de pijama azul claro bastante viejos, Martina me cogió la mano, la puso sobre su vientre y esperó en silencio. Lo noté bajo mi mano. Una vibración, un golpe suave…, una patada. La miré con una sonrisa tímida en los labios y después concentré mi atención de nuevo a su vientre. Tardó un poco, pero volvió a moverse.

—Diego —le dije hablando despacio—. Soy papá. No dejes de moverte nunca.

Si antes había sido consciente de mi papel de padre, en aquel momento me di cuenta de que nada me prepararía para el impacto de sostenerle en brazos cuando naciera. Si una patada me había sobrecogido, ¿qué no conseguiría su mano agarrada a uno de mis dedos? Me di cuenta, joder, de que el milagro de la vida nos supera a todos.

—Mi amor —musité buscando los labios de Martina—. Gracias.

—¿Por qué?

—Por nacer.

Y así llegamos a septiembre. De veinte semanas.

41

Amaia y yo mirábamos, sentadas en el sofá, un catálogo de vestidos de novia. Era sábado y estaba a punto de irme a trabajar. Me apetecía mucho estar en mi piso para pasar la mañana con ella haciendo esas cosas que nos gusta hacer a las chicas cuando estamos juntas: estar juntas. ¿No lo habéis pensado nunca? Dos tíos juntos suelen tener alguna actividad para sentirse cómodos. Nosotras podemos pasar una tarde estupenda que se resuma en «estuve con mi mejor amiga».

Además, a Pablo le había surgido un viaje express a Barcelona. Sé que en condiciones normales hubiera mandado a la mierda cualquier cosa que implicara una sesión de fotos pero aquello era diferente porque era para el dominical más leído y con más prestigio del país. El socio de Pablo había invitado a visitar la cocina meses atrás a ciertas personas influyentes que habían hecho correr la voz entre la gente *cool* de que Pablo era el próximo chef español que se convertiría en leyenda. El magnetismo de Pablo, su cocina innovadora y tradicional a partes iguales, un restaurante en el que te sentías un náufrago entre tantos sabores, a los que te agarrabas para descubrir que el paladar tiene muchos más matices de los que pensamos..., todo había sumado y Pablo no podía darle la espalda. Iba a ser portada del semanal más leído y El Mar se haría aún más famoso; no podía decir que no porque no le gustara la idea de ser tan visible como persona. Pablo pretendía no existir más que como mano ejecutora de un menú, pero en los tiempos que corren el quién es tan importante como el qué. Se había marchado en uno de los primeros AVES de la mañana.

Pero basta de Pablo, que me tenía loquis de loquer, y más de Amaia, que estaba loca de fábrica.

—Me gusta este —le dije, señalando un vestido sin mangas con la espalda de plumeti y una caída preciosa.

—Mis brazos parecerán esas piezas de jamón york que se ven en las charcuterías.

Chasqueé la lengua contra el paladar. Llevaba más de media hora sacando defectos a todo lo que veía.

—¿Y este?

—¿Palabra de honor? Estás loca. Los invitados podríais morir sepultados por la lorza que se me escaparía por encima.

Cerré la revista y la arrojé de malas maneras encima de la mesa de centro.

—Amaia, eres idiota, te lo digo de verdad. Idiota no, gilipollas. Deja de hacer eso. Deja de hacerte sentir como una mierda y ponerte a la altura del betún porque, además de que es lamentable y malo para tu autoestima, me siento muy incómoda.

Me miró con una ceja arqueada.

—Tienes un bajón de azúcar. Este embarazo te está volviendo un poco majara.

—Si lo sé me voy con Pablo —farfullé.

Las llaves anunciaron la llegada de Sandra.

—¡Ey!, Amaia…, ¡ya ha salido el *Vogue* novias! —Se sentó a su lado y le pasó una bolsita de una librería.

—¡¡¡Joder, cuánto por revisar!!!

—No sé ni para qué te molestas —comenté—. Le vas a sacar un pero a todo lo que veas.

—No si encuentro algún vestido que tape todos los centímetros de mi ser.

—Confirmado: eres idiota.

—Y tú una zorra —respondió.

—¿Qué tal está Diego, Marti? —Sandra me puso la mano en la tripa—. ¿Se mueve?

—Tráeme la tableta de chocolate y verás cómo se mueve. —Me reí.

—Vas a ser tan bonito que nos vamos a querer morir —le dijo a mi tripa.

Amaia y yo nos miramos confusas. ¿Y ese repentino buen humor?

—Oye, Sandra, una cosita…, ¿has follado?

—No. El hecho de que mi novio se largara con una fulana de veinticuatro años no me ha dejado muchas ganas de follar —dijo mientras se encaminaba hacia la cocina—. Voy a por una Coca Cola, ¿queréis algo?

—Trae algo. Así en plan genérico. Sorpréndenos a la gorda y a la preñada.

No lo pude evitar. Le arreé una colleja que la dejó patidifusa.

—Joder, Martina, aún no has parido y ya eres madre, ¿eh? Céntrate en Dieguito y déjame a mí, anda, que ya tengo bastante con las ultrahostias que me daba mi madre.

—No le llames Dieguito —gruñí—. Y deja de ser una imbécil contigo misma, por favor.

Sandra, en la cocina, dejó que la verdadera expresión de lo que sentía saliera a la superficie: hastío. No fingía, que conste.

Estaba emocionada con ser tía, con que Amaia se casara, con que todo fuera avanzando. Pero… ¿y ella? ¿Avanzaba? Sentía la imperiosa necesidad de dar pasos largos, grandes zancadas, para alcanzarnos a las demás. Pero había llegado a la conclusión, hacía unos días, de que la respuesta no eran caras largas, sino todo lo contrario. Si estaba feliz, si sonreía, si parecía ella misma y hacía bromas, los demás la querríamos más y atraería a la buena suerte. No sé hasta qué punto secundar esa opinión porque, por un lado es verdad que si tú sonríes lo de alrededor te sonríe a ti pero… ¿y si no te apetece hacerlo? ¿Y si estás mal? ¿Y si necesitas hacerte un ovillo y llorar un rato hasta que de verdad se te pase? Mierda de sentimientos, joder. Son demasiado complicados.

Amaia miró con carita de ilusión uno de los vestidos que encontró dentro de la revista que Sandra había traído. Quiso disimularlo, pero la conozco desde los seis años y sé cuando algo le gusta. Lo adiviné con el novio, no iba a hacerlo con el vestido de la boda… La verdad es que era muy bonito: discreto, blanco, con algo de encaje detrás pero la espalda prácticamente al aire y una caída preciosa. Le arranqué la revista de las manos y miré con interés el pie de foto. Era de una diseñadora de vestidos de novia recién llegada, decían…, Elise Hameau. Memoricé el nombre y me levanté del sofá con cierta dificultad. La tripa empezaba a abultar más que mis pechos y eso que mis pechos abultaban lo suficiente como para hacer contrapeso e irme hacia delante hasta clavar los dientes en el suelo.

—Buff…, qué gorda estoy —farfullé.

—Qué bien sienta que alguien más diga esa frase en esta casa y… sea verdad.

No agredí a Amaia por muchas razones: comprendía que estaba nerviosa por su boda y los pocos meses que tenía para organizarla, yo no estaba muy rápida con esto del embarazo y además… ella me podía. Mejor irme a trabajar.

Sandra salió a darme un beso antes de que cruzara el quicio de la puerta y me di cuenta de camino a El Mar de que mi casa empezaba a parecerme un lugar un poco extraño, donde pasaban cosas que no lograba comprender del todo porque quizá pasaba demasiado tiempo fuera de casa. Era momento de sentarse a decidir si debía pasar lo que me quedaba de embarazo en mi piso o en la que sería mi casa. Lo que estaba claro es que tenía que averiguar dónde encontrar el vestido que le había gustado a Amaia para que se lo pudiera probar.

Pablo llamó en el mismo momento en el que entraba en El Mar. «¿Cómo estáis? ¿Todo bien? ¿Da patadas? ¿Las has contado?». Daban ganas de abofetearlo para que se relajara, pero lo comprendo. En el fondo los dos éramos conscientes de que estábamos muy ilusionados con algo que no dejaba de ser potencialmente de riesgo. Me dijo que vendría en metro desde la estación de Atocha y que nos veríamos en un ratito y yo quise estar más ágil, más llena de energía para poder enfrentarme a las horas que me quedaban sin pensar, como lo estaba haciendo, que eran una eternidad.

La rutina empezó como siempre. Sonaba la banda sonora de la película *The Rocky Horror Picture Show* y todo el mundo estaba a lo suyo. Los jefes de partida concentrados, los ayudantes afanados en sus tareas, los jefes de cocina controlando… o eso parecía. Me llamó la atención que uno de los ayudantes estuviera haciendo una cosa que Pablo jamás dejaba en manos inexpertas. Y no era por meterme donde nadie me llamaba, pero hay ciertas tareas que resultan un poco peligrosas para gente que aún no cuenta con la experiencia necesaria y más con prisas… y no quedaba demasiado para empezar a sacar platos. A alguien no se le había dado demasiado bien su trabajo y había echado mano de ayuda a toda prisa.

—Hola, Simón… —le saludé con una sonrisa—. ¿Quién te ha mandado hacer esto?

—Marcos. ¿Pasa algo? —preguntó confuso, con miedo de estar haciendo algo mal.

—No, no te preocupes. Para un momento. Alfonso —llamé en voz alta—. ¿Tiene que ser Simón quien haga esto? ¿Puedo echar una mano yo? Mi partida casi está lista y puede encargarse Carol.

Señalé con la cabeza la máquina que estaba utilizando..., una de esas con cuchillas muy afiladas. Un ayudante recién llegado, sin guantes de seguridad..., llamadme exagerada pero no me hacía gracia.

—No se lo he mandado yo —repuso confuso.

—Ha sido Marcos. No lo veo.

Apareció al escuchar su nombre.

—¿Qué problema hay? —Frunció el ceño.

—A Pablo no le hace demasiada gracia que sean los ayudantes quienes hagan estas tareas. —Y hasta yo misma me resulté repipi.

Todos sonrieron con condescendencia. Ahí estaba... «la chica de Pablo» haciendo de repelente niño Vicente.

—Bueno, no tienes de qué preocuparte. Estoy supervisándolo yo —aclaró Marcos—. He ido un momento a la cámara. La cagamos con la sal y hay que volver a mezclarlo todo.

—Vale. Perdona. Pero id con cuidado. —Me toqué la tripa—. Me dan pánico esos bichos.

—Pronto empiezas el papel de sufridora. —Se rieron.

Ja. Ja. Ja. Todo son risas hasta que la confianza y las prisas arrebatan el trono a la precaución.

Fue poco después; Pablo debía estar al llegar. Estábamos colocando en la salamandra (1) los platos que saldrían en menos de nada. Toda la cocina estaba organizada en torno a lo que tenía que estar listo en minutos para descansar en las mesas de los clientes, que admirarían las formas, los colores, los olores, que harían una foto de la composición de alimentos sobre la loza color aguamarina y la subirían a Instagram, presumiendo de poder saborear El Mar. La música había cesado y solo se escuchaba la voz de los jefes de cocina y el murmullo de los jefes de partida. Como cada noche. Pero… todo lo que venía siendo costumbre se rompió con un sonido. No sabría con qué compararlo, aunque lo más probable es que ni siquiera quiera hacerlo por no recordar demasiado de él. Horrible. Chirriante. Una mezcla entre una cuchilla afilada que se queda encallada donde no debe y dolor, mucho. No entraré en detalles escabrosos pero en décimas de segundo todo se llenó de sangre. Y el caos, con sus cuatro jinetes del Apocalipsis, entró en la cocina.

La ley de Murphy. Si Pablo hubiera estado allí muchas cosas habrían cambiado. Para empezar, un ayudante que llevaba con nosotros apenas un mes no habría estado utilizando maquinaria peligrosa y menos aún sin supervisión. Y con prisas. Hubiera tomado las riendas, también. O con su presencia todos hubieran actuado más rápido. Alfonso no se hubiera quedado en blanco y Marcos no habría aparecido a toda prisa, por la puerta que daba a la calle, de esa pausa para el cigarrillo que los trabajadores hacen solo cuando no está le jefe. Pero Pablo no estaba y Marcos se había ido a fumar. Alfonso se había quedado en blanco. Y cada segundo que pasaba el caos era más grande.

Me agarré el vientre casi por inercia, como pidiéndole a Diego que no se asustara, cuando quería no asustarme yo. Desconecté la máquina, cogí un paño de cocina y presioné la herida. Dios. Era peor de lo que parecía. Simón gritaba…, no era para menos. Aquello era una jodida carnicería. Mi respiración. Pensé en ella. Se escuchaba a todo volumen, como si hubiera ensordecido a todo lo demás.

Por el rabillo del ojo vi a Carlos salir a toda prisa y vomitar en la entrada. Rose se desmayó dándose una buena hostia al llegar al suelo. El resto me miraba paralizado y horrorizado. Había visto algún que otro susto en cocina, pero nada igual.

Sin dejar de presionar la herida cogí otro paño y lo añadí, porque el primero ya estaba empapado. Tiré de Simón hasta donde estaba el teléfono y lo descolgué. El 112 tardó apenas unos segundos en responder.

—Le llamo del restaurante El Mar. Hemos tenido un accidente en la cocina. Por favor, manden rápido una ambulancia —atendí a las preguntas que me hacían. Mi respiración sonaba tan alta que casi no me dejaba escuchar nada más—. Una mano, con una cuchilla de cocina. Sí, hay mucha sangre y estamos presionando la herida. Ha habido también un desmayo. —La sangre empapaba el trapo y me goteaba entre los dedos, le pasé el teléfono a Alfonso—. Diles la dirección.

Cogí otro paño y hielo, por inercia. Sabía que el hielo ayudaba a conservar en estos casos. Lo puse encima del segundo paño.

—¡¡Que vengan rápido, no sé si estamos haciendo lo que toca!! —Me giré hacia Simón—. Tú no te preocupes por nada, ¿me oyes? En un mes estás tocando hasta el violín. ¡¡Iñaki!! —llamé. Vino corriendo hasta mí—. ¿Estás bien? ¿Te marea la sangre? ¿No? Pues pon la mano donde la tengo yo y presiona, ¿vale?

Me acerqué a Rose, pero la tripa no me dejó agacharme con facilidad.

—Que alguien la saque de aquí. Ponedla en el despacho de Pablo mientras viene la ambulancia y colocadle los pies en alto.

Miré a mi alrededor. Todo el mundo parado. Mirando. Alfonso, que ya había colgado el teléfono, pasándose nerviosamente la mano por la cabeza rapada sin parar. Y a nuestro alrededor, una pintura impresionista de sangre y comida. Cincuenta comensales preparados para recibir en la mesa unos platos que parecían más atrezzo de una película gore que algo comestible.

—¡¡Moveos de una puta vez!! ¡¡Santiago!! —El jefe de sala estaba en el quicio de la puerta con una expresión de horror que me hubiera dado risa de darse en otro caso—. Abre unas botellas de cava. Que no sea malo pero que tampoco sea bueno. Invita a los clientes. Diles que hoy es el cumpleaños del jefe de cocina y que queremos celebrarlo con ellos. Iñaki, sácalo…, que no vea la sangre.

Simón se desplomó antes de que yo terminara la frase. Nos llegó el sonido de las sirenas acercándose. Marcos se cogía la cabeza en un rincón. Alfonso me miraba la chaquetilla llena de sangre fresca.

—Ruth… —La jefa de la partida de postres me miró—. Ayúdame a limpiar. Carol, ¿estás bien?

—Sí.

—Saca piruletas de parmesano. O tartaletas. Da igual. Cualquier cosa que vaya con el cava y que tengamos preparado. Atempéralo, pero en el horno, no en la salamandra. Toda la comida que esté en ese lado de la cocina a la basura. El resto justo a la otra parte. Seguid en la otra parte. Rápido, rápido, rápido. Santiago, a la orden de Carol, saca los platos que te preparará en aquella mesa. En la más alejada. ¡Todo el mundo a la otra parte de la cocina!

La gente empezó a moverse. Los sonidos de cocina volvieron. El olor a desinfectante. Muchas manos ayudando. Ollas, sartenes, platos trasladados a toda prisa al punto opuesto de una, gracias a Dios, cocina enorme. Los paramédicos entraron al trote en aquel momento y detrás de ellos…, Pablo. Y no Pablo. PABLO RUIZ el chef, el dueño, el jefe. Y se hizo el silencio.

Fueron horas de tensión y de mucho silencio en la cocina. Nadie se quitó el temblor en lo que quedó de noche. La cocina quedó tan limpia y brillante que podríamos haber bebido sopas en cualquier superficie, pero seguimos utilizando las cuatro mesas de trabajo que quedaban justo en el lado contrario por precaución de que nada se contaminara con posibles restos de sangre. Los platos salieron. Los comensales cenaron con normalidad y nadie en el salón se enteró de lo que había pasado, excepto el personal que trabajó con la orden de fingir que allí aquella era una noche cualquiera. Diego no dejó de revolverse en mi interior.

Eran las dos de la mañana cuando Pablo entró de nuevo. Nunca lo había visto tan serio. Ni tan silencioso. Creo que todos pensábamos que cuando volviera a aparecer, después de haberse marchado al hospital para enterarse del estado de Simón, lo haría a gritos, patadas al mobiliario y loza por los aires. Pero nada. Todo calma. Una calma fría que infundía más terror que sus ataques. Se frotó el mentón y respiró hondo, quedándose plantado en mitad de la cocina.

—Alfonso, Marcos y los jefes de partida…, al salón. El resto a casa. El lunes por la mañana quiero a todo el personal aquí a las diez de la mañana en punto. El que llegue un minuto tarde ya puede buscarse nuevo trabajo.

Muchas miradas fueron al suelo.

—¿Cómo está Simón?

—Parece que salvará todos los dedos, aunque no sé en qué condiciones. Ni yo ni los médicos ni él.

Un silencio y él caminando lentamente hacia el salón.

—No voy a repetirlo. Jefes de cocina y de partida, al salón. El resto fuera de aquí YA.

La gente fue desapareciendo en cuenta gotas, apesadumbrados, tristes, nerviosos, arrastrando los pies. Aquella noche muchos la pasarían en vela.

Nos sentamos en una de las mesas grandes del salón, todos mirando a Pablo que, con los brazos cruzados en el pecho, nos miraba de pie, apoyado en una silla.

—No sé ni por dónde empezar —masculló, miró al techo y después tragó—. Martina, ¿estás bien?

—Sí. —Me toqué el vientre en un acto reflejo.

—Bien. Vale. Quiero saber quién pidió a Simón que se encargara de esa tarea. Marcos... —dio el pie Pablo.

—Sí, he sido yo.

—¿Por qué y..., sobre todo..., por qué estaba solo? ¿Quién le dijo que podía usar las manos en lugar del taco? ¿Dónde estabas tú cuando ha pasado?

—Bueno, alguien la cagó con la sal y... tuvimos que empezar de nuevo. Íbamos con prisa y yo pedí ayuda.

—¿Estabas en la cocina?

—Todo ha pasado muy rápido.

—La pregunta es sencilla —insistió Pablo—. ¿Estabas en la cocina? ¿A su lado?

—Yo..., no..., no sé, Pablo.

—¿No sé? —preguntó arqueando una ceja—. Dentro o fuera. Es fácil.

—Pablo...

—¿O estabas fumando en la puerta a punto de empezar el servicio, después de dejar a un ayudante sin experiencia encargándose de una tarea peligrosa solo?

Otro silencio afilado como las cuchillas de la picadora.

—Estaba fumando.

—Bien —asintió—. Obviaremos el incidente en la carta de despido. Tienes un mes para encontrar otra cocina. Después de ese momento no tendrás absolutamente nada que ver con El Mar ni conmigo. ¿He sido claro?

—Sí.

—Estupendo. Puedes irte.

Marcos se levantó de la silla y nos miró a todos, sobre todo a mí. No entendí aquella mirada de resquemor, de recelo..., yo no había hecho nada. Ni siquiera había tenido oportunidad de hablar con Pablo después de que se asegurara de que la sangre de la chaquetilla no era mía y se marchara al hospital.

Yo no había sido una chivata. Ni tenía culpa del accidente. Pero agaché la cabeza.

Pablo volvió a mirarnos cuando Marcos desapareció a través de las puertas de hoja doble. Fue una mirada severa, como la de un padre que está a punto de castigar a sus hijos y de darles una lección que les valdrá de por vida.

—Yo ya he vivido esto —dijo tajante—. Yo ya había visto lo que pasa cuando mezclas inexperiencia, prisas, poco conocimiento y maquinaria de este tipo. Sois como santo Tomás, ¿no? Si no lo veo no lo creo. Era sencillo. Una norma de fácil cumplimiento: los ayudantes no meten mano a las máquinas sin supervisión mía o de los jefes de cocina. ¿Nadie vio que Simón estaba en la picadora o es que a todos os confunde la noche?

—Martina —dijo Alfonso—. Martina ya había llamado la atención sobre eso…

—¿Martina? ¿La misma Martina que llamó a emergencias, dirigió al personal de sala, limpió la cocina y reorganizó para que todo saliera a su tiempo? La misma que está embarazada de cinco meses y que debe evitar estrés, ¿verdad?

Todos agachamos la cabeza.

—Tenéis los cojones como cabezas —gruñó—. Llevo toda la noche preguntándome si tengo una cocina llena de inútiles o de irresponsables. ¿Qué preferís? ¿Eh, Alfonso? ¿Qué prefieres ser, inútil o irresponsable?

—Lo siento —musitó.

—Se lo dices al niño de veinte años que está en el hospital. Yo tus disculpas me las paso por el forro de los cojones. —Se humedeció la boca—. Todos habéis sido testigos de lo de esta noche. Las cosas en esa cocina van a cambiar mucho. No quiero ni un suspiro cuando se tomen las decisiones pertinentes. Porque entonces todos diréis que mi chica, la madre de mi hijo, tiene trato de favor. Y yo me cagaré en vuestras almas, ¿entendido? ¡¡Un puto día!! ¿¡No me puedo ir ni un puto día!? ¿Es esto lo que pasa cuando no estoy? ¿La jodida anarquía? ¿Qué somos, niños de parvulario? ¿Qué va a pasar cuando yo me quede en casa porque haya nacido mi hijo? ¿Qué va a pasar cuando yo no pueda venir porque tenga que atender otros proyectos profesionales? ¿¿¡¡NO ME CONTESTA NADIE!!??

Todos miramos al suelo. Carraspeó y se frotó la nariz.

—El lunes por la mañana tendremos una reunión de equipo en la que se hablará de los reajustes. Enhorabuena por sacar adelante el servicio; no voy a decir más. Martina, coge tus cosas. Nos vamos a casa.

Me levanté, arrimé la silla a la mesa y fui hacia donde estaba él. Ya nos íbamos hacia la cocina cuando Carolina lo llamó.

—Pablo…

—¿Qué? —le rugió.

—No es justo.

—¿Perdona?

—No es justo. Y te lo digo con todo el respeto que sabes que te tengo como persona y profesional, pero no es justo que nos juzgues a todos por un accidente.

La miró con los ojos entrecerrados durante más segundos de los que serían cómodos. Pablo, el Pablo que todos esperábamos no había aparecido. No habían volado sillas ni platos, ni siquiera había levantado la voz por encima de lo normal. Pero estaba mucho más que enfadado. Pablo estaba indignado y decepcionado. Al final se aclaró la voz y con frialdad respondió:

—Estoy juzgando lo que ha pasado HOY, no la marcha de este restaurante durante sus cinco años de andadura. Yo, como tú dices, he dejado de venir cuando he considerado y vosotros respondisteis siempre como se espera de vosotros. Nunca había pasado nada, es verdad pero… ¿qué ocurre cuando pasa, como hoy? Que mis jefes de cocina se quedan pasmados, que cunde el pánico y que nadie sabe reaccionar como todos deberíamos saber hacerlo. ¿Me entiendes, Carolina? ¿O tengo que arrodillarme y darte las gracias por hacer tu trabajo el resto del año? —Ella agachó la cabeza—. ¿Tú sabes cómo son las cosas en otras cocinas? Hay chefs que tienen tres, cuatro, cinco restaurantes. Reparten su tiempo entre sus negocios, por lo que el equipo que asignan tiene la obligación y el compromiso de responder a los estándares de seguridad y calidad como si él estuviera presente. No soy vuestro padre. Soy el tío que diseña los menús, que firma al final de una carta y vosotros el equipo que lo hace posible y por eso todo mi respeto, pero no esperes que te dé las gracias cuando mi cocina, porque te recuerdo que soy el dueño del cincuenta por ciento de este negocio..., es un caos porque nadie sabe reaccionar a un accidente. Y te diré más..., en el futuro voy a tener que ausentarme mucho más. ¿Llamo a los bomberos para que se apuesten en la puerta cada vez que no vaya a venir o responderéis como se espera de vosotros?

Todos se callaron.

—Cuando penséis que soy un jefe injusto, cuando consideréis que os juzgo según mi conveniencia, recordad la conversación que tuve con todos vosotros el día que entrasteis a formar parte de esto. Recordad cuánto cobráis. Recordad que esto es El Mar y remamos todos en la misma dirección. Ahora..., si a lo que te refieres es a las ocasiones en las que he perdido los nervios...

—Pablo, no me refería a eso.

—Déjame terminar —pidió firmemente—. Si te refieres a eso te diré que tienes razón en juzgar al chef que tienes delante y no darle la medalla al mejor tío del mundo. Pero no lo mezcles con el hecho de que esta noche tu partida ha salido porque mi mujer tomó las riendas de la cocina. Si te sientes frustrada..., y esto va por todos..., si os sentís frustrados porque esta noche de la única que me siento orgulloso es de Martina, acordaos de cuál es el protocolo en caso de accidente y cuál ha sido vuestra reacción. Si no aprendéis, adelante, culpadme por romper platos. Dicho esto, buenas noches.

Pablo no durmió. Se pasó la noche sentado en el sillón, con el móvil frente a él, esperando la llamada de los padres de Simón, que llegó a las seis de la mañana. Y yo, hecha un ovillo en el sofá, no accedí a irme a la cama porque quería estar junto a él, junto a Pablo Ruiz, al que siempre supe que tenía razón al venerar. Aquel día me di cuenta de cuánto habíamos aprendido del otro y todo lo que nos quedaba por recorrer.

42

Todo se precipitó bastante a partir de aquella noche. Mi trabajo. El suyo. La vida en general. Algunas mujeres sienten que durante el embarazo todo se para..., yo lo sentí al revés, sobre todo durante los tres últimos meses.

La reunión de equipo del lunes fue tensa. Mucho. Nos sentamos en el salón esperando a que Pablo encontrara las palabras adecuadas, sumido en su decepción. Marcos miraba al suelo y no había ni un murmullo en la sala.

—No me voy a andar con rodeos —empezó Pablo con los brazos cruzados sobre el pecho—. Marcos se va. Martina le sustituirá.

Las miradas fueron disimuladamente hasta mí. Hasta Diego se revolvió dentro de mi vientre. Algún suspiro. Un murmullo inaudible y Pablo vigilando cada mirada de soslayo.

—Quien se pregunte por qué una persona casi recién llegada va a hacerse cargo de esto, que piense en lo del sábado. Tened claro que es una decisión profesional que tomo como chef, no como hombre. Alfonso, ¿tienes algo que decir?

—No.

—¿No o sí? —insistió Pablo.

—¿Quieres hablar de esto en público?

—Claro que sí.

Alfonso se pasó las dos manos por la cabeza rapada y suspiró.

—Está bien. Pues ahora que lo dices, yo hubiera propuesto a Carol para el puesto. Tiene más experiencia en esta cocina y está preparada.

—También he tenido en cuenta a Carol —aseguró Pablo—. Pero Martina está más cualificada.

—Carolina cuenta con tres años de experiencia en esta cocina.

—Y Martina tiene el Grand Diplôme de Le Cordon Bleu y recetario propio.

Todos me miraron. Tragué saliva y me acaricié el vientre instintivamente.

—Yo no quiero entrar en esta competición —murmuró Carol de mala gana.

—Pablo... —le pedí.

—Yo lo pensaría mejor antes de tomar una decisión apresurada —musitó Alfonso.

—La decisión está tomada. —Y su voz cruzó el salón vacío como un trueno—. Estoy intercambiando información y opiniones con mi jefe de cocina.

—¿Y la baja por maternidad? —respondió Alfonso—. ¿Quién cubrirá a Martina?

—Los jefes de partida rotarán cada semana. Y yo estaré mucho más pendiente.

Lo último sonó peligrosamente a una advertencia.

Supongo que no hubo sorpresas pero sí alguna mirada de soslayo. Me hubiera gustado que hubiéramos podido hablar del asunto en casa antes de anunciarlo, pero Pablo Ruiz, el jefe, era quien había tomado aquella decisión y el Pablo que se acurrucaba a mi lado con las manos en mi vientre no tenía derecho a réplica. Estábamos hablando del restaurante, no de nosotros. No sé si los demás lo entendieron como lo hice yo. Éramos una familia, sí, pero hasta en las mejores hay rencillas. Y había gente en aquella cocina que llevaba muchos más años que yo. Y alguna chica en concreto que podía hartarse de que yo siempre estuviera entre lo que deseaba y ella misma.

La primera jornada como jefa de cocina no fue fácil. Ni agradable. Un tufillo de insolencia e insurrección flotaba en la cocina, persiguiendo cualquiera de mis indicaciones. No me quejé ni se lo dije a Pablo porque si algo me había prometido a mí misma es que me ganaría el respeto de mis compañeros por méritos propios. Incluso le pedí a Pablo que jamás intercediera y que dentro de la cocina tratara de tener la mínima conversación personal conmigo.

—Sé frío —supliqué—. Cruel si quieres. Todo menos ser Pablo. Mi Pablo.

No necesitaba sumar la «fama de enchufada» a la lista de mis preocupaciones. Estaba embarazada de un hombre que conocía poco, viviendo en una casa que no sentía mía sin tener el ánimo de abandonar del todo mi piso, asustada por el futuro, me sentía físicamente insegura, hinchada y gorda. Y ya que estamos nombrando todas las cosas que me preocupaban viene al hilo comentar que mi apetito sexual amenazaba con devorarme mientras nadie tenía la amabilidad de satisfacerlo.

Rescaté a la Martina cara palo para las jornadas de trabajo pero ni ella pudo ayudarme a gestionar la frustración hasta diluirla. Mi forma física no me ayudaba a sentirme fuerte. Yo quería estar a toda potencia y la verdad es que las energías no me llegaban. Me sentía pesada y lenta. Y acepto que posiblemente me forcé en exceso para no serlo, pero la percepción que tenemos de nosotros mismos puede ser crucial para echarnos abajo.

Supervisaba todos los cortes, los limpiados. Ayudaba en cada partida en la que podía esforzándome por integrarme y nunca imponer mi criterio. Ayudando. Aligerando la carga de trabajo. Preocupándome porque todos pudieran trabajar sin presiones, descansar cuando les tocaba y sacar sus platos. Coordinaba mi trabajo con el de Alfonso que, quizá con más seriedad de la precisa, me aceptó a su lado. Y me exigió el doscientos por cien. El ambiente estaba enrarecido y hasta Carol, que pareció aceptar siempre mi llegada de buen grado, estaba mucho más seria que de costumbre y…, no sé por qué, sospechaba que no era solamente por un tema laboral. Era cuestión de tiempo que la tensión a la que me sometía yo sola terminara estallando.

Como casi siempre pasa en la vida aunque pocas veces lo veamos tan claro, todo fue sumando hasta derribar la primera pieza y provocar una caída en cadena. Estrés, frustración, embarazo y una personalidad como la mía no ayudaron a encontrarme físicamente mejor. Todo lo contrario: en la siguiente revisión prenatal me detectaron la tensión arterial demasiado alta y después de hablarme del riesgo de preeclampsia, que ya suena suficientemente mal antes de saber lo que significa, me mandaron directamente a casa. De baja. Para el resto del embarazo. Para Pablo no hubo más vuelta de hoja: me iba a casa. A su casa.

Volví a la cocina a despedirme de todos mis compañeros y lo hice por muchos motivos. Amabilidad, deferencia, marcar el territorio laboral y… el personal. Cabe decir que, vamos, confesémoslo, todas hemos pasado por ello…, no sentirse bien con una misma nos convierte en gatas recién paridas que defienden con uñas y dientes su territorio, aunque la amenaza solamente sea fantasma. Muchas mujeres allí dentro, me decía una voz maligna. Muchas y muy guapas. Parecía que Pablo hiciera un jodido casting para «Miss cocinera hipster» cada vez que contrataba a una mujer; bueno, excepto conmigo. Mucha mujer y yo preñada, gorda, inútil, sin poder acostarme con mi novio, satisfacerme y satisfacerlo…, en casa, lejos, ciega, sorda, muda frente a todo lo que se dijera o viviera allí.

Todo el mundo fue muy amable cuando me despedí, claro, pero pensé que estaban contentos de que me quitara de en medio durante tantos meses. Aún estaba de cinco meses y aunque el niño naciera antes del día previsto, era casi un año lejos de sus fogones. Cuando volviera, pensé mientras Rose me hablaba del parto de su hermana, a lo mejor ya no habría espacio para mí allí. A lo mejor Carol se había hecho fuerte en mi posición y los había encandilado a todos con sus labios gruesos y pintados de color rojo, con su pelo de sirena y su gracia en las relaciones sociales. A lo mejor hasta enamoraba a Pablo, porque sería una mujer independiente, joven, delgada y sin cargas, no como lo que le esperaba en casa. Me volví medio loca ese día y fui menos agradable con Carol de lo que debía. Culpé a las hormonas y me dije que no pasaba nada, que me lo perdonaría, que Pablo no se había dado cuenta y que…, joder, que estaba sometida a mucho estrés y me podía permitir ser seca y rancia con quien quisiera.

Al día siguiente, cuando me desperté junto a Pablo y le vi sonreírme al abrir los ojos, me sentí mejor. Y me autoconvencí de que un día de celos no mataba a nadie.

Vaciar mi cuarto del piso que compartía con Sandra y Amaia tampoco fue fácil. Una piedra más a la mochila de emociones frustradas que llevaba a cuestas. Una que pesaba mucho. Amaia sufrió una pataleta cuando le dije que me iba y que ya era definitivo.

—Aún no, Martina. ¡Aún no! —Dio una patada al suelo—. ¡¡Nosotras nos necesitamos!!

Y era verdad, pero la convencí de que Carabanchel estaba al otro lado del río, como quien dice y que en diez minutos estaría allí cuando quisiera verme.

—Tengo que ser responsable con mi vida y con mi hijo —dije repitiendo las palabras de Pablo cuando, preocupado, se había sentado a darme su visión la noche anterior—. Soy madre y debo aceptar que mi vida ha cambiado y aún cambiará más en el futuro. Estoy preparada para hacer esto ya. Es el momento.

—¿De verdad?

Eso mismo me preguntaba yo.

Pero la realidad era que, además, Diego crecía y se movía al vertiginoso ritmo al que lo hacen los bebés en el último trimestre de embarazo, pero la malformación en mi útero le dejaba cada vez con menos espacio para hacerlo. Eso implicaba que yo cada vez estaba más incómoda, más dolorida y dormía menos. La baja era lo más lógico, aunque no me satisficiera en absoluto y por ende instalarme donde habíamos decidido vivir para criar a nuestro hijo, lo más inteligente. Y si yo repetía las palabras de Pablo no era porque creyera que su criterio era mejor que el mío, sino porque me sentía algo perdida y él me parecía lo más fiable.

—Iré a hacerte compañía cuando Pablo esté trabajando —me prometió Amaia—. Y te nombraré mi *wedding planner* para que tengas algo que hacer. No te imagino tejiendo patucos.

Pero ¿qué cojones le había pasado a mi vida? ¿Qué me había hecho?

Di el adiós definitivo a mi piso cuando Sandra y Amaia firmaron un nuevo contrato… en el que yo ya no figuraba. La vida había dado un giro total y, me gustase o no, empezaba la parte dura de esperar un bebé: la realidad.

Como si no tuviera suficiente de lo que preocuparme, Pablo entendió que era una vergüenza que nuestras familias no se conocieran aún. Íbamos a tener un hijo y por poco convencionales que fuéramos hay algunas cosas sencillamente de sentido común. Así que se convocó una comida en casa. Aún hacía buen tiempo y podríamos aprovechar la pequeña terraza trasera. Y como yo amenacé con morirme, Pablo invitó también a mis amigas y... a Fer. Ya tocaba que dejara atrás esa pataleta que lo alejaba de mí y de mi vientre.

—Pequeña, cuando quieres a alguien, una parte de ti nunca deja de hacerlo. Somos muchas personas dentro de una sola. Convivimos con quien fuimos y con los sentimientos que tuvimos. Y la mujer a la que él amaba va a ser madre con otro hombre. Deja que el Fernando de hace unos años y el de ahora se reencuentren. Es cuestión de tiempo.

Era reconfortante estar con alguien que entendiera por mí las emociones humanas.

Pablo se levantó muy pronto para prepararlo todo. Yo no estaba muy ágil así que arregló la casa, limpió y se puso a cocinar mientras yo, sentada en un taburete, comía más que ayudaba. Dios..., qué hambre tenía a todas horas. Y hambre de todo tipo... porque le veía moverse por la cocina con aquella camiseta blanca que dejaba entrever las golondrinas de su pecho y el piercing en el pezón y me lo hubiera comido con las manos. La última vez que habíamos hecho el amor mi tripa aún no se interponía entre los dos para darnos un beso. Y no tenía esas agarraderas que se habían instalado en mis caderas. Estaba cogiendo peso y no me sentía cómoda con esa visión de mí misma, no porque engordar me fuera intolerable, ojo, sino porque ya me habían llamado la atención los médicos y para mí era otra batalla perdida de la nueva Martina, la débil, que ni siquiera podía mantener el peso que al ginecólogo le parecía saludable. ¿Y si además dejaba de parecerle atractiva a mi novio? Sumémoslo a la lista de preocupaciones.

Pablo preparó tostas de pera, espinacas, anchoas y queso Idiazábal; tartar de ostras, atún y salmón; tarta de puerros y vieiras y de plato principal bacalao confitado con vinagreta de berberechos; unas recetas del bueno de Berasategui al que tanto admiraba. De postre unas milhojas de crema con flores como guiño a nuestro comienzo.

—Paso de camisas estampadas, ¿verdad? —me preguntó cuando pasó por delante de la puerta del baño donde me mentalizaba de que mi barriga y yo teníamos que vernos desnudas otra vez y saltar juntas el borde de la bañera.

—Ehm…, lo que quieras.

Se asomó y me miró, agarrada a una toalla. Arqueó una ceja.

—¿Me pongo la camisa de las motos?

—Bien.

—Pequeña. —Me giré hacia él y me sonrió—. ¿Me estás escuchando?

—La barriga no me deja. —Hice una mueca.

—¿Te ayudo?

—No. Es lamentable que me ayudes a entrar en la ducha. No quiero pensar qué pasará cuando esté de ocho meses.

—Que te ayudaré a ponerte las braguitas —se burló.

—En lugar de quitármelas.

Se echó a reír y entró en el baño. Se quitó la camiseta y la lanzó al cesto de la ropa sucia, que recibió la prenda con un ruidito. *Elvis*, como siempre, sepultado en blusas, chaquetillas, ropa interior y algún calcetín.

—¿Qué haces? —le pregunté.

—Voy a ahorrar agua. —Me guiñó un ojo—. Y a enjabonarte la tripa.

Contuve a duras penas el ronroneo de placer. ¡¡Por fin eróticas consecuencias!! Porque me sentía hinchada, fea, gorda y patosa, pero él estaba tan guapo y sexi… y yo tan cachonda…, pensé que un poco de sexo nos iría bien. Me iría bien. Aunque el bebé estaba más asentado y el riesgo de aborto había disminuido, el hecho de que el doctor Martínez me amenazara un par de veces con el reposo absoluto, no alentó a Pablo. Pero aceptémoslo, el sexo es para nosotras a veces un punto de encuentro entre el placer carnal y la seguridad personal; sentirse deseada, tomar las riendas, ser implacable en busca del propio orgasmo, puede devolvernos una confianza en nosotras mismas que anda distraída.

Le observé deshacerse del pantalón de pijama y la ropa interior como lo haría un niño que ve cómo otro desenvuelve su regalo de Navidad.

—Vamos, pequeña. —Me tendió la mano.

La rodilla me chocó con la parte baja de la barriga al meterme en la ducha; no me sentí muy sexi, pero fingí que lo era y punto. Pablo abrió el agua y puso la mano debajo. Corrió la cortina. Puse expresión seductora; sí, esa que dice: «Hola, nene, tómame, hazme tuya». Y él cogió el champú y me llamó en un gesto.

—¿Crees que tu madre y la mía se llevarán bien? —preguntó mientras me mojaba el pelo y frotaba el jabón hasta hacer espuma.

—Sí, sí, seguro. —Me pegué a su pecho de manera que mi culo encajara en su entrepierna.

—¿Te importa si me emborracho? No sé si voy a ser capaz de aguantar tanta tensión.

—Te agradecería que no lo hicieras. No creo que soporte la sobriedad sola.

Me dio la vuelta; ahí venía el beso apasionado… Pero colocó mi cabeza bajo el agua y aclaró el jabón.

—¿Sabes? Quiero gustarles —murmuró.

—Y yo.

Cogió el gel de ducha y se frotó las manos hasta hacer espuma. Ahí venían las caricias traviesas deslizándose por mi piel. Pero se enjabonó a él mismo como con prisas.

—Uhm —se me escapó.

—Toma. —Me pasó el jabón—. ¿A qué hora les dijimos que vinieran?

—A las dos. Tenemos margen…

Ahí es cuando venían las insinuaciones… pero…

—Pásame el champú.

Pues va a ser que no. Me enjaboné a toda prisa y quise salir, pero hasta me tuvo que ayudar. Mi novio, desnudo y enjabonado, me ayudó a salir de una ducha en la que un par de meses antes me hubiera follado hasta hacerme gritar. Y no parecía que a él le seducjera tener a su novia desnuda pegada a su piel. Me frustré. Había leído que muchos hombres dejaban de sentirse atraídos sexualmente por su pareja cuando esta estaba en los últimos meses de embarazo. ¿Se le pasaría después? ¿Volvería la pasión?

Un Pablo con una toalla anudada a la altura de la cadera pasó por delante de mí. Se me fueron los ojos a lo que se movía con libertad debajo. Yo nunca había sido una mujer que esperara que sus compañeros tomaran la iniciativa en el sexo por ella, así que hice de tripas corazón y tiré de su toalla hasta arrojarla al suelo. Después hice lo mismo con la mía y me tumbé encima de la cama. La reacción de Pablo fue como a cámara lenta. Se mordió el labio inferior, deslizó los ojos por encima de mi cuerpo y después se miró a él. Me arqueé en una llamada silenciosa y cogió aire.

—Martina… —gimió, dando un par de pasos hacia mí—. No puedo.

—Sí puedes. Despacio…

Se mordió el labio con más fuerza. Una cantidad generosa de sangre acudió a cierta parte de su cuerpo, hinchándola.

—Pequeña…

—Me pondré encima.

Abrí las piernas cuando se arrodilló en la cama, frente a mí.

—No puedo. —Su mano me acarició entre los pechos y siguió hacia abajo, por la colina redondeada de mi vientre—. No quiero haceros daño.

—No nos lo vas a hacer.

—No me voy a sentir cómodo.

Cerré las piernas automáticamente. Rechazo. Lo que me faltaba.

—Vale.

Traté de levantarme de la cama con dignidad, pero tuve que rodar como una croqueta antes de poner los pies en el suelo. Me puse las braguitas a toda prisa y Pablo resopló. —¿Y ahora por qué te enfadas? —exclamó desde la cama.

—No me enfado.

—¡Claro que lo haces!

—Echo de menos cuando me tratabas como una mujer y no como a un contenedor de vida.

Quise salir de la habitación para que no tuviera oportunidad de réplica, pero me agarró del codo en el vano de la puerta del baño donde planeaba encerrarme. Otra cosa que no suelen contarte del embarazo es que de vez en cuando tienes unos ataques de ira… intensos.

—Pequeña… —susurró en mi oído—. Yo también quiero. Pero no puedes culparme por tener miedo.

Su aliento cálido en mi oído. Su mano en mi vientre abultado. Su polla engordando contra mis bragas.

—Hay hombres para los que la barriga es un problema.

—Hay hombres idiotas. No es mi caso.

—Quizá me ves más madre que mujer.

—Quizá tengo miedo de que sangres y el médico decida que tienes que hacer reposo absoluto.

—Mi cuerpo no te gusta; ha cambiado y ya no te gusta.

Metió su mano derecha dentro de mis bragas y me apoyé en el marco de la puerta.

—Me encanta. ¿Tu cuerpo quiere correrse conmigo? —susurró en tono espeso y sexual —. Porque yo quiero que lo hagas.

—Quiero follar contigo.

No contestó. Su dedo corazón buscaba el milímetro más sensible de mi sexo mientras se paseaba de arriba abajo entre mis labios. Dio con él y me sacudí.

—Aquí está... —Y sé que sonrió.

Sus labios se pegaron en mi cuello y me apoyé en su pecho. Recordaba cuánto me gustaba ver su mano moverse debajo del tejido de la ropa interior pero ahora mi barriga estaba justo en medio.

—¿Crees que no me gusta tu cuerpo ahora que llevas a mi hijo dentro? ¿Crees que tu vientre es un problema? ¿Crees que no quiero hacerte el amor? Te lo haré hasta cuando seamos tan viejos que solo pueda hacértelo con los ojos.

Gemí y me giré buscando sus labios, que me recibieron entreabiertos.

—Vamos a la cama —le pedí.

Nos besamos de nuevo pero él impuso cierta distancia entre los dos. Tiré de su mano y nos tumbamos en la cama. Quise que se pusiera encima, que me quitara la ropa interior... pero Pablo se recostó de lado y siguió tocándome.

—Ven... —le volví a pedir.

—Pequeña.

—No, ven.

—No... —Cerró los ojos—. No vamos a hacerlo. Solo deja que te ayude con esto...

Sentido práctico sexual. Lo he tenido en otros momentos de mi vida. No es el deseo por tu compañero lo que te empuja al sexo, sino la necesidad propia. A veces sucede a la inversa; te conviertes en un mero instrumento para el placer del otro porque, aunque no te apetece, te preocupan más otros aspectos o sencillamente preferirías arrebujarte en el sofá con un buen libro, sabes que el otro lo necesita y tú le amas y quieres dárselo. Y en lugar de disfrutar de las caricias que Pablo me ofrecía por amor, yo sentí rechazo, inseguridad, complejos y miedos. Así que aparté su mano y fingí mirar el reloj de la mesita de noche.

—Llegarán en breve. Mejor voy a arreglarme.

Pablo no se quitó de la cara la expresión de inquietud: mirada algo perdida, ceño fruncido, labios inquietos que resbalaban entre los dientes, pero no pudimos pararnos a hablar sobre lo que nos estaba pasando. En realidad nos estaban pasando demasiadas cosas a la vez como para desentrañarlas y analizarlas antes de que llegasen los invitados. Mis padres se presentaron poco después con un par de botellas de vino, mi hermano con los auriculares puestos y mi hermana con su novio, un chico parco en palabras pero amable que, claro, había encajado estupendamente en mi casa. Amaia y Javi fueron los siguientes con una botella de mosto «para que tuviera la impresión de estar bebiendo vino y pudiera cogerme un pedo mental» y las invitaciones de su boda. La vida había puesto la quinta marcha y el motor rugía a toda potencia ensordeciéndome. Sandra vino sola con una caja de pastas de Mamá Framboise y coincidió en la puerta con Jaime, el hermano de Pablo, que traía una botella de Moët Chandon. Fantaseé con la idea de que se vieran, se enamoraran y tuvieran ochocientos hijos sonrosados y felices, pero me parece que... no iba a ser. Fer llegó poco después con un par de panes que había hecho él mismo y que olían a corte celestial. El saludo fue raro, como si de pronto nos conociéramos mucho menos y no tuviéramos mucha confianza. Me tocó la barriga, me dijo que estaba muy guapa y me dio un beso en la frente. Esperé que lo superáramos; necesitaba a la poca gente que tenía alrededor para no seguir sintiéndome tan marciana.

Los padres de Pablo fueron los últimos en llegar con unos libros ilustrados, preciosos, de novelas de Julio Verne para el niño. Los dejamos en la estantería y aprovechamos para enseñarles la habitación de Diego. Después nos sentamos a comer.

Habíamos puesto la mesa en la terraza de detrás y el sonido de unos pajaritos en un árbol cercano rebajaba la tensión del ambiente. Dos familias que no se conocían de nada, mis amigas y mi exnovio compartiendo un bacalao porque Pablo y yo íbamos a tener un bebé. ¿Qué más podía pasar? Si hubiese aparecido una rata gigante con gabardina y sombrero pidiéndonos que la invitáramos a comer, yo ya ni me hubiese extrañado.

Mi madre y Ángela, la de Pablo, se pusieron a hablar de sus embarazos, compartiendo experiencias tan alentadoras como las chopomil horas de parto que ambas habían sufrido o las mastitis de después. Mientras tanto, Pablo hacía unos esfuerzos sobrehumanos para que su padre y el mío entablaran una conversación que no estuviera basada en monosílabos. Fer y Javi hablaban sobre los resultados del Atleti de Madrid y mi hermano, más del Real Madrid que quien lo fundó, se metió en la conversación para lanzar perlitas que ninguno de los otros dos recogió, gracias a Dios. Mi hermana, su novio y el hermano de Pablo hablaban de los planes de pensiones. La rata gigante se encendió un pitillo apoyada en el destartalado merendero que Pablo tenía en el jardín. Miré a Amaia y a Sandra en busca de apoyo y las dos me sonrieron.

—Esto es más marciano de lo que pensaba —se burló Amaia.

—Mi vida es un infierno —confesé con una sonrisa.

—No te quejes. Te han dado vacaciones hasta que el niño tenga cuatro meses —añadió Sandra con desgana—. Yo el lunes tengo que volver a poner guapos a los difuntiños.

—No mientas. Tú no maquillas a los muertos.

—No, pero podría. Me han enseñado.

—Eres una tía peligrosa, ¿eh? —se cachondeó Amaia.

—Amaia, ¿cuándo os casáis? —preguntó mi madre.

—En marzo. Y aún no tengo vestido, ¿qué te parece?

—¿Y eso?

—No hay tiendas de campaña de color blanco —respondió con guasa.

—No le hagas caso. El viernes que viene tenemos cita para que se pruebe un vestido que le encanta. Pero no digo más; el novio está poniendo la oreja.

—Ah, que se ponga lo que quiera. Yo de eso no entiendo —se quitó de encima Javi.

—Oye, Martina, ¿cuánto has engordado?

Silencio en la mesa. Pablo miró a su madre como si acabara de asestarme una puñalada.

—¿Tú crees que es un buen tema de conversación en la mesa? —respondió.

—Si estás embarazada, sí.

—No te preocupes. —Apreté la rodilla de Pablo—. Doce kilos o así.

—Buf —resopló—. ¿No es mucho? Te quedan por delante los meses en los que más engordas.

—Ya. Tengo un poco de fe en que como se adelantará, el peso no llegue a ser un problema.

—Que se adelante tampoco es mucha solución, ¿no? —respondió acercando su copa de vino.

—Mamá... —advertencia de Pablo.

—Quiero decir que al final los niños nacen y ale, a vivir. Y nosotras nos quedamos jodidas.

—Ya, ya lo sé.

Miré alrededor buscando ayuda, pero mi madre estaba haciéndole una foto con su móvil al plato (seguramente para enseñárselo después a mi tía) y mis hermanos no eran de esos que se partirían la cara con mi futura suegra por defender el honor de su hermana la gordi.

—Dicen que hasta kilo y medio por mes está bien, ¿no? —comentó Javi lanzándome una mirada de soslayo—. No tengo mucha experiencia en obstetricia, pero me parece que entra dentro de lo normal y sano. El hecho de que le hayan recomendado una actividad física muy moderada puede estar afectándole en ese sentido, pero vaya, que yo la veo médicamente bien.

Javi *for president*. Amaia lo miró con cara de orgullo o... de querer tirárselo encima de la mesa con todos los presentes aplaudiendo. Pablo, por su parte, seguía mirando fatal a su madre. ¿Y ahora qué narices le había dado a Ángela con mi peso?

—Si no lo digo por eso —se disculpó—. Yo con Pablo engordé veintidós kilos y luego lo pasé fatal. Por eso lo digo.

—Aún me acuerdo de los bocadillos de anchoas con tomate que se metía para el cuerpo en mitad de la noche. —Se rio su marido.

—Martina come muy bien —sentenció Pablo.

—Ya sale este..., Martina, hija, que no te lo digo a mal. Que mi hijo enseguida cree que son intervenciones de suegra odiosa, pero no es eso.

—He visto fotos de mamá embarazada y parecía Jabba, de *La guerra de las galaxias* —terció Jaime con una mirada hacia Pablo.

—Ale, pasatiempo preferido de los hijos: meterse con su madre.

—Era Jabba en plan ochentero, con sus hombreras puntiagudas —añadió Pablo con una sonrisa.

—Martina, hija, ten uno y cierra el suministro, que mira lo que pasa cuando tienen con quién compincharse.

—Estoy por hacerme una vasectomía —anunció mi novio en un alarde de pasarse el protocolo por el forro de los mismísimos.

Le miré anonadada.

—Es buena idea. Además son reversibles —añadió Amaia—. Así te olvidas del condón, que al parecer es un objeto con el que no guardas muy buena relación.

—Esto... —tercié intentando que cambiáramos de tema—, pues aún no hemos comprado el carro. Hay tantos modelos que yo ya no sé si...

—Yo me hice la vasectomía después de Guillermo. —Los ojos de mis hermanos y los míos fueron horrorizados a parar en mi padre—. Digo yo que con tres ya habíamos cumplido. Si no queréis más es buena opción.

—¿Es muy doloroso? —Pablo apoyó los codos en la mesa, con el ceño fruncido—. Tengo entendido que después te pasas una semana sentándote encima de guisantes congelados.

—Agradable no es, pero al final se te olvida el posoperatorio. En realidad. A ver..., imagínate que esto son tus testículos. —Colocó el puño cerrado en alto, para que todos pudiéramos verlo—. Te hacen una incisión aquí y...

Me levanté de la mesa. Ya había escuchado y visto suficiente.

—¿Dónde vas, gordi? —preguntó la madre de Pablo.

A suicidarme. Mi vida era un auténtico caos en el que la única que parecía desentonar... era yo.

43

Amaia, Sandra y yo estábamos sentadas en la sala de espera de una tienda de vestidos de novia del centro de Madrid. Las tres con la mirada perdida en el fondo del espejo que había frente a nosotras. Sandra parecía contenta. Desde que lo dejó con Íñigo, Amaia se casaba y yo me había mudado, pasaba mucho tiempo sola. Se sentía arropada con nosotras y reconfortada de que pudiéramos seguir pasando tiempo juntas a pesar de que nuestras vidas fueran avanzando tan rápido. Y la de ella tan despacio, claro. Después de lo de Íñigo se había sorprendido a sí misma sintiendo mucha rabia. Por nada en especial y por todo en general. Le daba rabia no tener con quién salir a tomar algo porque todas estábamos muy ocupadas y tener que ser ella la que se moviera para poder verme, aunque siendo completamente justa debía admitir que una vez traspasaba el umbral de casa de Pablo, la rabia se convertía en otra cosa: en tristeza. Se sentía descolgada, triste, vacía, sin nada a lo que agarrarse y sin nadie que le hiciera caso. Había intentado que el hecho de que Íñigo se fuese con otra la convirtiera en una nueva mártir de la era moderna, pero no habíamos caído en la trampa, más que nada, porque nosotras estábamos metidas en nuestras propias mierdas. Aun así, siempre que podía lanzaba una perlita sobre el tema. Pero aquella tarde estaba contenta porque estábamos haciendo algo las tres juntas y además era algo que le apetecía un montón.

Amaia, por su parte, andaba preocupada porque había atisbado un gesto de disgusto en la cara de la dependienta cuando le había pedido que le sacara aquel modelo en concreto. La había intentado persuadir de que se probara otros y no le había pasado por alto el hecho de que todos fueran más recatados que el elegido. Estaba preocupada por no dar la talla, porque el vestido fuera mejor que ella y no se lo mereciera. Estaba preocupada por no caber ni con magia.

Yo, por mi parte, estaba un poco aburrida de estar en casa. Había intentado mantenerme ocupada con cosas supermaternales que me hicieran sentir que estaba haciéndolo todo mejor, pero ni con esas. Mi problema era que el hecho de sentirme desplazada de mi trabajo y dudosa sobre mi capacidad de ser una supermadre se traducían en un sentimiento de culpa. Sentía que, sencillamente, no lo estaba haciendo bien. Tendría que hablar con más brillo en los ojos de mi futuro bebé, haber comprado ya todo lo que necesitaba, haber pensado en si quería o no epidural, si le daría el pecho…, tendría que haber organizado con ilusión un *baby shower* y haber bordado un par de cosas con el nombre de Diego, pero… a mí no me salía hacer esas cosas. ¿Y si era una madre defectuosa? Salir de casa con cualquier excusa me alegraba y a la vez me amargaba porque me gustaba salir de casa, olvidar que estaba embarazada y que muchos esperaban de mí que me sentara en el sofá como una gallina clueca con ilusión saliéndome por los ojos en forma de corazones; me amargaba no poder ser feliz haciendo justo eso. Qué complicadas somos las mujeres, por Dios…, y más si son tan opacas con sus sentimientos como yo. Pero aquel día era una ocasión especial. Amaia se probaba su primer vestido de novia y quería que fuéramos nosotras dos quienes la acompañáramos.

La dependienta llegó con el vestido extendido entre sus brazos, como si llevara a un moribundo. Lo colgó de una percha y le pidió a Amaia que se desvistiera en el probador.

—Avísame para que pueda entrar a ayudarte.

Amaia corrió con sus piernecitas hasta allí y aplaudió antes de cerrar la cortina. Pronto la llamó para que la ayudara y… quince minutos después, aún no habían salido del cubículo, de donde salían unos sonidos más parecidos a los estertores de la muerte que a otra cosa.

Sandra y yo nos mirábamos confusas, preguntándonos a media voz qué podría haber pasado mientras intentábamos convencer a la otra para que consultara qué tal iban. Cuando casi había seducido a Sandra para que hiciera su aparición dentro del probador, Amaia y la dependienta salieron a la vez. Y la primera iba empapada en sudor.

—¿Y el vestido? —pregunté.

—No ha podido ser. Venga, vámonos.

—¿Pero…?

—La talla es muy pequeña. No se lo puede probar.

—¿Y no tienen probadores un poco más grandes? —volví a interceder.

—De su talla no.

Odio. Odio. Odio con toda mi alma a esas personas que se creen superiores a otras. Odio que me traten con condescendencia. Y con desdén. Odio que me hagan sentir pequeña y ridícula, marciana, que no encajo, que no soy lo bastante buena. Y odio que lo hagan con mis amigas. Me levanté tan airada como podía permitirme en mi estado y cogí el bolso de Amaia conmigo.

—Me parece a mí que quienes no dan la talla son ustedes. Si me disculpa...

—Martina... —musitó Amaia.

—Vámonos. La atención aquí es una puta mierda. Encontraremos ese jodido vestido en tu talla aunque sea lo último que haga.

—Pero señora...

—¡¡Señorita!!

Malditos ataques de ira...

No pedí la hoja de reclamaciones porque me volvió un poco la cordura, creo, pero estaba que trinaba. Amaia salió unos minutos más tarde acompañada de Sandra. Las dos me miraban alucinadas.

—¿¡Qué se supone que haces!? —me gritó Amaia—. ¿Quién te crees que eres, el Conde de Montecristo? ¡¡Soy mayorcita para lidiar mis propias batallas!!

—Pero si yo...

—¡Que no, Martina! ¡Que me has hecho pasar vergüenza! ¿Tenía culpa la tía esa de que no me cupiera el vestido? ¡¡No!! ¡La tengo yo!

—¡¡¿Qué culpa vas a tener tú?!!

—¡¡La mía, la de mi culo enorme y mi tripa!! Y cuando lo único en lo que pensaba era en salir de la tienda en silencio y discreción, vas tú y te montas ese numerito a lo defensora de las causas perdidas..., ¡¡me quiero morir de la vergüenza, Marti!!

—¿Vergüenza de qué?

—Yo del numerito que estáis montando en medio de la calle. ¿Podemos ir a casa? —terció Sandra.

—¿A qué casa? ¿A la suya? ¿A la nuestra? ¡¡No quiero!! Me voy a dar una vuelta. No me apetece veros las caras.

Sin esperar respuesta, Amaia dio media vuelta y se marchó andando a paso rápido por la calle pero cuando intenté seguirla, Sandra me sostuvo.

—Déjala, Marti.

—Pero ¡¡¿tú has visto cómo se ha puesto la energúmena?!!

—Vamos a tomarnos un café...

Encontramos una cafetería con terraza muy agradable arriba de la tienda de Salvador Bachiller en la calle Montera. Sandra la conocía porque siempre sabe dónde están los sitios más bonitos de Madrid, sobre todo esos en los que se puede fumar. Nos sentamos en una mesita, con una mantita en el regazo porque empezaba a refrescar. Yo me pedí un batido y un trozo de tarta y Sandra un capuchino y esperamos en silencio a que me salieran las palabras. O que se me pasara el cabreo. Sandra me conoce muy bien y supongo que aquel arranque la había dejado algo descolocada, pero sabía que querría explicarme. Después de unos minutos y un par de sorbos al batido de vainilla me tranquilicé y la vergüenza de haberle hecho pasar un mal rato se me vino encima. Me tapé la cara.

—Dios..., deben ser las hormonas.

—No te preocupes. A mí tampoco me ha parecido bien el tono de la dependienta pero... te has venido un poco arriba.

—Pobre Amaia...

—Se le pasará en un rato. Ya lo verás.

—Pero ¿qué cojones me ha pasado?

—Estás nerviosa. No te lo tengas en cuenta.

—Pero es que no me parece bien que tenga que salir hecha una mierda por no poder probarse un vestido por el que, al fin y al cabo, va a pagar. ¡Pues que se lo hagan a medida, joder!

—Ya, ya lo sé. Cálmate. —Sandra me frotó el brazo y yo me recosté en mi asiento. Me encontraba fatal—. Come algo. Igual te ha dado un bajón de azúcar.

—O un subidón de hijoputismo.

El móvil de Sandra empezó a sonar y ella se apartó para abrir el bolso de Bimba y Lola desde donde sonaba. Contestó mirándose la manicura.

—Hola. ¿Cómo estás? —Una pausa en la que me miró engullir la mitad de la tarta de un bocado—. Estamos en la terraza de Salvador Bachiller. En la calle de las putis. —Otra pausa—. Vale. Te esperamos.

Colgó y cogió un cigarrillo de su bolso.

—¿Quién era? —farfullé con la boca llena.

—Amaia. Viene para acá.

—¿Está enfadada?

—Está más calmada. Pero aguanta si te llama gilipollas; hazlo por mí.

No tardó nada. Menos de diez minutos. Entró jadeando, roja como un pimiento morrón, quitándose la chaqueta, el pañuelo que llevaba anudado alrededor del cuello y el bolso, todo a la vez. Antes de sentarse levantó el dedo índice hacia mí y empezó a decir:

—Déjame hablar. Eres una gilipollas, ¿vale? Pero estás preñada y te lo perdono porque debes tener las hormonas como Julio Iglesias después de un concierto. ¡No vuelvas a hacerme eso jamás! ¿Entendido?

—Pero Amaia…

—Ni Amaia ni Amaio. ¡Tienes que dejar que las demás nos solucionemos las cosas solas! No puedes ponerte como una loca en una tienda porque no me quepa un vestido.

—No es por eso. Es que no me gustó el tono en el que…

—Déjalo estar, ¿vale? Déjalo. Ya no tiene arreglo. No vuelvas a hacerlo. Y no te preocupes por esa soplapollas, porque en un mes se va a comer su tonito y todas las perchas que tenga a mano, porque ese vestido me cabe como que me llamo Amaia.

—Flor…, tampoco pasa nada si eliges otro modelo —terció Sandra.

La aludida se sentó, se inclinó en la mesa para acercarse a nosotras y con cara de loca añadió:

—He dicho que ese vestido va a caberme y vosotras vais a callaros la boca y a aplaudir. Esa tía me ha tratado como si fuese Julia Roberts en *Pretty Woman,* pero en lugar de puta soy una gorda. Pues bien..., ya veremos.

Sandra aplaudió a desgana. Yo estaba demasiado alucinada como para hacerlo.

Pablo me miró con cara de estar escuchando una psicofonía cuando se lo conté por la noche. Llegó a las dos de la mañana cansado y refunfuñando porque les faltaban manos en mi partida, pero yo tenía demasiadas ganas de contarle mis mierdas como para esperar a la mañana siguiente y él escuchó.

—¿Crees que me he puesto como una loca?

—Ehm..., un poco sí. Pero Amaia tampoco se ha quedado corta, ¿no?

—¿Lo dices porque lo piensas o porque quieres defender a tu novia?

Él sonrió.

—Lo digo porque un vestido es un vestido. Si no cabe, a mamarla. Amaia es preciosa y estará preciosa con lo que se ponga. ¿Qué más da?

—Los hombres no entendéis la importancia moral del vestido de novia.

—No, no lo entendemos. —Se frotó el mentón—. No entendemos a las mujeres en general. Pero echadle un ojo a Amaia, ¿vale? Por lo poco que la conozco creo que se va a coger esto a la tremenda. No quisiera que se obsesionara y terminara..., no sé, poniéndose enferma o algo. Es una chorrada.

Conocía a Amaia desde los seis años. Habíamos ido a clase juntas toda la vida. La había visto crecer, hacerse adulta. Había sufrido junto a ella los difíciles años de la adolescencia y compartido sus penas en el amor. Juntas habíamos trasnochado para los exámenes finales y nos habíamos sentado en la misma fila en selectividad, porque hasta nuestros apellidos eran correlativos. Le había sujetado la cabeza para que me vomitara en los zapatos alguna que otra noche de fiesta y ella me había intentado emborrachar con chupitos hasta la extenuación. Fui la primera en saber que le había bajado la regla y también la primera a la que le contó que había perdido la virginidad. Lloró en mi regazo, se rio en mi cara, compartió mis éxitos y mis penas y…, al final, venía Pablo Ruiz y la fotografiaba desde dentro para entenderla mejor que yo.

Amaia ha sido constante con pocas cosas en la vida. Es dispersa, dice en su defensa. Y algo obsesiva también. Pero sus obsesiones van cambiando como cambian las estaciones y lo que antes la apasionaba hasta límites insospechados, después la deja que ni frío ni calor. No me di cuenta hasta mucho tiempo después, pero Amaia y Pablo se parecían y se comprendían por ello. Su carrera fue un punto y aparte: todo constancia y esfuerzo. Y del mismo modo se planteó el vestido; sería suyo pasase lo que pasase y nada iba a detenerla, por sus ovarios.

El lunes siguiente se hizo una analítica de sangre y esperó los resultados; después Mario la coló en la consulta de un endocrino del hospital y salió de allí con una dieta. A continuación se fue a casa de sus padres, de donde desempolvó una bicicleta estática que su abuela le había regalado hacía años y que ella solo usó como tendedero. Y todo esto está fenomenal siempre y cuando no se convierta en una obsesión… y tanto se obsesionó que se olvidó de que Javi la esperaba para cerrar temas de la boda. Lo único que le interesaba ya era ese vestido y que ella cupiera dentro.

Javi no dijo ni mu cuando Amaia le contó que estaba a dieta y que se habían terminado las salidas a cenar o a comer. Se quejó cuando le exigió no volver a ir al cine hasta que pasara la boda.

—Porque me gustan demasiado las palomitas de maíz y si no quieres hacérmelo pasar mal, te esperas a que salga en dvd y marchando.

Pero calló como un bendito, porque estaba harto de intentar convencerla de que no necesitaba ni una dieta ni un vestido. Se dijo a sí mismo que no podía interponerse entre lo que la haría sentir mejor consigo misma, así que aguantó, sin entender, que conste.

Unos días más tarde él tuvo que hacer de tripas corazón y ceder a la presión de sus hermanos: tenía que volver a ver a sus padres para decirles que se casaba. En el fondo albergaba la esperanza de que la noticia les enterneciera lo suficiente como para dejar atrás rencillas estúpidas por la profesión que había elegido y volvieran a estar a su lado. Amaia se horrorizó cuando se lo dijo pero accedió porque no le quedaba otra, claro.

Fueron dos semanas después de que ella empezara con su dieta. Había perdido ya tres kilos y estaba muy contenta. El mismo día en que se pesó y vio con alivio que pasar hambre y sudar tenía su recompensa, llamó para concertar una nueva cita para probarse el vestido dos meses más tarde. Según sus cálculos, habría perdido por lo menos ocho más y podría probárselo. Con toda la ilusión del mundo se vio fuerte y decidió que la visita a casa de los padres de Javi era pan comido, aunque no hubiera comido pan desde hacía dos semanas.

Con el estómago rugiendo y un yogur en el bolso, se presentó junto a su novio en la urbanización La Finca, una de las más exclusivas de la capital. Ríete tú de la Moraleja y el barrio de Salamanca. Cuando vio la casa de los padres de Javi no daba crédito. Era el típico chalet en el que podrías esperar que viviera un futbolista. Campos de césped bien cuidados alrededor, jardines diseñados al milímetro y un edificio de líneas modernas con piscina.

—¿Tus padres tienen esta casa y yo te tengo que convencer para tirar tus Converse roñosas a la basura?

—Al parecer la tontería no se hereda.

La respuesta fue seca y concisa, así que ella no quiso hacer más comentarios.

Javi pareció sorprendido cuando su madre en persona abrió la puerta, Amaia supuso que era porque tenían servicio que se encargaba de aquello habitualmente. Era tal y como la había imaginado: flaca, arrugada, pequeña, elegante y estirada. Le valió perderle el respeto ver el frío beso que dejó en la mejilla de su hijo al que hacía como mínimo año y medio que no veía.

—Podías haberte afeitado para venir —le sugirió.

—Yo también me alegro de verte.

Llevaba un traje de chaqueta gris, con falda y tacones; en el cuello lucía un collar fino de oro en el que llamaba la atención una piedra brillante y verde, rodeada de algo que imaginó que eran diamantes… a conjunto de sus pendientes y de un anillo que llevaba en el dedo anular de la mano izquierda.

—Perdona, ¿tú eres?

—Amaia.

—Encantada de conocerte, Amaia. Soy Gala.

—Encantada, Gala.

—Pasad.

Se sentaron en un salón inmenso decorado de manera sobria y algo fría. Las paredes eran de piedra y como única decoración solo tenían un par de cuadros colgados en ellas, con iluminación propia y pinta de haber sido conseguidos en una subasta en Ansorena a precio de oro. Amaia tuvo hasta miedo de sentarse en el sofá blanco por si lo manchaba. Javi, sin embargo, se dejó caer en él sin demasiado protocolo.

—¿Puedo ofreceros algo de beber?

—No hace falta. La visita va a ser breve.

—Vosotros diréis.

Cero familiaridad, cero cariño. Todo protocolo y fría cordialidad.

—Me caso —soltó Javi—. Con ella. Nos casamos el doce de marzo en Santiago de Compostela. Solo quería que lo supieras. Mis hermanos han insistido en ello.

—Ah, felicidades —les dijo a los dos—. No tenía ni idea de que hubieras iniciado una relación.

—Pues ya ves que sí —carraspeó.

—Dale la invitación —susurró Amaia.

—Ah, sí. Toma.

Le tendió un sobre negro que contenía el tarjetón y la información sobre la boda. Gala encontró unas gafas de vista sobre una mesita auxiliar que lucía unas flores naturales y se las puso. Estudió detalladamente la invitación y sonrió.

—Sientas la cabeza. Es un gesto de responsabilidad y madurez. Me alegro que estés alcanzándola.

Javi no contestó. Se miró las zapatillas. Su madre los estudió con ojo clínico y se quitó las gafas de vista antes de decir:

—A tu padre le gustará saberlo. Si hubieras avisado con más tiempo habría podido estar aquí. Pero se lo contaré esta noche, en la cena. ¿A qué te dedicas, Amaia?

—Soy enfermera.

—Como él —respondió con amargura mal disimulada—. Bien, entonces… ¿para cuándo esperáis el niño?

Javi estaba acostumbrado. A decir verdad, aunque tuviera esperanzas, esperaba algo como aquello. Una sutil humillación, educada; uno de esos comentarios que podría pasar por una metedura de pata inocente, pero que no lo era. Amaia, por su parte, sintió que el suelo se abría debajo de ella. ¿Qué estaba insinuando? ¿Que parecía que estaba embarazada? ¿Y sus esfuerzos? ¿Dónde quedaba su triunfo con la dieta?

—No estamos esperando ningún niño, mamá. Nos vamos.

—¿Tan pronto? —Sonrió.

—Sí. No hace falta que vengáis a la celebración. Imagino que tendréis muchos compromisos. Y ya le pedí a Leo que fuera mi madrina.

—Te refieres a tu hermana Leonor, supongo.

Hubo más conversación, siempre tensa, como fingiendo que no pasaba nada, pero Amaia no atendió. Se quedó callada, sintiéndose aún más fea, más gorda, más insulsa y más vulgar que cuando se quedó atrapada en el puñetero vestido de novia y tardaron cinco largos minutos en quitárselo. Y llegó a la equivocada conclusión de que si quería merecer a Javi tendría que hacer más esfuerzos…

44

De revista

E l reportaje salió el segundo fin de semana de noviembre. Martina estaba más o menos de treinta semanas. Preciosa y radiante, aunque ella se empeñara en llamar la atención sobre esa línea oscura que partía en dos su tripa, en que se le habían hinchado los labios y en el color de sus pezones. Si habían sido frambuesas, ahora relucían algo más intensos, pero yo no quería mirar, porque lo que quería era hacerle el amor y no podía. Casi estuve a punto de dejarme seducir por el olor de su pelo en la almohada una noche, pero volvió el temor al parto prematuro, a que el bebé no estuviera preparado para nacer aún y todo fuese culpa mía. Quería hacerlo muy bien desde el principio. Ser un buen padre incluso antes de que Diego diera la primera bocanada de aire.

Mi madre me llamaba a todas horas y me culpaba de que ella hubiera cogido más peso del deseado. Me decía que si además de endosarle un niño a alguien que se había hecho a la idea de no ser madre le dejaba como recuerdo quince kilos, vería normal que me rociase con gasolina y me prendiera fuego. Así, con naturalidad. Madre no hay más que una... y menos mal.

Habíamos tenido un susto la semana anterior con una amenaza de parto prematuro que evidenció que Diego tenía muchas ganas de salir y muy poco espacio para moverse. El doctor Martínez consideró que lo mejor era un tratamiento que acelerara la maduración pulmonar de Diego a base de inyecciones de corticoesteroides. Pero por lo demás... estábamos bien.

El caso es que el reportaje salió el segundo fin de semana de noviembre. El domingo. Yo ya ni me acordaba porque no le daba mucha importancia. Era una especie de publicidad gratuita para el negocio para la que me había tenido que hacer unas fotos en plan maniquí. Lo había pasado un poco mal, porque no soy de esos que se sienten a gusto delante de una cámara, pero para mí El Mar era lo primero. Ahora ya lo segundo, claro. Por delante de mí estaba mi familia y mi negocio. Y después yo, con mis circunstancias.

No soy un tío demasiado fotogénico, me lo dice todo el mundo. Casi todas las noches, al saludar a la clientela, alguna mujer me dice que soy mucho más guapo en persona. Bueno, nunca me he considerado un tío de bandera, pero lo que sí sé es que en las fotos parezco tonto del culo. Cara de bobo. Así que ya imaginaba lo peor cuando me llamó mi madre y partiéndose de risa me dijo que «salía muy guapetón». Le dije a Martina:

—No quiero ver esas fotos en mi vida.

Pero, mientras se sujetaba la tripa en un gesto que ya parecía más manía que necesidad, me exigió que fuera a comprarlo porque ella sí quería verlas. Fui, compré el periódico y soporté la sonrisita del quiosquero: iba en portada del dominical, allí, con la chaquetilla de cocinero bordada con mi nombre y el de mi restaurante, con cara de estar a punto de follarme al objetivo de la cámara y eyacular en las bragas de todas las españolas. Debajo el titular: «El hombre que dominó el sabor del mar». Por el amor de Dios...

Enrollé el periódico con el dominical dentro, me lo metí debajo del brazo y anduve hasta casa lo más rápido que pude. Que alguien me recordara por qué accedí a ser el «protagonista» del reportaje en lugar de insistir en que fuera el propio restaurante.

—Es horrible —le dije a Martina nada más entrar en casa—. Horrible. No voy a volver a salir de casa en la vida. ¿Por qué cojones me dejé embaucar para esta mierda?

—Porque es tu negocio. No será para tanto.

—Ni lo he abierto. Con la portada tengo suficiente.

—Pero ¿cuál es el problema?

—Este es el problema.

Saqué la revista y se la enseñé. Martina se calló inmediatamente y parpadeó al ver la portada. Después me la arrancó de entre las manos y la abrió, pasando páginas sonoramente hasta dar con el reportaje. Estuvo callada tanto tiempo que pude irme a la cocina, prepararme un café, bebérmelo y trocear un pollo. Cuando apareció frente a mí, seguía muy seria.

—Bien. He hecho el ridículo delante de toda España —anuncié.

—Pablo…, estás increíble. En las fotos. En el texto. Todas las tías de este país van a querer follarte.

Arqueé las cejas, alucinado.

—¿Qué dices?

Ella abrió la revista y se aclaró la voz antes de leer:

—«El Mar no sabe solo a sal. Sabe a todo aquello que vivimos en sus orillas. Es como una canción de Serrat, como un fado. Como la propia sal. Potencia el sabor de todo lo que toca».

—Vale. Que soy un moñas ya lo sabíamos.

—No eres un moñas. Eres el jodido melenas romántico que toda tía quiso haberse tirado a los veinte.

Confuso. Lo que decía sonaba bien pero por su expresión yo diría que era todo lo contrario.

—Quieres decir que…

—Que El Mar se va a llenar. Millones de tías arrastrarán a sus maridos para verte. Ahorrarán para comer algo que hayas preparado tú. Joder, pero ¡¿te has visto?!

Giró la revista hacia mí y… allí estaba, sentado en el suelo, con un traje negro impoluto, camisa negra, botines negros y el pelo en la cara. Una de esas fotos en las que no estaba mirando. Distraído. Natural. ¿Sexi?

—¡Hostias! Pero ¡si estoy bueno! —me burlé.

Pero ella no se rio.

Aquella tarde Javi y Amaia vinieron a visitarnos. Ella me hizo una especie de baile ancestral alrededor mientras se burlaba de mí y me decía lo follable que estaba en dos dimensiones. Yo le contesté que si seguía adelgazando se le iban a quedar las tetas como dos higos secos y tendríamos que buscarle los pezones a la altura de las rodillas. Ella pareció contenta con mi comentario porque, definitivamente, no entiendo a las mujeres y están todas un poco locas. Maravillosamente locas, que nadie se me enfade. Cuando compartí con Javi la extraña reacción de Martina, me dijo que las tías se ponen celosas en las situaciones más variopintas.

—No lo entiendo —le dije en mi cocina, mientras su chica y la mía repasaban de nuevo la revista en el salón, como buscándole defectos.

—No hay que entenderlas. Solo quererlas. —Y chocó el culo del botellín de cerveza que sostenía con el mío.

El martes, cuando entré en la cocina, volvió a azotarme esa sensación de vacío que sentía desde que Martina no iba a trabajar. Seguía habiendo gente por todas partes, pero parecía desolada. No estaba mi pequeña que, por muy pequeña que fuera, era enorme. Pasé de largo, saludando distraído y me metí en el despacho para dejar mi chaqueta. Cuando salí, un montón de ojos con las pestañitas cargadas de rímel me estudiaban divertidos. Me sentí desnudo dentro de mi jersey marrón y mis vaqueros y me dieron ganas de salir corriendo despavorido.

—¿Qué pasa? —les pregunté.

Y me contestaron al unísono sacando de su espalda la revista del dominical.

—¿Una firmita? —se animó a preguntar Carol.

Lo que me faltaba. Firmarles las fotos como si yo fuera Leonardo DiCaprio o algo por el estilo. Les enseñé el dedo corazón de mi mano izquierda y les pregunté si les gustaba el anillo que llevaba. Todo fueron risitas. Risitas… raras. Las mandé ponerse a trabajar bastante sonrojado y todas se marcharon hacia sus puestos excepto Carol, que avanzó hacia mí muy decidida.

—¿Desde cuándo estás tan bueno, Pablo Ruiz?

—Desde que no te pones las gafas.

—Vaya, vaya… —siguió diciendo, hojeando la revista—. ¿No tenían camisas más estrechas?

—¿Eres tonta? —Me reí mientras arrugaba la nariz.

Me enseñó una de las fotos y levantó las cejas.

—Esto, querido Pablo, el hombre que dominó el sabor del mar, es estar como un bollicao.

Dicho esto se giró y se marchó, no sin antes hacerme una caidita de pestañas bastante coqueta. ¿Qué coño había sido eso?

Al llegar a casa me encontré a Martina dormida en el sofá. En la mesa de madera que tenía frente a ella había dejado un plato con los restos de un sándwich y la revista, que empezaba a estar bastante manoseada.

—Pequeña… —le susurré—. A la cama.

Abrió los ojos perezosa y me miró fijamente antes de incorporarse con dificultad. Le ayudé y lo primero que dijo fue:

—¿Qué te han dicho las chicas?

¿Cómo lo sabrán? ¿Están todas unidas por una especie de comunidad mental que las mantiene al día de lo que piensan y hacen? ¿O simplemente son siglos más sabias que nosotros?

—¿Sobre qué?

—Sobre las fotos.

—Ah, bueno. Ya las conoces —le quité importancia y la ayudé a levantarse—. Armaron un poco de revuelo y se rieron de mí.

—¿Y Carol?

Me quedé callado, sin saber por dónde salir.

—Eh…, nada en especial.

Se rascó la piel de la barriga. Había leído que al tensarse, la piel picaba mucho.

—No hace falta que me digas mentiras. ¿Le han gustado?

—No sé. Creo que todas se burlaban de mí.

—No se burlaban de ti. Sueñan con que te las folles. A todas nos pasa lo mismo.

Ella se acostó antes. Yo hice una parada en la cocina para prepararme algo de comer y cuando subí, seguía despierta.

—¿Te traigo el cojín? —le pregunté mientras me quitaba la ropa.

—¿Qué cojín?

Fui al armario y saqué una almohada que mi madre me había recomendado comprar para que Martina durmiera mejor; una a la que se podía abrazar y que se deformaba al gusto del consumidor ahora que le costaba tanto coger la postura por las noches. Asintió y se acurrucó con él.

—Pablo… —musitó.

—Dime, pequeña.

—Tú y yo… ¿estamos bien?

Me desabroché el pantalón con los ojos puestos en la expresión preocupada de su cara.

—Claro. ¿Por qué? ¿He hecho algo?

—No. No sé.

Acomodé las perneras del bóxer y me acerqué a la cama, donde ella miraba fijamente las dos bolitas que atravesaban mi pezón. Eso me excitó, porque me recordó los buenos ratos que pasábamos en la cama antes de que el embarazo complicara nuestra vida sexual. Su boca sobre mi pecho, lamiendo, mordiendo, sus caderas moviéndose de forma que su sexo se frotara contra mi polla. Carraspeé y me acomodé a su lado.

—¿Qué pasa?

—No pasa nada.

—Sí, sí que pasa. No lo hagamos así. No me gusta jugar al ratón y al gato con los problemas. Es mejor que si algo te preocupa me lo digas y lo hablemos. Nos prometimos honestidad, ¿recuerdas?

Apartó los ojos de mi cara y alisó repetidamente la funda de la almohada a la que estaba abrazada, pero no se arrancó a hablar.

—Es por la revista. Algo no te ha gustado. ¿Te molestó que hablara de ti?

—No. No es eso. Me gustó. A cualquiera le gustaría que dijeran eso sobre ella…

—¿Entonces?

Parpadeó muy despacio y después me miró como todo hombre desea que le mire su pareja. Con admiración, con deseo, con orgullo… Para sumirse después en una especie de malestar.

—Tú estás creciendo. Tu carrera. Tu cuerpo… cada día que pase serás más deseable. Da igual si el pelo se te llena de canas o si engordas un poco. Serás deseable como lo eres ahora, pero cada día un poco más. Y llegarás tan alto como quieras, porque has nacido para ello.

—No te entiendo.

—El problema es que yo iré hacia abajo. Mi carrera se hará pequeña, mi cuerpo cambiará, cada día seré más mayor, más canosa, menos firme. Mis pechos dejarán de gustarte. Y un día te darás cuenta de que soy un impedimento para hacer lo que quieres y el único vínculo que quedará entre nosotros será un hijo que me verá odiarte porque no me quieres.

Jo-DER. ¿Todo aquello por unas fotos? Pablo, tío, hay algo que estás haciendo rematadamente mal en tu vida. Me quedé sin palabras. Uno nunca espera que una chica como Martina opine aquello. Martina, joder, que era una amazona. La misma que me follaba como quería, que me acojonaba con la intuición con la que cocinaba, que me había impresionado con su trabajo y su fuerza, a la que devoraría a manos llenas a pesar de la enorme barriga que reinaba entre nosotros. La madre de mi hijo. El centro de mi deseo. La imagen a la que siempre volvía cuando me excitaba. La mujer frente a la que me arrodillaría…, ¿sintiéndose pequeña por aquello?

Salí del dormitorio y bajé corriendo las escaleras.

—¿Pablo? ¿Dónde vas?

Cogí la revista y volví a subir los escalones de dos en dos. Después me arrodillé en la cama, frente a ella y localicé un párrafo:

—«La cocina es una pasión con la que nací. La vida me ha dado otra: el amor de mi vida. Su vientre creciendo con mi hijo dentro y los ojos con los que me mira cuando se despierta. Quizá nací enamorado del amor, pero ella ha sido la única en darle sentido». —Levanté los ojos y la miré—. ¿Crees que esto envejecerá?

—Sí —asintió.

—Martina, tu cuerpo va a traer al mundo a mi hijo. Y cuando pueda, besaré tus pechos, me hundiré entre tus piernas y te follaré para darte las gracias por hacerme hombre. No te puedo decir más. Pero tienes que confiar en mí y en ti. Porque cuando amas a alguien…, el tiempo no le envejece…, le engrandece. Tú eres Martina y eso es mucho más grande que cualquier mierda del mundo.

—No has tenido en cuenta…

—No tienes razón al pensar eso. Y ahora deja que te bese.

Besé sus rodillas, que sostendrían el peso de mi hijo hasta que naciera, que le permitirían correr detrás de él cuando empezara a andar. Besé su monte de venus, que me enloquecía, en el que me perdería siempre. Le quité la camiseta vieja con la que dormía y besé su vientre tenso, su piel brillante, la colina y el hogar. Besé sus pechos llenos y acaricié sus pezones sensibles con mis labios y mi lengua. Besé su cuello, donde olía más a ella que en ninguna otra parte del cuerpo. Y cuando llegué a su boca estaba tan loco por Martina, tan excitado por la redondez perfecta de sus curvas, que no pude más. Y me desnudé.

Su lengua y la mía se encontraron con un gemido de satisfacción y succioné sus labios con avidez. Dios…, cómo la deseaba. Intenté detenerme, pero me dije a mí mismo que nada cambiaría por hacerle el amor a mi mujer aquella noche y demostrarle lo mucho que significaba para mí su cuerpo. Me costó entrar. De lado, para que no sostuviera el peso de su barriga y estuviera cómoda. Creí que me moría cuando estuve dentro de ella. Me moví. Ese cosquilleo. Ese calor. La presión. Gimió y yo lo hice con ella. Salí y volví a entrar, por el simple placer de sentir el vacío de perder su tacto y reencontrarlo después. La acaricié como pude porque iba a correrme enseguida y ella me respondió con un gemido de satisfacción tan intenso que me precipitó. Entré y salí de entre sus labios sonrosados y me corrí como nunca, porque llevaba semanas sin hacerlo. Me pareció que pasaba una eternidad hasta que estuve seco y ella empapada. Y entonces la abracé exhausto y le susurré que la amaba.

—Más que al mar —le dije.

Y cuando ella no contestó supe que me moriría si algún día escapaba de entre mis dedos. La pequeña Martina…

45

maia se subió a la báscula y cerró los ojos. La noche anterior se había sentido desfallecer y había tomado un yogur desnatado antes de acostarse, porque estaba segura de que con semejante agujero en el estómago no podría dormir. Los nervios le daban hambre y tenía muchos temas que la hacían sentir nerviosa. Javi no dejaba de insistir con lo de la mudanza, por ejemplo. Se casaban en tres meses y ella aún se agarraba con uñas y dientes a su viejo piso compartido.

—No es porque no quiera vivir contigo, Javi…, es que mi piso es especial.

—Pues no querrás que me mude yo allí contigo y con Sandra.

Bueno, Sandra sobraba en la ecuación, pero la idea de que aquella se convirtiera definitivamente en su casa no le molestaba. Allí había vivido su primera independencia. Había compartido piso con sus mejores amigas. Habíamos reído, trasnochado, llo-rado y gritado en los rincones de esa casa y cada centímetro del parqué y cada pequeña superficie de las paredes se había impregnado de unas sensaciones que para Amaia eran positivas.

—Vende el piso de tus padres —le dijo después de unos minutos de reflexión—. Véndelo y compremos este entre los dos.

Él la miró como si estuviera loca. ¿Vender un piso en pleno Ortega y Gasset para comprar otro más pequeño en una zona apartada de Príncipe Pío? Bueno, la zona le gustaba, la verdad. Tenía colegios alrededor, estaba bien conectada con el centro y hasta se podía subir andando a La Latina.

—A mi madre le daría un infarto —le contestó.

—Ciérrale la puerta a tu madre, cariño y empieza de nuevo.

Seguían pensando en ello. Y junto a esta decisión por tomar, cientos de cosas pendientes también de su boda…, entre ellas el vestido.

El médico emitió un sonido de estupefacción y Amaia apretó los ojos con fuerza. Si había engordado iba directa al primer puente a tirarse.

—Amaia…, ¿estás haciendo bien la dieta?

Joder. Había engordado, estaba claro.

—La estoy haciendo a pies juntillas. Te lo juro.

—Puedes bajar.

Bajó de la báscula y lo vio sentarse frente a su ordenador a anotar cosas. Ella se calzó sus zapatillas y le miró con cara de pena.

—¿Cuánto he engordado? Anoche me comí un yogur desnatado de más…, seguro que ha sido eso.

El endocrino la miró con el ceño fruncido.

—Has perdido cinco kilos más.

—¿Cómo?

—En total ya has perdido nueve y medio. Está yendo muy rápido.

Una llamarada de orgullo le quemó el hambre para todo el día. Iba a conseguirlo. Estaba segura.

El subidón de confianza valió una llamada a la tienda donde su vestido ideal pasaba los días a la espera de ser suyo y concertó una cita aquella misma tarde, a espaldas de todo el mundo. Le dijo a Javi que iba a ver a su madre y, envuelta en la faja más recia que encontró en H&M, se fue a volver a intentarlo.

La dependienta la recordaba, cómo no. Habíamos dado un buen espectáculo que les costaría olvidar. Pero fue amable, sobre todo porque ella le dijo «perdona a mi amiga, sufre ataques de ira por culpa de un embarazo difícil».

—El marido se largó con la secretaria en cuanto supo que estaba embarazada —le mintió.

Y frotándose las manitas se metió de nuevo en el probador.

Por supuesto el vestido no abrochaba. Seguía faltándole palmo y medio en la zona de la cadera, que era donde se abotonaba, pero al menos ya podía hacerse una idea. La chica se lo enganchó como pudo y ella imaginó por un momento que era de su talla. Al principio sonreía. Era precioso. La caída de la seda, la abertura en su espalda, el sencillo frontal del vestido y la parte trasera, con el chantillí... y allí estaban sus caderas, marcándose bajo la suave tela. Y sus pechos que parecían enormes cántaros. La papada. Los brazos. La sonrisa se le había escurrido ya hasta el suelo.

Se giró a la chica, que esperaba su beneplácito, y puso cara de circunstancias.

—¿Le cogemos las medidas para empezar con el vestido?

—Yo... creo que esperaré un poco. Estoy perdiendo peso y... ¿cuánto se tarda en confeccionar el vestido?

—Necesitamos por lo menos un mes.

—Volveré dentro de un mes y medio.

Aquella noche no quiso ver a Javi. Ni la siguiente. No quería que nadie pudiera darse cuenta de que iba a dejar de cenar cada día porque no quería que nadie la parara. No era el vestido. Era... ella. Y su obsesión.

Sandra tenía un tic tac en su cabeza. Una sensación de urgencia que la perseguía allá donde iba. Al principio pensó que era resultado del estrés de haberse volcado en el trabajo y la vergüenza del abandono de Íñigo, por su falta de empatía conmigo cuando se enteró de mi embarazo… y cosas más antiguas, como las oposiciones, su nula experiencia laboral… Pero no. No eran remordimientos; ella sabía distinguirlos. Los remordimientos se sentían como un pellizco en la boca del estómago. Esto era diferente… como el sonido de la maquinaria de un reloj viejo en su cabeza, cada vez que se daba un respiro y buscaba un rato para no hacer nada.

Cuando escuchó a Amaia y a Javi hablando de qué hacer con el piso y la mudanza…, localizó el problema. ¿Qué coño iba a hacer ella ahora? En tres meses se quedaría sin compañera de piso. Y seamos sinceras… sin la tercera el alquiler ya era lo suficientemente asfixiante como para plantearse tener que pagar ella sola el total del piso.

—Amaia…, voy a tener que empezar a buscar compañeras —le dijo una tarde—. Espero que no te importe pero…

Amaia, que estaba en ese momento anotando cosas como una loca en una libreta que suponía que era de la boda, levantó los ojos espantada hacia ella.

—Esto…, Sandra…, Javi y yo estamos planteándonos la posibilidad de comprar el piso.

Al principio no lo entendió. ¿Cómo iban a vivir los tres? Bueno, Amaia y Javi podían instalarse en el que fue mi dormitorio y ella… Ah, no, espera…, la estaban echando.

—¿Tengo que buscarme otro piso? —preguntó tirante.

—Aún no hemos decidido nada.

Le costó cerrar la boca. Una llamarada de indignación le subió por la garganta.

—¿Y cuándo pensáis decírmelo? ¿O voy a tener que vivir en una jodida fonda cuando volváis de la luna de miel y yo aquí pinte monas?

—De todas formas, Sandri…, tampoco te podías permitir demasiado este piso.

Los portazos resonaron por toda la casa. El salón, el dormitorio de Sandra y más tarde la puerta del piso, que lanzó escaleras abajo un estruendo violento. Cuando llegó a la calle ya lloraba. Amaia era una egoísta, pensó. ¿Cómo no había compartido con ella aquella idea? Era la última en enterarse de todo. Seguro que yo ya lo sabía, aun a pesar de estar semipostrada en un sofá con mi tripa y mis kilos de más. La queríamos menos. Era la amiga polizón. Nos sobraba. Se sintió tan sola, tan desgraciada…, lo pensó durante un instante y se dio cuenta de que no tenía ninguna amistad lo suficientemente sólida y profunda como para marcharse a llorar en su regazo en aquel momento. A las únicas que nos tenía era a nosotras y éramos unas amigas de mierda que solo se miraban el ombligo. Llamó a su madre y anduvo por el Paseo Virgen del Puerto hipando y llorando mientras esta trataba de calmarla.

—Ha estado feo que no te lo dijera antes, Sandra, pero piénsalo bien…, ¿no te apetece un pisito más pequeño y más cerca del trabajo?

Lo que le faltaba…

Fue una tarde de mierda. Aunque en realidad había sido un día de mierda, en una semana de mierda, de un mes de mierda, de un año de mierda en una vida de mierda. Arrastrando los pies y secándose las lágrimas llegó al centro comercial, se compró un yogur helado y se sentó en un banco con el frío madrileño de finales de noviembre calándola hasta los huesos.

Estaba sola. ¿Quién iba a decirlo? Si un año antes le hubieran obligado a apuntar cuál de las tres se quedaría sola, nunca habría dicho que sería ella. Ella había tenido pareja toda la vida. Era la típica chica de la que su novio se sentía orgulloso, que lucía de la mano en cada ocasión social. Era guapa, ella lo sabía, qué narices…, se veía en el espejo. Estaba buena. Tenía tetas. Podía ser simpática si se lo proponía y todo apuntaba a que iba a ser una mujer de éxito. Y ahora trabajaba en una funeraria, rodeada de muerte y en casa solo la esperaba una amiga menguante que planeaba desahuciarla para quedarse con el piso después de una boda seguramente maravillosa. Mientras tanto, yo sería feliz con mi bebé y mi chico en un palacete modernista. Había que joderse.

Si hubiera compartido su angustia, yo le habría dicho que nada es tan idílico como parece desde fuera. Le hubiera contado que todo el mundo tiene miedo, esté en la situación en la que esté. Algunos miedos son más reales que otros, pero todos aterran a quien los padece. Inseguridades, vacíos existenciales, pérdidas o responsabilidades, da igual. Todos pesan en la espalda de cualquiera. Sandra tenía todo el tiempo del mundo para conocerse, buscar su espacio, entenderse y localizar cuáles eran aquellas cosas de la vida que quería a su lado para pelear por ser feliz. Pero solo veía soledad. Y, en cualquier caso, el peor compañero son las prisas, más aún cuando vienen de la mano de la frustración.

Aquella noche, cuando cayó en la cama enfadada y con los ojos hinchados de tanto llorar, pensó que la solución estaba frente a sus ojos. Necesitaba un novio. Y yo hubiera añadido que también unas gafas, porque era lo que menos le convenía en ese momento.

46

En casa jamás sonaba el despertador. Pablo no solía necesitarlo porque dormía poco y además entraba a trabajar como pronto al mediodía. Pero aquel veintisiete de noviembre, Pablo tenía una reunión con Antonio, su socio capitalista, para comentarle los cambios que había habido en cocina y hablar del horizonte hacia el que se lanzaba El Mar en el próximo año.

En las últimas semanas me costaba conciliar el sueño. Había dicho el adiós definitivo a mis tobillos hacía ya tiempo y las piernas me hormigueaban y molestaban. No era lo único. Diego se apoyaba constantemente en mis costillas y en algunas vísceras sin determinar y me dejaba molida y dolorida. Ya no tenía espacio para moverse y a mí me quedaba poca paciencia y muchos nervios a flor de piel. Así que cuando Pablo se levantó de la cama, hice lo mismo... pero con movimientos menos gráciles.

Me encontraba rara. No sabía definir lo que me pasaba, pero desde la tarde anterior, estaba rara. De vez en cuando tenía

alguna contracción, pero eran poco dolorosas y muy espaciadas, así que lo dejé estar.

—¿Estás bien? —me preguntó Pablo con el ceño fruncido cuando salió de la ducha.

—Creo que estoy a puntito de caramelo.

—Ya…, yo también. ¿Tienes las cosas preparadas?

Asentí y señalé un rincón de la habitación, donde tenía
una bolsa de mano con todo aquello que iba a necesitar cuando
me ingresaran para dar a luz. Ropa interior horriblemente poco sexi pero muy práctica (incluyendo ese sujetador con ventanita para amamantar), aseo, camisones, ropa para salir del
hospital vestida de persona (y no como me dejaba ver en los
últimos días…, ¿quién dijo que las zapatillas de deporte no se
podían llevar con vestido?), ropa para Diego, una mantita…

Pablo se sentó en el suelo y abrió la bolsa para repasar
que no se nos hubiera olvidado nada. Fue nombrando en voz
alta todo lo que iba encontrándose dentro y me preguntó por
qué no llevábamos pañales.

—Nos los darán allí.

—Vale. —Se levantó y me miró preocupado—. ¿Anulo la
reunión?

—No, qué va. No seamos histéricos. Estoy aún de treinta y tres semanas.

—Pues yo creo que de hoy no pasa. Y te han estado preparando por si se adelanta…

Pablo quiso sonreír, pero el pánico se le asomó a los ojos
y cualquier mueca que dibujaran sus labios no podría matizar
la sensación. Yo también lo imaginaba…, era el día. Me pidió
que me quedara en cama hasta que él volviera, pero no le hice
caso, claro. Me senté en el sofá y… llamé a Amaia.

—Ya te ha ido a lloriquear, ¿no? —respondió al tercer
tono.

—¿Cómo?

—Sandra. Ya ha ido a lloriquear en tu regazo y a decirte que soy mala y bla bla bla bla. Desde que tengo forma humana me odia.

—¿De qué me estás hablando? ¿Qué ha pasado?

—Uhm…, a ver.

—Dios, ¿qué has hecho? —me asusté. Sandra estaba frágil y estábamos siendo demasiado egoístas dedicándole pocas atenciones. No le hacía falta que, además, la tratáramos mal.

—Le dije que Javi y yo estábamos planteando vender el piso de Ortega y Gasset y comprar el nuestro. Es una idea peregrina que se me ha cruzado por la cabeza y a él no le parece descabellada pero… el caso es que se lo dije cuando me preguntó si me parecía bien que empezara a entrevistar posibles compañeras de piso.

—Amaia, joder. —Me tapé la cara y gruñí…, el gruñido era por una contracción un poco más fuerte que la anterior.

—Ya, ya lo sé. Pero tía, de verdad…, no tengo manos para gestionar tanta batalla. Al final me voy a meter en la barricada y que los demás peleen sus mierdas.

—La estás echando del piso.

—¡No la estoy echando del piso!

—Ella cree que sí. Sé un poco más sensible.

—¡¡Sensible los cojones, ya está bien, que es así porque todos nos hemos dedicado a malcriarla durante media vida!!

Cerré los ojos angustiada.

—Amaia…, da igual, mira. No tengo el día. Yo te llamaba por otra cosa.

—¿Qué pasa? —preguntó de mala gana.

—Creo que estoy de parto.

—¿Cada cuánto tienes contracciones? —Cambió inmediatamente el tono.

—Cada cuarenta minutos… media hora más o menos. Van subiendo de intensidad.

—¿Está Pablo contigo?

—Se ha ido a una reunión, pero no creo que tarde demasiado. El caso es que… ¿podrías venir?

—Sí claro, pero creía que querrías ir con Pablo…

—Sí, sí. Pero necesito una mano femenina. Antes.

—Ah, ok. ¿Te llevo un enema?

—¿Cómo?

—Querida Martina, cuando damos a luz casi todas las mujeres nos cagamos. Te pongo un enema antes y ya vas con el intestino como los chorros del oro. ¿No es eso para lo que me querías?

Cerré los ojos y tragué saliva.

—Me refería a ayudarme a pasar la cuchilla por ciertas zonas de mi cuerpo que hace tiempo que no veo, pero bueno…

—Ah. Vale, vale. Voy a hablar con el jefe. Le diré que mi hermana está de parto.

—No tienes hermanas.

—Pero él no lo sabe.

Se echó a reír y se despidió. Antes de que colgara le pedí que trajera el puñetero enema. Adoro a Amaia. La siento parte de mi familia y casi de mí. Me pasa lo mismo con Sandra. Son como el yin y el yang de mi vida. Confío más en ellas que en mis hermanos o mis padres para la mayoría de las experiencias vitales porque en mi casa todos nacimos con chips de reconocimiento en lugar de emociones. Aun así… nunca imaginé que Amaia me pondría un enema alguna vez en la vida. Fue muy profesional, la verdad, pero fue bastante inquietante que sus manitas enguantadas me agarraran los mofletillos del culo para manipular por esa zona.

Cuando yo me encerré en el baño, ella se hizo un café y puso un rato la tele. Después de que todo estuviera arreglado en ese aspecto, me metí en la ducha (maldiciendo, agarrándome a todo, sufriendo una contracción y mi lamentable forma física), la llamé para que me ayudara con el resto de mis prosaicas tareas.

—Vamos a ver… —dijo arremangándose el jersey.

Supongo que no era momento de fijarme en esas cosas pero la encontré muy pálida. Pensé que estaría nerviosa por mi parto, pero no pude evitar sospechar que tenía algo que ver con la dieta marcial a la que se estaba sometiendo. Me temía que no estaba siguiendo las recomendaciones del médico y que estaba tratando de acelerar el proceso. Entre sus virtudes no está la paciencia.

—Amaia, ¿tú comes?

—Claro que como.

—Te estás quedando muy delgada.

—No digas tonterías. He perdido diez kilos. ¿No es lo que espera todo el mundo de una novia?

—Pero ya habías perdido algunos kilos antes, con lo del ardor de estómago infernal.

—¿Podemos hablar de tus paranoias en otro momento? Uno en el que no estés desnuda en un baño con calefacción insuficiente horas antes de tu parto, por ejemplo.

Gruñí y le señalé el armario.

—Coge una cuchilla de las rosas. —Amaia se puso a cotillear todo lo que teníamos por allí. Cogió una cuchilla y me la enseñó—. No, esa es la de Pablo.

—Ah, pero ¿ya le ha salido el bigotillo?

Puse los ojos en blanco y ella se echó a reír. Vino con una de las rosas y me miró de arriba abajo, como si se acabara de dar cuenta de que estaba desnuda.

—Tienes las tetas enormes.

—Sí —gruñí.

—Y los pezones superoscuros.

—Ya lo sé.

—Sube la pierna al borde que no te veo el papo. Querrás que te lo afeite bien, no que te lo filetee.

Dios…, paciencia. Puse el pie en el borde y ella se asomó.

—¡¡Arg!! ¡¡Martina!! ¡¡Tienes el chocho enorme!!

—Se hincha con el embarazo, imbécil. —Y creo que nunca he dicho la palabra «imbécil» con más énfasis.

—Madre de Dios santísima —murmuró mientras oteaba el horizonte entre mis piernas—. Menudo chochote.

—Date prisa que no quiero que entre Pablo y te encuentre con la cabeza entre mis muslos.

—¿Cómo lo quieres? ¿Te dibujo una flecha?

El grito que lancé valió para que Amaia espabilase.

Cuando Pablo llegó nos encontró a las dos en el salón, con la bolsa de viaje preparada a nuestros pies.

—¿Ya? —preguntó llevándose la mano al pecho—. ¿Ya, de verdad?

—Casi —respondió ella—. Cálmate. Vamos a esperar a que tenga contracciones regulares cada quince minutos.

—¿Cómo estás? —Se sentó a mi lado y me besó—. ¿Cada cuánto las tienes?

—Cada veinte minutos o así.

—Entonces… ya va —asintió para sí mismo—. ¿Aviso a tus padres? Quieres que…

—Si no te calmas voy a tener que darte un bofetón —soltó Amaia.

Él la miró con las cejas levantadas visiblemente confuso.

—Amaia, estoy tranquilo.

—Ya, pero siempre he querido darte una torta.

Amaia fue invitada a abandonar la casa, como en Gran Hermano, pero sin necesidad de nominaciones. La mandamos a casa porque nos estaba poniendo a parir…, nunca mejor dicho. Le prometimos que la llamaríamos en cuanto naciera y le hicimos prometer que no nos estaría llamando cada dos por tres para saber cómo iba la cosa. Queríamos estar los dos juntos y solos en el último momento de nuestras vidas en el que seríamos él y yo.

Entre contracción y contracción fui dándome cuenta de que nunca me había parado a pensarlo de aquel modo. Habíamos sopesado muchas cosas a la hora de decidir seguir con el embarazo. No nos costó imaginar el cansancio, las noches sin dormir, los cólicos, la preocupación, dejar de lado por un tiempo nuestras vidas profesionales, ser padre, con todas sus letras y sus implicaciones. Habíamos pensado mucho en la educación, en los valores sobre los que queríamos que esta se sostuviera y hasta en qué color sería mejor para las paredes de su habitación, pero nunca habíamos hablado de lo que pasaría cuando dijéramos «Bienvenido, Diego». Ya no seríamos Pablo y yo, ¿no? Seríamos tres. Para siempre. Porque cuando uno es padre jamás deja de serlo. Es de por vida, como algo marcado a fuego en la piel, pero por dentro. Algo que está por encima de todo lo demás, que responde a un instinto animal de protección y que nunca desaparece. Ya no seríamos él y yo nunca más. Pasaríamos a ser mamá y papá.

Cuando eres mayor te das cuenta de muchas cosas sobre tus padres y una es que nunca los viste como pareja. Eran tu padre y tu madre. En tu cabeza no eran una pareja que necesitara tiempo para dedicarse a sí mismos; no disfrutaban de la soledad ni del silencio ni de cogerse de las manos como cuando tú descubres el amor. Pensaste que lo suyo era otra cosa, un amor diferente, porque eran tus padres, no los protagonistas de esas películas románticas que veías hasta la extenuación. Hasta que te diste cuenta de que en el futuro tú también podrías ser madre y no por ello dejarías de amar a tu compañero, de demandar sus caricias, su atención, de querer ser una mujer a sus ojos, no mamá.

Nunca he estado más cerca del pánico en mi vida que en aquel momento. Ser completamente consciente de ese oasis de tiempo en el que estábamos en tierra de nadie, fue como si en mitad de una crisis esquizofrénica violenta viera la realidad. Y no me gustó. Ya éramos prácticamente padres pero aún no lo éramos. Miré a Pablo a los ojos y le pregunté si estaba asustado. Era mi manera de decirle que yo lo estaba.

—Un poco, sí. —Sonrió—. Pero lo haremos bien. Seremos buenos padres.

Me callé todas las dudas que acudieron en tropel a mi boca. ¿Sería buena madre? ¿Conseguiría algún día ser lo suficientemente cariñosa? ¿Podríamos asentar nuestra relación y ser padres primerizos a la vez? ¿Nos cargaríamos lo que teníamos? ¿Habíamos tenido algo en algún momento o lo único que nos unía de verdad era un hijo? ¿Sería un niño feliz? ¿Y sano? ¿Crecería libre, sano, sonriente? ¿Le daríamos el hogar que se merecía?

Diez minutos después salimos hacia el hospital. Era viernes a mediodía y pillamos a mi médico casi por los pelos; en menos de nada nos confirmó que Diego estaba en camino.

Aunque ya lo sabíamos, recibimos con un gesto de disgusto la confirmación de que el niño no se había dado la vuelta del todo y venía de nalgas. Eso implicaba una cesárea y que Pablo no podría estar a mi lado durante el parto. Aguardaría en una sala contigua a que nos pasaran a la sala de reanimación, donde yo iría recuperándome de la anestesia.

—Hasta que te metamos en quirófano puedes estar con él —dijo el doctor Martínez con una sonrisa—. No tienes de qué preocuparte, ¿vale? Era algo que ya preveíamos.

—¿Es demasiado pronto? —pregunté.

—El niño está preparado.

Pues faltaba prepararme a mí. Me llevaron a una habitación, me ayudaron a ponerme la bata para el quirófano y me colocaron una vía en el brazo y oxígeno en la nariz. Pablo lo miraba todo con el ceño fruncido.

—¿Te duele? —me preguntó.

—Empieza a doler.

—Enseguida vendrán a por ti y en el quirófano te pondrán la epidural —respondió la enfermera con una sonrisa—. Ya está casi.

Me sentí culpable cuando me azotó una bofetada de miedo. Cualquier buena madre se sentiría cegada por la emoción y ahí estaba yo, más asustada que ilusionada, repitiéndome sin cesar que no estaba preparada.

Pablo me acompañó hasta la zona de quirófanos cogido de mi mano. Intentaba por todos los medios mostrar una fingida tranquilidad que no sentía. Sonreía y me besaba; me decía que en menos de nada seríamos tres y que lo haríamos genial.

—Seremos buenos padres —repetía.

Y tanto lo repetía que parecía un mantra…, de esos que te repites para convencerte de algo de lo que no estás nada seguro. Nos despedimos con un beso en los labios. Me dijo: «Adiós, mamá» y yo me eché a llorar cuando ya no podía verme. Pero sin estridencias, que soy Martina. Una enfermera muy dulce me preguntó por qué lloraba y me sentí tonta al decir que estaba muy nerviosa.

—Como todas. Todas lo estamos cuando llega este momento.

El anestesista se presentó y bromeó sobre mis lágrimas. Me dijo que iba a hacer que todo me pareciera maravilloso y yo me reí, porque ya no sabía ni qué hacer. Las contracciones empezaban a ser más dolorosas y más regulares, menos espaciadas. El médico apareció ataviado con el uniforme de quirófano y me saludó de nuevo.

—¿Estás nerviosa? No te preocupes. Será rápido. Solo te voy a pedir que no empujes. Aunque el cuerpo te lo pida, contente. No empujes.

Asentí y me coloqué como me pidieron, de lado y en posición fetal, para que me pusieran la epidural raquídea. Dolió un poco pero una sensación plácida sustituyó pronto al escozor. Las piernas empezaron a pesarme; daba la sensación de que se convertían en pesadas extremidades hechas de algodón prensado. Siguieron preparando cosas. Escuché algo sobre una sonda. La anestesia empezaba a hacer efecto... rápido. Me pasaron a la mesa de operaciones y yo ya no sentía las piernas.

El personal preparó una tela que no me dejara ver nada y me prometieron que sería muy rápido.

—¿Y Pablo? —pregunté. Por la forma en la que las palabras salieron de mi boca deduje que me habían suministrado algún tipo de calmante.

—¿Pablo es tu marido?

—¿Marido? No, no. Fue el marido de otra. Es mi novio. El padre. Sí..., el padre. —Me sentí rara al decir todo aquello—. ¿Dónde está?

—En la sala de al lado. No te preocupes. En diez minutos estarás con él y con vuestro bebé.

—¿Qué me pasa? —Cerré los ojos.

—Te hemos puesto un sedante suave. No te preocupes.

Escuché alguna indicación más. Sentí que me movían. Miré las luces del techo y me percaté de que en una de las superficies plateadas de las lámparas se reflejaba mi vientre y las manos enguantadas de los médicos. Sonreí inconscientemente cuando recordé que un día Pablo me habló de sensaciones y del alma que uno le pone a cada plato porque yo usé unos guantes para emplatar. Pablo. Íbamos a ser padres. Dios mío, no estaba preparada.

Una incisión en la parte alta de mi pubis empezó a sangrar. Me mareé un poco pero no aparté los ojos. Sabía lo que pasaría en aquel momento porque un día, Pablo y yo, buscamos en Internet cuál era el procedimiento en una cesárea. En aquel momento me separarían los músculos abdominales para acceder al útero y hacer una incisión en él, a través de la que sacarían a Diego. Mi hijo. ¿Mi hijo? ¿Era posible? No estaba preparada.

Lo vi salir. Es lo siguiente que recuerdo. Salió de mi cuerpo ayudado por el doctor Martínez mientras la matrona empujaba desde arriba de mi vientre para facilitar su salida. Se deslizó, como si fuese fácil. Pequeño, un poco amoratado, húmedo y sucio, nació, sin más. Sin sonido, solo un leve chapoteo. La piel brillante. Intenté mirarle bien.

—Quiero verlo —me escuché decir—. Diego, quiero ver a Diego.

—Danos un segundo, Martina. Cortamos el cordón y podremos enseñártelo.

—Es mío —balbuceé.

Cerré un segundo los ojos y los volví a abrir asustada. ¿Me estaba durmiendo? ¿Cómo podía estar durmiéndome durante el parto? «Eres una madre de mierda, Martina». Mandé callar a la voz de la Martina mala consigo misma y volví a decir el nombre de mi hijo. Una enfermera me lo colocó encima para que pudiera verlo. Fue casi de sopetón. O no, pero yo llevaba en vena un cóctel molotov que me estaba dejando grogui. Daba igual, lo importante es que allí estaba. Tenía los ojos abiertos, oscuros y nublados, como los de todos los recién nacidos. Tenía una pelusilla rubia en la cabeza y me reí al acariciársela a la altura de la nuca, aunque no sé por qué.

—Mi vida...

Alguien lo cogió de encima de mi pecho y se lo llevó. Me dijo algo, algo amable, pero yo no respondí bien. «Menuda madre de mierda estás hecha, Martina», me volví a decir.

—¿Dónde está? —Cerré los ojos—. Pablo...

Y no dije nada más. Fundido a negro.

47

U na enfermera abrió la puerta con una sonrisa. Llevaba en brazos un pequeño fardo que de pronto… se movió. Era mi hijo. Contuve el aliento. Nunca he estado más acojonado que en ese momento. Nunca. «Venga, Pablo. Eres su padre».

Me acerqué y lo miré con admiración. Hacía una hora no estaba allí. Estaba dentro de Martina pero su existencia se limitaba a lo poco que sabíamos de él. Pero ahora estaba allí. Sin más. Allí. Existiendo. Joder, qué intenso es todo en esa minúscula fracción de tiempo en la que, cuando ves por primera vez a tu hijo, atisbas a mirar a los ojos al jodido sentido de la vida y entiendes, solo ENTIENDES, que somos pequeños, que desapareceremos, que nadie nos recordará, que da igual la forma en la que vivamos nuestras vidas o incluso si amamos en demasía. Lo único que importa es que dejemos en quienes nos sobrevivirán algo bueno. Porque él no existía. Una mañana hice el amor con Martina y no pude controlar lo mucho que sentí. Me corrí dentro de ella. Me corrí a borbotones, desordenado, caótico y… su interior sereno acogió todo mi caos para crear VIDA. Su vida. Diego. Nuestro Diego, que sería nuestro siempre sin serlo. Nuestro legado.

Soy un tío emocional, creo que ya ha quedado patente, pero no soy de lágrima fácil. Sin embargo, cuando la enfermera dejó en mis brazos a mi hijo ahogué un sollozo que se mezclaba con una risa.

—Enhorabuena.

—¿Está bien? —pregunté jadeando por el esfuerzo de que me saliera la voz.

—Perfectamente.

Diego pesó al nacer dos kilos trescientos gramos. Me pareció liviano, pequeño; su tamaño no se correspondía con la fuerza que sentí que tendría en mi vida. Miré a la enfermera y sonreí, sintiéndome tan torpe con él en brazos.

—¿Y mi…, uhm…, mi chica?

—Están suturándola. Se ha quedado un poco traspuesta con la sedación. La traemos en breve.

—Gracias. —Me señaló una silla, como dándome permiso para sentarme allí con mi hijo y cuando ya salía de la sala volví a llamar su atención—. Perdone…, ¿qué tengo que hacer?

Se echó a reír.

—Lo que todos los padres. Mirarlo.

Tenía un poco de pelo rubio cubriéndole la cabeza y sus ojos estaban nublados, grises, pero despiertos. Yo sabía, porque lo había leído en mi proceso de «preparación mental para ser padre», que los recién nacidos no veían como vemos nosotros, pero quise que sintiera que estaba seguro conmigo.

—Diego… —susurré—. Soy papá.

Estaba convencido de que reconocería mi voz. Había pasado demasiadas noches hablándole al vientre de Martina. Le acaricié la cara, tan suave…, miré a mi alrededor, donde no había nada más que una sala preparada para que la camilla de Martina se instalara a mi lado. Aparejos médicos, el soporte para un gotero..., ¿por qué no venía ya? Era un momento especial; no me gustaba disfrutarlo a solas. Sentía que le estaba robando a Martina unos segundos que necesitaba hacer suyos. Siempre pensé que las mujeres deben sentir algo similar a una sensación de vacío al dar a luz y no quería que Martina sintiese aquella desolación. Quería que pudiera sentir a Diego cuerpo a cuerpo. En su piel. Fuera. Que pudiera deslizar las yemas de sus dedos sobre la piel de sus mejillas, que le oliera, que dejara que Diego atrapara en sus manos uno de sus dedos. Quería que fuera consciente de que no estaba dentro de ella porque había nacido al mundo, donde los dos lo protegeríamos y amaríamos.

Saqué mi móvil del bolsillo con dificultad y quité el flash de la cámara. Después le hice una foto a mi hijo; aunque lo tenía en brazos, me quedé embobado viendo la imagen resultante. Era tan... perfecto.

Por fin la puerta se abrió y un celador entró empujando una cama con Martina parpadeando, enganchada a un gotero.

—Mi amor —dije emocionado.

—Hola —susurró con voz pastosa—. ¿Está bien?

—Sí. Mira. Míralo.

Lo dejé en su pecho y Martina sonrió.

—Cuéntale los dedos —me pidió. Farfullaba un poco—. ¿Tiene de todo?

—Sí. —Me reí—. Viene con el kit completo.

Su sonrisa se fue desvaneciendo poco a poco, sin apartar sus ojos de nuestro bebé. Cogí su mano y la sostuve entre las mías.

—Lo hemos hecho nosotros. Nosotros dos. ¿Te das cuenta, pequeña?

Martina asintió y se echó a llorar. Emoción, pensé al principio. Cóctel de fármacos, creí, cuando a los diez minutos Martina seguía sin poder parar de llorar. Huracán hormonal, barajé.

—¿Por qué lloras? —le pregunté.

—Porque es perfecto.

Sobra decir que a pesar de que aquello era motivo de felicidad para los dos, ella sonaba… torturada. ¿Qué estaría pasando en su cabeza? ¿Qué idea había anidado? ¿O sería solo una mezcla de nervios, drogas y hormonas que se diluiría sin dejar rastro? Fuera lo que fuera, lo único que yo quería era que nos dejaran subir a nuestra habitación, ayudarla a desnudarse un poco y que sintiera a Diego sobre su piel.

Cuarenta minutos bastaron para que Martina se espabilara, aunque sumida en un trance silencioso y con una expresión taciturna que me aterraba. Pero quise olvidarme de todo aquello cuando nos encaminamos a nuestra habitación, que era amplia y tenía una ventana que daba a un jardín. Las ramas de los árboles se movían más allá del cristal y todo era luminoso y agradable, a pesar de ese olor a hospital…, supongo que la única forma de que este no te moleste es estar allí por un nacimiento.

La matrona pasó a vernos poco después y tras darnos la enhorabuena, recomendó que, si quería amamantarle, debía empezar a intentarlo.

—Si no se coge a la primera, no te desesperes. Si te pones nerviosa, él también.

¿Y si ya estaba nerviosa? Le eché un vistazo, mirándose con duda el pecho, como si estuviera segura de que no iba a poder hacerlo. No hubiera importado, que conste, pero durante los meses anteriores había expresado muchas veces lo mucho que deseaba darle el pecho al bebé. En su momento le di importancia solo porque para ella la tenía pero ahora sé por qué lo deseaba; estoy seguro de que una parte de ella deseaba que ese acto tan instintivo creara un vínculo a través del cual le costara mucho menos expresar todo lo que sentía por ese bebé. Martina estaba encerrada en su propia cárcel, donde los barrotes eran miedo a no ser suficiente. Miedo a cometer errores que la convirtieran en una madre gélida que no quería ser.

La matrona ya se marchaba cuando salí andando deprisa detrás de ella. Junté la puerta a mi espalda y la llevé al otro lado del pasillo para decirle en voz queda:

—Ha llorado mucho. He leído que es síntoma de depresión posparto.

Aquella mujer sonrió y contuvo una carcajada que no me sentó muy bien. Después se irguió y adoptando una expresión mucho más profesional me pidió calma.

—Su mujer acaba de dar a luz y entre los efectos de la sedación y el tema hormonal… puede llorar cuanto quiera. No se preocupe.

—No es eso. Es que la conozco y… no está bien.

—¿Cómo se llama?

—Martina.

—No. Ella no. Usted.

—¿Yo? Pablo.

—Vale. Pablo…, no se preocupe. Y no la preocupe a ella. Disfruten de su bebé. Estaremos atentos a su mujer.

No me dejó muy tranquilo, la verdad. Si hubiera tenido la oportunidad le hubiera explicado lo desbordantes que le parecían a mi pequeña Martina todas las emociones. ¿No era justificado mi recelo? Joder. Si había una situación favorable para que ella se rompiera, era aquella. Responsabilidad, emoción, instinto, reacción…, todo dándose bofetadas por dentro de ella, destruyendo conexiones entre su deseo de ser una buena madre y la creencia de que pudiera serlo.

—¿Qué pasa? —me preguntó cuando volví a la habitación.

—Nada. Quería preguntarle cada cuánto hay que darle el pecho —mentí.

—Decidimos que a demanda, ¿no?

—Sí, sí. Estoy un poco nervioso. —Sonreí—. ¿Vamos?

—¿Les mandamos una foto a todos?

¿Ganas de comunicar nuestra paternidad o un intento por atrasar el momento de enfrentarse al primer reto como madre?

Hicimos una foto de familia como pudimos. Me recosté en su cama, con ella sosteniendo a nuestro hijo y nos hicimos un *selfie*. Uno por no decir setenta. Cuando no salía yo con los ojos cerrados, a ella le picaba la nariz, cuando no el niño salía raro. Hasta dar con la acertada pasamos al menos quince minutos.

Diego empezaba a boquear como un desesperado, así que era el momento. Dicen que es importante intentar darle el pecho al bebé durante su primera hora y media de vida. Un momento especial, ¿no? No lo parecía de pronto para ella.

—Martina, si no quieres darle el pecho no pasa nada. Vamos a biberones.

—No, no. Es más cómodo. Es lo que decidimos.

—Lo que decidimos da igual si ahora lo has pensado mejor. Eres tú quien debe decidirlo.

—Esto es lo que quiero.

Se desabrochó el camisón y colocamos a Diego en su pecho. Sentí algo complicado de explicar; una mezcla entre amor, orgullo y… desarraigo. Algunos investigadores lo atribuyen a cuestiones edipianas y a conceptos inversos a lo que Freud llamó la envidia del pene. Según estos, yo, como hombre, envidiaba ese vínculo madre-hijo que aparece de manera instintiva y animal y cuyo máximo exponente sería el momento de la lactancia… o algo así. En mi humilde opinión, solo era adaptación y añoranza. El pecho de Martina ya no era un elemento sexual entre nosotros. O al menos no era solamente aquello. Era el alimento de mi hijo. El ser humano es complicado. No es algo que me obsesionara, no obstante. No me dejé. No era momento de ponerse a lloriquear porque mi chica tuviera que repartir las atenciones entre nuestro bebé y yo. Yo era un hombre, un padre; no podía ser tan idiota.

No quise agobiarla dando consejos sobre cómo o cómo no debía hacerlo. ¿Qué sabía yo? Así que me concentré en mandar la foto elegida a todos los contactos que, previamente, habíamos seleccionado, con una breve nota: «Tenemos el placer de compartir con vosotros la gran noticia de que nuestro hijo Diego nació hoy, 27 de noviembre, a las 15.15 h por cesárea. Ha pesado dos kilos trescientos gramos, tiene pelusilla rubia en la cabeza, cinco dedos en cada mano y pie y unos ojitos inquietos que quieren veros pronto. Tanto Martina como él están bien. Estamos en la habitación 378 de la clínica Ruber Internacional, pero, como hay confianza, os sugerimos esperar a mañana para empezar con las visitas. No mandéis flores..., mejor una buena botella de whisky para el padre y un bocadillo de calamares para la madre. Os queremos. Gracias por formar parte de esta familia».

—No puedo —escuché decir a Martina.

—¿Qué?

—No puedo, Pablo. No quiere. No lo estoy haciendo bien.

Diego bramó un poco, dejándonos escuchar el sonido de su llanto y confirmando que tenía dos buenos pulmones. Martina le acercaba el pezón a la boca, pero él se apartaba boqueando.

—Tranquila.

—Tiene hambre —le tembló la voz—. Pero no sé hacerlo. Lo estoy haciendo mal.

—No lo estás haciendo mal. —Dejé el móvil sobre la mesilla y me acerqué a los dos—. La primera vez puede ser complicada.

—¿Lo sabes por tu amplia experiencia? —Me quedé mirándola sorprendido y ella ahogó un quejido—. Lo siento. Estoy..., estoy nerviosa. Lo estoy haciendo mal.

—Deja de decir que lo estás haciendo mal. Vamos a calmarnos.

Diego gritó de nuevo y Martina miró alrededor, como buscando una salida. Se mordió el labio y sollozó.

—Mi amor. Pequeña..., no te desesperes. Escucha..., es tu bebé. Eres su madre. Si te pones nerviosa, él se pondrá nervioso también.

—¿Qué estoy haciendo mal?

—No estás haciendo nada mal, Martina. Somos primerizos. Con el segundo no nos pasará.

El pánico brilló tanto en su expresión que no me pasó desapercibido el hecho de que le horrorizaba la idea de volver a ser madre. Vale. Acababa de salir del quirófano pero... ¿realmente estaba todo bien allí?

—Pequeña. Tranquila.

—No..., no puedo. No puedo, Pablo. No puedo.

Me senté en la cama a su lado y en un gesto rápido dejó al bebé en mis brazos y se giró hacia el lado contrario todo lo que los puntos y el gotero le permitían. Se echó a llorar. Me pregunté si habría llorado en toda su vida más que aquel día. El niño gritó de nuevo, poniéndola más nerviosa. Deseé con todas mis fuerzas un puto biberón, una nodriza o un buen par de tetas llenas de leche para quitarle toda aquella responsabilidad.

—Martina... —me aclaré la voz que un nudo enorme tenía atenazada en mi garganta—. Tranquila.

—Déjame sola.

Abrí la boca para contestar, pero no encontré una respuesta para aquello. Así que me levanté de la cama y acuné a Diego tragando la bola de nervios. La escuché sollozar con amargura a mi espalda y respiré hondo. Me di unos minutos. Cerré los ojos. Me concentré en el peso de mi hijo en los brazos, en los movimientos de sus manitas, en su respiración, que iba regulándose poco a poco, dejando atrás el llanto.

—Martina —empecé a decir, dándole la espalda, con un tono firme parecido al que usaba en el trabajo cuando quería sonar muy seguro de lo que decía—. Para. Sea lo que sea que estás pensando, páralo. Ya. —Me di la vuelta.

Me miró sorprendida, con el brazo a medio camino de tapar su cara.

—No sé hacerlo —gimoteó.

—Yo tampoco. Pero aprenderemos.

—Me da vergüenza.

Mi pequeña Martina, la perfeccionista. Me acerqué y le enseñé a nuestro hijo, que empezaba a renegar de nuevo.

—Míralo…, Martina. Míralo. Es perfecto.

Se echó a llorar y se tapó la cara con las manos.

—Sabremos hacerlo.

—¿Y si no lo consigo? —Sollozó.

—No existe esa posibilidad. Es lo que no estás viendo.

Dejé al niño en la pequeña cuna que habían junto a la cama y me encaramé a esta, hasta que mi cara y la suya quedaron cerca, frente a frente.

—Escúchame, pequeña…, ya eres madre. YA lo eres, pero no lo sabes, porque Diego acaba de llegar y estamos asustados y confusos. Pero… calma. Como el mar. Cálmate. Vuelve a tu orilla.

Sequé las lágrimas que le recorrían las mejillas con mis pulgares. El niño estalló en llantos y ella miró hacia la cuna nerviosa.

—Le estoy haciendo sufrir.

—Martina, tiene una hora. Solo tiene hambre. Llorará también cuando se mee. Y cuando tenga sueño. Y a veces por fastidiar. —Le sonreí—. ¿Tendrás tú culpa también de eso?

—No.

—Pues ya está. ¿Probamos juntos?

Cogí a Diego y lo dejé en sus brazos. Abrí su camisón, acaricié la suave piel de su escote y olí su cuello.

—Te amo, ¿vale, pequeña?

Me miró con el ceño fruncido y luego sonrió tímidamente.

—Vale. Pero no quiero tener más hijos. Solo quiero a Diego.

—No los tendremos. Me haré un nudito. —Moví los dedos como si fueran una tijera y ella se rio.

Acercamos al niño al pecho y le solté el pelo a Martina; seguro que su perfume nos tranquilizaría a los tres. Después lo eché a un lado y lo mesé entre mis dedos. Diego se apoyó en el pecho de su madre, con la mejilla pegada al pezón y sin intención de succionar.

—Shhh… —la tranquilicé.

—Vamos a engañarlo.

Acarició la mejilla de su hijo con la yema de sus dedos y acercó un nudillo a la boca del bebé que la abrió cuanto pudo. Rápidamente lo sustituyó por su pecho y Martina me miró con una sonrisa.

—Está chupando.

—Buen chico. —Le acaricié un piececito, dentro del patuco—. ¿Sabes que dicen que un bebé recién nacido solo distingue las formas que quedan a treinta centímetros de sus ojos o menos?

—No, no lo sabía.

—¿Sabes a qué distancia quedan tus ojos de él cuando le amamantas?

—¿Treinta centímetros?

—Ahora, pequeña, eres el centro de su vida. Y todo gira en torno a ti, pero eso no quiere decir que seas la responsable de cada cosa que le pase. Lo has traído al mundo y te querrá siempre.

No me moví de allí hasta que Diego no se cansó y se removió. Acompañé los movimientos de Martina hacia el otro pezón, donde el pequeño se agarró poco después. Martina cerró los ojos con alivio.

—No te vayas nunca —me pidió.

—Nunca.

—Me moriré.

—No te morirás.

—No sabré hacerlo.

—Sabrás. Sabremos.

Besé su sien y alguien llamó a la puerta con los nudillos.

—¿Sí?

Mi madre se asomó con cara de culpabilidad y la cabeza de mi padre lo hizo después que ella.

—He intentado no venir. Lo juro. Pero cuando me he dado cuenta, ya estábamos a medio camino.

—Explícame una cosa..., ¿qué parte de «preferimos las visitas a partir de mañana» no has entendido?

Martina suspiró y sonrió.

—No pasa nada, Ángela, pasa.

—No —pedí con voz firme—. Espera a que acabe con el pecho.

Mi madre asintió emocionada, supongo que porque pensaba que iba a ponerme como un loco y a echarla a escobazos por el pasillo. Esperar un ratito no le pareció tan mal. Cerró la puerta y no pude evitar sonreír, como ese padre que no quiere reírse de la trastada de su hijo delante de él. Acaricié la cabeza de Diego y miré a Martina, que había desviado un momento los ojos de su hijo para mirarme a mí.

—Se merece más.

—¿Quién? ¿Mi madre? —pregunté en tono agudo.

—No. Diego. Se merece una madre perfecta.

—¿Quién quiere una madre perfecta cuando puede tener una que lo quiera por encima de todo lo demás?

—¿Y dónde te deja a ti eso?

—A tu lado.

El peso de su cabeza en mi brazo me reconfortó pero no valió para deshacer la seguridad que se instalaba dentro de mí de que aquello que pretendíamos hacer... no iba a ser fácil.

Unos minutos después, mi madre entraba en la habitación cargada de flores, una botella de whisky de doce años, un globo, una cesta y no sé cuántas cosas más. Bienvenido, Diego. Esta es tu familia.

48

Nunca había imaginado en detalle cómo serían las cosas cuando fuese madre, es verdad. Pero si lo hubiera hecho, no se habría parecido en nada a la realidad. Tenemos una visión muy idealizada de todo lo que acontece en tu vida cuando eres madre. Pensamos en el parto y se nos olvidan los detalles escatológicos. Pensamos en amamantar y todo es un vínculo mágico entre madre e hijo. Pensamos en nuestra estancia en el hospital y nos imaginamos a nosotras mismas, divinas de la muerte, recibiendo a amigos y familiares con una sonrisa y alborozo. Bueno, no es que sea todo lo contrario, pero tampoco es de color de rosa.

Los puntos. El dolor. Nunca nadie me había dicho que después de parir te dolía el interior del cuerpo como si las vísceras estuvieran volviendo a su sitio. La irritabilidad. Tu suegra diciendo que el niño está demasiado abrigado. Tu madre apuntando que quizá deberías sostenerlo de otra manera cuando le das el pecho. Gente mirando cuando lo haces. Joder, sé que es muy tierno y adorable y todas esas cosas, pero soy más rara que un perro verde, no me apetece que todos me vean sacándome la mamella de un sujetador horrible (y lleno de discos empapadores mojados) y embutiéndole el pezonaco a mi hijo en la boca. Casi no me hacía gracia ni que lo viera Pablo, por Dios, y no es que lo concibiéramos vestidos con cuello alto. No era la desnudez. No era la teta, aunque fuera gigantesca y megalítica. Era mi intimidad, viéndose constantemente violada por gente que entraba, salía, hablaba alto, preguntaba, tocaba. Sobreexposición.

Vinieron a vernos mis padres y los suyos (diariamente, cabe decir), unos amigos de la infancia de Pablo de los que ni siquiera me había hablado, casi todos los compañeros de El Mar, mis amigas, mis hermanos, su socio Antonio... Con lo bien que se me dan a mí las relaciones sociales, era todo un lujo poder centrarme en ellas ahora que me habían abierto en canal para sacarme un bebé del útero. Ironizo, claro. Oh, Dios. Matadme ya.

De todas las visitas que recibimos, tres llamaron especialmente mi atención: la de Amaia y Sandra, la de Fer y la de Carol.

Amaia y Sandra vinieron juntas pero no revueltas y enrarecieron el ambiente de la habitación durante un buen rato siendo tan poco ellas mismas que daban miedo. Dos desconocidas. Eso me parecieron. Dos personas encerradas en sus propias mierdas que no acudían a ver al hijo de una amiga como esperaba que lo hicieran.

—Te íbamos a traer el regalo para el niño, pero mejor te lo llevamos a casa cuando te den el alta, para que no tengas que cargar con él.

—Te hemos comprado el carro —aclaró Amaia.

—¿Qué pasa? —escupí.

Estaban enfadadas. Aún estaban enfadadas entre ellas por la discusión sobre el piso. Y por todo lo que en realidad llevaban a cuestas desde hacía un año. Supongo que habían decidido posponer su violencia verbal habitual hasta que salieran de allí, pero en lugar de reaccionar con normalidad, lo hicieron con frialdad. Uno no puede contener lo que le duele sin terminar pareciendo otra persona. Pero yo no tenía el día de ponerme a lidiar con ellas. A decir verdad, creo que fue mi útero suturado el que reaccionó por mí mandándolas a la mierda y pidiéndoles que se fueran de allí.

—No tengo ganas de hacer de niñera con vosotras por otro de vuestros continuos malentendidos. No necesito esto. Iros, por favor.

Pablo me miró como si lo estuviera violando un toro de lidia.

—Esto…, ehm…, pequeña.

—No quiero que nadie me trate como a una desconocida que acaba de parir y que tiene que ir a ver por obligación. Lo siento. No es el momento de pensar en ellas. Por favor, iros.

—Pero…

—No lo voy a decir más. Fuera.

Y la última frase sonó tan débil por mi parte que me asusté. Desvié la mirada a la pared y me acurruqué buscando cerrar los ojos y olvidarme de todo durante un rato, en silencio… pero cuando se fueron, Pablo rodeó la cama y me miró muy serio.

—No es que no esté de acuerdo, Martina, pero no son maneras. Ellas te quieren como si fueses su hermana.

—Pues que empiecen por demostrarlo.

—Martina, ¿estás bien?

—Sí. Pero me apetece estar un rato sola.

Pablo no tardó en salir de la habitación con paso lento. Creí que iría a tomarse un café como cuando me ponía muy tirante. Soy consciente de que los días en el hospital fueron por momentos muy tensos. Pero para mi total sorpresa, volvió a los diez minutos con Amaia y Sandra, totalmente sonrojadas.

—Me voy a tomar un café —anunció—. ¿Os traigo algo?

—No —dijimos las tres al unísono.

Se fue y nos dejó a las tres en silencio. Sandra se asomó a la cuna y acarició con un dedito a Diego, que dormía.

—Es tan bonito…

—Gracias.

—No eres una desconocida a la que vengamos a ver por obligación —sentenció Amaia, que seguía pegada a la puerta con los brazos cruzados—. Pero puedes llegar a ser bastante zorra cuando quieres —se quejó.

—Y tú vas a desaparecer si sigues perdiendo peso —añadí.

—¿Os fastidia que ya no sea la gorda o qué?

—Lo que eres es imbécil —respondió Sandra.

—Ya estamos. ¿Cuántas veces tengo que decir que siento haberte soltado lo del piso como lo hice, joder? Dame tregua. Todo es un puto estrés.

—¿Estrés? Ah, sí. Qué horror. Te casas con un tío que te quiere y que tiene un piso en el puto barrio de Salamanca. Tu vida es horrible, Amaia. Lloraremos por ti.

—Cuando hablas así suenas exactamente igual a una amargada, cuidado.

—Me he follado a tu futuro marido. Recuérdalo en el altar.

—¡¡Ya basta, joder!! —vociferé.

Cerré los ojos con amargura cuando el llanto de Diego nos ensordeció desde la cuna. Nos había costado bastante dormirlo.

—¡¡Ay…, pequeñito!! —balbuceó Amaia acercándose a la cuna—. ¿Puedo cogerlo?

—¡Déjame cogerlo a mí! Mi novio me ha dejado por una de veinticuatro y en un par de meses estaré viviendo en la indigencia.

—Lo que no sé es por qué no te hiciste actriz trágica, chica, porque lo tuyo es puro teatro.

Puse los ojos en blanco. Eran molestas. Estaban riñendo todo el rato y tirándose muebles a la cabeza pero, joder, prefería mil veces aquello que la indiferencia. Yo las quiero, pero son bastante cansinas; es posible que todos lo seamos cuando estamos realmente en confianza. En un rato parecía habérseles olvidado parte de por qué de pronto se odiaban tanto, pero seguía habiendo hostilidad entre ellas. Había muchas cosas allí latentes. La historia del vestido de Amaia que tenía seguro gato encerrado. ¿Por qué de pronto el tema del vestido era tabú y ella parecía ser víctima de un brote psicótico cada vez que se nombraba? Y luego estaba Sandra, con todas sus cosas. Con lo duras que habíamos sido con ella en el pasado, acusándola de ahogarse en un vaso de agua y no saber sacarse las castañas del fuego, allí estaba: sola, agobiada, viendo que no tenía nada de lo que había planeado conseguir y que lo poco que estaba alcanzando se desvanecía.

No quise ahondar mucho en el asunto, porque no me encontraba lo suficientemente cabal como para lidiar son sus peleas y problemas, pero tanteé el tema de la compra del piso. Amaia y Sandra lo habían hablado por fin sentadas y no a las bravas y, bueno, bien pensado no era una locura. Nuestro casero se había mostrado interesado en la venta y Javi ya había mandado tasar el piso.

—Está contento de quitarse esa losa de encima. El piso le recuerda demasiado a la relación frustrada con sus padres.

¿A qué le recordaría a Sandra su siguiente casa? ¿A la soledad? ¿Al abandono? Me sentí tan triste por ella que le ofrecí venir a casa de Pablo si no encontraba nada que le gustase, pero ella, lógicamente, me tomó por loca.

—Lo primero, no es tu casa, es la suya. No voy a ir sin ser invitada. Y lo segundo… es una locura. ¿Qué pinto yo allí? Tu novio y yo no es que seamos amigos íntimos.

Era verdad. Después de un silencio y un suspiro, nos confesó que había estado buscando estudios para mudarse sola; siempre le había parecido una experiencia interesante. Pero lo cierto es que, haciendo números, se había dado cuenta de que el sueldo en la funeraria no le llegaría para cubrir todos los gastos.

—Tenemos treinta años. Debería empezar a pensar en el futuro. Miraos a vosotras. Una se casa y la otra ha sido madre. ¿Qué voy a hacer yo? ¿Alquilarme un estudio que me sople al mes más de la mitad de mi sueldo, vivir al día y seguir como la eterna opositante que era, esperando que la vida me traiga algo mejor?

No. Claro que no. Y no es porque sea clarividente, pero los siguientes pasos que emprendería Sandra con su vida me parecieron muy evidentes. Correría, huiría hacia delante, buscaría no encontrarse anclada, sola, en un momento indeterminado de la vida. Correría en cualquier dirección que le pareciera fiable, sin preocuparse por si el destino le interesaba. Si alguien me hubiera dicho en aquel momento que escribiera en un papel el futuro más inmediato de Sandra, a día de hoy, no me habría equivocado en nada.

Se marcharon un par de horas después y a pesar de que había sido balsámico tenerlas allí conmigo, dejaron en el ambiente cierto regusto amargo. Como una pandilla de amigas que ve marcharse el verano. Y me aterrorizaba pensar que el verano de nuestras vidas se estuviera marchando.

Pablo llegó a tiempo de despedirse de ellas y cuando sus voces se alejaron por el pasillo, dejó un sándwich envuelto en papel de plata en la mesilla y me preguntó si había hablado con Amaia en serio.

—¿Sobre qué?

—Javi está preocupado por lo de su dieta. Dice que no entra en razones y que hace ya bastante que nota cosas raras.

—Es Amaia. Hace cosas raras continuamente.

—Ha perdido mucho peso en poco tiempo. —Se dejó caer en el sillón—. Creo que deberíamos hablar con ella. En plan…, no sé, sin convertirlo en un juicio militar ni nada por el estilo, pero haciéndole ver que estamos preocupados. No puede obsesionarse con algo tan vacuo.

Miré mi cuerpo marcado bajo la sábana. Vacuo, decía. Pues yo no lo sentía tan vacuo ahora que no me encontraba físicamente en mi mejor momento. Seguía teniendo tripa, pero sin bebé dentro. Y me preocupaba bastante el hecho de no ser capaz de volver a meterme en mis vaqueros jamás. En el fondo entendía un poco la sensación de triunfo que debía estar sintiendo Amaia.

—No seas tan melodramático. Yo no estoy preocupada —mentí.

—No quieres estarlo, es diferente.

Estar con alguien que te conoce tan a fondo tiene su parte negativa. La cara b es que tienes poco margen para esconderte. No existe la posibilidad de hacerse un ovillo y autoconvencerse de algo, porque él está ahí, viendo cómo lo haces y la sola seguridad de que es consciente de tus artimañas... lo complica todo.

Fer vino justo la tarde siguiente. Le costó entrar a la habitación. Pablo no pudo evitar reírse con sordina porque, como más tarde me diría, pareció que la puerta tenía un campo de fuerza electromagnética que le impedía pasar. Era él, que se resistía a ver con sus propios ojos que era verdad que Pablo y yo teníamos un hijo y la vida de todos había cambiado. Sé que era feliz por mí, pero no sé hasta qué punto le afectaba porque le recordaba que se estaba quedando atrás con la cosas que quiso, casi como Sandra.

—Hola —susurró.

—Puedes hablar normal. —Sonrió Pablo—. Sé que va a ser un fuera de serie, pero aún no nos han confirmado que tenga superoído.

Fer sonrió tenso y le dio la mano. Una cosa que aprender del género masculino: no es lo mismo saber que otro tío se calza a tu ex que el hecho de que ese tío la embarace.

—¿Cómo estáis?

—Gorda —dije yo.

—Estamos bien —respondió Pablo—. Haciéndonos a la nueva vida.

—Dicen que el cambio de verdad se nota al volver a casa.

—Sí. Eso dicen. —Pablo se metió las manos en los bolsillos del vaquero y se quedó de pie mirando a Diego, que estaba en la cunita—. ¿Quieres cogerlo?

—Me da cosa cuando no sostienen la cabeza.

—Cuando tú tengas hijos no creo que los neonatos hayan solucionado esta cuestión —bromeó.

—Estás muy callada. ¿Estás bien? —me preguntó Fer.

—Gorda —repetí—. Es como si me hubieran quitado al niño y rellenado por dentro de Big Macs.

—Eres tonta del culo, pero no me sorprende. Algo había notado.

Se sentó en el sillón y Pablo dejó al niño en sus brazos. Me fascinaba la manera en la que Pablo movía a Diego, siempre preciso, sin dudas, instintivo. Me hacía sentir orgullosa y torpe a la vez. Orgullosa del padre que de pronto dominaba el arte de dormir a su hijo, cambiarle los pañales, lavarle, vestirle y hasta hacerle eructar. Torpe porque yo, aunque también lo hacía, tenía miedo, nunca lo hacía del todo bien y seguía necesitando tenerle pegado a mí para darle el pecho a Diego. Incluso habíamos encontrado la postura perfecta. Él se sentaba detrás de mí y yo, entre sus piernas y apoyada en su pecho, daba de mamar. Odiaba aquella dependencia en la misma proporción que la necesitaba.

La visita de Fer fue corta, pero me dejó claro que un día se normalizaría todo con él y volvería a ser ese mejor amigo deslenguado con el que compartí diez años de mi vida. Yo quería que formase parte de la vida de mi hijo, no por melancolía hacia nuestra relación sino porque no quería robarle a Diego la oportunidad de conocer y crecer junto a un hombre tan fascinante. Me tranquilizó saber que estaría allí, pero me incomodó no saber cuánto tardaría aquel proceso ni si era culpa mía.

La visita de Carolina me remató. Siendo completamente sincera diré que me rematé yo sola, de tantas vueltas a la cabeza que le di a cada pequeño detalle. Vino sola, en lugar de acudir junto a Rose o Carlos. Vino renqueando, casi como Fer, y al minuto llegué a la conclusión de que probablemente compartían problema: tampoco quería ver con sus propios ojos que Pablo tenía un hijo.

No sé en qué momento empecé a obsesionarme con el pasado entre Pablo y Carol, pero un día me di cuenta de que estaba completamente segura de que lo amaba casi más que yo, pero en silencio, sin estridencias. Y me parecía hasta heroico a la vez que me enfermaba. La imaginaba con los ojos pegados a él cada jornada, rezando porque él se acercara más, por un roce. La imaginaba respirando profundo cuando lo tuviera cerca, intentando hacerse con más oxígeno lleno de su aroma. La imaginaba deseándolo con la misma intensidad con la que lo hacía yo, pero con más ganas y más fuerza y más pasión y más de todas esas cosas que no me veía capacitada a exteriorizar. Ella sabría decirle todo lo que yo guardaba, estaba claro, porque éramos como dos caras de la misma mujer, tan antagónicas que casi nos acariciábamos.

Pablo la recibió con un abrazo que ella aprovechó. «Seguro que está oliéndole», me dije. Y me di cuenta de cuánto tiempo llevaba sin buscar ese rincón de su pecho que olía tanto a él y a perfume. ¿Sabría él lo mucho que me gustaba y me excitaba? Lo hacía hasta en aquel momento, recién parida. ¿No tendrían que haberse minimizado todas aquellas sensaciones? No lo hicieron y menos con Carol delante. Los celos me hacían desearle más y hasta me ponían cachonda. Las personas somos complicadas...

Lo peor no fue que abrazara a Pablo o que le sonriera con ese encanto que tenía. Ni siquiera que estuviera tan mona con un short vaquero desgastado, unas medias negras claras que dejaban intuir los tatuajes de sus muslos con unas calzas superpuestas y una camiseta de un tal Bon Iver que no tenía ni la más remota idea de quién era, bajo un cárdigan lleno de agujeros. Tampoco fue que Pablo le dijera que estaba muy guapa o que se pusieran a hablar del maldito Bon Iver y yo no tuviera nada que añadir a la conversación. Lo peor fue verla coger a Diego…, y ver cómo lo hacía mejor que yo.

—¡Menuda maña! —exclamó sonriente Pablo.

—Tengo muchos sobrinos.

—Sí, es verdad. ¿Seis?

—Siete. —Le sonrió—. El séptimo nació este verano.

Yo no tenía sobrinos. Mi hermana estaba bastante segura de no querer ser madre y yo respetaba muchísimo su firme decisión. Mi hermano aún tenía veintitrés años y ningunas ganas de formar una familia. Sostuve un bebé una vez. El de una compañera de trabajo. Fueron los peores diez minutos de mi vida, porque pensé que se me caería al suelo o que le daría un golpe en la cabeza o cualquier barbaridad y demostraría que soy más *cyborg* que humana.

—Es precioso. Enhorabuena, Martina.

Se acercó con él en brazos y me besó. Joder. Lo peor es que esa chica me apreciaba. Y yo la apreciaba a ella. Porque estaba segura, como solo una mujer puede estarlo, de que estaba perdidamente enamorada del mismo hombre que yo, pero me había puesto siempre las cosas muy fáciles en El Mar y había sido amable y buena. Y sabía, también, que era joven y que si de verdad no había enloquecido y veía fantasmas, su amor por Pablo era más platónico que real. Ella no conocía al hombre que hay detrás de lo que todos ven y que es lo mejor de Pablo. Yo sí.

Nos trajo un tupper con unos bollitos salados que había horneado para nosotros y un detalle para Diego que lo fue casi más para Pablo: uno de esos muñecos con texturas y colores brillantes que se cuelgan del carro para que el niño se entretenga... con forma de SIRENA, CON EL PELO VERDE COMO ELLA.

—Para que Diego lleve siempre el mar con él.

Y su padre a ti en la cabeza, ¿no, puta? ¿Veis? Me estaba trastornando.

Se pusieron a hablar sobre *Elvis*. Ah, también sabía eso de él. Que tenía gato. Nos recomendó llevarle una pieza de ropa usada del niño para que se familiarizara con su olor. Bien, guapa, lista, *hipster* y con boca de saber chupar. Lo dicho. Me estaba volviendo loca.

Cuando se fue, le dimos el pecho a Diego hasta dejarlo medio borracho de leche materna. Eructó. Le cambiamos el pañal y Pablo se sentó en el sillón con él sobre el pecho para dormirlo a la vez que vaciaba con esmero el tupper que había traído Carol. Cuando el niño se durmió y él lo dejó en la cuna, yo tenía una tormenta dentro de la cabeza con rayos incluidos. Era una madre torpe y una pareja fría. No sabía decirle a Pablo que le quería más que al mar y que se me llenara la boca al hacerlo, porque me moría de vergüenza. No aprendía con tanta rapidez como Pablo a ejecutar las tareas más mecánicas de la maternidad y empezaba a darme cuenta de que probablemente me costaría abrazar y besar a mi hijo como lo haría Pablo. Mis emociones, en el fondo, me avergonzaban. Yo vivía la vida como si fuese un examen en el que no tenía muchas probabilidades de aprobar.

Pablo lo notó. Además de quererme me conocía como nadie. Me preguntó si me dolían los puntos, si me encontraba mal, si tenía fiebre y si... estaba preocupada por algo.

—Podemos hablar. —Sonrió con candidez—. Escucharé con atención cualquier cosa, aunque sea que te duelen los pezones.

—Me duelen los pezones —admití.

—Pero no es eso.

Pensé en pedirle que se acostara a mi lado y que me dejara oler su perfume. Confesarle que me tranquilizaba la mezcla algo cítrica de su colonia con el aroma más profundo de su piel. Ser honesta y reconocer que no encontraba las palabras para decirle lo muchísimo que lo amaba y lo tonta que me sentía cuando verlo rascarse las cejas con dos dedos de la misma mano me hacía feliz. Pero la fuerza de la costumbre me empujó a callar, claro. Y como no quise quedarme con toda la frustración, escupí una pregunta absurda.

—¿Quién es Bon Iver?

Pablo sonrió y se levantó del sillón sin mediar palabra. Rebuscó entre sus cosas, sacó unos auriculares y su móvil y se acercó a la cama, donde se tumbó junto a mí.

—Es el nombre artístico de Justin Vernon. Es un cantautor norteamericano.

—¿Y te gusta?

—Mucho. Es un tío fascinante. Grabó su primer disco en plan independiente, en una cabaña perdida en Wisconsin. Dicen que inspiró uno de los personajes de la novela *Canciones de amor a quemarropa*.

—¿Sí? —Apoyé sigilosamente la mejilla en su brazo y él lo apartó para rodearme con él y que pudiera descansar sobre su pecho.

—En realidad su nombre es una especie de juego de palabras, ¿sabes? Como si pronunciara a la americana la expresión francesa «bon hiver», «buen invierno».

—¿Hablas francés?

—Viví casi un año en París y unos meses en Ginebra. Lo chapurreo. Voy a ponerte una canción de Bon Iver, ¿te parece?

—Casi no te conozco —musité.

—Tienes toda la vida para hacerlo. Escucha esta. Se llama «Skinny Love».

Escuché la guitarra triste de Bon Iver dibujar notas que volaron por la habitación, dentro de nuestros oídos, como el dibujo de pequeños pájaros negros. Pablo se giró para mirarme y sonrió. La canción cantaba a un amor sin futuro, sonando como sonaban los pasos de Pablo cuando recorría el piso de arriba con sus botines marrones desgastados. Como sonaban sus quejas silenciosas y sus quebraderos de cabeza más mudos. Trenzó los dedos con los míos y llevó la mano hasta su boca para besar cada nudillo y después la yema de cada dedo. Me dolían, como si yo misma estuviera rasgando con ellas las cuerdas duras de una guitarra. En realidad me dolían de arañar la coraza que no me dejaba decirle lo especial que era ese momento, aunque nos sobrevolara la densidad de quien sabe que, pronto, será infeliz.

49

J avi y Amaia habían quedado para cerrar cuestiones sueltas de la boda. Hay muchos inconvenientes en organizar
una boda a seiscientos kilómetros de donde vives habitualmente. Habían elegido el menú a ciegas, estaban gestionando habitaciones a buen precio para los amigos íntimos y familia en el
mismo hotel en el que se celebraba la boda y en otros cercanos
para el resto de los invitados, que no eran muchos más. Javi ya
tenía hasta su traje y le inquietaba que al preguntarle a Amaia
por el suyo todo fueran respuestas esquivas.

Y aunque habían avanzado bastante con los preparativos,
habían terminado considerando que echarse a follar como locos
en el dormitorio de Amaia era más necesario.

Javi estaba de rodillas entre los muslos de Amaia, que ya
no estaban tan prietos ni eran tan carnosos. A Javi le daba igual,
esa es la verdad. Él la deseaba como se desea a algo que quieres
más allá de su piel. Estaba obnubilado con el movimiento de
los pechos de la que pronto sería su mujer y en esa sensación

que subía por su espina dorsal cada vez que se introducía de un empellón dentro de ella. Amaia, por su parte, disfrutaba, claro, pero preocupada. Acababa de darse cuenta de que el espejo de su armario reflejaba directamente lo que pasaba en la cama. No había podido evitar pensar en si Javi habría mirado en el pasado. Si ahora con las embestidas de Javi entre sus piernas sentía que todo su cuerpo se agitaba como un flan, ¿cómo sería cuando estaba gorda?

—Dios, nena —gimió Javi—. Qué gusto me das.

Amaia ni siquiera lo miró. Seguía con los ojos clavados en el reflejo del armario, sintiéndose cada vez más avergonzada de su cuerpo. ¿Cómo había podido no caer en aquello cuando hacía el amor con Javi en el pasado? ¿Cómo había sido tan osada de disfrutar como si fuese perfecta?

Javi frunció el ceño.

—Nena, ¿estás aquí?

—Sí —respondió ella.

—¿Te corres?

—Sí.

—¿Ya?

—Sí. —Y fingió un gemido.

Javi se mordió el labio inferior y siguió los ojos de Amaia hasta el espejo y empezó a follarla doblando la fuerza de cada penetración, haciéndolas más regulares. Amaia no se apretó alrededor de él. Su interior no convulsionó de placer, aunque ella fingiera arquearse. Javi cerró los ojos cuando sintió que no podía más y gruñó cuando su orgasmo se disparó en el interior de ella hasta vaciarse y caer rendido sobre ella.

—No te has corrido —jadeó exhausto.

—Sí.

—No. ¿Qué pasa?

—Nada.

—¿Estás nerviosa por la boda?

—No.

—¿Es el espejo lo que te preocupa?

Javi se acostó a su lado y se apartó el pelo de la cara. Amaia se repitió, como cada vez que tenía hambre, que era demasiado guapo para ella y que si no se esforzaba, terminaría dejándola. Era un latigazo lo suficientemente fuerte como para dejarla sin aire y sin apetito.

—Oye, Amaia. —La voz de Javi sonó preocupada—. ¿Qué es lo que pasa? Entiendo que los nervios de la boda, el estrés de los preparativos…

Ella se tapó con la sábana y empezó a vestirse por debajo de esta.

—No estoy nerviosa. Solo es que estoy cansada.

—Ese médico…, el endocrino, ¿te ha hecho análisis últimamente? A lo mejor te ha bajado el hierro o estás hipotensa o…

¿El endocrino? ¿El mismo al que hacía casi un mes que no visitaba porque prefería ir por libre y que nadie la controlara?

—Estoy bien. De verdad. Como un toro.

Se levantó con el pijama puesto y fue a salir de la habitación.

—¿No puedes quedarte en la cama un poco conmigo? —se quejó.

—Todo lo que entra, sale. Tengo que ir a lavarme.

Se fue con un nudo en la garganta y la sensación de que estaba despegando hacia una parte desconocida de sí misma. Echaba de menos abrazarse a Javi y explotar en un orgasmo a la vez, aspirando el aire de su boca, gimiendo promesas de amor. ¿Por qué no lo hacía? Porque se sentía avergonzada de sí misma.

Cuando volvió del cuarto de baño, Javi se estaba poniendo la chaqueta.

—¿Te vas?

—Sí.

—Vale. Oye, ¿sabes algo de la inmobiliaria?

—Sí. Va a ser difícil vender el piso, pero podríamos alquilarlo.

—No es mala idea.

Javi asintió y cogió la cartera y las llaves del escritorio de Amaia.

—Adiós.

—Hasta mañana —le respondió ella.

Una vez que Javi cogió el pomo de la puerta, se dio la vuelta.

—Haz algo —pidió con voz firme—. Me estoy cansando de mirar hacia otro lado y esperar a que lo soluciones.

—¿Cómo?

—Para —exigió Javi—. Haz que vuelva.

—¿Quién?

—La Amaia de la que me enamoré.

Sandra se había tenido que quedar un par de horas más en la funeraria porque estaban desbordados de trabajo. Estaba cansada y le dolían los pies de ir subida a los tacones que se había puesto aquel día, pero no podía quejarse. Acababan de aprobar una pequeña subida de sueldo para ella, quizá motivados por la penica que les daba escucharla contar que su novio la había dejado tirada por una más joven y que sus mejores amigas habían volado del nido hasta el punto de estar a punto de dejarla en la calle.

—Si voy a tener que alquilar otro piso más me vale buscarme otro trabajo de fin de semana —dejó caer frente a los jefes.

Y aquella era una empresa familiar en la que se cuidaba y se quería a los empleados…, blanco y en botella. Cien euritos más al mes para ella. Menos da una piedra.

—¿Aún por aquí? —le preguntó Raúl, el amigo de Javi que le había conseguido el trabajo, cuando se cruzó con ella.

—Estamos hasta arriba.

—Bah, está controlado. Es viernes. Vete ya. Tómate una por mí —añadió tímidamente. No creía que Raúl se hubiera tomado más de «una» jamás.

Sopesó la oferta y, ciertamente, eran las siete de la tarde de un viernes y todo parecía controlado, así que le dio las gracias y se encaminó hacia el cuarto de personal para recoger sus cosas. Quizá podía invitar a Amaia a cenar y tomarse una copa mientras hablaban con calma sobre los planes para los siguientes meses. No querría dejar su habitación si al final Javi y ella no compraban el piso. Controlaba a duras penas las ganas de decirle que era una pésima amiga que se había convertido en una talla cuarenta y dos de egoísmo y egocentrismo puro. Ella y esos batiditos de proteínas que cenaba… Sacó el móvil y empezó a escribirle un mensaje un poco airado, pero se chocó con alguien y el aparato voló por los aires.

—Perdón —le dijo una voz sugerente.

—No se preocupe.

—¿Está bien?

Miró hacia arriba y le costó más de lo que pensaba encontrar la cara de su interlocutor porque era altísimo. Y guapísimo, se dijo. Pelo castaño, buena cantidad, sin calvicie incipiente, constató; ojos marrones, labios carnosos, complexión atlética. Buenos genes. Americana buena. Inmediatamente pestañeó con coquetería.

—Estoy bien. Gracias.

—Tome. —Le dio el móvil—. Parece cansada.

—No me hable de usted. —Se sonrojó—. Aún soy una señorita.

—Tutéame también.

Se quedaron mirándose como bobos unos segundos. Sandra no se había dado cuenta, porque estaba demasiado preocupada con la cantidad de caos que estaba permitiendo entrar en su vida, pero aquel día estaba muy guapa, con el pelo ondulado apartado de la cara con dos horquillas, los labios de color burdeos y el eyeliner marcado. Su vestido de manga larga y negro, discreto, marcaba su bonito cuerpo. Un bombón. El tipo que tenía delante casi se relamió.

—Me llamo Germán. —Le tendió la mano.

—Sandra.

—Encantado.

Se dieron un apretón de manos y después él besó el dorso de la de ella.

—¿Trabajas aquí? —Señaló la plaquita con el distintivo de la empresa que ella llevaba sobre el pecho.

—Sí. Tú… estás aquí de… ¿visita?

Asintió poniendo una expresión apenada.

—Un familiar. Muy triste.

—Lo siento mucho. —Sandra le dio un pequeño y cariñoso apretón en el antebrazo.

—Uno se pone a pensar, ¿sabes? La vida son dos días y medio lo pasamos durmiendo. —Se encogió de hombros—. Hay que vivir. De verdad.

—Cada día salgo de aquí con la misma sensación.

—Oye, Sandra…, a lo mejor esto te parece muy atrevido pero… es viernes y no me apetece estar solo. ¿Puedo invitarte a una copa de vino?

Ella sonrió y parpadeó lento, dándose un segundo para preguntarse si era buena idea. Germán y Sandra…, quedaba bien. Harían buena pareja. Sí. Sí que la harían y no sería un rollete, porque sería la chica perfecta, la que todo hombre se quiere follar y de la que, después, se enamora. Se casarían. Tendrían hijos. Tendría una vida perfecta, con un adosado en Las Rozas. Se acabó preocuparse por el futuro: lo tenía delante de ella.

—Justo estaba a punto de salir.

—Es el destino.

—Habrá que preguntarle al destino si tinto o blanco.

—No nos arriesguemos. Una botella de Moët.

Y no fue un farol. Brindaron con Moët Chandon rosado y después cenaron en Eccola. Ella pidió el ceviche de lubina y él el steak tartar. Compartieron una espuma de tiramisú y después brindaron con un gin-tonic. Germán era abogado, casualidades de la vida. Trabajaba en un importante bufete de esos con solera. Le encantaba navegar en verano y estaba ahorrando para comprar un piso en el barrio de Salamanca porque… «es tan tranquilo…, tiene historia. Es genial para criar a tus hijos». Sandra alcanzó un éxtasis teresiano en silencio.

No. Ninguno propuso seguir la noche en casa, pero intercambiaron los números de teléfono y cuando ella llegó a su dormitorio ya tenía un mensaje de él.

«Eres la mujer más fascinante que he conocido en mi vida. ¿Si te llamo mañana para verte estaré mostrándome demasiado ansioso?».

«Sí, pero me gusta».

Hola, futuro. Hola, huida hacia delante.

50

Viví una de las experiencias más frustrantes y humillantes de mi vida el día que nos dieron el alta del hospital y tuve que prepararme para volver a casa con mi hijo. Y sé que es una tontería, pero me encontraba mal, me sentía débil y necesitaba seguridad en mí misma..., no que fuera imposible abrocharme la ropa que había llevado para salir del hospital. Y juro que no cometí el error de llevar mis antiguos vaqueros con la esperanza de salir de allí con ellos puestos. La ropa que usaba a los seis meses de embarazo me quedaba pequeña y yo ya había dado a luz. Pablo se fue a casa a por más ropa con cara de no entender dónde estaba el drama.

¿Sabéis esos posados que hacen las famosas en la puerta de la clínica con sus parejas y el bebé en brazos? Esas fotos en las que están divinas, maquilladas, peinadas y jodidamente perfectas..., pues nada más lejos de mi realidad. Volví a casa con un moño mal peinado, la cara lavada, un jersey viejo y ancho y unos leggins. Mientras tanto, Pablo, a mi lado, con un jersey granate, la pelliza de Yves Saint Laurent (que seguro que le había regalado su ex), unos pitillo y las malditas Ray Ban Clubmaster puestas, arrastraba las miradas de todas las féminas con las que se cruzaba. No fue un cúmulo de circunstancias demasiado bueno para el ego de nadie. Bueno, para el suyo, supongo, pero Pablo Ruiz estaba por encima de las cuestiones del ego.

Diego durmió todo el viaje a casa y yo, sentada a su lado, no pude apartar los ojos de él ni un segundo. Cuando dormía era como un bollito sonrosado. Había perdido un poco de peso, pero parecía estar recuperándolo. ¿Sería suficiente la leche de mi pecho? ¿Necesitaría ayuda para alimentarle? Era pequeñito, un poco larguirucho y, cuando estaba despierto, se empezaba a adivinar que tendría los ojos claros como su padre. Dormía siempre con las manitas sobre la barriguita y cuando se acurrucaba en posición fetal el interior me daba un latigazo, como un instinto primario de pertenencia. Había crecido dentro de mi vientre, era mi sangre, mi carne, era lo más bonito que Pablo y yo habríamos podido hacer juntos nunca. Era una madre torpe, pero que nadie se confunda: yo adoraba a mi bebé. Le quería de un modo que no sabría explicar, más grande y más fuerte que cualquier otra cosa del mundo. Supongo que sobra con decir que Diego era lo único por lo que yo daría la vida por completo. El sentimiento era algo así como agua calentada por el sol que se condensa en las paredes de una botella de cristal, habituada a mantenerse fría.

—Bienvenido a casa, Diego —pronunció solemnemente Pablo frente a la verja que daba acceso a la rampa del garaje de su casa.

Diego berreó nada más entrar. Lo entendía. A mí aquella casa tampoco terminaba de hacerme sentir cómoda, no sabía muy bien por qué. El hecho de haber abandonado el piso donde me independicé de la vida en pareja para irme a una casa que pertenecía a mi nuevo novio y que había sido su hogar con su exmujer no mejoraba mucho el ambiente. Propiedad, inseguridades y malos recuerdos. ¿Quién da más? No es que no crea en la capacidad de los bebés de percibir sensaciones perturbadoras, pero lo que le pasaba a mi hijo es que tenía más hambre que el perro de un ciego. La prioridad de darle de comer nada más llegar minimizó un poco esa sensación de responsabilidad y desasosiego que sientes al llegar a tu casa con tu bebé y saber que no habrá matronas esperándote en el salón para ayudarte si no sabes hacer algo.

Pablo puso música de fondo mientras me preparaba para darle el pecho. Empezó a sonar «The Truth», de Handsome Boy Modeling School, sugerente y seductora, como si nosotros pudiéramos dejarla hacer magia y ponernos tontos. El sol había calentado durante toda la mañana nuestro dormitorio ayudando a la suave calefacción central, con lo que el ambiente era templado y agradable. Dejé a Diego en brazos de su padre y me quité el jersey.

—El que diseñe sujetadores de maternidad bonitos, se forrará.

—¿Ehm?

Los ojos de Pablo estaban clavados en los dos cántaros que tenía por pechos. Enormes, constantemente húmedos y llenos.

—Que este sujetador es horrible.

—Es práctico. Esa ventanita. —Arrugó la nariz en una mueca pícara y sonrió—. Tiene su punto.

¿Su punto? En fin. Me senté en la cama con los leggins viejos, unos calcetines gordos y abrí una de las «ventanitas».

—Dame al niño. ¿Podrías traerme discos empapadores? Deben estar en el armario.

Pablo no se movió. Se me puso el pezón aún más duro en contacto con la intemperie.

—Pablo... —le volví a llamar.

—Ah. Perdón.

Dejó a Diego en mis brazos, que boqueó desesperado. Como siempre que lo intentaba sola, escupió el pezón después de unos segundos, sin succionar.

—Pablo...

—Pequeña... —Volvió del armario con unos discos de algodón secos y se sentó frente a mí en la cama—. En diez días me reincorporo al trabajo. No puedo estar aquí cada vez que le des el pecho.

—Pero...

—No. —Se encogió de hombros—. Ya oíste a la matrona. No hay ninguna razón por la que necesites estar conmigo para darle el pecho. Tienes que hacerlo sola.

—Pero ¿no ves que es él quien escupe el pezón?

—Estás tensa, Martina. Es tu bebé. Nota esas cosas. Relájate.

—De todas formas —miré la carita del bebé— no lo decía por eso. En diez días volverás al trabajo y te perderás esto. Creí que querrías aprovechar para disfrutar estos momentos.

Se llama chantaje emocional y, mira por dónde, querer a alguien mucho, tener miedo y conocer a tu pareja te hace poseedora de la clave de su éxito. A Pablo le fue cambiando la cara. Yo sabía que le ponía un poco nervioso la idea de volver tan pronto al trabajo y perder horas con su bebé. Era una especie de madre gata recién parida, el pobre. Creo que tenía más instinto maternal que yo, así que cayó en la trampa. En menos de nada lo tenía detrás de mí, dejándome apoyar mi espalda en su pecho mientras cubría con pequeños besos mi cuello, mi sien, acariciaba mis brazos y susurraba cosas bonitas para nuestro hijo y para mí, como si pudiéramos compartir así el peso que yo sentía. Sentía que si él estaba allí, yo sería menos imperfecta como madre. Qué mala es la dependencia. No nos damos cuenta de que se alimenta de nuestra propia seguridad, del nervio instintivo que nos permite sobrevivir y reponernos de cualquier golpe. La dependencia es una columna de apoyo que se asienta en mitad de una falla. El mínimo movimiento de tierra la hará venirse abajo.

—Pequeña —susurró Pablo en mi oído; no sé cuál había sido el hilo de pensamientos que lo había llevado allí, pero de pronto sonaba… sensual.

—Dime.

—He estado pensando en lo que hablamos…, en lo de no tener más hijos.

—¿Tenemos que hablarlo ahora?

—Escúchame…, he pensado que podría hacerme una vasectomía. Ahora. Aprovechando la cuarentena.

Me giré a mirarlo y me sorprendió con un beso en la boca.

—Pero…

—¿Qué me dices? Si un día nos lo pensamos mejor, en un futuro muy lejano, es reversible.

—¿Y por qué ahora? Quiero decir…, a mí aún no me han quitado los puntos. Necesito que estés un poco pendiente de Diego y…

—Sí. Por eso no te preocupes. Planeaba…, ya sabes, cuando ya estés más recuperada. Suele ser efectiva un par de meses después de la operación.

—No estoy entendiendo nada, Pablo.

Besó mi cuello y caldeó la zona con su risa.

—A ver, pequeña. Si me la hago dentro de dos semanas, para cuando acabe la cuarentena, mis soldados estarán desarmados y tú y yo podremos reanudar nuestra vida sexual con normalidad y sin condón. Eso es lo que quiero decir.

Lo que quería decir era que Pablo seguía teniendo hambre. Pablo deseaba desnudarme, besarme por rincones escondidos y húmedos. Ponerse duro contra mi muslo. Deslizar su polla entre mis labios, agarrar mi cabeza y forzar una arremetida hasta la arcada. Abrir mis piernas con sus rodillas y mojarse de mí para resbalar hasta el fondo de mi sexo, que sus caderas y las mías colisionasen. Gemir. Embestir. Agarrar mis nalgas y gruñir. Eyacular dentro de mí mientras me apretaba a su alrededor.

Casi no pude ni tragar. Qué estupidez, ¿verdad? Nos habíamos acostado juntos en muchas ocasiones y la prueba de nuestra anterior vida sexual (bastante apasionada, todo sea dicho) era el bebé que succionaba con avidez mi pecho. Meses antes nuestra vida sexual era desenfrenada y entusiasta; yo sabía exigir lo que quería sin reparos y me gustaba dominar su cuerpo. Hacer que se estremeciera con el contoneo de mis caderas sobre él. Yo sabía hacer que se endureciera con solo encajar mi trasero en su entrepierna. Había sido una amazona segura del lenguaje que hablaba su sexo; el sexo era fácil para mí, mucho más que los sentimientos. El orgasmo era liberador y siempre traducible a mi idioma. Pero…

¿Y si me había oxidado? A muchos meses sin una vida sexual normal en los que, además, había acumulado algún que otro rechazo por su parte porque temía «hacernos daño», se sumaba la inseguridad de un cuerpo que aún no reconocía como mío. Estaba hinchada, con el vientre redondeado; mis pechos no eran los que un día se agitaron con brío frente a sus atentos ojos mientras lo montaba y en la zona de mis caderas había unas agarraderas que anteriormente no estaban. ¿Y si mi cuerpo había olvidado el idioma que se usa en el sexo? ¿Y si ya no servía para ello? Estaba casi recién parida, por mal que suene la expresión, y no sentía un hervidero de pasión por Pablo en mis bragas, pero seguía excitándome de una manera muy intensa en todos mis sentidos. Me gustaba mirarle, observar lo hondos que podían ser sus hoyuelos cuanto más sonreía y el color de sus ojos turquesa. Me encantaba su olor, mezcla del perfume de Issey Miyake que usaba desde hacía doscientos años, su piel, su jabón especial y la cocina. Su tacto me hacía sentir segura y en casa, junto a mi compañero. Escuchar su voz grave, rasgada, aspirada, era una experiencia en sí misma, siempre tan profunda… ¿Y su sabor? No sé si los besos son dulces o salados, pero sé que nadie podrá cocinar nunca nada que sepa mejor que los besos de Pablo Ruiz. ¿Entonces? ¿No era lógico pensar que la pasión volvería a nuestra cama sencillamente cuando tocara? Pero… ¿y si yo había olvidado el lenguaje de la piel? ¿Y si el sexo se convertía en algo viscoso que reptaba entre nosotros, alejándose junto a todas aquellas palabras de amor que yo no sería capaz de decir?

—¿Estás seguro de que quieres hacerte esa operación?

—Estoy seguro de dónde quiero estar dentro de cuarenta días —añadió descarado—. Y sé con certeza lo que no querré ponerme.

No quise mirarlo entonces, porque tendría escrito en mis ojos la seguridad de que, como siempre, con todo, yo terminaría no siendo suficiente. Tenía que ser demasiadas cosas de pronto y la vida se había convertido en una montaña cuesta arriba. Madre, compañera, profesional, amante, amiga… y la misma que antes de tener un hijo. Unos vaqueros de mi talla. La necesidad de ponerme algo que me hiciera sentir guapa y sexi, aunque fuera una necesidad nueva y casi desconocida, se alimentaba de todo lo demás, devolviendo sin pedir permiso la imagen de Carolina con sus shorts vaqueros y sus muslos tersos cubiertos de tatuajes coloridos.

¿Qué pasaría si no conseguía recobrar el control sobre mi placer? ¿Y si no volvía a ser la misma mujer que disfrutaba con el sexo? Pablo era un amante hambriento y, seamos sinceras, exigente. Tenía una libido potente y ávida que, cuando despertaba, era insaciable durante horas. ¿Y si mi cuerpo no le alimentaba como creía que tampoco hacía mi leche a mi hijo? Suficiente para sobrevivir pero no bastante como para satisfacer. Buscaría calor en otro cuerpo. En otro que le deseara como yo... o más que yo. Carolina, que no era madre, que no tenía más responsabilidad que seguir siendo brillante en su cocina y en su vida independiente de joven mujer que aún no ha cumplido los treinta. Carolina, que solo tenía que seguir riéndose pizpireta, siendo bonita, luciendo sus piernas y tiñéndose el pelo de ese color verde sirena que embrujaría a cualquier hombre.

—Tienes razón —le dije—. Hazte esa vasectomía. Una preocupación menos.

Porque, aunque las cosas se dieran fatal, aunque le perdiera, aunque nuestras noches dejaran de ser especiales para él... aun así, yo sería la única mujer en hacerle padre. Jodido desequilibrio..., qué retorcida me volvía.

51

La vida puede ir condenadamente rápida y jodidamente lenta a la vez. Todo vértigo y apatía repartido a partes iguales por las veinticuatro horas que tiene un día, haciéndote creer que en realidad son doce, a ti te da tiempo a hacer menos cosas que al resto de la humanidad, pero con más desidia. A todo trapo, pero difícil, complicado, lejano. Una puta droga de diseño que distorsiona los bordes de la realidad hasta plegarla y hacer con ella un calidoscopio en el que nada es lo que parece y todo está cubierto de colores brillantes que ciegan y que entorpecen. Un mundo hecho de pequeños cristales, piezas de lo auténtico y de la verdad, manipuladas hasta encajar donde no deben y a ti te parecen lo que no es. Eso fueron las siguientes semanas.

Ninguna madre había compartido conmigo la sensación de «¿y ahora qué?» de cuando llegas a casa con tu bebé y ya no hay nadie para ayudarte. No hay enfermeras, médicos, matronas. No hay gente con experiencia que te recomiende cómo coger a tu hijo para bañarlo. Nadie que te diga que es normal que baje de peso tras el nacimiento. Nadie más que tu pareja y tú, los dos igual de confusos. Uno de los dos suele tomar las riendas y tirar para adelante a base de intuición y tradicionalmente pensamos que debemos ser nosotras pero... ¿qué pasa cuando no tienes ni idea de qué hacer? No estoy hablando de miedo o duda, sino de pavor, terror y parálisis. Pasa que el otro, le guste o no, tiene que apechugar. Me daba miedo bañarle. Necesitaba que lo hiciera él, porque en todas mis pesadillas terminaba ahogando a mi propio hijo por un descuido. Necesitaba que lo bajara él por las escaleras, porque pensaba que no sería capaz de hacerlo yo sin caerme. Necesitaba que él me abrazara por detrás cuando amamantaba porque era el único momento en el que lo sentía cerca, cálido, con su olor masculino y fresco... y no me sentía lo suficientemente competente con mis emociones como para pedirle fuera de aquel momento que me abrazase. Y Pablo empezó a agobiarse.

—Martina —me dijo un día con las mangas del jersey arremangadas y el semblante serio—. Vas a bañarlo tú. Ya está bien. No sé qué está pasando, pero tienes que acabar con esto.

Como una vez escuché decir que la mejor defensa es un buen ataque, yo arremetí contra él, porque odiaba sentirme tan inútil. Yo. ¡Yo! Que me había ido de casa de mis padres a los veintiuno y que jamás había necesitado a nadie para sacarme las castañas del fuego. Yo. Avergonzada y acojonada.

—Solo te pido ayuda, ¿sabes? Es tu hijo, no me parece para tanto. Esto es ser padre. ¿Creías que iba a ocuparme yo de todo? Es tu responsabilidad.

Pablo me miró como si no me entendiese. Después frunció el ceño, cogió al niño y se lo llevó al cuarto de baño, que había calentado con una estufa y donde había preparado la bañerita con agua caliente. Entré en el baño detrás de él.

—Yo lo desvisto —le dije, porque no podía soportar, en el fondo, no participar.

Pablo me dio al niño y se alejó un par de pasos.

—Estoy bastante confuso, ¿sabes? No sé qué es lo que te pasa y no sé cómo comportarme. Yo también estoy nervioso. Yo también me despierto por las noches. Y, ¡qué coño! Llevo una semana sin dormir porque temo que se ahogue o que...

Cerré los ojos.

—Vale, Pablo. Lo siento.

—No —dijo con indignación—. No quiero que me pidas perdón. Quiero que me digas: «Pablo, me asusta matar a mi hijo en la bañera sin querer». Así yo también podré decirte: «Hostias, Martina, pienso lo mismo cada vez que lo baño. Somos los dos gilipollas». Y ya está.

—Tengo miedo. —Me encogí—. Lo hago mal. Soy torpe y...

—Martina, el otro día le cerré tanto el pañal que casi lo dejo morado. Yo tampoco sé lo que estoy haciendo. ¡Me enteré ayer de que el ombligo se le va a caer, joder! ¡Necesito pasar miedo con alguien! No puedo fingir siempre que sé lo que hago porque no tengo ni idea.

Asentí. En mi cabeza imaginé lo fácil que sería acercarme, besarle, decirle entre risas que estaba aterrorizada y explicarle que odiaba las enormes compresas que debía llevar para los sangrados, que me dolían los pezones, que no reconocía mi cuerpo y que además tenía miedo de no volver a gustarle. Confesarle que echaba de menos mi vida fuera de aquella casa, que llevaba mucho tiempo allí encerrada por mi baja, que necesitaba sentirme útil haciendo algo que dominase, que me hiciera sentir algo más que madre. Joder. Eran demasiadas palabras. Ser padre era una experiencia bastante extrema para dos personas que no se conocían tan a fondo. Un deporte de riesgo en el que nos habíamos implicado sin plantearnos calentar. En mi fantasía él sonreía, me abrazaba, me decía que nada importaba y que me quería más que al mar. Y yo se lo decía a él.

¿Qué pasó en la vida real? Que me encogí de hombros y me concentré en desnudar a Diego. Su cuerpecito desnudo y sonrosado me pareció más delgado y una punzada de remordimientos me atravesó.

—Quizá deberíamos darle biberón —musité—. Mi leche no es suficiente. Terminaré matándolo de hambre.

—Dios, Martina. No puedo lidiar con esto otra vez. —Se pasó las manos por la cara y rebufó—. ¿Lo haces de coña? Dime la verdad. ¿Me lo dices porque necesitas que yo te repita hasta la saciedad que lo estás haciendo bien? Porque ya no puedo más.

—Esto acaba de empezar. Ser padre no es fácil. Todos tenemos dudas —respondí evitando mirarle.

—Si al menos las compartieras conmigo en lugar de fustigarte continuamente, aún tendría sentido.

Apoyé a Diego en mi costado y me giré hacia Pablo.

—Estás muy nervioso. ¿Sabes qué? Vete a dar una vuelta. Queda con alguien. Haz cosas de adultos que yo no puedo hacer. Yo me encargo de esto. Sola.

Abrió los ojos sorprendido y levantó las manos, como si acabara de responderle en esperanto y no entendiese ni palabra.

—A ver, Martina…, ¿tú me escuchas cuando hablo? ¡¡No quiero irme a hacer cosas de adultos!! Quiero hacer esto contigo. CONTIGO, no yo solo.

—¿Me estás diciendo que no me ocupo de mi hijo?

—Esto es la hostia. —Se dejó caer sobre la taza del váter—. Estoy cansado. No quiero discutir. Trae a Diego. Voy a bañarlo.

—No. Yo lo hago.

Diego lloró como un auténtico energúmeno, se movió todo lo que pudo y después, cuando lo vestimos y le di el pecho, terminó vomitándome un montón de leche agria por encima entre grito y llanto. Pablo y yo no nos dirigimos la palabra durante el proceso.

Cuando apagué la luz de la habitación estaba agotada de aguantar las lágrimas. No quería llorar delante de Pablo porque me hubiera preguntado qué era lo que me pasaba y había una base de mi disgusto que no era lógicamente explicable. No me encontraba. No me sentía yo. Estaba triste, eso era todo. Quería llorar, vaciarme y ya está, sin preguntarme por qué. Pablo estaba en la cocina preparando algo para cenar pero yo no pude bajar después de dejar a Diego dormido en la cuna. Solo necesitaba meterme en la cama, cerrar los ojos y buscar silencio dentro de mi cabeza, que no dejaba de gritar peros. Nada más apoyar la cabeza en la almohada unas lágrimas calientes y gordas me recorrieron la cara hasta estamparse en la sábana y yo me dejé arrullar por ellas. Pablo no tardó en asomarse a la habitación. Habían cesado los sonidos de la cocina y seguramente venía a preguntarme por qué no bajaba a cenar, pero solo se quedó allí, en el vano de la puerta, observando mi bulto en la cama con la poca luz que entraba del pasillo. Después de unos segundos se dio la vuelta y se marchó.

Subió de nuevo dos horas después; yo ya no lloraba, pero seguía despierta. Entró en la habitación, apagó la luz del pasillo y se quitó los botines. La cunita de Diego tenía una pequeña luz cálida a su lado y se asomó a mirarlo. Le vi sonreír. Después rodeó la cama, se quitó el jersey, el pantalón y se tropezó al quitarse los calcetines aún de pie. Se metió en la cama en ropa interior y navegó entre las olas de las sábanas hasta encontrarme.

—Pequeña… —susurró.

—¿Qué?

—Perdóname. Estaba… nervioso. No quise hablarte así.

—No pasa nada.

—Sí pasa. Estás angustiada y no puedo ayudarte. Mírame. No me des la espalda.

Me giré y recé para que en la oscuridad de la habitación no viera mis ojos hinchados. Sonrió y me acarició la cara.

—Llevas el pelo recogido —me dijo—. Siempre te lo soltabas en la cama —susurró con aire melancólico—. No quiero perderte, Martina, y te noto muy lejos.

—No es nada. Solo… dame tiempo. Soy torpe con estas cosas.

—¿Lloras a menudo? Si lo haces no pasa nada, pero solo quiero saberlo.

—No lloro —mentí.

—¿Y por qué no te creo?

Su mano fue hasta la coleta tirante y tiró de la goma hasta deshacerme el peinado.

—¿Quieres cenar?

—No —negué.

—¿Me quieres?

Más que al mar. Tú y yo, y el mar y nuestro hijo y nada más. Tanto que no puedo respirar. Tenías razón, tendrán que inventar una palabra para lo que nosotros sentimos porque es enorme. Bésame. Acaríciame la piel, sin adentrarte en mi sexo, sin buscar el orgasmo. Solo déjame notar el tacto de tus manos ásperas y hazme sentir anclada a tu realidad. Hazme abrir los ojos, verme bonita, disfrutar de mí. Respira hondo en mi cuello. Dime cuánto me amas. Dímelo muchas veces hasta que crea que me lo merezco. Por Dios, Pablo, ¿cómo puedes preguntarlo?

—No se me dan bien las palabras —musité.

—Pues bésame. Solo necesito sentirlo.

No esperó que fuera yo quien me moviera. Él apoyó su mano a uno de mis lados y después me besó. Cerré los ojos con alivio mientras él deslizaba sus labios sobre los míos y dejaba sentir su peso sobre mí. Deslizó sus dientes por mi barbilla y la punta de su lengua por la piel de mi cuello.

—Pablo…

—¿Qué?

—La cuarentena…, estoy sangrando…, no me apetece.

—Solo quiero besarte.

Agarrarla, agitarla, que palpitara, llevármela a la boca y que se dejara ir allí. Que me acariciara después hasta el orgasmo y dormir enredados, diciéndonos te quiero. Pero mis pechos estaban llenos de leche, mis pezones empezaban a sufrir alguna grieta, mi vientre hinchado, mis caderas ensanchadas. No quería desnudarme. No quería que me sintiera sangrar. No quería ser humana frente a él.

—No quieres solo besarme —le dije.

—Nadie habló de que en la cuarentena no pudiéramos tocarnos —musitó acercándose a mi boca, que se hizo agua con la promesa—. Solo un rato de intimidad.

—Estoy… sangrando.

—No me importa.

Me besó y su lengua entró en mi boca desbordada, como una ola de diez metros que arrasa lo que encuentre por delante, mientras sus manos agarraban mis caderas y me colocaban a la altura precisa para que el bulto de su polla dura apresada bajo la ropa interior se hiciera más evidente. Quizá en la ducha…, ¿no?, me pregunté. Luz encendida. Yo desnuda.

—Pablo… —aparté un poco la cara—. Lo siento. No me apetece.

Frunció el ceño, extrañado y se bajó de encima de mí para acostarse a mi lado.

—Ehm…, perdona. Yo… creí que te apetecía. No…, no quise forzarte a hacer algo que no…

—Ya. Ya lo sé. Es solo que no es momento para mí.

—Claro. Qué egoísta soy, joder.

—No —me dolió que se sintiera culpable. Yo también quería, pero me lo impedía un montón de basura mental—. Yo… si quieres… puedo…

Busqué con mi mano el bulto de su erección, ofreciéndome para tocarle hasta el orgasmo.

—No. No es momento. Tienes razón. —Apartó la sábana y el cubre y se dispuso a salir de la cama—. Voy a fumarme un pitillo.

No sé cuánto tardó porque el cansancio pudo conmigo y me quedé traspuesta. Sé que cuando Diego se despertó y empezó con sus ruiditos famélicos, él apareció por la puerta y ya no le acompañaba más que el vago recuerdo del aroma a tabaco. Me pregunté si la morena que guardaba en su ordenador sería suficiente y si... seguiría pareciéndose a mí. Quizá solo servía para señalar las diferencias entre quién fui y la persona en la que me había convertido.

52

Amaia sabía que estaba a punto de conseguirlo. Bueno, a decir verdad, en un primer momento se había propuesto una meta que, al ser alcanzada, le supo a poco. Quince kilos, se dijo. Y después..., venga, cinco más. Y estaba tan cerca. Veía cómo la miraban las chicas del trabajo. Todas le decían lo guapa que estaba y aderezaban los halagos con algún que otro comentario malintencionado como «cuídate, no vuelvas a engordar» o «¿cuánto te queda aún por perder?». Las mujeres a veces somos verdadera peste para las demás mujeres. Pero ella se mantenía fuerte. Lo rozaba ya con los dedos. El triunfo sobre sí misma. Nunca se había sentido más dueña de sus actos, pero, si alguien me pregunta, nunca se había sometido a un control tan asfixiante. Amaia no lo sabía, pero se estaba castigando a sí misma porque todos esos sentimientos que le empujaban a creer que no era lo suficientemente guapa para Javi, no desaparecieron, mutaron. Y cambiaron hasta convertirse en un: «Si comes eso, serás débil».

Había dejado de ir al endocrino porque quería ir más rápido. Seguro que si le explicase la historia sobre un flechazo con un vestido de seda y encaje, si le hablase del placer de demostrarse a sí misma que podía…, no la entendería. Así que modificó por su cuenta y riesgo la dieta, liquidó las meriendas y los bocados de media mañana, eliminó las cenas y las sustituyó por unos pequeños batidos de proteínas con sabor a vainilla. Amaia se veía estupenda pero lo cierto es que empezaba a no ser ella.

El día había empezado bien. Un café solo y un yogur descremado que no se terminó, porque le preocupaba que los lácteos provenientes de leche de vaca la hincharan; había leído algunas cosas por ahí, en algunos blogs. Tenía cita para probarse el vestido de nuevo el viernes y sabía que para entonces ya lo habría conseguido. Después tocaría la laboriosa tarea de mantenerse en aquel peso y volumen durante tres meses, pero ya había hecho el trabajo duro, ¿no? Sería fácil. Estaba contenta. Todo lo contrario que el Javi que entró en la sala de descanso con una expresión que le aterró, sobre todo cuando vio que venía acompañado de un Mario también malhumorado.

—Amaia, ven un momento —la llamó—. Disculpadme.

Las compañeras con las que Amaia estaba hablando hicieron una mueca y un mutis por el foro. Mario las despidió con una sonrisa educada y la mano diciendo adiós. Ella se acercó.

—¿Qué pasa?

Javi cruzó los brazos sobre el pecho.

—Mario y yo hemos hecho un descubrimiento bastante interesante hoy, ¿sabes, Amaia?

—No me van los tríos. Por el culo no me seduce.

—Estoy hablando en serio —respondió Javi cortante—. ¿Qué es eso de que dejaste de ir al endocrino hace mes y medio? ¿Quién te controla la pérdida de peso?

—Se te está yendo la olla —dijo Mario visiblemente preocupado—. ¿Cuánto has perdido? ¿Veinte kilos? En tan poco tiempo, Amaia…, no da muy buena espina.

—De verdad que te hacía bastante más inteligente —masculló Javi—. Estoy tan cabreado.

—Tienes que parar —le dijo Mario.

—¿Ahora tengo que parar? ¿Por qué? ¿Porque me lo decís vosotros, que cuidaréis de mí mejor que yo misma?

—¿Estás mal de la cabeza? —escupió Javi—. ¿Qué te crees que es esto? ¿Un discurso paternalista? ¡¡Por el amor de Dios, Amaia!! ¡¡Es una boda, no un concurso de popularidad!!

Mario se removió incómodo pero añadió:

—Amaia, deberías hacer las cosas bien. No puedes maltratar a tu cuerpo por algo así.

—¿Por algo como por lo que tú y yo jamás tuvimos nada en el pasado? Claro.

—Me estás cabreando —rugió Javi—. Y me estás cabreando tanto que no te haces a la idea.

—¿Por qué? ¿Qué queja tienes? ¿Ya no tienes el control? ¿Ya no tienes la sartén por el mango porque yo también me siento segura de mí misma?

—Pero ¿¡tú te estás oyendo!? ¿Cuándo he ejercido yo sobre ti ningún poder? Siempre te he respetado y tratado como a una igual. Yo sé lo que es el amor y lo que significa nuestro compromiso. ¿Qué es para ti? ¿Vestidos bonitos y admiración ajena?

—¡¡Tendrás la cara de decir que ahora no te gusto más!!

Javi la miró alucinado.

—¡Claro que no me gustas más! Yo te quiero, Amaia, ¿sabes lo que quiere decir eso? ¿O es que dejarás de quererme si me quedo calvo o me pongo gordo o meto la puta cabeza en una freidora?

—No voy a tener esta conversación aquí y mucho menos con Mario delante.

Los dos miraron alrededor. Mario se había marchado. Javi se mordió el carrillo.

—Para, Amaia, te lo digo de verdad. Para con esta actitud de mierda. Deja de ser una cretina contigo misma y de darle toda la importancia a algo que no la tiene. ¿Quieres sentirte mejor físicamente? ¡Adelante! Yo te apoyaré. Pero bien. No así. No tiene sentido. No es un vestido o tu cuerpo, Amaia, es un reto, una obsesión y un castigo. Mírate por dentro, joder.

—Eres un egoísta.

—No, la egoísta eres tú, que no tienes en cuenta que para mí organizar esto solo está siendo duro. Yo ni siquiera tengo madre que me lleve al altar porque ELLA no quiere venir. Y estoy destrozado porque no soy lo suficientemente bueno para que esté orgullosa de mí, pero bueno, me voy a casar contigo y lo demás me da igual. Sería ideal si tú no fueras a casarte con un PUTO vestido.

—Pero ¿qué dices, Javi?

—Digo que has perdido el norte. Que no recuerdas el motivo de todo esto. Que no sabes lo que significa para mí el compromiso. Que solo te importa lo bonita que te veas ese día. Digo que si no paras yo no quiero casarme contigo.

—¿Crees que voy a ceder a ese tipo de amenazas?

—¿Amenaza? —A Javi se le dibujó una sonrisa de decepción—. Dios, vives en un plano paralelo, Amaia. Una semana. Si en una semana no has cambiado de actitud se anula la boda. La compra del piso. Lo nuestro. No quiero estar con alguien que se quiere tan poco que no me permite quererla.

Javi necesitó diez minutos metido en un cuarto de baño para tranquilizarse. Mario fue a buscarlo, a disculparse por salir pitando de aquella discusión. Y dos hombres que habían sido en cierta medida rivales, terminaron sentados sobre los lavabos, diciéndose uno al otro que todo saldría bien, tratando de convencerse a sí mismos.

Amaia, por su parte, pasó por diferentes fases, pero todas turbadas por una sensación de mareo que la dejaba con los brazos y las piernas laxos. Se tomó otro café esperando que le subiera un poco la tensión y se fue a trabajar. Quería mantenerse ocupada para no pensar mucho en aquella última advertencia. Al final, por hache o por be, había terminado teniendo razón: Javi y ella no terminaban de encajar. Él esperaba otra cosa. A alguien que ella no podía ser.

A la hora de salir lo hizo como si la persiguiera la muerte. Lo que realmente caminaba pisando sus talones eran un montón de fantasmas, de miedos, desconfianza. Se sentía algo estúpida, indignada a la vez. Decepcionada con el mundo que no la entendió ni la aceptó cuando estaba gordita y que seguía sin comprenderla cuando adelgazó. Desplazada. Nula. Imperfecta.

El mundo zumbaba a su alrededor y no como giró la primera vez que Javi la besó. Nunca había sabido mantener viva e inmaculada aquella sensación, siempre había terminado mancillándola. Y ahora el mundo zumbaba como un abejorro, traspasando sus oídos, taladrando su cerebro. El mundo perdía sus contornos como una foto de Instagram a la que el filtro adecuado ha oscurecido los márgenes. Tratando de ser lo suficientemente buena para Javi…, ¿lo había alejado? ¿Había empezado a no ser lo suficientemente buena para sí misma? Paró su carrera. Las piernas le funcionaban torpes. Miró alrededor y aunque desde hacía años caminaba por las mismas calles colindantes al hospital, no reconoció la zona. Se sintió desubicada. El corazón se le desbocó. Se agarró a lo primero que tuvo a mano, porque el mundo se movía debajo de sus pies. Se agarró fuerte y de pronto la tierra se dio la vuelta, como un barco hundido; los árboles, las señales, las nubes…, todo del revés. Y ella, que no percibió ni siquiera la fuerza de la gravedad tirando de ella, cayó en el bordillo. El golpe contra el suelo sonó sordo, duro, pero ella ya no lo oyó.

Pablo estaba en la cocina de casa, preparando café. Habíamos tenido una discusión que ni siquiera llegó a serlo sobre vivir allí. Casi todas nuestras conversaciones, en realidad, eran una especie de letanía de quejas. Yo siempre tenía algo por lo que protestar y él lo que no tenía era paciencia. Poca o nula, a decir verdad. La charla había empezado conmigo diciendo: «Quizá podríamos echar un vistazo a otras casas. He leído que este barrio siempre tiene demanda; creo que la venderías sin problema» y terminó con Pablo sentenciando: «Claro que sí; la cuestión es quejarse». Diego se había despertado después y yo puse tierra de por medio para ir a acunarlo y comprobar si era hambre, pañal sucio o sencillamente llantina aleatoria. En el momento en el que sonó el teléfono yo tenía a Diego durmiendo en mi pecho, pero el timbre no le perturbó; el inalámbrico estaba en la cocina, junto a Pablo.

—¿Sí? —le escuché contestar—. Hola, tío, ¿qué tal? —Una pausa—. ¿Cómo? Espera, espera…, ¿qué pasa?

Silencio. Mucho. Ni el sonido de sus manos terminando de cortar ni una sartén puesta en el fuego.

—Pero… ¿está bien? Quiero decir…

Me levanté sujetando a Diego y lo dejé suavemente en la cuna plegable que teníamos en el salón. Al asomarme encontré a Pablo apoyado en el banco, con la mano derecha manchada de tomate natural y gesto alarmado.

—Claro. Sí. Tú no te preocupes por nada.

Colgó.

—¿Qué pasa?

—Eh…, a ver. —Suspiró y se limpió las manos con un paño—. Siéntate un segundo.

—Me estás asustando.

—Siéntate.

Me dejé caer en una banqueta de la cocina y él hizo lo mismo a mi lado. Me cogió la mano derecha entre las suyas y después se apartó el pelo de la cara con ese gesto tan suyo.

—Ha pasado una cosa. Pero tienes que estar tranquila, ¿vale?

—Vale.

—Amaia ha tenido una… caída. En la calle.

—Ella siempre se está cayendo en la calle. Su padre la atropelló una vez. Por favor, sé más preciso —respondí nerviosa, tirando de mi mano para que la soltase.

—Creen que se desmayó en la calle y se golpeó la cabeza al caer.

—¿Cómo?

—Se golpeó la cabeza contra el bordillo.

—Pero… ¿es grave?

—Ha sido un golpe feo.

—Me estás escondiendo algo, Pablo.

—No. No sé más. Estuvo inconsciente… un rato. Largo.

Me quedé mirándolo como si no entendiese lo que me estaba diciendo. Me agarré la tela de la camiseta a la altura del pecho como si ese gesto pudiera ayudarme a llenar mis pulmones de aire.

—Pablo…

—Están haciéndole pruebas.

—¿Qué clase de pruebas?

—No lo sé. Creo que deberíamos ir con Javi.

—Pablo…, ¿se va a morir?

Pablo me miró como se mira a los niños que demasiado pequeños te preguntan si los Reyes Magos existen en realidad.

—Claro que no, pequeña. Ven…

Abrió su brazo para que me acurrucara en su pecho y, aunque deseaba hacerlo, aunque necesitaba hundirme allí y respirar profundo…, no pude. Me levanté y fui arriba, a ponerme unas zapatillas.

Pablo llamó a Sandra mientras yo cogía la bolsa con todos los trastos de Diego. No podíamos dejarlo con nadie porque yo no me había sacado leche y aunque lo hiciera en aquel momento, no quería arriesgarme a quedarme corta. Pablo pensó que era mejor dejarlo en casa de mis padres de camino, pero yo no quise. No sé por qué razón, me parecía monstruoso separarme de mi bebé en una situación así. Lo necesitaba allí, pegado a mi pecho, sintiendo su mejilla contra la piel de mi cuello. Su calor. La vida.

Cuando llegamos al hospital, Sandra ya estaba allí. Estaba acompañada por un chico que no conocía, alto, muy guapo, que la consolaba con aire funesto. Ella corrió hacia mí en cuanto me vio y me abrazó a la vez que se echaba a llorar. Yo la aparté un poco de mí; necesitaba todo el aire posible a mi alrededor.

—¿Y Javi? —pregunté.

—No lo sé.

Pablo sacó su móvil del bolsillo de los vaqueros y lo consultó.

—Lo último que me dijo fue que esperáramos aquí. No se ha vuelto a conectar.

—No se va a morir, ¿verdad? —me preguntó Sandra empapada en llantos—. Tía, Marti, fui muy fría con ella. Desde lo del piso. La trataba con frialdad y ahora se va a morir.

Sollozó. Miré de reojo a Pablo.

—Nadie se va a morir —escupí sin mucho convencimiento, acomodando a Diego en mis brazos, de manera que pudiera sentir su calor directo.

Pablo se acercó e intentó coger al niño, pero me resistí.

—¡No! —grité.

Se alejó un paso de mí con las palmas de las manos hacia arriba.

—Martina. Siéntate. Estás nerviosa y… —Diego empezó a llorar—. ¿Lo ves?

—No es mi culpa. No es mi culpa, joder. Los niños lloran. Y tienen que estar con sus madres.

—Mi vida. —Me cogió la cara—. Cálmate. Dame a Diego. Yo lo sostendré…, aquí, delante de ti.

Sandra estalló en un llanto histérico que acercó un paso más a su acompañante.

—Nena…, tranquila…, está bien atendida.

—Que no se muera. Es mi hermana. La quiero.

Amaia era nuestra hermana. No habríamos tenido una mejor ni siquiera si la hubiéramos pedido por encargo, joder. Era odiosa y molesta. Siempre estaba hablando o cantando. Opinaba sobre todo, aunque no le hubiéramos pedido opinión. Pero era mágica. Nació con estrella, con luz; ella nos guiaba a nosotras, que nacimos más grises. Todo cuanto tocaba se llenaba de una claridad especial, como si tuviera una varita misteriosa que convirtiera los trastos en tesoros especiales. Javi la había sabido ver debajo de todo lo que ella se escondía. Y la estaba amando más de lo que se amaba ella. No podía irse. Se me apagaría la luz.

Nos sentamos en un rincón de la sala. Sandra no dejó de sollozar hasta que Pablo se hartó. Supongo que sufría por mi silencio. Yo no lloraba, no temblaba, no clamaba al cielo ni pedía explicaciones a Dios sobre por qué le tenía que pasar nada a mi Amaia. No decía en voz alta todas aquellas cosas que me arrepentía de haberle dicho o de no haber hecho. Que Sandra lo hiciera por dos, irritó a Pablo hasta que no pudo controlarse. Me dio al niño, se acercó a ella y colocándose muy cerca le susurró que si no se callaba la sacaría a rastras de la sala.

—Estás poniéndola enferma.

Sandra me miró hipando y yo la miré a ella. Era nuestro código, ¿no? Ellas lloraban, pataleaban y gritaban mientras yo las tranquilizaba. Pero ¿y si el código ya no servía? Yo necesitaba que Sandra se callara. Me daban igual las razones por las que le hubiera dicho a Amaia esa mañana que era una perra. Me daban igual los ríos negros de rímel que surcaban su cara y manchaban su camisa. Ya hablaríamos cuando lo de fuera no fuera solamente silencio. El antiguo código podía haberse quedado obsoleto, pero Sandra y Amaia eran las dos hermanas que me había dado la vida así que, solamente, se calmó.

Acababa de darle el pecho a Diego, que se había quedado dormido al segundo. Bendita vida la de los bebés. La de todos debería terminar como empezó: durmiendo y soñando a todas horas. En eso pensaba cuando el chirrido de la suela de unas Converse se nos acercó por el pasillo. Era Javi. Había pasado una hora.

—Hola —dijo con voz trémula. Se aclaró la garganta.

—¿Dónde está?

—Está en observación. La tendrán ingresada tres, cuatro días, según la evolución. —Se humedeció los labios.

—Pero… ¿qué ha pasado?

—Se desmayó en la calle y se golpeó la cabeza contra un bordillo. Ingresó con un traumatismo craneoencefálico e inconsciente. Tiene un hematoma subdural provocado por el golpe. Es pequeño y los médicos dicen que, a falta de confirmación según la evolución, no creen que haga falta operar.

—¿Está consciente?

—Está atontada y un poco desorientada, pero bueno. Sabe quién es, en qué año estamos y no ha mencionado a Napoleón Bonaparte, así que estamos tranquilos. —Se dejó caer en uno de los asientos de plástico libres, con un suspiro—. Me ha dado el susto de mi vida.

Pablo le rodeó la espalda con el brazo y le dio un par de palmaditas.

—Está bien, tío. Ya está.

—Cuando me llamaron me dijeron que era un traumatismo grave. No os podéis imaginar las cosas que me pasaron por la cabeza.

—¿Alguien ha avisado a sus padres? —pregunté.

—Sí. Les llamé yo. Están de camino. Estaban en la casa de Segovia, pero estarán al caer. Esto..., me voy a ver si me dejan estar con ella un rato, ¿vale? Si queréis podéis marcharos a casa. Yo os mantengo informados.

Javi miró un segundo al chico que acompañaba a Sandra.

—Ehm..., hola. Soy Javi. —Le tendió la mano.

—Soy Germán..., el chico de Sandra.

Ella le miró con los ojillos llenos de ilusión y fuegos artificiales y Pablo se levantó con un bufido de desdén. Supongo que pensaba que no era momento de ponerse a dar palmas porque el nuevo tío aparecido de la nada se considerara su chico.

—Yo me quedo, Javi —le dijo.

—¿Conoces a mis suegros?

—Yo sí —le aseguré—. Me quedo con él. Si llegan te llamamos, no te preocupes. Sube a verla.

—Dile que la queremos —dijo dulce Sandra.

—Y que es gilipollas —añadí yo.

Javi abrió la puerta de la habitación con precaución. Amaia estaba allí, tumbada, con una fea magulladura en la frente y el pómulo, pero viva al fin y al cabo. Lo miró con ojillos de gacela y él acercó una silla a su cama.

—Le he potado encima a Francis, la de urgencias —musitó Amaia.

—Vómito en escopetazo. Lo sé. Eres famosa en todo el hospital.

Silencio. Javi se mordía los labios.

—Creí que me estaba muriendo. Escuché en la ambulancia cómo decían que tenía un diez en la escala de Glasgow (2). Pensé que iba a durar un par de días, Javi.

—Son unos subnormales. Se descontaron dos. Y casi me matan de un infarto.

Otro silencio. Amaia miraba a Javi preocupada.

—Javi…, no me odies.

—Descansa, Amaia.

—Creía que me moría…, ahora soy un poco más sabia. Deberías escucharme.

—A ver… —Sonrió él—. Habla.

—Entiendo por qué te enfadaste. Lo entiendo, de verdad. Pero me he sentido muy sola con mis miedos. Que no quisieras que los tuviera no los hizo desaparecer. Los gestioné mal, Javi, pero no porque no te quiera o porque no…

—Déjalo. De verdad.

—No pasa nada si ya no te quieres casar conmigo —musitó—. Lo intentaremos más adelante.

Él la miró de reojo y negó con la cabeza y una sonrisa en los labios.

—Eres tonta del culo, pero te quiero. Es la única razón que conozco para casarse con alguien. Que el amor vea la cara fea y decida quedarse. Los dos lo hemos hecho.

Se cogieron la mano y Javi besó la de Amaia.

—Tus padres están de camino.

—Oh, no. Dios…, avisa a los GEOS.

—Y abajo tienes a una pandilla de gente extraña muy preocupada por ti. Está una chica morena con un bebé colgando, un chef con una camisa terrible con caballos dibujados, una plañidera con su nuevo novio…

—¿Nuevo novio?

—¿Les digo que suban?

—No. Diles que les quiero pero que vuelvan mañana. Solo… ven y túmbate a mi lado.

Pablo se quedó con Diego la mañana siguiente cuando Sandra y yo fuimos a ver a Amaia. Le llevé donuts caseros y Sandra un par de revistas y aunque estábamos en un hospital y Amaia estaba monitorizada, tratamos de hacer de la visita un rato normal. Disimulé cuanto pude el dolor de separarme por primera vez de mi bebé desde que había nacido porque, conociéndome, habrían pensado que el mundo se había vuelto absolutamente loco.

Amaia estaba ojerosa, desmejorada, apagada y delgada. La hubiera sometido a una ronda de bofetadas por el simple hecho de no ser consciente de que ser quienes somos es la única forma de ser felices. Hablamos sobre ello cuando tuvimos oportunidad y sobre su obsesión insana por demostrar que cabía en un puto vestido.

—No es el vestido, de verdad. Es más como…, como demostrarme a mí misma que puedo superar todas las humillaciones y…

—No humilla quien quiere sino quien puede. La mierda de gente mediocre que se dedica a juzgar a alguien por su talla no nos interesa, Amaia —sentencié.

—No, pero no significa que no duela. Me obsesioné con superar eso…, con que dejara de doler.

—Te obsesionaste con la venganza de que se jodieran de envidia al verte con aquel vestido —aclaró Sandra.

—No lo sé. Pero Javi me ha dicho que en cuanto me den el alta me lleva a la Nicoletta para que me coma un plato de tallarines con salmón.

Las tres sonreímos. Ella suspiró.

—La báscula me ha tenido muy entretenida. Pongámonos al día. Martina, dicen que has tenido un hijo.

—Eres gilipollas. —Me reí—. Mejor pregúntale a Sandra por un tal Germán que ayer, salido de la nada, dijo que era su novio.

—¿Novio? ¿Tienes novio?

—Nos estamos conociendo —contestó coqueta—. Pero… iré acompañada a tu boda, me parece.

Sonrió con gesto triunfal.

—¿Dónde os conocisteis?

—En la funeraria —dijo con la boquita pequeña—. Es abogado, tiene treinta y dos años, le encanta el cine, los Rolling, el Real Madrid...

—Mal vamos —anunció Amaia, que es una forofa del Sevilla, nadie sabe por qué.

—¿Y cómo es que os conocisteis en la funeraria?

—Se había muerto su tía —dijo con aire infantil, mientras se miraba las uñas.

—¿Perdona? ¿Ligó en el entierro de su tía?

—En el velatorio.

—¿Hay alguna diferencia?

—Claro que sí —se quejó—. Bueno, el caso es que...

—Venga, cuenta cosas truculentas. ¿Folla mejor que mi marido?

—Futuro marido —remarqué.

—Amaia, tía —se quejó Sandra.

—¿Sí o no? Aunque sé que es difícil superar el bamboleo de caderas que se gasta mi Javi. Y la tiene grande. ¿Cómo la tiene este? Germán es nombre de tío que la tiene enorme.

—La tiene enorme —confirmó.

—Pablo es nombre de tío que la tiene gorda.

Me reí. Siempre terminábamos en el mismo punto.

—Sandra... —musité—. ¿Estás preparada para iniciar una relación?

—Sí —dijo muy segura de sí misma—. Y creo que los dos estamos en el mismo punto.

—¿Qué punto?

—Pronto querremos ir en serio —anunció.

—Define en serio —pedí.

—El otro día se quejaba porque siempre iba solo a las cenas con los jefes. Todos con sus mujeres y él solo, ganándose la fama de mujeriego. —Sonrió candorosa—. Me dijo que por fin había encontrado a alguien con quien se planteaba esas cosas.

Amaia y yo nos miramos disimuladamente.

—Ve con calma. Conoceos muy bien antes —le aconsejé.

—¿Te la ha metido ya por el culo? —preguntó Amaia—. Si te la ha metido ya por el culo, fíate. Ya no tiene que camelarte para endiñártela.

La filosofía de la vida versión Amaia.

Amaia estaba en el hospital, Sandra corría despavorida hacia la madriguera más cercana y yo me encontraba cada vez más encerrada en mí misma, pero al parecer había cosas que podían seguir siendo sencillamente reconfortantes, como escuchar a Amaia hablar de pollas.

La vida, su vida, empezó a cobrar otra vez sentido. Las piezas encajaron cuando la cuestión del vestido dejó de ser capital. Javi y ella hablaron mucho en sus horas juntos, en el hospital. Hablaron en susurros del miedo, de compartir la carga y confiar en el otro. Y cuando ya pensaba que Javi no podía enloquecerla más, se vio a sí misma diciendo que sí, que iría a hablar con alguien que le ayudara a superar ese complejo de inferioridad que le atenazaba la garganta.

Aplazó la cita para probarse el vestido hasta que estuvo completamente recuperada. No lo olvidó de pronto, claro. Pero fue diferente. Dándonos una lección de madurez fue a despedirse de él. Cuando la dependienta lo sacó, Amaia sintió mariposas en el estómago. Acarició la tela, tomándose su tiempo, y se sintió sola en el mundo con él: un pedazo de tela que simbolizaba todo lo que le había hecho tener miedo. Se lo puso con ayuda y cuando lo tuvo abrochado se colocó frente al espejo, viendo cómo encajaba a la perfección con su cuerpo, cómo marcaba su cintura y dejaba al aire su espalda, sonrió y pidió a la chica que la dejara sola un momento. Cuando se aseguró de que allí solo estaban ella y su vestido, salió del probador y se subió al podio que había en la salita exterior, a mirarse desde todos los ángulos posibles.

—No eres para mí —susurró mientras deslizaba las manitas sobre la superficie de seda—. Supongo que me costará olvidarme de ti, pero somos adultos y los dos sabemos que lo nuestro es imposible. Fue bonito mientras duró…, no, en realidad no lo fue. Eres como todo aquello, como los chicos que no me trataron bien porque no era tan bonita como ellos creían merecer. Pero se acabó. El triunfo de tenerte no valdría de nada así que… adiós.

Eligió su vestido sola, aquella misma tarde, en otra tienda en la calle Arenal. Pidió a la chica que no se lo estrechara demasiado.

—Estoy segura de que engordaré un poco en Navidades. Me encanta el roscón de reyes.

Y con ello, volvió a ser Amaia.

53

H abéis pasado alguna vez por la puerta de una guardería en el primer día de clase? Malena y yo lo hicimos una vez, por casualidad. Ella se dedicó a sonreír con condescendencia; supongo que creía que las lágrimas de las madres que dejaban por primera vez allí a sus bebés eran motivo de burla. Así de obtusa era a veces. Yo, por mi parte, me quedé perplejo por el esfuerzo de estas que les sonreían a sus hijos y les decían que se verían en un ratito, quitándole importancia a esa sensación desgarradora. Sí, es solo un rato, pero es la primera vez que tu hijo y tú formáis parte de la rueda de lo que será la rutina del resto de vuestra vida. Si en aquel momento ya imaginé lo arrolladora que debía ser esa sensación, mejor no ahondo en cómo me sentí cuando un día, al despertar, mi permiso por paternidad había terminado. Y eso que lo alargué tanto como pude. Alfonso me tenía permanentemente informado de todo y yo seguía conectado pero… tenía que volver. Amaneció lloviendo. Nos despertamos muy pronto porque Diego bramaba reclamando leche; afuera aún era de noche y la lluvia repiqueteaba contra el tejado y los cristales de la ventana del dormitorio. Martina se levantó, despeinada y mientras se hacía una coleta le dio los buenos días a nuestro hijo.

—¿Tienes hambre?

Me resultaba extraño el tono dulce que usaba con él. No es de esas chicas que hablan con voz aguda y molesta a los bebés o a los cachorritos. No esperas de ella una voz suave y cálida, tranquilizadora... pero era madre. Una a la que se le escapaban pocas caricias, es verdad, pero porque me daba la sensación de que hasta en eso temía equivocarse. No hay manera incorrecta de mostrar el amor. O sí, pero no cabía dentro de Martina. Se quitó el jersey del pijama y tumbó al niño entre los dos; me encantaba cuando le daba de mamar tumbada. Había conseguido, por fin, que lo hiciera sola, sin necesitarme detrás rodeándola con brazos y piernas y verla hacerlo era el espectáculo más increíble del mundo. Se tumbaba de lado, colocaba a Diego a la altura de su pecho y le acariciaba con un dedo las mejillas y la nuca hasta que este empezaba a succionar el pezón. Si me hubiera dedicado una mirada entonces, hubiera visto el orgullo que había en mis ojos.

Cuando estuvo borracho de satisfacción, Diego se cagó y se durmió. Así somos los hombres desde bien pequeños. Poca poesía. Pero cuando volvíamos a dejarlo allí, en la cama, era la gloria. Los tres calentitos entre las sábanas, con *Elvis* a nuestros pies. Yo miraba a Martina y me preguntaba por qué discutíamos tanto últimamente, cuando era la única persona en el mundo con la que encontraba paz en los silencios. La amaba, de eso estoy seguro. La amaba en nuestra imperfección, porque era perfecta.

—¿Qué pasa? —me preguntó cuando alargué la mano y acaricié su cuello con el pulgar.

—No quiero ir a trabajar esta tarde. Me quiero quedar con vosotros.

—Quédate con él. Yo iré por ti —bromeó medio en serio Martina.

—Se enfadará cuando se dé cuenta de que las tetas de papá son un fraude.

Ella le acarició una mejilla.

—Cada día que pasa se parece más a ti. —Sonrió.

—¿Y eso es bueno o es malo? —Me miró y como contestación solo se rio—. No quiero ir al cole.

—Pues quédate.

Aún la escuchaba, en ese tono casi de súplica, cuando salí de casa bajo la intensa lluvia de aquel invierno. Deseaba tanto haberme quedado en aquella cama…, en cuanto nos separábamos un poco, el aire se volvía más denso y más frío, como en las películas de fantasmas. Quizá era justo aquello lo que nos pasaba: nos perseguían demasiados fantasmas que se hacían fuertes cuando nos alejábamos.

Como siempre, no llevé paraguas, por lo que desde el parking hasta el restaurante me calé de arriba abajo. Además de la densa cortina de agua, corría un viento helado que me estaba atravesando como alfileres, así que entré como una exhalación a la cocina y saludé de pasada para meterme en el despacho, donde siempre guardaba una muda completa por si acaso. Me aparté el pelo empapado de la cara y me quité el jersey, que cayó al suelo como si pesara tres kilos. Estaba deshaciéndome de la camiseta negra que llevaba debajo cuando alguien entró. Pensé que sería Alfonso, pero encontré a una Carol paralizada, con el pomo de la puerta en la mano y los ojos clavados en mi pecho.

—Hostias —se le escapó.

—¿Qué pasa, sirena? —me burlé—. ¿Te pone nerviosa un poco de piel?

—No me acordaba de todo ese despliegue.

—¿Cómo ibas a acordarte? Nunca has tenido el placer. —Me coloqué una camiseta blanca que tenía en el cajón y le sonreí con guasa—. ¿Qué pasa?

—En tu ausencia ayudé a Alfonso con los albaranes. Quería explicarte.

—Ahm. Genial. —Y volví a apartarme el pelo, que goteaba.

—Te vas a resfriar. ¿Te seco el pelo?

—¿Emites calor seco por alguna parte de tu cuerpo?

—Es posible. No sé si seco, pero calor seguro.

Abrí los ojos alucinado y ella se echó a reír.

—Voy a por una toalla. Te dejé los albaranes ahí, en la bandeja. Ahora vengo.

—Vale. Voy echándoles un vistazo.

—Ah, Pablo... —Volvió hacia atrás y sonrió descarada—. Sí he tenido el placer. Mucho. Una noche entera.

No le di ni media vuelta a aquello. El pasado no me importaba lo más mínimo. Una noche en blanco con ella en su piso, tampoco. Me sentí confuso por la referencia a aquello, a algo que nunca hablábamos, pero nada más. Todo el mundo podía tener derecho a una salida de tiesto de vez en cuando, ¿no? Yo ya estaba a otras cosas. Pero... fue la primera de muchas. Y no es que esté encantado de haberme conocido y crea que todas las mujeres quieren acostarse conmigo. Es que Carol QUERÍA hacerlo y de pronto no se molestaba en disimularlo.

No lo entendí hasta que un domingo previo a Navidades, mientras Javi y yo nos tomábamos una cerveza en la cocina de casa hablando sobre su despedida de soltero, se lo conté. Sin detalles. Nosotros no compartimos estas cosas como las chicas. No hay un despliegue de conversaciones recordadas de memoria ni análisis ninguno de la forma en la que nos miran. Somos más sencillos, la verdad. Le dije que una tía de mi curro se mostraba extrañamente (y descaradamente) interesada en coquetear desde que había vuelto de mi permiso de paternidad. Él me miró divertido y señaló hacia el salón, donde Amaia y Martina charlaban junto a la cuna del niño.

—¿Ella lo sabe?

—¿Estamos locos? —Me reí—. Se llevan bien. No quiero que eso cambie. Pero el caso es que... cada vez las entiendo menos. A todas. A Martina, a esta chica, a mi madre... no entiendo nada de lo que me está pasando con las mujeres.

—¿Qué pasa con Martina?

—No sé. —Me apoyé en la barra y jugueteé con el botellín—. Está esquiva.

—¿Cuarentena? —me preguntó con guasa.

—No. No es eso. Bueno, eso también. Un día de estos van a caparme el acceso a Youporn por mi salud mental, pero me refiero más a que... está muy callada. Siempre. Menos cuando se queja.

—Será el periodo de adaptación.

—He llegado a pensar que está pasándolo mal..., depresión posparto o algo así. Pero como no hablamos de ello ya no sé.

—Dale espacio —me aconsejó—. Y a la otra ni agua.

—¿Por qué ahora, tío? No lo entiendo.

—Es fácil. O le ponen los padres jóvenes con pelo semilargo y camisas de dudoso gusto o está aprovechando la baja de Martina para hacer la última intentona de acercamiento.

¿De verdad? Las mujeres eran un auténtico misterio para mí después de haberlas entendido tan bien durante tanto tiempo. La paternidad me estaba cambiando.

Las fiestas fueron bonitas. Hubieran sido más especiales si Martina y yo hubiéramos podido dar más calor a ese vínculo que sentimos desde que nos conocimos. La chispa no se había marchado, pero parpadeaba a menudo. Nos peleamos para decidir dónde pasar Nochebuena y Navidad. Nos volvimos a pelear por la decisión que tomamos. No hicimos el amor, aunque la busqué infinidad de veces bajo unas sábanas de franela que le horrorizaban. El colmo fue descubrir que se cubría cuando yo entraba en el baño y ella llevaba poca ropa.

—¿Qué coño estamos haciendo, Martina? ¿Revirginizándonos?

Le sentó fatal. Y a mí también. Discutimos con tanta pasión que casi podríamos decir que fueron nuestras vísceras las que gritaron por nosotros. Me acusó de estar mirando solo en dirección al vértice de sus piernas y de estar acosándola para acostarse conmigo a la mínima de cambio. Y yo, que no la reconocí en aquel comentario, le dije que me había engañado y me había hecho creer que me deseaba.

—¿Qué hemos hecho mal en esta puta mierda de relación? —grité.

Y después me arrepentí. Como siempre, claro. Le pedí perdón hundido en su regazo mientras acariciaba sus piernas, sus muslos, sus manos. Ella se disculpó también, con sus dedos trémulos inmersos en mí, pero después de aquello estuvimos más fríos de lo que yo esperaba para ser las primeras Navidades de nuestro hijo. Me entristece acordarme. Me siento decepcionado por no haber sabido pedirle que fuéramos sinceros el uno con el otro. Había algo que no le gustaba de nuestra situación. Se sentía frustrada por algo, lo sabía, pero no lograba localizar el motivo. Quizá echaba de menos su trabajo. Quizá se le caía la casa encima. Quizá sencillamente corrimos demasiado.

Pero fueron especiales. Cenamos con sus padres, que hablaron de política y de trabajo y comimos el día siguiente con los míos, que solo hablaron de Diego y de lo precioso que era. Los dos nos sentimos en casa y extraños a la vez y le robé un beso al volver a casa. Uno de verdad. Recuerdo haberme sentido como un colegial después. En sus labios quedaba algo para mí. Y en los míos para ella.

La llegada de un bebé a una pareja es un momento feliz pero también muy complicado. Todo se mueve y se distorsiona y hay que volver a medirlo, pesarlo y colocarlo en su sitio. Se corre el riesgo de terminar dando prioridad a todas las cosas que no tienen que ver con uno y con la pareja y pasar de ser amantes a dos desconocidos que cuidan un bebé en común. Yo no quería que nos pasase, así que intenté demostrarle cuánto la amaba más allá de ser la madre de mi hijo. La ausencia de sexo me lo complicaba, la verdad; a falta de una comunicación fluida por su parte, el sexo hacía las veces de confesión de amor. Y ahora los pequeños gestos parecían diluirse si no tenían un líquido espeso y sexual en el que viajar.

Pero me busqué la vida. El día cinco de enero abrimos los regalos debajo de nuestro primer árbol compartido. Nuestros primeros regalos como padres. A Diego le compré un monopatín, para cuando fuera mayor, y Martina frunció el ceño; ella le abrió una cartilla en el banco y yo me burlé, pero a pesar de eso los dos estábamos contentos con los regalos del otro. Cuando nos tocó el turno a nosotros estaba tan nervioso que preferí que empezase ella. Martina había conseguido unos vinilos antiguos y una primera edición de un libro que me encantaba. Eran regalos de amor, lo sé. Se le daba fatal regalar y dar con la esencia que mezclara las cosas que a mí me gustaban con el recuerdo de nuestros momentos más felices le habría costado esfuerzo. Y me llegó el turno a mí. Había enmarcado una foto en blanco y negro de ella con Diego. Era una foto preciosa: él acurrucado en su pecho, pequeño y arrugado y ella, protectora, besándolo. Venía firmada por detrás: «Para que no olvidemos jamás el segundo momento más feliz de nuestras vidas». Martina sonrió y me miró interrogante.

—¿El segundo?

Y le tendí una cajita pequeña, vieja, de color azul cobalto. Había pateado medio Madrid en busca de algo así y no era el valor económico lo que me hacía estar seguro de haber acertado, aunque me costó una pequeña fortuna. Abrió la caja con firmeza para descubrir un anillo *art déco* con una esmeralda cuyo color me recordaba al del agua en Maldivas, un recuerdo que me devolvía la esperanza de volver a ser enormes como el mar. Los ojos le brillaron con el reflejo de la piedra y la luz de la habitación y atisbé una emoción sincera en ella.

—Este es el momento más feliz. Darnos cuenta de lo mucho que nos queríamos. No estamos casados y sé que no quieres ni escuchar hablar del asunto y lo comprendo. A mí tampoco me apetece. Pero la vida nos casó, ¿no crees? No fue nuestro hijo, fue el mar, pequeña.

Le puse la sortija y besé sus nudillos explotando de jodido amor por dentro. Ella la miró y me dio las gracias con un beso.

—Me aprieta. —Torció el morro.

—Aún tienes las manos hinchadas. Date tiempo.

Unos días después me preguntó si me parecía bien que se lo quitara. Le hacía daño. Me ofrecí a llevarlo a un joyero a que lo agrandaran, pero creo que se avergonzó. Respondió que no y me dijo que se lo pondría cuando las manos se le deshincharan. No me gustó pero, como siempre, no lo dije. Y se acumuló la decepción al resto de cosas que nos daban la espalda.

A pesar de lo que creí en un primer momento, mis padres me apoyaron en la decisión de someterme a una vasectomía. No puedo explicarlo racionalmente, pero estaba completamente convencido de no querer tener más hijos. Pensaba que mi madre me diría algo como: «Piénsalo bien, si lo de Martina no funciona y el día de mañana conoces a otra chica, no podréis tener hijos», y ya tenía preparada mi respuesta. Le diría que ese sería nuestro compromiso. Nada de bodas, papeles firmados ni promesas. Yo solo sería padre con ella. Porque lo nuestro iba a funcionar. Pero no dijo nada. Me preguntó la fecha de la operación y se ofreció a acompañarme mientras Martina estaba en casa con el niño, pero preferí decírselo a Javi. Era enfermero y tenía escroto, que iba a ser la zona afectada.

Martina parecía un poco confusa en cuanto a sus sentimientos hacia la intervención. Como con todo, por otra parte.

A ratos me decía sonriente que me apoyaba para sumirse después en un silencio extraño, como si en el fondo estuviera mintiendo y se sintiera horriblemente mal por decir aquello. Pero yo estaba decidido y era lo único que necesitaba; si no me hubiera entendido hubiera dedicado todo el tiempo necesario para explicárselo, pero no hubiera cambiado de parecer. Soy así. Cuando estoy seguro lo estoy, como con ella.

No pude elegir la fecha de la operación, ya que no se llevaba a cabo todos los días, así que fue un miércoles. El médico me recomendaba un reposo de unas cuarenta y ocho horas, según el dolor, y yo ya había faltado mucho a El Mar por el nacimiento de Diego y quería acudir lo antes posible. Pero aquel viernes sería la despedida de soltera de Amaia, así que dije: «Bueno, dos pájaros de un tiro, me quedo de reposo y el viernes cubro a Martina para que pueda salir a hacer cosas de adultos».

Martina se mostró nerviosa cuando nos despedimos. Javi esperaba en la puerta que daba a la calle abrigado hasta la nariz porque hacía un frío de pelotas (nunca mejor dicho) y ella, dentro, vestida con unos leggins y una camisola, intentaba parecer serena.

—¿Estarás bien de verdad?

—Sí. Prefiero que estés en casa con Diego. Javi sabrá qué hacer si me quejo mucho.

—Llámame si necesitas algo o si te lo piensas mejor.

—Tranquila. Dame un beso.

Se puso de puntillas sobre sus calcetines gruesos y me besó en la boca. Yo sonreí y me fui.

La operación duró nada o menos. En cosa de una hora me dio tiempo a entrar y salir. Pero se me hizo eterna. Es una cirugía muy sencilla para la que solo anestesian la zona…, vamos…, la ingle y lo que viene siendo lo que cuelga. Pero me prometieron una sedación que me haría flotar y olvidarme de que un tío armado con un bisturí estaba manipulando mis genitales. No sé si me mintieron para tranquilizarme o es que el anestesista me odiaba, pero el caso es que estuve bastante lúcido durante todo el proceso. No notaba dolor, pero era completamente consciente de todo.

Me tuvieron allí tirado un rato, en una sala que me recordó a aquella en la que conocí a mi hijo, hasta que se fue despertando la zona. Y cómo se despertó. Cuando me metí en el coche de Javi (en realidad de Amaia), el muy cabrón iba descojonado. Yo no podía ni caminar. Era como si alguien se hubiera pasado una hora utilizando mis huevos de *sparring*. Aullé de dolor al sentarme.

—Tío…, lo siento, pero esto es muy cómico —se disculpó.

—Me han abierto los huevos y me han atado dos mierdas dentro. Llevo unos calzoncillos como de luchador americano y unas gasas asquerosas que se me pegan por todas partes. Perdona mi poco sentido del humor, pero no le encuentro la gracia.

Y él se rio más aún.

Me pasé dos días sentado encima de bolsas de hielo. Horrible, joder. Sumémosle el hecho de que el médico me aseguró que hasta que todos mis espermatozoides fueran eliminados de los conductos podrían pasar hasta tres meses. Vale. Iba a matarme a pajas en cuanto la sola idea dejara de dolerme. Y digo matarme a pajas porque no veía a Martina muy por la labor de colaborar en el proceso.

La noche de la despedida fue un caos en casa. Habían quedado en recogerla a las nueve y ella no quería ir, no podía esconderlo. Amaia le dijo que si no acudía sería convenientemente borrada de la lista de personas a las que no quería matar y probablemente se gastaría parte del dinero de la boda en eliminarla del planeta. Además de la presión, Martina no encontraba nada que ponerse. La habitación quedó sepultada por un montón de prendas de ropa que intenté recoger mientras ella seguía revolviendo cajones, pero después de un bufido por su parte, desistí y Diego, una bolsa de guisantes congelados, *Elvis* y yo nos fuimos al salón a escuchar un disco de Birdy. Matadme. Estaba ñoño.

Bajó las escaleras refunfuñando porque la falda le apretaba y no le gustaba llevar ni medias ni tacones pero, joder…, cómo estaba. Una falda negra ceñida que le hacía un culo…, un top negro también, que le marcaba las tetas…, unos tacones que alargaban sus piernas… y una chupa de cuero negra en la que creí que iba a eyacular de un momento a otro. Para terminar de rematarme, se había dejado el pelo suelto. Y para mí que Martina llevara el pelo suelto era referencia directa a tenerla debajo de mí, o encima, o de lado, o a cuatro patas… pero desnuda. Con mis manos enredadas en rincones húmedos.

—Estás increíble.

—Parezco una morcilla de licra —sentenció antes de pintarse los labios frente al espejo de la entrada—. Volveré pronto, pero si necesitas algo, llámame y cojo un taxi en dos minutos. Tienes los biberones de la leche que me he sacado esta tarde en la nevera. Ehm…, ¿algo más? El teléfono de emergencias y eso lo tienes controlado.

—Martina —dije en tono de advertencia—. Relájate. Soy su padre. Sabremos apañárnoslas. Abriremos unas cervezas, brindaremos…

Me lanzó una mirada de soslayo y alguien pitó fuera.

—Serán estas. Han alquilado una cosa que se hace llamar «party-bus».

—Uhhh —fingí estar superemocionado—. Oye, ¿cogiste discos empapadores?

—Sí. Como doscientos.

—Si algún baboso se sobrepasa contigo, sácate una teta y lánzale un chorrazo.

Sonrió y se acercó a Diego. Le dio un beso, abrió la boca para decir algo pero al final se marchó hacia la puerta.

—Papá se queda sin beso —susurré al pequeño, que tenía en brazos—. Pásalo bien.

—Gracias.

—Te quiero.

Cerró la puerta. Miré a Diego y le puse cara de circunstancias.

—¿Llamamos a unas pilinguis?

Martina llamó a las diez y otra vez a las doce menos cuarto. Prácticamente la obligué a quedarse más tiempo en la despedida.

—Aquí se nos está dando muy bien.

—Por supuesto… no podría ser de otra manera —farfulló.

Supongo que a nadie le gusta ver que los demás pueden apañárselas sin él, pero a Martina menos aún. Y a pesar del esfuerzo por intentar que se aireara y se divirtiera…, nada. A las doce y media entraba en casa.

—¿Qué tal?

—Bien. Lleva dormido un rato. Hemos visto una película en el ordenador y ha caído frito.

—¿Y tú? ¿Cómo vas?

—El dolor va remitiendo. Ya no me horroriza la idea de empalmarme.

Por el caso que hizo a mi sugerencia encubierta, a ella sí.

Contó poco de la despedida. Fueron a cenar a un restaurante «cuqui» donde corrieron ríos de vino que ella tuvo que sortear, por la lactancia. Después las pasearon con un autobús fiesta en el que todo le parecía demasiado brillante y atronador; en cuanto paró en un semáforo, ella se apeó.

—Pero, pequeña. —Me reí tumbado en la cama, viéndola desvestirse—. ¿Por qué no te quedaste un rato más?

—Ya sé que por aquí no me necesitabais —contestó con amargura—. Pero una madre tiene obligaciones.

—Un padre también.

Me lanzó una mirada que empezaba ya a ser parte de nuestras rutinas…, una que avisaba que no teníamos ganas de seguir con la discusión que se avecinaba. Después de ese gesto los dos solíamos tirar la toalla y abandonar la pretensión de convencer al otro de nada.

Y mientras ella se quitaba prendas y prendas, mis dedos hormigueaban, pedigüeños, porque casi sentían lo suave de su ropa resbalando sobre sus yemas. Yo quería desnudarla, besarla, hacerla sentir bien. Quería recordar a qué sabía su sexo en mi boca. Pegarme a él, desplegar la lengua, saborearla, hacerla arquearse… pero recién operado y con su actitud, no me atreví a hacer nada más que mirar.

Dos semanas después fue la despedida de Javi. Y pasaron cosas muy raras.

Los invité a cenar a El Mar. Sabía que a Javi le hacía ilusión y solo éramos un puñado de amigos sin nada en común, así que pensé que unas buenas botellas de vino y comida estrecharían lazos. Yo no pude sentarme a cenar con ellos, pero estuve muy pendiente. Después de los postres nos tomaríamos juntos una copa y saldríamos hacia el local donde el hermano mayor de Javi se había empecinado en alquilar un reservado. Yo les intenté explicar que no veía al novio muy de ir a una discoteca a intentar ligar en plan «aprovecha ahora, nena, en un mes estaré casado», pero nadie me hizo caso. Ni siquiera Amaia, que insistía más que nadie en que lo lleváramos a algún sitio a ver tetas.

Una de las veces que salí con intención de preguntarles si todo iba bien, me choqué con Carol, que venía de la zona de salida hacia el salón. No pintaba nada allí; su mesa era, probablemente, la más alejada.

—¿Qué haces? —le pregunté sin protocolo.

—¿Camisa nueva?

Me miré confuso. Desde que Javi me dijo que probablemente Carol estaba intentando acercarse aprovechando la ausencia de Martina, yo andaba bastante esquivo y seco. Casi como «mi mujer» conmigo.

—Eh, no. No es nueva. ¿Qué haces aquí?

—No te enfades. Me dijeron que hoy tienes la despedida de soltero de un amigo aquí y quise echar un vistazo. Las chicas dicen que el novio está bueno.

—No es mi tipo. —Le sonreí.

—Está bueno.

Me reí porque si era un intento de ponerme celoso, no estaba surtiendo efecto.

—Yo hoy también salgo —anunció.

—Así me gusta. —Le guiñé un ojo—. Disfruta la vida. Luego vienen los pañales.

No sé por qué cojones lo dije. Me pasé diez minutos llamándome gilipollas por dentro. Aquello supongo que la alentó.

El garito al que fuimos era una de esas discotecas de moda en una zona pija de la ciudad, cerca del Bernabéu. No creo que haya nada del mundo que me pegue menos, pero era la despedida de un amigo y yo no tenía mucho más que opinar. Éramos un grupo bastante heterogéneo de chavales de entre veintimuchos hasta los cuarenta y pocos. El tal Raúl que trabajaba con Sandra era tímido, pero se animó cuando le obligamos a beberse un par de chupitos. Imitaba muy bien a Sandrita y nos echamos unas risas. El hermano mayor de Javi estaba desatado: bajito, fondón y medio calvo…, la antítesis de Javi que, aunque soy hetero, es un tío bastante atractivo. Un par de amigos de la universidad con unas lamentables ganas de meterla en caliente y el jodido Mario Nieto, que había sido el amor platónico de su futura mujer durante años. Javi, tío, tienes los cojones blindados. Por esas cosas me caía tan bien.

Nos habíamos unido mucho en los últimos meses y estaba orgulloso de sentirme su mejor amigo dentro de aquella cuadrilla más parecida a la pandilla basura que a cualquier otra cosa.

A ninguno de los dos nos gustaba el ambiente de la discoteca, pero cedimos por el grupo. Soy de los que piensa que, al final, las despedidas de soltero son más la excusa de los amigos para salir y desmadrarse que algo para el novio. Y Javi no sentía ninguna necesidad de desmadrarse, pero pedimos unas botellas. Y una ronda de chupitos.

La música era machacona y agobiante, así que pronto sentí la necesidad de salir a fumar. Nadie me acompañó porque era el único del grupo con el vicio. Javi se ofreció, pero le dije que volvería enseguida. Fumé un pitillo a toda prisa y escribí a Martina, que contestó rauda y veloz diciendo que estaban bien y que podía volver todo lo tarde que quisiera. Entendí su disgusto cuando, semanas antes, yo la animé a hacer lo mismo en la despedida de Amaia; lo que me hubiera apetecido es que me hubiera pedido que volviera.

Cuando entré de nuevo, el ambiente de la discoteca estaba mucho más animado; no cabía un alfiler entre tanto cuerpo agitándose. Sonaba un tema de R&B moderno y las niñas se contoneaban en sus faldas estrechas y cortas. Subía al reservado cuando escuché una voz gritar mi nombre. Gritar, en mayúsculas. Me giré y vi a una chica con el pelo rubio y azul saludarme con la mano. Arqueé las cejas. No la conocía de nada, pero señaló a su lado, donde atisbé a ver una melena verde sirena que ya me iba sonando un poco más. Me costó un par de minutos llegar hasta donde estaban. Era un grupo de cinco chicas modernas, guapas, que estaban trayendo de cabeza a todos los tíos de alrededor y entre ellas, Carol. ¿Cómo era posible? Aquel no era el tipo de local que elegiría alguien como ellas.

—Qué casualidad —le dije, inclinándome para hacerme oír.

—Y que lo digas.

—¡Pues sí que está bueno! —escuché decir a una de sus amigas.

—¿Qué hacéis por aquí?

—El camarero es colega. Nos invita. —Me miró con una sonrisa aderezada por alguna que otra copa de más tragada a toda prisa—. ¿Qué tal?

—Bien. Bueno…, estos sitios me aburren un poco.

—¿Y si le toco el culo? —Se rio otra de sus amigas.

—Ya vale —les pidió, apartándose de mí un momento.

—Tengo que volver o mandarán al hermano del novio a buscarme y me ganaré una ronda de chupitos de castigo —bromeé—. Pásalo bien.

—Vale. Adiós.

Me despedí con un gesto de las demás y volví al reservado. Javi, apoyado en la barandilla, me recibió con una sonrisa.

—¿No se supone que el que tiene que ligar aquí es el novio?

—Una de ellas trabaja en El Mar —le aclaré.

—¿Es…?

—Sí —asentí con una sonrisa.

Carol no me gustaba, aunque era joven, guapa y tenía un cuerpo espectacular cubierto por tatuajes coloridos de los que años antes me la hubieran puesto bien gorda. Bueno, una noche me la pusieron, pero era cosa del pasado. Pero…, joder, ¿a quién no le halaga gustarle a alguien atractivo?

—La tienes loca.

Me reí y le animé a unirnos a los demás. Nos acomodamos en el sofá y servimos más copas de la botella que teníamos enfriándose en una cubitera. Varios amigos de Javi intentaban convencer a unas chicas para que subieran a hacernos compañía y recé porque no se les cruzara por delante Carolina. Y allí estábamos cuando una señorita morena subió por las escaleras sola. Iba subida a unos zapatos de tacón altísimos y llevaba una gabardina negra corta que no dejaba ver ninguna ropa debajo.

—Hola —nos saludó coqueta—. ¿El novio?

Javi me señaló a mí. Yo a él. Estaba claro. Alguien no había cumplido con su palabra y allí estaba la *stripper*.

—¡Cabrones! —gritó Javi cuando se le acercó y lo obligó a tomar asiento en medio del sofá—. ¿Quién ha sido?

—¡Has sido tú fijo! —le dije muerto de risa al hermano.

—¡Qué va! ¡Has sido tú!

Mientras todos los demás se vinieron arriba (excepto el novio), yo me dije que lo mejor era poner pies en polvorosa, pero Javi me agarró de la muñeca y me amenazó con una muerte horrible si le dejaba tirado. Creí que a Mario Nieto le daba algo. No se le veía muy familiarizado tampoco con el tema. Una cargante canción electro latino empezó a sonar y ella se contoneó. Javi cerró los ojos.

—¡¡Cabrones!! ¡¡Amaia me va a matar!!

—¡¡Disfruta, machote!! —gritaron sus amigos.

La chica, que no tendría más de veinte años, se despojó de la gabardina dejando una especie de disfraz de colegiala y dos melones…, perdón…, DOS MELONES, enormes. Enmudecimos todos, excepto Javi, que gritó como si le estuvieran matando.

—¡Ahhhhh! ¡Por el amor de Dios! ¡¡Dejad que me vaya!! ¡¡Amaia me va a castrar!!

Ella se contoneó, riéndose, contenta de tanta atención masculina. Y joder, me crean bastante rechazo esas situaciones, pero tenía dos tetas hipnotizantes que quedaron más a la vista cuando se quitó la camisa. Movió el culo con la faldita de colegiala, que saltaba en sus caderas dejando ver la parte baja de su trasero y quise apartar la vista, pero no lo hice. Pobre chica, pensé. ¿Ganaría mucho? ¿Quién la habría contratado? Contoneo, falda fuera. Mecagoen… pero ¿eso era un bikini?

—¡¡Sacadme de aquí!! —berreó Javi tapándose los ojos cuando ella se le acercó y se sentó sobre sus piernas.

—No seas tímido.

—¡¡Pablo!! ¡¡Ayúdame!! Amaia va a matarme.

Intenté levantarme, pero él volvió a agarrarme. Con los melones de la stripper en la cara se giró y me amenazó de muerte de nuevo. Me esperaría a que terminara el show y a casa. La chica tiró de los nudos de la parte de encima del bikini hasta desatarlo y Javi contuvo la tela como pudo para que no se le cayera.

—Cielo, cielo…, que no hace falta, de verdad, que yo… soy más de culo.

Imposible no reírse. Hasta ella parecía estar divirtiéndose.

—Cariño…, estas ya están pagadas.

Le agarró las manos y se las colocó en los pechos. Javi berreó, pataleando para quitársela de encima, pero ella se movía a caderazos sobre su regazo.

—¡Soy gay! —gritó Javi—. ¡Transexual! —intentó de nuevo—. ¡No tengo pene! ¡No me gustan las tías! ¡¡Lleváosla!!

Era como ver un exorcismo erótico en directo. Me dolía todo de reírme. Me di cuenta con tristeza que quizá estaba perdiendo la costumbre de reírme así.

Cuando empezó a desatar los lacitos que mantenían la parte de abajo del bikini en su sitio, los amigos de Javi se vinieron definitivamente arriba. Yo no quería ver más, sinceramente; no soy mal tío pero sequía sexual y una jovencita haciendo botar sus melones a mi lado…, mala mezcla. El novio empezó a parecer incómodo de verdad y se acercó a susurrarle algo a la chica. Le escuché intentar convencerla para que no se quitara nada más.

—Nena, en serio. Esto no es lo mío. No te lo quites. No quieres hacerlo. Y yo no quiero que lo hagas.

Esa reacción me hizo apreciarlo más y de paso preguntarme qué habría hecho yo en su situación. La canción se terminó y ella, con la braguita a medio quitar, quedó a horcajadas encima de él, sonriente y enternecida. Le dio un beso en la frente, dejándole la marca de un pegajoso pintalabios fucsia y recuperando las piezas de ropa que había ido dejando caer se levantó. El hermano de Javi abucheó y todos se unieron, pero lejos de sentirse avasallada, ella lanzó besos mientras se ponía la gabardina encima de los pechos desnudos. Javi me miró con cara de circunstancias.

—Te juro que no fue idea mía —me disculpé.

—Ah, cariño. —Ella se volvió a acercar y se inclinó en su oído a susurrarle algo.

Pensé que le habría gustado y que estaba intentando darle su número o algo así, hasta que vi la expresión de Javi cambiar por completo hasta dibujar una sonrisa lobuna.

—Será hija de puta. —Se rio.

Ella le guiñó un ojo y se marchó. Lo vi clarísimo al momento.

—Ha sido Amaia, ¿verdad?

—La misma. —Javi se revolvió el pelo y se rio—. Me voy a casar con la tía más loca de todo el puto mundo.

Y con la que más le quería. Le palmeé la rodilla y le dije que me iba. Asintió. No me pidió que me quedara más porque sabía que cada minuto allí era una pequeña tortura para alguien como yo. No quise dar más explicaciones al resto y me despedí con la mano, agarré el abrigo y haciendo caso omiso de las quejas del grupo, bajé por las escaleras en busca de la salida.

Ya me veía entrando en casa en busca de Diego y Martina cuando una mano me interceptó al pasar cerca de la barra. La propietaria lucía, cómo no, una bonita melena verde sirena.

—Me voy —le dije inclinado en su cuello para hacerme oír.

—¿Ya? ¡No! Quédate.

Iba borracha.

—No puedo. Y no quiero. —Sonreí—. Estos sitios me horrorizan. Quiero meterme en la cama. —Vi cómo se humedecía los labios en un gesto casual y me puse nervioso—. Con mi mujer.

—No es tu mujer —balbuceó.

—A efectos prácticos sí —insistí—. Y estoy viejo. Solo quiero cama, mi mujer y mi bebé.

Puso un gesto de disgusto y colocó su copa casi vacía en la barra que tenía detrás.

—Venga. Esta canción. Quédate solo lo que dure esta canción.

—No —negué—. Pero ¿dónde están tus amigas?

—Por ahí.

—¿Estás bien?

Hizo un puchero.

—Baila conmigo esta canción, venga.

—Me tengo que ir. En serio.

—¿En serio? —se burló. —Ven aquí.

Sus manos agarraron mi cinturón y me pegaron a ella. Iba subida a unos tacones de infarto, con lo que la diferencia de estatura no se notaba tanto. Su boca quedó a la altura de mi barbilla.

—Un baile —mendigó.

Se giró, se pegó a mi bragueta y se contoneó casi como lo había hecho la señorita con Javi minutos antes. Pero… ¿qué narices…? Me aparté. Ella se giró de inmediato en busca de mi cara y nos mantuvimos la mirada unos segundos. Negué con la cabeza.

—No, Carol. No lo intentes.

—Me encuentro mal —me dijo frotándose un ojo—. ¿Me llevas a casa?

—He venido en taxi.

—Vale, vale. Entiendo.

Trastabilló y la alcancé del codo antes de que terminara en el suelo. No quería hacerme cargo de la responsabilidad de sacarla de allí, pero ¿qué iba a pasar con ella si la dejaba allí sola? ¿Algún listo se aprovecharía? No puedo soportar esas cosas, así que chasqueé la boca y la agarré de la cintura para conducirla hacia la salida. Tiró de su abrigo, que había dejado sobre una banqueta, y me siguió a trompicones. Nos costó un mundo llegar a la puerta, que parecía alejarse un metro por cada paso que nosotros dábamos. Carol andaba torpe, risueña, saludando, agarrada a mí, mucho más cerca de mi piel de lo que me parecía correcto. Me pregunté si no tendría un puto imán en el culo para los problemas.

Cuando salimos una bofetada de frío nos atizó en la cara. A ella se le puso la piel de gallina. Y los pezones duros debajo de la licra. Dios, ¿por qué me castigas?

—Ponte el abrigo —le pedí.

—Dame un pitillo.

—El abrigo. Póntelo primero.

—Ay, joder, qué pesado…, ¡pónmelo tú!

—Carol. No tengo ganas de juegos. Te lo digo en serio. Ponte la chaqueta.

Obedeció y me suplicó que nos fumáramos un cigarrillo a medias; cedí. Me coloqué un pitillo entre los labios y lo encendí con mi zippo; di dos caladas hondas y se lo pasé.

—Para ti.

Llevaba las uñas pintadas de rojo, cortas y un anillo con forma de calavera mexicana, como la que tenía tatuada en uno de sus muslos. Sus dedos agarraron el pitillo y lo acercaron a sus labios pintados de un color intenso. Miré mis botines y tragué saliva.

—Gracias —dijo y se atrevió a juguetear con los botones de mi camisa.

—Tengo prisa.

Y miedo. Y ganas de meterme en la cama con mi mujer. Vete a tomar por culo, Carolina, no es momento de ponerme en esta situación. Aproveché que me cogió de la mano para tirar de ella hacia la fila de taxis que esperaban en la entrada; abrí la puerta de uno y la deposité dentro con cuidado. No sé si fue por voluntad propia o por torpeza, pero empezó a deslizarse por el asiento en posición horizontal.

—Carol, por favor —y lo dije con un hilo de voz tan débil que me asusté.

Me incliné para sentarla de nuevo y abrocharle el cinturón, pero tiró de mi camisa entre risas y me caí encima de ella. Muy encima de ella. Se terminaron las risas para los dos. Sus tetas debajo de mí, apretadas bajo mi pecho. Se arqueó un poco. Olor a mujer; Pablo, calma. Los huesos de la cadera marcados, así, boca arriba, clavados en mi cintura. Centésimas de segundo. Movió las piernas y una se enredó en mi gemelo. El hueco mullido y caliente de su sexo encajó en mi bragueta. Joder. Sentí el calor de su aliento en mi cuello.

—Llévame a casa —gimió.

Martina.

Me levanté ante la atenta mirada del taxista, que parecía curado de espanto.

—Vive en Santa María de la Cabeza, pero no sé a qué altura. Por favor, asegúrese de que entra en el portal. —Le di un billete de veinte y le pedí que se quedara con el cambio por las molestias.

—Pablo… —gimoteó Carol.

—Esto no ha pasado.

Cerré de un portazo. Después, avergonzado, acomodé la erección dentro de mis pantalones y cogí el siguiente taxi de camino a casa, donde me esperaba Martina fingiendo estar dormida.

54

Pablo llegó cerca de las cuatro de la mañana a casa. Estaba molesta con él pero sabía que no tenía razón para estarlo, porque yo misma le había animado a quedarse cuanto tiempo le apeteciera en la despedida de Javi. Pero me cabreaba saber que él podía hacerlo y yo no. Pablo estaba cómodo en casa, con su bebé sobre el pecho desnudo, acariciándole las orejas y hablándole a media voz y seguía siendo él si salía de casa. Era yo la que lo estaba haciendo mal en todas partes, porque ni atinaba a ser madre ni a ser persona.

Como no tenía nada agradable que decir..., fingí estar dormida.

No se tambaleaba, pero tampoco estaba sobrio del todo. Pasó por el cuarto de baño antes de venir a la cama y lo escuché lavarse la cara, las manos y los dientes. Habría fumado más que de costumbre. Casi sonreí cuando recordé aquella fiesta en la que Amaia y Javi se besaron por primera vez y nosotros nos conocimos un poco más a fondo. Parecía tan lejana como si hubiera sucedido durante nuestra adolescencia. Se paró frente a la cama al salir y se desnudó tan lentamente que tuve que apretar los muslos para acallar la llamada palpitante de mi apetito. No dejaba de pensar en él y en mí, desnudos, sudando, jadeando. Sin tener que preocuparnos del condón. Abiertos al otro. Gozando. Pero cada vez que él se acercaba a mí con intención de intimar…, yo me cerraba, aunque mi cuerpo opinara algo diferente. Se asomó a la cuna antes de meterse en la cama. Olía al jabón de manos de Sabon para hombres. Joder. Me ponía muy perra aquel olor.

—Martina —susurró—. Ya estoy aquí.

—Mmm —respondí.

Besó mi cuello y me dijo que me había echado de menos. Si yo me hubiera girado hacia él nos hubiéramos besado y esas manos grandes y algo ásperas me hubieran envuelto para abrirme a él, a su sexo, a nuestro orgasmo pero… no lo hice.

Me desperté a las ocho y media. Era domingo. Pablo solía despertarse antes que yo, pero esperaba en la cama conmigo hasta que me levantaba. Claro que normalmente no llegaba a las cuatro de la mañana con una buena dosis de whisky en el estómago. Me levanté al escuchar el primer sonido de Diego y lo encontré en la cuna, cogiéndose los pies. Sonreí.

—Hola —le susurré muy bajito—. Buenos días.

Lo cogí en brazos y olí su piel mientras él se apoyaba en mi hombro. Y allí, de pie, me giré a mirar a Pablo, que dormía bajo el edredón de plumas sin camiseta. Las dos golondrinas coloridas de su pecho se asomaban destacando en su piel y el color blanco de la colcha. Dios…, estaba increíble. El pelo revuelto, que necesitaba un buen corte, se desparramaba sobre la almohada y tenía los labios un poco entreabiertos.

—Mira, Diego. Así serás de mayor —musité.

Estuve dándole vueltas a aquella imagen mientras le daba el pecho sentada en una mecedora en la que sería su habitación.

Deseaba tanto acercarme, besarle, despertarle con los labios y quizá hasta con la lengua y que lo primero que hiciera conscientemente fuera sonreír…, me sentía lejos de él casi por voluntad propia, como si una voz dentro de mí quisiera tenerlo cerca pero mis pies corrieran en dirección contraria. Pero lo quería. Lo quería casi más que antes de tener a Diego. Ver al Pablo padre me había ayudado a dibujar el mapa del hombre que era él en realidad. Era fiable, un hogar. Y yo…, ¿qué era?

Hice de tripas corazón. Tenía que hacer el esfuerzo de acercarme, me dije. Ya bastaba de hacernos sufrir por un miedo al que no sabía darle nombre ni forma. Así que cuando Diego volvió a dormirse, fui de nuevo a la habitación, lo dejé en la cuna y me acerqué a la cama. La camisa que se había quitado la noche anterior se resbaló de la cómoda y cayó al suelo dibujando en el aire un sonido sinuoso cuando pasé junto a ella y me acerqué a recogerla. Sobre el tejido blanco con rayas negras destacaban tres cabellos de color turquesa profundo. Le miré de nuevo, dormido con aire inocente y extraje un pelo de la tela, lo miré con detenimiento y después acerqué la camisa a mi nariz. Olía a él, a Pablo, a su perfume, a su piel y a… algo que no era él. Ya no sé si me lo imaginé o ese aroma estaba realmente allí; solo sé que una bola de algo que no podría definir se armó caliente en la boca de mi estómago. El cuello de la camisa estaba manchado de maquillaje. La dejé caer de nuevo al suelo y me acerqué a la ventana para subir del todo la persiana. Un haz de luz se clavó en la cama y él pestañeó y emitió un sonido de protesta.

—¿Qué hora es? —preguntó con la voz más grave y rasposa.

—Las nueve y media.

—Joder. —Se incorporó—. ¿Se ha despertado ya Diego?

—Sí.

Cerré los ojos de espaldas a él y cogí aire.

—Oye, Pablo…, ¿anoche…?

—Fue un poco de locos. —Se frotó la cara y resopló—. La loca de Amaia le contrató una *stripper* a Javi y se le despelotó en las rodillas. Creíamos que le daba un infarto.

Respiré hondo. Seguro que llevaba una jodida peluca verde de sirena, Martina, tranquila.

—Casi le vimos el higo. Qué horror. —Se dejó caer sobre la almohada—. Fue una noche inquietante. Nos faltó una banda rosa con purpurina de «amigos del novio». Terrible.

—Bueno…, una noche de chicos de vez en cuando no está mal, ¿no?

—Mmm —murmuró—. Me encontré a Carol.

Tragué y cogí su ropa del suelo.

—Ah, eso explica por qué en tu camisa hay pelos verdes y manchas de maquillaje.

Se quedó callado y me giré a mirarle con una sonrisa falsa en los labios. Se apartó el pelo de la cara y encogió las piernas.

—No sé qué te estás imaginando, pero no pasó nada raro.

—No he dicho que pasara.

Suspiró y dejó caer las manos en su regazo.

—Martina, tú y yo deberíamos hablar.

—Estamos hablando.

—Hablar de verdad, no lo que llevamos haciendo desde que nació el niño.

Me precipité a salir de la habitación, pero Pablo salió de la cama y me cogió la muñeca. Al girarme, hola, allí estaba, una erección marcada en su ropa interior. Una llamarada de ira me subió por el esófago.

—¿Se puede saber qué te pasa? —escupí—. ¿Es que no puedes dejar de pensar con la polla?

Frunció el ceño y se miró.

—Martina, es una puta reacción natural que no controlo. ¿Puedes tranquilizarte un segundo?

—¿No lo controlas? ¿Lo supiste controlar anoche con Carol o no?

—Estás loca.

Si me hubiera llamado cualquier otra cosa me hubiera sentado mal, pero estoy segura de que no hubiera sentido una jodida puñalada en la boca del estómago. Loca, para mí, significaba muchas cosas: mala madre, compañera de mierda, amante inexistente, desequilibrada, triste, gris, inútil. Todos mis miedos cabían bien ajustados dentro de aquellas cuatro letras, condensando el horror de sentir que desde que nació Diego yo no terminaba de encajar en ningún sitio. No conseguía ser una madre amorosa, dedicada y perfecta, como las que llenan los blogs y los malditos tablones de Pinterest. No lograba ser una compañera para Pablo, como la que había sido o prometía ser cuando lo nuestro empezó. No alcanzaba a reencontrarme con la profesional inquieta y proactiva que fui. Llevaba sin cocinar meses. Solo amamantaba, me preocupaba, lloraba y me preguntaba cuándo llegaría el momento en el que Pablo se cansara y me dejase.

Cogí aire y salí del dormitorio. El llanto histérico de Diego resonó en la habitación, como el maullido desesperado de un gato. Pablo chasqueó la lengua contra el paladar y lo escuché acudir a la cuna.

—No pasa nada, mi vida. Ya está.

Yo necesitaba desesperadamente acurrucarme en sus brazos y escuchar aquellas mismas palabras pero un muro me lo impedía. Los barrotes detrás de los que viví un día al menos me dejaban otear el exterior, sacar la mano, ver el sol que bañaba a otra gente. Pero sin saber de dónde salieron todos aquellos ladrillos, ahora estaba atrapada detrás de algo que yo ayudé a levantar y que no me permitía saber ni siquiera si era de noche.

Pablo hizo muchos esfuerzos aquel día. No. Lo reconozco; Pablo hacía esfuerzos constantes pero yo los percibía amortiguados por mi forma retorcida de ver la nueva realidad. Era una verdad en la que yo nunca llegaba a hacer nada bien, no era lo que se merecían y me mantenía a su lado como un lastre insistente y decepcionante para los demás y para mí misma. Lloré. Ya ni siquiera recordaba los arranques de dignidad que me impedían llorar amargamente delante de otras personas en el pasado. Ahora solo lloraba y lloraba y me desbordaba pero las lágrimas en lugar de vaciarme, me llenaban más de aquella sensación asfixiante.

—Necesitas ayuda —susurró Pablo cuando me descubrió empapada en lágrimas—. No sé cómo hacer que te sientas mejor. Martina, es normal. Le pasa a muchas mujeres. Solo déjate ayudar.

No respondí. Sus súplicas me llegaban distorsionadas y terminaban vocalizando la palabra loca. No eres lo suficiente. Estás loca. No estás sabiendo disfrutar ni siquiera de tu bebé. Tu hijo. Un puto regalo que es perfecto. No se merece una madre de mierda como tú. Eres una decepción constante. Fría. Sin color. Sin sabor. Muerta.

—Ya basta, Martina —rugió Pablo, cansado de que ni siquiera escuchara o respondiera—. Entre Carol y yo no hay nada. Vuelve ya de una jodida vez del mundo paralelo que te has montado en el que yo te engaño y tú no sirves de nada.

Me abrazó a la fuerza y yo me peleé por no tocarle, por no rozar su piel. Me preguntó al oído mil veces qué estaba haciendo mal y todo lo que me venía a la cabeza eran imágenes de él haciendo todas esas cosas que yo no lograba ejecutar. Él, sin camisa, tumbando a Diego desnudo sobre él, hablando sobre libros que contaban cómo crear vínculos entre el padre y el hijo. Pablo susurrando cosas sobre el olor calmante de los padres, de la reverberación de la voz en el pecho. Susurrando en mi oído que le encantaba mi piel, besando detrás de mis orejas. Llenándome la bañera. Dejándome preparada la comida, la cena, ayudándome a ser la madre que yo tendría que aprender a ser por naturaleza. Yo estaba deteriorada, dañada, rota, averiada; yo era un ente inservible, descompuesto, corrompido… y ellos no lo merecían.

—No puedo —conseguí balbucear—. No puedo, Pablo. Y me mata.

—Sí que puedes. No te convenzas de lo contrario. Apóyate en mí y yo lo haré en ti.

Me dijo que me quería. «Te quiero más que al mar», pero yo no pude contestar. Después, ante la ausencia de respuesta, me pidió que me tumbara, que descansara, que durmiera. Me pasé el día tirada en la cama, sintiéndome mal por no estar prestándole a mi hijo la atención que necesitaba, incapaz de poder prestársela. Y Pablo, el mismo hombre que me regaló un anillo del color del mar que decía que nos casó, terminó cediendo y tumbándose a mi lado para compartir un silencio que no se merecía y que lo rompía y lo mataba poco a poco.

Me pregunté qué habría pasado con Carolina la noche anterior pero lo que me preocupaba era que ella pudiera en el futuro ofrecerle una solución al problema que yo era. ¿Qué hablarían? ¿Se reirían? ¿Estaría guapa? ¿Cómo olería? ¿Habría conseguido dibujarle esos hoyuelos perfectos a Pablo con una sonrisa?

Por la noche, Pablo bajó y volvió con un sándwich para los dos y un gesto amable. Diego había jugado con sus pies entre los dos, sobre una mantita, y después había mamado hasta hartarse, demandó un cambio de pañal y se durmió. Era un niño tan fácil…, que no me lo merecía.

—¿Estás mejor? —me preguntó Pablo dejándose caer a mi lado.

—Lo siento.

—Perdóname por llamarte loca.

Sonreí al pensar que al menos él sabía por qué debía pedir perdón. Mis faltas eran una masa informe y oscura.

—Martina…, esto me está recordando a cosas que no quiero repetir. Y tenemos que hablar. Solucionarlas.

Asentí incómoda. Malena. Yo ni siquiera era el primero de sus problemas, ya había pasado por allí. Sentimientos de segunda mano, experiencias usadas y manoseadas por otra que hasta siendo peor que yo supo llenarle durante más tiempo.

—¿No te estoy prestando suficiente atención? —me preguntó—. ¿Sientes que doy demasiado de mí al trabajo o al niño?

—No.

—Quiero serte sincero y… —Se sentó abrazando sus rodillas al pecho y miró al frente en la semipenumbra del dormitorio, incómodo—. Quiero decirte que no entiendo tus celos cuando eres tú quien me rechaza sistemáticamente. Yo no quiero acostarme con Carol ni con ninguna otra… pero contigo sí. Y no es por sexo…, no solo es por sexo. Es que tú y yo hablábamos…, nos comunicábamos con él.

—Mi cuerpo…, periodo de adaptación… —no logré formular una frase con sentido.

—Tu cuerpo está preparado. Han pasado dos meses y medio desde el parto, tus puntos han cicatrizado bien y ya has pasado la cuarentena. No es tu cuerpo, Martina. Es tu cabeza. Me has bloqueado.

—No es eso.

—Sí lo es. No te toco desde…, desde hace mucho. Y no me importa esperar para hacerlo, pero quiero estar seguro de que esto no es la parte visible de un problema que hacemos como que no existe.

—Yo… no soy yo.

—¿Quieres… hablar con alguien? Quizá te venga bien.

—No —negué—. Quiero volver a mi vida normal.

—Ya no hay vida normal a la que volver. —Me miró y me sorprendió la crudeza de sus palabras—. Pequeña…, esta es nuestra vida ahora.

Me horrorizó aquella certeza. No habría más vida más allá de la obligación y la decepción de no dar de mí. Porque volvería al trabajo que tanto añoraba, pero mi bebé no estaría conmigo. Y cuando estuviera con Diego, no estaría en el trabajo. Y así siempre.

—Pero…, mi amor… —Pablo me obligó a mirarle, preocupado—. Estamos aquí para devolverle sentido a la vida. Para hacerla de nuevo a nuestra medida. Como cuando pasábamos las mañanas en mi piso y nos olvidábamos de lo demás.

—Era el comienzo.

—Éramos nosotros.

A veces los recuerdos se vuelven confusos. Se ensalzan y te hunden, como si su fuerza de subida hacia la idealización te empujara hacia abajo. Y se tiñen de un color anaranjado, cálido, feliz, que lo envuelve todo. Como el color de las hojas que caen de los árboles en las películas, que nunca son como en la realidad. Y así, un Pablo y una Martina mejores eran felices allá arriba, como quizá no lo fueron. El sexo. Los abrazos. Los jadeos encadenados en mi garganta, donde su lengua dejaba una huella húmeda.

Me erguí y me quité la chaqueta. Me arrodillé en la cama, delante de él y me quité la camiseta. Sus ojos me estudiaron con curiosidad. Sentí mis pechos pesados dentro del sujetador y me flaquearon las fuerzas porque no me sentía orgullosa de mi cuerpo. Eché las manos hacia atrás, para desabrochar el sostén, pero él me paró.

—No quiero. Así no, mi vida. Esto no es pagar un peaje.

—Pero…

—Yo te quiero —me dijo acercándose y dejando un beso en mis clavículas. Buscó un hueco en mi cuello y dejó sus labios allí—. Y te deseo. Pero quiero sentirte en los brazos. Que te arquees. Que gimas conmigo y que te corras antes incluso de haberlo hecho. Así no, pequeña. Cuando vuelvas.

55

No mejoró, pero miré a otro lado. Se casaba mi mejor amiga, así que al menos tuvimos excusa. Podía estar pendiente de otras cosas y permitirme el lujo de hablar con Pablo de asuntos prosaicos que nada tenían que ver con nosotros. Como el vestido. Qué drama y... qué agradable hacer una tragedia de algo tan frívolo y olvidarme de los problemas reales.

Amaia fue muy buena conmigo y sacó una tarde libre de su apretada agenda de novia para acompañarme a buscar vestido. Las pocas piezas de ropa de fiesta que contenía mi armario no me entrarían ni sometiéndome a una liposucción. Bueno, así sí, pero no iba a hacérmela, así que mejor olvidar la horrible sensación del esfuerzo de Pablo al intentar subir la cremallera de uno de ellos.

—Pequeña, esto está anticuado. Sal a comprarte algo con las chicas. Yo me quedo con el enano.

No le pregunté si lo que pensaba ponerse él estaba o no pasado de moda porque probablemente no iba a gustarme y además, él no tendría ningún problema en abrochar nada.

Así que me despedí de Diego con un mimo sigiloso y me fui con Amaia.

Sandra no pudo hacer coincidir su calendario de mujer súbitamente enamorada con los nuestros, así que se disculpó aduciendo que ella ya tenía vestido. Claro, de eso estaba segura; llevaría algún trapito brillante y espectacular que su bonito cuerpo ensalzaría hasta el infinito. Cuando me vi a mí misma ojeando percheros, tuve la tentación de decirle a Amaia que tenía cagalera y volver corriendo a casa a ponerme el pijama y amamantar a mi hijo, que parecía ser lo único que se me daba medio bien en las últimas semanas. Pero no..., me había sometido a la tortura del sacaleches para dejarle dos biberones a Pablo, que seguro que se la daría con más gracia.

—Es todo feo —le dije a Amaia con el morro arrugado.

—Hay cosas muy bonitas. ¿Por qué no te pruebas este?

Señaló un vestido rojo. La miré como si estuviese loca.

—Amaia, quiero ser la invitada, no una boya de playa.

—Eres gilipollas. ¿Yo sonaba así de imbécil cuando me metía conmigo misma? ¿Y este?

—¿Azul cielo? Estás loca.

—Joder, Martina..., dime un color que quieras ponerte y pónmelo más fácil.

Estaba muy bonita. Había recuperado color en el último mes y parecía estar siempre maravillosamente ruborizada. Y feliz. Cuando se lo dije ella confesó con sencillez que se había reencontrado con la Amaia enamorada.

—Javi me ama y yo mantengo contenta a Xena, la princesa guerrera.

Preferí no saber a qué coño se refería con eso.

Seguimos mirando vestidos. Yo buscaba los colores oscuros como el azul marino o el negro, porque no me sentía cómoda llamando la atención en la boda de mi mejor amiga. Bueno, ni en ninguna otra situación. Y más con mi cuerpo. Había perdido parte de los kilos engordados en el embarazo pero unos cuantos se habían quedado allí adosados, repartidos en caderas, vientre, brazos y muslos. Pablo no daba muestras de darse por enterado y seguía mirándome como si quisiera pescarme y atraerme a él, desnuda y preparada para el sexo.

Perdí la cuenta de los vestidos que me probé. Amaia decía de todos que eran de abuela y no puedo quitarle la razón porque entiendo poco de ropa. Pablo parecía ser mejor que yo hasta en eso. Podías estar de acuerdo o no con su estilo pero a su manera siempre acertaba. Y siempre estaba guapo y auténtico; no podía evitar odiarle un poco cuando se abrochaba los vaqueros más ajustados del mundo y lucía piernas.

Paseamos por todo el centro de Madrid; Amaia empezaba a desesperarse y yo estaba desencantada. Así no íbamos a conseguir nada, lo sabía. Hasta que pasamos por delante de una tienda de ropa interior y Amaia me propuso empezar por abajo.

—¿Y si te compras unas bragas poderosas? Seguro que luego todo pinta diferente.

La moda no va conmigo, pero siempre he tenido cierta inclinación hacia la ropa interior exuberante. Quizá porque desde que di el estirón me acompañan dos buenos melones que, por cierto, estaban exultantes y llenos de leche. Pensé en meter mis dos calderos en un sujetador sin ventanuco para amamantar y me animé un poco, pero luego me dije a mí misma que no era nada práctico.

—Aquí no tienen nada para lactantes —dije.

—Pero eso está bien —sentenció cogiéndome del bracillo y entrando en Intimissimi.

Amaia se vino arriba. Dijo que una recién casada tiene que estar preparada para su luna de miel y me dejó tirada en mitad de la tienda para irse al probador cargada de sostenes. Yo me paseé por allí, acariciando los tejidos y acosada por la mirada de las dependientas. Acabé en un rincón, esperando a que Amaia saliera para poder irme. Estaba segura de que mis tetas no cabrían en ninguno de sus modelos y, si lo hacían, tampoco encontraba sentido a gastarme dinero en algo así, porque no iba a lucirlo con descaro delante de Pablo, como hice en el pasado.

—Joder, Marti, qué tetorras me hacen. Creo que me los voy a llevar todos.

Puse los ojos en blanco y del probador de al lado salió una chica joven con un sujetador con un tejido que imitaba al cuero y de copa casi inexistente… y el pelo verde sirena. La puta. Con lo grande que es Madrid y lo llenas que están las tiendas a todas horas, ¿por qué cojones me tenía que encontrar a Carol?

—Hola, Martina —me saludó algo cortada, intentando disimular lo que tenía en las manos. ¿Planeaba lucirlo delante de mi novio?—. Qué sorpresa. ¿Qué tal?

—Bien. Con una amiga.

—¿Qué tal el enano?

—Muy bien. Muy redondito. —Sonreí al acordarme de Diego—. Pablo cree que es un prodigio porque el otro día acertó a hacer palmas.

—Ya, sí. Me lo contó.

Me lo contó. No nos lo contó. No. Me lo contó a mí, que soy mona, estoy delgada, trabajo con él codo con codo en esa cocina que tú dominabas pero en la que seguro que habrás perdido práctica. Le manché de maquillaje la camisa porque estaba lo suficientemente cerca como para hacerlo. Rechiné los dientes. Amaia salió justo en ese momento y se nos quedó mirando.

—¿Qué? ¿Haciendo amigas?

—Esta es Carol. Es compañera de El Mar.

Se dieron dos besos y Carol empezó a dar muestras de estar violenta en mi compañía. Antes no era así. ¿Qué habría pasado? ¿Se la habría chupado a Pablo en el cuarto de baño? ¿Se lo habría follado sobre la mesa de su despacho?

—Te reincorporas pronto, ¿no?

—Sí. Muy pronto.

Y sí, sonó como una amenaza. Nos despedimos con dos besos y cuando se acercó a la caja a pagar, Amaia me miró con una ceja levantada, pero no le di explicaciones como habría hecho cualquier chica en mi situación. Hubiera sido relajante poder compartir con alguien mis paranoias, pero de hacerlo me hubiera visto obligada a explicarle cosas que no estaba preparada para admitir... como que no me acostaba con mi chico desde hacía, así a ojo..., cinco meses. ¿Habría desarrollado Pablo ya la habilidad de chupársela solo?

—¿Qué ha sido eso? —me preguntó.

—Nada. Mira. Voy a comprarme este.

Ni lo miré. Ni me lo probé. Le pedí a la dependienta su talla más grande y le pregunté a media voz si creía que me valdría. Me dijo que sí muy convencida, así que me lo quedé, junto a unas bragas minúsculas y transparentes a conjunto.

Me hervía la sangre, que nadie me pregunté por qué. Carol solo se estaba comprando un puñetero sujetador. ¿Qué mal le hacía a nadie? Pues a mí me jodía. So asquerosa.

Asumí otra actitud en mi búsqueda del vestido..., una bastante furibunda. Le dije a Amaia que me llevase a la mejor tienda que conociera, sin importar el precio. Y ella contestó con un encogimiento de hombros, como si aceptase mi paso a la demencia más profunda.

No sé si fue un flechazo, pero vi el vestido nada más llegar. Era sencillo. Muy discreto. Negro. Ese tipo de vestido que hace sexi a la mujer que lo lleve. Elegante. Le pregunté a Amaia si le importaría que fuese de negro a su boda y me contestó que se pasaba el protocolo por una zona que ella también tenía muy negra. Manga larga, falda hasta la rodilla, ajustado pero favorecedor, el vestido tenía un escote hasta el ombligo cubierto por un encaje de seda negro. En uno de los laterales, a la altura del muslo, un corte también cubierto por el mismo tejido y... llegaba muy arriba. Pedí mi talla y cuando me lo probé..., sencillamente lo tuve claro. Y Amaia estuvo de acuerdo conmigo.

Valía una pequeña fortuna, el muy puto, porque al parecer era de un diseñador que yo no sabía ni que existía. El mundo de la moda es todo un misterio para mí. Estuve mirando fijamente a Amaia un rato, como si ella pudiera ayudarme a tomar la decisión de no escatimar en gastos en un trapo que probablemente me pondría una vez en la vida. Y tenía un hijo; tenía que ser responsable con la economía. Al final pasé mi tarjeta VISA por el lector y el vestido se vino conmigo solo por el placer de sentirme bien ese día. Y de olvidar a la jodida Carolina, a la que en el fondo apreciaba además de odiarla, porque el ser humano es jodidamente subnormal y capaz de estas cosas.

Cuando llegué a casa lo hice con remordimientos de conciencia porque me había gastado mucho más dinero del que pensaba. Cuando Pablo me saludó con el niño en brazos y una sonrisa, le devolví un gesto de culpabilidad.

—¡Bien! ¡Habemus vestido! —exclamó—. ¡¡Bien!!

Hizo botar al niño y este lanzó una carcajadita gorjeante que casi me mató de amor. Mi muro interior no me permitió saltar con ellos, reírme y comérmelos a besos a los dos.

—He gastado demasiado dinero. Debería devolverlo.

—Ah, no. De eso nada. Si lo has comprado será porque lo valdrá, ¿no? —Me callé mi encuentro con Carol, mis ganas de matar sin sentido y la fiebre consumista caníbal e hice una mueca—. Pruébatelo. Queremos vértelo puesto.

—No —solté—. Uhm..., sorpresa.

—Ah. Vale. Sorpresa, Diego. ¿No estás emocionado? —Lo agitó en sus brazos y acompañó una carcajadita con un borbotón de leche agria recorriéndole la barbilla. Después lloriqueó. Y yo escondí la ropa interior nueva.

Normalmente llevábamos a Diego vestido con bodies de rayitas, camisetas de Los Ramones o con dibujos y ropita de ese tipo..., cómoda e informal. Macarrilla, porque a Pablo le encantaban esas cosas. Era como una niña vistiendo a sus muñecas pero en plan «padre *hipster* que uniforma a su miniyo». Pero para aquella ocasión le compramos una camisa blanca, una chaquetita negra y unos pantalones del mismo color. Y para rematarlo, una pajarita que se enganchaba a la camisa, como si la boda de su tía Amaia implicara un *dresscode* que él no podía violar.

No me preocupé por lo que llevaría Pablo porque no tenía ganas de enzarzarme en ninguna discusión estúpida por la elección del estampado de la camisa. Cuando el día anterior a emprender el viaje fue a cortarse un poco el pelo, me alegré de no haberlo hecho. Pablo estaba más cómodo con el pelo greñudo porque cuando quería lo apartaba de la cara o se hacía un moño (maldito el momento en el que le sugerí que podría hacerlo), pero lo hacía por mí. Porque sabía cuánto me gustaba verlo peinado, con sus ondas desordenadas y burlonas rozándole la nuca.

El vuelo fue bastante mejor que la tarea titánica de meter el equipaje en dos maletas de mano, incluyendo todo lo que hace falta cuando viajas con un bebé. Diego se portó estupendamente, el pobre, mérito también de su padre que tuvo una paciencia infinita para tenerlo entretenido durante todo el trayecto, en parte para no tener que oír los besuqueos de Sandra y Germán que se querían exageradamente en los asientos posteriores. Tanto alarde de amor no me generaba mucha confianza..., llamadme mal pensada.

Cuando llegamos al hotel la mandíbula nos tocó el suelo. Era un edificio del siglo XVIII totalmente reformado pero que mantenía el encanto antiguo de la roca y la madera. El interior te acogía con un leve olor a chimenea y estaba rodeado de campos verdes; bajo él serpenteaba un riachuelo. Era precioso. Pablo estaba contento de estar allí, a pesar de que las cosas entre nosotros no fueran especialmente bien y que no le gustase ausentarse de El Mar después de su permiso de paternidad. Se sentía culpable con su negocio como yo con mi hijo; él había encontrado algo que le apasionaba más, que era Diego, y yo no conseguía que se notara esa pasión que compartía con él. Para variar. Me perseguía por todas partes el dolor de pensar que a otros ojos yo era una madre fría.

Nuestra habitación era preciosa. Nos habían colocado una cuna en uno de los rincones, frente a la cama y la ventana de madera que daba al jardín trasero. Papel pintado, piedra, madera... era espectacular y se respiraba tanta paz que... nos contagiamos. Pablo estuvo jugando con el niño encima de la cama mientras yo deshacía el equipaje y una vez me aseguré de que las fundas con nuestros trajes estaban a buen recaudo y sin posibilidad de arrugas de última hora, nos fuimos en busca de los novios.

La boda sería al día siguiente, por lo que habían invitado a una cena íntima en el restaurante del hotel a los más allegados. Estaban radiantes. Tan guapos, tan contentos, tan... enamorados. La noche pasó entre presentaciones y brindis por los futuros novios. Cenamos algo ligero y nos retiramos pronto, porque todos estábamos cansados del viaje. Amaia, sin embargo, estaba demasiado nerviosa para irse a dormir y como Javi no quería ni hablar de que se le colara en el dormitorio que tenía para él solo la noche previa a su boda, nos propuso a Sandra y a mí quedarnos en un banquito del jardín a hablar. Pablo me animó a hacerlo. Nuestro niño se había dormido como si le hubiera alcanzado una cerbatana tranquilizante, el muy santo, y él podría hacerse cargo si se despertaba.

—No os iréis muy lejos. Si quiere teta te llamo. —Me guiñó un ojo y me dio un beso.

Paseamos por el césped húmedo y nos arrebujamos en nuestros abrigos mientras Sandra se fumaba un cigarrillo. Estuvimos en silencio un buen rato, hasta que Amaia pronunció una frase que, supongo, nos había pasado a todas por la cabeza.

—Imaginaos que alguien se hubiera acercado a nosotras en el colegio y nos hubiera dicho: Amaia, tú te vas a casar con un tío que está bueno; Martina, tú vas a tener un hijo con un maldito *hipster* al que casi acabas de conocer y Sandra... Íñigo y tú cero futuro: apunta el nombre de Germán, el de la polla enorme.

—El término *hipster* creo que se acuñó más tarde —bromeé.

—Es verdad..., qué vueltas da la vida —sentenció Sandra—. Cuando una cree que la vida es una mierda..., se te cruza un Germán.

Nos reímos.

—O te da un hijo —murmuré yo.

—Oye, ¿Pablo y tú estáis bien?

Las miré y me encogí de hombros.

—No sé. A ratos no me encuentro mucho en el papel de madre.

—Pero vosotros..., como pareja, me refiero —insistió Amaia.

—Supongo. Acostumbrándonos a la nueva vida.

—Y a la nueva intimidad —sentenció Sandra.

—¿Cómo es follar con un bebé en la habitación? ¿Lo hacéis como ninjas?

No lo hacemos. Sé que él se alivia de vez en cuando, pero yo explotaré de un momento a otro.

—No sé —respondí.

Las dos me miraron un poco confusas y yo miré al frente, a las lucecitas que adornaban el jardín.

—Chicas... —murmuró Sandra—. Yo... tengo algo que contaros.

—No me digas que te has preñado, por Dios santo —exclamó Amaia con una sonrisa burlona.

—No. Qué va. Los niños para más adelante.

—¿Eso es que te lo planteas? —pregunté yo alucinada.

—Nos vamos a vivir juntos.

Amaia parpadeó sorprendida y soltó un «joder» entre dientes. Yo asentí por dentro. Se veía venir.

—Enhorabuena…, supongo —dijo Amaia.

—Menuda emoción —se quejó.

—Te va a sentar fatal pero… ¿no te habrá precipitado el hecho de que Amaia se case, yo haya sido madre…?

—No. Para nada —zanjó—. Sencillamente hay personas que llegan a nuestra vida en el momento adecuado. Y no somos unas crías. Tengo edad de tomar decisiones adultas, como vosotras. Cuando dos personas se quieren y tienen planes de futuro, dan pasos. Este es el primero de muchos. Lo sé.

—Pronto se arrodillará delante de ti en Central Park con un anillo —se mofó Amaia.

—Cosas más raras se han visto. Me ha contado una amiga que una amiga de una amiga suya se prometió en el Rockefeller Center con un tío con el que mantenía una relación a tres. Imagínate…

—Sí, hombre. Y se enamoró de una estrella de rock y terminó viviendo en Toluka Lake —siguió burlándose Amaia.

—Querida…, el amor es ciego y no tiene barreras. La prueba es que tú te casas mañana con un tío que te conoce y, aun así, no ha salido corriendo.

—Hazte así —le hizo un gesto en la barbilla— que te chorrea la gracia, puta.

Me reí.

—Mañana vas a casarte, Amaia. —La miré con ilusión.

—Sí. Sin el vestido de mis sueños pero con el hombre de mi vida.

—Oh, el vestido, el secreto mejor guardado de esta boda —se burló Sandra.

—No, el secreto mejor guardado es cómo has engañado tú al jabato ese para que se ennovie contigo.

—Somos adultas. ¿Os dais cuenta? —pregunté pasando por alto sus continuas pullas.

—Y tanto. La vida ha corrido mucho este último año.

—Ya nos tocaba —afirmó Sandra mirándose la manicura.

Nos tocara o no, allí estábamos, en una posición que no hubiéramos creído si alguien la hubiera vaticinado años atrás. Pero estábamos. Y sintiéndome afortunada, volví a mi dormitorio donde Pablo y mi hijo dormían en posiciones exactas. Abracé a Diego en la oscuridad de la habitación, donde nadie me veía ser torpe con mis emociones y le dejé en la cuna. Después me abrí paso bajo las sábanas y llegué hasta Pablo que, aunque dormido, recibió mi te quiero con una sonrisa.

El día siguiente fue a todo tren. Me negué a ir a la peluquería o a que nadie me maquillase, pero después me arrepentí y le pedí a Sandra que solucionara el desastre de mi pelo y mi piel apagada con todos los potingues que guardara en su neceser…, que eran muchos. Pablo, con tranquilidad, planchó su camisa (transparente y negra para mi total horror) en calzoncillos mientras silbaba «Electric Feel», de MGMT y después se duchó. Yo arreglé a Diego, le repeiné los cuatro pelos que tenía hasta que me dio risa, me vestí y me fui corriendo al dormitorio de Sandra y Germán para que esta me arreglara…, cargando con el niño y rezando porque no hiciera alarde de sus habilidades como regurgitador. Me recibió Germán a medio vestir con un gesto de evidente disgusto que suavizó cuando le anunció a Sandra que ya estaba allí. Esta salió del baño en ropa interior y supuse que le había cortado el rollo. ¿Pablo le hubiera puesto mala cara a Sandra si hubiera llegado con nosotros a punto de follar?

—Hola, nena. ¡¡Mi chiquitín!! Pero ¡qué guapo estás, Diego! Mira al tío Germán, que va a jugar contigo mientras pongo guapa a mamá.

—Sandra… —dijo este—, ¿en serio?

—Ay, cari, la tengo que maquillar y peinar. Será un segundo.

—¿Y qué se supone que tengo que hacer con él?

—No importa. —Cogí fuerte a Diego—. Lo dejamos con nosotras en el baño. Se entretiene solo.

Fulminé con los ojos sin poder evitarlo al tal Germán, todo pelo bonito y buena planta, y pensé que tanto arroz y pollo en el gimnasio lo habían dejado medio tonto. Acomodamos una toalla esponjosa en el suelo del baño y le dimos un cepillo del pelo… Diego, sentadito, gorjeó de alegría. Qué bonita es la vida para los niños; todo sorpresas y colores brillantes.

Sandra fue rápida y efectiva, pero no paró de hablar ni un segundo. Ni siquiera cuando la obligué a ponerse el albornoz porque me inquietaba tanta piel (y tan tersa) al aire. Me peinó con la raya en medio, me planchó el pelo que llegó hasta debajo de mi pecho y lo dejó suave. Después me igualó el tono de piel con una cosa que se llama fondo de maquillaje pero que yo conocía como «pote», me aplicó iluminador en algunas zonas, le di manotazos para que no me pusiera polvos por encima y después con un poco de colorete, eyeliner negro dibujando una mirada felina y un pintalabios rojo, dio por finalizada su obra.

—Estás espectacular —me dijo—. Y me encantan tus zapatos.

En lo único que podía pensar yo era en que el vestido valía más o menos lo que me iba a costar al mes la chica que cuidara por horas a Diego cuando volviera al trabajo y que las bragas se me metían por el culo.

Nos quedaba poco tiempo, así que salí de allí corriendo para que ella terminara de arreglarse e ir a por Pablo. Al entrar en la habitación lo encontré hablando por teléfono a media voz, de espaldas a la puerta.

—Genial. Así quedamos. Un beso, guapa.

Carraspeé y él se giró alarmado.

—¿Quién es guapa?

—Joder —respondió mientras dejaba caer el brazo con el teléfono inerte en paralelo al cuerpo.

Yo pensé lo mismo. Estaba tan guapo que no entendí por qué había dudado de la maldita camisa transparente. No era tan transparente, bien mirado, solo más fina de lo normal. Llevaba un traje negro de corte moderno, entallado, con la camisa y unos botines negros. Guapo a rabiar. Peinado, con el pelo apartado de la cara hacia un lado y los ojos brillándole tan verdes como el anillo que yo había rescatado del joyero y que lucía en mi dedo anular de la mano izquierda.

—Pequeña... —Sonrió—. Estás tan, tan, tan guapa.

—Tú estás... —Me entró la risa.

—La camisa. Odias la camisa. Lo sabía. No te preocupes. Traje otra. Dos más en realidad. Una es... —Se volvió hacia el armario—. Una es negra, como muy negra. Y la otra..., mmm..., tiene corazones blancos, pero es bonita. A mí me lo parece.

Me acerqué a él y le acaricié la cara.

—Ey..., estás guapísimo. Deja de preocuparte por la camisa.

Me sonrió con el ceño ligeramente fruncido, como si mi reacción fuese la última que esperase.

—Pequeña. —Entre nosotros, Diego, colgando de mis brazos, se entretenía tironeando de la solapa de su chaqueta y llamando nuestra atención—. Pero ¡qué elegancia, pequeño Diego! ¡Es usted el pirata más guapo de todo este bodorrio!

Me eché a reír cuando a Diego se le escapó un sonoro pedo.

—Voy a cambiarlo antes de salir.

Me dirigí hacia la cama, pero Pablo me paró y sonriendo me miró de nuevo de arriba abajo.

—Ese vestido vale cada céntimo que pagaste por él, pero eres tú quien lo hace brillar. Te quiero, lo sabes, ¿verdad?

—Sí —asentí, porque en aquel momento tuve la certeza absoluta—. Y yo a ti.

—Tenemos que mirarnos más. —Sonrió.

—Sí. Y ponernos más trajes.

Le guiñé un ojo y acosté a Diego sobre la cama. Él me trajo el cambiador, el pañal y las toallitas.

La boda se celebró en un bosque de bambú que se encontraba en el corazón del jardín. Unas hileras de sillas blancas precedían a un espacio donde Javi esperaba, vestido con un traje negro, camisa blanca y corbata negra. Estaba muy guapo, repeinado, sonriente y muy tranquilo. Nos saludó a todos acompañado de su hermana y nos pidió que nos sentáramos rápido. No había sillas para todos. Era una boda pequeña y sin protocolo, porque Javi estaba cansado de esas cosas. Tampoco había cuarteto de cuerda, ni músicos en directo, pero la canción de Placebo «Special Needs» recibió la entrada de la novia. Todos nos giramos y los ojos de Javi centellearon de emoción porque era su canción preferida y porque Amaia estaba increíble. El vestido del que se enamoró era bonito, sin duda, pero el elegido no tenía nada que envidiarle. Se ceñía a su cuerpo de una manera insinuante y preciosa; era blanco roto y aunque su escote en pico se remataba en unos tirantes, llevaba los brazos cubiertos por seda transparente. Se había recogido el pelo en un moño bajo y despreocupado que había decorado con flores blancas. Se miraron y se echaron a reír. Eso les tiñó las mejillas de un rubor del que nos contagiamos todos. Pablo me abrazó la cintura con uno de sus brazos y besó mi hombro para susurrar en mi cuello:

—¿Ves cómo la mira? Yo te miro igual.

Me pegué a él y compartimos el peso de Diego, que hizo palmitas.

La música desapareció suavemente y el oficiante de la ceremonia inició su discurso de bienvenida mientras los novios se cogían de las manos, absortos, como si nada más importara. Como si se casaran con las miradas y para siempre. Todos nos sentamos. Sandra se limpió una lágrima de emoción para no estropear su maquillaje y Germán se acomodó en su silla con una pierna cruzada, como si estuviera viendo el fútbol en el salón de su casa. Pablo y yo nos descubrimos mirándolo a la vez con un gesto de desdén.

—No me cae bien —susurré.

—A mí tampoco.

—No ha hecho nada, pero…

—Lo hará —carraspeó y me rodeó de nuevo con su brazo—. Este es un follador vividor que busca un nido.

—Si busca un nido no está mal.

—Sí, querida. —Sonrió con suficiencia con los ojos puestos en Javi y Amaia—. Estos buscan un nido, no lo hacen. Esperan a que sea ella la que cree el hogar donde volver cuando se cansen de follar con otras.

Les miré de nuevo y me sentí tremendamente mal por juzgar una relación que no había tenido la oportunidad de conocer.

En la ceremonia se habló de leyes, claro, pero también lo hicieron los hermanos de los novios, la madre de Amaia y Sandra, a la que se le daban mejor las palabras que a mí. Estaba emocionada, pero a mi manera; no lo dejo entrever con facilidad, pero mi mejor amiga se estaba casando con el tío más fantástico del mundo, el perfecto para ella. Estaba feliz. Con mi hijo en mi regazo. Con mi pareja rodeándome con su brazo y haciéndome llegar su calor. Era un día feliz que se convirtió en algo más. En un símbolo. En un recuerdo al que agarrarse cuando las cosas se desmoronaron poco después. Pablo agarró mi mano izquierda y acarició el anillo con la piedra turquesa. Sonaba «We don't have to take our clothes out», de Ella Eyre, y yo pensaba que era genial que las canciones elegidas no tuvieran nada que ver con el momento en sí.

—Pequeña —susurró muy bajito.

—¿Qué?

—Lo eres todo.

—Shh. Calla. –Sonreí.

—No, escúchame. Ahora.

—Están a punto de darse los anillos.

—Por eso. —Su boca preciosa dibujó una sonrisa—. Tienes que prometerme algo. Tú y yo. Como el mar. Tú y yo pasaremos el resto de nuestra vida juntos.

Arqueé mis cejas y asentí, un poco abrumada. Sus declaraciones de amor siempre me dejaban sin saber muy bien qué decir ni qué hacer. Besó a Diego en la frente y sacó del bolsillo interior de su americana un rotulador indeleble dorado. Sonrió canalla, mostrando sus dos hoyuelos.

—Aquí y ahora. Que nos case la noche, que un día ya nos casó el mar.

Cogió mi mano derecha y me interrogó con la mirada. Asentí con el estómago encogido no por el gesto en sí, sino porque después de meses francamente malos, allí estaba él, ilusionado como un niño, dispuesto a pintar una alianza en mi dedo. Una muestra de su compromiso, de lo poco que le importaban las cosas que se amontonaban en la parte mala de la balanza. De lo mucho que le importábamos su hijo y yo. Javi colocó la alianza en el dedo de Amaia en el mismo momento en el que Pablo cerraba un círculo irregular alrededor de mi dedo. Me pasó el rotulador.

—Es tu turno. Cierra la promesa.

Amaia colocó el anillo en el dedo de su marido y se miraron con ilusión. Yo tracé una línea alrededor del dedo anular de Pablo y espanté la idea de que ya llevó uno de oro allí. Todo el mundo aplaudió y se puso en pie para celebrar que nuestros amigos estaban oficialmente casados y nosotros, en medio de toda aquella gente, nos besamos.

—Para siempre. No importa nada, Martina. Solo nosotros tres.

Los novios brindaron con todos nosotros con Moët Chandon rosado y Sandra se rio, agarrada a Germán, como si compartieran una broma privada de lo más graciosa. El cóctel fue en el jardín, justo al lado de donde se celebró la boda. Todo el mundo hablaba del buen día que había hecho y de la suerte de que descargara la lluvia por la mañana. Pablo y yo guardábamos un silencio cómplice, sintiendo que compartiríamos con Javi y con Amaia por siempre algo que nadie más sabría. Todo el mundo quiso coger a Diego y nosotros, como dos recién casados ilusionados, lo dejamos ir de brazo en brazo, reímos, comimos, bebimos, nos besamos, nos cogimos la mano.

La cena se celebró en un salón colindante iluminado por velas y adornado por flores silvestres blancas y moradas. Los novios se besaron como niños. Todos aplaudimos. Brindamos, les gritamos, nos reímos. Todo era tan perfecto que costaba creerlo. ¿Y si al pestañear todo se diluía? Era real, pero con la apariencia onírica de aquello que deseaste durante demasiado tiempo como para materializarse, porque ya perdió el sentido. La cena fue genial y dejadme decir que para que a dos cocineros la cena de una boda les parezca genial…, tiene que estar todo muy bueno. No hubo tarta, un capricho de Amaia para llevar la contraria y pronto, los dos abrieron el baile con mirada ilusionada. Fue íntimo. Me sentí como una *voyeur* que presencia algo especial que no debería haber visto. Se juntaron en medio del salón, se dijeron algunas cosas que terminaron en carcajadas y empezaron a moverse, muy pegados, al ritmo de «Nante», de Beirut. Una canción preciosa, con una nota de decadencia circense. Una canción perfecta para ser bailada en la celebración del amor. Una canción prestada, porque había sido banda sonora de, seguro, muchos momentos especiales para otras personas, pero que se tatuaría en los oídos de todos los que pudimos ver a una pareja amándose con los ojos. La decisión bien tomada. La única respuesta posible a quererse no es casarse, claro, pero sí hacerse el amor con los ojos como ellos lo estaban haciendo. Abrazados, se mecían en la pista entre besos suaves, húmedos y palabras susurradas. Magia y luz para iluminar el camino de los demás y desear ser ellos algún día. Sin duda, fue el baile más bonito de todas las bodas que he vivido y viviré.

Cuando terminó y los aplausos alertaron a los novios de que no estaban solos, Javi se dirigió a todos los invitados para avisar de que la música que sonaría a partir de ese punto no tenía nada que ver con él y que era elección de Amaia. Todos reímos y el ritmo del reggeatón que tanto le gusta a Amaia inundó la estancia. Pablo me cogió la mano y tiró de mí, me resistí, cargada con Diego, que chuperreteaba sus propios puños.

—Tengo que darle el pecho.

—Un momento. Solo ven…

Caminamos sobre el césped húmedo, dejando clavados levemente los tacones de mis zapatos, internándonos los tres en la zona oscura del jardín.

—¿Dónde vamos?

—Ahora nos toca a nosotros.

No lo entendí hasta que encontramos de frente un claro cubierto de hierbas altas y flores blancas e iluminado por bombillas blancas desnudas, en el que nos esperaba una chica morena junto a un chico cargado con una guitarra.

—Pequeña, ella es Bely Basarte.

—Encantada —musité tímidamente.

—Es la chica con la que hablaba esta mañana por teléfono. Va a cantar nuestra canción.

Los miré a los dos un poco alelada.

—¿Cómo?

Pablo le hizo un gesto instándola a empezar y pronto la música empezó a sonar suave, solo con una guitarra y su voz. Y podía ser una versión completamente distinta a la que yo solía escuchar, pero reconocería «Matemática de la carne», de Rayden, hasta debajo del agua. Sonreí y Pablo acomodó a Diego entre los dos para abrazarme.

—Te quiero —me dijo—. Más que al mar.

—Estás loco. —Me reí.

—Baila.

—Bailo fatal. Y tú también.

—Pero eso no tiene por qué saberlo nadie.

Bely Basarte dejaba en cada nota la pista de la sonrisa que le teñía la boca pintada al cantar la letra de nuestra canción. Porque podrían sonar millones de canciones en nuestra vida; habría mil letras que recordaran nuestra historia; porque no éramos tan especiales como para que nadie compartiera las sensaciones. Al fin y al cabo, como decía Pablo, alguien antes que nosotros escribió canciones para las emociones que sentíamos. Pero por más melodías, poesías y notas que hubiera surcando el éter en el mundo, aquella canción solo tuvo que sonar una vez para que los dos supiéramos que era nuestra y nosotros..., nuestros también. Y de nadie más. Ojalá hubiera sonado siempre, sin parar, para recordarnos que éramos mucho más que dos mundos chocando a toda velocidad.

56

Parpadeé despacio y me acomodé bajo la colcha. A mi lado un cuerpo caliente y firme me abrazó y yo me giré para hundirme en su piel aún un poco inconsciente. Olía a Issey Miyake y a jabón. Su mano se internó en mi pelo suelto y gemí de gusto cuando me masajeó.

—Uhm —gemí.

—Se llama resaca.

Levanté la mirada y lo encontré sonriéndome. Sus dos hoyuelos solo para mí.

—Son las nueve. Hemos quedado en media hora.

Cuando me incorporé encontré que, a su otro lado, estaba despierto y juguetón Diego. Le di un beso en el cuellecito y se rio.

La noche anterior nos habíamos retirado relativamente pronto por el niño, que con la música y pasando de brazo en brazo, se puso tontorrón. Pero nos dio tiempo a bailar un rato. Yo descalza, volando entre sus brazos, al ritmo de «Shut up and dance» mientras él cantaba a grito pelado la canción y veíamos a Diego babear entusiasmado desde los brazos de la madre de Amaia. Ninguno de los dos era un gran bailarín, pero dimos un buen espectáculo al que se quiso unir todo el mundo. Pero, pasara lo que pasara por la noche, todos habíamos quedado para desayunar en el salón del restaurante. Volvíamos a Madrid la mañana siguiente y nos pareció muy especial poder disfrutar de aquel día allí, durante su primera jornada como marido y mujer de Amaia y Javi.

En el salón nos esperaba una mesa redonda reservada para nosotros seis…, bueno, siete. Diego tenía preparada una sillita de esas que odiaba pero a las que intentábamos acostumbrarle para que no pidiera tanto brazo. Fuimos los primeros en llegar y en servirnos un café. Pablo, con un jersey marrón y unos vaqueros, me miraba sonriendo y yo, sonrojada como una niña que sale por primera vez con un chico, me arrebujaba en mi chaqueta gris humo.

Sandra apareció por allí toda maqueada y me extrañó verla de buena mañana tan pintada y peinada. La había dejado la noche anterior riéndose a carcajadas, borracha y feliz. Creía que vendría con la pestaña pegada, a medio desmaquillar y pidiendo una aspirina, pero parecía llevar muchas horas en pie.

—Qué elegante —le dijo Pablo dándole un beso en la mejilla cuando se inclinó hacia nosotros.

—Sí —respondió escueta.

—¿Qué pasa? —le pregunté.

—Nada. ¿Qué va a pasar?

Germán no venía con ella y los dos nos descubrimos mirando la puerta, esperando verlo aparecer.

—Ahora vendrá —contestó ella a nuestra pregunta silenciosa.

—¿Todo bien?

Sandra suspiró y se mesó el pelo.

—Digamos que ayer me descontrolé un poco y no le hizo demasiada gracia.

—Define descontrolarte.

—Bueno, ya sabes. Bailé descalza y me pasé un poco con el champán. —Hizo un gesto de empinar el codo—. Lo puse en evidencia.

Pablo dejó la cucharilla con la que daba vueltas a su café y la miró confuso.

—¿Cómo iba a ponerle a él en evidencia eso? —le preguntó.

—Ya sabes. —Hizo un gesto hacia el camarero y le pidió un café solo.

—No, no sé.

Sandra se volvió airada hacia él.

—Sí, sí sabes; en complicarle la vida a la gente tienes un máster.

—Pero ¡Sandra! —exclamé sorprendida.

—No, déjala. Si le sirve para desahogarse... —Pablo se giró hacia Diego y le arremangó las manguitas del jersey, que llevaba completamente babeado.

—No me toques los cojones.

—Sandra, ¿quieres que salgamos a fumar un pitillo? —le ofrecí.

—No. No tengo.

Pablo se sacó del bolsillo trasero del vaquero un paquete manoseado y lo tiró en la mesa en su dirección. Ella lo miró con desdén.

—No quiero fumar.

Lo apartó de un manotazo y él volvió a guardarlo, serio. Se giró hacia ella, apoyó los codos en la mesa y dijo con tranquilidad.

—Déjame adivinar..., a Germán no le gusta que fumes. Y como está a punto de venir no te dará tiempo a airear el olor del tabaco en tu ropa. Y no quieres más bronca. ¿Me acerco?

—¿Qué cojones quieres, Pablo? —le escupió ella.

—Quiero que tengas claro que nadie debe sentirse ofendido porque tú bailes descalza, fumes o te bebas un par de copas en la boda de tu mejor amiga. No te contentes con lo primero a lo que puedas agarrarte.

—Perdona…, ¿tú y yo somos amigos y no me he enterado? Esto es el colmo —siseó Sandra—. El colmo. Que vengas tú a darme consejos sentimentales.

—¿Qué pasa?

Amaia y Javi nos miraron con el ceño fruncido, recién llegados a la mesa.

—A Pablo no le gusta mi novio —contestó repipi.

—Vamos a dejarlo estar, Sandra. —Se giró hacia Amaia y Javi y sonrió—. Felicidades, pareja.

—A partir de ahora voy a exigir que me llaméis señora Manzano.

—¿No tendrías que llamarte señora Sanz? —preguntó Javi tomando asiento junto a su mujer.

—Vaya por Dios, me he casado con un retrógrado. Tu apellido no lo quiero para nada. Quiero tu cuerpo.

Se dieron un beso y pillé a Pablo mirándolos con satisfacción. ¿Querría él que los demás nos vieran como les veíamos a ellos?

—¿Qué pasa? —Amaia palmeó la mano de Sandra—. ¿Todo bien con Germán?

—Sí —respondió escueta—. Todas las parejas tienen roces. Pablo y yo nos miramos con disimulo.

—Y ¿por qué vas tan maqueada de buena mañana? —insistió Amaia.

—Porque nos vamos en un rato.

—El avión os sale esta tarde.

Sandra miró a Pablo.

—¿Tienes algo que decir? —le espetó.

—¿Yo? Nada en absoluto.

—No, venga, dilo.

—No somos amigos. —Pablo sonrió con tirantez—. Mis opiniones no te interesan.

—Tengo curiosidad por saber si también tienes explicación para el hecho de que me haya maquillado y peinado.

—¿Podéis parar? —pedí.

—Martina. —Pablo se giró hacia mí y dibujó una sonrisa sincera—. Me gustas siempre. Cuando estás arreglada. Cuando paseas por casa en pijama. Cuando no te peinas y sobre todo cuando no te maquillas. Te quiero.

—Qué monos —musitó Javi.

—Cállate, que no lo has entendido —le respondió Amaia.

Sandra lo miró mientras se mordía el carrillo con rabia pero, antes de que pudiera contestar, Germán se dejó caer sobre la silla vacía que quedaba a su lado.

—Buenos días, ¿sabéis si pueden hacerme una tortilla de claras?

Pablo se volvió hacia Sandra y le aguantó la mirada hasta que ella la bajó hacia su plato. Pablo tenía un don innato para las personas y daba igual que no sintiera especial simpatía hacia ella; yo la quería y eso le bastaba. Y no lo escondamos, era evidente que Sandra intentaba ser la respuesta a todas las exigencias de Germán, sin preguntarse nada sobre las suyas.

La pareja se marchó pronto para recoger sus maletas, comer en el centro de Santiago en un restaurante que le habían recomendado a Germán y marcharse después al aeropuerto. Javi, Amaia, Pablo y yo nos quedamos en la terraza para tomar la enésima taza de café. Los recién casados jugaban con Diego y Pablo y yo los mirábamos, mientras él consumía despacio un cigarrillo. O medio, como siempre.

—Oye, chicos… —empezó diciendo Javi—, Amaia y yo habíamos pensado una cosa. No sé si os apetecerá.

—Recordad que Javi es un hombre responsable aunque decidiera casarse conmigo —bromeó Amaia.

—Quizá podíamos… quedarnos un ratito con Diego. Si os parece bien. Unas horitas. Sacarlo a pasear por el jardín, dar una vuelta.

Miré a Amaia con una sonrisa.

—¿No estaréis haciendo una llamada al instinto maternal?

Los dos miraron al suelo y se rieron. Estaba claro que serían los próximos en ser padres y que no pensaban esperar demasiado.

—Todo vuestro —respondió Pablo apagando el cigarrillo en un cenicero de pie.

—Pero… pedirá comida dentro de nada.

—Ohm —musitaron decepcionados los dos.

Pablo me miró y me hizo un gesto para que me lo pensase de nuevo.

—Aunque… puedo prepararos un biberón. He traído la máquina infernal. —El puto sacaleches.

—¿No os importa?

—No —contestó Pablo por mí—. Seguro que encontramos algo que hacer.

—Una ducha muy larga —murmuré yo con deseo.

Los tres me miraron como si estuviera loca. Ah, vale, no se referían a eso.

Una hora después Javi, Amaia y Diego salían de nuestra habitación con la promesa de volver a la hora de comer. Yo los despedí agarrada al marco de la puerta para obligarme a no ir detrás de ellos, coger a mi hijo y encerrarme en el cuarto de baño con él. Me sentía una madre inútil y creo que por eso mismo ver que otras personas con más instinto maternal y más habilidades se hacían cargo de Diego me hacía sentir fatal. Innecesaria. Mediocre. Secundaria. ¿No se suponía que para un bebé su madre era lo más grande? ¿Qué pasa cuando la madre se siente tan pequeña?

Las manos de Pablo me apartaron de la puerta y me di cuenta de que ellos ya habían doblado el codo del pasillo y se habían perdido de vista.

—Estará bien —susurró—. ¿Por qué no te das esa ducha larga? Yo te espero leyendo y damos una vuelta cuando termines.

—¿No quieres ducharte?

—Lo hice esta mañana.

—¿Tú duermes? —le pregunté con los ojos entrecerrados.

—Me enchufo a la corriente de vez en cuando. Funciono con baterías.

Sonreí y después de coger un par de cosas de la maleta, me metí en el cuarto de baño que se llenó pronto de vaho. El agua ardiendo destensó mis músculos poco a poco y me relajé bajo el chorro, fantaseando, recordando y olvidando por un momento todo lo que no fuera bonito. La noche anterior había sido tan mágica... Abrí los ojos con las pestañas llenas de gotas condensadas de vapor y me miré el dedo anular. Allí seguía, borrosa, la marca del rotulador dorado. Había olvidado lo que era ser dos sin más; sin Carolinas, sin celos, miedos, mediocridades, disputas, tensiones o culpas. Lo había olvidado tanto que, ahora, en frío, toda la noche anterior me parecía... de cartón.

Salí de la ducha y me sequé frente al espejo, intentando mirar mi cuerpo, pero el tamaño de mis pechos me hizo apartar un poco la mirada. Caían. Ya no eran como antes, altos, firmes, redondos y altivos. Intenté quitarme de encima aquella sensación y me puse la ropa interior que compré aquella tarde en Intimissimi. No sé por qué la metí en la maleta, pero me pareció importante. Las braguitas eran pequeñas..., mucho. El sujetador abrochó sin que el pezón tuviera que quedarse fuera, así que lo di por bueno y empecé a secarme el pelo. Cuando aún estaba algo húmedo en las puntas, Pablo entró hablando.

—Martina, te apetece que vayamos a...

Se quedó mirándome y frunció el ceño.

—¿Adónde?

—Uhm. Son… pequeñas —señaló mis bragas con sorna.

—Demasiado —me quejé—. Tuve una tarde tonta y creí que…, no sé. Que mejorarían mi humor.

—Mejoran el mío —se burló.

—¿Dónde querías que fuéramos? —repetí.

—Uhm. No sé. Da igual.

Pablo cerró la puerta del baño con el pie y se me quedó mirando con el ceño ligeramente fruncido y el labio entre los dientes. ¿Qué hacía allí parado? En silencio. Mirándome. Espera…, esa mirada. Lobuna. Encendida. Turbia. Apagué el secador violenta y alcancé el albornoz, que el paró en el recorrido hacia mi cuerpo.

—¿Por qué te tapas?

—Tendré que vestirme.

—¿Con el albornoz?

No supe qué contestar a eso y se acercó un par de pasos. Una de sus manos recorrió su bragueta marcando un bulto duro bajo ella, como un hombre hambriento que se relame. Me puse nerviosa; fue un gesto tan abiertamente sexual… Mis muslos se apretaron el uno contra el otro.

—No te escuché, en serio. ¿Dónde querías…?

Se colocó detrás de mí, volvió a colgar el albornoz y me colocó de manera que mi trasero se pegara a su erección.

—Aquí —dijo con la voz grave y metió la mano en mis braguitas.

Cogí aire como si me hubieran arrojado un cubo de agua helada encima. Sus labios se pegaron a mi cuello y después de dejar un reguero de besos en él, mordió con suavidad los hombros hasta que los pezones endurecidos amenazaron con rasgar el tejido del sujetador. Cinco meses de deseo sexual contenido palpitaron bajo la yema de sus dedos, humedeciéndome al momento.

—¿Te apetece? —susurró en mi oído.

—¿El qué?

Se rio pegado a mi piel.

—Que nos quedemos aquí.

—¿Aquí…, aquí?

—Aquí. —Su dedo presionó con más fuerza mi sexo y me arrancó un gruñido. Miré su mano—. Que siga tocándote.

Su dedo corazón recorrió mis labios hasta llegar a mi interior, donde se coló con suavidad.

—Ah… —gemí.

Mi interior se contrajo un par de veces y él me volvió hacia él y de un impulso me subió a la bancada del baño para colocarse entre mis piernas abiertas. Acercó sus dedos al tejido de mi sujetador. Entreabrimos nuestros labios justo antes de que se fundieran en un beso, al principio, apocado. Separamos la boca y nos miramos; no sé si él lo notó, pero había algo allí que no estaba en nuestros primeros besos. Algo… como la inquietante y excitante sensación de lamer un cubito de hielo. ¿Qué era? Pablo agarró mi nuca y volvió a acercarme pero esta vez su lengua se paseó con timidez sobre mis labios. Cerré los ojos y un gemido lastimero y suave se escapó de mi garganta a la vez que arqueaba el cuello hacia arriba, en su busca. Era sexo. SEXO. Palpitante. Demandante. Exigente. Pegó sus labios a los míos y embistió con su lengua que se desplegó dentro de mi boca, lamiendo la mía y mis labios. Agarré su pelo y lo apreté más a mí, obligándole a profundizar con su beso y a compartir más de su saliva conmigo. Se alejó, me miró y se quitó el jersey para dejarlo caer después al suelo. Me incliné en su cuello, mordí sus clavículas, su pecho y cuando llegué a su pezón perforado, desabroché el cinturón y el pantalón de un violento tirón que le hizo gemir.

Bajó los tirantes del sujetador e hizo lo mismo que yo había hecho con él: clavó los dientes con suavidad en mis clavículas, siguió lamiendo la piel de mis pechos y cuando fue a meter el pezón dentro de su boca, me aparté. Cerró los ojos cuando hundió la cabeza entre ellos y se irguió para buscar mi boca después. Enredamos nuestras lenguas como dos serpientes húmedas y gemimos cuando clavamos con suavidad los dientes en los labios del otro.

Me sentí extraña acariciando la piel de sus hombros mientras le besaba, como invadiendo una intimidad de la que no formaba parte. Como si abrazara, después del sexo, al ligue de una noche. Todo el sexo acumulado durante meses salía a borbotones de entre nosotros y se sentía extraño. Si lo pensaba más querría correr, así que bajé la mano entre los dos y agarré su polla. Sus brazos asidos a mi cintura me levantaron del banco y bajó mis braguitas hasta dejarlas caer al suelo; la respiración de los dos se había agitado y cuando subió mis pies al mármol y me dejó abierta frente a él, casi jadeaba. Su boca buscó el interior de mis muslos y apoyó la lengua en mi clítoris endurecido para mandar una descarga eléctrica por todo mi cuerpo. Todo mi organismo gritaba por tenerle dentro, daba igual cuántos arabescos dibujara con saliva sobre mi piel. Necesitaba sentirle invadiendo mi espacio, empujando dentro de mí salvaje, gruñendo cuando su polla palpitara dentro de mí. No pude más que tirar de su pelo hacia arriba y obligarle a subir hasta mi boca, donde dejó parte de mi excitación después de un beso animal.

—¿Qué? —preguntó con los ojos entornados y los labios brillando.

—Ya —le pedí—. Fóllame. Métemela, fuerte.

Me acerqué al borde y abrí las piernas; una invitación nada sutil pero... después de tantos meses la sutilidad había muerto. Pablo se bajó el pantalón desabrochado y la ropa interior con atropello y tanteó entre mis muslos. La punta de su polla encontró el camino y embistió; aunque encontró la resistencia de mi sexo estrecho siguió empujando con la frente pegada a mi hombro hasta que me abrí. No fue suave. Grité, no sé si de dolor, de placer o de necesidad y sus dedos se agarraron a mis muslos para penetrarme de nuevo. Me estaba clavando el mismo borde de mármol contra el que chocaba su cinturón en cada embestida pero, hasta que él no intentó deshacerse de los pantalones que entorpecían sus movimientos, no me bajé. Se desnudó sin mirarme. ¿Dónde estaba? Fui a acariciar su pecho, a clavar los dedos en su tatuaje buscando llamar su atención, pero me quedé a medio camino porque... no sabía si me sentiría cómoda encontrándome con su mirada. Estaba lejos. ¿Pensando en otra? Una punzada de inseguridad se mezcló con la sensación animal y sucia de quererle dentro, empujando. ¿Quería o no quería? Lo temía. Una escena de sexo orquestado y bien iluminado vino a mi cabeza. Dos actores que fingen que se quieren cuando follan. Le di un manotazo a la idea pero una voz me susurró al oído que quizá aquello era lo que yo había estado evitando. ¿Y si la intimidad ya no existía? No. No podía ser.

Una necesidad me bombardeó las sienes, chisporroteando dentro de mi cabeza, intentando acallar una sensación de vacío que me aprisionaba el pecho. Pensando en otra, me repetí. Carolina. ¿Qué hacía allí? «Solo está en tu cabeza, Martina», pero no me atreví a mirar su expresión, por si estaba perdida en el recuerdo de algo que no quería saber. Quise sentirme sucia, que fuera rudo, egoísta. Quería redimirme de alguna manera y que los dos disfrutáramos con ello. Quería SENTIR.

—Úsame —le pedí.

Resbalamos hasta el suelo a lametazos, con los ojos cerrados. Él separó las piernas para tener más apoyo y me colocó encima de él, a horcajadas. Mis pies rozaban el suelo de puntillas cuando Pablo me bajó de golpe para clavármela de una sola estocada. Dolor y placer me azotaron la espalda. Más. Quería más. Me acerqué hasta que su nariz y la mía se tocaban y aunque deseé mis dos manos inmersas en su pelo, las dejé sujetas a sus brazos.

—Úsame —volví a pedirle.

—¿Fuerte?

Gemí, casi en un sollozo, porque me di cuenta después de que lo que quería escuchar de su boca era un simple: «No sé usarte, pequeña». ¿Qué estaba pasando? ¿Por qué necesitaba que me follara y a la vez hacerme un ovillo y llorar?

El calor que la ducha había condensado en la habitación estaba pegándose a nuestra piel, que resbalaba continuamente. Pablo me tumbó de un manotazo sobre la ropa arrugada y seguimos jodiendo con él encima y su boca y la mía abiertas, pegadas, haciendo que el aire que salía de sus pulmones entrara en los míos. Lamiendo. Blasfemando. Apretando carne entre nuestros dedos. Cuando pasas tanto tiempo acallando la necesidad física del sexo casi olvidas lo placentero que es. Olvidas la sensación de dos cuerpos que se mueven a la vez, perfectamente acompasados. Es imposible recordar, porque queda lejano y borroso, lo mucho que te gusta sentir que sus huesos, su carne, su sudor se aplasten contra los tuyos y te empapen. Olvidas que es una demanda animal que a veces tiene poco que ver con nada más.

—Voy a correrme —gimió.

Me agarró con fuerza y se incorporó. Nos levantamos fundidos en un beso desesperado que se terminó cuando me dio la vuelta, me volcó hacia delante y me embistió por detrás mientras me apoyaba en el lavabo. Vi sus ojos clavados en mi cuerpo reflejados en el espejo y casi me cohibí. Pablo estaba perdido en piel, en sexo y lo peor es que, llegados a aquel momento, no supe traducir nada de lo que en nuestro idioma solíamos decirnos, más que la necesidad. Todo se nos estaba escapando a trompicones, como la pasión borracha de follar con un desconocido contra la puerta de un cuarto de baño.

El dedo pulgar de Pablo se coló dentro de mi boca y se frotó contra mi lengua para después recorrerme la espalda en dirección descendente hasta la curva que coronaba mi trasero. Se hundió allí sin preguntar y yo gemí cuando sentí su entrada. No hicieron falta más de dos estocadas para que mis piernas temblaran y yo me fuera con un gemido apagado y dramático que debió traspasar puertas y paredes. El orgasmo fue tan brutal como la pérdida y el vacío que lo sustituyó cuando desapareció de mis terminaciones nerviosas.

Pablo no lo sintió; solo salió de mí, humedeció su polla con saliva y se coló donde momentos antes había estado su dedo, aunque le costó esfuerzo. Arqueé la espalda sorprendida cuando estuvo toda dentro y empujó un poco más. Gruñí por la invasión, peleándome con la parte de mí misma que me decía que aquello no estaba siendo como lo recordaba. Pablo empujó dentro de mí con una fuerza innecesaria y un rugido y con dos empujones más… se corrió. Salió, entró, siguió corriéndose. Embistió de nuevo y gritó. Sexo chorreándome piernas abajo y sexo gritado a pleno pulmón. Sin «pequeña» ni «mi vida». Sin nosotros.

Me acordé entonces, reclinada sobre el mármol, de aquella noche meses atrás cuando, borrachos perdidos, perdimos las riendas. Fue sucio y placentero pero de alguna manera sentimos que los lazos que nos unían se estrechaban. Éramos una pareja que, sencillamente, probaba cosas nuevas. Lo contrario que en aquella ocasión en la que, por más que Pablo me pidiera disculpas con los labios en la espalda, sentí que algo se había roto.

57

SEXO

Hay muchas cosas que hablan por sí solas. Una sonrisa. Un sollozo. A veces una mirada o la ausencia de la misma. El sexo. Para mí el sexo siempre fue un idioma en sí mismo. En ocasiones lo usé mal, para decir las cosas equivocadas, quizá. Con Malena me pasó. Lo usamos para explicar cosas de nosotros que jamás conseguimos entender.

Con Martina nunca había sido como con ella y lo siento, porque me duele comparar a las dos mujeres más importantes de mi vida de esta manera tan banal. Siento un dolor sucio al hacerlo, pero lo necesito. Porque Martina había sido como el calor de un hogar encendido dentro de las propias venas. Ella era un grito a la conciencia, al sentido de cada beso y de cada movimiento. Hasta el contoneo de sus caderas susurraba versos de Benedetti.

Había sido una noche mágica. Por fin, después de tantos meses, la atisbé allí, debajo de todas las capas de ceniza resultado de la fuerza que fue quemando desde que nació Diego.

Y daba igual cuánto estirara los brazos en busca de sostenerla para que no cayera, porque la verdad es que no sabía ni siquiera dónde estaba. Había estado oscuro, me dije, pero volvería la luz. Y tal como vino se fue. Un eclipse quizá. Un fogonazo que me había cegado.

Cuando entré en aquel cuarto de baño y volví a ver su piel la necesité. La necesité como antes, como lo hice desde la primera vez que entendí que la quería. Empezaron los besos y la fui sintiendo más lejos. Intenté sostenerla, pero yo también me perdí, pensando que el sexo no debería ser así. No deberíamos preocuparnos. Deberíamos querernos con el cuerpo, joder, porque hemos nacido para hacerlo. Sentir que lo que hacemos es bueno porque de otra forma no nos provocaría placer. Ella voló y yo lo hice después, pero en direcciones opuestas. No sé dónde fue ella. Yo me fui al pasado donde Martina olía igual pero me deseaba más. Un pasado en el que todo prometía, como una película que empieza muy bien, pero que había terminado decepcionándonos. Su miedo constante me estaba agotando, no puedo hacerme el valiente y decir lo contrario. Así que allí estaba, empujando mi polla dentro de ella, añorando a la chica que fue, sin poder culparla por no serlo.

No fue frialdad. Estaba cachondo, además de triste. Llevaba cerca de cinco meses pelándomela a solas con el recuerdo de su boca chupándomela en mi antiguo sofá; otras veces con un frívolo vídeo porno que me dejaba hecho polvo después. El contacto de su piel suave me había encendido. El olor del sexo. La humedad de su coño esperándome. Soy de carne y hueso. Así que pensé que quizá la pasión lo arreglaría y taparía las ausencias de aquel rato de sexo. Y recordé rincones que estaban prohibidos pero que a los dos nos gustaba explorar. Le toqué con mis manos, le metí un jodido dedo y se corrió con las siguientes embestidas. Y entonces me acordé de que no había ido a hacerme la segunda prueba después de la vasectomía; en la primera, un mes antes, aún habían detectado algún espermato-zoide. Así que la lógica del capullo que estoy hecho, imbécil, triste y cachondo, fue metérsela por el culo, sin preguntar. De golpe. Sin mimo. Me corrí de lo bruto que fui.

Cuando apoyé los labios en su espalda y le pedí perdón, ya era tarde. Meses tarde.

El resto del día fue extraño. ¿Cómo iba a ser si no? La sentí más lejos aún, como si la noche anterior solo hubiera sido un holograma. Una puta ensoñación. Cuando comimos con Amaia y Javi, mareó el contenido de su plato con el tenedor y aprovechó que Diego dio muestras de estar durmiéndose para marcharse a la habitación.

—Me voy contigo —le dije.

—No. Termina. Luego nos vemos.

Luego nos vemos, como si fuésemos colegas. Amaia y Javi la miraron alejarse con las cejas arqueadas.

—Se me va —le dije a Amaia—. Se escapa.

—Sí —asintió—. No te puedo decir otra cosa.

Miré mi dedo anular, donde horas antes había dibujado un anillo delgado con un rotulador. Mi mujer. Siempre la sentí más mía que a Malena en todos los años que estuvimos casados. Mi compañera en la vida. Borré la marca dorada de mi dedo, rabioso, enfadado, pero en silencio. Estaba harto del hielo.

Al día siguiente, cuando volvimos a casa, Diego estuvo bastante espeso. De los lloriqueos típicos de sueño, hambre o pañal sucio, pasamos al llanto histérico que no se aplacaba de ninguna manera. Lo que nos faltaba. Martina empezó a ponerse nerviosa. Lo hizo ya nada más entrar en casa, como si las paredes se estrecharan a su alrededor. Siempre creí que Diego era sensible a las sensaciones que nos abatían. Lloraba de puro desasosiego porque sus padres no se entendían.

Lo calmamos a las tres de la mañana. Tenía pensado buscar un momento para hablar con Martina. En diez días volvería al trabajo y quería que lo hiciera bien, con todo arreglado entre nosotros. Una parte de mí creía que en cuanto volviera a estar en marcha, todo mejoraría. La otra pensaba que era un iluso y que volvía a aferrarme a los jirones de lo que un día prometió ser. Sin embargo, cuando Diego se durmió no nos quedaron ganas de más. Ella deshizo las maletas, yo puse una lavadora y nos tumbamos a dormir. Dos personas acostadas en la misma cama pero a kilómetros de distancia.

Soñé con la primera vez que la vi, en El Mar, acompañada de Fer, incómoda dentro de su vestido y con los labios pintados. Lo supe en cuanto la vi; era una mujer arrojada y algo feroz con aquello que deseaba y que no se sentía cómoda con nada que la hiciera llamar la atención, daba igual qué fuera. En el sueño, ella estaba allí sentada, sola. El salón iluminado, vacío, y ella en medio. Me acerqué y me senté frente a ella. Me dijo que me admiraba y yo le di las gracias. Después le dije que tendríamos un hijo juntos. Ella me miró con desconfianza y respondió: «Yo no quiero tener hijos».

Me desperté sin aspavientos, pero jodido. Roto. Una idea que me había sobrevolado hasta el momento cayó por fin hasta clavarse en lo más hondo. Yo la había obligado a ser madre. Y ella no quería.

—¿Qué vamos a hacer cuando me reincorpore? —me preguntó por la mañana, cuando nos tomábamos el café.

—¿A qué te refieres?

—A Diego. No quiero dejarlo con una desconocida.

—No tenemos otra opción. Ya lo hemos hablado.

—Amaia me dijo que ella podría cuidarlo.

—¿Todos los días hasta las dos de la mañana? No. De eso nada. Es nuestro hijo y nosotros tenemos que responsabilizarnos de él.

Me miró extrañada.

—¿Te quedarías más tranquilo contratando una niñera?

—Sí —asentí—. Aunque hay otras opciones.

La carga eléctrica del aire varió y sentí su pulso acelerarse.

—¿Como cuál?

—Una reducción de jornada.

Un gimoteo de Diego ascendió varias octavas para terminar siendo un estallido histérico. A veces me daba la sensación de que Diego lloraba por su madre. Martina lo cogió en brazos y lo acunó.

—Yo no quiero reducirme la jornada —me dijo—. Estoy harta de estar metida en esta casa.

—¿Qué le pasa a la casa? —respondí tirante.

—No es la casa. Soy yo.

—De eso ya me había dado cuenta.

Diego había entrado en una de esas fases del llanto en la que los niños olvidan respirar. Encanarse, lo llaman. Martina empezó a ponerse nerviosa y yo se lo arrebaté de los brazos y le soplé en la cara suavemente. Diego cogió aire y gritó de nuevo. Ella se miró los brazos vacíos y después nos siguió con la mirada cuando me alejé hacia el salón para tranquilizarlo. Fue cruel por mi parte. Sabía lo torpe que se sentía. Pero me dolía y necesitaba asegurarme de no ser el único que sufría.

58

C ólicos del lactante, nos dijo el pediatra. Se le pasarían solos. Un biberón con bolitas de anís. Pablo me dijo, cuando salimos, que en realidad diagnosticaban cólicos cuando había llanto sin razón aparente. Me preocupé, pero me callé.

Llamé a mi madre cuando Pablo se fue a trabajar. Le pregunté si mis hermanos o yo habíamos tenido cólicos pero sencillamente me dijo que no.

—Llévalo al pediatra.

Gracias mamá. Aprenderé pronto a abrazarme sola, no te preocupes.

Amaia había partido el día anterior a su viaje de novios, así que no podía llamarla. Le mandé un mensaje a Sandra para preguntarle qué tal estaba y me di cuenta de que quería contarle a mi amiga que en realidad los llantos de Diego no eran más que una fase por la que teníamos que pasar. No le pasaba nada. No estaba enfermo. A la que le pasaba era a su madre, que estaba podrida de soledad, de tanto encerrarse en sí misma. No se lo dije y ella no contestó hasta la mañana siguiente.

Pero aquella tarde yo necesitaba hablar con alguien y llamar a Pablo después de lo fríos que habíamos estado desde el sexo, no me salía. Deseé tener un teléfono al pasado y darle un toque al chico que me había enseñado la pasión por la cocina con tácticas tan «depuradas» como emborracharme con tequila. Pero claro, para eso hubiera necesitado ser la chica que se dejó emborrachar. ¿Y si llamaba a Fer? Vale. ¿Y qué le decía? «Fer, no me encuentro, ven a buscarme aunque haya tenido un hijo con otro hombre después de romper contigo porque no quería tener hijos». Mejor no. Así que hice una tontería..., llamé a Ángela, la madre de Pablo; aún me pregunto por qué. Supongo que porque sabía que era capaz de sentir y... no tenía a nadie más.

—Hola, Ángela. Siento mucho molestarte. Diego está con los cólicos del lactante y... no sé muy bien qué hacer.

No me hizo falta decir más. Se presentó allí en menos de una hora. Y no estaba preparada para que lo hiciera. Yo llevaba una camiseta vieja y unos pantalones de yoga y la casa no estaba demasiado aseada..., por usar un eufemismo. Cuando le abrí la puerta lo hice con cierta vergüenza.

—Hola. —Me miró de arriba abajo y frunció el ceño. Lo hacía exactamente igual que su hijo—. ¿Estás bien?

—Sí. Bueno..., es que... como no quiero dejar al niño solo y no deja de llorar, no he encontrado el momento de meterme en la ducha.

—¿Y qué hacía mi hijo mientras? ¿Tocarse el higo?

—No —suspiré—. Él insistió pero... no encontré el momento. Eso es todo.

La madre de Pablo no era amable. No sé por qué la llamé. No era suave tampoco. Iba a encontrarme de morros con cosas que en aquella casa no nos atrevíamos a decir.

—A ver, Martina. —Se arremangó el jersey que lucía sobre unos vaqueros y me cogió al niño de los brazos. Me sentí desvalida sin él. Era mi escudo—. Tú no estás bien.

—No es eso.

—¿Sabes qué hacen los gatos cuando están enfermos? Dejar de asearse. ¿Tú te has mirado al espejo?

Me mordí el labio inferior y contuve un sollozo, mirando al suelo. No me hacía falta sentirme más fea, más torpe y menos perfecta.

—No es un buen día —sentencié.

—No te lo digo para hacerte daño, Martina.

Se sentó en el sofá con el crío en brazos y lo colocó boca abajo, sobre uno de sus delgados brazos. En menos de nada..., el niño ya no lloraba. Me dolieron las tripas. Me dolieron cosas que no tenía dentro. Me desplomé a su lado y me eché a llorar.

—Nadie nace sabiendo —me dijo.

—Menos tu hijo.

Hizo café y arregló algunas cosas de la cocina. Me sentí basura. Ropa vieja. Inservible. No podía cuidar bien de mi hijo. No sabía cómo hacer que se calmara o que respirara cuando lloraba histérico. No sabía hacer el amor con mi pareja sin creer que él pensaba en otra. No era capaz de estar presentable. La casa era un desastre por mi culpa. ¿Quién había ayudado más a que la conexión desapareciera, Pablo o yo?

No hablé de mis ansiedades con Ángela, claro. Era la madre de mi pareja. Y cuando se fue me di cuenta de que, aunque Diego se había dormido y no lloraba desde hacía un par de horas, aquella visita no me había ayudado. En aquel momento me odiaba más. Por pedir ayuda o por no haberlo hecho antes, vete tú a saber.

Pablo llegó pronto por la noche; me extrañó escuchar sus llaves introducirse en la cerradura a la una y algo. Entró, dejó la chaqueta en el perchero y se apartó el pelo de la cara.

—Me ha llamado mi madre.

Bien. Pues ahí estaba.

—No me apetecía estar sola —me justifiqué.

—¿Y por qué no me has llamado a mí?

—Porque no me apetecía estar sola.

Pablo se frotó la cara y después cogió aire. Se asomó a la cuna.

—Es por lo de Santiago, ¿verdad? Por el sexo.

—No sé a qué te refieres —le dije.

—Sí. Sí que lo sabes. Follamos como si fuésemos dos desconocidos.

Me siento imperfecta. Me miras pero no me ves. Ni yo lo hago. Me he perdido. No soy buena madre. Diego merece alguien mejor. Tú mereces alguien mejor. Hay mañanas en las que creo que estaríais mejor si me muriera. Tú encontrarías otra mujer que fuera más guapa, más buena madre, que se preocupara más por la casa, que no quisiera crecer en su trabajo o no se sintiera frustrada porque el nacimiento de un hijo supusiera un frenazo en su carrera. Él ni siquiera se acordaría de mí, ¿no? Es solo un bebé. Solo el eco de una madre que no supo serlo.

Bajé la mirada y él se colocó de cuclillas delante de mí.

—Martina. Pequeña… —Levantó mi barbilla—. Sea lo que sea por lo que te estás culpando…, no es cierto. Estás deprimida y necesitas ayuda de alguien que sepa hacerlo mejor que yo. Quizá puedan recetarte unas pastillas o…

—Dios mío…, ¿pastillas, Pablo?

—No lo sé. Martina. Ya no sé lo que hacer.

—Atiborrarme de pastillas no es la respuesta.

—Pues dime cuál es porque estoy desesperado. —¿Y si no la hay?, me pregunté—. Quizá podríamos empezar con pequeños gestos…, a lo mejor nos vendría bien recuperar ciertas cosas…, cierta intimidad.

—¿Qué quieres decir?

—Que deberíamos tocarnos más. Besarnos más.

El sexo otra vez no. Por favor. No me sentía capaz.

—No busques más excusas. Él merece una madre mejor —musité—. Y tú una mujer más fuerte.

—No conozco a nadie más fuerte que tú, pero no dejes que te consuma. No es más fuerte el que más aguanta. —Chasqueó la lengua contra el paladar—. Se llama depresión posparto, pequeña, es natural, no tienes la culpa y se supera.

Me quedé mirándolo; él siguió hablando, pero mi mente pulsó el botón de silenciar los sonidos externos para dejarme sola con mi monólogo interior que versaba sobre lo lejos que estaba la depresión posparto de definir la vida que creí que tendría. Pensé que crecería, que conseguiría ser una de las mejores chefs de España, que algún día abriría mi propio negocio. Me sentía joven, aunque estuviera encorsetada y ahora… solo cansada. Cansada como una mujer cuyos huesos dolían, que le costaba levantarse de la cama. Y él merecía a alguien más fresco a su lado. ¿Cuántos años tenía Carol? Veintiséis. Sin hijos. Si te parabas a pensarlo, era lo ideal. La frustración se le olvidaría con el tiempo. Había tenido un hijo conmigo y siempre sería la madre de Diego, pero reharía su vida con alguien más joven, con un espíritu inquieto como el suyo, con quien pasara los domingos leyendo poemas. Sería el padre perfecto y yo… solo la que no supo seguir. Pero él conseguiría que ni siquiera eso afectara a Diego.

—Pablo —le interrumpí sin importarme las palabras de consuelo que me dedicara—. No sé hacerlo mejor. Asúmelo. Te equivocaste conmigo.

—Te has equivocado tú, pero contigo misma. —Se levantó y suspiró—. Siente las cosas bien, Martina. Siéntelas antes de tomar una decisión que marque el resto de tu vida. Duermo a tu lado. Tócame. Huéleme. Bésame. Acuérdate de los motivos por los que nos enamoramos juntos de la vida y ayúdame a que no se me olviden a mí, pequeña, porque me flaquean las fuerzas. Me gustaría decirte otra cosa pero... estoy cansado.

La cuenta atrás había empezado.

59

Siempre he pensado que los celos pueden destruir no solo a una pareja, sino a la persona que los padece. Me parecían una estupidez. Una pérdida de tiempo. En mi esquema de economía emocional no tenía sentido sentir celos…, y allí estaba, imaginando a todas horas a Pablo frotándose los labios con un paño húmedo antes de volver a casa para eliminar los rastros del pintalabios de Carolina.

Con Fer nunca sentí celos; no diré que no me dio motivos, aunque no me los dio. Es que sencillamente hubiera sido inconcebible. Estaba conmigo porque quería, ¿no? Si no quisiera estarlo, se marcharía. ¿Qué había cambiado de pronto? Me aterrorizaba la idea de Carol, en general. Su sola existencia. Su presencia en la cocina. La combinación del rosa fucsia de sus labios, el blanco de la chaquetilla de cocinera y el verde esmeralda de su pelo.

Quizá si hubiera tomado aquella decisión por otra razón el resultado no hubiera sido aquel. Si hubiera pensado en darle una sorpresa a Pablo y no en vigilar, controlar y quedarme más tranquila, aquella noche hubiera dormido apoyada en su pecho. Pero lo cierto es que estaba segura de que algo pasaba y descubrirlo con mis propios ojos lo antes posible era la única opción que me parecía tolerable.

No lo pensé. Me vestí con la única ropa decente de mi armario que no me apretaba hasta la asfixia, me peiné y abrigué a Diego. Aún hacía frío y anochecía pronto, pero bajé la capota del carro y lo cubrí con una manta…, caminé ocho kilómetros desde casa hasta El Mar.

Pablo estaba fuera, junto a la valla, fumándose un pitillo con Alfonso. Escuché su voz antes de verlo y una especie de premura me invadió para acelerar mi paso. Cuando me vio frunció el ceño y apagó el cigarrillo.

—¿Martina?

—Hola —saludé.

Vino a abrir la verja y se hizo cargo del carro.

—¿Pasa algo?

—¿Qué? Ah, no. Solo… empezamos a andar y… nos pareció buena idea venir a veros. Dentro de poco vuelvo y pensé que podía ir poniéndome al día.

Alfonso se acercó a darme dos besos y se asomó al carro e hizo una carantoña a Diego, que se había dormido.

Entramos en la cocina, donde todo el mundo andaba ya ajetreado. Faltaba una hora y media para el pase y se notaba esa tensión viva en el ambiente; fue como una descarga de energía en mi torrente sanguíneo. Poco a poco todos los compañeros fueron acercándose para saludar, aparentemente contentos de verme. En mi cabeza sus sonrisas no eran de cariño, sino de condescendencia; un equivalente a «ya está aquí la chica del jefe». Todos se asomaron a ver a Diego, dijeron maravillados que estaba muy grande, me dieron la enhorabuena y todas esas cosas que se le dicen a una madre reciente. Carol andaba dando instrucciones en la partida de fríos, cosa que me extrañó porque excedía su trabajo, así que se acercó de las últimas.

—Hola, Martina. —Sonrió tímida con aquel maldito pintalabios fucsia que tan bien le quedaba—. ¿Qué haces por aquí?

—Nada, aquí..., a ponerme al día. ¿Tú qué tal? ¿Calentándome el puesto?

Pestañeó ofendida por mi último comentario. Fue malintencionado por mi parte, lo confieso. Lo dije con veneno, porque había algo entre nosotras que no andaba bien y se olía a kilómetros.

—¡Lo que nos acordamos de ti con lo de las neveras! —exclamó Carlos palmeándome la espalda—. Tú hubieras chasqueado los dedos y «pam», solucionado.

—¿Qué de las neveras?

—¿Llevas el walkie? —me preguntó Pablo un poco tenso.

—Sí.

—Genial. ¿Llevo a Diego a mi despacho y nos tomamos un café?

Le sonreí y él se llevó el carrito hacia el despacho. A mi lado, Carol seguía allí parada, mirándome. La ignoré conscientemente y me giré hacia Carlos.

—¿Qué decías que pasó con las neveras?

—¿No te lo contó Pablo? —preguntó Carol extrañada.

—En casa estamos a otro rollo. No hablamos de trabajo.

Era evidente que no saber nada sobre el misterioso caso de las neveras me molestaba. No sé si ella estaba genuinamente extrañada de que Pablo no me lo hubiera contado o era un papelón para volverme loca de celos. Sea lo que sea... me volví loca de celos.

—¿Vamos? —preguntó Pablo a mi espalda.

Ni la miré al despedirme. Seguro que llevaba puesto el jodido sujetador de media copa e imitación de cuero. ¿Le iría el bondage? ¿Le iría a Pablo? Estaba segura de que si yo fuera tío me pondría atar a alguien como Carol y follármela a lo bruto. Tan guapa, con sus pantalones pitillo extra estrechos...

Pablo me indicó una de las mesas del restaurante y después se marchó hacia el rincón de las cafeteras a preparar un café con leche y uno solo. Cuando volvió yo llevaba un rato embobada con la decoración del salón. Se me había olvidado lo mucho que me gustaba.

—Toma.

—Gracias. —Acerqué la taza y me lo quedé mirando—. ¿Qué pasó con las neveras?

—¿Por qué le has hecho ese comentario a Carol? —respondió con otra pregunta.

—¿Qué comentario?

—Lo de «calentarte el puesto». Es malintencionado. No quiero estos rollos en mi cocina cuando vuelvas. Te lo digo como dueño. Tú ya sabías que iba a ocupar tu nuevo puesto mientras estabas fuera.

—Me dijiste que irían rotando todos los jefes de partida.

—Al final fue mucho más efectivo dejarla a ella fija. Es la más resolutiva.

Sí, claro. La muy asquerosa. Preparándome la cama...

—Si quieres que se quede con el puesto de segunda jefa de cocina...

Pablo se frotó la cara y suspiró:

—De verdad que no entiendo nada. A ver... —Me miró—. El puesto es tuyo. Y olvida que soy tu pareja por un minuto, ¿vale? Soy lo suficientemente responsable con mi negocio como para tomar este tipo de decisiones a conciencia, no guiado por el cariño o la polla. Respeta mis decisiones.

Oído, chef.

Guau. Vaya.

—Oído. ¿Y las neveras?

—Hubo un fallo eléctrico la noche del domingo y los generadores de seguridad no saltaron, con lo que el martes nos encontramos con dos neveras llenas de género estropeado.

—¿Y qué hicisteis?

—¿Qué hubieras hecho tú?

—Hubiera puesto a los ayudantes a limpiar y vaciar las cámaras. Hubiera hecho inventario de lo que hacía falta para ejecutar los menús diarios con sus especificaciones y habría llamado a los proveedores de confianza.

Pablo sonrió.

—Pues eso hicimos.

—¿Te enfadaste mucho? —Quise sonreírle y hacer un guiño al jefe exigente que sabía que era.

—No, qué va. Cuando llegué ya estaba todo medio solucionado. Carol se puso al frente.

¿Habéis sentido alguna vez una llamarada de fuego saliéndoos de los pulmones? Yo sí. Como si fuese un jodido dragón. Como si se me hubiera activado un sistema de autodestrucción que hubiera empezado por quemarme por dentro. Pestañeé.

—Vaya…, cualquiera lo hubiera dicho. Cuando tuvimos el accidente en cocina se quedó paralizada.

—Supongo que reaccionar con sangre de por medio es mucho más complicado.

Y yo supongo que aquella era su manera de hacerme un cumplido profesional, pero ya era tarde para aplicarme bálsamo en las quemaduras.

—Oye, Martina… —Jugueteaba con el walkie que nos mantenía conectados con el despacho, donde estaba Diego—. ¿Y si vamos a cenar?

—¿A cenar?

—Sí. —Sonrió—. A cenar. Los tres. A algún sitio bonito. Y si Diego se pone a llorar, lo pedimos para llevar y abrimos una botella de vino en casa. ¿Qué te parece?

—Ah… —Jódete, Carol, tú esto no lo tienes—. Me parece muy bien.

—Vale. Pues… ve despidiéndote. Voy a por la chaqueta.

Los cafés se quedaron muertos del asco, plantados sobre la mesa. Pablo silbó hacia un runner y le señaló las tazas con una sonrisa.

Todos los compañeros se despidieron con un «hasta dentro de nada», excepto Carol que esperaba en su mesa, despiezando carne con aire distraído. Pasé por su lado hacia la salida sin decirle nada y ella se quitó los guantes de seguridad y salió detrás de mí sin mediar palabra.

—Martina… —Cerró la puerta de servicio a su espalda y se acercó unos pasos mientras se limpiaba las manos con el mandil—. Espera.

—Dime —pregunté seca.

—¿Estás molesta conmigo?

—¿Tengo razones para estarlo?

Se mordió el labio inferior y suspiró.

—¿Hablamos de El Mar? —preguntó.

—Tú sabrás.

—Martina… —se empezó a poner nerviosa—. Yo nunca he tenido intención de faltarte al respeto. Cuando vuelvas el puesto es tuyo, lo sabes. No estoy intentando nada raro en tu ausencia. Hay pocas cosas en la vida que respete más que la maternidad.

Sería puta…, sí, ya sé que no tenía razones para que aquel comentario me quemase tanto, pero lo hizo.

—¿En serio, Carol? —Levanté las cejas—. ¿Vamos a jugar al despiste? ¿Te crees que estoy ciega?

—Vale. Hablamos de Pablo entonces, ¿no? Vamos a ser francas.

—Hablamos de mi familia, sí.

Se revolvió el pelo y miró hacia el cielo anaranjado de Madrid.

—No fue mi intención, ¿vale? Yo… comenté a mis amigas que él estaría en aquella discoteca y ellas insistieron en ir. Desde lo del dominical… tenían ganas de verlo en persona. Vamos, Martina…, sabes con quién estás. Sabes las miradas que despierta. No estás ciega.

—¿De qué coño me estás hablando? —Fruncí el ceño.

—La noche de la despedida. No intentaba nada. Solo… nos encontramos. Hablamos. Yo me pasé bebiendo. No es pecado. A todos nos ha pasado. Él insistió en acompañarme a por un taxi, me tropecé, tiré de él y… sencillamente se cayó encima de mí.

Los pelos en la camisa. El olor. ¿Encima de ella, había dicho? Los imaginé frotándose en la parte de atrás de un coche. Una vez, antes de quedarme embarazada, nosotros lo hicimos en su coche. Fue brutal. Con él siempre lo era. Menos ahora, que me follaba como follan los animales, sin mirarse, sin sentir, solo por un impulso instintivo. Mi silencio puso nerviosa a Carol, que empezó a hablar atropelladamente, empeorándolo todo.

—Sé que sabes que Pablo y yo…, hace tiempo…, joder, no me puedes odiar por eso, Martina. Tú hiciste lo mismo cuando llegaste. Yo también lo intenté. Nos fuimos a la cama y, bueno…, ya está. No hay más. Si crees que…

—¿Yo hice lo mismo? —pregunté ofendida—. ¿A qué cojones te refieres?

—No me refiero a nada. Ha sido una mala elección de palabras.

—Llevas tomando malas decisiones bastante tiempo, me parece.

Cogió aire y me miró con las cejas arqueadas.

—Ya basta, Martina. Las dos lo sabemos. Pues ya está. No hagas leña del árbol caído. No voy a acercarme a él mientras esté contigo. No hay más.

—No vuelvas a dirigirme la palabra fuera de esta cocina. Eres una cría egoísta. Espero que te aprovechen los restos de lo que fuimos y que has ayudado a romper. Enhorabuena.

Pablo salió con el carro del niño y se quedó en el quicio de la puerta parado cuando Carolina cruzó corriendo a su lado con las mejillas húmedas de lágrimas, sollozando.

—Pero ¡¡¿qué cojones te pasa?!! Explícame por qué eres ruin y cruel con ella. No lo entiendo.

Llevábamos quince minutos gritando en el salón de casa. Y Diego diez llorando desconsolado. Pablo lo agitaba con suavidad entre sus brazos, intentando calmarlo. Yo, sentada en el sofá, lo miraba muerta de rabia.

—Es una manipuladora. Echa dos lagrimitas y tú ya te...

—¡¡Te estoy hablando en serio!!

—¡¡¿Con qué autoridad me gritas después de haberte pasado una noche frotándote con esa puta niñata en una discoteca?!!

—¡¡Me caí encima de ella dos putos segundos!!

—¿Te gustó?

—Me estás tocando los cojones —rugió.

—¡¡¿Mejor o peor que ella?!!

Pablo se quedó quieto, manteniendo un leve movimiento de brazos con el que tranquilizar a Diego. Me miraba como si acabara de aparecer súbitamente delante de él por generación espontánea.

—No sé quién eres —musitó despacio—. Y no me cabe más decepción, Martina. Voy a reventar.

—Pues déjame.

—¿Es lo que quieres?

Él. Él sonriendo. Con otra. Con una chica nueva, que abrazara a mi hijo como mi hijo lo merecía, sin miedo a hacerlo mal, a ser torpe, a que los demás se rieran de ella o la juzgaran porque su cariño no fuera el estipulado para ese tipo de casos. Una chica que sonriera también. Que le enseñara cosas bonitas a Diego, como que la mejor puesta de sol es la que está empañada por nubes, porque es en ellas en las que se refleja la luz. Que la vida es bonita y volátil como un diente de león. Me cogí el pecho, que dolía de puro vacío y Pablo apartó la mirada.

—Voy a bañarlo. Esto no…, no puedo más, Martina. No puedo más.

60

No nos dirigimos la palabra en lo que quedó de noche. Cuando Diego se tranquilizó, él se fue. Me mandó un mensaje al móvil para decirme que volvía a El Mar. Ya ni siquiera podíamos hablar. Habíamos cruzado otro límite sin retorno.

No durmió a mi lado cuando volvió. Lo escuché acostarse en la habitación de invitados rompiendo nuestra promesa…, una más; lo peor fue darme cuenta de que me sentía aliviada. Era mejor tener paredes físicas entre nosotros que estar acostados en la misma cama y sentir esa distancia tan fría. Las ganas de girarme, aplastarme contra su pecho, llorar, suplicarle que me entendiera para no sentir que me estaba volviendo loca, preguntarle si me amaba aún, jurarle que podríamos recuperar lo que tuvimos a sabiendas de que no era verdad… sin tener todo aquello a mi alcance, no me sentía sangrar tanto. Pablo y yo nos habíamos perdido el uno al otro. Era mejor saberlo que vivir con la incertidumbre.

A la mañana siguiente nos despertamos a la vez, a las siete, con el llanto de Diego. Se pasó hora y media sin parar; lo único que nos dijimos el uno al otro fue un «vístete, nos vamos al hospital». Volvimos a las cuatro de la tarde con Diego dormido de puro agotamiento. Nos habían vuelto a decir lo mismo: gases, digestiones pesadas quizá. A saber. Paciencia. El niño estaba bien. ¿Es posible que los niños puedan sufrir por sus padres? Si lo piensas es en ese momento, cuando aún no sabemos hablar, cuando percibimos mejor que nunca cuándo nos aman de verdad. Cuando sabemos quién nos protegerá y quién no podrá. ¿Y si mi hijo clamaba por otros brazos que no fueran los míos?

Pablo se dio una ducha, se cambió y se fue a El Mar sin comer. Y yo, sentada en un escalón lo vi irse, preguntándome si Malena habría vivido aquello también, aunque sabía que a ellos les quemó el fuego de la intensidad con la que lo sintieron y a nosotros nos azotaba el frío más glacial. Supongo que con Pablo todo lo que se vivía era extremo. En realidad compadecía a Malena... y a Carol. Y a mí. Enamorarse de Pablo era tan fácil: su sonrisa, su pasión por la vida, la poesía con la que miraba hasta las cosas más sencillas, sus ojos del color del mar en verano; sus labios, masculinos pero suaves, demandantes; sus manos callosas e intensas, la forma en la que su garganta gruñía cuando te demostraba con la piel el límite del amor al que no llegaban las palabras. Te enamorabas tanto que quemaba y después... lo perdías. Porque en realidad, seamos sinceras..., él era demasiado especial. Quedaría siempre una cicatriz. En eso consistía vivir y sentir, ¿no? Yo no había sabido hacerlo. Ni con él ni con nadie. Con Fernando funcionó porque él tampoco esperaba más de la vida. Pablo, sin embargo, no iba a contentarse con una imitación de emociones estándar ni con las mías encerradas bajo llave. Él quería vivir de verdad, no tener que rascar bajo capas de indiferencia fingida para poder encontrar un beso que significara algo.

Cuando escuché salir el coche del garaje y la verja cerrarse segundos después, me permití el lujo de dejar de fingir que podía con ello y desmoronarme.

Sandra me devolvió entonces la llamada del día anterior, pero en mi línea, me repuse para hablar con ella. Ella habló y yo lancé todas las expresiones de conformidad que me sabía. Estaba contenta, haciendo poco a poco la mudanza, tomándoselo con calma porque, total, Amaia y Javi estarían fuera aún unos días. A la vuelta tendrían el piso para ellos solos. Finalmente no habían podido vender el de Ortega y Gasset, pero Javi lo había alquilado a dos médicos del hospital para que instalaran allí sus consultas privadas. Eso le daba dinero suficiente para pagar el alquiler total de ese piso que para Amaia era tan especial. Le habían dicho a Sandra que no se precipitara y que se quedara todo el tiempo que quisiera, pero ella quería huir. Huir en brazos de un hombre con quien alquiló un estudio a medias por la zona de Retiro le pareció la mejor opción. Y como no se preguntaba las razones por las que había decidido enamorarse de Germán, estaba feliz. Y no me preguntó si yo lo estaba. Y no lo estaba. Ni lo era.

Pero los bebés no dan tregua. No entienden que necesitas llorar tus penas, que ver el amor de tu vida marcharse poco a poco necesita un duelo. Y yo, que era su madre, respondí a sus demandas, pero con el automático puesto. Le cambié el pañal. Lloró cuando volví a vestirlo. Le encantaba estar desnudo. Lo imaginaba en verano vestido solamente con un pañal, chuperreteando un trozo de pan, riéndose, balbuceando los primeros sonidos conscientes. ¿Me emocionaría al escucharle decir mamá? Seguro que no sabría. Y él se daría cuenta tarde o temprano de que su madre estaba defectuosa.

Le di un biberón, porque estaba dejando poco a poco de amamantarle. Pensé, mientras calentaba la leche sintética, que perdería otro vínculo con mi bebé pronto. Ya no se apoyaría en mi pecho para alimentarse. Y Pablo no nos miraría con aquellos ojos.

Jugamos un rato sobre la cama. Pablo lo tranquilizaba así a veces. Se ponía a hablarle despacito, suave, le contaba historias que sonaban muy bien pero que eran mentira, como nosotros. Pero a mí no me salía. El niño se revolvía, gimoteando, así que decidí bañarlo. Desnudarlo fue un tormento. Reaccionó como un gato, llorando histérico, agitando bracitos y piernecitas desesperado. Tenía su llanto clavado a fuego en medio de la cabeza y algo palpitaba cada vez que él cogía aire y volvía a gritar. Lo dejé un segundo en la hamaquita, desnudo y me quité la ropa yo, deprisa. El ambiente en el cuarto de baño era cálido y el agua de la bañera salía a la temperatura perfecta. Lo cogí en brazos, me metí dentro y lo acomodé sobre mi pecho desnudo. Así esperé que fuera cuando di a luz. Soñaba en silencio con ese momento en el que alguien me lo colocara piel con piel y yo pudiera sentir su calor fuera de mi cuerpo. Pero sin poesía, de verdad, como en un acto animal de reconocimiento. Olernos. Mirarnos. Tocarnos. Pero no fue así. Pablo fue el primero en poder sostenerlo. Porque él, Dios sabe por qué, siempre pareció más preparado para ser padre que yo.

Diego seguía llorando. Hacía días que no veíamos a *Elvis*. A lo sumo lo veías cruzar el salón a toda velocidad para alimentarse y volver a esconderse donde fuera que había instalado su guarida lejos de los llantos de nuestro hijo.

—Diego… —susurré con los ojos cerrados—. Ayuda a mamá, por favor. Deja de llorar. Mamá ya no sabe qué hacer.

Por supuesto, no hizo caso. Siguió llorando, agitando los puñitos enrojecidos. Lo giré y lo apoyé en mis rodillas encogidas. Le acaricié la carita. Era tan bonito…, incluso así, cabreado, carmesí, enseñando las encías desnudas en cada bocanada de aire.

Lo besé. ¿Sería capaz de hacer ese tipo de gestos cuando él fuera consciente? No. Probablemente me cortaría, con miedo a que él viera en las madres de sus amigos otros gestos y pensara que la suya lo hacía mal. Miedo a que comparara mi amor con el de Pablo y fuera más que evidente cuál era el mejor.

¿Cómo sería al crecer? ¿Sería como Pablo? ¿Como yo? ¿Buscaría mis abrazos, mis besos? ¿Y si no sabía dárselos? Yo había crecido en una casa serena, sin grandes muestras de cariño. Se daban besos, pero protocolarios. Ni mis hermanos ni yo nos lanzábamos en brazos de mi madre en busca de mimos. No nos acariciaba el pelo entre sus dedos mientras escuchaba qué habíamos hecho en la escuela. Ella se sentaba en la mesa en la que hacíamos los deberes y supervisaba que todo estuviera bien. Nos daba la enhorabuena si recibíamos una buena calificación y chasqueaba la lengua si bajábamos la media en alguna asignatura. Mi padre..., lo mismo.

Sin embargo, Ángela tenía las paredes de su casa repletas de recuerdos de la niñez de sus hijos. Pablo me contó que los dormía con cuentos de Chéjov, de Cortázar, con poesía de Lorca..., los abrazaba antes de apagar la luz, pidiéndoles un pedacito de su alma que ella devolvería convenientemente en otro abrazo por la mañana. Yo había visto a Ángela acariciando el pelo agradecido de un Pablo adulto, besándole las mejillas, sonriéndole. Le había escuchado darle consejos sobre cómo sobrellevar una sensación.

—No desesperes si llora, Pablo. Eres su padre y tienes que demostrarle que la frustración no sirve más que para vaciarnos de esperanza.

Y yo miraba sabiendo que su madre podría no ser convencional y su padre el tío más silencioso del jodido mundo, pero entre ellos se respiraba cariño, respeto, admiración y amor. El amor más grande del mundo. El que no tiene comparación con nada. Los ojos brillaban. Las comisuras de los labios tironeaban hacia arriba. Y hasta cuando se enfadaban duraba poco, porque se conocían tan bien...

Diego era físicamente clavado a Pablo. Si te asomabas a la cuna, el primer golpe de vista hasta te hacía sonreír porque el parecido era tan evidente..., me dijo una vez que había leído que los bebés recién nacidos solían parecerse a su padre por una cuestión animal, para que el macho no rechazara a la cría. Me pareció una marcianada, pero en lugar de acurrucarme en su pecho y preguntarle qué opinaba él, el bloqueo que sentía me hizo asentir y mirar a otra parte, en busca de algo que no me tocara tan de cerca. Cosas que no despertaran sentimientos. En busca de una vida gris en la que no se notase que yo no era capaz de vivir las emociones como los demás. ¿Por qué? Supongo que porque creí que no podía hacerlo, sin más. Pero... ¿y si Diego se parecía a Pablo en todo? ¿Y si era pasión desmedida? ¿Y si mis cuentos sobre los tres cerditos le aburrían? ¿Y si me pedía que inventase alguno para él? ¿Y si le gustaban los besos? A todos los niños les gustan, me dije. Me llamé estúpida. Madre de mierda.

Hacía pucheros y gritaba. El grito era tan continuo y mis nervios estaban muy irritados..., estaba tan agotada...

—Por favor. Mamá no volverá a pedirte que no llores. Jamás. —Lo pegué a mi boca y lo besé—. Serás libre de hacerlo siempre que algo te duela, o te supere o te emocione. No harás como mamá y sabrás hacerlo cuando toque por las cosas que valga la pena hacerlo. Pero ahora tienes que callarte.

Diego siguió llorando. Le abracé. Le besé. Se merecía a alguien que lo hiciera mejor. Él era perfecto. Lo había sido siempre, incluso antes de nacer. Hubiera sido perfecto de cualquier modo. Un jodido milagro. ¿Lo pensé bien cuando lo traje al mundo? Quizá no estaba preparada. Quizá tuve que haberlo dado a alguien que supiera hacerlo mejor. Dejarlo con su padre, que parecía no necesitar ayuda.

¿Y si me iba? Lejos. Cambiar de ciudad. Dejar que me olvidaran. Que fueran más felices sin mí. Yo no podría serlo, claro, pero en la vida nada es gratis. Al menos tendría el recuerdo del calor de su cuerpo pegado a mi pecho. Le eché un poco de agua calentita por encima y cogió aire un par de veces. Hasta tenía el ombliguito igual que su padre. Y los ojos. Y la nariz. Y las orejas. ¿Tendría el mismo pelo?

—Vivirás, Diego. Tendrás una vida bonita. Una niña se enamorará un día de ti. O un niño. Y tú de ella o de él. Y le gustará tocarte el pelo como a mamá le gusta tocar el de papá. Pero te lo dirá. Mamá suele callárselo. —Le acaricié la carita—. Pero no llores más, Diego. Serás feliz. Papá te enseñará cómo serlo. Y te besará y te recogerá si te caes. Mamá mirará, pero de lejos. Mamá te quiere… mucho. Aunque no sepa demostrártelo como lo mereces.

En el fondo lo sabía. No podía irme. Un hilo invisible me ataba a él y tiraba de lo más hondo de mi ser. Lo de Pablo y yo podría no haber funcionado, pero Diego…, Diego era para siempre.

—Mi bebé. —Sollocé—. Mamá no sabe hacerlo mejor. Perdónala.

No paró cuando le sequé con una toalla esponjosa y suave. Tampoco cuando le puse la leche hidratante. Lloró más aún cuando le coloqué el pañal. Se negó a meter los brazos en el pijama a la primera. Me costó cinco intentos. Lo dejé en la hamaca, me vestí de nuevo aún mojada y volví a cogerlo.

—Mi vida…, por favor. Por favor…, mamá está triste. Por favor…, calla. Tienes que dormirte. Papá vendrá y te dará un beso y te acunará y olerá a…, a eso que huele siempre y que nos calma. —Ese olor a él, a casa, a hogar que ya no era el mío, que estaba lejos, que yo misma había ido sintiendo menos parte de mí—. Papá dejará de querer a mamá… pero a ti no. Nunca.

Me limpié las lágrimas y lo cargué sobre mí.

Llanto. Decepción.

Llanto. Frustración.

Llanto. Tristeza.

Llanto. Sentimientos encallados.

Llanto. Dolor de pecho.

Llanto. Vacío.

Llanto. Bloqueo.

Llanto. Sin fuerzas.

—¿Martina?

La voz de Pablo resonó, como siempre, grave y áspera, en el hueco de la escalera. Me limpié los restos de lágrimas de la cara a toda prisa. Escapa. Escapa, Martina. Hoy. Solo hoy. Corre. No mires atrás. No puedes.

—¿Me oyes?

¿Me oyes? Antes hubiera dicho «pequeña», esperando que yo contestase a su llamada.

—¿Dónde estás?

Siguió el sonido del llanto. Me dio tiempo justo de ponerme las zapatillas antes de que abriera la puerta del baño.

—¿Por qué no me contestas?

Cogí a Diego, lo apoyé en su pecho y, cuando él lo rodeó con sus brazos, corrí escaleras abajo.

—Martina… ¡¡Martina!! ¡¡¡Martina!!!

Ya había cerrado la puerta y corría calle abajo y aún seguía escuchando su voz gritando mi nombre. Ya estaba.

61

F ue una noche horrible. Por primera vez en mi vida tuve ganas de zarandear a mi hijo, desesperado, para ver si se callaba. Martina se había ido corriendo calle abajo sin bolso, sin llaves, sin cartera ni móvil a las doce y media. Sin mediar palabra. Diego se durmió a las dos.

No pegué ojo. Desperté a Sandra, a Fer, a sus padres. En otra situación habría sido más discreto, pero tenía los nervios tan a flor de piel que ni siquiera pensé. Paradojas, sus padres fueron los que más tranquilos se mostraron, a pesar de recibir una llamada en plena madrugada preguntando si sabían algo de su hija.

—Volverá cuando se le pase —me dijo su madre—. A veces no encuentra las palabras y... se va. Algunas cosas le vienen grandes.

Cuando colgué el teléfono estuve un buen rato mirando a Diego, pensando en la poca culpa que tenía Martina por no saber cómo gestionar ciertas emociones. El único contacto con el sentimiento que había tenido en la vida fueron sus amigas. Y yo.

Yo. Que llegué y me lo cargué todo, entrando como un toro y llevándomela a ella por delante.

Fer se preocupó mucho. Estaba medio dormido, así que no espero que recuerde que me llamó desgraciado y que me dijo que toda la culpa la tenía yo. «La has vuelto loca, joder». Quedamos en llamarnos cuando apareciera y yo me prometí perdonarle aquello, sobre todo, porque tenía parte de razón. Sandra también se alarmó. Me preguntó si quería que me pasara por su antiguo piso por si había ido allí, pero le dije que no. Era tarde y en el fondo sabía que no entraría en razón. Yo mismo llamaría al piso.

—Hablé con ella esta tarde, Pablo. Parecía estar bien. Como siempre.

Me callé mi apreciación sobre su interés por sentir a sus amigas. Amaia lo habría sabido. Sencillamente lo habría hecho. Y yo sabría dónde estaba Martina.

A las cuatro de la mañana, después de ponerme en contacto con la policía y que básicamente me dijeran que me tranquilizase y me comunicase mejor con mi mujer en futuras discusiones, llamé a su antiguo piso; nadie contestó. Dejé, no obstante, un mensaje de voz. Uno muy desesperado.

—Martina…, soy yo. Pequeña…, pequeña, pequeña. Ven. Lo arreglaremos. Da igual lo que dijéramos o hiciéramos. Lo echaremos todo abajo y lo levantaremos de nuevo, ¿vale? Solo tienes que verlo, mi vida. —Cerré los ojos y apoyé la frente en la pared—. Podemos hacerlo. Somos buenos padres. Y nos queremos. Nos amamos. Joder, Martina…, tendrían que inventar una palabra para lo que nosotros sentimos y sí, sí, somos tan especiales.

Me mordí muy fuerte el labio cuando sentí que se me quebraba la voz. Llevaba mucho tiempo sin llorar. ¿Era un sollozo lo que tenía cogido a las cuerdas vocales?

—Mi pequeña. Solo vuelve, ¿vale? Te amo. Más que al mar.

No me devolvió la llamada.

Por la mañana, cuando ya me estaba vistiendo para llevar a Diego a casa de los padres de Martina y dar una vuelta para buscarla, escuché un sonido repetitivo en la puerta de casa. Bajé a toda prisa, sin importarme que Diego se había quedado despierto y solo en la cuna. Aquel sonido podía ser muy bueno o muy malo. Detrás de la puerta podría encontrarme a la policía. Los imaginé preguntándome si era Pablo Ruiz, poniéndome la mano sobre el hombro y dándome el pésame. «Martina, ¿qué has hecho?», me dije. Abrí con el corazón en la garganta. Y allí, despeinada, congelada, perdida... estaba Martina.

—¿Dónde has estado? —pregunté, aunque lo único que me apetecía era abrazarla.

—Pensando.

—¿Toda la noche?

—Sí. Cerca de ti no puedo hacerlo. Aquí no puedo hacerlo.

Pasó de largo. Quise agarrarla y besarla. A fuego. Pero solo cerré los ojos al sentir la brisa que provocaba su movimiento.

—Martina...

—¿Y Diego?

—En la cuna.

—Voy a darme una ducha.

¿Habría decidido que no soportaba más aquello? ¿Se iría? ¿Se llevaría a mi bebé con ella?

Entré en la habitación, enchufé el walkie y dejé a Diego cogiéndose los pies y lanzando ruiditos felices. Después me colé en el cuarto de baño y me desnudé. Cuando entré en la ducha me la encontré con la frente apoyada en la pared, el pelo largo empapado y las palmas de las manos sobre los azulejos.

—Martina...

—No..., por favor... —Su voz sonaba tan dolida—. Déjame, Pablo. No puedo...

—Yo tampoco.

Apoyé la frente en su nuca y sentí su cuerpo arquearse inconscientemente en mi busca. Mi pequeña. Su piel aún me reconocía. Abracé su cintura y besé su cuello. Ella tembló, mezcla de emoción y de aguantar el llanto. Mis manos se abrieron en su vientre y me acerqué más a ella, hasta que ni las gotas de agua tenían espacio para resbalar entre nosotros. Mis labios se quedaron suspendidos sobre su pelo para terminar aterrizando sobre él.

—¿Me quieres? —le pregunté—. ¿Aún me quieres? Solo quiero saber eso. Dímelo, pequeña.

Piel. Me hacía falta piel. Las palabras al final, ¿qué son? Sonidos. Sonidos arbitrarios pronunciados al azar, instaurados como norma, que inventamos para dar nombre a las cosas que vemos, que sentimos, que deseamos. Forma sonora para nuestros pensamientos. Yo no necesitaba aquello. La quería a ella. Besé su cuello. Subí las manos. Toqué sus pechos, que estaban menos llenos. Un quejido de deseo se escapó de mi boca. Volví a besar su cuello, justo detrás de su oreja, donde sabía que le encantaba y donde ella olía aún mejor.

—Dímelo como quieras. Sin palabras —le supliqué.

Quería que se girara, que dejara sus labios sobre los míos, pero esperé, esperé, esperé hasta que habló.

—Hazme un favor, Pablo —pronunció aparentemente serena—. Quítame esta piedra de encima. Elimina este problema de entre nosotros. Busca otra con la que follar.

—¿Qué dices?

Se volvió hacia mí.

—Yo no puedo. No quiero hacerlo. Me lo planteo y… no puedo. Hazlo con otra, quítame este problema de encima y ya está. Casi lo haces ya, ¿no? Mastúrbate con otra. No me importa. Concentrémonos en ser padres.

—¿Qué me estás diciendo? —repetí, sintiéndome estúpido.

—Eres libre de acostarte con quien quieras. Yo no necesito esto entre los dos. Lo he asumido.

—¿Qué has asumido?

—Que hemos dejado de querernos. Que ya no nos queremos así.

—Me estás haciendo daño —le avisé.

—¿Sí? Mejor. La letra con sangre entra.

Siempre había terminado yo las relaciones. Esa es la verdad. Con María, aunque fue ella, siempre tuve la sensación de que la empujé a hacerlo porque me sentía demasiado joven para estar tan enamorado. Yo sabía que la sensación de romper con alguien no era agradable. Ese regusto amargo en la garganta del remordimiento. El corazón desbocado, porque te importa. La decepción de saber que no pudiste lograrlo. El alivio sibilino de poder tirar la toalla y dejar de luchar. Pero no tenía ni idea de lo que se sentía cuando te dejaban. Cuando te dejaban así, cansado pero con ganas de seguir luchando. Cuando lo hacían empujándote, además, diciéndote que eso que para ti es magia, es una obligación para ella. Abrí la boca como un idiota, pero no respondí nada por el momento. Y ella, allí, tan entera, parecía haber llegado a la conclusión de que no…, no quería seguir luchando. Ya no me quería.

—¿Me dejas? —le pregunté.

—No. No te dejo. Lo nuestro ya no existe. No hay nada que dejar. La magia se… fue.

—Martina… —Cerré los ojos, dispuesto a reptar, a tirarme al suelo, sollozar si hacía falta.

—No, Pablo. Folla con otra. Verás que tengo razón. Y a mí ya… no me importa.

Y al dolor que me provocaba su abandono, se sumó la indignación de sentir que a ella le daba igual pero a mí me mataba pensar que su cuerpo ya no fuera una extensión del mío.

—Pequeña…, yo te quiero.

—Pues quiéreme, pero folla con otra. Yo no quiero. Vete a trabajar.

No sé ni cómo salí de la ducha. Ni cómo me vestí. No me despedí de Diego. Solo salí de casa y eché a andar.

Apoyado en un banco de trabajo de El Mar, con los brazos cruzados, me dediqué a imaginar. A recordar. Todos se movían a mi alrededor precipitados y yo evocaba un tiempo en el que las prisas no tenían sentido. El único momento de mi vida en el que me había sentido de verdad. Tangible. Valiente. ¿Podíamos arreglarlo? ¿Se había roto del todo? Recuerdo que me recreé en evocaciones frívolas e infantiles, acordándome de la primera vez que vi a Martina dentro de mi despacho. Había pasado ya un año y todos habíamos cambiado por dentro y por fuera. Yo sabía cuánto le afectaban esos cambios a ella, a una persona arrojada de cabeza a esto del sentir sin escudo ni espada, a pecho descubierto. Por más que ella se torturara culpándose por no ser lo suficiente fuerte, serena, maternal, cariñosa…, por más que se flagelase con el recuerdo de unos pantalones vaqueros que ya no le abrochaban, joder…, yo veía a la misma. Exactamente a la misma chica que encontré sentada en la silla con las manos en el regazo, sobre el dosier con su recetario. Las palmas de las manos húmedas, el pelo recogido y tirante, las mejillas sonrojadas resultado a medias de la timidez y esa admiración que se leía en unos ojos estampados con todas las putas estrellas del mundo. ¿Me fijé en ella por vanidad? ¿Fue eso? ¿La necesidad de que alguien nuevo me admirara como mi mujer ya no lo hacía? Ni yo mismo lo hacía.

Sorprendentemente no reaccioné como esperaba hacerlo. No cogí una botella ni di puñetazos a las paredes. Quizá estaba demasiado paralizado para hacerlo. Quizá valoré que ni siquiera valía la pena. Darse puñetazos contra las paredes puede parecer irracional y estúpido, y lo es, que conste, pero tiene una razón: sentir. Cuando todo lo de alrededor se vuelve gris, cuando deja de palpitar el mundo al completo, cuando la frustración engulle todo lo demás, el dolor de un nudillo magullado me ayudaba a concentrarme en algo… y a olvidar que era imbécil. ¿Lo había sido también en aquella ocasión?

—Pablo. —Levanté la cabeza y me encontré a Alfonso con una expresión cauta—. ¿Todo bien?

—Ojalá. —Me mordí el carrillo—. Pero no te preocupes. Son temas personales.

—¿Están bien Martina y el niño?

No respondí. Solo asentí.

—¿Atiendo a los clientes yo hoy?

—No. No te preocupes. —Me dirigí al despacho, donde tenía la chaquetilla—. Ahora salgo.

Clientes borrachos. Clientes que tocaban más de lo que uno está dispuesto a ceder de su espacio vital. Clientes que aún llevaban un trozo de comida pegado a un diente. Clientes que te «exigían» que se les invitara a una copa para terminar. Clientes que insistían en que te sentaras con ellos, porque tenían una historia que te iba a interesar. Dos señoras que querían una foto. Y el remate: una celestina.

—Tendrías que conocer a mi hija. Es una joven promesa de la abogacía. Primera en su promoción y preciosa. Quizá hasta podrías sacarla a tomar algo después. Acaba de volver de Estados Unidos y está un poco perdida con esto de la vida social.

—Me temo que no tengo mucha vida social que poder compartir.

—¿Estás casado? —me preguntó.

La pregunta rebotaba en mi cabeza aún cuando volví a la cocina, mientras desabotonaba la chaquetilla con dedos nerviosos. Me ahogaba. ¿Estás casado? Ya no, señora, porque me casé con veinticinco con la tía que no tocaba. ¿Y ahora? Ahora la mujer de mi vida, la madre de mi hijo, me ha abandonado. Una mujer que llora a escondidas pero a la que no puedo ayudar porque no me deja, porque no entiendo qué le pasa, qué puedo hacer por ayudar. Una mujer que se siente tan defectuosa que ni siquiera puede entender que yo sienta deseo por ella. Una mujer que aprieta los muslos en la cama para calmar las ganas de que la joda como un animal. Una mujer que desprecia lo que siento por ella.

Me choqué con alguien.

—¡Ey! ¿Estás bien?

Una mano pequeña y suave me cogió de la muñeca, reteniéndome. Intenté irme. Tiré más fuerte de la tela para desabrochar todos los botones. Me asfixiaba. «Pues quiéreme, pero folla con otra».

—Pablo.

Apartó mi mano y desabrochó dos botones. Miré su pelo verde sirena. En la raíz se adivinaba su color natural. Nunca pensé que Carolina fuera rubia.

—¿Estás bien? —Miró hacia arriba a la vez que sus manos atusaban la tela de mi chaquetilla completamente abierta.

—Te juro que pensaba que me ahogaba —confesé apoyándome en una mesa.

—Algo me dice que no es por la calefacción.

Resoplé. No dijo nada más. Solo subió a la mesa de trabajo y se quedó allí, con las piernas colgando, moviendo los pies. Su olor me envolvía y, tan cabreado estaba con la vida, que me enfadé con ella por haberse rociado una cantidad inquietante de colonia de vainilla. No eres comestible, Carol. ¿Por qué quieres oler como si lo fueras? Pero cerré los ojos y me concentré en mi respiración. Al final, ser cruel con ella no mejoraría nada.

Alfonso salió por delante de nosotros y se quedó mirándonos, cargando con su chaqueta, el casco de la moto y unos trastos más debajo del brazo.

—¿Va todo bien?

—Sí —dije escueto.

—Esto…, sois los últimos.

—Yo cierro. Buenas noches a los dos.

—Yo me quedo —respondió Carol.

Alfonso me echó una mirada interrogante, pero con un gesto le señalé la puerta. Podía irse. Podía…, le daba permiso. Como Martina a mí para acostarme con quien quisiera. Como si el sexo fuera eso…, sexo. No lo será jamás, al menos no para mí. Yo me enamoro después de follar. Yo siento lo que hago. Yo quiero con mi polla, joder. Ella no había rechazado follar conmigo. Había repudiado lo mucho que la quería. No creo que haya nada en el mundo que duela más.

—¿Qué haces todavía aquí? — le pregunté a Carol sin mirarla.

—Hacerte compañía.

—No te lo he pedido. —Cerré los ojos y respiré hondo. No, joder, otra vez ese Pablo no. Me volví hacia ella, que me miraba con precaución, mordiéndose los labios—. Perdóname. No quiero pagarlo contigo. Déjame solo.

—Solo no arreglarás nada.

—Contigo tampoco. —Quería ser claro.

—Pero será más divertido.

Miré al suelo con una sensación horriblemente conocida en el pecho. No, joder, otra vez no. Otra vez la decepción. La rabia. El «no va a poder ser». El esfuerzo sin recompensa. El amor que se esfuma por las rendijas. Todo vuelve, dicen, sobre todo aquello a lo que damos la espalda. Nos merecíamos que funcionara.

Miré de nuevo a Carol, que no había apartado la mirada de mi cara. Llevaba un vestidito negro como retro, unas Vans negras con suela gruesa y… calzas. Me imaginé a Martina tumbada sobre nuestra cama con unas iguales, tapándole hasta poco más de la rodilla, dejando sus muslos carnosos y apretados a la vista, ajustándose a sus tobillos… «Vete a casa INMEDIATAMENTE, Pablo». Pero… ¿para qué? ¿Qué me esperaba? Una mujer que no me quería, o que sí lo hacía pero a la que no le importaba lo suficiente como para pelear por encontrarse mejor. Pasa a veces que la tristeza se convierte en rabia. Y yo estaba muy enfadado. Con el mundo, por haberme dejado querer como lo hacía; con Martina, por tirar la toalla; con Diego, por cambiar las cosas. Conmigo, joder. Conmigo. Por no saber hacer que el amor durara de verdad.

—Dime una cosa, Carol…, ¿crees en el amor?

—Sí —contestó muy segura.

—No lo hagas. —Miré al techo—. En realidad no existe.

—Sí que existe, pero estás enfadado y no lo ves.

Agaché la cabeza y respiré profundamente. Estaba tan a punto de hacer una tontería…, me sentía vacío. Solo. Más que en ninguna otra ocasión en mi vida. Martina… «Pues quiéreme, pero folla con otra». Desprecio.

—¿Me invitas a una copa? —le pregunté.

—Claro.

—¿En tu casa?

Los ojos de Carol se abrieron sorprendidos.

—¿Y tu mujer y tu hijo?

—Yo ya no tengo mujer.

Si yo hubiera sido Carol me hubiera mandado a mí mismo a la mierda. Me hubiera dicho cosas sobre los principios, sobre límites…, ella solo cogió su chaqueta y me esperó en la puerta. Cuando salimos a la vez, la paré para decirle algo más. Que aquella ruptura le sirviera al menos a alguien…

—Carol, no busques en mí nada más que lo que haremos hoy. No lo busques porque no existe. Ni conmigo ni con nadie. No te des.

—Pero…

—Vamos.

En el piso compartido de Carol olía a una mezcla entre velas perfumadas y tabaco que me desagradó. Su habitación, por el contrario, olía a vainilla. Puso música suave, me obligó a sentarme en el borde de la cama deshecha y me quitó la chaqueta.

Estaba tan triste que me dolía el alma. Joder. Sus manitas manipulaban mi ropa y finalmente se atrevió a sentarse en mi regazo.

—¿Vas a pensar en ella? —me preguntó.

No le contesté. Estaba claro que sí. Carol se abrazó a mi cuerpo y pegó sus labios y su nariz en mi cuello. Susurró que yo le gustaba mucho, que no dejaba de pensar en mí, aunque estuviera mal, que se le había ido de las manos. Ego. Mal amigo de quienes se encuentran débiles. Te dan un trago de ego y crees que revives, que estás mejor, que olvidaste todas aquellas cosas por las que, joder, eres la polla. Es como esas gotitas de belladona que las mujeres se echaban en los ojos durante el Renacimiento. Lo hacían porque la moda del momento era tener unas pupilas dilatadas que recordaran los ojillos de una gacela. Como cualquier droga, el efecto deseado solía exigir cada vez más cantidad. Y esa veleidad las mataba poco a poco, porque la belladona, en grandes dosis, provoca la muerte por envenenamiento. Me he explicado, ¿verdad?

Yo, que me tenía por un hombre que no daba importancia a su propio físico, que se había tatuado solamente para no olvidar, que llevaba lo que le daba la gana, que se reía de los niñatos que necesitaban un coche deportivo rápido para suplantar pollas pequeñas, que me creía por encima de esas cosas…, sentí una inyección de energía en mi torrente sanguíneo. Porque es reconfortante escuchar de alguien joven, atractivo y deseable que tú también lo eres.

La levanté de mi regazo y le arremangué el vestido. Ella se deshizo de las zapatillas y tiró la ropa lejos. Llevaba un sujetador pequeño, negro. Carol era delgada y con formas un poco aniñadas, pero era bonita. Paseé la yema de mis dedos por la piel de su vientre y por sus piernas después…, ella se estremeció. Martina la tenía más bonita. Incluso cuando se estremecía, cada partícula que formaba parte de su piel era más lisa, brillante y suave que la de cualquier otra. Aún recordaba el tacto bajo la yema de mis dedos cuando se arqueaba de placer y yo tenía que agarrarla para mantener el ritmo de mis penetraciones, para evitar que se alejara del punto en el que me dejaba colarme y darle placer. Joder. Llevaba tiempo viéndola desnudarse cerca pero lejos. Acostándome en la misma cama que ella. Oliendo su pelo. Era torturador. Miré al techo. Los muslos de Carol me daban igual, pero es que me recordaron la sensación de los de Martina.

Carol tiró de mi camisa, indicándome que me levantara y lo hice. Se encaramó a mí y se acercó para besarme en la boca. Joder..., ¿quería hacerlo? No quería hacer nada de lo que estaba haciendo, pero estaba cabreado. Cabreado no es la palabra. Estaba destrozado. Siendo honesto... quería que Martina se sintiera como yo. Quería que viera las consecuencias de alejarme, de despreciar lo que yo le daba con devoción. Ella lo había abaratado hasta dejarlo a nivel de saldo, ¿no? Pues era hora de venderlo al precio que ella le había puesto.

Abrí la boca cuando sus labios se acercaron. Nuestras lenguas se enrollaron y sus manos me apartaron el pelo para caer sobre mi camisa después y desabrochar cada botón. Aparté la cara. No. No podía soportar besarla. No me estaba gustando. «Pues quiéreme, pero folla con otra». Asco de sexo, Martina. ¿Esto es lo que tú sientes cuando yo me vuelvo loco en tu cuerpo? Me desabroché el pantalón, cogí su mano y la puse sobre mi entrepierna. Después la toqué por encima de las braguitas. Yo no estaba duro, pero ella estaba húmeda por los dos. Gimió y me mordió el cuello. Una descarga de sexo me recorrió el cuerpo y la polla me dio una sacudida que no era para ella, porque había cerrado los ojos y pensaba en Martina encima del sofá azul de mi piso de Alonso Martínez. Carol metió la mano dentro de mi ropa interior y la agarró. Gemí cuando la sacudió. Otra tía me estaba tocando la polla. Otra tía estaba restregando su sexo contra mis dedos. Otra tía se desnudaba entre mis brazos. Y a Martina... ¿no le importaba?

Me aparté varias veces cuando intentó volver a besarme. Si volvía a hacerlo me echaría a llorar, lo sabía. Me estaba dando tanto asco…, no ella. Ella era bonita, joven y no tenía ninguna culpa de haberse dejado al vaivén de un sentimiento que yo le desperté un día. Pagaría los platos rotos de otra relación. ¿Era justo? Bueno…, yo había sido sincero, ¿no? Pero… ¿era justo?

Se tumbó en la cama, se quitó el sujetador y me pidió que me tumbara. Me dio la sensación de estar viendo todo aquello como de lejos. No sentía mi propia piel. Un Pablo diferente y cabreado estaba montándoselo con una Carolina que parecía de látex en la pantalla de mi cabeza. No podía ser. «Pues quiéreme, pero folla con otras». Me lo quité todo excepto los calzoncillos y me tumbé a su lado. Carol subió encima de mí y se frotó, jadeando, contra mí. Una erección tímida, mediocre, la recibió con un entusiasmo anodino. Se bajó las bragas. Me bajó el bóxer. Estaba cachonda; cogió mi polla y se acarició con ella. Me mojé de otra persona que no era Martina. No besaba como ella. No olía a ella. Se irguió y acomodó la punta a su entrada…, allí estaba. Iba a follar con ella. Iba a cabalgarme. Y me correría. Después… ¿qué? ¿Qué pasaría después?

Me acordé de la sensación de correrme dentro de Martina. Nada podría ser como eso. Como quererla. Quererme a mí a través de su cuerpo. El mundo a nuestros pies. El amor, rendido a la evidencia de lo que éramos nosotros. ¿Cómo iba a abaratarlo tanto y a compararlo con meter la polla en el coño de otra?

—Espera… —jadeé cansado, con los ojos cerrados. Ella intentó de nuevo meterse mi polla dentro—. Espera, joder, Carol. Espera…

—Te quiero dentro ya…

¿Dentro? ¿Dentro de ella? Qué barato sonaba todo si no era con Martina. Ella le había puesto ese precio, me repetí. Pero… ¿era ella quien debía hacerlo? ¿Era de su propiedad? ¿Era ella el jodido mar que me mecía? ¿Quién era Pablo Ruiz y qué cojones le pasaba cuando se enamoraba? Aparté de encima de mí a Carolina, recuperé la ropa interior y me vestí a toda prisa. ¿Qué coño...?

—Pablo... —gimió.

—Aléjate de mí. Mira de qué soy capaz...

De camino a casa el olor de mis manos me volvió medio loco. Me odiaba. Me odiaba por lo que había pasado en casa de Carol. Odiaba haberme sentido tan débil. Martina me había destrozado y yo había acatado aquella sensación como si me la mereciera. Quizá estaba acostumbrado a no ser bueno, a no hacerlo bien. Pero esta vez no fue así. Yo la amaba, joder. No iba a convertirme en el malo. No iba a hacer lo más fácil: lanzarme a otro coño y follar con rabia porque la mujer a la que quería me despreciaba. O emborracharme. O lanzar toda mi rabia contra las paredes en forma de platos. Ya no. Joder, YA NO.

Me costó atinar la llave dentro de la cerradura. Entré atropelladamente y me encontré a Martina en el sofá, a oscuras, llorando. No lo esperaba y su imagen, sus labios, sus ojos, su pelo recogido en una coleta baja derramándose sobre un hombro..., me dolió. Porque no podía quererla más y ahora ya no podía ni quererla. Una llamarada de rabia me subió por la garganta en forma de grito.

—¿Por qué me odias? ¿¡¡Por qué!!? —Se tapó la cara y sollozó de nuevo—. ¿Cómo puedes quererme tan poco, Martina? ¡Cómo!

—Pablo...

—¿Sabes a qué huelo? ¿Sabes qué he hecho? ¡¡He tocado a otra!! La he tocado porque soy imbécil. Y tú te alegrarás, seguro, porque así te quitas culpa, ¿verdad? Porque he sido yo quien nos ha destrozado metiéndome en la cama de la tía que más odias. ¡¡Pues no!! ¡¡Casi me la follo, joder!! ¿En qué hemos convertido lo mucho que nos queríamos? ¿Dónde están las cosas que merecemos?

—No las merecemos.

—¡¡Yo sí!! —La voz se me rompió al final. Cogí aire y me mordí el labio—. Y tú también. Lo hacíamos. Ya no, ¿sabes por qué? Porque se nos dio la oportunidad y lo tuvimos todo. Y ahora no nos queda nada. Éramos dos personas que se querían, teníamos un hijo perfecto, el trabajo que queríamos…, teníamos todo cuanto soñamos, Martina, ¿por qué lo hemos destrozado todo?

Martina lloraba, sin mirarme. El mar. El mar de Maldivas meciéndose despacio bajo nuestra habitación, centelleando con la luz del sol. Y ella allí, serena, suya…, y yo que la admiraba, la amaba y la deseaba tanto que todo me parecía irreal. ¿Dónde nos habíamos dejado a nosotros mismos?

—Te obligué, ¿no es eso? —le pregunté con un nudo en la garganta—. Te obligué a ser madre y odias tu vida.

Contestó con un sollozo.

—Es que…

—No nos quieres. Ni a Diego ni a mí. No nos quieres. Somos un lastre.

El peso de Diego recién nacido en mis brazos. Martina, joder, tienes que querernos. Dime que no, dime que lo que estoy diciendo no es verdad. Dime que no puedes vivir sin nosotros, que te quieres morir sin sentir a tu hijo sobre tu piel. Júrame que todo esto va a valer la pena.

—¡¡¡¡Dime algo!!!! —grité.

—Me estás matando… —balbuceó entre lágrimas.

—¡¡Dilo!! ¡¡Di que no me quieres!! ¡Di que no te vale la pena!

Se cogió el pecho y dio una bocanada de aire. Yo también sentía aquel dolor en el pecho. Jadeaba. No veía. Pero ella seguía sin contestar. Nada. Como lo nuestro. Nada. El hielo cubriendo el mar que un día fuimos juntos.

—Pablo… —Cogió aire—. No puedo…

—¿Te duele? —respondí despacio—. ¿Te duele, Martina? Pues agárrate fuerte a esa sensación, porque al menos sientes.

Cógete con uñas y dientes a él porque ese dolor es lo único que te hace humana.

Me miró con los labios hinchados y entreabiertos. Hipó. Gimoteó. Nada con sentido salió de entre sus labios.

Busqué aire, pero mi casa estaba llena de cosas que no eran oxígeno. Esperanzas. Aspiraciones. Ni siquiera nos había dado tiempo a llenarla con recuerdos. Me desmoroné en el suelo, sentado.

—Solo tienes que decirme que me quieres —dije sin mirarla, desesperado—. Dilo ahora. Solo dímelo. Soy capaz de pelear todas tus guerras, pero tienes que decírmelo. No puedo seguir actuando por fe. Mi fe por ti no se sostiene, Martina...

—No es tan fácil.

—No —negué con el tejido de la alfombra bajo mis dedos—. Tienes razón. Ya no lo es. Está roto.

La historia de mi vida. Romper lo que más deseaba quizá de tanto quererlo. En aquel momento tuve la certeza de que mi vida estaría marcada por aquella relación. El día que muriera me acordaría de ella y la vida se me iría con su nombre, porque soy así, porque debí nacer hace siglos, cuando querer aún tenía poesía y uno podía permitirse el lujo de morir de amor. ¿Cómo pudimos creer que podía ser? ¿O fui yo solo quien lo creyó?

—Vete —le pedí, triste—. Olvídalo, Martina. Yo me haré cargo; tú eres libre.

—Pablo...

—Vete de mi casa. Diego tiene padre. Todo irá bien.

Ya estaba. Todo roto.

62

Dicen que algunos enfermos mentales pasan por momentos de lucidez en los que ven la realidad de su estado, lo absurdo de la paranoia, la soledad de la psicosis, lo terrorífico de la violencia. Estoy segura de que es eso lo que les hace enloquecer para siempre. De la misma manera, hay un momento en la vida en el que somos capaces de entrever lo peor de nosotros mismos. Es difícil mirarse a la cara después y no despreciarse a uno mismo, sobre todo cuando perder todo lo bueno que tienes y saber que no hiciste nada para conservarlo te hace sentir cierto alivio. Es un alivio cobarde y sucio, porque solo significa que la parte débil de ti ha ganado y ya no tienes que esforzarte por mejorar. Es la otra cara de la exigencia. Es el resultado de no saber hacer las cosas como deberías o de no saber cómo pedir ayuda. Es la suma del instinto de autoconservación y el egoísmo.

Seamos sinceras: somos capaces de convencernos de muchas cosas por no afrontar los problemas. Siempre encontraremos un resquicio por el que colarnos y justificar el abandono; nos diremos a nosotras mismas que así es mejor, pero sabremos que no. El alivio también tiene doble lectura y dura poco. Después la realidad nos atropella, nos golpea y nos damos cuenta de que la pérdida es irremplazable. Ese sentimiento, la nada comiéndonos vivas por dentro..., eso no encuentra consuelo cuando es una misma la que fue vaciándose por completo.

Cogí la chaqueta, el bolso y... saqué las llaves. «Mala madre», me dije. «Pelea, di que no te vas sin tu hijo», pero me callé. «Mala madre, no te los mereces». Dejé el manojo de llaves sobre la mesa. Él miró mis dedos, pero no mi cara.

—Adiós —le dije.

Deseé parar todo aquello durante un minuto y poder despedirme de él, de su cara, de sus labios, que ya no serían para mí. Quise subir las escaleras y abrazar a mi hijo pero me dije que era mejor no hacerlo. «Mala madre». Y cada partícula de mi ser me dolía porque ni quería salir de allí ni quería hacerlo sin Diego. Miré las escaleras antes de irme. Un día Pablo y yo nos sentamos allí para planear lo que sería nuestra vida cuando nuestro hijo viniera al mundo; no habíamos aguantado. La realidad nos había comido. Mi hijo. Miré hacia arriba. Mi bebé. No sé si por flagelo o por egoísmo no subí. Y me fui.

Me di cuenta entonces de las palabras que había utilizado Pablo: «Vete de mi casa». Yo le conocía y no tenía ese sentimiento de propiedad; la casa le importaba una mierda. Él consideraba que ni siquiera era suya, sino una inversión que estaba haciendo por nuestro hijo. Era su casa, la de Diego. Nosotros estábamos allí de prestado. ¿Entonces? ¿A qué venía lo de «vete de mi casa»? Estaba echándome de su vida, diciéndome que no formaba parte de su hogar, que no era un lugar físico. Era el final.

No sabía dónde ir. Si iba a casa de mis padres no me cerrarían la puerta, pero sería evidente el disgusto que les produciría saber que su hija se había marchado de casa de su pareja sin su hijo. No es lo que se espera de una madre, ¿no? Pero yo me consideraba mala madre. Estaba completamente convencida de que estropearía a mi hijo.

Tampoco podía ir a casa de Amaia porque no estaba y no tenía ya las llaves del piso. Podría llamar a Sandra, ¿no? Pero estaba Germán y… no quería verle. Ni siquiera estaba segura de haber querido ir a casa de Amaia de no estar de luna de miel porque verla con Javi…, es egoísta, pero así es el ser humano; verla con Javi sería un recordatorio de aquello a lo que acababa de dar la espalda. Mi familia. Me ardían las vísceras. Mi hijo. Mi bebé. Echaba de menos hasta su llanto. Su calor en mi pecho. ¿Y de dónde salía el alivio? De la tristeza y de no tener que seguir culpándome por hacer las cosas mal. De la cobardía.

Me fui a casa de Fer; era el único que no me juzgaría. Era tardísimo y lo pillé durmiendo, pero sabía el código del portal de memoria y él se despertó con el primer timbrazo de la puerta. Apareció somnoliento y asustado y al verme solo bufó.

—Joder, Martina…

—Me he ido —le dije y me abracé a mí misma—. Sin mi bebé. Me dijo que me fuera, que se apañarían sin mí y yo… me he ido.

Me abrazó y yo me dejé arrullar. Él sabía bien cuáles eran mis pecados porque había lidiado con ellos durante diez años. Él había sufrido la ausencia de te quieros a boca llena y el silencio cuando lo que tocaba era confesar una emoción. Fer sabía que yo no me sentía capaz de compartir sentimientos, sensaciones, que mi diccionario interno carecía de las palabras necesarias para dar nombre a lo que yo sentía. Nunca pareció que le hiciera falta, pero los dos sabíamos que, probablemente, si yo hubiera sido capaz de hablar de lo que sentía, seguiríamos estando juntos.

—No puedes seguir así —me advirtió y besó mi pelo—. Martina, esta relación os hace daño.

—Se ha terminado.

Dormí en la que fue mi cama, en el que fue mi lado. Me pregunté, viendo a Fer dormir, cuántas chicas habrían pasado por allí, pero no me importaba. No sentía nada dentro cuando imaginaba a Fer retozando allí con otra. Sin embargo, imaginar a Pablo besando y tocando a Carol me iba a provocar una úlcera. Olía a ella, dijo cuando llegó. Olía a haberla tocado. «He estado a punto de follármela». ¿Por qué no lo había hecho? Así, al menos, compartiríamos la culpa de haber destrozado lo más bonito del mundo. Hasta ese punto soy retorcida.

Fer me despertó antes de irse a trabajar. Llevaba puesto un vaquero y una camisa blanca a conjunto con sus sienes canosas.

—Levántate, Martina, tenemos que hablar.

Me dijo que no me podía quedar. Fue lo más duro. Aún estaba asumiendo y entendiendo el motivo por el que me había despertado allí cuando él me dijo que no podía hacer nido en su piso. No dije nada, claro. Él lo dijo por mí.

—Debes estar pensando que no te quiero o que eres una molestia. Y no es por eso. Llevo un rato dándole vueltas y... si te quedas aquí los dos sabemos que será peor. Podemos tomar una decisión que no nos conviene a ninguno de los dos. Te tienes que marchar. Y tienes que hablar con Pablo hoy mismo sobre el niño.

Me dejó cogida a una taza de café, con uno de sus jerséis viejos y una manta. Estaba destemplada y hundida. No quería hablar con Pablo, pero necesitaba a Diego encima del pecho. ¿Sería capaz de renunciar a él? Por puro egoísmo..., no.

Llamé a Sandra desde el fijo de casa de Fer. No sabía qué decirle pero estaba segura de que era lo que debía hacer. Era pronto y aún estaba tomándose un café en casa, con Germán. Carraspeé y mientras escuchaba sus risitas de pareja reciente, le solté sin protocolo ninguno que Pablo y yo habíamos roto.

—¿Qué dices? —preguntó alarmada—. Aunque…, joder, Martina. Nunca me gustó.

—Bien. Vale. Necesito que me hagas un favor. Necesito quedarme en tu casa.

Silencio.

—Eh…, vale. Pero sabes que no tengo cuna, ¿verdad?

—Yo sola. Pablo se quedó con el niño.

—¿Qué? Pero ¡será desgraciado! ¡Vamos a ir ahora mismo a la policía a denunciarlo! Tú tienes derecho a quedarte con el niño y…

—Yo me fui sin él —me tembló la voz.

—¿Por qué?

—Porque no sé ser madre. Por eso. Déjale las llaves al portero y déjame a mano algo de ropa interior y —me froté la frente— un jersey que te venga grande o algo así. Solo pasaré a darme una ducha. Tengo que ir a casa… de Pablo.

Ni siquiera chistó y, a pesar de la distancia y de que no podía verle la cara, estaba segura de que Sandra, en la calidez de la cocina de su nuevo estudio, viéndose arropada por su nuevo novio y la promesa de su nueva vida…, me juzgó. Y no la culpo. Me había ido sin mi bebé.

Supuse que a Germán no le habría hecho ninguna gracia todo aquello, pero Sandra ganó aquella batalla y dejó unas llaves para mí en portería. Sobre el recibidor un montoncito de ropa y una nota: «Tómate el tiempo que necesites. El sofá es sofá-cama. Te quiero, Sandra». Nada más, porque no tenía nada más que decirme.

Una ducha, unas bragas deshilachadas, unos calcetines con conejitos, un jersey negro y mis vaqueros. Cuando llegué a casa de Pablo eran sobre las doce de la mañana y, aunque aún no tendría por qué haber salido hacia el trabajo, no estaba. ¿Dónde estaría mi hijo? Cogí el móvil y le llamé. De no haber existido Diego no habría hecho aquella llamada. Hubiera dejado que el tiempo y el olvido hicieran su trabajo hasta que el nombre de Pablo no fuera más que un pinchazo en el estómago.

—¿Sí? —preguntó sereno, aun viendo que era yo la que llamaba.

—Ábreme —respondí—. Necesito mis cosas y tenemos que hablar de…, de Diego.

—No estoy en casa.

—¿Y dónde estás?

—Está demasiado reciente. No puedo hablar contigo.

—Pero…

—Adiós, Martina.

Fui absolutamente incapaz de decirle que lo nuestro estaba demasiado reciente también para mí, pero necesitaba ver a Diego, besarle, olerle. Acariciar la piel suave de su pecho mientras lo bañaba. Susurrarle que le quería cuando nadie me viera. Fui incapaz de luchar un poco, un poco solo, por lo que quería. Solo agaché la cabeza y tragué, como venía haciendo.

El móvil empezó a vibrarme de nuevo en la mano pero no era Pablo. Era Amaia.

63

maia me miraba muy seria sentada en el sofá de la que fue nuestra casa. Javi estaba en la cocina, preparando unos cafés. En el recibidor aún esperaban, impasibles, sus maletas. Estaban recién aterrizados, con *jet lag* y disgustados; la primera noticia que tuvieron al llegar fue una escueta llamada de Pablo.

—¿Por qué no me llamaste tú? —dijo por fin.

—Estabas de luna de miel.

—Volvía hoy, joder.

—No me acordaba. Además, ¿qué iba a decirte?

—Hola, Amaia, soy la gilipollas de Martina, la de la parálisis emocional. Resulta que de tanto callarme las cosas he terminado por creerme todas mis mierdas. ¿Qué tal así?

—No sé qué te habrá contado pero…

—¿Qué me va a contar? —preguntó molesta—. ¿Crees que esto viene de nuevas? El silencio, Martina, ese es tu problema.

—Mi problema es que ser madre me viene grande.

—¡¡No me cuentes mierdas!!

Javi apareció con una bandeja y unas tazas. Las puso sobre la mesa con cara de circunstancias y forzó una sonrisa tímida para mí. El teléfono fijo empezó a sonar y Amaia maldijo.

—Debe de ser mi madre. Se me olvidó avisarla de que estábamos aquí.

Cogí una taza y Javi agarró mi muñeca y me volvió hacia él.

—Nunca hiciste nada mal, ¿vale? Tienes que saberlo. Solo te bloqueaste y tienes derecho a hacerlo. ¿Por qué ibas a estar preparada?

—No me...

—Escúchame. Quizá el amor no aguantó pero seréis buenos padres. Los dos. Juntos. Encontraréis la manera.

—¡¡Amor!! —gritó Amaia desde la cocina—. ¡El teléfono parpadea!

—Es el contestador —respondí yo de mala gana. Cuando vivimos allí lo único por lo que se interesó sobre el teléfono fue por qué no estaba en el salón—. Pulsa el...

—¡Ya!

—Martina..., soy yo. —Mi espalda se enderezó al escuchar la voz de Pablo, áspera, grave, rasgada. Me giré hacia la fuente del sonido—. Pequeña..., pequeña, pequeña.

Dejé la taza sobre la mesa y fui hacia allá, como en medio de un trance.

—Ven. Lo arreglaremos. Da igual lo que dijéramos o hiciéramos. Lo echaremos todo abajo y lo levantaremos de nuevo, ¿vale? Solo tienes que verlo, mi vida. —Hizo una pausa—. Podemos hacerlo.

—Martina...

—¡Cállate!

—...os padres. Y nos queremos. Nos amamos. Joder, Martina..., tendrían que inventar una palabra para lo que nosotros sentimos y sí, sí, somos tan especiales. —La voz se le quebró al final de la última palabra. Cogió aire—. Mi pequeña. Solo vuelve, ¿vale? Te amo. Más que al mar.

Amaia me miró como si acabara de condenarme a muerte por un descuido. Abrió la boca para hablar, pero la corté.

—Ponlo otra vez —le pedí.

—Martina…, no es de hoy.

—Ponlo otra vez, por favor —supliqué.

«Martina…, soy yo. Pequeña…, pequeña, pequeña. Ven. Lo arreglaremos. Da igual lo que dijéramos o hiciéramos. Lo echaremos todo abajo y lo levantaremos de nuevo, ¿vale? Solo tienes que verlo, mi vida… Podemos hacerlo. Somos buenos padres. Y nos queremos. Nos amamos. Joder, Martina…, tendrían que inventar una palabra para lo que nosotros sentimos y sí, sí, somos tan especiales. Mi pequeña. Solo vuelve, ¿vale? Te amo. Más que al mar».

El mar. Más que al mar. Más que grande era el mar. El lugar en el que nos conocimos, donde se concentraban todas mis grandes y discretas pasiones. Donde toqué su piel por primera vez y donde tuve que aceptar que Pablo Ruiz me volvía loca. El mar…, que nos tatuamos en la muñeca, para siempre, simbolizado con una pequeña ola. Algo que casi olvidamos, como lo importante. El mar, que nos meció en Maldivas y que vio nacer lo que podíamos ser de verdad. Nos prometimos el mar, como en la canción de Revolver. Y sí, nos prometimos algo lleno de vida y de sal de la que más escuece en las heridas. Llenamos el corazón con cosas nuevas, algunas demasiado grandes para alguien tan poco acostumbrado a sentir como yo. Violencia y calma a la vez, esos fuimos nosotros desde el mismo principio. Azul o verde, daba igual…, nos prometimos el mar.

Pablo estaba en casa de sus padres. No había podido quedarse en la suya porque, aunque sabía cuán importante era que Diego tuviera un hogar fijo y suyo, cada rincón tenía un regusto amargo. Ángela lo recibió con una retahíla de reproches: «No sabes hacer durar una relación», «Esto ya no es una tontería, tenéis un hijo», «Sé responsable por una vez en tu vida». El Pablo de hacía un año hubiera reaccionado emprendiéndola a golpes con los armarios de la cocina pero fue a la sala de estar, dejó al niño dormido en la hamaca, conectó la escucha y volvió a la cocina donde, ante la atenta mirada de su madre…, se echó a llorar apoyado en uno de los muebles. Entendió entonces algo. Los golpes contra las paredes hasta hacer sangrar sus nudillos eran lágrimas mal gestionadas que nunca fueron derramadas. Los hombres creen que llorar les hará menos hombres y maldicen entre dientes mientras golpean una pared, pero un día, sin más, se dan cuenta de que las lágrimas son más maduras y los harán más sabios.

Se tranquilizó con una taza de café descafeinado y un rato de silencio en compañía de su madre, que le frotaba la espalda. Pasó el día allí y cuando fue la hora, se marchó a trabajar a El Mar donde se encontró con que Carol había llamado para decir que estaba enferma. Pensó en Diego, al que había dejado en brazos de su abuela y del que le costó despedirse. Mientras Alfonso le daba su opinión sobre cómo organizar las tareas sin la segunda jefa de cocina, Pablo deseó poder volver a por su hijo y tumbarse después con él en la cama, a jugar. No pensar en nada más que en las manos rechonchitas del bebé cazando uno de sus dedos y estallando en carcajadas después. ¿Cómo iba a hacerlo él solo? El Mar, su casa, el niño, las citas médicas, los proyectos.

—Bien. Esto es una familia, ¿no? Pues todos tendremos que arrimar el hombro —dijo al fin, alcanzando un mandil.

Se metió de lleno en los cortes, los caldos, las reducciones… y sintió algo que hacía tiempo que no sentía. La cocina ya no era lo mismo. Le apasionaba, estaba claro, pero había perdido luz.

Trabajó mecánicamente. Limpió. Dio instrucciones. Salió a saludar a los clientes. Se marchó. En el coche, de camino a Villanueva de la Cañada, donde vivían sus padres, se preguntó a sí mismo si había sonreído una sola vez. La respuesta no le gustó.

Era tarde. Todo el mundo dormía y se deslizó hasta su dormitorio de adolescente, donde su madre había colocado una cuna plegable. Allí, con los bracitos hacia arriba, dormía Diego. Sintió las comisuras de sus labios arquearse hacia arriba; al menos había conservado a su lado lo único que aún le hacía feliz.

—Pablo —susurró su madre, apareciendo en pijama por el pasillo.

—¿Se tomó el biberón?

—Sí. Entero. Lloró un ratito y luego se durmió.

—Bien. Gracias, mamá.

—Pablo...

Se dejó caer sentado en la cama.

—¿Qué pasa?

—Tienes el móvil apagado, ¿verdad?

—Sí —asintió.

—Enciéndelo. Silenciar los problemas no hace que desaparezcan. Tienes aún asuntos pendientes que debes solucionar.

Pablo sacó el móvil de su bolsillo y esperó a ver aparecer la manzanita negra sobre fondo blanco. Metió su pin y... allí estaba, el fondo de pantalla. La foto que habíamos mandado a todos los familiares y amigos cuando nació Diego. ¿Qué cojones había pasado desde entonces?

Le saltaron varios mensajes de llamadas perdidas. Dos eran mías. La otra de su socio. También varios mensajes.

«No voy a ir a trabajar. No puedo, Pablo. No puedo verte después de lo de anoche. Se me pasará, pero dame este fin de semana. Volveré el martes, como un reloj y volveré a formar parte de la familia de El Mar. Hasta entonces seré una chica de veintipocos, decepcionada, dolida y rota porque se ha enamorado de quien no debía. Carol».

Pablo se frotó las sienes y abrió el otro mensaje. Era mío.

«Por favor, llámame cuando enciendas el teléfono».

Miró la hora. Era muy tarde. Quizá debía esperar al día siguiente...

El teléfono móvil empezó a vibrar sobre la guantera del coche de Amaia. Lo alcancé. «Pablo Ruiz». Aún no le había quitado el apellido a su contacto. Como si no fuera suficiente su nombre, como si quisiera alejarlo un poco más de mí. Contesté.

—Hola.

—Hola. Dime.

Por el tono de su voz debía estar hablando junto a Diego, dormido. Me dolieron cosas por dentro que no esperaba sentir. La pérdida. El vacío. La nada.

—Necesito hablar contigo.

—Es tarde.

—Estoy en Villanueva. Dame solo un segundo.

—¿En Villanueva? —sonó confuso—. Pero que...

—Por favor...

Cuando me abrió la puerta de la cocina, mi estómago era un nudo. Allí estaba él, a oscuras, aún vestido con unos pantalones vaqueros estrechos, una camiseta blanca y una camisa a cuadros negros y rojos. Me recordó a la primera entrevista en El Mar, cuando aún ni intuíamos lo que supondríamos en la vida del otro.

—¿Qué quieres? —preguntó.

—Quería... ver a Diego.

Le reblandeció. Suspiró profundamente y me indicó con un movimiento de cabeza el interior de la casa. Cerró despacio y subimos las escaleras, yo detrás de él. En una de las habitaciones brillaba la luz cálida de una lamparita apoyada en una mesita de noche. A su lado, una cuna plegable. Me asomé olvidándome de todo lo que le debía a Pablo, de todas las palabras que habían terminado deshaciéndose en el eco que me llenaba. Diego. Estaba dormido, con los brazos hacia arriba. Hacía muy poco que no lo veía y lo echaba tanto de menos...

—¿Puedo cogerlo? —le pregunté.

—Eres su madre. —Pablo se sentó en la cama y miró al suelo.

Agarré el cuerpecito caliente de Diego entre mis brazos y lo apreté contra mi pecho. Lo olí. Lo besé. Joder..., no podía vivir sin él. Él era el mar. Me senté y acaricié su carita con la yema de mis dedos. Sus puñitos agarraron la tela de mi jersey y se acomodó, sabiéndose en calma, en casa, seguro. Contuve la respiración. ¿Se habría sentido así de superada mi madre alguna vez? ¿Qué habría hecho con todas las sensaciones que no exteriorizaba? ¿Las quemaba en sus adentros? ¿Las convertía en otra cosa? Quizá..., quizá yo era como ella y lo que latía desbocado dentro de mí empujando por ser dicho, lo que me hacía sentir frustrada por tener que callar, era la herencia de haberme dado a una persona como Pablo. Juntos. Cogidos de la mano por las calles de Malasaña. Él enseñándome que los colores son capaces de vibrar en nuestro paladar y en nuestros oídos. Yo mostrándole la serenidad de una vida que no tiene prisa.

—¿Por qué lloras? —me preguntó.

Me giré hacia él. No me había dado cuenta de estar llorando. Sus cejas estaban arqueadas, como si el cansancio y la pena se acumularan justo allí, sobre sus ojos.

—No quiero que sea como yo —le dije, asentí para mí misma y me mordí el labio—. Quiero que sea como tú. Que sepa sentir.

Besé a Diego y le dije en silencio que le quería. Pablo miraba al suelo, con los codos apoyados en sus rodillas.

—Escuché… tu mensaje.

—¿Qué mensaje? —Levantó la mirada, dos ojos fríos que no decían nada.

—El que dejaste en el contestador de mi antiguo piso.

Pablo se levantó, me quitó al niño de los brazos y lo dejó otra vez en la cuna. Me levanté frente a él.

—Lo siento —musité.

—Yo también.

Me acerqué. El tejido de su camiseta estaría empapado de su olor. Y yo podría hundirme allí, abrazarle. Sentir su calor. Pero él se apartó.

—Martina…, esto está roto. Déjalo. De verdad. Está roto.

Me abracé a mí misma y lloré en silencio. Era verdad. Estaba roto. De lo que fuimos, de lo que pudimos ser, ya no quedaba nada. Él se revolvió el pelo en ese gesto tan suyo, echando sus mechones hacia un lado.

—Tú y yo… —empezó a decir— lo hemos hecho bien como padres. Aunque opines lo contrario. Siempre has sido su madre. Nunca te ha buscado y no te ha encontrado. Lo que sientes es… sencillamente humano. Es como pareja como no hemos sido suficiente. Ni yo para ti ni tú para mí. Nunca conseguí que confiaras en mí como para compartir lo que te dolía y tú…, tú no entendiste mi forma de quererte. Da igual en quién pensé mientras tanto, pero estuve con Carol, Martina. La besé y la toqué.

—Yo…

—Ninguna de nuestras faltas es equiparable a las del otro. Esto no es una balanza en la que se ponen los errores y si están a la altura se sigue adelante. Yo no puedo seguir. Se ha roto. No es despecho. Es que solo quedan los pedazos. Y así no…, no.

Allí estábamos, una pareja que unos días antes sentía que los casaba la noche, para siempre. Dos personas que bailaron su canción de boda con su hijo entre ellos. Un hombre y una mujer que un día se prometieron el mar y que fueron engullidos por él. Quise decirle que le entendía pero que le amaba, más que al mar, más que a todo lo que se le pudiera ocurrir, excepto a nuestro hijo. Pero el agujero negro que tengo dentro lo aspiró todo.

—Es tarde. Quédate a dormir —me dijo arrastrando las palabras—. Mañana hablaremos con calma de cómo hacerlo.

Lo vi marcharse de la habitación con la sensación de que, con él, se iba mi última oportunidad de sentir. Pero tenía razón..., nuestra vida no podía basarse en una balanza de males que ambos mantuviéramos regulada. Yo... lo había perdido.

64

Fuimos muy civilizados. Estoy orgullosa de ello. No habíamos podido entendernos como pareja, pero lo haríamos como padres. El inicio fue complicado, eso sí. Ninguno quería dar su brazo a torcer y los dos queríamos hacernos cargo del niño y vivir con él. Pensamos en una custodia compartida; partir la semana en dos e ir turnándonos. A ninguno de los dos le satisfizo.

—No quiero perderme ni un momento. Lo siento; en esto no cederé.

Cuando estábamos a punto de iniciar otra guerra, Pablo me ofreció lo que a él le parecía la solución más evidente.

—Tienes todas las cosas en casa. El niño está instalado también y hay habitaciones de sobra… ¿por qué vas a mudarte?

—Porque tú y yo ya no estamos juntos.

—Pero seguimos siendo padres, ¿no? Es una decisión que tenemos que tomar nosotros. Y ya está. Yo te digo que la casa es de nuestro hijo, que no tenemos ni siquiera por qué compartir cuarto de baño y que podemos hacerlo. De ese modo no hay que cambiar los planes para cuando te reincorpores. Vivir en la misma casa… está a la orden del día, Martina.

Algo a lo que me tuve que acostumbrar, aunque nuestro descenso a los «infiernos» ya lo había ido anunciando: Martina. A secas. Nunca más «pequeña», «mi vida», «mi amor»…, MARTINA, la madre de su hijo, no el amor de su vida. Me costó algún que otro llanto hasta que me di cuenta de que muchas veces el secreto para gestionar la frustración es entender cuánto de ese problema está en nuestra mano y asumir la parcela que queda lejos. Y seamos francos, había tocado fondo. Toda aquella espiral de celos, aislamiento, llanto… había terminado con lo nuestro y casi conmigo misma como madre, ¿no? Ya no me quedaba mucho más por lo que luchar así que la presión, mágicamente, disminuyó. Sentí menos piedras sobre mis hombros, aunque estuviera muy lejos de ser feliz. Pero me di cuenta de que quizá él tuvo razón y lo nuestro estaba ya tan roto que sostener cada pedazo para que no se fuera al suelo era agotador. Me sentía… tristemente liberada.

Nos evitamos al principio. Incluso nos dimos unos días. Cogí un par de mudas y me fui a casa de Amaia con Diego. Le prometí que serían como mucho dos días. Él cedió de mala gana. Cuando volví a casa ya estaba mentalizada.

Temí durante un tiempo que aquello fuera demasiado para nosotros. Vivir juntos, vernos todos los días a todas horas en casa y en el trabajo…, joder, éramos padres civilizados, pero también expareja. Yo le echaba de menos y me dolía ver que su vida seguía sin demasiado drama, porque Pablo Ruiz había crecido y ya sabía lo poco probable que es que de una guerra entre una pareja salga algún vencedor. Pablo sabía cómo hacer las cosas con naturalidad.

La primera decisión que tomamos fue sacar la cuna de Diego del dormitorio principal e instalarlo ya definitivamente en el suyo. Aquel gesto hizo las cosas un poco más fáciles y puso a Diego en territorio neutral, donde debía estar. Pablo insistió en cambiar él de habitación pero finalmente lo hice yo. Él se quedó con la de matrimonio y yo justo con la de al lado. Pared con pared. Si su naturalidad pasaba por hacer de aquella casa una pasarela de ligues de una noche me iba a poner tibia a escuchar gemir. Le oía meterse entre las sábanas de noche, pasar las hojas de un libro hasta dormirse y hasta carraspear por las mañanas…, todo esto acostada en otra cama.

Me ayudó a instalarme con amabilidad pero cierta frialdad. A pesar de que yo quise acercarme y mostrarle todo aquello que callé, Pablo se retiró dejando entre los dos una distancia de seguridad que no creció con los días posteriores a nuestra ruptura, pero que tampoco se acortó. Cuando volví al trabajo, los dos aún estábamos encontrando nuestro espacio dentro de la nueva relación, pero el trato era cordial y… muy profesional. Otro territorio que conseguimos convertir en independiente a nuestra historia de amor fallida. Otro triunfo para los dos, por más que doliera que donde antes había miradas cómplices, guiños y escapadas a los rincones para besarnos como desesperados, ahora había llamadas a la niñera y comentarios sobre la cocina.

Creí que Pablo anunciaría en mitad de la reunión de equipo que ya no estábamos juntos y yo tendría que agachar la cabeza y asumir la sonrisita de satisfacción de Carol, pero no fue así. Supongo que se respiraba nuestra desvinculación emocional desde lejos y Pablo había superado la fase de dar explicaciones sobre su vida sentimental.

Carol no perdió el tiempo, no obstante, y debo agradecérselo. Nada más verme llegar se coló conmigo en el vestuario y me preguntó si tenía un segundo.

—No me apetece hablar contigo, como comprenderás —le dije intentando ignorarla.

—Pues vas a tener que hacerlo porque trabajamos juntas.

—Seré muy profesional, no te preocupes.

Bloqueó la puerta con su cuerpo y con mirada triste me confesó:

—No tengo la culpa de haberme colgado como una gilipollas de un tío al que conozco desde hace años. No tienes más derecho que yo. Te pido disculpas por meterme en medio, pero no por haberlo intentado. Despierta, Martina. Las cosas que una quiere exigen pelea.

—No voy a pelear contigo. Ya no me importa lo suficiente —mentí.

—No me has entendido.

Me rondó durante días aquella conversación y no porque fuera el inicio de una guerra silenciosa, sino porque era verdad…, no la entendí. Días después, mientras Pablo hacía volar a Diego entre sus brazos en casa, me di cuenta de lo que quería decir. ¿Qué culpa tenía ella de haberse atrevido a pelear por lo que quería? Bueno, yo jamás me hubiera metido entre una pareja con un hijo pero… ¿y nuestros problemas? No éramos la pareja ideal. Yo misma, con mis celos, la dejé entrar. Y yo… quería a Pablo, estaba claro. Tocaba luchar.

La lucha para alguien como yo es algo complicado. Con pasos pequeños, diminutos, que parecen océanos, fui acercándome un poco a él y al niño. Como pude. Los fines de semana eran extraños y todas las fibras de mi ser me empujaban a salir corriendo de allí, refugiarme en mis amigas y olvidar lo violento que era compartir espacio, tiempo e hijo con alguien al que aún quería pero al que había hecho daño. Y que me lo había hecho a mí. Pero lo importante era Diego, ¿no? Pues de tripas corazón.

Descubrí entonces que era posible disfrutar un poquito de ver el vínculo que los unía. Aún sentía cierto celo, pero me distancié de él un par de pasos. Seguía sufriendo por si esa cercanía afectaría a mi relación con mi hijo, pero no podía evitar sonreír cuando le hacía reír a carcajadas o cuando juntos le dimos la primera papilla de frutas y galleta.

Amaia y Javi nos ayudaron a normalizar la situación y venían a casa siempre que podían con cualquier excusa. Una cena, porque llevaban un mes casados. Una comida, para inaugurar la temporada de terraza. Un chocolate caliente, porque había vuelto el frío durante unos días. Se sentían también muy cerca de Diego y nosotros estábamos contentos por ello. Éramos un grupo de amigos que arrastraba su pasado, pero entre todos pesaba menos. A Fer le costó un poco más, supongo que porque era violento para él participar del fracaso de la relación sentimental que emprendí tras él. Poco a poco, casi siempre a solas, Fer volvió. Hubiera sido ideal que Sandra y Germán se hubieran sumado a aquello, pero él siempre fue muy celoso con el tiempo de ella. Un día, mientras nos tomábamos los cuatro una cerveza en la terraza, Pablo opinó que estaba aislándola.

—Es mucho más fácil que nadie apunte a todo lo que huele a podrido en esa relación, si ella no ve a nadie.

Me fastidió que él supiera más de mis amigas que yo misma y aquella noche me metí un poco mosqueada en la cama. Habíamos acostado al niño juntos pero sin mediar palabra entre nosotros, dedicándoselas todas a Diego y, donde todas las noches nos decíamos «que duermas bien», aquel día solo hubo un bufido por mi parte. Di un par de vueltas en la cama, enfadada sin saber por qué lo estaba en realidad. Me dolía que un hombre pudiera separarnos de Sandra y me jodía que mi expareja, que ni siquiera había hecho buenas migas con ella, supiera de qué iba el asunto y yo no. De un pensamiento fui a otro y a otro y a otro. Él siempre acertaba con esas cosas; conocía a las personas como la palma de su mano. Por eso sabía qué dolía más y por eso, seguro, estaba al corriente de mi mosqueo. No lo pensé. Me levanté de la cama, salí al pasillo y sin llamar entré en su habitación. Dios…, me golpeó su olor. El de su colonia, el de su piel, el de su jabón y el de las sábanas. Lo pillé sin camiseta, frente a la cómoda, con el pelo desordenado y expresión de sorpresa.

—Sabes que me ha molestado. Lo sabes de sobra. ¿Por qué no me dices nada?

Una sonrisa fue dibujándose en la comisura de sus labios.

—¿Por qué voy a tener que hacerlo? Quiero decir…, la que se ha molestado eres tú, ¿no? ¿Por qué voy a ir yo a buscarte?

—Sabes que no sé hacerlo.

—«It's not my business» —mencionó acercándose a la cama y abriéndola para el total regocijo de *Elvis*, que se metió debajo de la colcha.

—Es mi amiga, Pablo. No seas ruin.

—Es estúpido que te cabrees. En lugar de hacerlo, abre los ojos, mira a tu alrededor y entiende. Hay millones de emociones flotando a tu alrededor. Con que entiendas dos me doy por satisfecho.

Le miré fatal.

—¿Ahora vas de listillo?

—Buenas noches, Martina. Cierra cuando salgas.

Tan jodidamente cerca y tan lejos en realidad.

Cuando se lo conté a Amaia aquel domingo, mientras tomábamos algo en una cafetería del centro y Pablo llevaba a Diego a ver a sus padres, a ella le entró la risa.

—¿Se puede saber de qué te ríes ahora?

—Joder, Pablo. Qué bien sabe jugar…

Supuse que quería decir que Pablo estaba desempeñando un papel. Aislándose… ¿como provocación?

—¿Crees que debo…? —empecé a preguntarle a Amaia.

—Estarte quieta. Eso es lo que creo que debes hacer.

—¿Ni siquiera vas a escuchar mi pregunta?

—¿Te acuerdas aquella vez que quise presentarme en casa de Mario solamente con una gabardina y vosotras me sugeristeis que no era buena idea? Sí, ¿verdad? Pues hazme caso. No te acerques más a Pablo por el momento.

—No pensaba entrar desnuda en su habitación. —Le lancé una mirada de soslayo—. Pero creo que debería hablar con él.

—Sí, deberías haberlo hecho hace meses.

Lo bueno (y lo malo) de tener muy cerca a personas que te quieren como Amaia me quiere a mí es que tienes poco espacio de maniobra para eludir sus golpes bajos que, casi siempre, están destinados a hacernos despertar. Su toque me dolió como si Mike Tayson me hubiera arrancado la oreja de un bocado, pero me jodí porque, al final, tenía razón. Llegaba meses tarde para tener esa conversación con Pablo, un hombre con el que compartía casa y las rutinas de nuestro hijo…, nada más. Ni siquiera comíamos juntos la mayor parte de los días.

Hice listas durante aquellas semanas. Era una manera de desviar la atención sobre el hecho de lo mucho que me dolía tener a Pablo tan cerca y no poder aliviarme con su olor o con una caricia suya mientras susurraba «pequeña». Apunté cosas que quería cambiar, como mi manera de disfrutar de las sensaciones, mi expresividad para con mi hijo…, hice listados muy exhaustivos. Después me tumbaba en la cama e imaginaba que detrás de mí estaba Pablo, o que la almohada era él y podía abrazarlo. Hasta que me di cuenta de que no era suficiente.

Las personas somos complejas. Supongo que si pudieran abrirnos y diseccionar nuestras emociones como la maquinaria de un reloj, todo sería más sencillo. Pero ese ejercicio debemos hacerlo casi siempre solos. ¿Qué pasa cuando no somos capaces de desentrañar cuál es el problema? Ya no sentía esa presión que me hacía tener celos de todo, básicamente porque Pablo y yo ya no estábamos juntos y algo me decía que ambos necesitábamos tiempo para volver a estar listos para tener otra relación. O acostarnos con alguien. Ya no sentía el flagelo por ser una madre de mierda porque la vuelta al trabajo consiguió relativizar muchas cosas. Y acercarme a Pablo y a sus tareas de padre desveló muchos secretos: él también la cagaba. Que Diego hubiera pasado la fase del llanto histérico (muchas gracias por sufrirla justo en el momento en el que tus padres están peor entre ellos, cielo mío…) también me ponía las cosas más fáciles. Entonces… ¿qué pasaba? Bueno, supongo que había muchas cosas allí, pendientes, calladas, amordazadas. Seguía mandando en mí el miedo a que mis emociones fueran peor que las de los demás y que pudieran juzgarme por mi nula destreza emocional.

Antes podía decir lo primero que se me pasaba por la cabeza. Me faltaba el jodido filtro social porque no entendía muy bien las emociones de los demás pero en aquel momento ni las entendía ni podía desahogarme preguntando.

El puto muro. El bloqueo. La resaca de un *baby blues* acojonante. Eso lo aprendí de un libro que Pablo había dejado sobre la mesa baja del salón. Se llamaba *Cómo dar la bienvenida a tu bebé* o algo así. Diego estaba durmiendo y Pablo dándose una ducha. No quería pensar en Pablo dándose una ducha, así que me puse a leer. Cuando llegué a ese término, *baby blues*, y fui viéndome reflejada punto por punto, me dieron ganas de gritar, reírme y llorar a la vez. Si venía en un libro…, sería normal, ¿no? Punto para el equipo de las mujeres que se creen malas madres. Y por cierto, odio el cine, los libros y las mujeres que nos hacen creer que existe la madre perfecta. A la hoguera con ellos.

No comenté nada a nadie, pero fui explicándome cosas. Como por ejemplo el porqué de que la tristeza fuera remitiendo poco a poco. Llegué a pensar que mi relación con Pablo estaba tan condenada al fracaso que su final había supuesto mi mejora. Podía ser, pero…

El caso es que, a pesar de ir encontrándome mejor cada día, de haber conseguido asumir la pena de mi relación fallida y de lo muchísimo que lo añoraba y aunque la presión había disminuido, no conseguía quitarme ese tapón, ese miedo a que mis emociones valieran menos que las de los demás. Que un mimo hacia mi hijo no fuera el adecuado o... yo qué sé.

Para todo existe un detonador, ¿no? No sabría decir si fueron celos o miedo, pero el mío fue darme cuenta de que Pablo era completamente libre para rehacer su vida con otra persona. Fue una tarde de domingo. Pablo propuso ir a un parque para no tener a Diego todo el día encerrado en casa. Corría el mes de mayo, principios si no me equivoco. El parque estaba hasta los topes; no fuimos unos padres muy originales llevándolo allí. Pablo cogió a Diego en brazos y se lo llevó por todo el parque, enseñándole cosas a media voz, haciéndolo trotar entre sus brazos y arrancándole carcajadas y palmitas. Yo me acerqué con la intención de participar y no sé si por castigo o por despiste, Pablo decidió que era el momento de fumarse un pitillo. Lo vi alejarse con un cigarrillo entre los labios, dando caladas espaciadas y cortas y... a una chica acercarse a él. Era joven, rubia y llevaba el pelo muy corto; muy guapa y muy de su estilo. Le pidió un cigarrillo y él se lo encendió. Hablaron sobre algo que no escuché pero que les pareció muy divertido. Cuando estaba a punto de enfadarme me di cuenta de que no tenía derecho a hacerlo. Pablo era libre de pedirle el teléfono, quedar un día con ella y terminar la cita follando como un loco en su piso. Imaginé mi desasosiego al verlo aparecer por la mañana con la misma ropa y una sonrisa de bien follado. No dije nada. Me giré hacia mi hijo, le di un beso que le hizo reír y lo acompañé con una pedorreta. Lo cogí de las manitas y jugamos a «andar» hasta que Pablo volvió a acercarse, solo.

Estuve pensando mucho sobre eso. Ni siquiera sabía si se habían dado los teléfonos, si no, si había sido una paranoia mía que aún no estaba muy cuerda... y decidí hacer algo. Algo loco para mí. Después de dormir a Diego, Pablo y yo nos despedimos en la puerta de nuestros dormitorios donde solíamos encerrarnos para no tener que sufrir la tensión de compartir rato callados en el salón y... le pregunté si quería una copa. Me miró rarísimo.

—¿Cómo?

—Una copa de vino. Es pronto y mañana no trabajamos.

—Ehm...

—Vale. —Miré al suelo y me atusé mi coleta—. Sin rodeos. Sé que no tengo ningún derecho a decirte esto pero por alguna extraña razón lo necesito. Vi a esa chica en el parque, me puse a pensar y... necesito decirte que me sigue doliendo imaginarte con otras, aunque ya no seas nada mío. Es irracional y no debería ser así porque eres libre pero... creí que debías saberlo.

Pablo me miró con el ceño fruncido.

—¿Qué chica?

—Aquella rubia, con el pelo corto.

Sonrió. Se nos vino encima un silencio espeso en el que me puse enferma de nervios. Qué raro era eso de ser expresivo con las emociones. ¿Por qué cojones lo había hecho? Era mucho más fácil seguir callada, mirando desde la lejanía. Finalmente Pablo abrió la boca y dijo:

—Quiero esa copa de vino.

Abrimos una botella y preparamos algo rápido para cenar. Pintaba bien pero... estuvimos prácticamente todo el rato en silencio. Solo intercambiamos un par de comentarios bastante vacuos, ni siquiera recuerdo de qué. Del vino, supongo. Pero fue alentador saber que podía decir aquello. Fue reconfortante poder volver a sentarme con él, a oscuras, en el salón de esa casa que a tantas torturas me había sometido en el pasado y volver a vivir allí dentro algo agradable. Y poder mirarle. Su perfil recortado por la luz tenue de una lamparita. El fulgor de sus ojos concentrado en el baile del vino dentro del cristal de la copa. Su pelo, más largo de lo habitual, que se rizaba cada vez menos por el peso. El brillo de una tímida barba tirando a rubia que seguro haría de su mentón algo áspero, como su voz. Sus dedos largos, llenos de anillos. Una camiseta lisa y deslavada con las mangas remangadas. Todas esas cosas que no me gustarían jamás en ningún otro hombre pero que formaban parte de la esencia de Pablo. De lo más bello del mundo, que era ser libre.

Nos despedimos en la puerta de nuestras habitaciones con un «que duermas bien» que sonó un poco más cálido. O eso quise creer. Me acosté en la cama, sin abrirla, mirando al techo y suspirando. Había podido oler su perfume desde más cerca cuando, sentado en el sofá a mi lado, se había inclinado en busca del cenicero. Si cerraba los ojos aún podía notar el calor, la colonia, el aroma de su pelo...

Noc noc. Unos nudillos llamando a mi puerta.

—Pasa.

Pablo entró y titubeó. Llevaba puesto el pijama; un pantalón gris con dibujos en azul marino y una camiseta de ese mismo color. El corazón se me aceleró en el pecho y la imaginación se me desbocó en su silencio. «¿Puedo dormir aquí?», me preguntaba en mi cabeza. Y yo lo recibía con los labios entreabiertos para saborear mejor su saliva. «Un beso de buenas noches», musitaba después. Y me hacía el amor encima de aquella cama de cuerpo y medio, agarrado al cabecero, terminando dentro de mí.

—¿Harías algo por mí? —preguntó.

Lo que quieras. Lluvia dorada. Fisting anal. Tú mandas. Sonreí por los derroteros de mis pensamientos y él se contagió.

—Claro. Dime.

—¿Podrías... darle un toque a esta persona? Está esperando tu llamada.

Me tendió una tarjeta con el nombre de una chica. Elisa. Un teléfono, una dirección y el logo de una empresa. Nada más. Asentí y él sonrió. Dos hoyuelos increíbles se dibujaron en sus mejillas y le quise tanto entonces que me dolió no poder decírselo. Cuando cerró la puerta se escapó de mis labios: «Te quiero». Pero Pablo no lo escuchó.

65

E lisa era rubia, guapa y muy dulce. Me atendió el mismo
día en que la llamé. No me dijo a qué se dedicaba ni por
qué estaba esperando mi llamada. Solo que tenía un hueco esa
misma tarde a las cuatro y que me pasaba la dirección por
WhatsApp. Por la cabeza me cruzaron todo tipo de locuras,
pero no acerté en ninguna de mis suposiciones, porque en ninguna de ellas imaginé que Elisa fuera psicóloga.

Me quedé un poco aturdida, como si mientras yo esperaba que todo apuntase a un acercamiento entre nosotros, Pablo
estuviera urdiendo un plan para declararme incapacitada para
hacerme cargo de mi hijo. En lugar de un abrazo, recibí un
guantazo. Supongo que reaccioné mal pero… nada que ella no
previniera.

—Es normal que te moleste, Martina —me dijo sonriente—. Pero tienes que entender que Pablo no quiere ofenderte.
Esto no significa que nadie crea que estás loca. Para nada. Pero
a veces necesitamos que alguien nos enseñe algunos truquitos…,

las herramientas para hacernos cargo de lo que sentimos. ¿Me entiendes?

Entenderla la entendía, pero me hacía muy poca gracia. La primera sesión fue un auténtico fiasco. Prácticamente no solté prenda y me dediqué a echar balones fuera, casi todos en dirección a Pablo. Me sentía como si me hubieran tendido una emboscada.

Al llegar a El Mar le hice un gesto hacia su despacho y sin mediar palabra nos encontramos allí. Él cerró la puerta y empezó a hablar:

—Intenta no cogerlo por la parte negativa.

—Es complicado —le respondí enfadada—. Mi ex me ha recomendado que visite a una psicóloga.

—No te estoy mandando a terapia. Solo… te he recomendado hablar con alguien que te puede ayudar.

—¿A qué?

—A expresarte. A no estallar cuando no puedes más.

—Que crees que estoy loca ya me constaba. No hacía falta la sesión de hoy.

—Si no quieres hacerlo por mí lo entiendo, pero hazlo por tu hijo. Se merece una madre que aprenda a decir te quiero.

Vale. Pues es evidente que a lo mejor entre nosotros las cosas seguían sin funcionar, pero ya lo he dicho, nada como alguien que te conozca a fondo para darte una buena paliza emocional. Después de aquel comentario no falté a «terapia».

Coaching emocional, lo llamamos. Y costaba como aguantar latigazos sin gritar. Al principio ella me pinchaba y yo me dedicaba a esquivar las flechas hasta que un día me preguntó por qué seguía acudiendo.

—¿Es porque crees en esto o…?

—Es porque mi hijo merece una madre que sepa decirle te quiero —le respondí, repitiendo las palabras de Pablo.

—¿Y qué te mereces tú?

Ahí estaba la pregunta. Lo que más dolía era mi respuesta.

Le dije a Pablo que no quería volver a ir a ver a Elisa. Se lo dije un día bañando al niño. Esperaba una discusión. Creo que incluso la buscaba porque me ponía enferma la cordialidad estudiada y gris con la que me trataba. Pero en lugar de encontrar un grito o indignación, solo vi más de lo mismo.

—Tú verás. —Se arremangó y siguió a lo suyo.

—No lo necesito, ¿sabes? Es un gasto.

Pablo sacó a Diego de la bañera y lo colocó en mis brazos, que sostenían una toalla. Carraspeó viendo cómo lo secaba con suavidad.

—Dime una cosa…, ¿qué sientes por mí?

Levanté la mirada sorprendida y él frunció el ceño y me animó a contestar con un gesto.

—¿Qué? —pregunté atontada.

—Ya me has contestado. Si no quieres ir, no vayas, pero falta te hace. Sobre lo de que es un gasto…, sé lo que cobras, lo que cuesta y los demás gastos que tienes al mes. Créeme…, te lo puedes permitir.

—A lo mejor prefiero gastarme ese dinero en otras cosas.

—¿Como qué? —me pinchó.

—Pues… en ropa.

Pablo se mordió el labio para no reírse.

—Claro. Ropa. Con lo mucho que te gusta ir de tiendas…

—Me gusta verme guapa. Como a todos.

—Empieza por cortarte el pelo. —Señaló mi coleta—. El día menos pensado te llegará a las rodillas.

—Lo mismo digo.

Se acercó a mí con una sonrisa y se recogió el pelo en un moño.

—Haz lo que quieras. Ve. No vayas. Córtate el pelo o déjatelo largo. Compra ropa o no la compres. Cielo…, es tu vida.

¿Podía todo el mundo dejar de darme puñetazos morales? Sobre todo alguien a quien sentía el deseo de violarle la boca cada vez que pasaba por mi lado.

A las chicas les pareció muy sano que yo fuera a hablar con alguien sobre mis sentimientos ya que me costaba tanto compartirlos hasta con ellas, dijeron. Sandra opinó que además era muy *cool* tener una *coaching* emocional; yo opiné en silencio que era tonta del culo, pero me callé. Ya le habíamos metido suficiente caña dejándole a entender que Germán era un poquito (gilipollas) mandón.

—Hago lo que quiero, chicas. Él no me dice qué debo o no debo hacer.

—No. Te manipula para que todos tus planes desaparezcan mágicamente cuando él está libre. Pero si es él quien tiene algo…, olvídate, ¿no? Su apretada agenda debe ser importantísima —le respondió Amaia.

—Lo es. Pero siempre tiene un momento para mí. Igual te cuesta entenderlo porque tu chico es enfermero y no tiene mucha responsabilidad en la vida, ¿sabes?

Yo las miraba como quien está atento a la pelota en un partido de tenis.

—Tienes razón. Me cuesta entenderlo porque mi marido NO es Germán. Es mejor. Y ¿sabes lo peor? Que lo sabes.

—Vale, contrincantes. Cada una a su rincón.

—Y tú. —Amaia me señaló con el dedo—. Ve a la consulta de esa piba y cuéntale todas tus mierdas desde que tengas uso de razón. Cuéntale también aquella vez que te bajó la regla en gimnasia, por si fuera el origen del mal. Ten en cuenta que el último tren no suele tener paciencia para esperar en el andén.

Lo más fácil fue empezar por el tema profesional. Le conté que para mí El Mar había sido un logro y un peso a partes iguales. Estaba orgullosa de haber llegado allí, pero temía no dar la talla día a día. Primero sufrí por no ser lo suficientemente artística y libre, después por no ser respetada por ser la chica del jefe y más tarde por tener que hacer frente a una cocina en la que todo el mundo estaba al tanto de mi vida personal.

—Y donde está también la otra.

La otra. Rascó bastante de ahí. Nos duró para dos sesiones a pesar de que no quería hablar de ello, intenté escaquearme y yo por lo que estaba (aparentemente) preocupada era por el trabajo. Pero Elisa consideró que si no me quitaba de encima todas aquellas connotaciones negativas a las que había asociado mi trabajo era imposible que volviera a disfrutar en la cocina.

—Ni crear platos ni tener ideas. Ahora ya tienes suficiente con controlar tus miedos allí dentro.

Qué horror. Era como si esa desconocida me conociera de toda la vida.

Dos veces a la semana me sentaba con ella, en su despacho blanco amueblado en Ikea y hablábamos. Fue duro, pero fue dando frutos y yo misma fui consciente de ello.

—Carolina —le dije una tarde, mientras ella organizaba a los ayudantes—. ¿Tienes un segundo?

—Claro.

Salimos al jardín; no me pasó desapercibida la mirada de todos siguiéndonos hasta allí fuera. Creo que alguno soñó con presenciar una pelea de gatas.

—Tú dirás —me respondió algo seca. Yo la había estado ignorando abiertamente desde que llegué. Era normal que estuviera molesta.

—No quiero enemigos y mucho menos dentro de esta cocina. Te pido perdón por mi actitud porque no ha sido ni profesional ni madura. Puedo entender que los sentimientos a veces no son controlables y que, aunque yo hubiera hecho las cosas de diferente manera, ese fue tu modo de reaccionar y ya está. He perdido a Pablo y no pienso perder también este trabajo. Quiero que me respetes por ser una buena jefa de

cocina, independientemente de que no sientas simpatía personal hacia mí.

Ella pestañeó sorprendida por mi repentina verborrea.

—Yo sí sentía simpatía por ti.

—Pero se nos cruzó un tío —bromeé.

—Algo así.

—Bueno…, nunca seremos grandes amigas pero sí grandes cocineras.

Le tendí la mano y nos dimos un apretón.

Hubiera podido ahorrarme el mal trago de tener aquella
conversación si hubiera esperado una semana, que fue lo que
ella tardó en darnos la noticia de que se marchaba de El Mar a
las cocinas de otro gran restaurante, esta vez en Barcelona. Sé
que Pablo se sintió responsable y que se sintió mal porque no
estaba orgulloso de lo que había pasado entre ellos dos. Yo, lo
siento…, me alegré. Una cosa es solucionar los problemas pendientes con una compañera y otra muy diferente es ver cada día
la cara de una chica que besó y tocó al hombre de tu vida… estando contigo. No le echo la culpa a ella, que conste. Muchas
hubieran hecho lo mismo en su situación. Pero era más fácil
dejar en el pasado aquello si ella no estaba.

Elisa me reprendió cuando se lo dije e intentó explicarme
otra vez lo de dejar en el pasado lo del pasado superándolo. Vale, vale, pero a nadie le gusta ver la boca que morreó a su novio.

Elisa me pidió que llevase a cabo un ejercicio que en el
primer momento me pareció una absoluta locura.

—Intenta decir a cada momento la sensación que te esté
azotando. No en plan: tengo calor, tengo sed, quiero hacer caca… —Me tapé la cara con un cojín—. Algo así como: esto me
está cabreando, estoy contenta, me gustas, me siento sola…,
poco a poco.

Sí, claro. Espera que ya voy. Pero el caso es que… quería
mejorar. Quería que el día de mañana Diego corriera a mi re-

gazo si le pasaba algo. Que me contase emocionado lo que había descubierto en la escuela o llorando que le habían roto el corazón. Quería ser su refugio y un ejemplo de lo bonita que puede ser la vida si uno se hace cargo de sus emociones. Como su padre. Así que hice de tripas corazón y lo intenté. Empecé con Sandra y con Amaia. A la primera le mandé un mensaje: «Me apetece verte y tomarme algo contigo sin Germán. ¿Crees que será posible o te borro ya de los contactos del móvil?». Sirvió. Aquel mismo viernes almorzamos juntas antes de que yo tuviera que entrar a trabajar. Pablo se encargó de Diego hasta que llegó la niñera, que también fue foco de algún que otro comentario cuando soltar el filtro me permitió hablar como un asperger.

—¿Lidia es tonta o solo se pone tonta cuando te ve a ti? —le pregunté a Pablo.

—No sé a qué te refieres. —Se rio él.

—Me refiero a esas risitas que lanza. Y a cómo te mira.

—¿Cómo me mira?

—Como si fueras un pan recién horneado y ella estuviera hambrienta.

—Entonces no es tonta. Es que le gusto.

Me faltó gruñir. No me vi con fuerzas de soltar la expresión sobre mi sentimiento en aquel momento que era: «Esto me está alterando», pero al llegar a El Mar, conseguí hacerlo en la cocina.

—Me estás poniendo muy nerviosa. Prefiero no verte en un buen rato —le dije a uno de los jefes de partida, que estaba especialmente intenso con cómo proceder al corte de un pescado.

Todos me miraron sorprendidos.

—Es un ejercicio para mejorar mi... expresividad. Por favor, no me lo tengáis en cuenta.

—Tenédselo en cuenta —pidió Pablo con sorna—. Y tú, sigue haciéndolo. Me estás poniendo la cocina a punto.

A punto me ponía él, pero de caramelo. Ceño fruncido. Silencioso. Pelo recogido en un maldito moño asqueroso que le quedaba mejor que a mí. Lengua que humedecía sus labios de vez en cuando. Pablo cada día estaba más bueno, ya basta de rodeos. Entiendo que Carol se largara; era insoportable.

La primera vez que practiqué el ejercicio con él fue unos diez días más tarde. No me atrevía a hacerlo con grandes cosas, así que empecé dando un paso muy pequeño.

—Verte garabatear en tu cuaderno de recetas, con una taza de café en la otra mano…, me da ternura.

—¿Ternura? —preguntó, apoyando la mina del lápiz sobre el papel.

—Sí, cariño, afecto, ternura…, ya sabes.

Él sonrió sin añadir nada más y volvió sus ojos verdes al papel.

—Pomelo y…

—Chocolate negro si es dulce. Gambas si es salado.

Dicho esto me escabullí muerta de vergüenza para poder decirle a mi hijo, en petit comité, que su padre me hacía sentir mariposas en el estómago.

El siguiente paso fue elaborar un listado; las listas me gustan. Son más fáciles. Esta no lo fue, claro. Porque sin abolir la norma de verbalizar mis sensaciones, sumábamos la tarea de ir solucionando todas aquellas cosas que consideraba pendientes. Listado de «cosas que jamás dije» llamamos al ejercicio y había muchos nombres: Fer (lo nuestro fue precioso y yo también me entristecí cuando terminó, pero tienes que dejar de alejarme porque mi maternidad hiriera tu orgullo masculino; te quiero en mi vida, es momento de que decidas si quieres estar del todo o no), Amaia (gracias por enseñarme que la vida, si te ríes, es muchísimo mejor), Sandra (te quiero, pero deja de agobiarme con conceptos de moda que no entiendo ni quiero entender) y… Pablo. Buff. Lo de Pablo me costó mucho más de lo que me planteé en un primer momento; cada vez que me acercaba a él con intención de dar por finalizada la tarea, me moría de vergüenza y le pedía cosas absurdas como más sal, para disimular. Como vimos que era posible que nunca me atreviera a decirlo, Elisa me recomendó que podía dejarle una nota.

—Pero solo esta vez. No puedes refugiarte detrás de una nota siempre. Tienes que aprender a lidiar con todas las cosas que sientes y hacerlo en vivo y en directo.

Ya veríamos. Lo de comunicarme con notas no parecía tan mala idea.

La primera que le dejé fue una chorrada como un piano. «Te vi esta mañana tarareándole una canción a Diego y me hizo ilusión comprobar que era de Rayden. Pero la cantas fatal». La deslicé por debajo de su puerta antes de irme a dormir. Escuché su risa sorda de vuelta a la habitación y me sorprendí sonrojándome.

Él no contestó entonces. Me entristecí y le dije a Elisa que no sabía hacerlo, que era mejor dejarlo estar y no marear más la situación que teníamos.

—Te vuelves a esconder. Piénsalo… ¿es mejor pasar la vida preguntándote «qué pasaría si» o un ratito de vergüenza?

Maldita. Qué sabia era.

Para la segunda nota me esforcé un poco más. «He pensado que —eres el mejor padre del mundo— el domingo podíamos invitar a Amaia y a Javi a comer. Hará buen día— Diego tiene suerte de tener un padre como tú— y podríamos servir la mesa en la terraza. Quizá pueda —sentir lo mismo sobre mí algún día— preparar ese pastel de manzana y pasas que tanto le gusta a Amaia».

Como contestación, Pablo se coló en mi habitación con sigilo y dejó en la mesita de noche un posavasos de El Corazón, aquel local tan especial al que nos llevó cuando Amaia y Javi se besaron por primera vez.

Me animé. No, miento: me vine arriba con todo el equipo. Y después de una conversación animada con Elisa llegué a la conclusión de que había llegado el momento de rascar un poco más…, de darle más de las palabras que me había callado.

«Nunca te agradecí lo que supuso admirarte como profesional. Ver tu pasión me animaba a sacar la mía de la jaula en la que la tenía encerrada. Conocerte como hombre fue otro impacto porque aún eras mejor de lo que imaginé. Excepto por lo de lanzar platos por los aires, pero eso ya lo has solucionado. Me enseñaste que los recuerdos tienen sabores, por qué se debe tener un color preferido y mucha música. Me llevaste de la mano a ver mundo física y emocionalmente. Gracias por el viaje que supuso conocerte. Gracias por darme un hijo».

Dejé la nota sibilinamente en su almohada mientras se daba una ducha. Días después encontré algo sobre mi cama. Era un libro muy viejo que contenía una trilogía del poemario de Pedro Salinas. Tenía una de sus páginas marcadas con una esquina doblada sobre sí misma. Abrí el libro, olí las páginas amarillentas y sonreí al percibir una nota leve del perfume de Pablo allí. El poema señalado empezaba diciendo:

«Perdóname por ir así buscándote
tan torpemente, dentro
de ti».

Los siguientes versos hablaban de perdonar el dolor, de sacar del otro su mejor versión y sublimarla para que el amor de uno y de otro se encontrara.

Y me mató de amor.

Ignoramos las notas de frente. Fingimos que no sabíamos nada de ellas, pero nos habituamos a dejarlas. A veces solo eran un «Buen trabajo», «Estoy orgulloso de ti» o «Sigue así» a los que respondía diciéndole que «Tengo un buen maestro», «Te admiro» o «Siempre a dos pasos de ti». Lo convertimos en un lenguaje secreto durante mucho tiempo que, no obstante, fue quedándose pequeño para todo lo que quedaba por decir.

—Martina…, ¿puedo hacerte una pregunta personal? —consultó Elisa cuando la puse al día.

—¿Y ahora pides permiso?

Eso la hizo sonreír.

—Tú… ¿quieres que tu relación con Pablo cambie? ¿Quieres que sea plena?

—Sí —asentí sin pensar—. Quiero decir que…

—No, no lo aclares. Así está bien. Te voy a pedir algo. Algo nuevo. Quiero que vuelvas a salir de tu zona de confort.

—Ya me imaginaba acudiendo a trabajar en bragas cuando dijo—. ¿Qué tal si invitamos a Pablo a la siguiente sesión?

66

Quedamos en ir juntos a ver a Elisa un lunes por la tarde. La tonta de la niñera nos dijo que podía venir un par de horitas para cubrirnos, aunque fuera uno de sus días libres. Le pagábamos lingotes de oro a la muy mamona que, todo hay que decirlo, miraría a Pablo como una pánfila que sueña secretamente con sentarse en su cara, pero adoraba a Diego y Diego la adoraba a ella. Y sorprendentemente el hecho de que mi hijo se lanzara en brazos de una veinteañera lozana, rubia, con tetorras y ojitos danzarines, no me molestaba ni me hacía sentir menos madre. Elisa estaba consiguiendo cosas conmigo, sin duda. Yo las estaba consiguiendo.

Pablo parecía tranquilo. Relajado. Yo…, recién vomitada por algún animal muy grande. No había podido ni pegar ojo. Cuando nos sentamos frente a ella me pareció que él estaba disfrutando. Cruzó el tobillo en la rodilla contraria y apoyó el codo en el respaldo de la silla. Me enamoré un poco y tuve ganas de decirle, por ser sincera con mis sentimientos y demás, que me estaba poniendo bastante cachonda el bulto que se le marcaba con esos pantalones vaqueros estrechos.

—Muchas gracias por venir, Pablo.

—Un placer.

—No sé si Martina te ha ido poniendo al día de los avances…

—Bueno, los he ido viendo día a día.

—Me parecería muy interesante que me contarais, primero uno y después el otro, lo que os pasó como pareja. —La miré con terror—. Empieza Martina.

—No. —Me reí—. De eso nada.

—Sí. —Elisa me sonrió—. Estamos preparados para escucharte, Martina. Tienes muchas cosas que decir.

—Poco a poco. —Pablo palmeó mi rodilla, infundiéndome valor pero a la vez quitándole importancia. Maldito hijo de perra *hippy*, me iría al fin del mundo por seguirle.

—Bueno pues…, lo que nos pasó fue que…, a ver…

—A ver —repitió Pablo con una sonrisa ladina.

—Yo lo llevé muy mal. El nacimiento de Diego. El nacimiento en sí no…, lo que supuso. El mundo se dio la vuelta. Y yo no me adapté. Empecé a…, a verlo todo mal. A mí, sobre todo a mí. Yo… —carraspeé— me volví un poco loca.

—Loca no es la palabra… —medió Elisa—. Intenta explicarlo de otra manera.

—Celosa y… —cogí aire— aislada. Me encerré en mi paranoia.

—Celos de Diego o de…

—No de Diego no. Lo de Diego era más…, no sé. Pablo siempre sabía qué hacer y yo no.

—Entonces, ¿los celos?

—Otras chicas —me avergoncé. No quise ni mirarle.

—¿En general?

—No. —Me miré los cordones de las zapatillas—. Una en concreto.

—¿Y por qué esta chica en concreto?

—Ellos… tuvieron algo antes de que nos conociéramos.

—¿Te refieres a su exmujer?

—No. Una compañera de El Mar.

—¿Qué era lo que te hacía estar celosa?

—Ella. —Una pausa en la que nadie habló. Me atreví a echar un vistazo a Pablo, que se miraba la correa del reloj, muy concentrado—. Era muy como él. Era alegre, joven, guapa…, tenía su estilo.

—¿Algo más?

—Nop. —Y me concentré en mis manos.

—Pablo…, ¿quieres…?

Cogió aire. Solo la manera en la que lo hizo me aclaró que iba a doler.

—Martina y yo nos conocíamos poco y nos vimos empujados a tomar una decisión que marcaría el resto de nuestra vida. Eso, quieras que no, supone una presión por cumplir con las expectativas. No fue solamente el nacimiento de Diego. Fue el silencio en el que vivía. Empezó a abrirse antes de quedarse embarazada; se sentía más libre, más viva. Y yo lo sentía con ella. Creo que el hecho de que yo no fuera completamente sincero sobre mi anterior matrimonio hizo mucha más mella en ella de lo que quiso admitir. Y la entiendo. Cuando el embarazo empezó a ser evidente, se centró en…, no sé cómo explicarlo. —Se frotó las sienes para dejar caer las manos sobre su regazo después—. Sentí que la relación se iba volviendo cada vez más física.

—¿Sexual?

—Con física me refiero a… más real, en el mal sentido de la palabra. Como pasa con la Navidad cuando creces. Sin la magia. Y en el sexo…, también.

—¿Qué quieres decir?

—Que el sexo cambió. La forma de comunicarnos con el sexo varió. Pasamos de la magia a la carne. Y lo fuimos quemando todo hasta que no quedó nada. Ella y yo en la cama siempre... encajamos mucho más que el cuerpo. Hablábamos mucho con el placer.

Se mordió el carrillo.

—Tú... ¿cómo percibiste vuestra relación cuando nació Diego?

—Se convirtió en miedo. —Se encogió de hombros—. Se lo calló todo, con lo que convivíamos en un silencio muy tenso. Si intentábamos hablar, terminábamos discutiendo pero nunca sobre lo que realmente pasaba. Supimos ser muy desagradables con el otro. La falta de tiempo para nosotros, el cambio de la rutina y el cansancio tuvieron mucho que ver.

—¿Y sobre los celos?

—A ver... —Cerró los ojos y se enderezó en la silla—. Carol me atrajo en el pasado. Era guapa y tenía un punto descarado que..., joder, a los tíos nos la pone dura una tía así alguna vez en la vida. Lo que Martina no entendió nunca es que yo me enamoré de ella, no de Carolina. Todo lo demás desapareció. Le daba importancia a que no le cupieran unos puñeteros pantalones anteriores al embarazo mientras lo único en lo que yo pensaba era en desnudarla y besarla por todas partes.

Tierra trágame. Pero qué ilusión saberlo. ¿Hablaba en pasado?

—¿Y qué pasó?

—Que me cansé de mendigar. Y cuando lo hicimos, después de muchos meses..., se me fue la olla y me la follé como un perro.

Elisa no dio muestras de escandalizarse así que tuve que contener mi turbación. Éramos adultos, ¿no? Pues ya está. Follar no es nada más que un verbo.

—¿Qué os hubiera gustado encontrar en el otro antes de que la cosa se rompiera del todo? En una palabra.

—Comprensión —musité.

—Amor —respondió él.

Lo confesaré: albergaba la estúpida ilusión de que al salir de aquella sesión, nos quisiéramos más y la recuperación fuese más evidente, pero lo cierto es que su contestación me dejó muy fría por dentro. Yo le quería. Incluso cuando él me dijo que lo habíamos roto del todo…, yo le seguía queriendo. Pero me hizo darme cuenta de que las cosas que no se dicen, la mayor parte de las veces, no existen. O no lo hacen como debieran.

Nos llevamos deberes a casa. Teníamos que escribir una lista de diez cosas que sintiéramos hacia el otro. Buenas y malas. Las leería en la próxima sesión que… también sería conjunta.

Tanto hablar de sexo. Tanto recuerdo de carne y sudor. Tanta añoranza de su piel. Todo despertó un instinto que había empezado a dar muestras de revivir con fuerza incluso cuando Pablo se alejó de mí tras la ruptura. Tenerle lejos de mi alcance casi me excitaba más.

Estuve un par de días rememorando sin parar los polvos más salvajes de nuestro repertorio. Me dolía el cuerpo de pura tensión. Así que una noche, después de despedirnos de la tonta de la niñera, darle un beso a Diego e irnos cada uno a su habitación, decidí que necesitaba sexo, aunque fuese conmigo misma.

Las paredes no eran muy gruesas, ya lo he comentado. Se oía hasta la respiración pausada del sueño si te parabas a escuchar en mitad de la noche. Así que intenté ser sigilosa, pero mientras me tocaba pensando en los dedos largos y llenos de anillos de Pablo, en su lengua, en su polla abriéndome para él…, lancé algún suspiro, quejido y gemido apagado. Cuando me corrí…, joder…, lo eché más de menos aún.

Fui un ninja del onanismo, silenciosa y rápida… o eso creí porque a la mañana siguiente encontré a Pablo algo burlón, pero me abstuve de preguntar si había escuchado algo. Qué vergüenza que tu ex te escuche masturbarte, ¿no? Pues no debió de parecerle muy vergonzoso porque, esa noche, casi le escuché contener el aliento en busca de un sonido que le diera la pista. Le había gustado, estaba segura. Yo me cohibí, pero él se lanzó de lleno a regalarme las mismas sensaciones que le había provocado yo la noche anterior. Cerré los ojos con el primer carraspeo. Lo imaginé cogiéndola desde la base, mirándose, tocándola de arriba abajo lentamente un par de veces hasta arrancar el gemido que llegó hasta mis oídos. Grave. Rasgado. Masculino. Terminó pronto. Un par de minutos de jadeos aspirados y un gruñido final húmedo y jugoso, seguido de un cajón abriéndose. Por Dios. No entré en su habitación dando una patada a la puerta porque me contuve mucho.

La siguiente sesión con Elisa fue divertida. Con aquella paja en la memoria, había escrito mi listado de «cosas que siento por Pablo». Qué desastre. Ella nos indicó, después de echarles un vistazo, que las leeríamos en voz alta, de dos en dos, explicando el motivo de cada una. Empezó Pablo.

—Admiración.

—Mierda —dije—. Elisa..., yo no quiero leer las mías.

—Calla un segundo y escúchalo. Pablo, empieza otra vez.

—Admiración, porque es tenaz y válida, por su talento. Miedo, por la fragilidad que esconde. Es como pisar un campo de minas.

Los dos me miraron. Carraspeé. Mierda, joder.

—Atracción sexual.

Pablo contuvo una sonrisa mordiéndose los labios.

—¿Por?

—¿En serio tengo que explicarlo? —Elisa asintió—. Bien... Porque me gusta..., míralo, mierda..., está muy bueno.

—¿Qué más?

—Morbo —respondí de mala gana—. Porque es... sexi. Sin quererlo.

Hubiera muerto de vergüenza si no fuera porque, a lo largo de la sesión, me di cuenta de que si Elisa permitió que hiciéramos el ejercicio en voz alta después de echar un vistazo a nuestras listas fue porque casi usamos las mismas palabras, buenas y malas, pero a la inversa. Yo empecé por las que él apuntó al final. Entre unas y otras, curiosidad, rencor, ternura, deseo...

Elisa nos dijo que sería genial hacer un juego entre los dos, algo más íntimo, en casa, en un lugar donde nos sintiéramos cómodos.

—Jugad a las prendas o algo así. Una prenda por cada secreto que os contéis. Cualquier cosa estará bien. Y... ¿puedo recomendaros una cosa? —Los dos asentimos—. Aunque sintáis mucha atracción sexual..., vamos a intentar esperar para eso. Hay cosas que solucionar y la euforia posterior al sexo puede enmascararlo.

¿Dábamos entonces por hecho que acabaríamos en la cama de nuevo? Porque me apetecía mucho, pero me asustaba lo indecible. Follar con Pablo era enamorarse más de él si una se dejaba a merced de las sensaciones. Estaba segura de que no sería como nuestro último polvo en aquel cuarto de baño de un hotel. Sería amor líquido invadiéndome por dentro después de un orgasmo sonoro y sobrecogedor. Y después querría abrazarlo, besar sus labios, oler su piel y prometerle un millón de cosas estúpidas como que jamás dejaría que otra persona me tocase o que él durmiera en otra cama. Pero... ¿y si volvía a salir mal?

Jugar a las prendas con alguien con quien no podía acostarme y que me atraía mucho, no me apetecía nada, así que... le propuse algo diferente. Chupitos. Rememorando nuestro comienzo. Lo hicimos un sábado por la noche, aprovechando que el día siguiente no trabajábamos. Pablo me preguntó al volver a casa de El Mar, si me apetecía hacerlo. Había sido un servicio bastante bueno en el restaurante y estábamos de humor. ¿Por qué no?, respondí.

Decidimos hacerlo en el salón…, territorio neutral. Sacamos una botella de tequila, dos vasos de chupito y algo de comer. Y nos dijimos cosas preciosas. Empezó él:

—No lo sabes pero… hay un postre en el menú de El Mar que está inspirado en tus pezones.

—Digo que odio tus camisas porque las odio, pero te hacen más especial si cabe.

—Una noche me la pelé cinco veces pensando en ti.

—El otro día me masturbé pensando en ti.

—Siempre serás la mujer más importante de mi vida.

—He aprendido a ser madre gracias a ti.

—Me gusta cuando caminas descalza por casa. Me hace sentir que esto es un hogar.

—No me gusta pensar que vivo en tu casa.

—Odio tu silencio cuando sé que quiere decir cosas.

—Echo de menos acariciar tu pelo antes de dormir.

—Te echo de menos a ti, entera.

Y así seguimos hasta que no pudimos beber más y nos quedamos dormidos en el salón. Nos despertó Diego haciendo ruiditos y recordándonos que, además de dos personas que trataban de encontrar el punto del camino en el que empezaron a perderse, éramos padres. Y la vida era maravillosa.

67

Podría haberme salido mal. Lo sabía. Era un riesgo con el que contaba. Decirle a Martina que lo nuestro estaba roto, muerto, sin posibilidad de reanimación, era peligroso. Sobre todo cuando sabía que no era cierto y esperaba verla reaccionar. Romper con ella de postizo, sin dejar de sentir que era mi mujer, a riesgo de que ella creyera que debía rehacer su vida sin mí…, soy un loco. Lo que quiero decir es que le hice creer que ya no la quería, que rompíamos, que debíamos seguir con nuestra vida al margen del otro, cuando yo me sentía más suyo. Lo arriesgué todo porque no había otra forma de devolverla a la realidad. Yo estaría allí siempre pero ella no podía saberlo o lo nuestro no iba a funcionar.

Elisa la sacó del cascarón más rápido de lo que yo creía. Eso me hizo darme cuenta de las ganas que tenía Martina de librarse de todo lo que arrastraba. Verla arrugar la nariz y decir «esto no me gusta» o «me estáis poniendo nerviosa, no quiero veros» era liberador hasta para mí, porque quería decir que se acercaba el día en el que me diría que me quería. Y que me deseaba. Y que teníamos toda la jodida vida para decirnos el resto. Pero es Martina así que… empezó por lo más difícil.

Las notas nos devolvieron parte de quienes fuimos y en ellas Martina se sintió libre de compartir sentimientos que fueron nuestros y que dejamos marchar. Tenía pecado lo nuestro…, haber tenido en las manos la historia de amor más bonita e intensa de nuestras vidas y dejarla marchar por miedo a que algún día se fuera. Nos merecíamos el esfuerzo que nos tocó hacer después.

Avanzamos mucho en las sesiones conjuntas. Avanzamos en más de un sentido. La tensión sexual que se respiraba en casa a causa de la distancia impuesta, iba haciéndose cada vez más densa. Pero Elisa tenía razón, no podíamos ponernos a follar como descosidos en aquel momento porque la euforia del después habría ocultado las cosas que aún debíamos solucionar como, por ejemplo…, hablar, a solas, sin mediadores. Hablar sin buscar hacerlo. De forma espontánea. Y hablar sobre nuestros sentimientos.

Se acercaban las vacaciones de verano y yo estaba nervioso. No quería que nos separáramos porque estaba seguro de que Martina se metería hacia dentro de nuevo y perderíamos una oportunidad preciosa de seguir con nuestras vidas. Y mientras yo andaba nervioso porque quería contarle que había visto una casita preciosa en Gijón que seguía estando disponible para alquiler (porque yo había dado una señal, no mentiré), ella andaba a toda pastilla en la cocina, hablándome en el camino del trabajo a casa y de casa al trabajo, de un proyecto de consultoría gastronómica que deberíamos emprender. Y yo me enamoraba más, como un gilipollas. Cada día me costaba más sostener la fachada de indiferencia y soportar dormir en otra cama, escuchándola correrse con sus dedos. Dios. No uses tus dedos, úsame a mí. Mi pequeña…, cómo me costaba tragar mis «pequeña», «mi vida», «mi amor». Y se me iban acumulando en el estómago, de tanto masticarlos.

Utilicé a Elisa de comodín, esperando que me echase una mano. Le pregunté qué nos vendría mejor, como padres, en las vacaciones. Nos preguntó a nosotros si nos apetecía hacer planes juntos. Me mantuve en silencio, esperando que fuese ella la que respondiera primero.

—Sería genial poder pasarlas juntos, sin tensiones..., por Diego.

Por Diego. ¡Ja! Te mueres de ganas de que coja tu labio inferior entre los míos, clave mis dientes en él y te folle la boca con mi lengua. Martina me miró, como si adivinase mis pensamientos y añadió:

—Si no tienes otros planes.

—No tengo otros planes —respondí serio—. Me apetece un mes tranquilo. Ha sido un año duro.

Cuando ella bajó la mirada hasta el suelo, me sentí culpable. Pero tenía que mantenerme en mis trece.

Hice el paripé con la casita de alquiler en Gijón. Se lo enseñé un día, haciéndome el desinteresado, a ver qué le parecía. Era una casita con parcela y vistas al mar en la zona de Somió. Las vistas eran impresionantes. Un poco de verde intenso y después el mar... era preciosa. Mantenía el encanto rústico pero había sido reformada hacía poco. Cuatro habitaciones, una buhardilla, cocina grande, piscina. Los ojos le brillaron, pero fingiendo que tampoco le interesaba mucho dijo que «estaba bien». Ese mismo día confirmé el alquiler para todo el mes de agosto, aunque sabía que tendríamos que volver un poco antes para hacer las pruebas de los nuevos platos del menú y demás.

El 31 de julio, domingo, emprendimos el viaje con el coche cargado a más no poder y el niño balbuceando contento en la parte de atrás. El trayecto fue cansado y tuvimos que parar bastantes veces. Biberón, pañal, estirar las piernas. Martina paseaba por una estación de servicio con Diego en los brazos, acercándose a unos árboles que había en uno de los límites del aparcamiento. Le decía cosas a media voz, en un tono cariñoso y dulce y se reía cuando Diego lo hacía. Y yo... me dije que la vida era demasiado bonita con ella como para perder el tiempo. Aquellas vacaciones serían el primer paso para el resto de nuestra vida.

Los primeros días fueron raros. Nos instalamos en habitaciones diferentes. La del niño entre las nuestras. Me dio rabia perderme los gemidos apagados de sus caricias las primeras noches aunque, quizá, como yo, estaba reservándose.

Se había ido de compras con las chicas antes de emprender el viaje. Y yo me había cortado el pelo. Los dos intentando gustarle al otro, como dos adolescentes. Nos comíamos con los ojos. Se compró un bañador negro que me volvía loco; toda la espalda al aire y la braguita dejando escapar parte de sus nalgas gloriosas. La parte de delante, anudada al cuello, con un escote bastante insinuante, sexi, sujetaba sus pechos provocadores. Yo la miraba atusarse el pelo en la piscina, en el borde, agradecido de estar en el agua sujetando a Diego y poder disimular lo mucho que me gustaba.

—Estás muy guapo —me dijo una noche, viendo cómo hacía la cena.

Me miré, sorprendido. Llevaba una camiseta blanca vieja que de tantos lavados dejaba entrever los tatuajes de mi pecho y un pantalón corto, descalzo. Le eché un vistazo a ella, también descalza, con el niño en el regazo, manchada de papilla, con un moño flojo y un vestido sencillo negro de tirantes.

—¿Sí? Gracias.

Hizo una mueca y se concentró en dar de cenar a Diego. Yo esperé, pacientemente, a que dejara salir la frustración de no escucharme decirle lo mismo y abrí una botella de vino.

Diego dio por saco aquella noche para dormir y cuando cayó, por fin, estábamos agotados. Le señalé la botella de vino abierta y ella sonrió.

—¿Una copa en la terraza?

Se encogió coqueta de hombros. Por Dios, Martina, no me tortures más. Nos acomodamos en la terraza y serví dos copas de vino y la cena: una ensalada de espinacas y quinoa. Mientras comíamos comenté:

—Esto es vida, ¿eh? Me encantaría tener una casita como esta para escapar de vez en cuando.

—¿Te…, uhm…, te gusta la ropa que compré?

Ahí estaba. La miré, sonrojada, preciosa, tocándose el moño mientras miraba hacia otra parte.

—¿Compraste ropa? No me fijé. —Hizo una mueca y yo seguí—. Yo siempre te veo bonita.

—Sí, claro. Incluso con el pijama manchado de papilla y mocos.

—Incluso.

Me miró, sonrió y se aguantó la risa con los dientes clavados en su labio inferior.

—He pensado cortarme el pelo. Cambiar un poco.

—¿Y eso?

—No sé. Creo que hay gestos que ayudan a empezar de nuevo. Cortarme el pelo —se quitó la goma que sostenía el pelo y casi gemí al verlo desmoronarse sobre sus hombros— es una tontería, pero es simbólico. Quiero olvidar algunas cosas.

—¿Cómo qué?

—¿Te acuerdas de ese… juego… de soltarme el pelo?

—Sí. ¿Quieres olvidarlo?

—No. Es que… lo he pensado mucho y creo que era una provocación, un símbolo. Como si al soltarme el pelo me obligaras a salir un poco de la jaula, del control. Quiero ser así siempre.

No en plan «buaaa, soy una locaaa», sino…, bueno, no tengo que estar siempre controlada, ¿no?

—Me parece bien. Aunque —carraspeé y acerqué la copa a mis labios— me gustaba ese juego.

—Le dimos connotaciones divertidas.

La miré de reojo. Tenía los ojos clavados en la masa oscura del mar, que parecía tragarse toda la luz de alrededor.

—¿Por qué no me lo dices mirándome?

Se volvió haciendo chirriar la silla y con una sonrisa repitió:

—Le dimos connotaciones divertidas.

—¿Cómo qué?

—Rango de preliminar sexual.

Se me hizo la boca agua. «Bésame, Martina, por el amor de Dios; muérdeme, tírame del pelo. Oblígame a que te folle como a ti te gusta». Me humedecí los labios y me reí.

—Tienes razón. Tu pelo es jodidamente tentador.

Dejó la copa sobre la mesa y se mordió las uñas un segundo. Abrió la boca. Venga, Martina.

—Dime una cosa…, ¿lo haces a propósito?

—¿El qué?

—Gemir fuerte cuando te corres…, cuando te tocas por las noches.

Polla creciendo en 3, 2, 1…

—Sí —confesé—. ¿Y tú?

—No. A mí se me escapa.

—¿Y por qué no te creo? —Fruncí el ceño divertido y alcancé mi paquete de tabaco.

—Odio que fumes, pero me pone cachonda.

Jooooder. Encendí el cigarrillo, eché el humo y la miré.

—La tengo dura —confesé.

—Yo los pezones.

Los dos nos echamos a reír.

—No quiero ir deprisa —dijo a media voz, recuperando la copa de vino y dando un sorbo después—. Me da miedo que…

—Tranquila. Iremos despacio.

Los dos miramos hacia el mar.

—¿Puedo cambiar de tema? —le pregunté.

—Por favor…

—Me tortura una duda…, yo… no sé si tú… sentiste que yo no te quise lo suficiente alguna vez. Quiero aprender de mis errores y no volver a repetirlos.

—El problema fue que no compartí mis dudas. Sabía que si te preguntaba tú serías franco con tus sentimientos, pero me asustaba que la respuesta no me gustase o que yo no pudiera igualarla.

—¿Dejaste de quererme? ¿Es eso?

—Para mí nunca fuiste solo el padre de Diego.

—¿Y qué fui?

Se mordió el labio y su mirada vaciló entre los puntitos brillantes que lucía el cielo.

—Dame tiempo para responder a eso.

Tenía una semana. En una semana Amaia y Javi vendrían a pasar unos días con nosotros y… no podríamos ahondar.

El puto bañador negro y lo fría que estaba el agua de la piscina me martirizaban a todas horas. Los pezones de Martina duros contra el tejido elástico…, no dejaba de imaginar que la colocaba a horcajadas sobre mí, apartaba el bañador y me corría en la segunda embestida, porque su coño era el jodido Nirvana. Pero respetaba demasiado el amor que sentíamos como para tomar la iniciativa. Sería ella, me dije. Sería ella cuando estuviera preparada. Y como ella no podía escucharme cuando me masturbaba…, no lo hacía.

—Las paredes son mucho más gruesas que en casa —me dijo un día, mientras tendíamos la ropa.

—Me gusta que digas «casa» y no «tu casa».

—Es tu casa.

—Es nuestro hogar.

Me pidió una pinza, con una sonrisa. Acaricié sus dedos al pasársela, pero retiró la mano como si quemase.

—¿Por qué dices lo de las paredes?

—Porque no oigo ni mu desde tu dormitorio.

—A lo mejor es porque no hay nada que oír.

—¿Te reservas? —me preguntó con una sonrisa descarada.

—Voy a pegarte al techo —respondí y me mordí el labio para no descojonarme.

—¿Y si...?

Se apoyó en el tendedero en un gesto casual y me miró.

—¿Y si..., qué?

—Nada. —Volvió a la ropa húmeda—. Olvídalo.

Tarde, Martina, la promesa de tu mirada valió para que no pudiera olvidarlo jamás. Y se acercaba el momento de los fuegos artificiales.

—Diego. No. A dormir —le dijo divertida cuando el niño se agarró a los barrotes de la cuna—. Estamos hasta el higo de ti hoy. ¿Me oyes?

Le hablaba con una sonrisa tierna. Lo cogió en brazos de nuevo, lo besó por todas partes, tan sonrosadito, gordito, el pelo que se le ensortijaba por todas partes, como a mí. Los ojos despiertos también míos. Me lo acercó y ambos lo besamos.

—Te quiero, pirata —le dije.

—Te quiero, bebé.

Los dos nos miramos como dos bobos y ella, despertando del trance, me pidió que saliera de la habitación un segundo.

—Voy a acunarlo un poco con la luz apagada. Si estamos aquí los dos, no va a dormirse en la vida.

Le di otro beso a Diego y salí. La escuché tararear. Disfrutar. Me senté en el borde de mi cama, con la puerta abierta, esperando verla salir. Quizá podíamos tomarnos una copa, como la otra noche. Y hablar sobre lo duros que tenía sus pezones. Dios. Me dolía la polla de tanto esperarla.

—Ya está —me dijo en un susurro, devolviéndome a la realidad.

—Genial.

Titubeó en la puerta. No le dije nada de la copa. Esperé, conteniendo el aliento. Me eché hacia atrás, en la cama, apoyando las palmas de las manos sobre el colchón. Una invitación, quizá. Silenciosa. Un paso al frente.

—Pablo…

—¿Qué?

Dio dos más. Se paró. Me mordí fuerte el labio inferior y la llamé sin abrir la boca. Se quitó la goma del pelo, soltó el moño y… se encogió de hombros.

—Bufff. —Cerré los ojos porque pensaba que, literalmente, iba a explotar. En cuanto me tocase…, si lo hacía.

Se subió a horcajadas encima de mí; sentí sus muslos acomodarse sobre los míos, el calor de su sexo pegándose a mi bragueta y sus tetas a mi pecho. Gruñí. Lo juro. Como si estuviera a punto de correrme. Abrí los ojos y la vi mirándome la boca.

—Lo hacemos y me voy —me anunció.

—¿Adónde?

—A dormir a mi cama.

—Vale —asentí poco convencido.

Balanceé un poco mis caderas, para que notase mi erección. Ella contestó haciendo rotar las suyas. Cinco meses sin su tacto. Sin sus besos. Eché la cabeza ligeramente hacia atrás, invitándola a besarme y ella se acomodó, acariciando mis sienes. ¿Podría explotarme la polla de amor? Rozó su nariz con la mía y se humedeció los labios. «Te amo», pensé. Ella calló mi boca, por si se atrevía a verbalizarlo, con la suya. La abrimos al momento y nos la llenamos de lengua y alivio. Dejé que mis dedos se internaran en su pelo y ella tiró del mío. Nunca había dado besos tan húmedos, pero me aparté un segundo.

—No follamos para hacer las paces, ¿verdad?

—Ojalá fuera tan fácil.

—Pero… nos hemos perdonado —le pregunté sin hacerlo.

—Yo nunca tuve motivos para no hacerlo.

Me embistió con sus labios de nuevo y lanzamos las lenguas a la batalla, envolviéndose una a la otra. Lancé las manos hacia su ropa y tironeé de ella. Llevaba un jodido mono corto y no tenía ni idea de cómo se quitaba eso. Ella me arrancó la camiseta y me tumbó sobre la cama para arrojarse de cabeza hacia el piercing de mi pezón con lengua, labios y dientes. Se irguió, desabotonó el mono y se bajó la parte de arriba, dejándome una panorámica de sus pechos apretados en un sujetador color negro. Fui consciente de estar tocándole las tetas cuando mis dedos se clavaron en su carne.

—Te quiero en mi boca —gemí—. Toda.

Se levantó, se quitó la ropa y volvió a subirse encima de mí solo con las braguitas. El tacto de sus pezones duros en mi pecho me volvió loco y giré sobre nosotros mismos para colocarme encima y morderlos. Agarré la goma de su ropa interior y fui bajándola hasta las rodillas, desde donde se precipitó al suelo sin ayuda. Sus manos abrieron la bragueta de mis pantalones de un tirón, como aquella primera vez y yo me deshice de todo lo demás.

Cuando mi boca entró en contacto con su sexo húmedo, creí que me moriría del gusto. El sabor de sus pliegues…, la suavidad de la piel bajo mi lengua…, lo duro que se ponía su clítoris si yo lo lamía. Tiró de mi pelo con fuerza, gimiendo.

—Quiero que hagas una cosa por mí… —le pedí, acercándome a su boca de nuevo—. Grita. Tanto cuanto quieras. Dímelo todo…, aunque no entienda nada.

Me acomodé entre sus piernas y mi polla encontró sola el camino hacia su interior. Empujé con mis caderas y Martina gritó y me clavó las uñas en la espalda. Apoyé la boca entreabierta en su barbilla y volví a empujar.

—Dios…, ya no me acordaba de lo suave que eres. De cómo encajas en mis brazos.

—Porque soy para ti —gimió, retorciéndose—. Y tú para mí.

Se arqueó y yo la agarré de las caderas a la vez que me acomodaba de rodillas entre sus piernas. Miré el punto de unión entre los dos y lancé un alarido de gusto cuando mi polla volvió a meterse hasta el fondo. Era mi casa.

Martina mecía las caderas al ritmo que imponían las mías, frenética, gruñía, pedía más y sus pechos se movían con ella, llevándome de cabeza. Yo no dejaba de recorrer todo su cuerpo con mis manos, como si no me creyese que fuera ella; había fantaseado tanto solo que me costaba creerlo. Martina se corrió; una, dos, tres veces. Perdí la cuenta de las veces que palpitó a mi alrededor y yo tuve que morderme el labio con saña para no correrme también porque quería hacerlo eterno. El abrazo apretado que permitía el sexo, los besos lentos, el movimiento rápido de nuestras caderas, el sonido del cabecero de la cama y los muelles del colchón, sus gemidos en mi boca, mis manos clavadas en su carne… Cuando la sábana se pegó a la piel de su espalda, me suplicó que me corriera.

—No puedo más, Pablo.

Y yo seguí empujando, sudado, con sus dedos clavados en mis nalgas hasta que un latigazo me azotó desde la espina dorsal hasta su interior, donde me vacié. Me apoyé en su pecho buscando escuchar su corazón, oler su piel y descansar.

Cuando me recuperé, busqué su mirada y encontré una sonrisa pilla en sus labios. Nos besamos y sonrió antes de decirme que mejor volvía a su dormitorio. No, mi vida, quédate…

La vi recoger su ropa y salir corriendo por el pasillo, maldiciendo, porque seguro que tenía los muslos húmedos. Se encerró en el baño un rato y después se metió en su dormitorio. Desnudo, tal y como me había dejado, estuve mirando el techo un rato. Me fumé un cigarrillo. Y decidí que... no.

Cuando me metí en su dormitorio, ella me estaba esperando. No mediamos palabra. Nos desnudamos, nos besamos y lo hicimos como monos entre lengüetazos y gemidos en tres posturas diferentes, hasta que volvimos a corrernos. Subí algo de comer, desnudo. Y después de comer uvas y queso y bebernos una copa de vino, volvimos a follar, esta vez a lo loco, con ella encima. Estoy seguro de que ya ni eyaculaba, pero me corría con todo el jodido cuerpo, como en un viaje a lomos de un chutazo de crack. Ella era la droga que se diluía en mi sangre y me hacía volar.

No fue hasta las cinco de la mañana cuando hicimos el amor. De verdad. Tranquilos. Sin prisas, ni llamaradas, ni lametazos. Ella encima de mí, yo agarrado a sus caderas y el bamboleo lento de las penetraciones. Sí, lo sé. Nunca he pensado que hacerlo lento implique más amor que follar a cuatro patas, como hicimos en una de las tropecientas veces anteriores (Dios, me encantaba ponerla a cuatro patas...), es solo que, aquella vez, lo dijimos todo.

—Te quiero —me dijo—. No sé por qué lo callé tanto.

—Porque te quiero no sirve. Tendrán que inventar una palabra para nosotros.

—Porque sí somos especiales —me respondió.

El orgasmo fue un trámite. Lo importante de aquella última vez, en plena madrugada, era la proximidad y la ausencia de barreras. La desnudez no solo física. El miedo, campando a sus anchas por la cama, compartiendo sábanas con el sabor, el color, el tacto y la musicalidad de lo que podíamos hacer juntos. Y allí, aún dentro de ella, abrazados mientras me acariciaba con las yemas de sus dedos, escuché por fin salir de entre sus labios el secreto de lo que siempre fui para ella pero se calló:

—El amor de mi vida... eterno... como el mar.

Epílogo

S e veía venir. Lo sé. Supongo que desde fuera se veía venir todo, pero para nosotros fue más complicado. Uno siempre piensa que el destino tiene recodos que no conocemos. Desde fuera el laberinto se ve en su totalidad y no hay misterio, pero desde dentro está muy oscuro.

El amor. A sus anchas, desmedido de nuevo, a boca llena entre palabras a media voz, gemidos y lenguas. Eso fue lo que hicimos durante meses. Querernos como padres, como individuos, como pareja y como profesionales. Ordenamos nuestra vida por dentro, con las cosas que no se ven pero se sienten. Y cuando Diego cumplió un año, ya éramos una familia y yo sabía decir «te quiero» sin sonrojarme.

Sandra se casó por aquel entonces. Creo que nos sorprendió a todos, aunque me temo que también se veía venir. Organizaron la boda con todo lujo de detalles gracias a una *wedding planner* divina, rubia y guapísima. Se celebró en una finca cerca de El Escorial y ella estaba resplandeciente. Él..., pasando el rato. Amaia, Javi, Pablo y yo vivimos aquella boda con un nudo en el estómago, de esos que te atenazan por dentro cuando prevés que algo no saldrá bien. Aunque Germán contó con nuestros chicos en su despedida de soltero, ellos declinaron la invitación; en el cóctel antes de la cena, escuchamos a una pandilla de treinteañeros medio borrachos hablar sobre aquella fiesta... y a ninguno nos gustó el tono. Habíamos intentado hacer ver a Sandra que no debía precipitarse pero poco había que hacer llegados a aquel punto.

Aquella noche no solo sufrí porque mi amiga Sandra estaba casándose con un hombre que no me gustaba y que la aislaría y haría sufrir; también lo hice porque Amaia estaba rara. Insistí mucho, incluso a solas con ella por si lo que le preocupaba tenía que ver con Javi y no quería decírmelo delante de él. No le sonsaqué nada, pero Pablo, de vuelta a casa, rodeó mis hombros con su brazo, se acercó a mi oído y susurró la respuesta:

—Amaia está embarazada.

Lo sabían desde hacía un par de semanas pero no había querido decir nada para no desviar la atención de Sandra en su boda.

Su hija Sara nació cuando Diego tenía dos años y dos meses. Ese día nevó en Madrid. Mucho, además. Tuvimos problemas para llegar con el coche hasta el hospital, porque la ciudad se había colapsado con la nieve que nadie esperaba. Amaia estaba como si acabara de llegar, no de parir, y Javi con los ojos como huevos hervidos de tanto llorar de emoción. Pablo y él se abrazaron cuando se vieron y yo subí a Diego a la cama de Amaia para que pudiera abrazar a su tía y darle la enhorabuena. Miró muy fijamente al bebé y después a Amaia, a la que se agarró bien fuerte.

—Tía..., ¿quién es? —le preguntó.

—Es Sara. ¿Quieres darle un besito?

Diego asintió, hizo un gesto muy suyo con la nariz, como arrugándola un segundo buscando seguridad, y le dio un beso a Sara en la frente.

—¿Se enamorarán? —preguntó Pablo, siempre tan en el mundo de las ideas.

—No —dije yo mientras bajaba al niño de la cama—. Pero creo que podremos hacerles sentir como hermanos.

Supongo que hermanos no era la palabra, pero estaba en lo cierto. Diego y Sara siempre se sintieron familia.

Sandra no vino al hospital a ver a Amaia, pero no se lo tuvimos en cuenta. Llevaba desde su boda intentando quedarse embarazada y aún no había sucedido. A nosotras nos parecía muy poco tiempo para desesperarse, pero Sandra siempre ha tenido poca paciencia; era, además, el primer paso de la distancia que nos sobrevino después.

Sospechábamos que el cuento de hadas que ella había creído vivir con Germán se estaba desmoronando para dejar a la vista la relación mediocre que los demás pudimos ver desde el principio. Ella se entregaba al doscientos por cien al proyecto en común con alguien que vivía por y para sí mismo; era cuestión de tiempo que todo se derrumbara. Lo que se construye con prisas suele tener los cimientos muy débiles.

A pesar de que Sandra se había ido aislando en su nueva vida de mujer casada, relacionándose solamente con otras parejas de amigos de Germán con niños, fuimos las primeras en saber que estaba embarazada. Nos lo dijo en mi casa un domingo, unos cinco o seis meses después de que Amaia diera a luz a Sara. Todos nos alegramos por ella a la vez que sentimos un peso en la boca del estómago; ese niño sería suyo. El papel de padre de Germán sería casi anecdótico, estábamos completamente seguros.

—Serás una gran madre —le dijo Pablo después de un abrazo.

Su relación nunca fue estrecha, pero aprendieron a tolerarse con cordialidad por el bien de todos las pocas veces en las que coincidíamos de nuevo.

Intenté estar al lado de Sandra durante su embarazo como estuve junto a Amaia, que pasó ocho meses gritando que estaba tan gorda que no podía respirar. Sin embargo, como tantas veces pasa en la vida, Sandra empezó a sentirse más cerca de otra gente y nuestra relación fue enfriándose cada vez más. Si la llamabas casi nunca tenía tiempo de hablar. No vino a los cumpleaños de los niños ni a los nuestros. Nos enteramos de que había dado a luz porque su madre nos llamó; si hubiera sido por su marido, aún estaríamos esperando la buena nueva.

En el fondo, no podemos culparla. Estaba enamorada de alguien que sabía que no nos caía bien y a quien cada vez tolerábamos menos; alejarnos era la manera más eficaz de hacer desaparecer el problema, aunque en realidad solo lo dejara en estado latente. En el momento en que fue madre, lo demás dejó de importar: su relación con Germán, sus amigas, sus aspiraciones…, se encerró en su casa, en el núcleo familiar que formaban su marido, su hijo Bosco y ella misma y nosotras pasamos a formar parte de un pasado en el que ella creyó que la vida era otra cosa.

No la culpé pero sí la eché mucho de menos. Amaia y yo lo hicimos. Perderla de manera gradual no hizo menguar el dolor, pero nos unió a las dos aún más. Fue así como algo a lo que ya estábamos predispuestos, se hizo realidad; dicen que a la familia no la eliges, pero yo diría que en parte sí puedes hacerlo. Javi, Amaia y Sara se convirtieron en una extensión de nuestro hogar. Diego dio sus primeros pasos hacia papá mientras Javi le jaleaba cámara en mano. Sara dijo su primera palabra mientras Pablo le daba de merendar. Cambiamos pañales sin importar de quién fueran. Pasamos noches en vela a veces por un niño que tosía demasiado y otras porque una botella de ginebra de importación no tenía fondo. Viajamos, los seis, hasta establecer en Gijón nuestro cuartel general para las noches de verano. Discutimos porque no nos poníamos de acuerdo en qué colegio era mejor y preparamos sándwiches de queso para las primeras fiestas con amiguitos. Crecimos. Maduramos. Nos convertimos en padres juntos.

Fue algo que aprendimos quizá demasiado tarde y que alguien debió decirnos cuando aún estábamos a tiempo de asimilarlo: uno no nace padre; se hace. Y se hace no con esfuerzo, porque al final la naturaleza empuja y el instinto despierta, pero todo cambia. Hay que estar preparado.

No sé si la vida la preparó, si ya lo esperaba o si hasta se alegró de enterarse por fin, pero un día Sandra se encontró de morros con la realidad de su matrimonio cuando iba a recoger a Bosco del colegio. No es que no hubiera tenido avisos antes. Un pendiente en la parte de atrás del coche que «debía de ser de alguna compañera a la que acompañó al juzgado». Una cuenta en un restaurante íntimo con vino y platos para dos arrugada en la papelera que «correspondía a una cena de trabajo». Mensajes a horas intempestivas. Llamadas que le ponían nervioso. Viajes fuera de la ciudad. «Pequeñas» pistas hasta llegar a la verdad..., que llevaba dos años saliendo con una chica que había sido su becaria en el despacho y que ahora ejercía en otro famoso despacho. Una doble vida completa. Raquel, la otra, se preguntaba por qué nunca acababa de dar el paso de mudarse con ella; Sandra sospechaba que Germán echaba algún polvo fuera de casa pero se hacía la tonta. El choque contra la realidad fue tan fuerte que ya no pudo mirar a otra parte.

Apareció en mi casa empapada en llanto y con Bosco en brazos. Yo estaba en el bar (ahora os cuento) y Pablo estaba a punto de salir hacia El Mar, por lo que lo pilló solo en casa.

—¿Qué ha pasado? —le preguntó Pablo sorprendido.

—Se llama Raquel. Tiene veinticinco años. Veinticinco, Pablo...

Pablo fue a recoger las cosas de Sandra de su casa y cuando se cruzó con Germán le anunció con placer que si quería hablar con su mujer tendría que hacerlo a través del abogado... y le dio una tarjeta del suyo con un guiño de ojos. Yo me enteré de todo al volver a casa.

La recuperamos, claro, pero a medias; hubiera preferido que fuera de otro modo que no la hiciera sufrir. Sandra y Bosco vivieron con nosotros durante dos meses. Después... volvió con Germán porque él le prometió que no volvería a pasar. Y nosotras la vimos marchar de nuevo, después de arrancarle la promesa de que no volvería a alejarse. No lo hizo, pero las cosas siempre estuvieron arbitradas por él. Y el tiempo pasó y nos demostró a todos que uno se acostumbra casi a todo..., así que solo cabe luchar por no cruzar nunca la frontera de lo que solo nos genera frustración y nos convence de que no merecemos más.

Nosotros

La vida diciendo «te quiero» era bonita, pero los problemas no desaparecieron. Compartir trabajo, hogar, responsabilidad y cama con la misma persona, a ratos fue muy complicado. Llegó un momento en el que nos planteamos que debíamos dar un paso al frente. Había dos posibilidades: me lanzaba de lleno al mercado abriendo mi propio local o me quedaba de jefa de cocina en El Mar mientras Pablo probaba suerte en el negocio de la consultoría gastronómica. No nos poníamos de acuerdo en cuál era la mejor opción porque en el fondo no sabíamos qué era lo que más nos apetecía. Al final, aconsejados por el padre de Pablo que hablaba poco pero cuando hablaba había que escucharle, montamos una empresa a través de la cual ayudar a otros negocios de hostelería a mejorar sus condiciones y su servicio y la llamamos En tierra firme. Los dos estuvimos al frente, socios, como si se nos hubiera olvidado que estábamos demasiado ligados al otro. Pero lo cierto es que nos fue bien. Su nombre y mi organización casaban perfectamente y, poco a poco, yo misma empecé a hacerme un hueco. Martina Mendieta se convirtió en una garantía de buen hacer y casi de éxito y... terminé por sentir la necesidad de volar sola. Fue difícil: yo sentía la cocina de El Mar casi como mía pero... no lo era. Así que a pesar de que En tierra firme nos daba buenos resultados..., me fui al banco, pedí un crédito y después de mucho esfuerzo abrí La orilla en un local pequeño de una zona muy transitada de Malasaña donde ofrecí cocina de autor *low cost* y tapas creativas. No seré desagradecida negando que el nombre 'Pablo Ruiz' me ayudó con la clientela. Ser su pareja, haber trabajado durante años en su cocina atrajo a muchos curiosos. Pero lo demás lo hice yo sola, como él lo hizo con El Mar. No creo que olvide jamás su gesto cuando nos enteramos de que La orilla recibía una estrella Michelín, convirtiéndose en el primer bar de tapas en recibir este galardón en la capital, siguiendo la estela de Tatau Bistró, en Huesca. Orgullo, admiración y amor. Eso leí en sus ojos cuando apareció como un loco en el local abarrotado. Él debía estar en El Mar y Diego en casa con la nani pero... allí estaban.

Fueron años duros. Años de muchas canas y noches haciendo números y planes de futuro. Años de respetarnos aún más como profesionales. Años que pasamos codo con codo, haciéndonos más fuertes, recibiendo de la vida una de cal y otra de arena, lidiando con la suerte, con el amor y con la muerte.

Pablo y yo cometimos una pequeña locura cuando Diego cumplió tres años. Le dijimos a su profesora que faltaría al cole un día y nos lo llevamos al juzgado donde nos casamos sin nadie más de testigo que los propios trabajadores del registro civil. Preferimos guardar aquel secreto entre nosotros dos y no compartirlo jamás. Acto seguido fuimos con Diego al estudio de tatuaje donde nos tatuamos en una noche de borrachera una ola del mar en la muñeca y nos dibujaron para siempre dos aros negros alrededor del dedo anular de nuestra mano derecha. Después cenamos pizza, porque a Diego le encantaba. A día de hoy Pablo y yo seguimos siendo los únicos que sabemos que además de la vida, el mar y una noche, nos casó un juez; nuestro hijo era demasiado pequeño para recordarlo. Y a nosotros nos parece especial que siga siendo así y cuando Amaia bromea diciéndonos que vivimos en pecado, nos miramos cómplices.

Durante años todo fue un cuento de hadas; con mucho trabajo a cuestas, pero un cuento a pesar de todo. La primera pérdida que vivimos puede parecerle a algunos una tontería, pero fue un golpe. Había vivido con nosotros el inicio, el embarazo, el nacimiento de Diego, cuando todo amenazaba con estar abocado al desastre y el hogar que formamos. *Elvis* pasó un par de días más cariñoso de lo normal. Se había hecho viejo, era verdad, pero en nuestra felicidad pensamos que nos acompañaría siempre. Diego no concebía la vida sin él. Ni siquiera yo imaginaba la casa sin sus pasos lentos sobre el parqué. Y después de pasar en nuestro regazo más tiempo que de costumbre… sencillamente desapareció. No lo vimos marchar y no volvió. Dicen que los gatos se esconden para morir y *Elvis* lo hizo lejos de nosotros, como si así pudiera ahorrarnos el dolor de la pérdida y alimentar la esperanza.

Diego tenía siete años y fue su primer contacto con la muerte. Nos sentamos con él en el porche y le explicamos por qué *Elvis* no aparecía por ningún rincón, hartos de verlo buscarlo día y noche. No le contamos historias sobre el cielo de los animales. Fuimos lo más sinceros que pudimos pero dulces. Diego lloró mucho y hasta yo lo hice, mirando hacia el techo, disimulando. Pablo aguantó mirando hacia los árboles donde *Elvis* había pasado tantos ratos encaramado y por la noche, cuando estaba ya acostada me confesó que sentía que con él se había muerto su juventud. Y por primera vez vi a mi marido llorar, porque sentía que la vida iba tan deprisa que tenía miedo de que se le escapara de entre los dedos. Esa noche, me enamoré más de él.

Con el tiempo he aprendido de Pablo a apreciar cosas que están ahí pero que no se ven. Sentimientos, sensaciones, pulsiones y partículas de magia que navegan en el éter, que nos rodean y bailan a nuestro alrededor. He descubierto un mundo en el que nada nos pilla del todo de imprevisto y en el que existen cosas que no tienen una explicación lógica; supongo que así es mejor. Es preferible que ciertas cosas existan en un plano paralelo que solo percibimos de pasada, que nos sopla en el cuello al pasar o hace que nos cosquillee la nuca.

Ángela y yo jamás logramos tener una relación como la que tienen en las películas americanas las suegras y las nueras. No nos abrazábamos en Navidad ni por nuestro cumpleaños, no me defendía cuando Pablo y yo no llegábamos a la misma conclusión en una discusión, no me quería como a una hija. Y yo a ella tampoco la quería como a una madre, pero la respetaba porque era la madre de mi marido y había ayudado a que creciera tan especial y auténtico. Aprendí mucho de ella, aunque no estuviera de acuerdo en alguno de los consejos que daba cuando nadie había preguntado. A veces sentí la tentación de abofetearla con un calcetín sucio y hasta le dije a Pablo que su madre jugaba con mi paciencia, pero las dos queríamos a Pablo y por él hicimos de la nuestra una relación normal y plácida. Eso no quiere decir que el vínculo que siempre existió entre ella y su hijo se hiciera más fino o que se cortara aquel hilo. Un hilo que se hizo patente en muchas ocasiones, pero que marcó mi manera de ver el mundo cuando, una noche, Pablo se despertó en plena madrugada de manera atropellada, cogiendo aire exageradamente. Encendí la luz de la mesita de noche y lo vi vestirse a toda prisa.

—¿Qué haces, Pablo?

—Mi madre. Mi madre, pequeña.

Diego, que tenía diez años, salió al pasillo algo asustado por escuchar movimiento en casa a aquellas horas y dijo que quería irse con su padre, pero yo lo acosté en mi cama y me acurruqué junto a él a la espera de una llamada de Pablo que me confirmara que todo iba bien y que no había sido más que una pesadilla. No sé explicar cómo sucedió o qué fue lo que Pablo sintió, pero la verdad es que cuando me llamó lo hizo desde el hospital, tres horas después, deshecho. Solo pudo decirme que había llegado a despedirse de ella.

Dejó su última voluntad escrita de su puño y letra en el interior de la contracubierta de un ejemplar de *Fausto*, de Goethe; todos sabían que lo había anotado allí. Pidió que enterraran sus cenizas en el jardín de su casa, donde había corrido tras sus hijos de pequeños, donde los había visto crecer. Dejaba una nota para cada uno. La de Pablo solo ponía: «Vuela».

Nos hicieron adultos las pérdidas, las lágrimas, el vacío y esa sensación de que a veces la vida carece de un sentido superior al de vivir, pero también lo hicieron los abrazos, la superación, el amor y sentir que estábamos haciendo las cosas bien.

Sentí muchas veces que Pablo y yo lo estábamos haciendo bien con Diego pero los dos recordaremos siempre la noche en que tuvimos la confirmación del cosmos. Era domingo y estábamos preocupados porque Diego, que tenía doce años, había salido a dar una vuelta por el barrio con unos amigos y aún no había vuelto. No tenía móvil, así que no había modo de darle un toque para decirle que ya era hora de volver a casa. Pablo se estaba poniendo ya la chaqueta para salir a buscarlo cuando escuchamos el portón de la calle cerrarse.

—Se la va a cargar —musitó Pablo colgando la chaqueta de nuevo.

Diego apareció cabizbajo, como ocultando algo.

—¿A ti te parecen horas? —le preguntó su padre revolviéndose el pelo, que aún llevaba desgreñado.

—Por favor… —pidió con su voz grave Diego—. No os enfadéis.

—¿Qué has hecho?

Levantó la cara y cuando le vimos a la luz de la entrada, creí que me daba un infarto. Venía hecho un Cristo, con el labio partido, la nariz chorreando y sucio.

—Pero ¡¡¿qué te ha pasado?!!

—Estaban haciéndole daño y… me tuve que meter.

Del interior de su chaqueta sacó un gatito negro que cabía en la palma de su mano. Yo abrí la boca para hablar, pero no pude decirle nada. Él se lo apoyó en el pecho y se limpió la nariz con el dorso de la otra mano.

—Sé que me vais a decir que no puedo quedármelo pero llevémoslo por lo menos a una protectora, mamá. Estaban jugando a darle patadas. Y es muy pequeño.

Pablo me miró y yo le miré a él. Nuestro hijo siguió hablando atropelladamente y nosotros sonreímos.

—No te quites la chaqueta, Diego —le dije—. Vamos a lavarte la cara y lo llevamos a algún sitio a comprobar que está bien. ¿Te parece?

Sonrió, con esos ojos turquesa exactos a los de su padre y a mí se me encendieron todas las luces por dentro. Pablo le explicó, de camino al veterinario de guardia, que estábamos orgullosos de él pero que no debía volver a meterse en ninguna pelea.

—Con los puños solo se defienden ideas que no tienen fuerza en los labios, Diego. La próxima vez, llámanos.

Sobrevivió, claro. Se llama *Sangonereta,* como un personaje de una novela de Blasco Ibáñez y se convirtió en la sombra de Diego; allí donde estaba mi hijo, estaba él.

Diego fue siempre un niño sensible pero algo introvertido. No toleraba los tumultos y odiaba los cumpleaños infantiles. Prefería la compañía de Sara que, aunque era ruidosa como su madre, se tranquilizaba con solo entrar en la habitación de Diego.

Que entre nosotros lo estábamos haciendo bien no tuvimos confirmación. No llegó un día en el que lo vimos claro. No existieron señales. Solo años a nuestras espaldas de construir una relación sólida de compañeros, padres y amantes. Evidentemente Elisa siguió ayudándonos durante un par de años, al comienzo, hasta que pudimos volar solos. Entendí que no tenía por qué convertirme en la reina del baile, pero que tenía que hacer de mi pareja mi confidente y aprender a conjugar mis sentimientos en palabras, a pesar de que, con los años, un gesto nos valiera para entender al otro. «Estoy enfadada», «esto me gusta», «me siento molesta», «estoy agobiada», «te siento lejos», «esto me hace sentir bien» o «te quiero» se convirtieron en santos y señas de nuestra relación que impedían que aquello que no lograba controlar nos superara. Él entendía de sentimientos y de personas y yo de calma y control. En el fondo éramos la pareja perfecta. El mar y la sal que lo llena. Faro entre la niebla y viento de cara.

Como padres seguimos las normas que poco a poco fuimos institucionalizando en casa: nunca llevaríamos la contraria al otro en algo concerniente a nuestro hijo delante de este, jamás nos faltaríamos al respeto, siempre nos comunicaríamos con honestidad y no nos callaríamos las cosas buenas porque «ya se suponen». Así, Diego creció con unos padres que siempre le animaron a soñar con volar si lo que quería era correr, a poner los ojos en las estrellas si quería alcanzar la luna, a querer con todo el corazón y a entender que quien ama siempre arriesga un pedazo de sí mismo que puede no volver. Fuimos esos padres que jamás pensé que seríamos y que siempre deseé que fuéramos. Llenamos la casa de pinturas, de instrumentos de música, de discos, de películas en blanco y negro. Pasábamos los domingos de aquí para allá y cuando llegaba agosto, escapábamos a Gijón a aquella primera casita que alquilamos con él bebé y que compramos años después, para enseñarle que el mar no tiene fin.

Y si de algo estamos orgullosos, además de nuestro hijo, es de cómo revivimos las primeras sensaciones como pareja y las dejamos respirar entre nosotros, insuflándoles vida cuando sentíamos que se asfixiaban con la rutina. Pasaron los años, nos llenamos de responsabilidades, Diego crecía, nuestras fuerzas disminuían y... aun así, nos queríamos a manos llenas. No dejamos de besarnos con la pasión del primer momento ni de follar como jovencitos hasta terminar agotados. Aunque... esa parte fue fácil porque Pablo jamás ha dejado de atraerme, como si hubiera sido creado para ser la tentación, el apetito, el sexo, el jadeo, el orgasmo, lo que sensibilice mi piel. Mi marido, porque nos casó el mar. Y yo le espero en tierra firme para recibir el beso de buenas noches.

Nuestro legado

Que criamos a Diego y a Sara como hermanos es un hecho. Que no lo son, otro. No sé cuándo nos dimos cuenta, pero ahí estaba: Sara estaba completa y absolutamente enamorada de él; él de ella no, porque era dos años más pequeña y siempre sintió cierto instinto de protección. Fueron juntos al colegio, aunque no a la misma clase; pasaban juntos todas las tardes y se acostumbraron a estudiar, jugar, crecer delante del otro y soñar tirados en la misma cama. Cada vez que Sara se enfadaba con sus padres, que era a menudo porque tenía un genio de mil demonios, se escapaba y la encontraba acostada en la cama de Diego, acurrucada a su lado, contándole que de mayores vivirían juntos. Siempre nos pareció normal pero un día... sencillamente nos pareció otra cosa.

Diego tenía quince años. Estaba en pleno despertar sensorial. Era guapo…, muy guapo. No lo digo porque sea su padre, lo digo por la cantidad de niñas que llamaban a casa, venían a buscarlo para salir o le mandaban cartitas de amor. Él pasaba de todo…, al menos aparentemente. Sara tenía trece años y era preciosa. Rubia, ojos claros, cara pilla y piernas largas que Amaia se empeñaba en decir que había heredado del extraterrestre que la había dejado embarazada después de una noche de pasión…, en fin. Un día los encontramos encima de la cama, con las piernas enredadas en las del otro, en silencio y a oscuras, acariciándose el pelo y decidí que era el momento de LA CHARLA. Amaia y Martina se lavaron las manos, pero invitamos a Sandra a que trajera a Bosco para quitarse el marrón de encima si quería, a lo que nos dijo que su hijo aún era muy pequeño para escucharme decir marranadas. Creemos que está convencida de que sus hijos son ángeles y no tienen sexo. Sí, hijos. Ha sido la única en animarse a tener más de uno. Después de Bosco vino Laura.

El caso es que los senté en la cocina; Javi se quedó de pie con los brazos cruzados apoyado en la bancada, en silencio para darme apoyo moral. Sobre la mesa, una caja de condones que fue el objeto de muchas risitas. Amaia y Martina «vigilaban» desde el salón fingiendo que charlaban de sus cosas. Empecé intentando no ponerlos demasiado violentos, pero ya se sabe, las nuevas generaciones vienen de vuelta de todo. Se pusieron a hacer burla de cualquier cosa que decía. Ya lo sabían todo, me decían, no hacía falta que perdiera el tiempo con aquellas charlitas.

—¿Sabéis cómo se ponen? —pregunté.

Javi se giró hacia la nevera para ocultar su risa.

—Papá…, vale ya. En serio.

—¿En serio?

—Claro —añadió Sara.

—Vale, pues mitad para cada uno.

—¡¡Pablo, son unos críos!! —se quejó Amaia desde el sofá.

—De críos nada, que ya uso sujetador —respondió su hija en un berrido.

Javi abrió un refresco para disimular las carcajadas.

—Sois muy listos, ¿eh?

—Pues sí —respondieron los dos.

—Y lo sabéis todo.

—Todo lo que tenemos que saber.

—Diego, tú eres un frenazo de la marcha atrás. Ale, ahora ya lo sabes todo.

—¡¡Papá!! —se quejó—. ¡¡Qué asco!!

Sara se descojonó. Martina lanzó un exabrupto desde el salón y yo sonreí porque me acordé de aquella mañana en mi antiguo piso en Alonso Martínez...

Creo que los cuatro, Amaia, Javi, Martina y yo, estábamos convencidos de que el destino de Sara y Diego era terminar juntos. Pasaría, nos decíamos y estábamos contentos, que conste, aunque nos resultara un poco raro después de haberlos criado tan juntos, como hermanos. Pero el destino, nos guste o no, no está escrito y no es evidente.

Alguien invitó a Diego a un cumpleaños en la pista de patinaje sobre hielo. Él no quería ir. Me dijo que no sabía patinar sobre hielo ni le interesaba aprender. Prefería quedarse en casa, dibujando, pero estábamos preocupados por su sociabilidad y prácticamente lo obligamos. No sé por qué lo hicimos porque solíamos dejar que él mismo decidiera estas cosas..., el destino, supongo.

La jugada me salió un poco mal porque la madre que organizó el cumpleaños pidió que no la dejáramos sola con tanto crío y al final me tocó ir de apoyo logístico con un grupo de «mamás y papás» que no me caían especialmente bien y entre quienes estaba Sandra que, de puertas para fuera fingía ser dueña de una vida perfecta con su marido, como si este no la siguiera engañando siempre que podía.

Al llegar y con el fin de dejar a Diego a sus anchas sin que se viera avergonzado, me marché a la grada con un libro. A mi lado otro padre con cara de hastiado leía también. Me cayó bien y nos pusimos a charlar.

—¿Quién es tu hijo?

—Mi hija. Es aquella…, la morena. Victoria.

Victoria era una muñeca de pelo largo y negro que patinaba haciendo cabriolas. A unos cuantos metros, mi hijo, con unos patines alquilados que no le hacían ninguna gracia, no dejaba de mirarla. Me disculpé un segundo y me acerqué a Diego.

—Eh, Diego.

—Papá, vete. No me hagas pasarlo peor.

—Ven, joder —lo llamé insistentemente. Las madres me saludaron y me preguntaron si quería ir a la cafetería con ellas—. No, no. Estoy bien. Gracias.

—Les he oído decir que estás bueno. —Diego hizo una mueca, viéndolas alejarse—. A mamá le va a encantar saberlo.

—Diego, céntrate. Deja de agarrarte a la valla como si estuvieras en mitad del océano. Sal y patina.

—No sé patinar y paso de hacer el ridículo.

—El ridículo lo haces aquí, sin arriesgarte a patinar y que te encante. —Le sonreí—. Se llama Victoria. Seguro que prefiere ver a un chico que sabe reírse de sus caídas que a un amargado que se agarra a la valla.

—Gracias por el consejo. —Puso los ojos en blanco.

—Victoria —repetí—. Y te está mirando.

Victoria carecía de la timidez que Diego había heredado de su madre y no tardó en acercarse a él. Hablaron. Entendí que se ofrecía a enseñarle a patinar. El padre de Victoria casi gruñó cuando los vio cogidos de la mano paseándose despacio cerca del borde.

—¿Es tu hijo?

—Sí —dije orgulloso.

Después llamé a Martina y le pedí que lo dejara todo y que viniera.

—Estoy en el bar —respondió—. ¿Pasa algo? Hay bastante jaleo.

—Deja a Rafa a cargo. Tu hijo se está enamorando.

Llegó a tiempo de verlos patinar cogidos de la mano. Cogían velocidad y el pelo de ella se movía en libertad embelesando a Diego. Supe que estábamos presenciando algo especial... Diego es como yo y cuando se enamora..., lo hace de verdad.

Esa fue la primera vez que vimos a Victoria, pero evidentemente no fue la última. Se dieron los teléfonos, quedaron un par de veces y pronto ella venía a casa con asiduidad a hacer los deberes, jugar a la videoconsola o ver una película. O a morrearse en la buhardilla, que los padres no somos tontos.

Conocimos a sus padres pronto porque, preocupados por quién era el chico que rondaba a su hija pequeña, se presentaron un día en casa a recogerla. Él era alto, tan guapo que Martina casi bizqueó cuando lo vio y con ojos verdes; arquitecto, dijo. Ella, con un bonito pelo castaño cobrizo y largo, se dedicaba a escribir. Víctor y Valeria. Pronto... dos más de la familia. Nuestros consuegros.

Martina pensó que eran cosas de niños y que no duraría. El amor se iría a otra parte igual que había aparecido, dijo. Yo sabía que no.

Victoria estudiaba danza moderna en el conservatorio, aunque a Víctor no terminaba de hacerle gracia.

—Es una vida complicada la de bailarina. No quiero que se frustre.

—Pídele que vuele —le dije—. Si le dices que puede volar, lo hará.

Sara, mientras tanto, aceptó la irrupción de aquella morena de ojos verdes y piernas aún más largas que las suyas con mal humor. Hasta Victoria terminó asumiendo que no iban a ser amigas cuando todos sus esfuerzos por caerle bien fueron a parar a saco roto.

Pasó el tiempo. Y Victoria cumplió los quince y después los dieciséis; Diego los dieciséis y después los diecisiete.

Martina fue la elegida para que nuestro hijo le hiciera las preguntas pertinentes sobre hacer el amor por primera vez porque dijo que «papá me hablará de Kant y me leerá a Lorca». Ella le dijo lo mismo que le hubiera dicho yo: «Hacedlo cuando estéis preparados; una vez se hace no se puede deshacer. Y sobre todo, piensa en los dos, no solo en ti. Es la primera vez que haces algo, lo que no significa que vaya a ser la mejor o la más especial, pero dale un significado». Dicho esto volvió a nuestro dormitorio, se hizo un ovillo y me dijo: «nuestro hijo va a empezar a follar y yo no estoy preparada para aceptarlo». Ley de vida.

Cumplieron diecisiete, dieciocho, diecinueve. A veces me daba miedo que se hicieran daño. Tantos años, desde tan jóvenes..., ¿y si uno de los dos se sentía tentado a dejarlo todo para probar algo de fuera? Bueno, era la vida, ¿no? Y así fue. El verano que Victoria cumplió los diecinueve sus padres le regalaron a ella y a su hermana unos billetes para viajar juntas por Europa. Le ofrecimos a Diego ir con ellas, pero nos dijo que Victoria le había dicho que era especial hacer ese viaje solas. El día antes de marchar, vino a casa, creímos que a despedirse con un polvo a escondidas, como si nosotros no nos diéramos cuenta y ellos fueran ninjas del sexo, pero la cosa terminó con gritos y un portazo.

—Quiere follarse a otros. Déjame. Cierra la puerta —me dijo cuando me asomé a su habitación para preguntarle si todo iba bien.

Martina casi se prendió fuego al enterarse. ¿Cómo que habían roto? ¡¡Pobre de su chiquitín!! Puse los ojos en blanco, aunque yo también sufría porque mi hijo sufría, pero le dije que lo mejor era mandarlo antes a Gijón con Sara para que se aireara. Sara aplaudió cuando se lo contamos y apareció en casa para meterse dentro de la cama de Diego a acariciarle el pelo y convencerlo de que lo mejor era escaparse a Gijón los dos. Solos. Amaia aún me odia a día de hoy por la idea.

El día que llegamos Martina y yo a Gijón encontramos una bolsa en la cocina llena de sábanas manchadas. Fuimos imbéciles o simplemente padres, no lo sé, pero corrimos escaleras arriba, donde sonaba música a un volumen atronador, imaginando toda clase de barbaridades sangrientas para encontrarnos a Diego y a Sara en pelota picada en pleno ejercicio del amor. Creo que Martina también me odia a día de hoy por no haberle evitado la visión.

Teníamos cuarenta y nueve años por aquel entonces pero aquel verano volvimos a tener veinte porque, a través de nuestros hijos, Amaia, Javi, Martina y yo, vivimos el verano de sus vidas. La casa olía a amor a todas horas y en todos los rincones. Las noches sonaban al eco de unos pasos, de puntillas, para colarse en la habitación del otro. El verano, entero, sabía a besos a oscuras y a promesas de esas que no se cumplirán. Creo que todos lo sabíamos..., aquel mes de agosto era un oasis.

Rompieron al llegar a Madrid, pero juraron seguir queriéndose siempre como si nada hubiera pasado. Difícil para Sara que había perdido la virginidad con el chico del que siempre estuvo enamorada. Más fácil para Diego que volvió con Victoria en octubre.

Bueno... esta historia iba de Martina y de mí, ¿no? No se me olvida. Si Diego, Sara y Victoria entran en acción en estas últimas páginas es para explicar por qué estamos aquí hoy, el día de la boda de nuestro único hijo, que solo tiene veintidós años, pero está loco de amor. Hace un par de meses y contra todo pronóstico, Diego ganó una de las Green Card que oferta Estados Unidos y quiere cumplir su sueño. Quiere trabajar para el cine y no puedo culparlo; tiene talento y ganas. Ha terminado Bellas Artes y domina todos los programas informáticos para efectos especiales; su abuela estaría orgullosa de él. Victoria no ha querido verlo marchar, es normal. Llevan juntos siete años, aunque aún son muy jóvenes. Y decidieron que lo mejor era casarse antes de marcharse... juntos. Ella terminará sus estudios de danza en una escuela en Los Ángeles y a su padre, de un momento a otro, le va a dar un infarto. Valeria no deja de pedirle que respire y su hija mayor se ríe a carcajadas mientras Diego y Victoria se casan en el jardín de El Mar.

A mi lado Martina aprieta mi mano y tiembla. Sé lo que le pasa. Le pasa lo mismo que a mí cuando *Elvis* desapareció. Se ha dado cuenta de lo rápida que va la vida, de que ya hemos cumplido los cincuenta y de que nuestro hijo se marcha a vivir su vida. Aquí está ella, fingiendo que sonríe porque en el fondo está feliz, tratando de que no se le noten todas las razones por las que tiene derecho a llorar hoy. Yo también estoy triste. Mi hijo se va y lo echaré de menos cada día de mi vida que no escuche su voz en su habitación, sus pasos en la buhardilla donde solía pintar. Sé que seguiré poniendo tres cubiertos en la mesa durante mucho tiempo y que lloraré el día que acepte que ya solo somos dos. Y que estaré feliz también por él y por nosotros porque conseguimos ser una pareja a la par que padres.

Sara llora. Llora mucho y a sus padres les pesa el alma porque la entienden. Sé que Diego está feliz y triste a partes iguales, porque ha hecho esto convencido pero quisiera haber querido suficiente a Sara para no hacerle daño.

¿Son así siempre las bodas? Gente que llora y gente que ríe. Como la vida, ¿no? Como el paso de los días que han ido encaneciendo nuestro pelo, convirtiendo las dudas en realidades, poniendo luz en las sombras.

Diego y Victoria bailan nuestra canción y Martina estalla en llantos ya no sé por qué, porque es precioso que nuestro hijo decida despedirse con «Matemática de la carne», dándonos la razón con la letra de una canción que ya está pasada de moda. Pero las mujeres son complicadas y maravillosas. Aprieto su mano y beso su sien; susurro en su oído que la amo más que al mar y las horas pasan como las olas y como los recuerdos a su lado. Y sin darnos cuenta de nada despedimos a los novios en el aeropuerto, porque no han querido hacer más larga esta despedida que es un «hasta luego» porque volverán en Navidades más adultos, sabiendo de la vida todo aquello que intentamos evitarles.

Al volver a casa lo hacemos junto a Amaia, Javi y Sara, que no deja de llorar tirada en nuestro sofá. Yo salgo a fumar, porque aún no conseguí quitarme el vicio de fumar dos o tres caladas de un cigarrillo de vez en cuando y Martina hace ya años que me condenó al ostracismo del jardín cuando lo hago. Estoy triste pero no quiero demostrarlo. Me siento más viejo hoy. Estoy cansado. Echaré de menos a Diego.

Al entrar aparto a todos los que intentan hacer sentir mejor a Sara, la siento en mi regazo y le susurro unas palabras al oído. Ella se ríe y llora a la vez. Le he dicho que el primer amor nunca se olvida y que aprenderá a quererle queriendo a otro.

Cuando se marchan, Martina se queda en el quicio de la puerta, apoyada, sin saber muy bien qué hacer.

—¿Y ahora qué? —me dice con la voz temblorosa.

Yo le sonrío.

—¿Cómo que ahora qué, pequeña? Ahora… es nuestra luna de miel.

Me acerco a ella. El tiempo se desvanece en su pestañeo y su pelo vuelve a ser largo y a recogerse mágicamente en un moño tirante. Las hebras plateadas de mi pelo desaparecen y también crece. A los pies, Martina lleva sus siempre limpias Converse blancas. Yo llevo esa camisa que tanto odiaba y unos pantalones de los que dejé de llevar porque ya no tengo edad. Pero al mirarla, vuelvo a tenerla. Ella sonríe y yo sonrío. Somos como el mar, le digo, los años pasan por encima de nosotros pero en lo fundamental no envejecemos. Y la quiero como al principio pero

sabiendo hacerlo. Y ella me quiere más que al mar. Ya no estoy triste ni me siento viejo, ni estoy cansado. Ahora, solamente estoy
enamorado. La empujo hacia fuera con una sonrisa y aprovechando que vuelvo a tener treinta años, la cojo en brazos y la
llevo en volandas para cruzar el quicio de la puerta de nuestro
hogar. Después nos besamos y cerramos la puerta. Aquí dentro,
para siempre, tendremos treinta años y nuestra historia acaba de
empezar.

Notas

(1) Aparato que irradia calor de forma constante. Se em-
plea para calentar ingredientes cocinados y darles un último
golpe de calor antes de salir al comedor, o bien para tostar, do-
rar o gratinar ciertos productos.

(2) La escala de coma de Glasgow es una escala diseñada
para evaluar el nivel de conciencia en los seres humanos. La escala está compuesta por la exploración y cuantificación de tres
parámetros: la apertura ocular, la respuesta verbal y la respuesta
motora. En el traumatismo craneoencefálico la puntuación ob-
tenida es el elemento utilizado para definir la severidad del cuadro, siendo ocho el estado más grave y quince el más leve.

AGRADECIMIENTOS

Han sido muchos meses viviendo con Pablo, Martina, Amaia, Javi y Sandra en la cabeza. Me han acompañado en mis firmas, en mis vacaciones, en los trayectos en metro y en las horas de sueño. Era imposible cenar en un restaurante y no pensar en qué pensaría Pablo de los platos, el servicio, el vino... El momento de la despedida ha sido duro, porque sé que los echaré de menos. Nos hemos dicho adiós con un abrazo, muchas lágrimas y la promesa de que no los olvidaré. Se suman a la familia que hemos ido creando desde que Valeria vio la luz en 2013. Y no, no podré olvidarlos; a ninguno de ellos. Una noche, cuando estaba a punto de entregar la novela, mi ordenador decidió que me odiaba demasiado por tenerlo despierto tantas horas al día y convirtió un documento de más de setecientos mil caracteres en un mapa lleno de asteriscos. Fue imposible recuperar el archivo. Esto hubiera sido un drama si no fuera porque tengo a mi lado a la mejor gente del mundo. Y al final te das cuenta de que nada importa más que las personas.

Gracias a Sara, por invertir tantas horas, ilusión y esfuerzo en esta historia. Por quedarse hasta las tantas recuperando, capítulo a capítulo, el material perdido. Por ser mi *gemelier* y acompañarme en mis locuras y mis obsesiones. Por las copas de vino y los cigarrillos a las tantas. Por las horas colgadas al teléfono. Por hacer a Pablo más real. GRACIAS.

Gracias también a mis padres, por sentirse orgullosos de mí y por construir una familia donde nunca sobran los besos y los abrazos.

Gracias a mi gente, a María, a Laurita, a los Sin Filtros, a Jose y Félix, a las «ladillas enfurecías», a Bea y Álvaro... por esa sensación de hogar. Gracias por las tardes en el sofá azul con Alba, Tone y Javichu. Gracias por las noches de vinos por Madrid hasta las tantas con Geraldine y Rose. Gracias a todas las que habéis dado vida a los personajes en las redes sociales y que, seguro, me acompañaréis al frenopático para hacerlo mucho más divertido. Gracias a Lourdes, a Poche, a Ana, a María, a Elena... a todas esas coquetas que siento tan cerca.

A todas esas madres que compartieron conmigo sus emociones y sentimientos para que yo pudiera construir esta historia... Gracias. A los padres que hablaron sobre el cambio que había supuesto el nacimiento de sus hijos... Gracias.

Por supuesto, gracias a Óscar, mi marido, por entenderme, abrazarme y compartir la ilusión. Por cruzarse en mi vida hace ya casi trece años y ayudarme a entender esto del amor.

Por último, gracias a mis editores y a toda la gente de Penguin Random House por el cariño con el que siempre me han guiado en esta aventura de escribir. Gracias a Pablo por los consejos, las charlas y el apoyo. Gracias a Ana, porque es dulce, sabia, comprensiva, buena, divertida y, sencillamente, la mejor. No sé qué haría sin ellos.

Ni sin ti, que has leído este libro y has hecho posible que los personajes cobren vida con tu lectura. GRACIAS, familia coqueta, porque le dais sentido a cada palabra.

Este libro
se terminó de imprimir
en el mes de febrero de 2016